中国电影集团公司艺术家系列丛书

中国电影集团公司艺术家系列丛书

迹去心留

王好为 ◎ 著

中国电影出版社
2024 · 北京

图书在版编目（CIP）数据

迹去心留 / 王好为著. —北京：中国电影出版社，2024. 7

ISBN 978-7-106-05488-5

Ⅰ. ①迹… Ⅱ. ①王… Ⅲ. ①散文集—中国—当代 Ⅳ. ①I267

中国版本图书馆CIP数据核字（2023）第008567号

出版发行 中国电影出版社（北京北三环东路22号） 邮编：100013
电话：64296664（总编室） 64216278（发行部）
64296742（读者服务部） E-mail：cfpbjb@126. com

印　　刷 中国电影出版社印刷厂

版　　次 2024年7月第1版

印　　次 2024年7月北京第1次印刷

开　　本 787mm × 1092mm　1/16

印　　张 38.75

字　　数 830千字

定　　价 138.00元

目　录

足迹　良师

画外音

文学剧本

附　　录

足迹　良师

人生的奠基工程

——记八一小学的生活

1950年春，我转入华北军区八一小学四年级二班。学校在北京西单李阁老胡同。同学们大多是解放区来的军队子弟、干部子弟，我自幼跟父母生活在蒋管区，从未住过校，对这里的一切都感到新鲜。

学校有自编的歌曲《爱护公物歌》《遵守纪律歌》……词曲作者是我们的音乐老师麻嘉卉。歌曲配合着对学生的思想道德教育，寓教于乐。唱这些歌比唱国歌的几率还高，每日三餐开饭前，全校学生分班分桌排在地下室饭厅门前，由各班文娱干事轮流指挥全体唱，一首歌唱一周，下周再换。由于这样的强化记忆，至今，词曲仍能烂熟于心。歌毕，按顺序进入饭厅，在门口伸手接受轮流值日的各班生活干事检查，手脏者不得入内，饭前一定要洗手。在歌咏和检查的时刻，每桌的值日生已打好饭菜，每人一份分好，八个人一桌。吃饭时不准随便讲话，更不准浪费粮食。剩下的饭菜倒进泔水桶，炊事班喂猪。个别同学把吃剩的馒头扔掉，边校长在全校大会上进行了严肃批评，还引用了“锄禾日当午”的诗句。有件事我疑惑至今，我们的食谱安排很怪，早饭吃炒菜、米饭、馒头，中饭倒是喝豆浆，吃点干粮。这是行军打仗留下的习惯？还是有什么科学依据？不得而知。晚饭若是吃炸酱面、打卤面，晚上锅炉房就不烧开水了，每个宿舍的值日生提着铁壶到伙房打面汤喝，不能浪费。面汤不像开水，我习惯就着点什么，于是周日我到西单买点榨菜，躺在床上就着面汤吃。

夏天，学校有了制冰棍机，边校长在全校大会上说“我们这是提前进入社会主义”。午睡起床后，每个学生领两根水果冰棍，很硬，边吃边走到教室。下午第一节课往往晚几分钟。老师站在讲台上不说话，望着大家，等学生们吃完冰棍才开始讲课。一至六年级各班都在一个楼，楼上楼下八间教室，都是在上课铃响几分钟后才开始传出老师讲课的声音。

周六下午全校洗澡后，炊事班叔叔吹哨，全校同学自愿参加包包子。起初，我和贪玩的同学躲到一边疯玩，不去。后来才想看看热闹。伙房门外，一个个大笼屉摆满一地，一盆盆和好的馅儿放在上面，有的同学擀皮，运皮，大多数人蹲在笼屉前包，有说有笑。我学会了擀皮，动作规范，右手擀，左手转着皮，擀得皮中间稍厚，四边薄，以免蒸熟馅儿脱底。后来也会包了，褶儿捏得匀，中间没有面疙瘩，也没有破洞，馅儿也揣得大。自己动手包的包子吃起来格外香。

四年级时，衣服由洗衣房洗，拆洗被子也由负责生活的阿姨管。每件衣裤上自己都用线缝上名字。手拙，缝得比写的字还难看。我名字中的“为”字繁体笔画多，缝起来很费事，也缝得大。五年级后，衣服自己洗，被子也自己拆洗。班上有年纪大些的女同学，会做针线活儿，教我怎样缝得被里被面露的针脚都很小，把线藏到棉絮中，既好看又拉得紧。还学会了自己补袜子。那时棉线袜子质量差，穿几天就破了，我又爱踢毽、跳房子，更费。每个宿舍都有木头袜子板、各色布头、针线。能干的大同学把新袜子就从袜底纵剖开，翻上来，上整袜底，袜底也是自己用几层布纳成的，针脚很匀，有的还纳出花纹。我只会最简单的补法，由于懒，补得不及时，后跟破洞很大，补得高，后鞋帮上总露出补丁。我最烦补袜子，没完没了！夏天，我是早早就光着脚，不穿袜子。可脚汗在布鞋里和泥，很滑很黏，我宁愿常用水刷鞋。

每个宿舍都有大拉门橱，放每人的衣服包。包袱包不下的就压在床头褥子下，这个习惯我一直延续到上大学，床头褥子下总有好多东西。鞋和搪瓷脸盆放在床下，我记得李敏的脸盆里印着墨色的马，她说她父亲喜欢徐悲鸿的马。每天起床，到水房打水洗漱，冬天有大缸热水可用。洗脸时，全校学生分散在院中各处，有蹲有站，景象也很有趣。每个宿舍都有大尿桶，夜里用。早上由两个值日生抬着去倒，很沉，下楼还有些费劲。四年级时，班上大的女同学就来月经了，给她们发卫生纸，一开报纸那样大的豆纸，很硬，灰褐色，要揉软才能用，我有时也帮她们用手揉，揉完抖下许多纸末。

洗澡，起初是大池子，在里面泡，出来打肥皂，用脸盆接水冲净。一班一班轮流洗。后来，建了新澡堂，安了许多喷头，洗得干净痛快。就是人很多，两三个人一个笼头。我和好友雷蓉蓉有时把水打到宿舍自己洗。

一到冬天，每人领个粗布褥子皮，到东院大操场的草垛装稻草，装得大半满，回来缝上口，这就是草褥子。铺在棉褥子下面，睡得很暖。那时，屋里生炉子，温度低，有时冻手冻脚。于是学校号召四年级以上的男女学生自己织毛袜子、毛手套。还鼓励帮低年级同学织。发粗毛线和四根竹针。本色的土毛线粗细不匀，穿着很扎，里面要套线袜子。学期结业典礼上给织得多的学生发奖，居然有男同学获奖！我很吃惊，男生也那么巧，那么能干。我仅勉强完成自己的。平针、上下针还好织，脚后跟拐弯的加减针就麻烦了些，好歹也算学会了。

艰苦奋斗、团结友爱的精神就这样点点滴滴深入我们的心里。

学生都是中高级干部子女，不论父母地位高低，学校对大家都一视同仁。记得有个高级将领的儿子打架，被严厉处分——开除少先队的队籍。边校长在全校讲话说：“我们学校有毛主席的孩子，有不少开国元勋的孩子。他们没有什么特殊，大家一律平等。古时候还讲王子犯法与庶民同罪，何况我们是共产党领导的学校。孩子们，你们要自己上进！努力！”从那时起，我就懂得了自强不息。我小时随父母迁徙，频繁转学，功课不好。四年级时我的学习成绩是中上等，五年级后知道用心了，才名列前茅。毕业时被保送到师大女附中。在课堂上老师不仅教我们知识，更强调要端正学习目的。学好本领，将来建设祖国，被视为天经地义。斯大林说的“伟大的毅力只为伟大的目的而产生”，是我鞭策自己刻苦学习的座右铭。那时一提起祖国，便有一种神圣的感觉，幼小的心灵也有着崇高的理想。

在各科的学习之外，课余生活也有很多乐趣。文娱活动中舞蹈比较突出，由大连来的周真老师主抓。她编导的“新疆舞”很好看，服装也华丽，一组人全身白缎子长裙，一组人全身紫锻子长裙，在礼堂灯光并不明亮的小舞台上，远远看去也闪闪发光。李敏等人跳的“个人技术舞”更使人惊叹。李敏在苏联保育院长大，受过苏联舞蹈的熏陶，周老师又精心编导，动作难度大，技术含量高，舞蹈语汇和服装完全是苏联模式。我从小没跳过舞，看到这些心中十分羡慕，后来参加了舞蹈队，学习“骑兵舞”。由于我苦练蹲着两腿向左右画圈手挥马刀前进的动作，居然得到周老师的青睐，于是又吸收我参加“苏联儿童舞”，穿着一层层的白绸短裙，系发带，舞动手鼓，跑跳穿插，很活泼。有过几次演出。

由于没有歌唱天赋，我很少参与音乐方面的活动。田子和、李俊吉等都有极好的嗓子，是麻嘉卉老师的高足。礼堂有架大的三角钢琴，因为我不是课外音乐组的，仅有资格弹风琴。勉强会右手弹几句小曲，左手做简单的伴奏。偶然到大钢琴上摸过几次，指法当然说不上，只是弹出声而已，但觉得甚是清脆悦耳。当然，不设门槛的自娱自乐的方式还是吹口琴。吹口琴，在同学中风行。石人望牌的口琴，家里就给我买过两个，第二个，琴壳可以褪下，样式新颖，清洗也方便。为练口琴，吹得嘴角磨红磨破也不在乎，还学会用舌头打拍子，自我伴奏。

电影，我们有时在操场看。记得有《普通一兵》《宝石花》《红领巾》……六年级时周末我常和好友雷蓉蓉、叶燕燕去中央、首都、西单影院看电影，也都是苏联片，《拖拉机手》《蟒魔王》《他们有祖国》《阴谋》……常从上午看起，连看两场。也不回学校吃午饭，到隔壁的沙利文冷饮店买奶油冰棍吃，我有时竟连吃七根。每次看电影我都兴奋不已，这可能注定若干年后我将从事电影创作。

那时新中国刚刚成立，家长们的工作都很忙，学校规定两周才准回家一次。不回家的周末，可以结伴外出，到西单一带逛逛。每月每人发五千元津贴，相当于现在的五角。当时父母是供给制，我们的生活也由组织供给。用津贴费在小摊上买点瓜子、铁蚕豆，有时还买芝麻烧饼夹酱肉，觉得特别好吃。大多数同学喜欢打扑克，周六，各宿舍打得热火朝天，直到半夜。很怪，对此我天生毫无兴趣，从不参加，至今连百分都不会打。那干什么呢？跳皮筋、抓羊拐、跳房子，到图书馆借课外书看，《小北斗村》《绿色箭头》《李有才板话》《吕梁英雄传》……是热门读物。

我们不是生活在一个封闭的环境，我们和祖国息息相通。课余时，老师还带我们参观西郊新北京的建设，参观鲁迅故居、通县双桥机耕学校，回来都写了作文，我写得热情洋溢。还请志愿军英雄来作报告，全校还举行了任弼时同志、叶挺等烈士的纪念会。学校还派我和雷蓉蓉、叶燕燕等人参加北京市在清华大学举办的暑期军事夏令营。每人带着背包，在水利系教室打地铺。白天进行队列操练，彻夜在住地附近站岗放哨，两个小时换一班，两人一班，每晚更换口令。到了后半夜，人们都睡了，我们能盘查的只有来查哨的老师。我们是八一小学的学生，却从未经历过这样的军训，郑重而新奇。更令人难忘的是在清华校园举办的营火晚会。

我们的生活多彩而充实。那是一个旭日方升的时代，闪耀着理想的光辉！大家由衷地感到生活在毛泽东旗帜下的自豪，感到继承父兄革命事业的艰巨责任。

八一小学的老师是可亲可敬的，语文课的秦佐贤老师、自然课的甘锡如老师、地理课的王馥忱老师、政治课的姚树贤老师、体育课的冯树声老师、算术课的李学贤老师、音乐课的麻嘉卉老师……他们的谆谆教诲，他们的音容笑貌，我至今记忆犹新。各位老师，当年你们给我打分，现在，我在心里给你们打分，满分！

更使我难忘的是边振瀛校长，他像老妈妈一样呵护着我们。记得刚转学，不回家的周末，我常找边校长玩。他住在学校大会议室东头的屋子，一个床、一张桌子、一个小书架，十分简朴。边校长身材高大，皮肤黝黑，操着很浓的河北口音，有军人的威严，而对每个学生又那样熟悉、慈爱。我，一个刚刚转来的插班生，竟敢缠着他讲故事。至今还记得他讲曹操的谋士杨修很聪明。曹操在新建的花园门上题一“活”字，大家不解其意。杨修说，“门内添活字就是阔字，丞相嫌园门大了。”又一次，有人送一盒酥糖，曹操写“一合酥”三字在盒上，杨修见了，马上与众人分食。曹操问，杨修答，“盒上明明写着一人一口酥嘛！”还有大文豪苏东坡和苏小妹互相嘲戏的故事，小妹锛儿头大，苏东坡说她“未出庭前三五步，额头先到画堂前”，小妹嘲笑苏东坡脸长，说“去年一点相思泪，至今流不到腮边”。这些《三国演义》《醒世恒言》上的故事，让我印象深刻。苏东坡是我以后最崇拜的诗人，他的名字是从边校长口中第一次知道的，那时我十岁。

五十六年过去了，如今我已进入暮年。八一小学在心智、道德、修养、性格上对我的培育、启迪，使我受用终生。师长们并没有高深的教育理论，他们凭着阶级本能，用朴素、生动、有效的方式铸造着我们的灵魂。

我永远珍视那三年的生活，在共和国的黎明，在北京李阁老胡同。

2006年7月

载于《我心中的八一——献给母校六十周年诞辰》

难忘的北京师大女附中

1952年，八一小学保送我升入北京师大女附中（后改名实验中学），至1958年高中毕业。在这里我度过了蓬勃生长的六年。

女附中在北京的中学里，名列前茅。

教学是严格的、高水平的。记得初中数学课，几乎堂堂有小测验。下课前几分钟，出题答卷。考察学生理解的程度，也验证老师的教学水准。

语文、历史课，一上课就有关于前一节内容的提问，不限于复习重点的范围，老师可以另寻灵活角度。有时，老师要求学生走到教室前头，面对全班同学回答。不仅检查对知识的掌握，而且训练当众说话的能力。

物理、化学老师还教我们理解、记忆知识的诀窍。

老师们学养深厚，富有经验。社会科学课目讲得生动深入，自然科学课目讲得明白透彻，都引人入胜，激起我们学习的兴趣、求知的热望。

我喜欢期末复习考试阶段，梳理所学知识，觉得生活很充实。考得好，就很有成就感。考试时，我常写小纸条放在桌角——“向祖国汇报”，答起题来，就更有内生动力。

现在，很多数理化的具体公式、定理，虽然我已忘记，但老师们给我们建构的自然科学、社会科学基础知识的平台，教我们的辩证唯物主义、历史唯物主义的观点、方法，扩大了我的视野，提升了我的认知能力，使我在以后的人生中面对世界、面对事物、面对自己，能站在一定的高度做出正确判断。

我后来从事电影导演专业，主要是形象思维，当然也有理性思维。我们北影厂汪洋厂长总夸我思考严密。这得益于中学时培养的科学的思想方法。

我从初一到高一都住校，整天在学校生活。图书馆、阅览室是我精神的加油站。《水浒传》《红楼梦》《儒林外史》《傲慢与偏见》《城与年》《青年近卫军》《唐璜》《莱蒙托夫诗选》《死魂灵》《约翰·克利斯朵夫》……都是我这个“文艺青年”的最爱。阅览室中人文方面的杂志《新观察》《人民文学》《戏剧报》《大众电影》《时事手册》《旅行家》……我也期期都看。这些与课堂上的教材共同哺育着我。

每天课间操，各班列队做完广播体操后，全体学生振臂高呼：“锻炼身体，建设祖国！锻炼身体，保卫祖国！”这一千八百个女孩子壮怀激烈的豪情，是怎样发自肺腑，是怎样将化为终生的行动！热爱祖国、报效祖国，是我们不言而喻的天职！每念及此，总觉得这场面充满着壮美的诗情。

每天下午下课后，全校学生都到操场锻炼，各显其能：跑八百米、打篮球、跳高、跳远、爬绳、爬杆、练高低杠、平衡木、体操……如龙腾虎跃、春燕展翅。学习知识，强健体魄，为了祖国的明天，“时刻准备着！”。

学校注重时事教育，通过报纸、新闻广播、时事报告，我们知道每天的国内外大事，治理淮河、朝鲜停战谈判、古巴7·26运动、康藏公路通车、五年计划实施、宪法制定……我们的生活和世界风云紧密相连。

学校还组织我们去黄土岗、四季青、西山乡农业生产合作社参加应季的农田劳动，去石景山钢铁厂参观，在焦炭厂做辅助工，去长安大戏院服务，去街头宣传总路线，去玉渊潭打麻雀……总之，让我们走出书斋，尽量接触社会生活，接触工农业生产，多多少少了解民情。

女附中校风朴素，虽然都是青春少女，大家都不讲究穿戴，干净就好。学校厉行节约，每班都有住校生、走读生，上晚自习时，我们这些住校生就归并教室。记得初一时，我们就拿着课本、作业、文具到高二（2）班去上晚自习，节约用电。

1955年，苏联英雄卓娅的母亲到学校访问，在操场上与全校师生见面。她朴实的演讲让人感到亲切。她写的《卓娅和舒拉的故事》，风行中国，我们几乎人手一册。之后，在礼堂，高二某班集体朗诵土耳其诗人希克梅特的长诗《卓娅》，又使我热血贲张。那个时代，我们心中都有英雄情结。苏联的卓娅、马特洛索夫，中国的黄继光、邱少云、杨连弟同样活在我们心间，鼓舞着我们为正义而战！为实现人类最崇高的事业献身！

学校注重发掘、培养学生的天性、爱好。课外活动丰富多彩。每个学生都要参加课外研究小组或文艺、体育社团。化学组、无线电组、航模组、医学组、钢琴组、舞蹈团……我就参加过植物组、历史组、话剧团。

每年学校都举办文艺汇演，有合唱、独唱、舞蹈，甚至有两个女生穿着长袍拿着折扇说相声。我们初三（1）班演的诗剧《马兰花》，运用综合艺术手段：朗诵、哑剧、舞蹈、笛子伴奏来演绎剧情。好看！

学校话剧团在全校新年晚会常有演出，我在《十二个月》中扮演女王，在《她的朋友们》中演女主角——一个双目失明的苏联女中学生。睁眼瞎的表情、动作，我也是琢磨练习了好久才找到感觉，演得颇受好评。《她的朋友们》的导演舒晓鸣比我高一年级，是戏剧家舒强的女儿，从小受到熏染，排戏很有一套。《她的朋友们》还被邀请到北京市劳动人民文化宫演出。这对我们真是盛事。胡志涛校长把她访问苏联时的西服套裙借给我穿。

胡校长，聪慧、干练、漂亮、口才极佳。在抗日战争时期，她参加抗敌演剧三队，光未然在延安写《黄河大合唱》歌词时，因行军受伤，只能口述，由她记录整理。我们的前任校长苏灵扬是周扬的夫人，后调任北京艺术学院院长。两位校长和艺术都有很深的渊源，对学生的业余文艺活动大力支持。

我们话剧团还真出了几位电影导演，我、叶向真、罗小玲、胡威威。和我同台演《她的朋友们》的关瀛后来是中央戏剧学院表演系教授。北京电影学院导演系教授江世雄、电视连续剧《三国演义》导演之一的蔡晓晴也都来自女附中。

高一的暑假，学校推荐我去北京团市委组织的《戏剧讲习班》，多次听中央实验话剧院左莱讲话剧表演和导演。学校还两次派我去北京团市委举办的朗诵会，朗诵艾青的诗和克雷洛夫寓言。

以上这些活动都是我专业艺术生涯的史前史，幼稚却充满真诚。

学校还组织大家看周日学生早场电影，五分钱一张票，我是场场不落。《忠实的朋友》《马克辛三部曲》《牛虻》《生活的一课》《偷自行车的人》《董存瑞》《梁山伯与祝英台》……都使我沉醉不已。

高中毕业，我报的第一志愿是北大新闻系，学校推荐我和话剧团两位同学投考北京电影学院导演系。在银幕上“创造生活”，还是在报刊上“记录生活”？我最终选择了前者，考入北京电影学院导演系，开始踏上了真正的艺术苦旅。

2018年夏

我的艺术启蒙老师

——忆张客教授

1958年9月1日。

小西天北京电影学院西跨楼排练厅大教室。

导演系主任张客教授、班主任师涛老师。

导演系“58班”全体学生。

在此时此地，我迈进了艺术殿堂之门。

教室很大。占北面三分之一面积的是很低的舞台，抬腿就能跨上去。南面临窗，是主讲老师的座席，背光，便于观察全室。中间空地东西两排靠近墙的课桌后，坐着本班全体同学，五女十六男。

同学们互不相识，只认识招考我们的张客老师、师涛老师。专业课初试、复试，都是单人进行。影片分析考场、文化课考场虽大，当时只顾答题，无暇张望四周的复试考生。

今天，二十一个幸运儿，第一次聚齐。大家都超兴奋，笑着，或忍着笑，相互投送着陌生而友好的目光。

张客老师一一点名。被叫者，站起来自我介绍，自述历史。

解放军文工团员、志愿军荣誉军人、职员、技术工人、话剧演员、海军退伍兵……我只有极简史，北京实验中学应届高中毕业生。

1957年“反右”斗争后，电影学院招生注重“阶级路线”，我们导“58班”，高中生有九人，来自部队、工厂、剧团的比重大。班上中共党员就有六名。

我很羡慕这些“调干生”，不是指“带薪上学”，而是指在真正懂得艺术之前，他们多少懂得了生活。对于学习导演专业来讲，这是一笔不小的无形资产。班上最大的同学比我年长十岁。我暗下决心，阅历浅，先天不足，更要加倍努力。

张客老师讲了很多，记忆最深的是：

电影导演不是轻松的职业，而是个艰苦的工作，劳心劳力。将来到了制片厂你们会有切实感受。

招的女生少，是因为电影导演除了智能外，还需要强健的体能。

从今天起，你们要从最基本的元素开始，学习电影导演艺术。在这个小舞台上，一步步展示你们的学习所获。每当你站上这个舞台，就是进入了艺术创作，要诚实、要真挚，要全身心投入。

对艺术要有敬畏之心。对生活要像孩子一样充满好奇。对知识要广为吸收，拓宽眼界。

要记住，生活、思想、技巧，是你们的基本功。

我和来自人大附中的张暖忻，同为班上幺妹。我们订了个阅读古今中外文学名著的计划，执行得很认真。

张客老师知道后很高兴，说，人的直接经验是有限的，文学经典中描述了更广阔更深刻的人生况味。人类的喜怒哀乐在许多方面是相通的。这些伟大作家对人的认识都独具慧眼、入木三分，而艺术呈现又有其独特性，有时甚至是唯一性。你们不仅要通读，有的还要精读，要体验式地读，要“入戏”。有这些艺术滋养哺育，你们会成熟得更快。可是对当今的生活，也不能漠视。要看报、看文艺期刊，要热情地投身到生活中，时时处处观察、体验。你想，将来如果让你表现20世纪50年代末的生活，你除了导演系课堂上的东西，对其他都一脸茫然，你不是白活了吗？张客老师又说，导演就是要运用多种艺术手段在银幕上创造生活。你要积累大量的生活感受，学习电影丰富的表现方法。谈到生活感受，来自直接的和间接的，两方面都不能放松。

学院师生每周在礼堂观摩中外影片。一次闲聊，张客老师问我怎么看电影。我说，就像过去一样，喜欢的就很投入，很沉醉，看完了，老也忘不掉其中的人或戏。不喜欢的，就觉得简直是浪费生命，想都不愿想。张客老师说，凭自己敏锐细致的感觉、自发的审美经验，观赏感受一部影片，这是可贵的。现在你不是一般的观众了，你还要积极地参与创作。有时要跳出来，快速思索，戏，下面怎么发展？怎么演？如果影片超出你的设想，你就学了一招。如果你比影片处理得高明，你同样有所获。而且谆谆告诫我，不能仅仅评价影片的文学质量，同时要学会评价影片的电影质量。喜欢，不喜欢，也要想出个为什么，并且要举一反三，运用到自己的学习、创作中去。

有一次，张客老师问我，你家住城里，休息时，常去看画展吗？我老实回答，没有。他说，要常去看。有些画表现戏剧性的瞬间，好像凝固的电影画面，有事件、有人物、有细节、有场面、有气氛、有情调。值得反复揣摩。有些风景画，也是富有诗意的空镜头。光凭给你们安排的美术史课上所学的是不够的。构图、光效、色彩……方面的修养，要靠大量观摩作品才能发展成审美知觉，真正提高自己的鉴赏力。他又说，造型艺术修养对电影导演也是至关重要的，不亚于剧作和表演。并不要求你成为画家，但你要懂得什么是美的。将来，你和摄影师、美术师合作，你要有分析能力、判断能力，这都基于你的艺术素养。这番话后，闲暇时，我常光顾故宫绘画馆、帅府园中央美院展览厅、中国美术馆。获益匪浅。

张客老师除亲授表演课、导演艺术课外，还亲授名片赏析课。让我们观摩了苏联普多夫金导演的默片《成吉思汗的后代》《母亲》，又对照观赏了苏联顿斯科伊导演的有声彩色故事片《母亲》。

每次看完，张客老师总先让大家谈观感，讨论，他最后发表意见。这是他一贯的教学方式。

张客老师说，无须讳言，彩色有声故事片《母亲》，运用更丰富的创作手段，对观众产生的震撼是强烈的、全方位的，来自视觉和听觉两方面。但默片也有独特的、无可比拟的艺术魅力。默片《母亲》，注重以纯视觉方式表现意念，塑造形象。通过人物动作、表情和眼神，配上简短的字幕，鲜明地揭示了人物内心生活。还大量运用空镜头，营造出富有诗意的气氛。张客老师说，不是让你们回到默片时代，而是让你们从默片中学习、揣摩电影艺术最本质的特点。电影情节还是首先必须用视觉性技巧表现出来。当然，并不否认声音所具有的丰富表现力和感染力。语言是人际交流的重要手段。台词对揭示思想、感情作用巨大。但对白不是表达电影导演意图的万应灵药，要在别无他法时，才借助对白。这是电影独特的、强有力的、有别于戏剧的特质之一。

抗日战争时期，张客老师是演剧四队的主要导演，谙熟戏剧艺术规律，新中国成立后又导演过几部电影，对于两种艺术的异同，有真切的体会。

在我们做小品、写几百字或上千字的剧作练习时，张客老师都强调尽量依靠视觉因素，它应优于对白因素。对话要减到不能再减。写对白，要性格化，也要惜字如金。

我最爱上戏剧观摩课。张客老师和全班同学乘公交车，去北京市工人俱乐部、青艺剧场、吉祥戏院看裘盛戎的《姚期》，话剧《降龙伏虎》，秦腔《卖水》《三滴血》。裘盛戎高亮醇厚的演唱技巧，《降龙伏虎》富于浪漫主义的艺术表现形式，秦腔女小生陈妙华生动潇洒的表演，都使我痴迷。

看完后，又是全班热议。张客老师说，戏曲无可置疑的是民族文化瑰宝，电影这种外来艺术要学习借鉴其神韵。你们作为电影导演专业的学生，要从姊妹艺术中汲取养料，滋补强健自己的身心。并且说，鉴赏力不是靠观赏中等作品而是要靠观赏最好的作品才能提高的。所以，我只让你们看这些最好的作品。

有次在课堂上谈到采外景。张客老师说，拍《新儿女英雄传》时给史东山当副导演，一起采景。史东山常常停下来，回过头看。哦，那完全是另一番景观。在创作中，视点很重要，换一个视角，会产生迥然不同的艺术效果。我明白，张客老师当然不只是谈采景，而是告诉我们找到不寻常的切入视角，往往会有意想不到的收获。这一点，在我当年学习和后来的创作中多次得到印证。一个思路不通，山重水复，调头一想，立刻柳暗花明。

1958年党中央提出“教育为无产阶级政治服务，教育与生产劳动相结合”的方针。电影学院各系学生都要每年下乡两个月，接受贫下中农再教育。

1959年春，我们班到房山县二站村劳动锻炼，与社员实行“三同”，同吃同住同劳动。当时农村大搞水利建设，我们和社员一起修水渠。

二站村党支部提出希望我们帮助出“快报”，以便各生产小队相互了解生产、生活情况。班上让我负责此事，每周脱产两天，采访、写稿、刻蜡版、推油辊子印出。

这期间，我听到许多社员和队干部对“一平二调”的“共产风”不满。“共产风”是指富队、穷队搞“共产主义大协作”，富队在资金、劳力、生产资料等方面帮助穷队。于是，我编导了独幕剧《算账》。我演老太太，赵矛演老头，王岚演儿子，他是队干部。儿子动员父母把自家辘轳井绳支援出去，并答应作价。老太太不肯，说“别哄小孩上炕了”。最后，儿子搬出“锅里有，碗里才有”的大道理。在村里演出，受到社员们热烈欢迎。

回学院后，张客老师看了汇报演出，十分肯定，还说：“不要写成富裕中农，改成贫下中农对‘共产风’不满，这才深刻。”

学年表演课，我得了全班最高分，因为我运用了不少观察到的农村妇女语言和动作。

不久，庐山会议批判彭德怀，全党开展“反右倾”运动。重点针对对总路线、“大跃进”、人民公社持不同看法的党政军干部。

《算账》被定为毒草。张客老师作为“浸透了资产阶级世界观”的“党内专家”受到严厉批判，被撤销学院党委委员、导演系主任、“导58班”主任教员的职务。《算账》在全院公演，供各系师生批判。我作为《算账》第一责任人，在班上做了一上午的检查。挖思想根源、社会根源，检查文艺思想如何中了封、资、修作品的毒。

章泯院长遇到我的姨母张瑞芳，说，王好为的《算账》是有帽子可戴的。念她不是党员（反右倾运动只在党内干部中进行），并且一贯表现很好，就不戴帽子了。

从此，吴国英教授接手带我们班。

1960年下半年，党中央出台一系列措施，清理“左”的错误。其中提到要以最大努力纠正以“共产风”为重点的“五风”。《算账》也随之得到平反。

1962年我毕业分配到北影第三创作集体，整日沉浸在创作的氛围中。我给张客老师写信，描述自己“目不暇接”的喜悦兴奋心情。他回信说，他完全想象得出在一个良好的创作环境中工作是多么舒畅、幸福。鼓励我在实践中不断刻苦学习。

“文革”结束后，张客老师出任北京电影学院副院长。我们班同学都感到欣慰，历史终究还他一个清白和公正。

我出席第四次全国文代会，遇到张客老师，分外亲切。会上放映了我独立导演的《瞧这一家子》，他看了，很喜欢。还问起有些戏的构思过程。

八十年代末，张客老师生病住院，我去积水潭医院探望他。

1989年12月，刚完成我导演的第十部影片《哦，香雪》，惊闻张客老师逝世。在八宝山告别那天，“导58班”在北京的同学都去了。

在这个冬日，望着恩师，泪水禁不住地流。

那年盛夏，是他把我领进艺术的天地，手把手地教我。

2018年夏

奠基之初

——忆余倩老师的授课

我是余倩教授的老学生，今年76岁。58年前，我考上北京电影学院导演系。大二时，余倩老师教我们基础课——文学作品分析。此前，已学完汪流老师主讲的文学概论。现在要运用这些理论分析文学名著了，我很期待。当时，我是班上的文学课代表，从小喜欢看书，对文学的爱好似乎强于同班同学。

余倩老师列出的作品是明代冯梦龙的白话短篇小说《杜十娘怒沉百宝箱》和元代王实甫的杂剧《西厢记》。这当然是中国古典文学的典范之作。就其情节的曲折、结构的严密、性格的生动、语言的精妙，选为导演系的文学教材是再恰当不过的了。但我更盼望他讲些生僻的作品，以拓展自己的艺术视野。《杜十娘怒沉百宝箱》我在高中语文课中已学过节选，课余我也阅读过全文。《西厢记》，1952年，我小学毕业，恰逢第一届全国戏剧会演，父亲就带我看过越剧《西厢记》，袁雪芬、范瑞娟、傅全香主演，优美至极，我印象很深。高中时就通读了《西厢记》全篇和其他元杂剧佳作。我想，这两个作品竟要讲一学期，对我来说，没什么新意，仅是复习而已，心中有些失落。

余倩老师登上了讲坛，他声音不大，语速不快，时而迸出幽默的词句，他用浓重的四川口音开讲了。他不看讲稿，好像也没有正式的讲稿，只是信口说来，像聊天一样。可是他却渐渐吸引了我，燃起我很高的兴致。他讲了杜十娘追求真爱理想的破灭，以死抗争，她悲剧的必然性，以及作品深刻的思想内涵。他讲了《西厢记》的源流和光耀千古的艺术成就，足以令东方剧坛生辉，足以与西方剧坛媲美。他大段背诵剧中华美的词句，很投入，很沉醉。他没有矫揉造作的抑扬顿挫，也没有老夫子的摇头晃脑，他的吟诵却透露出对艺术深沉的挚爱与理解，使我们浸入诗的意境。在表演课上我深知，这种朗诵并非易事。他没有学过表演，一切来自他对作品真切的感受与体验。

余倩老师教我从艺术创作的角度来欣赏、玩味、剖析作品的冲突、人物、情节、结构，还讲到细节对刻画性格、心理的重要性。这一切远远超越了我过去粗浅的理解和对他讲课的预期。不仅如此，他的思路开阔，还引导我们探究电影故事片作为叙事艺术，其中心究竟应当是人物形象还是行动？他介绍了黑格尔主张人物是现代艺术的中心。他介绍了车尔尼雪夫斯基的“艺术是自然和生活的再现”。他专门引述了李渔的《闲情偶记》，强调结构第一，立主脑、减头绪、脱窠臼、密针线，等等。我虔诚地聆听着这些文化巨匠的名字和他们的艺术箴言，那种发自心底的景仰与感动，无法言说。对我这个准备为艺术献身的青年来说，如同朝圣。余倩老师引领我从专业的视角走近文学宝山，它蕴藏的智慧和美，是无尽的。它滋润着我的心灵和创作，我终生沐浴着它的雨露，至今，我已老眼昏花，还捧读不辍。家中数千本中外古今文学名著，是我最珍贵的财富。拜读它们，是我最高的艺术享受。

余倩老师的授课，在我的电影生涯中是太重要了。电影导演面对繁杂的艺术创作课题，首要的就是对文学剧本的选择、分析、修改，甚至自己动手编剧。我一直运用他教我的艺术分析方法，当然，还融进其他许多方面的艺术滋养。我导演过二十余部故事片和电视剧，一般说来，我自选的，加上责任编辑组稿的剧本，其投产成活率为五比一，那就是说，这几十年，我起码认真研究过经我手的百余个比较成熟、比较靠谱的剧本。可想而知，余倩老师所授秘籍运用次数之高!

我始终认为文学修养是电影导演各方面艺术修养的基础，而余倩老师是打造我基础的恩师。

载于《当代电影》2016年第11期

跟随凌子风导演学艺

——记在北影厂第三创作集体的日子

凌子风导演是我进入职场后第一位老师，是20世纪60年代北影厂第三创作集体的大帅。

1962年，我从北京电影学院导演系毕业，分配到北影厂。人事部门让我去第三创作集体向凌子风导演报到。

三集体的楼梯墙上钉着《红旗谱》《飞越天险》的大幅剧照，会议室四周悬挂着凌子风、李苦禅的水墨画条幅，艺术氛围很浓。我喜欢这个未来的工作环境。值班人员说凌导演正在摄影棚拍《杨乃武与小白菜》。

摄影棚内，人头攒动，大家各司其职抓紧做下个镜头的拍摄准备，执行导演马尔路大声地发号施令，苏菲导演也被人们围住回答各种问题。凌导演在哪？我没见到。实拍前，人们的目光都转向站在不显眼角落的一位中年人，马尔路导演问："凌帅，怎么样？"等他点头首肯。这位凌导演才是片场的灵魂！他表扬了大家的劳作，话很短，却有鼓动性。然后低声向二位导演说些什么。马尔路导演立刻宣布几处调整。

我怀着敬佩的心情注视这位《中华女儿》《母亲》《红旗谱》的导演凌子风。他个子高、挺拔；贝雷帽、西装外套和衬衣色彩谐调雅致；宽边玳瑁框的眼镜款式大方，很有艺术家风度。

后来才知，凌导演并不内向寡言，他性格热情豪爽，"疯子""拼命三郎"是同行赠他的雅号。他在《杨乃武与小白菜》现场低调行事，完全是为了扶持、树立马尔路和苏菲导演的权威，这也是他提携后进的方式吧。

我住进三集体的女职工宿舍，有了夜以继日参加凌导演挂帅的三集体创作活动的便利。

凌导演胸襟豁达，阅历丰富，爱聊、神聊。我很快听到他谈自己的家庭出身；在美专、剧专求学；与丁玲在"西战团"共事；在延安塑毛主席像章向中共七大献礼；初恋、再恋、婚姻以及拍片中九死一生的险情……更多的是听他畅谈琳琅满目的创作规划：《天桥》《孔雀公主》《啼笑姻缘》《燕子李三》和描写齐白石的《大匠之门》。这些都不是当时的主流题材，很难投产，但他却认定艺术上各有妙处。作为创作集体的主帅，他还负责指导其他导演的艺术活动。多少次我旁听他主持的剧本讨论，得益匪浅。他的建议多于意见，他很少从评论者的角度作理性分析，总是形象地以天马行空的想象修改、充实情节和人物。他丰富的想象力来自他的天赋、艺术修养和人生阅历，其汪洋恣肆是一般电影导演难以企及的。

凌导演的思维和生活方式完全艺术化。

他住在我们楼上的两居室。书房，除了写字台、书橱外，占半间屋子的是大画案，铺着毡子，摆着精致的笔墨纸砚，每天空暇作画不止。我至今还存有他和他大姐凌成竹为我父亲画的扇面：虾和红梅。屋内很夺目的还有一个形态奇崛的树干做的花架，他手巧，自己做的，上面养着几盆绿植和极品的兰花。他说从云南带回的兰花，土要用铁锅炒，以灭病菌和虫卵，他炒裂了两口铁锅。

卧室墙上挂着几个粗细不等的竹筒水烟筒，粗的有胳膊粗。他并不吸水烟，只是把玩。床是榻榻米式的地铺。室内摆着不少日本布艺和陶瓷饰品。他送我来自日本的印有影星高峰秀子戏装头像和签名的花布，我缝成口袋，至今还保留着。他的居室不喜欢一成不变。访日归来，便成了日式的了，后来到新疆拍《草原雄鹰》，他卧室的墙围子全换成用白床单撕开染成的维族花布了。

他工资很高，摆弄这些身外之物花费不小，月底往往钱紧。他家在城里，很少回去。住在北影厂自己做饭，他最拿手的是拨鱼，又筋道，又滑溜，又软和，好吃。每次做拨鱼，我和同屋的孔咏霄就上楼蹭一碗。

他喜欢追求时尚。当时刚有的确良，我一件没有。他穿着从日本买的红色的确良衬衣，说挺括，不起皱，洗给我看，不掉色，一抖，很快就干，催我快买。

在创作上，他也绝不保守，总盼望出新。

在北影厂小放映室，他从电影资料馆调看刚进口的法国新浪潮影片《长别离》《广岛之恋》和日本名片《裸岛》。看完，我们几个年轻人感叹不已，很想听听他的观感，他却一反常态，沉思不语。我琢磨凌导演不知又想什么新花样呢。

他向来注重抓文学剧本的创作。1963年，他出面邀请来京开会的十几位作家到三集体举行冷餐会。当时国家刚度过三年困难时期，物资匮乏。他掏钱，请苏菲导演通过她丈夫马海德的特供关系从友谊商店买了许多肉泥肠、火腿肠、面包、糕点、饮料、水果款待嘉宾。同时备有笔墨纸砚，可挥毫，可赋诗。我们几个青年现场服务，端茶倒水。凌导演与作家们畅叙友谊，盛情约稿。大家欢度了半日。客人走后，三集体的同仁们将残席一扫而光。这别开生面的组稿会让北影厂其他几个创作集体羡慕不已。

这次聚会，凌导演收获颇丰。内蒙古著名作家敖德斯尔将刚发表的小说《阿力玛斯之歌》的改编、拍摄权给了他。这是描写内蒙古民间摔跤手的传奇故事。凌导演如获至宝，激动地宣布："我也要搞新浪潮！要拍成《裸岛》式的作品！"全片台词极少，全凭戏剧动作展示冲突。

《阿力玛斯之歌》他任编导，摄影由北影厂四大师之一的钱江出任，马尔路、苏菲联合导演，我是导演助理。

凌导演率我们一行人去呼和浩特做前期筹备，采景、选演员、分镜头。他再三强调本片的特点是注重用镜头语言，尤其是画面造型因素，独特地、诗意地、色彩浓烈地表现蒙古风情。

他导演过《金银滩》，对蒙古族生活很熟悉，可还是充满激情地扑到生活中去寻找创作灵感。他有孩子般的好奇心，往往比别人更快更多地感受、捕捉到具有表现力的细节和富有诗意的情境。

我们乘着嘎斯六九吉普车翻过大青山，在草原上、在蒙古包中，边走边看边问，了解、把握牧民的生存状态；我们造访百灵庙、四子王旗的藏传佛寺，看喇嘛诵经，请他们演示盛典时吹奏的巨大法号和白海螺；我们多次观看蒙古式摔跤，了解比赛仪式、技巧、套路；还专门请马头琴名家来演奏；听蒙古说书人演好来宝……这一切都被吸纳到分镜头剧本中。

我很庆幸自己刚踏入电影界，就被引上一条充满活力的探求艺术真实之路。

分镜头都是凌导演先讲个方案，钱江老师修正、补充，马尔路、苏菲二位聆听、体会、附议。凌导演思维活跃，浮想联翩，常常冒出许多不同的想法，多到他自己都记不清前面讲的了，我需飞快地记下他全部设想，以备不时提醒他某个构思的闪光点。经过推敲筛选，总能得到最佳方案。凌导演对每个镜头的人物动作、画面构图都有独特的设计，要求我一定在分镜头剧本中写清楚。我深深体会到“造型手段作为剧作因素进入创作”了。

这种苦心孤诣的构思，这种灵光一现的奇妙状态，这种处于巅峰的高级精神活动，源于他痴迷的创新渴望和深厚的艺术功力。这种创作激情在此后拍《草原雄鹰》时再也见不到了。

汪洋厂长、田方副厂长对分镜头剧本交口称赞，到三集体登门祝贺，汪厂长嚷着：“《阿力玛斯之歌》分镜头精彩！疯子，要放卫星啦！”由此，摄制组加大马力全面推进。

对于主角阿力玛斯的演员，物色很久，最终敲定一位牧民。他像一座山，巨大、木讷。我担心他不会演戏。凌导演说：“他气质对头，外形合适，在生人面前不怵，只要他把自己端出来就行。你注意他的眼光有时很灵动，他不蠢，有些内秀呢。”我相信凌导演的判断，虽然此片中途夭折，没能看到银幕上的阿力玛斯。

鉴于国内政治形势的变化，党的八届十中全会提出“千万不要忘记阶级斗争”，文化部主管电影的副部长夏衍让《阿力玛斯之歌》改为抗日斗争的故事。凌导演断然拒绝，宁可不拍。当然他痛心不已。

之后，厂里推荐他拍《詹天佑》，我仍是导演助理。凌导演认为题材好，但对剧本不很满意，他带着副导演秦汉和我着手修改，由我记录整理成文。为什么叫他“拼命三郎”，至此我才亲身领教了。他让我俩跟他一起三天两夜连轴转，不睡觉，玩命地干。我一贯失眠，连茶都不敢喝。现在他给我们煮咖啡，我连咖啡渣子都吃了，还困。在讨论时，我提了不少建议，他很欣赏，说："小王，你能成一个好导演。"给我莫大鼓舞。

"拼命三郎"也有忙中偷闲的时候，一次他去看望好友、中央工艺美术学院院长张仃，我也跟去了。张仃暂住香山脚下租的农舍画画。他俩一见，二话不说，面对面就跪下磕头。我很纳罕，即便是故交知己，哪至于行此大礼呀。后来得知，他俩当年在北平美专上学时就磕头结拜为把兄弟了。

还有件事我印象很深。一次，为了解詹天佑的材料，我和副导演秦汉跟他去采访北洋政府交通总长、国民政府铁道部部长叶恭绰老先生和詹天佑在京的亲戚。新来的制片主任办事能力很差，不知从哪儿搞来辆破旧面包车，车皮多处掉漆，涂着粉色的漆底，像穿了件迷彩服。我和秦汉都觉得坐这车让凌导演太没面子了。他呢，却没作声。走到半路，发动机又出毛病了。一到十字路口遇红灯停车便熄火打不着了。我们三人跳下车，等绿灯一亮，推车猛跑，司机才能打着火。我们气喘吁吁赶快上车，没走多远又要跳下车。说来也怪，一下午竟遇到那么多红灯。我和秦汉连声抱怨制片主任太无能！凌导演却笑着说："这让你们印象深刻呀！这就是生活嘛，编戏都很难想出这样的细节。"他的话给我很大启示，对周围生活以豁达的眼光审视，更能品出其中三昧。这是导演天天要修炼的功课。

虽然日夜奋战，在北影厂拍《早春二月》的孙道临也答应担任主演了，领导又宣布《詹天佑》下马，说是靠詹天佑修铁路，搞实业救国怎么行？那得革命！

接着，凌导演又面临一个困难的抉择。《草原雄鹰》是第四创作集体年轻女导演董克娜正筹备的片子，描写维吾尔族、哈萨克族兽医的故事，她已选完外景。厂里突然决定把《草原雄鹰》升为庆祝新中国成立十五周年献礼片。为确保质量，加派凌子风为首席导演，董克娜为第二导演。董导演虽然服从了，心中却很恼火。她与凌导演既无师承关系，又无创作友谊。二人的合作关系令人担忧。另外由于剧情需要，拍摄周期超长，外景地远在新疆，工作生活条件差，摄制队伍难带。最重要的是剧本不理想，有些概念化。明知这是个烫手山芋，出于党性，凌导演还是接了。

这是我作为导演助理自始至终跟完凌导演拍的一部片子。

全组从北京乘直快列车要一百零六小时才能到达乌鲁木齐，再奔赴其他拍摄地点。我们在新疆辗转拍摄了八个月，从初冬到次年夏末。

条件艰苦，凌导演处处身先士卒。

在天山深处的伊吾军马场有很多戏。摄制组住在马场腾出来的简易排房，我住化妆、服装组。大炕上除自带的行李外，堆满了服装箱。屋地上支着几排服装架，分挂着角色服装。化妆台是粗糙木桌，没上漆，也脏得看不出木色，摆满油彩脂粉、织的胡子眉毛和饰物。我的办公桌是盘腿坐在炕上的自己的膝盖。垫着厚纸壳文件夹，复写导演新改的分镜头方案给各部门，填写每天的场记单，是我拍摄前后的文案工作。生活用水，取自屋外的冰雪，用脸盆盛回，在炉火上化开烧热。砖砌的炉子开始总烧不旺，凌导演亲自动手重砌了炉膛，火就很旺了。他真巧，木、瓦、漆工活都是把好手。大雪封山，交通断绝。我们几个不吃羊肉的，足足吃了一个月的清水熬白菜。

早上摄制组乘卡车出发，有时雪深车走不了，就调拖拉机为卡车开路。有的地方雪厚得拖拉机也走不了，凌导演就和全组人员用铁锹铲雪为拖拉机开出条雪胡同。拍暴风雪，要用从北京托运去的飞机头吹雪。真雪沉而湿吹不起来，雪花是全组用泡沫板搓成的碎粒，搓的时候小粒直往鼻孔钻，要搓好多麻袋。

隆冬虽冷，做饭饮水还可以化雪凿冰。天暖雪化了，马场满地马粪马尿，无净水可取，就从水洼中盛起这黄水，加上矾煮煮就变清了，做饭饮用。当时也不懂矾吃多了要痴呆。

夏天乘汽车转到中苏边境的昭苏马场拍摄，沿途净是搓板路，车颤抖得浑身发痒。途中过夜的招待所，被褥爬满了虱子。我和化妆师邵杰吓得在汽车上盖着大衣过了一夜。

昭苏的天气很怪，这里距吉尔吉斯斯坦的伊塞克湖很近，蒸发量大，拍摄时几乎每天遇到下雨下雹子。大家只好躲进卡车驾驶楼或钻到卡车下躲避。

内景，在乌鲁木齐解决。由于中苏关系破裂，苏联援建的十月拖拉机厂中途下马，我们就在空厂房搭内景。乌市电力紧张，只好天天夜班，通宵达旦地拍摄。

在导演工作中，对选外景地、审定内景搭建方案、分镜头、选演员，确定服装色彩，剪样片，凌导演都牢牢把控。这都是在主创人员小范围内进行的。至于每天在拍摄现场，面对全组，他绝不抢董导演的风头，让她出面按事先商定的方案指挥全局，以维护她的导演权威，充分体现了凌导演的大将风度。就这样，董导演为屈居第二仍时有怨气，凌导演从不与她计较。我从旁观察，厂里这样的人事安排，真难为凌导演，也委屈董导演了。

这部影片制作虽然认真，展示了新疆山川的四时风光和民族风情，艺术、技术质量保持在水平线上，但终因剧本先天不足，未成大器。

此后几年蹉跎，浪费了他的才华和最富创作力的一段生命。所幸，在他花甲之年，又逢盛世，“拼命三郎”再展雄姿，推出了《骆驼祥子》《边城》等佳作，继续站在中国电影大师之列。

载于《当代电影》2016年第6期；《中影史料》2019年第1期（有删节）

对谢铁骊导演的点滴回忆

——在谢铁骊导演追思会上的发言

谢铁骊，初次见到这个名字，是在电影《无名岛》《暴风骤雨》的银幕上。那时，我还在北京电影学院读书，由于学导演专业，对影片导演的名字格外关注。

1962年，我毕业分配到北影厂，报到时，见厂区布告栏赫然贴着文化部电影局的通告，任命谢铁骊、魏荣为导演。这项任命指的是今天所谓的职称。

我印象中，《无名岛》《暴风骤雨》题材不同，却都充满阳刚之气。我想这位谢导演也当是从革命战火中走出来的硬汉。

我在第三创作集体凌子风导演麾下，与第四创作集体的谢铁骊导演没有机会谋面。一天，经人指点才见到在厂门口与人交谈的谢导演。驼色大衣，中等个子，偏瘦，声音细而柔，略带江浙口音，很斯文。他匆匆谈完，骑车直奔摄影棚，骑的是进口二手自行车。他正导演《早春二月》。

后来，谢导演的场记，我的师兄葛文遂，带我蹭进小放映室看《早春二月》全片。我惊叹影片的精美绝伦。

又后来，《早春二月》遭到公开批判，全国各大报刊声讨这资产阶级人性论的大毒草。1964年，在文艺整风的北影厂中型会上，我的长篇发言提到《早春二月》，我坦言自己很欣赏，并说我这样的小青年都如此，文艺界确如毛主席指出的“已经跌到修正主义边缘”。谢铁骊导演就坐在下面听。

就在整风期间，一天，我骑车回家，与谢导演同行。我第一次和他说话。从小关到交道口的路上，我说撇开政治问题不谈，向他讨教表演。我对某著名评论家在《人民日报》整版批判《早春二月》的文章中对表演的评价质疑。我热烈夸赞孙道临、上官云珠的演技，问他作为本片导演如何看待？他只是听，不吐一字。我顿时省悟自己的愚蠢。我和他素昧平生，又逢敏感时期，叫他怎么说呢？

之后，我亲耳聆听谢铁骊导演在小关老北影厂的大食堂向全厂编导人员讲述他的艺术经历。他说十五岁参加新四军，十七岁入党，在部队文工团中长大。虽然从硝烟中滚过来，但文化底子不行。新中国成立后调到电影界，觉得只有土台子戏的根底不够，于是加紧自学。看了不少古今中外名著，尤其喜欢契诃夫的风格，精读了他全部剧本、小说。到中央戏剧学院苏联专家的导演培训班旁听。通过妻子王遐的关系大量看了中国电影发行公司的外国过路片。我心想，真是梅花香自苦寒来。他所以能拍出《早春二月》，除了才华、部队文艺工作的历练，还是下过苦功的。

转眼到1972年，我从北影五七干校调回厂，到筹拍的《海霞》组任副导演。导演是谢铁骊，摄影是钱江。钱江老师我很熟，他是三集体的大师，之前我曾在两个摄制组与他共事，我们叫他钱师傅。

七月末，谢导演、钱师傅和我到江苏、浙江、福建沿海采景、体验生活。我兼做剧务，管吃、住、行。到供应科领了两台国产海鸥相机和代代红135黑白胶卷，这是他们二位的采景设备。我取了备用金和差旅报销单据，放在黑色人造革手提包里，日夜不离身。

临行前，谢导演让我找会计科长孙庆吉了解差旅的食、宿、行标准。按级别，他俩都是文艺五级，属于高干，可乘软卧，住单人标间，每天宿费不超过30元。我是硬卧，宿费每天不超过12元。伙食费自付，伙食补助费都一样，每人每天3角，在火车上每人每天6角。我向他汇报，谢导演叮嘱要严格遵守。

从出发那天开始，每天的活动，谢导演都是第一个提前到集合点。我是个急性子，从小不迟到，可每次都早不过他。他说导演在摄制组绝对不能迟到，你要迟到，就无法要求其他人准时。导演的表率作用，从不迟到开始。

第一站到南京。我们住在玄武湖附近的南京军区招待所。这里是军营式管理，起床、开饭，广播喇叭都响起嘹亮的不同军号声。我们报告了此行任务，南京军区开了通行证式的介绍信，写明我们三人姓名、性别、职务、事由。并电话下达辖属的相关部门，令其全力协助。

南京军区宣传部部长曹欣同志全家和几位干事，陪我们参观竣工不久的长江大桥桥头堡和军管的紫金山天文台等地。几天相处，关系融洽，临别火车站送行，大家热烈握手告别，乱中，谢铁骊、钱江二位竟握起手来，引得众人大笑。

第二站到上海。上海市委安排我们住在外滩的和平饭店。我这个随员都是里外套间，有不小的会客室。谢、钱二位住房规格更高，是饭店内顶级的，在房间就可以直拨长途电话。晚餐摆了一桌盛宴，一见，我们三人都愣住了。服务员殷勤地招呼我们入座，我们也只好吃起来。刚吃完，服务员就说，徐景贤书记已在贵宾厅等候。

徐景贤在上海滩的权势仅次于张春桥、姚文元，人称徐老三。张、姚和后来居上的王洪文调到北京后，徐景贤成为上海第一把手，任上海市委书记。他高高的个子，文质彬彬。他称颂谢、钱拍了《智取威虎山》《龙江颂》是文艺革命的功臣，也是上海的功臣。把上海创作的这两个样板戏出色地呈现在银幕，推动样板戏的普及，既服务于当今，又传扬于后世。这样的功绩怎么赞美都不为过。又说，住在这里还有什么要求尽管提出来。他的态度始终十分谦恭而诚恳。

他刚走，一关上门，我们三人就大眼瞪小眼。我小声说：“超了。”钱师傅让我明天向他们解释清楚，我们搬到普通房间，吃普通客饭就行了。谢导演认为这样不太合适，他们也不会同意。他说，明天，我们还是搬到南京军区在上海延安西路的招待所延安饭店吧，这样摆脱，不露痕迹。我和钱师傅都称赞这个主意妙。谢导演嘱咐我办的时候，不必说什么超标准之类的话。我说知道。

次日一早，我对上海市委接待人员说，我们要搬到延安饭店。

“为什么？是不是接待有什么不到的地方？”

“没有。招待得很好。只是我们的影片是民兵题材，走南京军区的关系。住到那里，工作方便一些。”

“延安西路离这里不远，而且我们派一辆车子供你们专用。每天工作结束，回到这里。可以休息得好一些。”

“谢谢。我们已经决定搬走。请向徐景贤书记转达我们的谢意。现在，请把昨天的食宿费结一下账。”我说着从人造革手提包中掏钱。

“不用结。是上海市委招待你们的。”

我回到房间向谢、钱汇报后，钱师傅指着我笑，说我瞎担心。谢导演说既然话说出去了，不出钱，也还是搬。

到了延安饭店，大家情绪才放松下来，一下踏实了。我们在军级首长的餐厅吃饭。住房开间很大，但都不超规定标准。

谢导演要和厂里军宣队通电话。我到一楼接待处要了他房间的军线长途电话。办事人员说，要等几分钟才能接通。我走上二楼房间，刚进门，就听谢导演说“我们一切顺利，请向狄福才同志报告一下”，就挂断了。

我说，通了长途电话，就这么两句就完了，像发电报一样。

他说，长途电话费很贵的。

此后，我们到了杭州的浙江省军区，宁波东钱湖的东海舰队，了解沿海女民兵的具体情况，确定了目标，制定了详尽的路线。我们拿着南京军区的介绍信，一站一站走，各地的部队接待单位像接力赛一样把我们传送下去。主要乘军用嘎斯六九吉普车，钱师傅坐驾驶副座，我和谢导演坐后面，不顾颠簸，不顾炎热，昼行夜宿。

我们到舟山群岛的沈家门、普陀山，乘高速炮艇到桃花岛、浪港。经雁荡山抵瓯江畔的温州，坐登陆艇上了对面的洞头岛。一路看到不少女民兵织网、捕鱼、练兵。到她们家中访问。此行收获不小。

最后，要去厦门采访全国著名女民兵英雄汪月霞。我们绕道金华去鹰潭倒鹰厦铁路，需在车站等六七个小时。

一早，我们到了鹰潭，在火车站附近找了个旅店。全店仅一间超大房间，摆着十几张竹床。上面铺的凉席油腻得已不见纹路，不见缝隙，又黏又味，坐都不愿坐。门口的长桌上摆着几个又黑又硬的烧饼，要拿粮票买。这是唯一的食品。我让谢、钱二位稍候，我出去转转，买点吃的。

走了两家百货商店没有任何食品。最后转到一个兵站门前，进去打问能否卖给我们点吃的。两个值班的军人看了我一眼，不理。我说明身份和此行的任务，仍毫无效果。他们说兵站不是饭馆，不对外营业。情急之下，我递出南京军区的介绍信。他俩商量一会儿说，我们不卖饭，因为不能入账。你们可以吃。我问那怎么吃？白吃，三个人也吃不了多少。我大喜过望，说我这就去找我的两位首长。

我奔回旅店，只见钱师傅在屋地上转悠，我知道他嫌脏不肯坐。过去在摄制组大家叫他卫生专家。他到哪儿都带自家缝的睡袋和枕巾，绝不贴身盖招待所、小旅馆的脏被子。而谢导演却躺在竹床上，跷着二郎腿悠哉悠哉地歇着。我说您真行！他说难道要我站几个小时吗？听到这话，我很感慨。我虽然多次下乡，也在五七干校摔打了两年，毕竟没有修炼到如此境界，经过战争的磨练到底不同。

此行四十余天，三人关于艺术、人生什么都聊，给我很多启迪。尤其谢导演谈的拍《暴风骤雨》的挫折，他说人生有许多重要关坎，无论如何要过去。过去了，就是另一番境界，过不去，就搁在这儿了。此话我一直铭记在心，在困难关头给我激励。

鉴于种种情况，《海霞》影片最后由钱江、陈怀皑、王好为联合导演，钱江、王兆麟、李晨声联合摄影于1975年完成。谢铁骊只属名编剧，当然，他实际上是此片第一责任人。

1979年，我独立执导第一部喜剧片《瞧这一家子》。谢导演对我和李晨声十分关心。我们分完镜头后，他把我、摄影师李晨声、美工师郝静远找到一起，花几天时间帮我们捋了一遍。在十八楼《瞧这一家子》摄制组办公室，我们把每个镜头和调度方案写在黑板上，他一一点评，提出意见和建议，使我们获益匪浅。上影厂的谢晋导演来北影办事，见到此景，夸道，难得谢铁骊导演这么认真地提携后进。捋完镜头，谢铁骊导演特别提醒我，注意把握影片节奏，尤其喜剧片，千万不能拖沓。他说，假如一部片子六百个镜头，每个镜头紧凑一秒钟，从多方面把控，这是能够做到的，那么加起来就是十分钟！你想想，在影片的叙述节奏上这意味着什么？此外，他非常讲究作品的逻辑性，从情节、人物、语言方面都仔细推敲。

1981年，我导演的《潜网》，剧本是谢铁骊导演推荐给我的。他与我、摄影师李晨声、美工师郝静远、编剧姚云费时一周，躲到天津，共同修改文学剧本。这个本子是上影厂的退稿，理由是女主人公行为不合逻辑。对于一贯讲究逻辑性的谢导演看中这个剧本让人似乎不可理解。他对我说，有些行为对常人来说是不合逻辑的，但却合乎人物性格的逻辑。这真是深刻的艺术箴言！

《瞧这一家子》获文化部优秀影片奖，我个人获青年优秀创作奖。

《潜网》获葡萄牙菲格拉达福兹国际电影节评委会奖。

这其中都渗透着谢铁骊导演的心血。

谢铁骊导演无私地把自己的创作经验、艺术心得传授给我，他的这些真知灼见使我受用终生。

2015年7月10日

忆陈怀皑导演

1958年夏天，我报考北京电影学院导演系，影片分析的考试片目是陈怀皑导演的《生活的浪花》。

至于见到他本人，我已经是导演系三年级的学生了。我们班请他讲《青春之歌》。

陈导演讲了电影对小说情节的提炼，演员的选择，以张瑞芳、谢芳为主的中、青年两套方案的抉择，“一二·九”游行、狱中几个重场戏的处理和拍摄情况。给我印象最深的是声音部分，音乐，尤其是音响效果声如何帮助营造画面的意境。

当时，导演系老师有拍片经验的不多，他的讲述对我们来说，真是如聆佛音。

1962年，我毕业分配到北影厂，在凌子风导演主持的第三创作集体。在厂区常见到二集体的陈怀皑导演。我向他无言地致意，他不认识我，但也礼貌地点头。

给凌子风导演的曲剧《杨乃武与小白菜》的场记打下手，是我在职场的第一份工作。当时厂里崔嵬、陈怀皑导演正拍京剧《野猪林》。一次，崔嵬导演在全厂会上开玩笑地说：“我这头野猪要吃你那棵白菜。”我作为凌导演麾下的一员，听了心中不服。但看完两部影片后，我不得不赞叹《野猪林》远胜一筹。它运用电影艺术表现手段拍得那样美，那样动人，那样充满诗意。

1964年凌子风、董克娜导演《草原雄鹰》，我是导演助理。崔嵬、陈怀皑导演《天山红花》。两组一度同住乌鲁木齐外宾馆。我又多次见到陈怀皑导演，我们两人仍是默默地点头。《草原雄鹰》与《天山红花》相比，我们还是略逊一筹。我心里对崔嵬、陈怀皑导演更是敬佩有加。

我和陈怀皑导演直到《海霞》组才真正接触。

《海霞》是谢铁骊导演根据小说《海岛女民兵》改编的剧本，他准备亲自执导，后因接连拍样板戏和担任行政领导，无法实现。一度，曾由凌子风执导，因质量问题下马。1974年重组《海霞》摄制班子。钱江、陈怀皑、王好为联合导演；钱江、王兆麟、李晨声联合摄影。谢铁骊只任编剧，但实际上仍操控全局。

在《海霞》组，我自始至终在陈导演身边学习。

首先，采外景。我们先去凌子风导演拍摄地南澳岛。那里景观不错，但一遇台风，与陆上交通断绝，全岛停电，生活、拍摄、送样片都受阻。钱江、陈怀皑二位最终确定彰浦的古雷头为外景基地。这里海岸礁石形态别致；海湾曲线优美；沙滩开阔，可搭渔行、船屋、小卖部；陆上有石堆的坡地，适于拍解放海岛的战斗；渔村地形起伏，榕树、芭蕉掩映，渔民家高低错落，十分入画；附近有香蕉园，可供拍摄。此行，我向钱、陈二位学到很多，选外景的几个要素：景好，景点集中，离住地近、交通方便。

由于《海霞》是民兵题材，需动枪炮，摄制组又由谢铁骊、钱江领衔，他俩是拍样板戏的功臣，所以格外受到重视。

摄制组1974年7月底赴漳浦，住军营，战士们只好外出拉练。守五师参谋长挂帅，组成协拍小组，后勤、医疗、游泳救生人员与摄制组人数比为1：1，对我们照顾得无微不至。

本组演女民兵的演员都来自大城市，对民兵的劳武结合毫无接触。导演组决定请古雷头的女民兵参加拍摄，教演员打靶、操练、织网。

陈导演精力过人。在外景地，摄制组黎明即起，他起得更早。每天一早就递给我一个纸条，清楚地写着当日拍摄各部门的注意事项。天天如此。

彰浦海边阴晴多变，常使我们的拍摄计划搁浅。于是，陈导演每天下达两套计划。阴天，拍小海霞、旧社会的；晴天，拍大海霞、新社会的。阴晴不确时，演员都化好妆，穿上服装到拍摄现场等候老天的提调。果然，进度大增。但也有一天之内忽阴忽晴，让我们换来换去，两头扑空的。这“人算不如天算”是极个别的情况，大多数还在他的掌控之内。难怪他有“铁算盘”的雅号，是汪洋厂长的高参。

陈导演还教我，写分镜头剧本时，把需要强调的、分切的写明，镜头可以碎些，多占些镜号。拍摄时，有时可以通过人物调度和镜头运动，把几个镜头合并起来，一下拍完，现场人员皆大欢喜，生产日报完成镜头数也多。否则，镜头分得过长，到现场再下许多“崽”：a，b，c，d……，大家往往抱怨导演兴之所至影响进度。这种心理战，也是他的诀窍之一。

他对我讲，导演一定要有吃苦耐劳的韧性。彰浦海边阳光曝晒，露出的胳膊、小腿都能撕下巴掌大的一片一片晒脱的皮。拍香蕉园、阿洪嫂家门口，气温高达摄氏42度，我们仍照常工作。常说挥汗如雨，那时，光喝水，不出汗，也不撒尿，水都从体表蒸发出去了。他一如既往地操着福建口音的普通话大声指挥着。

他常说，导演要保护、激发各职能部门的创作热情，把众人的智慧，整合成影片的完整艺术构思，这才是导演的本领。

他有一套工作方法，特别是每场戏的验景、掌握。一般是在实拍的前两三天，导演、摄影、美术、照明、道具、服装、化装、制片、相关的演员都要到场。按实拍要求，从布景、道具等方面找出差距，提出修改方案，落实完成日期。然后，每场戏，演员都要按分镜头剧本走戏，把握人物、寻找准确的人物关系，落实到场面调度、镜头运用上，直到各方面满意为止。结束后，导演、摄影、演员回去再反复推敲已有的方案，实拍前，予以最后的修定。这样做，实拍时，现场各部门心中都有数。这套工作程序是符合电影创作规律的，是行之有效的。

拍摄时，他除指导演员外，特别注意镜头的景别、方向以及每个镜头头尾延伸部分演员的情绪、动作，以便剪片时能够产生不同的构成。当时胶片缺乏，导演就要动脑筋，少拍条数，但能剪接出不同的镜头叙述语言。

对后期制作，他更是行家里手。从初剪到完成片，至少要剪七遍。由于拍摄时预留了几个剪接点，可以尝试不同的镜头语言构成，然后优中选优。

混录时，更显出他对画面和声音表现力的驾驭水平。当时工艺落后，只能整本片子十分钟一次混录完成。如有差错，只有从头再来。导演和录音师要探寻各种声音处理方案，反复练习。实录时，陈导演总是站在录音师身后悄声预告声音起止的时机和强弱。俨然是一个交响乐队的指挥。

1975年1月下旬，延宕三年的《海霞》完成送审，全厂都盼着好消息。

之后,《海霞》几经意料不到的严重周折，终于在全国公映。

《海霞》组使我在艺术上、政治上得到学习和砺练，陈怀皑导演也成为我无话不谈的师友。除了艺术交流，他还谈了一些家里的事。

新时期，陈导演满怀创作热情和谢铁骊导演合拍《大河奔流》《知音》，自己导演《双雄会》《铁弓缘》《哪吒》等，成绩斐然。

我独立导演《瞧这一家子》以来，每部片子的文学剧本、镜头剧本、样片都请他看，他都热心地给予指导。他说："年纪大了，身体不好，就给你们当场外指导吧。"

我平时看书、看片后，常和他交谈。他年轻时就读于"国立剧专"，受教于曹禺、洪深、张骏祥等大师，功底扎实，又从艺多年，不断学习，所以总能给我不少教益。得知我常做观影笔记，他说："好，一片一得。每部影片哪怕有一处心得，经年累月，就很可观。"

《村路带我回家》剧本，我很喜欢，但拍摄周期过长，春秋之间要白等季节。厂里不肯投产。陈怀皑导演建议，找一个合适的剧本，套拍。于是，厂里同意我们一个班子、一套设备、基本一套演员穿插拍《村路带我回家》和《金匾背后》，这真是"铁算盘"的高招!

《哦，香雪》是我心仪已久的剧本，散文诗风格，淡雅深邃，但篇幅很短。我征询几位名师的意见。水华导演说："太淡了。"谢铁骊导演说："只能拍五本，不够故事片的长度。"只有作家李凖、陈怀皑导演支持我拍。陈导演说："就看你怎么拍了，有些戏渲染渲染不就够了。"《哦，香雪》最终在童影完成，是我最喜欢的作品之一。

回望来程，陈怀皑导演对我的教导、扶持，能不铭记于心?

载于《中影史料》2021年第2期（有删节）

一位真挚的表演艺术家

——忆陈强老师

2012年，著名表演艺术家陈强逝世后，北京电视台做了一档追思节目。陈佩斯、田华和我以亲属和生前友好身份回忆陈强老师。

主持人问我："陈强以黄世仁、南霸天闻名影坛，你为什么选他演喜剧片《瞧这一家子》？"

我说，1956年，我上高中的时候，就看过陈强老师演的喜剧。他从北京电影学院苏联专家主持的表演进修班毕业，在青艺剧场，演莎士比亚的《第十二夜》。他演的管家马伏里奥，至今我都记忆深刻。一个卑恭逢迎、循规蹈矩的管家，忽中他人之计，误以为小姐爱上他，得到"送上来的富贵"。他走路的步态、说话的腔调、面部的表情，立刻判若两人。高傲、放肆、威严，穿着讨好小姐的黄袜子和十字交叉的黄袜带，高视阔步地走来走去，像一只发痴的蓬起羽毛的火鸡。他演得活灵活现，把这个清教徒的虚伪和可笑揭示得淋漓尽致！

在这之前，我只看过他演的黄世仁，那也不脸谱化，而是处理成一个很有文化的地主恶少。

以演反派闻名，同时又有如此高超的喜剧才能，我十分惊讶。这是一位了不起的大演员。

此后的南霸天，艺术造诣之深，更是了得！

1962年，在北京大观楼影院，还看了他主演的喜剧片《魔术师的奇遇》，这是我国第一部立体电影，要戴着眼镜看。

因此，我请他演《瞧这一家子》，并不是盲目地撞大运，而是对他的表演艺术，包括喜剧表演才能确有了解。

尤其是，我到北影厂工作后，在拍《瞧这一家子》之前，和陈强老师已有不少接触，对他的艺品、人品深有所知。

1974年，拍《海霞》，我已升为联合导演。陈强老师演倔犟可爱的老渔民旺发爷爷，戏不少。其中有场他要求当民兵的戏。大段台词很长，念起来足有六分钟。镜头如何处理？为了保持戏的连贯和表演的激情，我们决定用摄影机移动加人物调度的长镜头。整段台词仅四个镜头，最长的镜头是两分钟。这对摄影、照明、演员的功力都是考验。

有种说法，电影演员的戏是“剪出来的”，演员表演中的败笔，通过剪接，换成对手的镜头，就能掩饰过去。可是长移动镜头中间无法剪断。演员不仅戏要好，没有瑕疵，走的地位也要准，哪句台词走到哪儿，都要卡死。这样，人物的光位、摄影的构图才能恰到好处。

经过潜心准备，反复练习，陈强老师戏演得真挚动情，台词的每一个字都发自肺腑，让人信服感动。这几个长镜头拍得顺利完美。那时胶片供应紧张，这么长的镜头，如果演砸了，拍砸了，损失就大了。

《海霞》组非职业演员很多，几个女民兵加上小海霞等几个孩子。即使专业演员，除了陈强、赵联、于绍康、王苏娅外，拍摄经验也不多。对于他们的戏，镜头不敢给很长，人物调度也不敢很多。旺发爷爷的大段台词多亏遇上戏好、富有电影表演经验的陈强老师，才能一气呵成地实现镜头语言的构思。

在《海霞》摄制组，编剧谢铁骊、首席导演兼首席摄影钱江、导演陈怀皑都是北影厂的精英，电影界的翘楚。与他们相比，陈强老师的资历更老、级别更高、美誉度更强。20世纪60年代他就是“新中国22大电影明星”之一，曾获第一届百花奖最佳男配角奖、第三届亚非电影节最佳男配角奖。但他从不摆谱，做人一贯低调，毫不特殊化，照样跟全体男演员住军营的大房间。对我们这样的晚辈导演、摄影都很尊重，与其他演员配戏也极其认真，对接触最多的化装、服装、道具部门的同志也亲切平等。大家都喜欢他，叫他“老强”。我是一直叫他陈强老师，这不是客气的称呼，而是发自内心的尊敬。

这之后，在影片《海上明珠》中，我和陈强老师再度合作，彼此间进一步了解。他约我去他家吃醋卤面。现在这种好吃又保健的食品，已成为我家的常备。他家很朴素，一溜平房，最抢眼的是一台14寸的黑白电视和一台电唱机以及许多唱片。70年代，家里有这两样电器的不多。在视听方面，他愿意投资。后来得知，他热爱音乐，他和儿子佩斯都有很好的歌喉。

70年代末，我独立导演轻喜剧《瞧这一家子》。陈强老师对此片贡献很大。首先，出色地扮演了主人公老胡，其次，推荐自己的儿子佩斯扮演片中老胡的儿子嘉奇。

陈强老师是我心目中老胡的不二人选。在我与作者历经半年下生活，修改剧本，六易其稿的过程中，我愈加确信，这个角色非他莫属。由他出演，不成功才怪！

陈强老师深谙喜剧的诀窍：笑是由不协调产生的。老胡这个工人出身的车间主任，埋头苦干，为生产，为质量，为荣誉，肯出大力流大汗。但受小生产思想的局限，不懂科技是第一生产力，成了女儿、女婿电子革新的第一障碍。在家中，对不学无术、白字连篇的儿子，恨铁不成钢，以家长式的管教，闹出许多矛盾和误会。陈强老师抓住片中每一处目的与结果、行为与环境、判断与实情、外表与内心……种种不协调之处，从人物性格和规定情境出发，认真地行动。他自然的、真实的、予以适当夸张的表演，产生了使人会心的喜剧效果。

他喜欢通过对词和走戏，也就是粗排，在与对手交流刺激中找到人物准确的心理动作、形体动作，把握细致的人物关系。演员之间这样撞击出的感情火花是生动的。他不喜欢关起门来背台词，一个人自说自话，不喜欢把戏设计得僵死、刻板。有时他也赋予人物夸张的动作，但绝对是此刻人物可能产生的变异行为。他绝不搞死噱头，绝不挤眉弄眼，绝不追求廉价的笑声。

影片结束后，我向他请教，喜剧演员需要具备什么样的素质？他说，除了演员一般的条件外，还要具有幽默感、节奏感、分寸感和较强的形体控制能力。不知这是他的经验之谈，还是引自喜剧表演理论。我想了想，看过的中外喜剧大师的表演，概莫能外。这几点也成为以后我创作中遵从的经验。

老胡的儿子胡嘉奇，是本片重要的极富喜剧色彩的人物。这个人物，分寸不好拿捏。搞不好容易油腔滑调。他是"文革"中被耽误的一代。无知、天真、娇惯、好吹牛，可是又热情、爱帮助人、有上进心。可以说，这个人物的成败关乎影片的成败。我一直没有物色到合适的人选，正着急呢，陈强老师说，佩斯看了剧本，对嘉奇很有兴趣。对佩斯，我有粗浅的了解。看过他演的话剧《万水千山》中的一个匪兵，仅一个过场，却显露才华。还看过影片《猎字99号》中他演的特务。我说，那就来试试戏吧。看了他与方舒做的人物关系的小品，我太惊喜了，真是个演喜剧的材料！当即决定，就是他了！

他也不负所望，极其用功。陈强老师住在北影剧团宿舍，离厂不远。佩斯却要求住招待所，与演老病号的陈裕德、演玉林的汪用桓、演大阮的董子武同屋，为的是随时可以切磋艺术。我和李晨声住在摄制组办公室加夜班准备第二天的戏。佩斯多次晚上来找我们，谈他的想法，他总要想出绝招。一次我去他们宿舍，见他床头墙上贴一张壁报那样大的表，上面写着嘉奇每场戏的任务、动作、情绪发展线。既有全局观念，也有具体设想。真是太用功了！这么些年，我再没见过别人这样。他的确具备陈强老师说的喜剧演员的素质，还有更加可贵的一条：刻苦钻研。

陈强老师推荐了佩斯，使嘉奇闪亮登场，也使影坛出现了一颗新星！

1982年拍摄的《夕照街》，表现北京中下层百姓的生活，是个群戏。我请陈强老师演退休厨师老孙头。戏不多，怎么能赋予他一些特色？陈强老师从造型入手，我们共同设计，把头发推光，上唇贴一片胡髭，穿着肥大的裤衩和家做的半旧布坎肩，趿着剪了鞋带和后鞋帮的旧塑料凉鞋当拖鞋，拿着破了边的芭蕉扇。这个无所事事，出没于街头巷尾的老孙头立刻活现了。

还在选演员时，一天，陈强老师对我讲，佩斯申请扮演老孙头的儿子二子。我说《瞧这一家子》上映后，佩斯红遍全国。二子戏不多，他能干吗？陈强老师说能干。我笑了，说："您二位还真有眼光！"

在全片二十五个人物中，唯有二子，这个善良的傻瓜，胆小又爱招事，想学时髦也不入流，是个喜剧性格。我在导演阐述中说本片的风格是充满幽默色彩的、富有生活情趣的抒情正剧。这幽默色彩主要体现在二子和老孙头身上。

佩斯演二子，定能出彩！于是，在分镜头剧本中，我们为二子添了相当篇幅的戏。在倒卖鸽子后被拘在派出所、抓陈先生前后等场戏中，通过不少细节表现他这样素质的人，办事注意力不集中，往往从正常的思维轨道上滑出去，在行动上迷失方向，而在细枝末节上纠缠不清。

二子果然演得成功，是个独具特色的艺术形象。

后来，陈强父子拍摄了二子系列的几部喜剧电影。当然，已化为不同职业的二子父子。电影很受欢迎。

在拍《夕照街》期间，1982年9月，陈强老师和我当选为文化部的代表，出席中共十二大。我们师生两代共产党人，决心在社会主义现代化的事业中，拍出更好更多的影片，回报祖国和人民。

拍《瞧这一家子》十三年后，我与陈强父子最后一次合作，拍《赚它一千万》。陈强老师演一个心智失常的老人，主角是佩斯演的一个下层的干多种职业的打工仔。我们在各自的创作中经过多年历练，都成熟了些。《瞧这一家子》时，初拍喜剧片，导演、演员都很努劲儿，而《赚它一千万》就更松弛，更自然了，但乐子不减，效果更加强烈。影片表现了发财的欲望同善良天性的博弈。

此后，我一年到头地忙，只是在庆生宴上与陈强老师见面。陈强老师几次过生日，都请老友聚餐。于洋夫妇、葛存壮夫妇、凌元老师、黄素影老师等，小一辈的就是我和李晨声了。有时还安排观看佩斯新演的话剧《阳台》《雷人晚餐》。大家是先饱口福，后饱眼福。

一次过生日，我们送陈强老师几张大幅的剧照、工作照，出自《瞧这一家子》《夕照街》《赚它一千万》。老爷子喃喃地："这是无价之宝。"

我们用一段段生命共同雕刻出这些作品，还有作品背后难忘的师生情。

载于《中影史料》2019年第3期（有删节）

我的文学师友

——忆作家李凖

1964年冬，我第一次做副导演工作，虽然还没有正式名分。

我与石一夫导演乘火车驶向河南省信阳地区的长台关，寻访作家李凖，他正在那里搞农村“四清”。长台关是小站，只能乘慢车，行车十几分钟，甚至几分钟一停。车上多是农民，没有我们这样远道而来的乘客。为了打发时间，在途中车站买了烧鸡啃着。咸，只好就白开水吃。

抵达长台关，已近黄昏。我们一路打听李凖所在的余万庄，为了天黑前赶到，就抄小路，走田埂。满眼是枯黄的稻茬和残荷。此时，北方已是天寒地冻，这里却飘着细雨。很快，鞋底沾满黄泥和稻草，变成沉甸甸的高底鞋。我们一步一滑地匆匆走着。途经的村子，不时有狗蹿出狂吠，并不追来，因为我们只是路过，没有入户打扰的举动。

李凖住在一家社员的厢房，昏暗的油灯下，他正坐在床上和一个社员说话。简陋的木桌上堆着文件和书籍。我们是初次见面，他对我们的出现十分意外。李凖礼貌地和我轻轻握手。当石导演介绍我是本片的副导演，是李双双的扮演者张瑞芳的外甥女，他忽然认真地看着我，露出亲切的神色。我初中语文课就学过他的《不能走那条路》，又看过他编剧的《老兵新传》《小康人家》《李双双》。原来这位作家是这个样子的：穿着半旧的蓝布棉制服。圆脸，圆眼，宽额，厚唇，稍微泄顶。胖，手却很秀气，手指修长。有很重的洛阳口音。

我们介绍了毛主席对文艺界两个批示后北京的整风运动。李凖的《龙马精神》作为北影厂“抓革命，促生产”的重点影片要尽快推上去，我们赶来请他修改剧本。他说目前忙于“四清”，无法抽身，待新年放假回郑州时再谈。

余万庄是个小村，我们的到访，住宿成了问题。李凖安排石导演住生产队长家，又对屋中那个社员说：“这位北京来的女同志今晚住你家东屋。”我这才仔细打量一直坐在角落的男人，独眼，一脸憨厚，三十来岁，衣服旧而脏。李凖对我说：“他家没有别人，东屋空着。”我一听，心里嘀咕，怎么让我住一个单身男人家？李凖又说：“他人老实，就住在隔壁，近。你大声说话，我这里都能听见。”我这才明白，李凖是把我放在他的安全保护下。我很感激地舒出口气。“铺盖嘛……”李凖犯了难。我忙说：“我穿得厚，棉衣棉裤，还有皮大衣。行李都在自己身上，不用什么铺盖了。”石导演也一身冬装。李凖这才放心。跟着独眼社员到他家东屋，我和衣而卧，整夜还是不敢睡，总支着耳朵听，怕有什么不测。

次日晨，又回到李凖处。这里地处华中，没有北方农家的院墙，院子用竹篱笆围起。院中除了简单的农具，只有一条黄白花的柴狗，很瘦。知道我们是来客，不叫，也不理我们。房东三岁的儿子在堂屋拉屎，拉完，他妈妈叫“花花”，小狗跑来，舔干净孩子的屁股，又吃净那摊屎。他妈妈看都不看地忙着手里的活。我很吃惊地望着这一幕，想，余万庄，徒有这个富贵的名字！

我和石导演决定下午回郑州，在房东家吃了顿饭：粥、咸菜，竟有一碗豆腐！李凖说是请房东到长台关买的。我知道，搞“四清”要和社员同吃同住同劳动，一般不许买食品，这豆腐专为招待北京来客。饭后我给房东一斤全国通用粮票，李凖说一碗粥哪用交这么多！其实，我每月的粮食定量才二十五斤。我说，还买了豆腐呢。饭费，自然由李凖给了。临走前，我把昨天吃剩的烧鸡悄悄喂了小狗。

我和石导演沿着大路向火车站走去，李凖送我们出村，天又飘着雨雾，走出很远，回头见那十几户竹篱茅舍前，李凖依然站着，还有那只小狗，望着我们。

春节期间，李凖回到郑州。在省委招待所，石一夫导演和他谈对《龙马精神》剧本的意见和建议。大概因初次接触，凡是他不同意的，并不当面反驳，只是说再考虑考虑。最后说想听听我的意见。我就直言自己喜欢哪儿，为什么，哪儿还需修改、加强。他很认真地听。

后来，一次闲聊，他说：“你对乡土语言，幽默憨厚的农民情节相当喜爱，也有一种特殊的敏感。喜欢读这类作品？”

“我喜欢很多不同风格的作品，其中包括幽默作品。”

“比如？”

“像阿里斯托芬的喜剧，塞万提斯的《堂吉诃德》，马克·吐温的《哈克贝利·费恩历险记》，果戈理的《死魂灵》，侯宝林的相声……”

他力荐萧乾译的《好兵帅克》。

我说看过。

“你认为插图怎么样？”

“简直妙不可言。”

他会心地笑着点点头。

这期间，我很留意他对剧本的每一处修改，哪怕是一句对白，想悟出点剧作的诀窍。一天，终于忍不住问他。

他说：“电影中情节宜于粗线条，枝蔓太多，并不见得有利于刻画人物。老实说，石导演的建议，就是小曲折太多了，我没有采用。但是，细节要丰富、生动。细节往往比情节还让人难忘。”

“那对话呢？”

“真正的语言精华，要求具有严格的真实性和进行必要的简练。而具有时代和性格特征的语言则是最重要的了。”

我回忆起，前几年看他编剧的《老兵新传》，战长河想招一群汽车司机到北大荒开拖拉机。司机作难地说“没开过呀。”老战说：“好学，会推磨就会推碾，都是里面冒烟的东西。”还有，通讯员问老战：“咱们在这没人烟的地方，打算待多久？”老战说：“我吗，我昨天把坟地都看好了。”这些对话让我一下记住，不忍忘记。

他说：“在生活中，每天能接触到大量的各种各样的语言，但必须对闪耀着时代特征和性格特征的语言有特殊的敏感。一不注意，就会使这些语言溜掉。”

我想，除了他具有行文造句、言情状物的语言天赋外，还是很注意从源头活水中汲取养料的。

我们渐渐熟了。谈起李双双，我说：“小说写的是公社大办食堂，电影改成记劳动工分。这样颠覆性的改变，怎么做到的？”

他说：“作者只要抓住了人物性格，让他干什么都走不了样。李双双就是‘敢干，敢说，不顾丑，不顾羞，不顾人家说，不识相地干’，‘在旧社会叫成疯妮子’。”他还说，李双双很有些快嘴李翠莲的影子。

我坦白承认，还没看过《快嘴李翠莲》。

我说李双双的名字起得好，很别致。他笑道，“双双是董冰的原名。”

董冰是他妻子，贤惠、内秀、不苟言笑。从我第一次见她，交往几十年，从未听过她高声说话，更未听过她放声大笑，顶多是无声的微笑。李凖说：“所以我给她改名‘冰’。”

李凖生活中的双双和笔下的双双形同“水”“火”。

回京后，我马上找来元代《清平山堂话本》，看《快嘴李翠莲》。写的是北宋年间，开封府李员外家女儿翠莲，心灵手巧，刚直开朗，只是嘴又快又狠，总是一语中的，入木三分，显得很天真很傻，成为父母的“心病”。好不容易嫁给张家公子，可从上轿、拜堂、入洞房到回门，她一天到晚对媒婆、公婆、丈夫、大伯、小姑连珠炮一样地说实话，捍卫自己的尊严，绝不柔顺乖巧、低声细语。结果惹起众怒，一纸休书，打回娘家，最后削发为尼。

李凖从这位奇女子身上获得灵感，注入他在现实生活中观察到的农民身上大公无私、敢于斗争的性格，塑造了全新的人物，这是在集体生产制度下形成的新的性格。它的核心“就在于一个忘我”。李翠莲形象虽然鲜明，却嫌单调。李双双比李翠莲更丰满，更有血有肉。

李凖出身于乡村塾师之家，对中国古典文学、民间戏曲有深厚的修养，并且是童子功，融于血液，深入骨髓。

“文革”中，经历了许多磨难，他终于重获创作权。基于全家下放黄泛区被监督劳动时获得的素材，住在北影厂招待所，写电影剧本《大河奔流》。每写出新章节，都给我看，说我判断力强。他最大的变化是，人很少有笑声，作品缺少了幽默。我认为，幽默感是禀赋，与文化程度无关。幽默不仅需要智慧，也需要好心境。

所幸，“四人帮”很快被打倒，民族重获新生。

他和几位作家列席了科学大会，十分振奋。他向我饶有兴味地描述了新结识的青年数学家杨乐、张广厚。说要以他们为原型写剧本，已构思出提纲。

同时，他认真反思自己过去的创作。一次在北影厂较大范围的座谈会上，他说自己某些作品，紧跟政治甚至是政策，因而速朽。这是教训。与会的个别同志还激烈反对他否定自己的创作。我虽没发言，但认为作品只要真正反映了时代，就能超出时代，即或是为政治服务的。当下虽不行时了，但对后世读者，起码有认识价值，能够了解毛泽东时代中国农村、农民的变化和风貌。如《创业史》,《山乡巨变》，王汶石、李凖的短篇小说。

1979年，我独立执导第一部故事片《瞧这一家子》，李凖读了剧本后，写信认真提醒我：

“一定要注意，一定不能作喜剧状。”

“老胡主要是个倔字。油腔滑调的语言别人可以有，他的最好不说，即使博得一笑，性格不准确，减弱了主要喜剧因素，那就影响全剧了。”

“老太太，不要太油，而是对这个家真有些发愁。”

“嘉英，切记不要把她处理成李纨，她同样活泼、有生气，要像个青年。”

“别的我不担心，主要是嘉奇这个演员，他的戏重，又容易流于俗套，能设计成完全独特的性格就好办了。他除了娇惯、懒、天真以外，似乎还要有一种热情、爱帮助人、不小气、痛快、爱朋友，还有些傻乎乎的，这些很重要，不然他就没有性格魅力了。一定要让人觉得这小伙子还挺可爱。”

影片完成后，在第四次全国文代会上他看了《瞧这一家子》，很喜欢，尤其对陈强、陈佩斯父子演的老胡和嘉奇很欣赏。直到1986年拍他写的《失信的村庄》时，他还一再提出请陈强父子扮演村支书和他的傻儿子。可惜他俩另有任务，李凖甚为遗憾。

他调到中国作家协会后，迁居北京。我和李晨声是他家的常客。买了钧瓷花瓶、他的新书出版了、写了幅满意的字、新构思了什么作品、看了福克纳的书、出访趣闻、谈谈对我将拍的剧本的意见……都能成为约我们去的理由。我最爱吃董冰做的浆面条，用豆汁煮面，加上事先炒的菜，煮成稠糊状。不爱吃豆汁的人还吃不惯，我是专爱这口。记得当年在郑州，李凖请石一夫导演和我吃被慈禧题字“膳后忘返”的河南十大名菜之首——鲤鱼焙面。这浆面条没有那么名贵，很家常，却口味独特。他几次过生日，都请我和李晨声去饭店聚餐，一次有黄宗江、舒乙二位，一次有张金玲。我是他在北京的故交了，回回必请。每次都是董冰从手提包中取钱付账。

1986年，我导演的《失信的村庄》，是他根据自己的小说《瓜棚风月》，与长子李澈合作改编的。讲一个见利忘义的毁约故事。人物生动、语言幽默的风格依旧，批判的锋芒更锐利了。

李準建议去南阳采景，说那里有兰花溪水，颇似江南。我们到了南阳、内乡、社旗，未见其佳。想起赴洛阳牡丹花会时，到邙山陶窑买唐三彩马，路遇不少天地窑院，形制奇特。李晨声拍《大河奔流》时，见北宋七帝八陵的石翁仲下种着庄稼。于是，驱车北上，九朝古都洛阳周围的景观使我们沉醉，给我们启示。宋陵石刻、邙山窑院、灵山寺、黄土沟壑、刘秀坟、黄河泥滩……都蕴含着古拙、封闭的中原文化。这个历史地理环境能引发人们的联想，剧中人身上美好的和邪恶的都是历史留下的遗产。在描绘变革时代的生活中，交响着历史的回音，把可看性与哲理性结合起来。这里是李準的故乡，他竟没有推荐我们去，是熟视无睹吗？我没有问他。

他得知外景选在洛阳后，很兴奋。当时他患偏盲症，在辉县疗养，读写吃力，仍频繁与我通信，探讨创作。有关环境部分的摘录如下：

“没有想到，写了一辈子电影，最后这部电影居然外景地是我的故乡。麻屯、宋岭就是我的家乡。”“那里的一切构成了我的气质、风格。非常巧，也很感谢你们。”

“邙山上的天地窑院、出水窑院，是世界住屋史上一大奇观。窑上窑下对话、撂东西，都极有趣。宋陵出现一下，很有意思。那几个皇帝，就是宋神宗、真宗、仁宗……司马光、王安石、苏轼都出生在那个年代，是中国历史上最文明的时期，有三百个有名进士，五十个有名宰相，连美国人也研究北宋。”

“宋陵背景与剧情交融和对比蒙太奇，我赞成用一些，让人们感到那些敲不碎砸不烂的石翁仲花岗岩一样难于打碎。另外，石人、马、驼含有另一种味道。”“要尽量用，但又要有选择地用，不要让石人石马夺戏。中间还是让生活的喧闹声多一些好。”

“同意片头多用些黄河有特点的外景，大的东西总是浩瀚的、美的。要有一点可看性，一般观众虽然说不出，但他们还是能领略的。这叫‘神秘的震颤’。让人多思考些东西，多联想些东西，也是电影传达美的功能。”

“历史的积淀，最容易唤起历史感。你们不要轻易放弃你们脚下那片黄土。那都是中国的历史舞台，三英战吕布在那里，汉献帝继位在那里，李后主被毒死在那里，曹操赋诗称雄也在那里……那些黄土岭默默不语，它却是见过些宽银幕大场面的。就是没有上过银幕，你们把它拍下来了。”

“现在外国有些电影，不太注意主题，只让摄影机那只眼睛‘吃饱’，这也是一种审美角度，一种群众观点。”

“李白词‘夕阳残照，汉家陵阙’苍茫之极。最好能有这种镜头。”

影片完成后，请他和董冰来看。董冰满意地笑了。他连声说："没想到，没想到。"接着说，"《荆轲传》希望能推上去，还是由你们来拍。涉猎一下历史，也是很有意思的。主要是我们好商量，我的意图你们容易了解，而且能够体现。"

他再次中风，因语言神经受损，说不出话来。我去友谊医院看他，这样一位爱说话、会说话的人，痛苦得流下泪来。董冰在一旁也黯然神伤。后来转到八大处的疗养院，我再去探望，虽不能说话，但能用圆珠笔写字了。当然完全失去了书法的笔力。

2000年2月他去世。

我家至今悬挂着他的条幅："刚日读经　柔日读史　无酒学佛　有酒学僊　好为　晨声笑纳　癸酉秋　李凖"。

近日我拿出他几本赠书，在《走乡集》的扉页有他钢笔题词：诗宜淡不宜浓，然必浓后之淡。诗宜朴不宜巧，然必大巧之朴。寓绚于素，寓华于质，寓理于情，寓雄浑于自然，寓俊逸于平凡，返璞归真，乃斯为诗道。好为弟指正　李凖　1965年10月12日。

字迹依然那样清晰。

载于《中影史料》2020年第2期

把自己最好的奉献给生活

——忆水华导演

水华，《林家铺子》《革命家庭》《烈火中永生》的导演，是我心目中最耀眼的电影大师之一。

我到北影厂工作后，听了不少对于水华导演的议论：拍完戏，回家苦思一夜，第二天进棚，不拍新的，常常把昨天完成的推翻，重拍。不管上级的批评，不管周围的指责，一定要拍到满意为止。

1959年“反右倾”时，曾经批判他“少、慢、差、费”。也有人说他“慢工出细活”。我当然赞成后种评价，也羡慕他有大师的地位和执着的追求，才能这样“精益求精”。

“艺无止境，”他曾对合作者说，“托尔斯泰写《战争与和平》，修改过上百次。艺术精品都要经过这样的千锤百炼。”

我想，水华导演一定羡慕作家，在出版前，一个人可以尽情地反复修改，直到满意为止。即或出版后，也可以在序和跋中，作修改说明。而电影仅有一次拍摄机会，完成后，再有好的构思，也无济于事了。因此，把形象凝固在胶片上之前，他反复推敲、苦思冥想，正是在头脑中“千锤百炼”，一定要把最完美的艺术雕刻到银幕上。用苦功夫认真创作出来的作品，和我们只有常识的见解的是很不同的。就这样精雕细刻，在实拍时，他还常常摇着头自言自语：“急就章，急就章。”在内心中他对自己有着多么严苛的要求啊。

有人说，水华导演一天到晚皱着眉眯着眼思考，简直是受罪！我看，为艺术苦思冥想，上下求索，对他来说，是最大的乐趣和享受，也是在实现他自己认定的人生价值。

这样一位苦学者、饱学者，这样一位学者型的电影导演，在我国实为难得。我多想跟在他身边工作，聆听他的教诲。

机会终于来了。但，是在最不合适的时间，最不合适的地点。

1971年，在北影“五七干校”编导人员的四连，我和水华、崔嵬两位国宝级的大师，同在一个班。一起种菜，一起吃饭，一起开会。一年多的时间，极少听他说话，更谈不上讲艺术创作了。虽说没有剥夺他俩的发言权，但他俩在我们面前，真是“谨言慎行”。

对于劳动，水华导演是认真的。我们班在一位姓张的种菜老把式指导下种了十几种蔬菜，白菜、茄子、西红柿、青椒、土豆、黄瓜、韭菜、胡萝卜、葱、蒜、豆角……供全连五七战士食用。种菜是细活，比大田种水稻技术含量高。畦要耙得平，肥要施得匀，垄要打得直。我们每天都在平畦、起垄、播种、移栽、浇水、间苗、掐尖、上粪、打药……春、夏、秋三季，在阳光雨露中侍弄这些蔬菜，倒也心中豁亮。水华导演每道工序都要做到最好。记得有次打农药，大家都打完两垄了，他一人还在半垄上，一棵棵围着菜，上面、背面地打药。我们都笑了。太认真！这不是当年拍电影！可他就是这样的人，无论在何时，对从事的工作都一丝不苟。望着他，眼中不禁浮出泪花。

“文革”结束后，水华导演拍了《伤逝》《蓝色的花》。我仍无缘跟他学习，只能引为憾事。但是，能与他自由地交谈了。

记得有一次闲聊，他说：“家里不能搞得太舒适。人有惰性，太舒适，就舍不得下去生活了，而生活的积累对于一个导演是至关重要的。”我想，绝不是被什么人勉强，他是自觉地、认真地，心甘情愿地投身到生活中去，投身到源头活水中去。这是他几十年艺术、思想修炼的重要途径吧。他似乎无意地提示给我。我点头铭记。

水华导演是北影厂艺委会主任，我是艺委会委员，常一起开会。我在拍片的间隙，艺委会，我是一定参加的。各位专家的发言，尤其是水华导演的发言，对我来说，是极好的学习。他主持审看完成的影片、讨论将要上马的剧本，他的发言总是比较深刻，而态度又很谦虚，绝不勉强创作者接受。讨论剧本前，我顶多看两遍，凭着直觉，发表感想。而他讲的就系统、深入。我除了钦佩，还常为自己开脱。他是大师，当然比我强。后来了解每个剧本他至少看三遍。他说：“人家花费心血，好不容易写成的，我们怎么能草率敷衍呢。”我想，这是一种生活态度，尊重别人，也尊重自己。他发表评论，如同他拍的影片，都是经过深思熟虑、苦心经营的。他的评论和创作水平比我们高明、深刻，固然源于思想艺术修养，源于天赋，还源于他刻苦认真的态度。这是高尚的品格，一定要把自己最好的认知和作品奉献给他人，奉献给生活。他时时事事都是这样做的。

1987年，我准备拍《村路带我回家》，剧本存在争议，我请他看文学剧本。他认为人物是独特的，剧本不错。又特别叮嘱我：“好好琢磨一下《走出非洲》，你这部片子，应该是那种情调。”他的评价增强了我信心。关于情调的寥寥数语，正对我的心思，《村路带我回家》就是要追求一种忧郁的诗情。

水华导演还兼中国儿童电影制片厂的艺术顾问。1989年，《哦，香雪》由北影厂转到童影投产。我征询他的意见，没想到，他竟然反对。他有些疑虑地说：“剧本写得太淡了。”这回，我没听他的。吾爱吾师，吾更爱真理。我还是努力地把这部淡雅、深邃、散文诗风格的影片拍好。他审看完成片后，很激动，当着众人说：“没想到会拍得这样美。好为给我上了一课。”得到他的肯定，我喜出望外。

后来，我想拍孙犁的《荷花淀》，请汪曾祺先生改编。我到他家征询他的看法。他很支持。他说：“1945年，延安《解放日报》刚发表孙犁的《荷花淀》，我看了就很兴奋。我想，哦，抗日战争也可以这样表现啊。”他让我一定要把握住孙犁的风格，抒情的诗意，千万不能搞成戏剧化的东西。他让我把孙犁表现抗日战争时期所有的短篇小说和长篇小说《风云初记》找来给他。

这是我第一次到他家，我们在一个朴素的书斋谈话。水华导演生活上从来崇尚俭约，绝不讲究吃喝穿戴，而在精神上，却愿意享受豪华的盛宴。

从他家出来，我想起几年前，他准备拍柳青的《创业史》，不仅熟读原著小说，还找来党中央从农业合作化到人民公社时期的全部文件反复研究。他对作品、对时代背景，从宏观到微观，从理念到形象都要吃透。据赵元导演说，在拍《烈火中永生》时，除研读小说《红岩》外，还请《红岩》作者来北影厂详细介绍小说之外翔实的史料，到重庆“渣滓洞”去体验生活，并对活着的人物原型，包括敌我双方的，比如华子良、徐鹏飞甚至小萝卜头的姐姐，都逐一采访，有的还不远千里到贵阳去访问。

孙犁的作品，他逐篇看了。当时他卧病在床，又找我去，给我分析作品的艺术特色，最后问我如何选材。我说和编剧汪先生共同认定采用《荷花淀》《芦花荡》《光荣》《吴召儿》《山地的回忆》《嘱咐》等七篇中的几个妇女形象。我说，影片虽然没有完整的故事，但几个人物前后呼应、穿插，也是一种散文化电影的结构方法。他很认同。我说，要表现抗日战争时期冀中农村劳动妇女的温柔、质朴和豪迈，表现她们故乡浑厚、明丽的山川湖泽。在她们谈笑从容中展现时代的风云变幻。生动、风趣、深情、乐观。他默默点头。

汪先生改编出剧本《炮火中的荷花》，我第一个送给水华导演看。他当晚打来电话，十分激动地说：“剧本找到了适宜的结构方法。”“这是美的，非常规的，独特的作品。”“要搞人物加散文加诗。”他鼓励我好好拍。

这部电影，经中宣部文艺局、广电部电影局、中国电影集团公司、河北电影制片厂的努力，准备在反法西斯战争胜利五十周年完成。终因经济原因未能实现。这是我平生最大的憾事。

1995年，水华导演病重住院，我和李晨声去探望，他说话已艰难，还在关心我们的创作。

这是一位真爱艺术、真懂艺术的大师。

他把自己最好的奉献给了生活。

载于《中影史料》2022年第1期（有删节）

顽强！拼搏！

——于蓝老师印象

《白衣战士》《翠岗红旗》《龙须沟》《林家铺子》是我上小学、中学、大学看过的电影。我还有幸看过中央实验话剧院演出的话剧《同甘共苦》。那些不同的人物，于蓝老师都刻画得鲜明生动。我这个文艺青年对她很佩服，也有些纳罕，怎么不同的导演都选中了她？得知她来自延安鲁艺，我除了肃然起敬，同时也明白了，这些都是她的拿手好戏。那几位导演慧眼识人，她是最佳人选。白杨、王丹凤那些名家是不善于甚至是不适宜扮演这些角色的。于蓝老师是喝延河水成长起来的，是在毛泽东文艺思想直接哺育下，在为工农兵服务的大舞台上历练出来的。她与所扮演的人物血脉相通。真挚、朴实的表演，源于她坚毅、高尚的品格，源于她自青年时代起铸就的革命者的灵魂。在新中国22大电影明星中，她自有独特的风采。

1962年，我从北京电影学院导演系毕业分配到“北影”。看了《烈火中永生》，对于蓝老师的表演更是钦佩有加，但一直无缘相识。我整天跟着凌子风导演忙活，对于蓝老师还只能闻名而不得谋面。

直到1970年初，我们同为五七战士生活在一起。当时北影厂除了挑选出的拍摄革命样板戏《智取威虎山》《红色娘子军》的人员外，全体职工被精兵简政下放五七干校，在京郊大兴县黄村，原来的天堂河劳改农场。导演室、文学部的人员混编为第四连。住在大片稻田中的两排老旧小平房中。于蓝老师自从拍《烈火中永生》后，转行导演，也在四连。

干校生活不只有阶级斗争。劳动是干校的必修课。无论革命动力还是革命对象，在劳动面前人人平等。我们主要从事农业生产，种水稻。从育苗、插秧、拔草、施肥、灌水到收割、脱粒，全流程操作。

5月1日开始插秧，稻田水还很凉，大家却干得热火朝天。男同志在田埂上推独轮车送秧，抛秧。大多数人弯腰插秧，还展开比赛，评出插秧能手。可是好景不长，几天后，插秧的人累得腰酸腿疼，走路都拖着腿拉着胯，腰痛得连上床都是爬上去的。我们年轻人尚且如此，连里那些年近或年过半百的老同志更是吃不消。有人睡梦中都直哼哼。可是于蓝老师从不叫苦。难道她不累吗？我反复想，来自延安的老同志很多，为什么于蓝老师能出类拔萃？除了才能和机遇，她有百折不回的毅力。具有这种坚毅的性格，才能在人生道路上迈过一道道关坎，取得成功。种庄稼如此，演戏、创作也如此。

到了夏天，在稻田拔草，这活更辛苦。稻叶稻芒容易划破手臂，只好穿长袖衣服，系上扣。无法对付的是烈日曝晒，田水蒸腾，脸上汗流如注，蜇得眼睛疼得睁不开。一天下来不知出了多少身汗，衬衣都泛出了汗碱，自己都闻到身上的汗馊味。下工后，赶快钻进用芦席围起的女浴棚，提一小桶水冲凉。就盼着天快黑，能倒头就睡。让我吃惊的是，白天这么累，于蓝老师还“挑灯夜战”。当时，全连三个女宿舍都是用木板搭的大通铺，并排睡十几个人。于蓝老师紧挨在我左边。每晚九点熄灯以后，她还在被子里打着手电看书。当然是有助于思想改造的书。真是铁打的，累不垮！我真服了。她这一辈子干了别人几辈子才能干完的事。这样的人生怎能不成功，不出彩呢？

为了解决住宿拥挤问题，干校决定四连盖两排新房。成立了四连的基建排，任命于蓝老师当排长。这项任命，在我们心中引起一阵阵兴奋。这似乎释放出一些“松动”的信号。

于蓝老师虽然在文艺黑线统治下，主演了几部“毒草影片”，如《林家铺子》《革命家庭》《烈火中永生》，丈夫田方是“北影”艺术副厂长，走资派，还被隔离审查，尚未“解放”，但她自己历史毫无瑕疵，无懈可击，社会声望一贯很高，又埋头苦干，在群众中颇有威信。起用她，是落实干部政策的象征。再说盖房又不是搞专案，不涉及核心机密。

盖房需要砖。军宣队号召大家到几里地外的砖厂运砖。胶轮大板车、推稻秧的独轮手推车、大家个人的自行车统统上阵，蚂蚁搬家似地干了几天。我印象最深的是于蓝老师，作为基建排长，当然不能落后于人。她拿一条长裤，把裤腿口用绳系死，两腿分装四块砖，再把裤腰扎牢。砖裤像套包子一样挎在脖子上，两手托住裤脚。就这么一步步从砖厂走回建房工地。几天下来，走了多少趟啊！这四块砖可不轻，我骑二六轻便自行车才驮六块砖。后沉，把不住车把，一路晃晃悠悠扭秧歌似的骑回来。于蓝老师和几位老同志这样干，我是又感动又心疼。

盖房，于蓝老师可以说是一窍不通。我当时在种菜班，但很注意观察她如何领导基建排。排里的骨干是五七战士中来自“北影”制景车间的木工、瓦工、漆工师傅，再配备一些身强力壮的编导人员。每天于蓝老师喊着口令，集合队伍，带到建筑工地，有条不紊地干起来。在关键的打地基、立房架、砌墙砖，做房顶、码屋瓦、安门窗等技术含量高的环节，充分依靠那几位师傅，干得又快又好。他们也带出了几个心灵手巧的徒弟。其他人，包括于蓝老师自己，给师傅们打下手，干一些简单的杂壮工的力气活。这就是于蓝老师外行领导内行的工作方法。充分信任、依靠专业人士，尊重知识技能，放手调动群众的积极性，发现培养专业接班人。自己甘当小学生，虚心向内行求教，不怕苦不怕累玩命干。这方法，我想适用于一切行业。哪怕自己是专业的权威，秉持这种方法去领导也是有效的。

房子很快就要建起来了，突然有一天，于蓝老师从建房的屋顶摔下来，赶快送到医院急救。幸好，生命无大碍。但面部肌肉神经受损，影响细微的面部表情。从此她只能告别深深挚爱的电影表演艺术，无法用自己的心血和才华塑造出更多的银幕形象。这是她的不幸，更是电影观众无可挽回的损失。

“文化大革命”结束后，我们回到“北影”编导室。于蓝老师和我都是党支部委员。一次会上，有人提出某位老演员转行到导演室，想安排她做我的副导演。我一听就急了，说这位同志年龄比我大，水平比我高，艺术经历比我丰富，当我的副导演，关系很难处，工作上也不好意思要求她。在场的几位支委劝我不必谦虚，不必顾虑，接受下来。僵持不下时，大家望着一直没有发言的于蓝老师。她表示同意我的说法，并提出安排这位同志跟一位有经验的老导演学习，这样更合适。此言一出，一锤定音。我实在觉得于蓝老师是一位深谙心理学的聪明领导。

1981年，我导演的影片《潜网》完成后，“北影”艺委会审查。大家一致给予好评。于蓝老师对影片充分肯定后指出：“项堃演的教授，住宅太豪华。我国教授达不到这样的居住水平，不可信。直到看见张国民演的陈志平家，上海弄堂里的陋室，才感到真实，有生活气息。”是啊，我们为表现门不当户不对的贫富差距，拍摄时特意选了上海一个小资本家的花园洋房当教授家。这是从概念出发而背离了生活真实的深刻教训。多亏了于蓝老师的批评，使我警醒。此后拍的《夕照街》等影片，从环境、服饰到一切方面，都时刻提醒自己，一定要从生活出发去追求艺术真实，坚决摒弃概念化的虚假！

1981年，于蓝老师挂帅组建中国儿童电影制片厂，她的艺术事业再度辉煌。

1989年我有幸在于蓝老师领导下拍摄了散文诗风格的影片《哦，香雪》，了却了几年来的心愿。1984年，作家铁凝就把《哦，香雪》的文学剧本交给我。我年年请求“北影”投产，却屡遭拒绝。理由是“情节太淡，投资回报无法保证”。万般无奈之下，我把希望转向“童影”。在“童影”文学厂长梁晓声、文学部主任张之路、资深编辑林阿绵的大力推动下，于蓝老师、陈锦俶厂长竟然“认”了它，令立即上马，年内完成。这真是喜出望外！继而使我兴奋的是“童影”给了我们完全的创作自由。首先，摄制组成员由我们从“北影”“童影”任意挑选，只要有利于合作默契，有利于发挥各职能部门的创作才能。于蓝老师对故事片的创作、生产是行家里手。她懂得制片厂的领导尊重、爱护、激发创作人员积极性是极端重要的。在选演员、选外景、分镜头、拍摄、后期制作中绝不横加干涉，而是放手让我们去干。但是在思想倾向、艺术风格以及摄制工艺流程的每个环节上又都认真掌控。“管”与“不管”之间的“度”，验证着领导艺术的优劣高下。她是一位出色的领导者、一位电影事业家。

有一次重要的谈话，我至今难忘。开拍前，于蓝老师、陈锦俶厂长在办公室与我长谈。了解我们对《哦，香雪》的艺术构想。我做了完整的阐述。未来的影片有别于传统故事片，具有诗化风格，空灵而深邃。它从生活的常态而不是戏剧性的瞬间表现农耕文明和工业文明的撞击与融合，表现自然的瑰丽、雄浑，表现山村少女的纯洁、坚韧和向往。影片的魅力在于真实的生活氛围，盎然的情趣，传神的细节，性格之间的映照对比，声画造成的诗的意蕴。它的魅力在于这一切都像生活一样自然，一样朴素，在于它的拙，它的真，它的不俗……

于蓝老师赞赏、鼓励我们把构思落实到每一个镜头上，期望《哦，香雪》对儿童片的风格样式有所拓展，以诗意的笔调展现我们民族性格中的善良、淳朴、奋进，以美好的情愫去陶冶少年儿童观众的心灵。

在于蓝老师亲切领导下，我们努力去做了。

中国儿童电影制片厂在新中国电影史上存在的时间并不长，规模也不大，但成绩斐然。拍出了多部艺术精品，绽放在中外影坛上，绽放在无数青少年观众心里。培养出一支完整的有实力的电影创作队伍，其中的多位佼佼者，成为中国电影行列中不同门类的领军人物。"童影"出作品，出人才，于蓝老师是头功！

几年前在广州举办的中国国际儿童电影节上，于蓝老师拿着讲稿激情洋溢地发言。身边的"童影"朋友神秘地向我透露："这是她自己写的。别人起草的稿子她不用。她自己写，自己用电脑一个字一个字打出来的。"我听了毫不惊异。漫说耄耋之年学会电脑打字这等小事，任何方面她都绝不落伍，紧跟着时代前进。这就是她！这就是永不掉队，永不言败，一辈子勇往直前的于蓝老师！

于蓝老师身体多病，"文化大革命"前就做过大手术，"文化大革命"后又几次与病魔搏斗，摘除多处器官。她的病情放在一般人身上，早就躺倒休息了。但她太不一般，不仅没有疗养保命，还不停地玩命干！为祖国的孩子们奉献最好的精神食粮，滋养他们的心灵，拓宽他们的眼界，树立他们的雄心，这就是于蓝老师心中最神圣的使命！

她一生都是为崇高的目的而活着，无论在顺境还是逆境中，顽强拼搏，做最好的自己！

载于《于蓝纪念文集》，黄军、李镇主编，中国广播影视出版社，2022（有删节）

点点滴滴记心头

——在“张瑞芳银幕生涯研讨和中国电影文化的传承论坛”的发言

1944年，我4岁，和父母住在西安。一天，母亲接到一封信，她二妹从重庆寄来两张照片。一张，演《草木皆兵》的剧照；一张，本人的便装照，烫发，西服衣裙，高跟鞋，很秀气。我虽年幼，却也觉得好看。那时，我才知道有个演话剧的二姨叫张瑞芳。我不认识她，她却熟知我。

1940年4月，在重庆，二姨在“中国万岁剧团”演老舍、宋之的编剧的抗战名剧《国家至上》。这是她第一次担任主角，表演颇受好评。当时，我父母住在郊区，母亲怀着我临产前，她让我母亲搬到自己家，为了就医方便。演完深夜回家，我母亲自己已去医院。她焦急万分，又雇不到车轿，挨到黎明，便赶往医院探望我们母女。

她和我母亲不仅是手足姐妹，和我父母还是抗战初期在中共领导下的“北平学生移动剧团”的战友。他们过着半军事化的艰苦的集体生活，在山东、江苏、河南进行抗日救亡演出一年多。现在同是中共党员，关系格外亲。

我父母那时刚从延安调到重庆《新华日报》编辑部工作。抗战时期，物质匮乏，又在中共领导的报社，生活自然拮据。比如，洗脸用的不是铜盆，也不是搪瓷盆，而是里面上了绿釉的陶盆。二姨在话剧界已崭露头角，又主演了著名导演孙瑜拍的电影《火的洗礼》，虽然收入也不高，但还是尽力在生活上帮助我们。她很能干，尤其会给婴儿洗澡。平时父母二人给我洗澡都弄得手忙脚乱，她一人三下两下就搞定了。我的名字也是父母与她共同商量起的。我原叫王澍，澍，及时雨的意思。后按叔伯兄弟排“好”字，改成王好为，好自为之。

1941年皖南事变，国民党掀起反共高潮。中共党组织紧急疏散党员干部。我父母离开重庆，辗转成都、南阳，来到西安。

1945年抗战胜利后，我们回到北平的姥姥家——宝钞胡同法通寺10号。“一二·九”运动中我母亲加入中国共产党后，由于家庭政治背景便于掩护，征得姥姥同意，家里成了中共北平市委地下党的秘密活动地点。彭真、黄敬、姚依林、蒋南翔等领导同志常到这里开会。黄敬等还住在这里。1939年姥姥带着小儿子到晋察冀边区后，由亲戚看家。姥姥家很大，有五个院子，十八间房。最后一进院子是祠堂。院中植满翠竹、梨树和花草。屋中供着姥爷的大照片。他曾任北伐战争时第一集团军炮兵总司令，炮兵中将。他长得英武，方正脸，大眼，高鼻，阔嘴。

不久，二姨也回来了，在家养病。我觉得她长得像姥爷，比寄来的照片上还好看。

每逢姥爷诞辰、忌日都要上供。我母亲和二姨对着遗像鞠躬。亲戚却让我跪在小棉垫上磕头。我觉得很好玩。最高兴的是，每次上供后撤下来的饺子都先尽着我吃，我爱吃饺子。

一天，二姨收拾过去的东西，在北屋的套间，这是她上学时和我母亲同住的屋子。摆设还是抗战前的样子。她找出一些画，我凑过去看，“怎么男人女人都不穿衣裳呀？”她说是在北平艺术专科学校西画系上学时画的素描。我不懂什么叫素描，更不懂素描为什么要光着身子。我没有再问，她也不作解释。后来又看到她在艺专时的两张照片。一张正面全身，直发过耳，偏分。长袖毛衣，背带直筒长裙，皮鞋。臂弯挎着西式上衣。另一张，在校园杏树前，凝望手中拉着的花枝。清纯、自然、优雅。花前那张，不知怎么落在我手里，至今保存在我的相册中。此刻，我又凝望着，以我电影导演的眼光判断，这是一张能透射出内心微妙感觉的生动的脸，这是有天赋的好演员！她除了杰出的表演才华，在造型艺术上也有很好的直觉。可惜没有继续从事绘画，仅在衣着的配色款式和家居的陈设上彰显艺术品位。

有件小事我记得很清楚，家里吃一种我从来没吃过的菜包，说是河北老家的吃法。在整张的大白菜叶上面抹上甜面酱，放上米饭和炒好的菜，菜要切成小丁，包成包，双手捧着吃。我一吃就散，弄得满手满脸。二姨边教我边说，他们小时候姥姥常做。姥姥？姥姥是谁？在哪？她说在很远的地方。她不敢对我说在延安。怕我不懂事说出去，招祸。

1946年至1947年党组织同意我父母同二姨、金山一起去建“长春电影制片厂”。那不是新中国成立以后的“长影”，而是国民党中宣部接收的日伪时期的“满洲映画株式会社”。他们四人都是中共地下党员。金山是厂长。

我到那时都没有进影院看过电影，却看到了拍电影。我们住在长影的小白楼，放学后常去看二姨拍《松花江上》。它描写东北沦亡后，民众的苦难和奋起抗日的故事。

每次先看她化装，换服装，然后跟到摄影棚看拍戏。一般小孩不让进去，我是家属，随便进。

摄影棚里搭的大车店，真大，真马大车都能拉进去。她演的“妞”是大车店主的孙女，穿着棉袄棉裤皮坎肩，系着裤腿，梳着大辫子，好看。她接车，喂马，做饭。

破庙也在棚里搭。神像东倒西歪的，还挂着丝绵拉成的蜘蛛网。拍爷爷死那场，我看到她抱着爷爷，哭得泪流满面。我很奇怪，又不是真事，她怎么能说哭就哭？

拍矿工宿舍，她给工友们唱《四季美人》，很好听。我想，当演员真难呀，还要会唱歌。

棚里还搭着矿井。矿工光着上身，全身和脸都是煤灰，头上戴着矿灯干活，日本监工用鞭子抽他们。

拍矿工暴动，我也看了，是场地外景。好几百人和日本鬼子打成一团，直打到房顶，惊心动魄！从房上掉下来的人，下面都有几人拉着大网接着。

拍电影给我的印象，就是好多人乱哄哄地干，最后弄得像真的一样。导演总是大声喊“预备！开始！停！”，用英文。

《松花江上》是我看的第一部影片。

《松花江上》是二姨主演的第二部影片，对拍电影她有了进一步的体会，从美学上把握了表演的真谛。她说：“真就是美；最真也就最美。这个‘真’就是最能将人物在那个特定情景中最准确的感情和动作表达出来，它是最终是否‘美’的前提和基础。内在的‘真’和形式的‘美’有时是一致的，有时可能并不一致，这时‘真’和‘美’之间何者为先？在我看来，宁可首先确保情感、动作上内在的‘真’。如果徒有‘美’的外在形式而没有反映人物此一时刻的真实内在，那反而是对美的破坏。所以我的结论是：演员应当在动中求‘真’，而不是在静中造‘美’。”

二姨和她以后演的片子，表演都是真挚、朴实、动人的。这是她的风格，是她表演艺术的美学追求。

根据东北解放战争形势的发展，党组织指示二姨他们或在长春等待解放或进关继续从事隐蔽斗争。

我们先搬到长春城里二姨家的小楼住，外面兵慌马乱，马路上设了关卡，拉起了铁丝网。吃的东西也少了，只有高粱米饭和自己发的豆芽。可我看大人们并不害怕，常用小放映机在餐厅演小电影。最后，党组织决定他们还是带部分骨干人员盛家伦、官质斌、沈剡、杨霁明、陈民魂、方化、周凋等回到北平从事隐蔽斗争。我们留在北平，继续拍表现抗日斗争的影片《哈尔滨之夜》。二姨和金山到了上海。

我八岁，在《哈尔滨之夜》里演一个小姑娘，戏不少。经常接到剧务主任的通知单：“王好为女士，请于某日到某地拍某场戏。”因为有《松花江上》的参观经历，化妆室和摄影棚对我来说并不陌生，按导演说的做事讲话也容易，所以，我也就毫不紧张地把它拿下。只是有一场戏我犯了难，拍在奶奶灵前告别，需要哭，我哭不出来。一位叔叔把我叫到一旁，并不作什么剧情分析，只是说生活中我最怕的一件事，我顿时泪如雨下，马上被拉到摄影机前拍下来。很多人说我像二姨一样会演戏，我不知道她演哭的时候想的是什么。

二姨是我艺术的启蒙老师。

解放后，姥姥、三姨一家，舅舅一家从解放区回到北京，二姨也从香港回来。我们住在法通寺10号老宅。大家在一起很热闹。星期天大人们常比赛做菜。往往是二姨第一，三姨父陈荒煤第二，舅母谢明第三。我觉得他们做得都很好吃。

当时不少文艺界朋友来看她，有时留下在东院大桑树下吃午饭。这种场合家里其他长辈从不出席。家属中只有我一人参加。她总让我叫这位叔叔，那位阿姨。我不止一次见过吴祖光和胡风。

新中国成立初，二姨在北京电影制片厂工作，与三姨住在新街口太平胡同北影厂宿舍。她带我去逛附近的护国寺庙会。拉洋片的、练把式的、拔牙的、点痦子的、耍猴的、卖年画的、卖风筝的、卖空竹的，还有各种京味小吃……这是我第一次也是唯一一次逛庙会，印象深刻。在20世纪90年代，我拍的电视连续剧《武生泰斗》和根据老舍先生小说改编的电影《离婚》中，这些儿时见到的北京风情都有展现。

1950年二姨在青艺工作，新年，她带我参加中国青年艺术剧院的化装舞会，在青艺剧场楼上大厅，演员们扮作洋人、古人、童话人物，热闹极了。二姨穿着向新凤霞借的大红戏装，在人群中特别漂亮显眼，她得了第一名。廖承志那时兼青艺的院长，高兴得解下自己的围巾给她戴上。

二姨调上影厂前，在姥姥家树荫下整理在重庆时期的照片和信件，我在一旁看。有话剧《北京人》《棠棣之花》《屈原》《大雷雨》《安魂曲》《石达开》《家》《牛郎织女》《芳草天涯》……的剧照。中国人、外国人、今人、古人，演了多少戏呀！这也是时势造人，抗战时期大后方，文艺名家荟萃，话剧成为广受欢迎的艺术形式，她才能密度极大地进行创作实践，在这些著名作品的滋养下，迅速成长。她和白杨、舒绣文、秦怡被评为话剧的“四大名旦”。她演的愫方、春姑、婵娟、卡杰琳娜、阿露霞、瑞珏都是悲剧人物。她演“悲旦”著称。在保留的来信中，有一封是给金山和她的信，关于去长春接收“满映”的事，她念给姥姥听。署名是两个热爱你们艺术的人。她对姥姥说，这两人是中共中央的领导同志。那时候我才知道“皖南事变”后她是周副主席直接领导的中共秘密党员。

1952年夏，我小学毕业前，收到二姨给我的短袖白底粉红细格衬衣。这是她在上影厂拍《南征北战》外景间隙时做的，我穿上高高兴兴走进中学。更令我高兴的是看到她演的《南征北战》中的女村长、民兵队长赵玉敏，坚强、朴实、充满力量。与《松花江上》的“妞”截然不同。

听我母亲说，二姨调到上影厂前，一度想改行。因结核病未愈，身体不好。深层原因是对工农兵生活不熟悉。她虽然1938年加入共产党，但一直在蒋管区生活，与工农兵的心相距太远。表演上惯用的“从自我出发”，有太多的局限和空白。在新的时代、新的表现和服务对象面前，无从准确“感觉”工农兵的心理，因而产生畏惧，怕失败。周总理批评她“动摇了”，她才决心从头开始，继续探索自己痴迷的表演艺术。

拍《南征北战》时，她到山东老解放区认真体验生活，在充满创作民主气氛的摄制组中不断改进自己的表演。后来又在影片《三年》中演纱厂女工干部赵秀妹。这两个角色显示出她感情、气质的明显变化。

周总理对她说："我看了你演的《南征北战》与《三年》。演了一个农民，一个工人，都有点样子了。你应当继续努力下去，艺术总是从不成熟到成熟的阶段。"

在她表演上有了新起点时，厄运突然降临。陈年的结核病转到脊椎，说是弄不好，一辈子都要穿钢背心才能直起腰来，别说演戏了，生活都会困难。全家都很焦急。她回到北京治病。那时没有出租汽车，我父亲从单位要了车，把二姨从火车站接来。我们都在姥姥家大门口等着。二姨父严励把她从汽车上背进北屋。我跑前跑后，什么也插不上手。二姨进屋叫了声"娘……"，大家都心情黯然。姥姥很镇定地说："张楠（我母亲的名字）已经通过国务院副秘书长齐燕铭同志请孟继懋大夫给你看病。他是国内最著名的骨科专家。明天就开始治。"

我住校，每周末去姥姥家看望她。二姨天性乐观，孟大夫医术精湛，治疗一段时间，居然控制住病情，行动可以自如了。全家皆大欢喜！她卧床养病时，给我织了条红色细毛线围巾，孔雀开屏花型。我戴了好多年，珍藏至今。

此后，二姨主演了电影《母亲》。她本人没有孩子，凌子风导演说："瑞芳有一位革命的母亲，母女连心，不担心她找不到革命母亲的感觉，而且恰恰因为她从未演过这类角色，所以可能演出独到之处。"编剧海默创作剧本时，采用了几位革命母亲的素材，其中也吸收了我姥姥的某些经历。二姨随摄制组到唐山煤矿体验生活，接触了人物原型之一的马五婶和王大娘。又把剧本念给姥姥听，深入体验自己母亲当年失夫、丧子、儿女远离的感觉，体会她如热爱儿女般热爱党的同志，这种从骨肉亲情超越出的伟大母爱。在编、导、演通力合作下，《母亲》获得成功。我是在首都影院看的《母亲》。银幕上充盈着我的两代前辈的忠贞与豪情，我的感动无法言说。

我上初中后就参加了学校的话剧团，每年新年在全校演出。听我母亲说，二姨在北平女一中上学时就演了不少话剧，有田汉的《梅雨》《获虎之夜》，莫里哀的《心病者》。她的表演松弛自然，毫不矫揉造作，很得同学们赞赏。我给二姨写信，谈了些我遇到的极幼稚的表演上的困难。她并不耻笑我，总认真回信，更要求我学好各门功课，说无论将来搞什么专业，这都是基础。

我考上北京电影学院导演系后，二姨多次和我谈"思想、生活、技巧是导演的基本功，生活是基础"。她对我说，你不能光读中外名著，还要多接触、观察、了解人，也要涉猎各门类的艺术，美术、戏剧、舞蹈、音乐、戏曲。我记得小时候在长春时，她家的书房里有留声机和很多唱片，她常听马连良老板唱的《空城计》"我正在城楼观山景"。客厅里还有一架钢琴，那时她在学钢琴，可以双手弹短曲。这架钢琴我之所以印象深刻，是一次我把开水杯放在琴盖上，烫出抹不掉的白印，差点挨我母亲的揍。

有件事，我感触很深。在电影学院上学时，一次下乡劳动锻炼，我根据社员反对"共产风"的议论，编、导、演了独幕剧《算账》。1959年庐山会议批判彭德怀后，全党开展

"反右倾运动"。《算账》被定为反对人民公社，在全院示众演出，各系进行批判。我在班上做了一上午的思想检查。支持这个戏的导演系主任，也被撤销党内外一切职务。电影学院院长章泯与二姨很熟，对她说"王好为的《算账》是有帽子可戴的。念她不是党员（反右倾运动在党内进行），一贯表现很好，就不戴帽子了。"二姨当着我母亲的面说了章院长的话。我以为她一定会狠狠熊我一顿，告诫我以后不要从生活中发掘什么题材再惹出祸来。但是，她没有。我们三人沉默着。我想她不愿挫伤我面向生活的创作热情。而且可能她和我母亲对"反右倾运动"也心存置疑。她一贯不说假话，顶多不说话。

我从北京电影学院毕业后，分配到北影厂工作。1965年，我在《龙马精神》摄制组于河南林县口头村拍外景。村里的妇女主任说，前两年上影的《李双双》组也在这里体验生活、拍摄。太巧了！我和二姨同在太行山村的怀抱里拍摄李準写的两部影片。这里山河壮美，农村人民公社社员生活并不富裕，但志存高远，正在"重新安排林县河山"，热火朝天地修红旗渠。我想，只要我们虔诚地用心去感受，就能从生活的沃土上收获艺术硕果。她演的李双双成了家喻户晓的人物，无私忘我、敢说敢干。它是集体生产制度下形成的新性格，成为那个时代的典型人物，流传至今。周总理看了影片对她说"今天请你吃螃蟹，因为你拍了一个好戏。"并说这部影片"艺术上有可取之处，你的表演也有新的东西。"《李双双》获第二届百花奖最佳女主角奖。颁奖典礼我也参加了，坐在观众席上，使劲为她鼓掌。

我特别喜欢二姨给苏联电影《白痴》译制片女主角娜斯塔霞·菲利波夫娜的配音。这是个复杂的性格，她有高尚的禀赋、独立的精神、被凌辱的身世、畸形的心理、傲慢的气势下深藏着痛苦和自卑。为维护自己人的尊严，视金钱如粪土，疯狂地向一切虚伪和权势挑战！不少观众认为二姨的配音与银幕人物不仅吻合，而且升华了这个艺术形象，使人震撼！我想，这得益于她的文学修养和丰富的话剧表演实践。台词是话剧演员刻画人物极重要的手段。她多次回忆在重庆演《国家至上》《屈原》《家》《大雷雨》时，对不同风格台词处理的苦苦探索。她说真是"费了很大的劲"。

二姨给我介绍过一位老师，吴雪。1949年，她带我认识了青艺的副院长、导演、演员吴雪。吴雪叔叔很喜欢我，我可以白看戏，从小学到大学，我是白看青艺的戏长大的。我和吴雪叔叔经常通信，写观后感，还到他家玩。1992年我导演电影《离婚》，请吴雪叔叔客串财政所长，纪念我们的师生友谊。

二姨对我们这些后辈非常关爱。1973年她参加"中日友好协会访日代表团"。当时，国家外汇很紧，允许团员兑换的外币零花钱极少。我弟弟患腿疾，每天骑车上班非常吃力。二姨省下全部零花钱，给他买了自行车加快轴。

二姨对朋友热情、真诚、坦率。她与"北平学生移动剧团"的战友聚会我去过两次。荣高棠夫妇、杨易辰、胡述文夫妇、陈荒煤、张昕、我父母。大家热烈地回忆着，大声争着说，笑着。"文革"中她"解放"后到北京，也是首先和这些战友见面。剧团"移动"

的工具是两条腿、大车、敞篷货车、火车车顶，还经常遇到敌机轰炸。住在学校教室、礼堂、农舍，甚至是牲口棚。吃粗糙的集体伙食，发极少的津贴。在山东、江苏、河南，行程两万里，宣传抗日，十几个剧目，为军民演出一年半。尤其二姨演的《打鬼子去》《林中口哨》激情澎湃、不能自已！观众反映特别强烈。她后来著文“一些同志说我的表演不太做作，感情比较真实，重视内心体验，如果说这确实是我的表演特点的话，其基础也是在‘移动剧团’一年多的实践中逐渐形成的。”

二姨还特别感念崔嵬大师，“一二·九”时期，崔嵬与她合演《黎明》《放下你的鞭子》，这是中共领导的“学联”组织的。《放下你的鞭子》两次广场演出，在北京的樱桃沟和小汤山，反响强烈而深远。她说：“崔嵬是我的启蒙老师，把革命思想带给了我，把革命文艺带给了我，促使我投入崭新的艺术创作境界。如果我此时遇到的不是崔嵬而是另一个启蒙先生，先教我一套外在形式的表演技巧，那我就不是现在这样的表演路子了。”

当她还是业余演员的时候，就把艺术才华展示到民族解放的大舞台上。此后，她有幸得到周恩来同志亲自领导，同时与文化界大师郭沫若、老舍、曹禺、巴金、夏衍、张骏祥、陈鲤庭、成荫、凌子风、郑君里、沈浮交往合作，在思想和艺术上迅速成熟，并坚定地走下去。“做党的好演员”是周恩来同志对她的教导，是她奋斗的目标，也是她艺术人生达到的境地。

从二姨奋斗的一生，我领悟到：一个人不论做什么，要想成为人物，一个推动生活前进的人物，最不可缺少的是理想、热情、胆气。

我要向她学习。

2010年11月18日参加纪念张瑞芳从影70周年活动

我的姨父陈荒煤

陈荒煤是我的三姨父。第一次见他是在1949年春天，北平刚刚解放，我九岁。一天黄昏，我正在法通寺10号姥姥家大门院玩，见一个陌生男人穿着干部服来找三姨。三姨是前不久带着表妹好望从解放区回来的。我不认识他，他却能叫出我的名字。他就是三姨父陈荒煤。初次见面，他送我一套盛澄华主编的《世界童话文库》，十本。封面印着一棵大树，叶子是入选作品国的国旗，五颜六色，很漂亮。每本封面底色也不同。之前，我仅知道《白雪公主》《灰姑娘》几篇童话，它让我眼界大开。以我小学三年级的文化水平，一篇篇看起来，爱不释手。生病住院也让妈妈给我念。从一开始，我就喜欢这位长辈，因为他给了我许多好看的书。

后来，他又带回一套《中国人民文艺丛书》，全部是解放区出版的小说、诗歌。我看了《李有才板话》《吕梁英雄传》《王贵与李香香》《太阳照在桑乾河上》《暴风骤雨》等等。我觉得那好看的童话是编的，这些书写的是真的，我更爱看。直到今天我还能背出《李有才板话》中的不少快板。

1951年，三姨父作为中国作家代表团成员访问苏联，回来跟家里人讲此行见闻，那是一个冬天的夜晚，在姥姥家北屋。我清楚地记得他谈到法捷耶夫、西蒙诺夫、费定、吉洪诺夫几位作家的情况。还说看来集体农庄庄员的生活比工人的好……我在一旁注意听，幻想自己什么时候也能去苏联看看。他送我妈妈几件苏联小礼品，粗齿的塑料梳子，黄色的、红色的透明塑料大果盘，等等。对这种从未见过的材质，我很感新奇。这些东西我们用了很多年，直到塑料老化。还有两件东西，我一直保存着。一只木头小方盒，盒盖和四周用克里米亚海滩砂砾和小蚌壳粘成美丽的图案。另一件是印着普希金头像的塑料挂盘。它们至今还在我的玻璃书柜中摆着。普希金的名字我是从得到那个挂盘时知道的，普希金的诗歌、小说后来成为我青年时代非常喜爱的作品。当时他提到的几位作家，我上中学后，也想方设法找到他们的作品来看，后来还买了他们的《青年近卫军》《日日夜夜》《早年的欢乐》《吉洪诺夫诗选》等。

1952年，三姨父从武汉调到中央文化部电影局，住在受璧胡同的四合院。他家占几间北房，他住在东头套间小屋，安静。我父母与他不仅是亲戚，还是抗战初期的战友，所以，相互走动很多。周末，我常去他家玩。他总在看剧本或写东西，话很少，笑容也少，从来不高声大笑。在那里，我见过北影厂导演成荫、长影厂导演林农找他谈创作。我看他整天就是闷声不语想那摊拍电影的事。他原本很会做菜，在姥姥家他炒菜的手艺得到大家夸奖，但这时，他顾不得下厨房，阿姨做什么就吃什么。唯一的休息就是侍弄一缸热带鱼。

1954年，他送给我新出版的苏联小说《勇敢》，鼓励我学习苏联青年献身祖国建设的壮举。书很厚，很吸引人，我一看再看，珍藏到现在。

我爱去他家，还因为碰巧了能蹭电影，能看到影院公映以外的片子。他有时下班后，在电影局调看电影资料馆的库存影片，作为专业研究。我蹭看的一些影片中，《蓝天使》《卑贱的人》给我印象最深，那经典的人物和细节，令我至今不忘。看完电影，太晚了，无法回家，就睡在他家书房的写字台上，一不小心还把桌面大的玻璃板压裂了，他也不生气。他从不疾言厉色地大声说话，更不训人。

上高中后，看他发表的文章中引述了屠格涅夫长篇小说《贵族之家》结尾的细节描写，我很感兴趣。他家有屠格涅夫全套的长篇小说和散文诗，他很高兴地借给我。在课余时间我如饥似渴地阅读了《罗亭》《贵族之家》《前夜》《父与子》《烟》《处女地》和散文诗集。屠格涅夫的深刻、忧郁、隽永是那样感动着我，他成为我最喜爱的作家之一，至今我已经三遍通读了他的文集。三姨父不知道，我结识这位作家起于他的一篇文章和他的藏书。我一直在想三姨父内向、沉郁、感情细腻，是不是也喜爱屠格涅夫的作品？

1964年，毛主席发起“文艺整风”，批评文艺界到了修正主义边缘。三姨父主管的电影界是重点，“毒草”影片《早春二月》《兵临城下》《舞台姐妹》等，被全国各大报刊进行批判。他也戴罪调离电影界去重庆工作。那时，我已从北京电影学院导演系毕业，在北影做导演助理。临行前，他并没见我，只是留给我一大批书：他所藏有的新中国成立后出版的电影理论和外国电影文学剧本。他的用意不言自明。这些书后来变成我宝贵的精神食粮。“文革”十年，全国人民只能看《地道战》《地雷战》《南征北战》和样板戏电影。我常翻看他给我的那些剧本，回想当初看电影的愉悦、激动。我似乎又走进那座圣殿。我庆幸自己过去毕竟欣赏过、体味过人类艺术财富的美好、博大与深邃！最近，作为史料，这批书，我全部捐赠给中国艺术研究院图书馆。

打倒“四人帮”后，三姨父回到北京恢复工作。我开始独立执导《瞧这一家子》时，对如何把握影片风格，请教他，那时，他在中国社会科学院文学所。他给我和李晨声（我丈夫，本片摄影师）写信：“十五年来未看过分镜头剧本，十分吃力地看了一遍，已不习惯看什么远景中景之类了……”他说，“这个本子是轻喜剧样式，写些普通人物和事情，如果要观众喜爱，影片应力求真实、生活气息浓厚，不做作。”特别提醒“演员应如在生活一样，不要以为这是在演喜剧，然而却经常引起观众会心的微笑。我觉得这部影片得是这样的风格为好！当然做到这一点不容易”。

我们正是这样做了。

此后，我导演《夕照街》，又请教他。他给我和晨声回信，肯定了“《夕照街》分镜头剧本比文学剧本显然有改变有进步”，并为剧中作家形象的改进设计了两套方案。最后又特别提醒“影片要注意生活气息，自然。写的是一群普通人的生活，甚至是日常生活。这是对的。但不要以为：普通、日常生活中没有复杂、深刻的东西，都是表面现象的东西。恰恰是在日常的、普通的、看来是平凡的东西中蕴藏着一些有深刻意义的美好的东西。影片要挖掘这方面才更有意义。千万注意这一点”。

在我创作生涯刚刚起步的时候，这些话是多么重要！

……

回忆起三姨父陈荒煤，他不仅是我的长辈，我父母的战友，也是从小到大给予我呵护、指导的恩师。

载于《当代电影》2013年第12期

画外音

写在《瞧这一家子》上映的时候

《瞧这一家子》是北京电影制片厂最近完成的彩色喜剧故事片。尽管它还不够成熟，但里面却渗透着我们这个青年摄制组辛勤劳动的汗水和老一辈艺术家热情指导的心血。在春节到来的时候，我们把这件小小的礼物献给向四个现代化进军的各条战线上的朋友们。

在实现四个现代化的伟大征程中，每一个集体、每一个家庭以至个人，都不能不在精神面貌、思想方法、工作作风和生活方式上发生变化。从总的看，这种变化是健康的、向上的、乐观的，是充满喜剧因素的。这就是我们拍摄这部喜剧影片的思想基础和生活根据。

在“这一家子”中，爸爸是纺织厂的车间主任，妈妈是家庭妇女，女儿、女婿是纺织工人，儿子是话剧团的青年演员，儿子的对象是新华书店的营业员。影片通过这样一些普通人的日常生活冲突，揭示出在我们这个时代，每个人只有不断克服思想障碍，迅速提高科学、文化和工作水平，才能为新长征做出贡献。

作为一部喜剧片，无论是讽刺地否定还是欢乐地肯定，都是以笑为手段的。我们希望这部影片能引起观众由衷的笑。为此，在剧作、导演处理和表演上，都极力追求鲜明的时代感和浓郁的生活气息，追求艺术细节的真实，尽量使观众感觉到这些可笑的人和事，是他们听到过、看见过，似曾相识乃至亲身经历过的，因而产生共鸣，发出亲切的、会心的微笑或欢畅的大笑。

这部影片反映的是我们今天的生活，因此，在镜头的调度、节奏的掌握、影调的处理、色彩的配置、景物的选择上，导演、摄影、美工都共同寻找一种清新、明丽、活泼的调子。用这种欢快的节奏和明朗的基调表现我们新的时代和新的生活。

表演的成败在喜剧中起着重要作用。喜剧要求演员除一般素养外，还具有幽默感、节奏感和分寸感，具有较强的形体控制能力。多年来，我们电影表演上的通病就是不生活、不自然，总像在做戏。我们这部影片表现的是普通人的日常生活，其中的父子、母女、姐弟、师徒、爱人、朋友这些人物关系都是千百万观众熟悉的、体验过的，这就要求演员表演得准确、细腻、逼真，让人看着像那么回事。但这毕竟是一部喜剧片，喜剧表演本身又需要一定程度的夸张，需要对人物性格、人物关系的某些特征做适当的强调。既要夸张，又不能破坏生活真实、违背人物性格——这个不容易掌握准确的分寸，是我们在排练和拍摄中苦苦追求的。影片中像陈强、黄玲这样具有丰富喜剧表演经验的老演员和陈佩斯、刘晓庆等一些初次扮演喜剧角色的青年演员，经过辛勤劳动和努力探索，都塑造了生动的、有血有肉的形象。张金玲、方舒、汪用桓等创造的正面人物，也都质朴，自然。

马克思说：“历史不断前进，经过许多阶段才把陈旧的生活形式送进坟墓。世界历史的最后一个阶段就是喜剧。”向四个现代化的伟大进军，必将大大加速历史的行程。“这一家子”正是我国千千万万个家庭的缩影。在八十年代第一个春天开始的时候，我们衷心地祝愿大家笑着同过去告别，笑着去迎接自己更加美好的未来。

载于《光明日报》1980年2月9日

拍轻喜剧的几点体会

——忆《瞧这一家子》的创作

2018年夏，中影集团口述历史拍摄现场，刘晓庆约我和摄影师李晨声共同回顾合作的《瞧这一家子》《潜网》《北国红豆》。她强烈呼吁中影集团拍摄《瞧这一家子》续集，趁着当年合作者不少还健在。

不管这动议能否实施，却引起我无限回忆。

那是四十年前，1979年，我面临创作的抉择。

要么作为联合导演拍摄反“四人帮”题材的《泪痕》。我已与编剧孙谦、马烽二位著名作家就剧本一口气长谈了四小时，相互十分默契。

要么独立执导本厂工人林力编剧的《瞧这一家子》。

前者浑厚，是厂里的重点片；后者欢快，是练兵的习作。

我还是选择了后者。不仅是可以单飞，独立执导，更重要的是可以发挥我鲜为人知的幽默天性。

此前，北影厂电力车间工人林力投来初稿，在北影厂文学部主任胡海珠支持下，我与林力一起在北京、上海、常州采访了几十个单位，费时半年，六易其稿。剧本虽获文学部通过，却毫无投产可能。

这时，恰逢中央文化部部长黄镇指示北影厂建立两个青年摄制组。我和《瞧这一家子》剧本才进入汪洋厂长视野，称为“小人小马小刀枪”，即导演、摄影、美术、录音、剪接都是初次独立工作，或独立部数不多的青年。其实，被“文革”延误几年，我们都近四十岁了。

当时，北影厂某些领导反对成立青年摄制组，说：“万一拍砸了，他们赔得起吗？文化部是不是负责赔？”我月薪55元，几辈子工资才够呀！我暗下决心，绝不能让厂里替我们背债。只有玩命干了！

初学乍练，当然没有好条件。本组自始至终就没有配备一台固定的摄影机，其他组哪台机器空下来，就使哪台。我们费了很大劲外借的河南省话剧团演员陈裕德，厂里另位老导演也想用他，厂里命令我们只能插那位导演的空档用。种种压力使我们更加发奋用功。当然，无论如何，这次机会带来的更多是创作的兴奋。拍摄的每一环节，我们都绞尽脑汁，力求做好。

选演员极为重要。摄制组各部门的创作成果，主要通过人物流注到观众心里。并且，一旦开拍，即使发现演员不合适，也无法更换。鉴于《海霞》组有的演员选择失误，此后选演员我是如履薄冰，慎之又慎，一定要遴选到最佳人选。

片中的老胡，在修改文学剧本阶段，我就认定非陈强莫属。

1956年，我上高中时，看过他演的莎士比亚的喜剧《第十二夜》，是苏联专家主持的表演进修班毕业演出。他演的管家马伏里奥，循规蹈矩，卑恭逢迎，忽中他人之计，以为小姐爱上他。顿时，步态、腔调、表情变得威严放肆，穿着讨好小姐的黄袜子和十字交叉的黄袜带，高视阔步地走来走去。真是精彩绝伦！让人难忘！此后，又看过他演的喜剧电影《魔术师的奇遇》。这位表演艺术家的才华是多方面的，绝不仅擅演黄世仁、南霸天这样的反派。况且，在《海霞》《海上明珠》组我与他有很好的合作之谊。

老胡既是家长，又是纺织厂车间主任。他身上没有马伏里奥那么强烈的反差和喜剧色彩，但是不乏幽默风趣。为建设社会主义，他肯出大力流大汗。但不认识科技是第一生产力，只会向后看，满足现在比自己学徒时脚踏机器手换梭强多了。不肯向前看，成了女儿女婿搞电子革新的障碍，闹出不少笑话。他恨铁不成钢，对无知的儿子家长式的严管，产生许多误会和笑料。但他又是宽容的、有情趣的、知错必改的。他与剧中家里的、工厂的、社会上的所有人物都发生喜剧性纠葛。我坚信陈强老师能准确把握各种人物关系，丰满地、令人信服地塑造出这个喜剧形象。他果然很成功！

老胡、胡婶、嘉英、郁林、老病号、大阮、厂党委书记都先后确定了扮演者。但最有喜剧色彩的嘉奇、张岚的演员几经寻觅还没着落。

正着急呢，陈强老师说他儿子佩斯看了剧本，对嘉奇有兴趣。佩斯，我略有了解，看过他演的话剧《万水千山》中的匪兵。仅一个过场，却十分出彩，显露才华。还看过他演的电影《猎字99号》中的特务。我说就请他试试戏吧。在摄制组办公室，他和方舒表演了无实物的人物关系小品。我太惊喜了，真是绝佳的人选，就是他了！他身上有陈强老师喜剧表演的基因，我相信，这种难得的天赋若加上刻苦努力，将会焕发出耀眼的光彩。他果然不负所望。

陈强老师家离北影厂很近，佩斯却要求与组内三个外地男演员挤在招待所一个房间住，为的是日夜切磋表演。我和李晨声因拍摄忙，不能回家，就在摄制组办公室用置景车间地板搭了两个铺，每晚加班准备第二天的拍摄。佩斯经常兴冲冲地找我们谈想法。他总不满足一般地完成表演任务。一次我去男演员房间，见他床头贴着壁报那样大的表，标出嘉奇所有场次的任务、动作、情绪发展。太用功了！我拍了一辈子戏，再没见过这样的。这个角色戏重，他的成败关乎影片的成败。佩斯准确、细腻地刻画出了嘉奇的无知、天真、娇惯、好吹牛，但又热情、爱帮助人、有上进心的人物特征。这个独特的形象富有魅力，为影片添彩，也为佩斯以后的喜剧生涯开了个好头。

至于刘晓庆，当时她正在北影厂拍《小花》和《婚礼》，都演正面人物。常在院里见到她本人。俏丽；有些不拘小节的劲头，衣着随意，皮鞋常踩倒后帮趿拉着；不化妆，脸上涂着很厚的凡士林，土法护肤。我无法看到正拍的《小花》《婚礼》的样片，就请宣发处借了两本珠厂影拍的《同志，感谢你》，她演环卫工，戏不错。我给她《瞧这一家子》剧本，“有空看看吧。”第二天她就急匆匆找到我，“导演，你是不是让我演戏？”“是啊。”“我可不演那个大正面，嘉英。”“演张岚呢？”“真的？”她立刻眉开眼笑，“那太好了！”

张岚就这么定了。她身上是什么打动了我？那率直的言语，那毫不顾忌的任性态度，那善于表情达意的生动的脸，尤其那灵动的双眸。我预感她戏路会很宽，能放得开。以她的聪慧和洒脱，一定能揣摩到张岚的微妙之处。至于她能否演喜剧，我毫不了解，真正是在押宝了。

拍她第一场戏，是老胡到她家赔裤子。我让她戴着满头发卷接待来客。她说从未演过喜剧。但她细致的动作、心理的层次、节奏的变化都显露出喜剧表演才能。不仅使我放下心来，更使我对她的潜质寄予厚望。这场戏真是开门大吉，以后拍的就更挥洒自如了。张岚的戏不多，每个镜头她都挖空心思寻找独特的表现。她说拍戏好比存钱，每个镜头都不放过，认真对待，最后就能变成富翁。

我1962年分配到北影厂，师从凌子风、石一夫、谢铁骊、陈怀皑导演，做场记、副导演、联合导演。导演创作的全部流程已十分了然。心中没底的是喜剧如何处理？在电影学院和北影厂既没学过喜剧理论也无实践。如今，只是凭着感觉去摸索。我平日不苟言笑，很多人奇怪我怎么会去拍喜剧。我自知还是有幽默感的。一方面来自父亲的基因，一方面来自中外幽默作品的滋养。《堂吉诃德》《好兵帅克》《哈克贝里·费恩历险记》，《钦差大臣》，还有阿里斯托芬的喜剧、卓别林的电影以及中国戏曲中的文丑、武丑、彩旦……都使我会心，给我启迪。对生活中的可笑因素，我很敏感，也能鉴别其高雅还是低俗。可我笑点又较高。佩斯、晓庆都说表演时很看重我在摄影机旁的反应。我这个不易被逗笑的第一观众笑了，他们就放心了，将来观众肯定会笑。

一般地讲，喜剧因素多存在于按历史规律正在消亡的社会现象领域。老胡由于历史、思想原因具有小生产的局限性。嘉奇、张岚、老病号身上有“四人帮”时期的烙印。这些都与新时代不协调，引起人们的笑。笑他们现有的样子，就明确了他们应有的样子。所以，马克思说“笑乃是同过去诀别”。

整部影片的处理都是凭直觉去把握，直到影片完成，在“全国故事片创作会议”上指定我发言，我才四处找些喜剧专论来看，与影片一一对号。笑是由不协调产生的，目的和效果、外表与内心、环境与行为、现象与本质……之间的不协调引起人们的笑。

影片中嘉奇与小红初遇，文学剧本写小红带侄女过街，小孩跑到汽车前，险些被撞。

路旁的嘉奇蹿过去抱起孩子。司机骂："有你这么当爸爸的吗？"嘉奇傻笑，忽然说："你才是她爸爸呢。"分镜头时感到，如果是正剧，这样处理未尝不可，嘉奇的行动给小红留下好印象。但作为轻喜剧，这场戏毫无幽默可言。观众除了刹那的紧张外是断然笑不出的。

此时我们想起某友人闹的笑话。他在湖中初学游泳，忽呛水不止，顿时方寸大乱，似遭灭顶之灾，在上下扑腾时，高呼毛主席万岁。大家叫他站起来，水才及腰。

于是我们改为在公园划船，小红的小侄女落水，嘉奇、大阮拼命相救，结果水才没膝。但又想，孩子落水还会让观众担心。又改成误以为孩子落水，竞相营救，又洋相百出，既表现嘉奇见义勇为，又有乐子。这一步步修改的拍摄方案，并没有理论指引，仅凭生活经验和审美感觉来处理。后来才看到专论："只有不具危险性的，不导致痛苦的不协调才能引人发笑。""这种不协调的喜剧性还要具备两个条件：一目了然和出人意料。"

这场戏曾设计嘉奇、大阮吹嘘会多少高难游泳动作，救孩子时泳姿却很不标准。排练时感到，一般观众对泳姿是否标准并不了然，当然不会觉得可笑。后改为在商店买裤子时二人向张岚自吹是游泳高手，并说救人要领是先把对方打懵。救孩子时，二人入水姿态蠢笨可笑。扑腾一阵，没救到孩子，大阮却几乎没顶。危急时刻，张岚忽喊："把他打懵！"大阮喊："别打懵！"嘉奇边打边喊："打懵！打懵！"此时园丁赶来，让他们站起，水才没膝。这个方案在二人入水、打懵、站起时，观众都爆发出笑声。因为这些动作既一目了然又出人意料。不承想，我们的构思暗合了一些喜剧规律。

嘉奇是刚入行的话剧演员，为了表现这个被"文革"耽误的青年，在修改文学剧本阶段，我们采访了素不相识的中国儿童艺术剧院的著名演员方掬芬。她说"文革"停课闹革命，那一代青年文化底子差，剧院招的演员，有的连剧本都读不下来。我们访问了所指演员本人，他承认确实如此，正痛下决心恶补文化呢。这些素材丰富了嘉奇的形象。

应张岚之约，教书店职工舞蹈一节，嘉奇对自编舞蹈的"阐述"就白字连篇，成为笑柄。出自他手的舞蹈定然编得拙劣，无法登大雅之堂。可是，刻意达到这个效果，并不容易。这，必得请教高人。本片作曲王酩改了三稿，才创作出我预想的单调累人的旋律和节奏。编舞，请中央芭蕾舞团的编导蒋祖慧，她是作家丁玲的女儿，早年在苏联学习芭蕾舞编导。我不认识她，冒昧相求，她爽快应下，来到摄制组办公室。在场的有王酩、佩斯、我和摄影师。根据王酩的曲子和嘉奇的情况，她即兴设计出"送书上门""流动售书"等浅显的动作。又以侧手翻、打飞脚表达工作的豪情。群舞是众人弓腰，在胸前用力左右甩臂，原地扭着十字步作前进状。这是红卫兵典型的舞汇，"文革"中嘉奇自幼受到熏染，构思时定会信手拈来。

拍摄时，"阐述"和独舞就引得众人捧腹大笑。之后的群舞，嘉奇在前面边喊拍子边示范，大家列队在他身后卖力扭着十字步。乏味、疲惫、大汗淋漓。张岚等人纷纷逃走，跑到冷饮店对着电扇痛饮汽水，猛吃西瓜。嘉奇最后发现仅一个要减肥的胖子在跳。他懊丧已极。拉手风琴的小红思绪万端地走上前，望着这个曾救过她侄女的勇敢、热情、无知的嘉奇。

这场戏蒙太奇节奏变化很多。开场白，狗屁不通的“阐述”按常速处理。舞蹈部分，摄影师采用落格、延时印片技巧，用反常的速度表现舞蹈的可笑、重复、让人忍无可忍。剪接时，我用越来越短的六十个镜头造成疯狂的节奏，渲染嘉奇傻乎乎的近于歇斯底里的激情，并把冷饮店吃喝的镜头交织于舞蹈音乐节奏中。摄影师从上海拍回的刚刚出现的霓虹灯闪烁镜头，穿插其间，更是眼花缭乱。最后，胖子走去，仅剩嘉奇和小红，是一个长长的停顿。

据我多年的观赏体会，喜剧表演的诀窍，在于越是处于尴尬的情境，越是干着荒诞的事，越认真严肃地演，越有喜剧效果。佩斯肯定参透了此中奥秘。荒谬绝伦的“阐述”，幼稚狂热的舞蹈，他都演得极其自信、认真、一本正经，更彰显出人物的可笑与真正的可悲。

最后，颜面尽失的结局令他痛彻心扉。在小红的善意批评下，他决心努力提高文化，把“文革”中耽误的都找补回来。

晓庆绝对不甘平庸。她的重场戏“卖书”“看戏”的每个镜头她都殚精竭虑地苦心经营。教舞这场戏重点不在她身上，她仅是听众和群舞者。与众人一起大笑，竟也能独出心裁，设计张岚笑得从椅子上出溜到地上。这强烈的形体动作在众人大笑的雷同表演中别开生面，十分抢眼。后来，她和同伴冲进冷饮店。一进门，忽然添了个动作，哭笑不得地脱下一只凉鞋甩到地上。它显示舞蹈的累人和张岚一贯毫无顾忌的任性，很招人笑。这又印证了另一个喜剧原则：一目了然，出人意料的不协调，不能缓慢暴露，要让观众在刹那间突然看到一个夸张的动作或荒诞的情景，才能奏效。

出人意料，固然能引人发笑，有时引导观众预料到事情结局，但戏又以超出他们设想的方式一步步推进，边看边猜。这种不自觉地积极参与创作的心态，更能激发观赏的兴味和愉悦。嘉英、老病号误把钻到下面修理织机的老胡当郁林，而不断抱怨老胡及至师徒和解一场，以及老胡考嘉奇英文字母，答非所问、谬误百出一场，均属此类手法。

细节的描写在喜剧中非常重要。常常一个步态、一个眼神、一个动作、一个调度突出与否，都关乎能不能产生喜剧效果。如，教舞失败，听了小红语重心长的话，嘉奇心生感激和爱慕，企盼再见面。小红走近家门，回身说：“我，我每周一休息。”处于镜头侧背前景的嘉奇听了，突然做了个侧手翻动作。看样片时，感到效果不强。又补拍了嘉奇的近景，听了，一愣，惊喜地往上一蹿，再接原来侧手翻的镜头。观众看清了他大喜过望的心理过程，没料到这个初恋的小伙子又像教舞时那样兴奋地翻跟头，于是会心地笑了。

司汤达说：“不能用一般原则引人发笑，要使人觉得可笑，能引人发笑，就必须有细节。”在创作实践中，我逐渐把握到，喜剧不能用一般的句子叙述，要细致地，有细节地叙述。喜剧的叙述，过简，不行，观众不明白；过繁，也不行，观众料到，缺乏意外感。要繁简适度，若隐若现，恰到好处。

速度、节奏对取得喜剧效果十分要紧。编、导、演都要认真对待。本片文学剧本一百一十三节。分镜头时大的删改四十二节，增加九节。修改，不少涉及节奏问题。如退裤子文学剧本就写了五节。凡遇情节推进迟缓处，我们都删繁就简。喜剧情节发展要欢快、跳跃，笑料源源不断，令观众目不暇给。

喜剧要求轻松的表演，明快的节奏。拍摄时，每场，每个镜头我都严格把控。有的演员表演，爱拖。以为只有如此戏才足，才过瘾。开拍前，谢铁骊导演特别叮嘱我，一定要注意节奏。他说“假设全片六百个镜头，每个镜头平均紧凑一秒，这是能够做到的。全片就能压缩十分钟。你想想，这样的叙述节奏对喜剧意味着什么？”拍摄时，我勒紧演员的戏，有人说太紧了。直至看到完成片，他们才认同我的掌控。当然，节奏不仅与表演有关，与镜头运用和剪接处理也关系密切。

喜剧节奏的基调需要轻快，但也要有丰富的变化。看喜剧，观众长久地不间断地笑是不可能的，他们也需要情绪调节。我们要把严肃庄重的戏交织其中，使节奏和感情的发展多彩而有韵律，“亦庄亦谐”是应有之道。它符合生活节奏本身的多样性和丰富性。

有时节奏、速度的异常改变，也能产生喜剧效果。如胡家迎亲做饭用降格拍摄，突出欢快忙乱的气氛。郁林夜里在家试验光电探纬器，用升格拍摄，强调试验效果。嘉奇教舞，用落格和延时印片，渲染他的狂热。

演员表演很大程度上决定一部喜剧的成败。《瞧这一家子》是写普通人的日常生活和矛盾。对此观众是熟知的。表演一定要真切，这样才能使观众感应和认同。它又是轻喜剧，需要一定程度的夸张，对人物性格、人物关系的某些特征做一定程度的强调。“夸张得自然”是我们在创作中苦苦追求的。当然，做到这点并不容易。

影片中“偷花”“献花”“还花”“嘉奇给老胡提意见”“嘉奇偷酒喝”“老胡看戏前后”“老胡看戏遇张岚”“姐弟谈郁林”“老胡批五元科研费”都写得真实自然，经过二度创作，拍摄出来就更生动风趣。

拍摄中还努力寻找符合人物性格、人物关系的典型动作。如好吃懒做的老病号佯装心动过速，摸脉；嘉奇的翻跟头。这些动作反复出现更有喜剧效果。

摒弃廉价的噱头和过火表演，并不排斥可笑的动作和夸张的服装道具。如，为相嘉奇女友老胡答应去看戏，胡婶让他换新衣戴新帽，给嘉奇长脸。以至新衣领子硬得脖子扭不过来，兴奋得走路都不由自主地顺拐。如，老胡甩包袱一样派老病号支援电子革新小组，老病号兴奋地穿着特大的“外转内”衬衣，拿着特大的搪瓷茶缸报到，几乎被电着，又心动过速，摸脉。如，嘉奇教舞丢脸后，抱着多到都拿不动了的一大摞书要发愤用功。这些符合人物性格和规定情境的处理，观众并不觉生硬。

影片完成后，我请教陈强老师，喜剧演员应具备什么特质？他说：“除演员一般的条件外，还要有幽默感、节奏感、分寸感和较强的形体控制能力。”这是他多年的艺术感悟，很精辟。这成为我后来的创作遵从。

《瞧这一家子》获文化部优秀影片奖，我获文化部青年优秀创作奖，刘晓庆获百花奖最佳女配角奖。影片先后在美国、日本、中国香港、法国的中国影展都有映出。

1980年我参加中国电影代表团访法半个月。法国选的影片是《早春二月》《林则徐》《舞台姐妹》《瞧这一家子》。法国《人道报》说“《瞧这一家子》是喜剧中轻松的典型，是摆脱了教条的作品”。《解放报》说“《瞧这一家子》证明了血液被吸干的中国电影正在复兴”。《世界报》说“《瞧这一家子》是今日中国光辉的画面，现代家庭故事，家长是老一套，新一代毫不犹豫地决定自己的爱情、前途。导演的‘现代化’，演员的自然表演，逗趣的地方，使我们很愉快地感到惊奇”。

日本著名电影导演山田洋次看了《瞧这一家子》，在中国电影家协会举办的座谈会上肯定了它的优点也指出其不足：误会过多了；马季演的照相师，换一个认真严肃的面孔就好了；化装不够自然，现代戏甚至可以不化装。拍室内戏，即使搭景，也不必拆第四面墙，以免把屋子拍大，镜头可以从门窗外打进来。这些指教使我受益匪浅。

此后，我又导演了陈佩斯、陈强主演的轻喜剧《赚它一千万》和具有喜剧色彩的正剧《迷人的乐队》《能人于四》。在我导演的《夕照街》《失信的村庄》中也不乏幽默笔触。这几部影片使我对于喜剧创作又有些新的体会。

2019年立冬

对《潜网》及其青年形象的思考

这是个传统的然而又不断注人新内容的故事。

每一代人，都以他们对生活的新的观察和体验描述它，以新的艺术细节丰富它，以新的思想光芒照耀它，从而使它深深地烙上时代的印记。

接到《潜网》的拍摄任务后，我一直在考虑：今天，它究竟有多少现实意义？我又应当怎样通过这几个青年人的命运，来表现生活中这张“潜网”呢？

影片开拍了。拍摄顺序总是要受场地、演员和其他条件制约的。于是，位于剧本后边的“郭汾之死”，成了开拍的第一场戏。

这场在医院实景拍摄的戏是夜景，还要求“下雨”，牵涉的器材和工作人员比较多，折腾到半夜才开拍第一个镜头。这时，急救室的门突然被撞开了，几个人抬进来一对青年男女。扮演郭汾的演员急忙跳起来，让出病床，参加拍摄的医生和护士连位置都没动一动，就立即开始了真正的抢救。

这对青年是因为相爱受阻而服毒的。经过抢救，男的复苏了，女的却再也没有醒过来。我见到了女孩子的母亲，一个身材矮小、面目善良的女人，怔怔地坐在女儿的遗体旁。据说，她就是这场悲剧的制造者。理由是人们熟知而又不值一提的，动机就是出于“为女儿好”的真诚愿望。

值班护士告诉我，类似情况时有发生，这使我的心情更加沉重。

今天是社会主义时代。法律、道德观念、公众舆论是站在保护青年正当权益一边的。但是，由于不同阶层人们经济地位的差异，由于陈旧的社会意识的影响——青年人的婚姻状态，显得异常复杂。不是从爱情出发，而是从“价格”出发来看待婚姻问题，这一陈腐的世俗偏见就像一张潜在的网，残存在人们许多不自觉的行动中，甚至还残存在一些力图割断羁绊、冲决“潜网”的青年心中，它演成了而且还在演着许多令人泪下的悲剧。

正是身边的“潜网”造成的悲剧，更激发了我们拍好影片《潜网》的信念，同时也提供了理解并塑造人物的钥匙。

我们的主人公罗弦的遭遇是坎坷不幸的。她不是什么楷模，更不是每战必胜的英雄，而是在思想上和性格上都有发展的普通人。她有理想，有朝气，有冲决“潜网”的勇气，但她不成熟，有缺点甚至失误。在和陈志平相爱时，她敢于蔑视门第观念。由于外界的压力和陈志平的软弱动摇，她斗争了却没有胜利。在障碍面前，虽然她没有像服毒的女孩那样自我毁灭，然而却在盛怒之下，嫁给了她并不爱的郭汾。她的任性和轻率，给自己也给郭汾带来了感情的痛苦。这一笔暴露了她这样的青年人的弱点以及可能导致的结局。

经历了曲折生活的磨练后，罗弦开始成熟了。她并没有轻易地否定自己的过去，而是从中汲取了丰富的馈赠。当何侃决心要同她结合的时候，她能认真地审视自己的感情，清醒地估量即将发生的一切。我改变了原剧本中大团圆的结局，而把戏结束在罗弦深沉的思考当中，是因为我相信罗弦。一切，让生活去考验，让明天来回答吧……

还是在接这个剧本的时候，我曾再次阅读了恩格斯有关爱情、婚姻和家庭问题的著名论述。“当事人双方的相互爱慕，应当高于其他一切而成为婚姻的基础”，“只有以爱情为基础的婚姻才是合乎道德的”。我觉得罗弦命运中的坎坷正说明了这一点。我希望用这样的思想把罗弦的几段经历贯串起来而成为影片的主题。

陈志平质朴、孝顺，事业上有所追求，无疑是个好青年。只要他同罗弦站在一起，加上社会的力量，他们本来是可以幸福的。然而他却成了失败者。悲剧的铸成，固然由于他承受了更多更广的压力，但更隐秘同时也更重要的原因，却在于他思想上存在着“网”：他的过于自尊，同样也是“潜网”的派生物，和自卑一样，不过是同一种不健全心理的某个侧面表现。我于是想到，即或是年轻的一代，同样肩负着因袭的重担，需要从等级观念等陈腐偏见中挣脱出来，解放出来，真正认识自己的价值。只有这样，才能会像契诃夫充满希望地描绘过的那样：“在一个美妙的早晨醒来，感到自己的血管里流着的……是真正的人的血了。”

对于郭汾，我想没有人去怀疑他的正直、忠厚、善良的人品和心灵上、事业上的光彩。但是，人生是复杂的，两个好人未必就能结合成美满的家庭。影片正面描写他和罗弦由于没有“双方的相互爱慕”而产生的严重不协调，所印证的同样是影片的主题。

何侃显得更为完美一些。他作为恩格斯预言过的“新的一代”的形象，不仅在事业上、心灵上都具有新人的特色，还在于他对爱情和婚姻有正确而坚定的理解。他深深挚爱着罗弦，这种无私的爱伴随着各种牺牲，但是如果没有这种牺牲，我想，爱也将不复存在。他在发现罗弦和陈志平的关系后对他们的支持，他在罗弦和郭汾结合后对罗弦的直率批评，他在罗弦失去了丈夫后，向罗弦献出爱的心曲，这些情节，在表现一种正确的爱情观的同时，也体现了社会主义的道德风范。

曾经有一个问题使我为之困惑。一部影片，并不是简单地用镜头转述文学剧本就算完成了任务。要使影片感动人，我应该突出什么而又冲淡什么？经过反复考虑，我把描写的重点放在揭露和表现“潜网”给青年心灵带来的创伤上。我希望用浓墨重彩渲染“潜网”投在罗弦等人命运上的阴影，这阴影引发着影片的感情色彩和思想哲理。因此，在拍摄时，对于一般化的叙述和交代的戏，力求简明；而对影响人物命运的情节和细节则深入开掘，不惜笔墨。这就决定了这部影片的抒情正剧风格。需要说明并加以感谢的是，演员们，特别是四个青年演员（刘晓庆、张国民、陈少泽、米铁增）是十分称职的。他们的表演比较细腻地揭示了人物复杂的内心活动，准确而又具有一定的魅力。

《潜网》中的四个青年形象，对我来说，是亲切挚爱的朋友。从修改剧本到影片完成，将近一年，我们朝夕相处，心灵相互渗透和交流。在拍摄现场和样片放映室，我多少次为他们流过泪。我在他们身上，寄托着对青年朋友的热爱和希冀。现在，他们同我告别，走向千万个青年朋友之中，不知他们能否引发同样的感应，获得同样的理解？如果他们能够走近大家的心灵，激起感情的涟漪，引起不同程度的思考，我将深感欣慰。

载于《中国青年》1982年第3期

《潜网》导演琐记（节录）

影片《潜网》引起争论，我没感到意外，因为这场争论，早在文学剧本阶段就开始了。

当时就有人提出：罗弦冲击“潜网”，结果是一连串的失败，这样，反对门第观念的主题又如何完成？

对于未来影片的主题，我并不同意原剧本的归结。单纯用反对门第观念概括不了罗弦的三段经历。她与郭汾的不和谐就不是用门第观念解释得了的。剧本的后部，何方德、罗仲文反对何侃与罗弦结合，也不是门第观念问题，他们两家始终是门当户对的，只因罗弦成了寡妇，在他们眼中贬值了，才引起他们的反对。

那么，影片应当用一个什么理念概括起来？我认真学习了恩格斯的《家庭、私有制和国家的起源》，恩格斯说：“当事人双方的相互爱慕，应当高于其他一切而成为婚姻的基础。”“只有以爱情为基础的婚姻才是合乎道德的。”我想这便是本片的主题，我要用它贯串起罗弦坎坷的命运，用它来解释剧本、改造剧本。

主人公罗弦热情、单纯、有事业心，却又有被娇惯的任性。在她眼里，生活是轻易的，一切美好的前景都为她打开。她蔑视门第观念，对家境清寒的陈志平怀着真挚的爱。我们加写了他俩合作的书出版、树叶刺字、夜晚相送、第一次上班几场戏，表现他们在理想、志趣上的共同追求和相爱之深。这样一对恋人被拆散，加强了作品的控诉力量。

罗弦斗争了，却没有胜利，一怒之下与郭汾结婚。这一笔，我认为有生活的依据，也有当代某些青年人的特点。对于她的幼稚、轻率造成的痛苦，我没有回避，加写了做饭、备课两场，改写了打扑克、吵架一节，正面表现她与郭汾之间缺乏共同语言的不协调，表现双方无可诉说的苦闷。从反面证明了“只有以爱情为基础的婚姻才是合乎道德的”。

郭汾牺牲前，罗弦的自责；郭汾去世后，罗弦对何侃谈到郭汾的光彩，我要求演员必须演得真挚。感情与理智是经常矛盾的，对于失去的东西，觉得宝贵，这是人之常情。认为这样处理有悖于影片的主题，我觉得是简单化的理解。

在经历了曲折生活的磨练之后，罗弦开始成熟。当何侃冲破阻力要求同她结合的时候，她认真地审视了自己的情感，清醒地估量了即将发生的一切。我改变了文学剧本大团圆的结局，把戏结束在她心情极其矛盾、与何侃关系未定时，希望能给观众留下想象的余地。

陈志平质朴、孝顺，在事业上是个有为的青年。对于他的婚姻悲剧，我是充满同情和惋惜的。陈志平的突然离去和与别人结婚，我们改变了文学剧本把原因归结为他的嫉妒和误解。在前面加了罗弦父母给陈家的信，提到何侃与罗弦一起长大，有约在先云云。陈志平起初不信，到远洋轮见到何侃，才有些自惭形秽，为了罗弦的幸福而悄然离去。陈志平怀疑自己的力量和价值，这说明即或是年青一代，同样需要从等级观念的偏见中解放出来。

何侃属于恩格斯预言的“新的一代”，“他们自己将知道他们应该怎样行动，他们自己将造成他们的与此相应的关于各人行为的社会舆论”。他深爱着罗弦，但一经发现罗弦和陈志平的关系，便无保留地支持他们。为此，我们对几场戏做了较大的改造。

在火车站送罗弦一场，彻底抹掉了何、罗感情上的暧昧色彩。何侃用仿佛不经意的冷漠来掩饰自己为陈、罗奔走的火热心肠。

与罗仲文辩论一场，我们让何侃直接引用恩格斯的话，激情而锋利地批驳罗仲文。

劝慰罗弦一场，我们又让他恢复了外在的冷漠，似乎随口说了一句：“爱，就意味着去做。”鼓励罗弦为争取自己的权利而行动。

这部影片的风格是抒情正剧。

在影片中，如何把罗弦的故事讲得动人？我以为作品的思想力量和情绪感染力不仅在于揭露存在的“潜网”，更在于表现“潜网”给青年心灵带来的创伤。我紧紧抓住几场关乎人物命运的戏，寻找尽量准确的电影语言，力求传达出一些意境。

相亲失败，罗、陈恋爱第一次受阻后的谈话，我们安排在体育场空旷的看台上。这场戏，运用两极镜头。远景表现他们一前一后走在环形看台上，不说话，只有脚步的残响，使陈志平郁闷无助的心情得到展示。罗弦用作家的话鼓励他抗争下去，从罗、陈的近景，直跳大远景，表现空旷巨大的看台上，两个小人信誓旦旦。陈志平重获希望，把象征定情信物的叶形补花交给罗弦，我们从罗的特写摇到陈的特写，摇到两人的手在递补花。用特写捕捉他们眼神中透露出的幸福。这时，爱情的音乐主题出现。他们虽初次感到压力，对前景还抱有一种诗意的梦幻，她引章摘句，他赠送信物，在爱情的苦涩中品尝着甜蜜的余味。

罗弦母亲访问陈志平家后，陈的父母不愿高攀，也反对儿子与罗弦的婚事，陈、罗的爱情又笼罩了一层阴影。

下面一场，陈志平独自在体院球房踢球。我们用41个镜头，全、中、特不同景别，仰俯不同角度，拍摄他踢球、奔跑、喘息、球撞墙。镜头尺数由3英尺、2英尺、1英尺、0.5英尺递减，节奏越来越快；踢球、撞击、奔跑的回声越来越强。通过这一切，造成疯狂的节奏，直到他心力交瘁地扑倒在地，形成一个停顿。这组镜头表现的是陈志平式的发泄。他性格内向，又很孝顺，不会与父母争吵，又不愿主动向罗弦诉说。

罗弦追来，拣起球，一语双关地问：“你不要了？”陈志平感受到她的情意，接过球。

这场又结束在双人近景。陈志平虽点点头，但神情黯然；罗弦也少了些浪漫气息而多了些面对现实的严峻表情。

罗弦的父母为拆散女儿婚事，趁罗弦出差，通过关系，把陈志平调到外地。罗弦归来，在火车站正遇同学为陈志平送行。文学剧本中写罗弦追赶火车，陈志平在车中依依相望，呼叫着，车远去。

如此追车，司空见惯，我们努力采用新的视点，寻找新的处理：

（1）中近　罗弦得知陈志平调走，逆人流跑出画。

（2）远俯　火车已开动，罗弦在旅客的人流中奔跑着。车速加快，她失望地停下。

（3）中近　透过飞驶的火车，看见一个个车窗后罗弦绝望的脸。火车声越来越响。尾车最后划过，挡住她。

（4）大远　空旷的月台上，火车驶远，旅客都已离去，只有罗弦呆立在那里。张薇薇追来，叫着“小弦……”，罗弦爆发地问：“他为什么走？”

（5）近　罗弦不解地追问：“他为什么不等我回来？”张薇薇：“我们也不知道，为什么他刚留校，又调走了。”

这场戏，我们始终没让罗弦见到陈志平，给她造成更大的遗憾。

3号镜头很长，通过前景火车划过，刻画她内心的绝望。描写她的初恋像车流一样逝去。

4号镜头，直跳大远景。景别极大的跳动，进一步强调她孤寂的悲凉，她痛苦的发问在穹形月台下回响着。

5号镜头，紧接她的近景，表现她的激愤与不解。

这样处理似乎较原方案更能揭示她的内心感受。

陈志平屈服于压力与别人结了婚，罗弦闻讯，受到极大刺激。如何展示她心中的波澜？我们曾想让她在恋爱的旧地伤悼，又觉太做作。想用比兴手法去象征，又觉太客观。最后让她在生活的人流之中，用全景拍她懵然地穿过马路的车流与行人，人们的欢愉跟她的情绪形成对比。又用很长的近景跟移，她在人行道上失神地走着。是什么使她决定去找陈志平？这需要一种触媒。我们想用热恋时的闪回镜头，又怕与后面的手法重复，且没有一种爆发式的推动力。最后，让她在街头遇见洒水车，使她想起与陈志平定情之夜，促使她立即行动。这段戏，基本上用长焦镜头拍摄，造成的迷离感也符合人物心境。

陈志平、罗弦婚后都不幸福。开省运动会时，他们在同学会上不期而遇。这场戏，是作为悲剧性的高潮来处理的。共79个镜头。

开始，用4个镜头，渲染同学们聚首的欢腾。罗弦在最开心的时刻，意外地见到陈志平，两人都愣住了。我们用14个对打的近景、特写表现他们的僵持和问候。这一对恋人，如今再也无法相互慰藉，只能说一句平淡而又酸楚的“你好吗？”“我很好”。这一组镜头景别很近，就是要表现“咫尺天涯”。

在同学们的簇拥下，罗弦表演舞蹈时，她与陈志平之间的悲剧情绪达到高潮。我们重复了他们热恋时体操表演的乐曲，通过音乐首先唤起观众的回忆。这段舞蹈，我们曾作为表演舞分过镜头。后来感到游离了戏剧动作，因为罗弦跳舞不是为表演，而是见到陈志平，郁积在内心的痛苦的发泄。这段舞，要紧紧抓住罗弦与陈志平的感情线来拍。

于是，在舞蹈前半部的慢板部分，16个镜头中，用5个回合的对打镜头描写他俩心头的万般滋味。罗弦起舞亮相，投向陈志平责备的目光；陈志平痛苦地注视着；不禁燃着火柴忘情地注视着；火柴烧手，扔掉火柴。

舞蹈转入快板，进入情绪高潮。今日的感触，当年的时光，在他俩心中激荡着。罗弦疯狂的舞姿流露着对陈志平的谴责和深情；陈志平此时更觉罗弦的美，真正明白自己失去的多么宝贵。我们在罗弦舞蹈、陈志平痛苦的眼睛大特写之中插入20个闪回镜头，呈现他们往昔难忘的片段。

这时，陈志平再也不能自持，凄然离去。罗弦在喝彩声中突然发觉陈志平已不在。此处，我们拍了陈志平站过的窗口，空空无人。这个镜头像一个休止符。

紧接着罗弦奔向阳台，望着陈志平孤独离去的背影，这时响起了爱情音乐主题的回声。我们拍了全景、远景、大远景表现陈志平越走越远，而用中景推至特写表现罗弦滚下灼热的眼泪，最后伏在张薇薇肩上痛哭。在人生的路上，这次可能就是这一对恋人的永别。可以说，前面所有罗弦与陈志平的戏都是为这场戏作准备的，都是奔向这场戏的。

何侃无私地支持罗、陈相爱，当罗弦嫁给了并不爱的郭汾，何侃又无私地批评了她。这场谈话，文学剧本安排在海堤上，夕阳下二人漫步。场景太无新意，且有谈情说爱之嫌。因此，我们将这场戏改在远洋轮的码头上，巨大的轮船、吊车、集装箱……一派壮阔的现代化气概。这个意境与何侃其人比较吻合。

文学剧本结尾是在海滩上何侃与罗弦、蓓蓓欢乐地追逐。内容与场景都太俗气了。影片没用大团圆的结局，环境也改在街头。三个长运动镜头，表现他们在便道、人行横道、立交桥边走边谈。把他们处理在行人与车流之中，是想表明，罗弦只是千百万普通人中的一个，他们有着平凡而又不尽相同的欢乐和痛苦。

对于能够揭示人物关系、刻画人物心理的细节，我们也着力渲染。

比如树叶。文学剧本在罗弦、陈志平定情时，赠送玫瑰花。我们改为罗弦顺手摘下两片碧绿的梧桐叶，用别针刺上“1977年6月”，一人保留一叶，作为定情的信物。

这树叶，在他们的命运中多次出现。

相亲时，罗弦撤去鲜花，换上几枝梧桐叶，父母诧异，她与陈志平却会心微笑。

陈志平也不约而同地买了梧桐叶形的补花，准备赠给罗弦，但未及送出，便怏怏离开罗家。直到空看台一场，才鼓起勇气给她。

深夜，罗弦亲手把补花缝在运动服上，兴奋地参加毕业典礼上的体操表演，陈志平见了，感到甜蜜。

罗弦出差，母亲叫她给何侃家捎茶叶，说着把晾晒的补花运动服推倒一边。罗弦执拗地把运动服展平，以示要与陈志平好下去。

陈志平屈服于压力结了婚。罗弦责问陈志平，在陈志平案头翻到他俩合写的书，书中仍然夹着那片叶子，虽已枯黄，她手刺的字迹依然清晰。黄叶，直接推动她情绪的发展。这场戏罗弦最后哭着离去。陈志平拿起那片黄叶，无限的悲凉涌上心头，也痛悔已极地大哭起来。

罗弦回家，撕去运动服上的补花，结束了自己的初恋，离家出走。

树叶在同学会的闪回镜头最后一次出现。绿叶上的字孔透过阳光的特写，罗、陈拿着绿叶的特写，作为他俩终生难忘的记忆浮现出来。

洒水车也出现三次。在陈志平、罗弦定情之夜，遇洒水车，陈志平护住罗弦，怕水洒到她身上。这是他们第一次亲密的接触。

罗弦得知陈志平结婚，失神地走在街上，又遇洒水车。

几年之后，在同学会上看罗弦跳舞时，两人又回忆起那个难忘的深夜在洒水车旁的情景。

艺术作品是要以创作者的体验与表达的感情来感染观众的。至于感染的深浅，托尔斯泰说取决于：所传达的感情具有多大的独特性；这种感情的传达有多么清晰；艺术家真挚程度如何。

影院观众的情绪反映和观众来信告诉我们，凡是在创作中注入了观察较细、体验较深的段落、细节乃至视点，反应就比较强烈，就比较动人。凡是沿用了“大路的”套子，或表达不清晰之处，即使制作上再下功夫，形式上再华丽，观众也难以共鸣。

真挚、细腻而又富有情趣地表现普通人的生活，摆脱戏剧化、人为感，走上艺术的真实之路，是我继续学习和探求的目标。

载于《电影艺术》1982年第10期；《电影导演的探索》第2辑，

中国电影出版社，1983

把镜头对准现实

——拍摄《夕照街》的几点体会

生活有急遽变化的时刻，这时它那巨大的冲突和跌宕会产生强烈的戏剧性。

影片《夕照街》表现的则是生活中不为人注意的状态。它悄悄地流去，昨天、今天和明天好像没什么不一样。然而，只要你仔细看，它确实在变化，在前进，尽管它缓慢而又平凡。

“艺术永远是一种发现”，果戈理说，艺术家最伟大的任务就是要“在平凡中抽出不平凡的东西。而这不平凡的东西是什么呢？无非是完全的真实”。真实地表现今天的普通人，表现平凡生活中的诗意，这就是我们拍摄《夕照街》时为自己提出的任务。

夕照街是北京拆迁区的一条小胡同，只有三个院子，几户人家。这里有耿直爽朗、热心公益的退休裱糊匠；有善良朴实、安贫乐道的中学教员；有一群资质、追求各异，怀着不同苦闷的待业青年；有心灵纯洁、历尽坎坷的一对中年恋人；有奔走终日的街道积极分子和手不拾闲的家庭妇女；有利己的市侩和蒙人的骗子……二十几个人物，他们有着各自不同的性格和遭遇，说不上谁是主角。描写如此众多人物的日常生活，要求一种与之适应的表现形式。剧作家苏叔阳采用了散文式的结构，没有总的悬念和贯串全片的冲突，没有通常意义上的高潮，在交织着多种矛盾的生活横断面中，时隐时现地浮动着海波与燕燕、石头与小娜两条爱情线索。

这样的结构，容量大，真实、自然、人为感较少。然而，由于没有总的悬念，我们失去了最有力的吸引观众注意、保持他们的探求欲、引起他们兴趣的手段。影片靠什么吸引观众？我再三回忆自己初读剧本的感觉，认识到未来影片全凭每节戏真实的生活情趣、准确细致的人物关系、鲜明的人物性格以及性格之间的对比、映照来吸引人。这就是我们在摄制中的着力点，也将是这部影片的魅力所在。

要在短短的一百分钟内塑造这么多的人物，困难比较多。全片没有贯串的冲突把他们扭结在一起，不可能借助曲折的情节浓墨重彩地刻画人物，只能用白描的手法，选取最精练、准确的笔触，生动真实地勾勒出人物的个性。这就需要我们不仅仅依靠作者提供的基础，还要到影片所反映的生活中去，深入探索和体验，不仅用意识的逻辑去认识，而且用感觉去触摸、去谛听，去注视它的细微之处。从中提取大量的、富有性格特征的细节和元素来进行点染，使一个个人物传出神来。

我从小在北京长大，对北京人的言谈举止、音容笑貌以及他们的生活情状不能说不了解。我们组有的演员是地道的老北京，对影片中的生活当然是熟悉的，可是为了拍好这部影片都觉得即使调动自己全部的生活积累仍感不足。这方面，北京许多工人、教师、医生、街道积极分子和居民都给了我们热情的指点。许多演员走街串巷，结交了一些新朋友，观察动作，学习语言，寻觅有表现力的生活细节。有的演员把自己的全部台词录了音，从语气、音调到它所表述内容的准确性，都求教于这些新结识的朋友。

在这个过程中，纷至沓来的生活素材，丰富了我们的构思，活跃了我们的想象，使我们对剧本提供的基础，有可能予以调整、发挥和补充，取得再创作的主动权。

当然，真实地反映生活绝不等于复制生活现象。追求生活细节的真实，绝不能变成生活细节的堆砌和展览。任何细节看似信手拈来，实际上都要经过精心的筛选和构思。从这个意义上说，创作过程是一个选择和加工生活素材的过程：剔除非本质的偶然因素，从美学上把握现实。

契诃夫说过："生活里一切都是掺混着：深刻的和浅薄的、伟大的和渺小的、悲惨的和滑稽的。"《夕照街》所表现的城市中下层人民的生活，我们力图使它具有这种复合的味道。他们固然肩负着因袭的重担，残存着历史留下的伤痕，但是，他们仍然互相搀扶着，坚定地面向未来。他们的生活中有苦恼也有欢乐，有困难也有希望。

退休的老工人郑万全，不知疲倦地建设着新生活，热忱地向往着未来。然而，一旦除旧布新的变革降临时，面对即将拆除的老街道和破房子，他竟也唏嘘惆怅，在内心抹过几丝依恋之情。

街道上那群留着长发的待业青年，穷极无聊，拾人牙慧，以贴着外国商标的蛤蟆镜、牛仔裤为时髦，以舶来的奇装异服为美。可是当他们遇到势利小人李鹏飞向假洋鬼子奴颜婢膝时，他们觉得民族尊严受到了损伤，立即报以无情的蔑视和嘲笑。

石头讨厌小娜的虚荣和庸俗，可又打心眼里觉得她美，她活泼，怎么也放不下她。小娜鄙视父亲的为人行事，却又对父亲给她安排的生活道路异想天开，险些上当。

我们把镜头对准生活现实，没有回避它的贫穷和困难，也没有忽略我们民族面对困难乐观幽默的天性。正是这种性格使我们民族历经磨难而不溃，生生不息，自强自立。作者在描绘生活时，始终保持一种微妙的幽默笔调，这就决定了我们影片的风格不是严肃的正剧，也不是轻松的喜剧，更不是悲剧，而是充满幽默色彩的富有生活情趣的抒情正剧。

出于真实反映生活的同样目的，我们为影片安排了一个开放型的结尾。李鹏飞像生活中某些无孔不入的人一样，十年浩劫中在政治上捞过一把，现在又打算在经济领域或其他什么地方再捞上它一把。想行骗却上了当。可他绝不会就此改弦更张，还会像"钉子户"一样钉在我们前进的路上。拔掉了，他还会钉在别的什么地方。

联社和夕照街的居民一起搬到了高楼耸立的新居民区。小娜总算归了队。然而，装货的麻袋是沉重的，劳动仍旧是艰苦的。这些青年从待业的苦闷中走出来，但还要经受漫长的劳动生活的考验。他们中还会有人动摇，但是，更多的青年会在建设新生活的实践中找到自我，真正认识自己的价值。生活没有结束，生活不会结束，生活在继续……

在影片的筹备阶段，全组同志就统一了创作思想：我们所谓的美，乃是以真实为内涵的。

在选景时，导演、摄影、美工、制片兵分三路骑自行车几乎转遍了北京的大街小巷。我们希望影片中出现的现代化的公共场所和新居民楼要与拆迁区的破旧拥挤形成对比；同在拆迁区的三个院落和几户人家，也要特点各异。拍摄尽可能采用实景，或做少量加工。这样拍，尽管困难很多，但效果真实，具有较鲜明的北京地方特色和时代感，也给演员们的表演提供了真实的典型环境，有助于他们找到准确的自我感觉。

在选演员时，我们注意气质和性格特征，注意全片演员的搭配。决不以美貌取人、以名气取人。拍摄中，除了须型与发式的造型处理外，基本上不化装，决不把生活中的千人千面加工成千人一面。服装也多是从群众身上换下来的旧衣服。所以，即便在闹市偷拍，也很少引起行人的注意和围观。

在表演上，除了要求真实自然，去掉演戏痕迹外，还要求每个演员在性格化上下功夫，找到自己饰演的角色固有的个性色彩。这是个群戏，一定要做到人各有貌。

在电影语言上，我们力求简洁、流畅、质朴。镜头处理方面，不求外部的花哨，而尽力增加镜头内在的容量，在纵深展开的多层次中，再现流动着的生活。

老舍先生说过："世事万千，转眼即逝，一时新颖，不久即归陈腐，只有人物足垂不朽。"电影摄制工作千头万绪，一切手段最终无非是为了真实地、富有艺术魅力地创造有个性的人物形象，推动生活前进。我愿以此为准，不断缩短自己的创作实践与这个目标的距离。

载于《光明日报》1983年5月12日

记忆深处的往事

——《夕照街》拍摄前后

从苏叔阳说起

不久前，一次聚会上，某友人郑重建议《夕照街》拍续集。我一笑置之。其后，两个场合，另二友人又有此说。人怕鼓动，《夕照街》上映三十七年后，还有人惦记，我竟也想抖抖老精神。

可是，苏叔阳突然走了。说来也不突然，他重疾缠身已二十五年。

我和苏叔阳同在北影厂，多年来各忙各的，他又住得远，很少见面，偶然在评审会、颁奖会相遇。他给我的突出印象是，任何场合，他总是谈话的中心。他博闻强记，又爱说会说，对任何话题，总有理论的提升，又不乏俏皮的描述，很招人听。我想，他过去在高校当政治教师，肯定也很叫座。患病后，他仍十分活跃，在朋友们眼中，他不是病人，始终是社会活动家和笔耕不辍的高产作家。

1977年，在北影厂编导室，一位业余作者投来的剧本《丹心谱》，被迅速传阅。当时，反“四人帮”的剧本如过江之鲫，不少名家应邀而作。《丹心谱》以其别致新颖拔得头筹。北影厂汪洋厂长善揽人才，不久，这位业余作者就调进北影厂，他就是苏叔阳。其后，北京人艺演的《左邻右舍》更显露了他过人的编剧才华。

是影片《夕照街》使我们的创作活动有了交集。

很难拍，但会很新颖

1981年9月，《电影创作》刊登了苏叔阳写的《夕照街》剧本。那众多的活灵活现的人物，那浓郁的北京市井风情，那酸甜苦辣的复合味道，那新颖的结构方式……激起我和摄影师李晨声强烈的创作欲望。我立刻跑到汪洋厂长办公室，他正和另位导演谈话。我说：“我有急事向您报告！”他拉我进里屋，我请战拍《夕照街》。他笑了，指指外屋，“那位导演也请战呢。可他是南方人，不如你们熟悉北京生活，《夕照街》就交给你们了。”他又叮嘱：“它很难拍，人物多，对话多，散。但拍好了，你会在艺术上长进一大截。”

《夕照街》表现20世纪80年代初北京一个拆迁区几户中下层居民生活的横断面。有耿直、热心的退休工人；有一对纯洁恬静、历经波折的中年恋人；有善良乐观的中学教师；有一群家境不同、性格迥异、各怀梦想的待业青年；有几位普通的家庭妇女和街道干部；有利己的市侩和蒙人的骗子……二十几个人物，说不上谁是主角。

表现如此众多人物的日常生活，需要一种相应的剧作形式。苏叔阳采取了散文化的结构。全片没有贯串的情节，没有总的悬念，没有高潮。在展开多种矛盾的生活场景和细节中若隐若现浮动着海波和燕燕、石头和小娜的爱情线索。这种结构真实、自然、容量大、人为感较少。但比起传统的一人一事的结构方法，也带来创作上的难题：没有跌宕起伏、引人入胜的戏剧性；没有激起、维系观众探知欲的悬念；没有浓墨重彩塑造人物的篇幅。我们只能用速写的笔法简约地勾勒出人物。我反复琢磨电影《冰海沉船》《罗马11时》《Z》，认识到群戏不是以情节而是依重细节来刻画人物。

二度创作中，除凭借剧本的基础外，我们还要调动自己的生活积累并深入地向现实探求，观察、发现、筛选精当的富有性格特征、生活情趣的细节和元素点染出人物的神采。每节戏，每个镜头都再三推敲，我们要求，银幕上的每一秒钟都不能言不及义，每一瞬间都要努力展示鲜明的人物性格、准确的人物关系、盎然的生活情趣和乐观幽默的民族天性。《夕照街》既然没有曲折的故事供观众欣赏，那么，让他们饶有兴味地注视着一群“熟悉的陌生人”，在另一层面上也能达到审美的愉悦。

人各有貌的市民系列

在一百分钟内，塑造二十几个人物，对导演来说是个难题，也是影片成败的关键。

首先，我们选演员，不求貌美，但外形必须有特点，让观众一下子记住。本片有中老年妇女七个，男女青年九人，中老年男子八位。他们的面相、身材、体态、气质若不各具特色，每人出场次数又有限，观众会将他们混为一谈。人都分不清，还侈谈什么塑造性格。

在人物造型上，我们努力扩大他们的区别。这是个现代戏，基本不化装。不管演员肤色深浅，一律不打底色，不粘双眼皮，不戴假睫毛，不用纱条绷拽皮肤，不涂脂抹粉，不把千人千面加工成千人一面。仅在发式、胡型、眉型上稍做处理。

服装，不为角色订制新衣，或按常规把新衣用碱水、茶水煮，曝晒，锉出毛边……那样“做旧”，效果终归生硬。我们从服装库找旧的，或用新衣换群众身上穿旧的，有风吹日晒洗涤磨损的自然痕迹。穿上这种家居常服，有助于演员进入角色日常生活状态。就是想拿捏也拿捏不起来了。《夕照街》本来就是表现普通人的日常生活嘛。

演员选对了，就成功了一半

确定演员，除外形、表演才能外，气质、修养、生活经历有时起决定作用。如小娜，有几个漂亮且有知名度的人选。最终确定解放军艺术学院三年级学生刘岩，因为在陈佩斯与她试戏时，她那几句地道的京腔和娇嗔俏皮的表情，活脱一个北京胡同的小家碧玉。

还要注意演员之间的搭配，尤其演恋人，更要尊重双方的意愿。如燕燕，有几个人选，我问海波的扮演者张国民会爱上哪个？他一口认定宋晓英。宋晓英是当红女星，戏好，清秀，气质高雅。当宋晓英从长影厂赶来，我愣了，怎么突然瘦得出奇？原来是拍《萨里玛珂》骑马摔伤导致天天彻夜失眠之故。我让化装师带她去医院装了牙托，两腮才多少撑起来。她诚恳地说"我现在形象不好，我一定在戏上找回来。"我信任地点点头。她确实做到了。她和张国民的戏真挚动人。在看病、送行、废墟几场，我们从台词上修改，从表演上把控，有层次地展示他们平静的外表与躁动的内心。他们挚爱对方，唯恐自己的弱点给对方带来不幸而迟迟不肯表白。这场纯洁忧郁的中国式爱情，几分羞怯，几多深情。

著名表演艺术家陈强和他儿子陈佩斯在《夕照街》第二次扮演父子，当然是天作之合。我请陈强老师演退休厨师老孙头。他说佩斯想演二子。我很意外。佩斯演《瞧这一家子》的嘉奇后，已声名鹊起，二子戏少，我问："他愿意吗？""他愿意。""您二位还真有眼光。"《夕照街》是充满幽默色彩的富有生活情趣的抒情正剧。二子父子身上就有很浓的幽默色彩。

剧本通过二子养鸽子、卖鸽子、挨揍，写他胆小窝囊，但人物还不够丰满。出于对佩斯的厚望，拍摄时我们为二子加了不少戏。两次出门卖鸽子，表现他缺心眼，好在漂亮的女孩子面前献殷勤，在强势的男孩子面前想当附庸而不得。在倒卖鸽子被派出所扣押和捉拿陈先生两场，让他做出不少出乎正常思维的行动。二子这样智能的人，迟钝、注意力不集中，往往在行动上迷失主要方向，而在细枝末节上纠缠不清。正是这些不符合常人逻辑，却符合他性格逻辑的言行，刻画出一个独特的艺术形象。我们只是构思出这些细节，演得出神入化，全凭佩斯的表演才能了。

老孙头戏不多，怎样才能赋予他特色？我们和陈强老师共同设计人物造型，推光头发，上唇贴一片胡髭，穿家做的半旧的布坎肩和大裤衩，蹬一双剪去鞋带和后帮的破塑料凉鞋当拖鞋，拿一把破了边的芭蕉扇。从造型入手，活现了一个出没于街头巷尾的老孙头。他对二子的教育方法，不是溺爱，就是"臭揍"。

这一对父子果然出彩！《夕照街》之后，陈氏父子拍了"二子系列"的喜剧片。当然，二子已变换成其他职业的形象了。

著名话剧表演艺术家李丁，曾演《一仆二主》名震首都剧坛。他是我心目中李鹏飞的不二人选。开拍前，他突患痛风，无法行走，让我们另选他人。我直奔他家探望。“我们调整拍摄计划，一定等你！”他果然不负众望，试镜头时，他做吃鸽子小品，把李鹏飞那种挑剔、下作、摆家长派头表现得淋漓尽致。拍摄时，他每个镜头的表演，全摄制组人都看得入迷。在接待港客、携女赴宴、看昙花、钉子户等场，他入木三分地刻画出李鹏飞这个嚣张、阿谀、卖弄、自以为得计的势利小人。

演员自身的特质，有时对构思人物是必不可少的。安贫乐道的中学教师王璞和周雯，我们请著名演员江水、卢桂兰扮演。江水给人乐乐呵呵、幽默的感觉，卢桂兰自身那种善良、脱俗的气质都为人物增添了性格魅力。这可谓“人保戏”。

演员的每一瞬间都应是人物生活的体现。如居委会主任，采景时我观察到许多街道干部都自以为人人须臾不能离开他的领导。于是，在郑万全两次与居委会主任谈话中，不断插入她向育龄夫妇宣传计划生育；照顾课外活动站看小人书的孩子们；接电话；签红医站的报销单据；给申请住房的居民发登记表；嘱咐副主任代行主持居民小组长会……演员只要在正戏进行中认真做了以上活动，就能生动地表现出她“忧心忡忡”“日理万机”的地方父母官的良好自我感觉。导演无非是帮助演员建立真实的人与人，人与环境的关系，创作出“这一个”居委会主任的生活氛围。老艺术家陈立中扮演的居委会主任使观众感到会心。

著名演员于绍康扮演退休裱糊匠郑万全。我们是第四次合作了（后来又有三次重要合作）。他戏路宽，用功。为了台词的读音有北京韵味，他录了郑万全所有对白，一字一句请教，纠正自己稍许的东北口音。他还学会裱糊手艺。郑万全是夕照街的“领袖”，对李鹏飞敢嬉笑怒骂、讽刺挖苦；对海波倚老卖老式的关怀；对石头、小娜、二子一些待业青年，操心地谋划出路；对居委会主任硬话软说……他不知疲倦地建设着新生活，可一旦面临除旧布新，在即将拆除的故居，竟也唏嘘惆怅。于绍康丰满地塑造了这个人物。

石头，上进、质朴、自尊，他放弃进工厂的机会，以共存亡的劲头来办“大联社”，在这群待业青年中，凭自己的正直、聪明、苦干赢得威信。选迟志强来演，是看中他表演自然，还有那张“娃娃脸型”有股稚气。我不希望把石头塑造成四平八稳的模范青年，他的爱憎有强烈的表现，喜怒形于色。孝顺之情也常常掩盖在独子的娇嗔之中。爱小娜，才更恨她的虚荣。

限于篇幅，片中的大头、小机灵、小娜妈、二子妈、石头妈、郑奶奶、陈先生、大徐、王雷、王雯、作家……就不一一叙述了。

在“导演阐述”中我写道：“表演要自然、生活，去掉‘演戏’的痕迹。各位演员要在性格化上下功夫。这是个群戏，要做到人各有貌。”“本片描写普通人对事业的忠诚，对邻里的关切，对生活真谛的探究，对纯洁爱情的追求。他们面临的正是千百万普通群众寻常遇见的真实矛盾。如果表现得准确，会引起观众强烈的共鸣。如果表现得不真切，也会遭到他们严厉的批评和嘲讽。对影片中出现的一切，广大观众心里都有一把尺。”

在电影语言上，力求简洁、质朴、流畅。镜头处理方面，不求外部的花哨，而尽力增加镜头内部的容量，在纵深展开的多层次中，再现流动着的生活。

真实再现北京平民的生活氛围

除人物形象系列，我们还要创造《夕照街》的物质形象系列。

首先要选择、创造一个前进中的北京拆迁区的典型环境。筹备期间，导演、摄影、美术、制片兵分三路，骑自行车走遍北京的大街小巷，用四十天，边采景边体验生活。我们明确了影片中出现的医院、餐厅、宾馆、邮局、工地、新居民楼，这些公共场所要有现代化气势。而拆迁区的胡同、院落、住房则拥挤、破旧。

1976年唐山地震后，北京许多院落充斥着地震棚演化成的小屋、小厨房，破坏了四合院的格局，十分杂乱。我们保留了这个时代印记。每家的陈设经严格筛选，布置出不同的窘困情状。我们不回避贫穷和困难。

住屋小，如何拍？如王璞家，搭着双层铺，许多衣物、报刊都悬吊空中。仅一张桌子，二位老师备课轮流用，另位只能坐小板凳俯在床上批改学生作业。二子家，床边的鸽笼养着鸽子，窗下堆满老孙头的各式锅盆和擀面杖。海波家，一个单身男子，屋中到处堆着有用的家什和无用的杂物……屋子小，拉不开距离，拍不了人物全景，摄影机有时不得不从窗外、门外跟演员在杂物中摇、移拍摄。这，倒也成了特点。

摄影用光，日、夜景都追求真实光效。住房小，电灯瓦数低，光照黝黯，有不少黑的死角。胡同的路灯更是昏黄暗淡。摄影构图、用光似信手拈来，其实都经过苦心孤诣的处理，以呈现小巷民居的生存状貌和氛围。

待业青年成立的大联社虽是简陋的临建，却彰显希望，环境从芜杂趋于简练，光效从昏暗趋于明朗。

拆迁前夕，夕照街已遍地瓦砾，居民们到此惜别。几场夜景气氛处理得并不沉重，在施工用灯的照明下，杂乱的工地反显得单纯，预示着清朗的未来。

影片结尾，在北京新建成的最大的团结湖居民区拍摄。宏伟壮阔，阳光灿烂，夕照街的人们喜迁新楼。大联社的青年们在欢跃地劳动着。物理老师王璞大病初愈，在自家阳台拿着石头组装的小录音机备课："同学们，今天我们进行新课，关于物体的运动规律，世界上一切物质都在不停地运动之中。"

《夕照街》的人们也在运动着变化着，尽管它缓慢而平凡，不会使人震惊激动，但求使人感到亲切会心。

真实地表现普通人，表现平凡生活中的诗意，在别人司空见惯的东西中发现出美来，就是我们提给自己的创作任务。

1983年、1985年、1993年，在莫斯科、东京、札幌我与观众一起看《夕照街》，观众反应热烈，完全理解这些中国平民的喜怒哀乐。苏联导演格拉西莫夫说：“很好，表现了很多新问题。”日本导演小栗康平说：“我们在艺术上有共同语言。”

我们追求的美是以真实为内涵的。

2019年立秋

载于《大众电影》2019年第9期

山林的回忆

——影片《北国红豆》导演后记

火车、吉普车、森林小火车、步行。1983年6月，我与摄影师、美工师、制片主任为《北国红豆》采外景，日夜奔驰在大兴安岭林区。

像影片的主人公鲁雪枝一样，我第一次来到这里。

居民的木刻楞、板夹泥房子，木的街巷，木的村镇；开着野罂粟和不知名小花的塔头甸子，草滩上闪亮的白桦；迷人的河湾；小工队的帐篷和大通铺，原木树墩的桌、凳，上工敲的钟用的是汽车轮芯；原始森林无际无涯，林中空地上，交错着已经睡倒的老树；作业区伐木的喊山声、油锯声、树倒声混杂着集材车的轰鸣；繁忙的森铁站，小小的机车拖着载满长长原条的列车驶向贮木场；巨大的嘎仙洞，鲜卑人氏族生活的遗址………大兴安岭的一切都是陌生的、新鲜的、深邃的、肃穆的。现实生活的喧闹伴随着历史久远的回音，使人不禁发怀古之幽情，激起对人生宏观意义上的思考。

我每次拍片，导演构思自哪里开始，由什么触发，我说不清，但它总是到拍摄实地，当我像剧中人一样观察、谛听、感受之后才完成的。只有这时，剧本上的文字形象才在头脑中活起来，幻觉才有了实体，未来影片的视像才逐渐明晰。

《北国红豆》原著打动我的不只是山林的气息，不只是北国的风情，还有作品透射出的思想魅力和美学价值。

女主人公鲁雪枝由故乡投奔到大兴安岭姐姐家，中学毕业成了林业工人。在劳动中与伐木工房根柱相爱。姐夫陆民子却要她嫁给一个有些权势的干部。恶势力的威压没能使她屈服，未婚夫的怯懦、退让却使她寒心。

这是个爱情故事。富贵不能淫，威武不能屈。“为了自由”，鲁雪枝第一次作文中通篇只写下这四个字，这是她思想的起点，也昭示出影片的反封建内涵。

这不仅是个爱情故事。鲁雪枝的爱，没有止步于男女之间的情爱，而是要博大得多，深刻得多。她是自然之子，对山林怀着深深的眷恋。初次踏进原始森林，她的心就被震慑了，从心底呼唤着：“你们可等了我不少时候了！”此后，她的欢乐，她的痛苦，她的思念，都系于森林。

她热爱集体劳动，只有在这中间才体味到生存的价值。在小工队做饭、凿冰、烧地火龙，她也干得那样起劲，乐在其中。她也伐过树，这艰苦危险的工作，使她感到豪迈，感到人的力量，人是自然的主宰。

她并不满足于获得小家庭的幸福。她为了婚姻自主，被剥夺了工作、户口，成了“黑人”。即使在困境中，也绝不会去做旧式的家庭妇女。江有林在鲜卑族发祥的古洞穴中对她讲述的人类前行的历史，使她认识了自己的使命：“人是最值得自豪的，活着就应当一搏！”江有林为了她和根柱，“为了林子里的青年争一份自由，争一份幸福”，不顾小人的算计，不顾枪弹的威胁去斗，去拼，这种行为使她的心灵震撼了，认识升华了。她苦苦思索的“人究竟是什么玩意儿，活着到底是怎么回事”这个哲学命题，找到了最朴素的答案。

当她历尽坎坷，终于争得同根柱结合的权利时，她痛苦地感到自己与根柱精神上的距离。她情绪上的不安和骚动，并不是见异思迁，忘恩负义。她并不是去追求哪一个人，而是在精神上有一种更高的渴望。雪枝陷入了极度的痛苦和矛盾中。这矛盾，源自旧的传统道德观念的束缚，也是她对新的、更博大、更庄严的人生探求的继续。

根柱毕竟是善良的。他知道，两人的距离应该由自己去缩短，“什么时候变得更好，什么时候再跟她结婚”。

影片结尾这个波澜，我是很珍爱的。它在这类故事通常画句号的地方，添上了个问号。在以往女主人公止步的地方，安排了一个意味深长的起点。它多少透视出人生的复杂，赋予这个传统的道德题材以时代的印记。正是这个波澜给影片带来了新意，深化了主题。

人要在斗争中不断解放自己，净化自己，造就自己，不断奋发，不断进取。人类历史就是这样走过来的，今天，更为这种发展提供了广阔的前景。这就是我通过影片想告诉观众的，也正是它激励着我到遥远的北国山林去拍摄这部影片。

这是个具有戏剧性的故事。在处理时，我们常用白描手法插入些生活即景，为这部戏剧性的影片增添些平易感和可信性。

影片结尾，对雪枝的婚姻做了开放性的处理。人物命运的结局，只有未来才能回答。

人物始终是我们创作的注意中心，在文学剧本提供的基础上，我们尽力赋予他们性格化的动作。

比如，鲁雪枝出场，在火车上她提防地把行李挪近自己，然后雄视着四周乘客的反应，从她愣愣磕磕的态度中展示了她骨子里的刚硬。一亮相，就给观众留下鲜明印象。

二十来岁的雪枝，到初二插班，像羊群里的骆驼。同桌男生在黑板上画漫画嘲笑她，当同桌男生用胳膊肘拐她，再次挑衅时，她竟以同样的方式回击了，表现她不屈服于任何压力的个性和未脱尽的稚气。

她决心争一口气，拿下毕业证书。夜里坐在锅台前熬猪食，膝上放着书。她一会闭眼背诵，一会用手指在膝上拼写，发音中掺着河北地方腔调。她读英语的憨态，富有喜剧性地写出她的朴实、要强、急躁。连她这样一个乡下姑娘都在读英语，也传达出时代气息。

山洞这场戏对揭示与拓展影片的思想内涵很重要。我们是在嘎仙洞实地拍摄的。山洞巨大深邃，洞壁上刻着鲜卑族建立北魏王朝后，派中书侍郎回到这里祭祖的祝文。鲜卑族是中国历史上第一个入主中原的北方少数民族。一千五百年前，这个在大兴安岭丛山密林中诞生的民族，统一了黄河流域，建立了北魏王朝，为后来出现的隋唐统一、形成光耀世界的盛唐文化创造了历史前提。采景时，我一走进这个山洞，立即有种崇高宏伟的感怀，仿佛看到了历史长河的源头。我想，人类就是不断进击，不断奋斗，从洞穴走向文明的。拍摄时，我们用了很多大远景，显示洞与人的比例之大。还运用了火堆、火把，照亮壁上的祝文，同时借火光、热流，造成古代穴居生活时的意味，产生一种悠远的历史感。

大兴安岭的自然环境，对于影片来说，不仅是事件发生的地点。它以它的淳朴、雄伟和瑰丽，引起人们的遐思，为影片增添了诗情和哲理。

雪枝初进森林一场，我们表现夏林郁郁葱葱的生命力。用跟摇林中公路上的大汽车，以及雪枝仰望树梢的大仰、大俯镜头展现原始森林的无际和高大。

江有林看望伐木工一场，我们选在林中的河湾。周围是高高的青翠欲滴的落叶松，河中横着的倒木，成了天然的独木桥。河水像血脉一样滋养着森林大地。

伐木是重点场次，可是冬季的落叶松像枯树，很难看。为了拍好这场戏，摄制组由大兴安岭的内蒙古境内转移到黑龙江的加格达奇。“加格达奇”是鄂温克语，意思是有樟子松的地方。樟子松，又叫美人松，墨绿的枝叶，黄褐的树干，到了冰封雪飘的季节更显得傲岸、雄伟、葱郁。在这场戏中，我们运用对比的方法表现树之高大，反衬人的力量。未伐倒的树，以其躯干的高大，已伐倒的树，以其躯干的粗壮，从视觉上对比出人在大自然面前的渺小。然而，正是他们伐倒了这样的参天大树。这就是人和自然力之间的辩证法。自然力是威严的、有时是可怖的，而人却是它的主宰。在林区的生活总使我强烈地感受到这点。这场戏，我们共用七十五个镜头，还用了各种音响：喊山声、油锯声、茬口断裂声、树倒声、压支杆声、集材车声……组成一个劳动的乐章，表现劳动的此起彼伏，扩展了画面的空间。尤其当“大树坐垫”解除后，吓傻了的雪枝还紧张地盯着伐倒的大树，这时，传来伙伴们悠远的喊山声，她才突然还了魂，跌坐在雪地号啕大哭。这种画外声响，成了她戏剧性的情绪转换的触媒。

林场小工队的营地，我们选在一条河岸的平坡上。临时搭起三座帐篷和木板厨房，面对着S形的河湾、远山和辽阔的草滩。背靠的山坡上是一片白桦林。在这里，冬日的肃穆、夏林的蓬勃、秋色的绚丽见证了她在这里度过的美好岁月。

雪枝被迫离开林场，心情是悲凉的。河滩与根柱娘洗衣服一场，我们用环境的寂寥和空旷来烘托她的心境。一泓笼罩寒烟的秋水，横斜着几根被遗忘了的捕鱼木栅，岸边杂树丛中一座孤坟埋葬着根柱爹——老一辈的伐木工。根柱娘用自己的人生经历劝慰着雪枝，雪枝却思念着小工队，她宁肯像根柱爹一样老死林下。

雪枝被逼投河，江有林救起她，义愤填膺地去质问陆民子。陆民子家是板夹泥的房子，风门上钉着破毛毡。松木篱笆内几垄土豆秧子已被霜打蔫了。院里堆着房一样高的柈子堆。鸡窝、猪圈、小仓房，肮脏而零乱。四周竟没有一棵树！他蜗居的外壳，是他生活哲学的强烈辐射。陆民子是老一辈林业工人中的痞子，他是吃林子的，给林子带来的是掠夺性的开发，没有任何抚育更新。

结婚前夕，雪枝情绪的变化，引起根柱的疑惑和痛苦，他找江有林诉说。这场戏文学剧本规定在礼堂，拍摄时，改在森铁站。原条车在行驶，运送一批批打火队员的森林小火车也一列列开过。站台和列车上还堆满了待命出发的打火队员。汽笛声、机车声、呼叫声、谈话声一片喧闹。在这种气氛中，根柱找江有林诉说，更显得事态严重和心情急迫。前景、后景驶过的列车及走动的人群造成视觉上的动荡不安，也正符合人物的心绪。还有一点，由这个环境跳到根柱回叙那夜雪枝找他的戏，（雪枝像梦游者一样神秘地走到根柱炕边，说："你快要了我吧，要不你就后悔了。"）更能对比出那夜的静谧和情绪的异常。这场戏选在森铁站，还有更深一层的含意：个人的痛苦在生活的热潮面前是渺小的，个人也只有投身到生活的热潮中熔铸自己，才能摆脱痛苦，得到净化。根柱也只有跟上生活前进的步伐，才能"把自己变得更好"。不是吗，当他感悟到这点时，不是急切地要求一起去扑灭山火吗？

《北国红豆》的创作已经完结了，它留给我无数的遐想和美好的回忆，也留下了许多无法弥补的遗憾。

我想，只要自己把根深扎在泥土中，像大兴安岭的落叶松一样，虽年轮细密，生长极慢，但吮吸大地的乳汁，总会慢慢长大起来。

载于《文艺研究》1985年第1期

2018年8月摘录

《迷人的乐队》导演阐述

一

我第一次看到金县农民业余西洋吹奏乐队，是在今年春天，我和本片的摄影师、美工师、录音师、制片主任来到大连金县得胜乡得胜屯小学。乐队是校办工厂基建队的农民。他们刚从劳动场地赶回来为我们表演。

虽有的青年蓄长发、穿便宜的西装，有的姑娘烫头、施脂粉、穿高跟鞋，但他们黝黑的面孔、粗大的手指，光脚着半旧的皮鞋，西服与军帽同穿，外衣里露出几层线衣、衬衫的翻领，裤脚内露出鲜艳的家制灯笼裤，还使我感到一种质朴。他们的形象绝不是我十年前看到的农民形象了。

当他们捧起圆号、大号、小号、萨克斯管、黑管、双簧管、长笛……望着自己手抄的五线谱，吹奏出第一首乐曲《中国中国，鲜红的太阳永不落》，我震惊了。威武、雄壮、充溢着一股阳刚之气，虽不十分整齐，音也不十分准，仍使我落泪。我们欢呼着，要求着，他们又吹了《骑兵进行曲》《运动员进行曲》《迎宾曲》……然后，又到院里，表演队列行进的演奏、队列方阵演奏。我们兴奋极了，尤其在当前，一些港台流行歌曲风靡一时，我们的农民乐手却奏出这样严肃昂扬的音乐，确使我感到人民需要真正的艺术，艺术也孕育在人民心中。

激动我们的不只是农民买得起这样昂贵的乐器，掌握了这种难度很高的乐器，还在于他们身上蕴蓄着一种渴望、一种智慧、一种豪迈、一种幸福感、一种奋进的力量、一种民族腾飞的气势。

我相信，我感受到的这种激动，这种巨大的冲击力，如果把它清晰地、真挚地呈现在银幕上，也是会激动和冲击未来的观众的，他们会从各自的角度想得比我更多。

现在全国不少地方出现了农民管乐队，引起国内外人士的关注。

《迷人的乐队》就是表现农民办西洋吹奏乐队的故事。它描述的生活是崭新而独特的。从一个乐队的诞生透视出今天农民身上发生的深刻变化。他们相互吸引、聚集，不再为解决温饱问题，而是在更高的层次上，在精神生活领域中互相启迪、点燃、感应、催化，他们共同寻找着和谐，创造着美。

我认为这部影片的价值不在于表现人物之间是否有巨大的社会性矛盾，而在于农民乐队出现的本身所揭示出的中国农村深刻的历史性变化。我们没有着力描写农民怎样致富，丰厚的物质基础是办乐队的前提，这是不言自明的。我们从一个侧面着力表现农民不仅是文化产品的消费者，更是文化的创造者。这些朴实的劳动农民渴求着优美的崇高的艺术。

二

我希望未来的影片像一首明丽、欢乐的歌。朴素、流畅、幽默。

剧本围绕着成立乐队展开矛盾。剧作基本是传统手法，但又有些现代感：没有曲折完整的情节；没有主导的矛盾；没有反面人物；几条平行展开的矛盾中都不存在严重的冲突，只是在生活观念上的差异和抵触。这些使剧本更贴近生活的自然形态，人为感更少。我们在拍摄中要尽量发挥这些特点，而不是复归到述说一个封闭式的故事中去。二度创作中，要善于捕捉丰富的生活细节以刻画人物、营造气氛。

几个主要人物辛天喜、曲立新、曲有本、张魁武、乡秘书等具有不同程度的喜剧性格，一些场面具有幽默情趣，对话诙谐，尤其是农民办西洋吹奏乐队本身就富有喜剧性。喜剧在希腊文中就是快活的演出，起源于古希腊民间为欢庆酒神和喜神节日而举行的载歌载舞的欢乐表演。《迷人的乐队》就需要这种明朗的欢快的调子，整部影片应该是一次“快活的演出”。

《迷人的乐队》是以幽默为基础的。它不同于讽刺，它是通过生活现象的局部性缺点，通过人们的性格、外貌和举止的某些可笑的特征表现出来的，只要求温和的微笑和开善意的玩笑。

在影片的叙述格调上，在演员的表演风格上还是力求生活、自然、真实，但要充满幽默色彩。准确地说，它不是通常意义上的喜剧，而是一部欢乐的、幽默的，带有一定善意嘲讽的正剧。

影片的映出效果不求观众捧腹大笑，而希望他们不断发出无声的、会心的微笑，给他们一种严肃的愉快和情绪上的振奋。

乐队的活动，清晨练乐、第一次合奏、金声指导排练、运动会上行进的演奏、县表彰大会的演出，都是本片的亮点。我们要运用电影语言的声画手段，诗意地、热情地表现他们对音乐的痴迷，他们苦练的劲头，他们演奏的虽显稚嫩却充满朝气的曲调，飘荡在渔果之乡的海空大地，震响在农民运动会上。这支小小的农民西洋吹奏乐队带来前所未有的崭新的元素，拓展了、丰富了中国农村传统的田园诗境，涂抹上了一笔绚丽的时代色彩。

三

摄影除构图的新颖、活泼外，在光的处理上，力求真实地、富有意境地再现不同的气氛。镜头的运用要积极参与形成影片明快的节奏。

我们要创造一个依山傍海、秀丽富饶的乡村的电影空间。在房舍的建筑上既要展现农村新貌，又要注意全国农村的一般水平。

对环境、服饰、道具的色彩配置上，既要表现农村的审美趣味，又要有统一的基调，要雅致一些，切忌自然主义。

服装要符合人物身份、性格，要真实，要注意生活痕迹，色彩要和谐。

化装，面部少修饰或不化装，保持千人千面。造型设计主要体现在发式和胡型上。

影片的音乐，为了突出农民乐队，为了区别于一般影片的手法，一概不用无声源的描写性音乐，只采用影片中出现的吹奏乐器的有声源的音乐。

虽不是同期录音，但在声音的录制上要逼真，要用声音创造出真实的气氛。

影片中，乐队的几次演出，由金县农民乐队录音，虽然他们的演奏水平不是很高，但我们决定不用专业乐团来录音。这样，更真实、生动、亲切，更有可信性和感染力。

金县农民乐队全体成员参加影片的录音、拍摄。

四

罗丹说：“在艺术中，有‘性格’的作品，才算是美的。”

我们聘请诸位演员的原则，并不是崇尚外形美，而是注重性格、气质和演技。

我希望来自各方的演员们能塑造出众多的有个性、有乡土味的形象。

在表演的总体风格上，要求演员基本上运用正剧的表演方法，有时略有夸张，也要在人物性格和规定情境允许的幅度之内，不要为追求廉价的笑声而挤眉弄眼，故意卖弄。

表演上要真实、准确、性格化。

要注意人物关系，无论是非关系、亲朋关系之中都应渗透着性格关系。

各位演员，要挖空心思地想绝招。一举手一投足，一颦一笑都要是这个人物的。要到生活中去观察、体验、捕捉人物的感觉、特征。

电影不同于话剧，没有更多的排练时间。实拍前，对每场戏的“掌握”，演员都要根据镜头调度认真走戏，直到感觉舒服为止。如果还没有找到人物准确的动作就再到生活中观察、揣摩。

各位演员要清楚自己的重任，摄制组所有创作部门的劳动，影片所要表达的一切，主要通过你们塑造的人物流注到观众心里。

五

人物分析：

1. 辛天喜

37岁，村委会主任，农民乐队队长兼指挥。

质朴、机智、豁达、幽默，怀有一颗赤子之心。

对倾心的人和事，百折不回。

从小是个音乐迷，具有浪漫气质，好幻想。

学历不高，但崇尚知识，自强不息。

对生活中的新事物有特殊的敏感和兴趣。

在生产管理上、在感情生活上、在文化娱乐上，都有较高层次的追求。绝不是旧观念中的农民。

在村里有威望，对不同的人都能找到一种独特的讲话语气和方式。

他很少以认真的口吻谈论事情，总是一连串尖锐而善意的俏皮话。常要从双关意义上去理解他的语言。

他也有深沉的时刻，如乐队第一次齐奏后他的感慨，如酒后他对金声的哭诉，如他开导张魁武的现身说法。

表演上切忌油滑、肤浅。透过他的幽默、风趣、要显现他性格的不同侧面，展示他丰富的内心世界。

对李春芳：一往情深，非她不娶。李春芳反对办乐队，他很苦恼，但他相信乐队终会征服李春芳的心。在爱情的表露上，他大胆而羞涩，绝不说绵绵情话。

对母亲：一片深情掩饰在大大咧咧的态度中。

对曲立新、李素静、张魁武、魏莹：时而是孩子头，时而像兄长。

对金声：五体投地佩服他的学识与为人。

2. 曲立新

28岁、果农、小号手。

聪明、活跃、幽默。

在体力劳动外还渴望一种精神生活，不甘做一个旧式的农民。

对曲有本：看不上他那套生活方式。表面上慑于他的威严，实际上言不听计不从。

对李素静：是一对恩爱夫妻。迷上音乐后对妻子时有怠慢而引起误会。

对魏莹：只是与她切磋艺术，开开玩笑。

对辛天喜：视为楷模。

3. 曲有本

62岁，老农。

倔犟到近于顽固，节俭到近于吝啬。

耳聋，懒于跟人交往，内省与社交生活的封闭状态更形成他的偏狭与保守。

随着生活的推进，他从闭锁的蜗居中解放出来，他的观念和性格也发生了改变。这变化反差是强烈的，是富有喜剧性和表征意义的。

对曲立新：要他踏着自己的脚印，老老实实务农致富。后来才觉得儿子当乐手风光体面。

对李素静：满意儿媳的贤淑，表面上又端个公公架子。

对孙大锣：以乐队队员的老子压他一头，包揽乐队的事就像包揽自己的家务。

4. 张魁武

22岁，渔民，大号手。

憨厚、腼腆、嘴拙，偶然迸出几句大实话更显得缺心眼而成为笑柄。

人并不笨，有时还有点让人一眼看穿的小计谋。

对魏莹：钦佩，仰慕，早就偷偷地把她视为心上人。

对曲立新：亲如兄弟。

对辛天喜：能掏心窝子。

5. 魏莹

20岁，村办工厂工人，长笛手。

单纯、爽朗、快人快语、热情过度，有点二百五。在众人面前不怯阵，有种地方剧团演员的风度。

对张魁武：像管教一个笨学生，也喜欢他的憨劲儿，后来才忽然爱上这个傻小子。

对曲立新：与他可以打打闹闹，但绝无非分之想。

对李素静：毫不意识到自己对她的“伤害”。

6. 李春芳

36岁，乡长。

精明、干练、洒脱。

在生产上很有开拓精神。由于性格古板和观念陈旧，对群众精神生活的要求缺乏理解。

在婚姻上，高不成低不就，犹豫至今。对辛天喜怀有深情，但对他火辣辣的性格和“非分之想”有时又吃不消。

乡长的自我意识很强，在群众面前总是一本正经，但突然也有顽皮的瞬间和真情流露的时刻。

对辛天喜：同学时就被他的才智吸引，爱他。唯恐他办乐队出了闪失。最终被乐队，被他的异想天开，被他的男子汉的气度征服。

对辛母：亲热而又矜持。

对县长：尊重、依赖。

对下属：对症下药，指挥若定。

7. 李素静

24岁，农妇。

和善、温存，有点小心眼。

曲立新迷上音乐后，总觉被冷落，也担心自己跟不上趟，有一种危机感。她与曲立新纠纷的实质，使她认识到，要不断丰富自己，家庭生活要不断注入新的内容。

对曲立新：深爱、顺从，唯恐被人夺走。

对曲有本：孝敬，虽然心中并不赞赏他。

对魏莹：羡慕，又有种本能的提防。

对梁彩云：了解其为人，又禁不住她的蛊惑。

对辛天喜：信服，又怕他偏袒魏莹。

8. 金声

58岁，市歌舞团指挥。

一个并不端架子的艺术家。

深为农民乐队的精神感动，在劳动农民之中找到知音。

9. 辛母

60岁，农妇。

慈祥、磨叨，绝不像儿子那样精明。

10. 孙大锣

55岁，老农。

曾是民间艺人，乐队活动，逢场必到，评头论足。由不信服到佩服辛天喜的乐队。

11. 梁彩云

40岁，城市职工家属。

自以为见多识广的长舌妇。

12. 宋琪

30岁，乡政府秘书。

办事过于认真，没有眼力见，不知进退。言行颇有喜剧色彩。

13. 卖鱼老头

是乐队热心的观众，一位懂得“交换价值”的小贩。

1985年7月

《失信的村庄》导演阐述

概论

要在传统意识、传统文化与现代观念的交叉点上，寻找这部影片的特色。这是所有创作部门的纲。通过本片要表达我们对传统文化与现代文明价值选择的严肃思考。

在豫西，瓜匠丁云鹤到贫瘠的辛庄承包种西瓜，带来了技术，带来了新的生活观念，使种户收入大增。村支书张米贵等人见利忘义，不顾辛老灵、郑仙女的反对，撕毁合同，扣除老丁酬金的一半，官司打到县里，老丁并没赢。结果，给辛庄带来巨大财富的人只能快快而去。

在这个没有多少故事性的故事片中，包含着一些因时代进步需要我们更新的观念。

科学技术是生产力，知识是财富，不仅只有简单的体力劳动能创造价值。

“不患寡而患不均”，要求平均化的经济平等，满足、维护农业小生产的劳动生活和封闭体系，是走向现代化的严重障碍。

没有法制观念，权大于法，同样是阻碍现代化实现的弊端。

这些都是影片的批判锋芒所向。这部悲喜剧不仅生活气息浓郁，妙趣横生，还具有丰富的思想内涵。这个小村庄发生的故事，在我国，在现代，它的意义远远超过这个村庄的界线。

它没有曲折的情节，是以语言的幽默、人物的生动、思想的锋利以及豫西的乡情民俗色彩取胜的。

对于人物，我们要力求真实地再现豫西农民的风貌和新旧杂陈的生活情态，表现他们的善良、正直、讲信义和封闭狭隘的落后观念。

文学剧本主要借助台词展开矛盾，刻画人物。拍摄中，除保留它的语言魅力外，还要调动其他电影手段。

首先，造型因素要作为一种重要的电影语言进入影片。它不只是人物活动的空间，也是具有历史内涵的时间的凝聚。

片中辛老灵、黑墩、丙辰都住窑院。豫西的天地窑院、出水窑院是世界住屋史上一大奇观，是世代的人们在黄土台地别出心裁的建筑创造。在黄土层中间挖下数十米的天井，姜石垒壁，院中多植高大的泡桐。天井四周掏出数间人畜居住的窑洞。天井与地上的通路是斜面楼梯式的马道，可走人畜车辆。马道的拱洞下，常置石磨、石碾、水井。一个封闭的小世界。它结构别致，不仅在人物和镜头调度上新颖有趣，还具有中原文化的特色，古拙而浑厚。此外，影片将出现的很深很窄的院落、黄土沟壑、古刹、皇冢、寂寥的黄河泥滩、湮没在庄稼地里的巨大的宋陵石翁仲，都展示出一种悠远的厚重的文化背景，古老、封闭、沉寂。我们从现实生活中掬取的一个涟漪应是历史长河中的旋涡。

影片中的辛庄是我们创造出的电影空间，傍黄河，倚邙山，在宋陵石翁仲群落之中。庄稼地里的石翁仲是辛庄的重要标志。丁云鹤进村、离村路过它，巡视瓜地走过它；支书张米贵也在石翁仲下召开赖账会。这些将会产生富有思想内涵的场面调度和构图，使人直观地、形象地感受到传统文化中那部分需要扬弃的精神负担。那些石像造型并不狞厉，它们是庄严的封建主义卫道士。在影片里，宋陵石翁仲是几千年封建主义的象征，今天，它仍是一种巨大的存在，然而又将是被时代变革风化掉的存在。

我们的故事就发生在中国，黄河中游，20世纪80年代，宋陵石像的阴影下。影片的主人公就生长在这里，是这块古老土地的子孙，他们身上美好的和邪恶的都是历史留下的遗产。他们唯其负担沉重，更需腾飞，他们虽然步履艰难，毕竟已经迈步。我们所描述的是一个古老民族腾飞时的故事，是新的意识与古老民族生活的交汇。

因此，我们的镜头不只对准人物的面孔，同时也要对准这个总的环境。要让观众在听到人物对话、看到人物动作的同时，也从造型因素上感受到影片的意境和氛围，增大影片的信息量和厚度。这样，会从多方面深化主题，增强作品的哲理性和诗意，也会给写得过于实的文学剧本赋予一些空灵之气。

文学剧本丁云鹤出场在县城小饭铺，环境局促嘈杂，且司空见惯，缺乏独特深邃的中原文化氛围。影片的首尾我们决定改在苍茫的黄河小浪底野渡。这里泥浆一样滞缓的河水，空寂的沙滩，肃立的群山，构成一种博大的静穆的庄严。使人屏息静气，使人想到生命的繁衍，民族的历史，想到岸边发生的无数惊天动地的兴亡盛衰。是这里，而不是黄河奔腾咆哮的气质，更切合我们影片的意蕴。

黄河泥沙积淀的特写，也将是影片字幕衬底。它神奇、别致，像岁月的年轮，蕴含着我们民族久远的昨天和今天。它是历史，是现实，是诗。我们愿人们从微观的泥沙积淀特写中，从辛庄发生的小故事中，思索博大的历史，思索民族的现实和未来。

在镜头的前、后景上要注意选择表现乡村民俗的细节。我们的摄影机不只追踪着情节，有时也可以表现一些“闲笔”。闲笔不闲。镜头的长和短，运动和固定，要不拘一格。不能为了一种模式，一种理论而捆住手脚。

摄影在构图和气氛的营造上，要多吸收国画的特点，拍得古朴、浑厚些，希望未来的影片是风俗画、田园诗。

色彩不求缤纷。服装、道具要与沟壑、窑院的基调谐和。环境、道具、服装的选择，要特别注意现实感、历史感、真实感。

音乐，篇幅不多，主题旋律希望有河南风味，同时可以对立地出现些有声源的现代歌曲，如庙会等场。音乐构成同样要注意民族化、时代感。

音响很重要。除与画面同步的声音外，尤其需要设计录制与画面不同步甚至对立的画外声音，以扩大影片的信息量，增强环境的真实感。

表演，还是要从规定情境、从人物性格、从生活出发。不要为廉价的喜剧效果而过分夸张。我们要的是真正的幽默。要努力塑造个性鲜明的活生生的人物。

整个戏要喜得起来，沉得下去。在风格处理上，不拘一格，敢哭敢笑敢骂敢闹，不管叫它正剧、喜剧还是悲喜剧，反正它是生活！生活就是杂色的、多味的。

人物分析

1. 丁云鹤　57岁

铁路职工，曾被错划“右派”。为孩子接班提前退休，外出承包种西瓜，游走四方。

他什么都经历过，什么都明白。表面的诚惶诚恐之中有股隐隐的江湖气。知道对什么人说什么话，知道进退。但绝不是虚伪、油滑、市侩气。为人还是诚恳、实在、善良的。种西瓜是他晚年的职业，是他的财源，也是他的乐趣所在。提起种瓜，他近于迷狂，显得有些迂，有些可笑。他在瓜地，是真正地舒心、陶醉。

关于酬金，他并不完全计较钱，他的痛苦在于人家不看重他的技术、他的人、他的价值。他的痛苦在于他又一次看到人性的恶。

对辛老灵：一见如故，信赖。

对郑仙女：感谢她的关照，对她的人来疯是一种宽容的仿佛视若不见的喜爱。

对黑墩：觉得他憨厚，绝没有想到他的自私、无情无义。

2. 辛老灵　32岁

村民小组长。耿直、机敏、不安分，总想学点新花样。

有幽默感，爱说俏皮话，对正经事绝不儿戏。真正有点现代经营头脑。

他与张米贵的分歧，除了他的正直、讲信义外，他也明白绝不能贪小失大。

对秀娥：常开玩笑，嫌她目光短浅。

对丁云鹤：如获至宝。不仅视他为财神，更是自身全面现代化的楷模。

对张米贵：知道怎么开他这把锁。痛恨他的自私、固执、弄权。

对郑仙女：像对嫂子那样地打打闹闹。

3. 郑仙女　39岁

寡妇。心地善良、干练、热情、有点人来疯。嘴上不饶人，有时是挖苦，有时是实话实说。对张米贵的檄文简直是一个农妇即兴的口头文学创作，一面洗清自己，一面发泄对张一贯的不满，一面也自我欣赏词采的犀利。

她有男子汉的豪气，仗义，嫉恶如仇。也有女性的妩媚，不要演成母夜叉。

她说话、动作节奏较快。声音大、喜欢笑，但也有沉静的时刻，给老丁践行、送别就是一种凄楚的心境。

对丁云鹤：尊重、照顾、同情，并无非分之想。

对张米贵：鄙其为人，最后才“师出有名”地痛骂一番。

对辛老灵：亲热，说话随随便便。

对黑墩：一张嘴就拿他开玩笑，恨他不义，但还不至于破坏他的婚事。

对木圈：虽恨他，却拿他无奈，并不认真与他计较。

4. 张米贵　58岁

村党支部书记。是村里的老干部，以领导自居。总觉得自己是党的化身、群众的代言人。实际上落后于时代 。观念陈旧、狭隘、自私。

他一贯自视精明，但傻儿子和瘸驴总使他丢面子。

对丁云鹤：怀疑、利用，剥夺他的“不义之财”。

对辛老灵：斗不过她，就拿支书身份压他一头。

对郑仙女：讨厌她的不留情面、“二百五”。

对木圈：疼爱这个孽障。

5. 黑墩　27岁

农民。并不像外表那样憨厚，有鬼聪明，自私。

对巧玉：一见钟情，总觉得自己高攀不上。

对丁云鹤态度的变化表现出他性格上的弱点。

6. 木圈　25岁

缺心眼，又想使坏，但又使不出大坏。时时为矛盾的双方增加矛盾，使可笑的事情更加可笑。

怕他爹。

是黑墩的应声虫。

对老丁：“墙倒众人推”，总想为大伙立一奇功而捉奸。

7. 巧玉　24岁

农民，黑墩的对象。伶俐，快人快语。有新的生活观念。

对黑墩：还只看到他老实可爱的一面。

8. 秀娥　27岁

贤惠，疼爱丈夫，总怕自家吃亏，怕丈夫不得人心。

9. 赵全　30岁

村民小组长。精明、俏皮，心地不坏。

在矛盾尖锐时不敢亮明态度，但总还是有是非感。

10. 丙辰　20岁

农民。不憨不傻，心中有数。有基本的正义感。

11. 大姨　55岁

对佛对人都有明白的计算，是个非常功利、非常实际的虔诚信徒。

12. 吴推事

一个并没有真正法制观念的法院推事。

1986年6月

我与儿童电影的一段渊源
——《哦，香雪》导演札记

耄耋之年，回望来程，儿童电影看得不多，执导得更少，仅一部《哦，香雪》。对他人的创作所知有限，自己的艺术经历又十分欠缺，可以说没有资格谈论儿童电影话题。难却中国儿童电影学会约稿，只能简述在中国儿童电影制片厂拍摄《哦，香雪》的几点感受。

1984年冬，作家铁凝根据自己同名小说改编的剧本《哦，香雪》授权给我。此后，我向所在的北京电影制片厂年年申请拍摄。厂领导因“剧本平淡故事性弱，因季节的需要拍摄周期长，艺术片票房收入不高，难以收回成本”而一再拒绝投产。我又请教几位艺术前辈，谢铁骊导演说“剧本不错，但篇幅不够，仅能拍五十分钟”，水华导演说“写得太淡了，太短了”，只有作家李準和陈怀皑导演支持拍摄。但他们没有投产拍板权。

剧本在我手中延宕五年，我是万般无奈，却又实在割舍不下。它是一部散文诗风格的作品，空灵而凝重，是纯真少女和雄浑自然构成的美的诗篇。新修的铁路在台儿沟站每天停车一分钟，香雪和女伴们像看情人一样地去看火车。日久天长，他们怀着各自的憧憬与车上的人交往。新的生活，新的文化流进古朴宁静的山村。全片只有大山、火车、少女和他们日常的劳作。谈不上什么情节，没有戏剧冲突，像一幅幅生活常态的素描。在它淡雅的诗化的艺术形式下，蕴藏着厚重的内涵，表现了传统中国农民的质朴、友爱、坚韧和奋进，表现了对变革热切的期盼，表现了人与自然的和谐。

1989年春，正当我继续为拍摄《哦，香雪》奔走无果时，遇到作家梁晓声，他刚由“北影”调任中国儿童电影制片厂文学副厂长。我提出《哦，香雪》能否转到“童影”拍摄。他热情地答应研究研究。几年前，我曾把《哦，香雪》剧本请“童影”首任厂长于蓝老师审看，但是她因当年“童影”专注投拍面对低幼儿童的片子而拒绝了。此刻，我听说“童影”一部正拍摄的片子中途下马，就想试试能不能用《哦，香雪》顶上。对此，我并不敢奢望。可是，喜讯很快传来。在梁晓声、“童影”文学部主任张之路、资深编辑林阿绵的大力推动下，“童影”艺术顾问于蓝老师、厂长陈锦俶决定投产《哦，香雪》，要求年内完成。在全国商业片浪潮汹涌之时，“童影”力推这部艺术片，我钦佩他们的胆识和勇气。

可是，获得了向往几年的创作权，我又惶惑起来。对剧本，突然一下子感到无从下手，平凡朴素得说不清，抓不住了。没有矛盾冲突和戏剧悬念，故事片又用什么吸引观众呢？

当我和摄影师李晨声到于蓝老师、陈锦俶厂长办公室领命时，除了兴奋之外，内心还是有些忐忑的。

于蓝老师、陈厂长首先说摄制组成员由我俩从“北影”和“童影”自由选择。此举很显领导水平，不愧为电影事业家。他们深知主创人员的共同艺术追求和相互默契对于影片创作至关重要。

他们说本片成本一定要控制在50万元人民币之内，不要求销售影片资金回本。低成本并没有对我们造成压力。这些年在北影拍片摸索出一些过紧日子的经验，在人员组成、计划安排、场面处理各方面都有一套办法。省钱，而在银幕效果上并不显捉襟见肘，不显“穷气”，我们知道怎样把钱花在影片质量上。谈到不要求销售回本，真是解除了我们的后顾之忧。未来影片的质量，经过大家的努力达到一定水准，我是有把握的。唯独对中国电影市场艺术片的票房高低，我毫无信心，大概率是赔钱。既然《哦，香雪》借助儿童电影销售的政策优惠不由我们担责，那就可以一门心思地去创作了。

摄制周期也不做硬性规定，而是根据季节的需要。

除了审定所选的演员，看样片，审查通过完成片外，一律不干涉我们的创作。厂领导给我们的自由度很大，真是天高任鸟飞，就看我们自己的啦！

可是，导演的艺术想象在哪里？面对这个剧本，我以往的艺术经验不足以胜任再创作的任务。我有些焦急，但同时也坚信，越不是轻车熟路，越可能拍出新意。情节淡，就必须以丰富的细节取胜。精妙的、赋有内涵的细节同样能点染出人物的神韵，撩拨观众的心扉，传达出作品的思想深度。散文诗体裁的故事片在中国不多，要探索新的电影语言抒发它的诗情。

我翻阅了许多古典诗词，没有直接可以借鉴的东西，只能祭起唯一的法宝——向生活求救了。虽然时间紧迫，影片五月底立项，年内完成。美工师尚未到任，我、摄影师和制片主任还是拿出一个半月的时间，急切地到北京周围山区采景，深入生活。

我们每天乘着吉普车找山村，走铁路，钻隧道，看小火车站。到山村去，到离开公路的深山中去。一个山村，几个山村，几十个山村……我观察着，谛听着，触摸着，发现着。山河大地，不同的线条、轮廓、颜色、质感，在变幻的光照下显现多姿的样貌，给人以美的震撼！远村传来的羊叫、鸡啼、蝉鸣、河水声、打石声、呼唤声以丰富的节奏和音调，构成穹宇下自然的乐音，渺远，悠长。那些朴实的山里人，对经年累月的劳动怀着虔诚和敬畏。他们自给自足的生产生活形态，封闭、贫困、笨拙又不乏温馨和诗意。晒花椒、擀毡、做盖帘、推碾子熬杏仁油……这些我初次目睹，银幕上少见的劳动，将被采撷到影片中，补充剧本写的“父女开地”“姐妹们摘柿子”的场景。劳动，作为影片主人公的生命活动要充分地展开。这些劳动的技能和劳动者的姿态都十分新颖入画，蕴含着智慧、创造、历史感和美。我们绝不去编造情节，不去改变作品的体裁样式，而要从生活中筛选出大量真实的有表现力的细节，运用散文化的笔调来刻画性格、充实影片的容量和思想内涵，表现他们自给自足的生存状态。这种生存状态孕育出香雪们的善良、单纯、质朴，也迫使他们不安于一成不变而追求现代文明。一分钟停车，给他们带来了工业文明的曙光。我们要把自己在生活中真实的观察、感受呈现在银幕上，那一定是美的，动人的。

我谨记徐悲鸿大师的话，“在求美之前先要求真”。未来影片中出现的一切都要像生活一样自然，一样朴素。影片的魅力在于它的真、它的拙、它的不俗。

经过生活的滋养，我们才能展开艺术想象。40天的下沉生活，对未来影片的人物、细节、情调、气质都明确地感觉到、捕捉到、把握到了。未来影片的视像诞生了。除了造型和人物外，它的音乐形象也涌现在我脑中，一定要单纯！绝不像往常拍片时用交响乐队。这次仅用两件典型的中西乐器，表达一种古朴与现代的情愫。后来与作曲家张千一、录音师陶经共同确定用埙与钢琴。埙，发掘于7000年前河姆渡遗址，被称为朴拙抱素的“地籁”。钢琴以明亮的音色描绘着姑娘们对未来的憧憬。

每次拍片选演员，我都战战兢兢，由于影片想要表达的一切，主要通过人物流注到观众心里。《哦，香雪》选演员，我更是如履薄冰。因为太难演了，演员真是无从下手。我执导过17部故事片、5部电视连续剧，与很多表演名家合作过。他们表演创作的门径不同，但都是在矛盾冲突中塑造人物性格，展露跌宕起伏的感情来吸引观众，打动观众。我深知戏剧冲突是演员创作的抓手。而《哦，香雪》恰恰有意回避、放弃了这个抓手。通篇都是山民的日常生活，没有波澜，没有人物纠葛，台词极少。这就需要演员对角色从内到外，深入细致体验、揣摩、吃透。像灵魂附体似地把握人物的“状态”。每个瞬间的举手投足、一颦一笑都是人物的自然流露。只有这种达到“化境”的表演，才能完成本片的角色创造。这需要演员有很高的表演天赋和精湛演技。当然，还有个重要前提，气质上，演员与角色相近，起码有不少相近之点。

薛白被我们选中演香雪。她曾演过《报童》《黄土地》《三家巷》，演技、气质都没问题，就是比香雪年长不少。她那张娃娃脸帮了忙，圆脸型显年轻，显小。加上她多年在中国儿童艺术剧院演孩子，眉目之间能流露出16岁少女的神态。再经过化装、服装的修饰，活脱一个香雪。沉静、聪慧、坚韧、自强，是能走出大山的姑娘。由于她的出色表演，后来她被邀请参加汉堡国际儿童电影节。

香雪父母，由北京人民艺术剧院演员马恩然、徐秀林扮演。马恩然农村出身，朴实、黝黑，演技一流，不用化装，就是不二人选。徐秀林白皙清秀，试装时，怎么也土不下来。摄影师李晨声提议，化点牙锈。一试，果然找到人物感觉。她说皮肤不用化黑，自己晒。到外景地，她每天晒着太阳跟老乡学活儿，推碾子、熬杏仁油、做盖帘……拍摄时演得很是像模像样。后来，在柏林国际电影节一位德国影评家问我："香雪父母是不是非职业演员？是不是真的农民？"我回答："他们是中国最著名的北京人民艺术剧院国家一级话剧演员。"他听了很惊讶、钦佩。

片中演香雪女伴的风娇和朵儿，也遵循气质、演技、外形的选择条件，确定了壮丽、唐烨来扮演。此前，壮丽演的电视小品《芙蓉树下》誉满全国。唐烨刚考上中央戏剧学院儿童班导演专业，如今已是北京人艺的主要导演了。

于蓝老师以著名表演艺术家的眼光，判断我们选的演员很准确。后来马恩然还获"中国电影童牛奖"的最佳成人表演奖。

文学剧本写的是蒸汽机车，既是那个时代工业化程度的标记，喷吐着浓烟隆隆驶来，在造型上也颇有气势。作者一再强调要拍蒸汽机车。可是，拍摄时，北京地区已全部升级为内燃机车了。我们四处打探，最后找到中国铁道科学研究院属下的环行试验基地，才见到老式的蒸汽机车。能开动，但在不长的环行轨道上奔驰不起来，且车外的基地景观与影片要求完全不沾边。"童影"又没有财力搞特技合成，我们只能断了念，去拍内燃机车的绿皮客车了。对影片来说，是个遗憾。

为了表现火车巨大的冲击力，摄影师专门选择中午顶光时，在两条铁轨中央用长焦距镜头正面仰拍机车驶来。长焦镜头能强化空气中的介质，增加大气透视感，机车头灯光闪烁的光团显得更加夸张更加强烈。然后，又在摄影机镜头前下方置一大盆开水，蒸腾弥漫的水汽强化了暑天空气中的热浪，朦胧中更增添了远远驶来的钢铁巨龙庞大的体量和神秘。这正符合香雪们初次见到火车的心理感受。

我们还用许多宏观和微观的视点描绘火车。如，用俯角大远景拍摄列车驶过铁路桥，山谷回声激荡。又以超低角度的特写拍摄轮轨交集点的上下震颤，轨边的野草剧烈摇曳。但最令香雪难忘的，是离站列车一连串窗玻璃上不断映出的山峦变了形的长长流影，如梦如幻，使她思念回味，夜不能寐。

全片描写香雪们从夏到冬，风雨无阻，六次去看火车。四次发生在站台上。姑娘们从陌生到大胆与车上的列车员、旅客交往。我们外景地的小火车站，每天仅一趟绿皮客车只停两分钟，根本无法进行拍摄。于是，请"童影"出面向铁道部申请更改行车时刻表。这谈何容易！它涉及沿线各站及相关线路的运营。几经周折，最终，北京铁路局出于对儿童电影的支持，特批四次，那趟慢车在此站停车延长半小时。这种全国一盘棋的精神，激励我们更珍惜这个难得的拍摄窗口期，决心想方设法圆满完成这四场戏。

通常，一切从头开始，半小时绝对拍不完一场戏。我们笨鸟先飞。按镜头把戏排好，演员化好妆，穿好服装，拿好道具。摄影、照明部门也各就各位，完成实拍准备。现场各部门严阵以待。俟火车进站停车后，演列车员和旅客的演员立即上车就位，在车门口、车窗口与香雪们表演起来。摄影师迅速从车下、车内变换着不同角度完成镜头拍摄，"一条过”！

香雪上车用40个鸡蛋换旅客的塑料铅笔盒那场戏，没有条件在行驶的火车上拍摄，是在北京西直门火车站晚上停驶的硬座车厢内拍的。为了在静止的车厢内营造行驶的感觉，首先，安排两组人，分别站在拍摄画面外的车厢两头，按火车驶经铁轨接缝产生的轻微颠动，轮番用力跺脚，使车厢有规律地颤动起来。然后，让几个照明员在车窗外高举手灯，每人间隔一段时间，由车头方向朝车尾奔跑。车窗外手灯光间隔地划过，造成火车驶过铁道旁路灯的流逝效果，从而使观众觉得火车在朝前走。这样，这场戏就真像在行驶的火车上发生的了。追求艺术真实，不能放过任何环节，要千方百计“以假乱真”。

故事片受成本制约，往往不得不拍得快而牺牲艺术质量，画面和气氛不讲究，只要把人物装进画框就行，“有影就是胜利”。这次“童影”给我们最优越的条件就是拍摄时间充裕，从盛夏到初冬，整整100天！我们能潜心观察、思考、创作。美存在于自然中，以多种多样形式呈现出来。我们怀着盎然的兴趣、无比的热爱与自然“神交”。在周围十个山村优中选优而不是急就章地采集到每场戏的拍摄景点。能仔细观察一天之中什么时辰的光效最适合片中应有的气氛。我们惊奇地发现山河大地沐浴在不同的光照下，有着神奇的变化。有可能在最佳拍摄地点，等候最佳拍摄时刻，将理想画面、气氛收入镜头，真是创作者难得的快乐和幸福！

影片除了新奇的一分钟停车，姑娘们还有广阔的生活天地。大山皱褶中的小村，石路、石屋、石碾、石堰，群山下美丽的河湾，无边的石滩，金色的打谷场，火红的柿子林……我们调动各种电影声画手段，以浓浓的诗情表现雄伟瑰丽的大自然和清纯质朴的少女：她们的劳动、友情、嬉闹、朦朦胧胧的爱情、求学的艰辛和对城市文明的向往……

劳动在故事片中，一般不表现它的过程，而把劳动作为展开人物之间矛盾冲突的背景。而《哦，香雪》，我们要正面地、充分地用各式各样的劳动来刻画人物。风娇晒花椒，风娇与爹一起擀毡，香雪喂羊，姑娘们在河边洗衣裳，香雪娘做盖帘，姑娘们摘柿子都得到了我们充满感情地、有声有色地生动表现。

最难把握的一场戏是石滩开地。香雪父女在大山脚下河湾的石滩上，清除石头，开出一小片耕地。整场戏没有任何情节，没有一句台词。文学剧本的描述不足以支撑这场戏。我们写的分镜头剧本，也是空对空，构不成拍摄的蓝图。要想完成这场戏，把它作为华彩乐章来打造，只能“现场见”了。到了现场，在望不到头的石滩地上，摄影师和我根据石块的体积、颜色、形状、大小、受光情况，一一锁定各种各样的目标，告诉演员怎么处理。然后，用不同角度不同景别，拍摄父女默默地、不断地、以各种姿态用力地、挥汗如雨地扔石头、刨石头、搬石头、撬石头、抬石头，从晨至暮，终于开出一小片地。清除的石堆与地一般大。这场戏，在烈日下，整整拍了两天。

在开地中间，我还穿插了香雪娘推碾子熬油的场面。我观察到山里人用石碾子压碎苦杏核，兑上水，用柴锅熬，撇出浮面的油，就是自家的食用油了。石碾，据考源于半坡时期，发展传袭至今，是古老的粮食加工石器，在我国农村随处可见。

这两场无言劳动的戏足有十分钟，占全片长度的九分之一。后期制作时，在石滩、在碾盘，我两次加入了在世界原始艺术史中占重要地位的乐器——埙的独奏。单孔埙起源于七千年前河姆渡时期，历经三千年的序列性发展，到春秋时期已有六孔，能吹奏出完整的五声音阶、七声音阶了。香雪一家人劳动的画面与埙的低沉幽婉的呜咽声结合在一起，浑厚悠长的古韵把观众由现实带入久远的过去。中国农民世世代代就是在这样的苦干中开辟着生活，创造着世界。平凡而神圣！

还有一场香雪一家默默劳动的戏。香雪是村里唯一考入镇中学的，她志存高远，还希望将来能到北京去上大学。开学前，为了祝贺女儿，爹亲手开木料，锯、刨、钉，做了一个精致的木头铅笔盒。晚上，油灯下，母女注视着，爹沾着破碗碴、粗瓷酒盅里的颜料，在铅笔盒上画着秋菊彩蝶。拍摄时，我又增加娘给女儿绣花做布书包，绣的是绿叶牡丹。图案都艳丽硕大，极富民间色彩的美。

这就是我们中国农民，含蓄内敛、不畏艰辛、自强不息、充满智慧、对美好生活有着热烈的向往与追求。香雪，当然毫无疑义地秉承了这种优秀品德。

香雪还有我们民族性格中另种光彩，孝心与自尊。开地时，把净玉米面窝头让给爹，自己吃白薯面黑窝头。上学带饭，见到爹娘专为自己烙的白面饼，情不自禁地咬了一小口，想到这是家中难得的珍馐，就又留给爹娘，自己仍带黑窝头。到了学校，面对某些同学歧视的目光，经过内心斗争，坦然地吃起来。她顿悟到人生真正的尊严和价值。这样的孩子未来可期，她是能够腾飞的，从贫困中，从沉重的石头堆上。

我们在山区的外景住地，没条件放样片，每次都是晚上全组乘车沿着黑黢黢的山路，到山下一个解放军营地看。他们用皮包机将画面投到白墙上。清晰度可想而知。我们很无奈，只能用回忆来想象看不真切的细部。直到有一次，制片部门联系到更远些的北京燕山石化公司礼堂看样片，用座机放映在正规的银幕上。我们才第一次清清楚楚看到自己创作的镜头画面。大家都异常兴奋。此刻，一种庄严感在我心中升起，我明确地意识到，我们在创造着美！

1989年末，《哦，香雪》影片完成，顺利通过审查。当年35毫米拷贝仅10个。业内人士对此片却热烈赞赏。

作家王蒙说："拍得这样真实，这样纯朴，这样动人。看电影的时候感动，看完了还萦绕于心，驱之不去。真善美的力量是不可替代的。我还建议向教育部门推荐《哦，香雪》，让中小学生看看这部片子吧，它会播下美好的种子的。"

其后，在几次《哦，香雪》观摩研讨会上，许多电影界、文学界专家一致对这部创新之作给予高度评价。几位专家还专门著文发表于报刊。

1990年《哦，香雪》获“中国电影金鸡奖”最佳摄影奖及最佳影片提名、“中国电影童牛奖”艺术成就特别奖及优秀摄影奖等。

1990年10月，我携《哦，香雪》参加了环太平洋国际电影节，受到热烈欢迎。日本早稻田大学教授岩本宪儿说：“我研究过二百多部中国电影，《哦，香雪》很美，很动人，很有诗意。在日本，许久没有这样有诗意的作品了。”

电影节选片人日比野幸子女士说：“虽然我们城市三分钟开出一列火车，但我还是喜欢香雪那里。哪怕它火车一天只停一分钟。那里有一种雄伟的大自然，还有人与人之间的温暖。”

1991年2月，陈锦俶厂长和我参加了第41届柏林国际电影节。《哦，香雪》获青少年影片最高奖——国际儿童和青年电影中心奖。

评委会的评语是“以很高的专业水平，成功地表现了人物的感情。以细腻的手法，反映了中国一个偏远乡村同现代生活的联系”。

电影节负责人策勒女士说：“《哦，香雪》大量的生活细节描写，这是很困难的，在创作上可以说是面临险境。”

一位老年观众对我说：“非常爱这部影片，这样宁静，这样美丽。比起这些姑娘，我们是贫穷的，而她们是富有的。”

特别使我感到意外的是德国许多青少年观众也喜欢这部影片。刚到柏林时，策勒女士对我说：“我们把这部影片的德文名字改为《铅笔盒》，你同意吗？”我想她大概认为木头铅笔盒、塑料铅笔盒是影片中唯一的事件吧。我直率地回答：“不同意。铅笔盒绝不是影片要说的全部和根本。”我进一步问：“你们选《哦，香雪》来参赛，它没有什么故事，德国孩子能看得下去吗？在北京，我们去过中国人民大学和北方交通大学试映，大学生们倒是赞不绝口。中小学校还没去放映，估计他们不感兴趣。”她很有把握地说：“德国孩子肯定喜欢。”

结果，印证了策勒女士的判断。

影片放映后，在导演与观众的对话会上，青少年观众那样热烈地发言、提问。我至今还保存着125份他们写的影片观感的复印件。许多小学生观众在上面还画了充满稚气的画。让他们感兴趣的是伙伴们一起看火车，姑娘们摘柿子，和父亲一起劳动，而不只是铅笔盒。

这样缺乏故事性的散文化作品，孩子们居然看得兴趣盎然。我真有些诧异。我想是不是因为影片中人与人之间的感情他们能理解，并喜爱这种中国式的友谊和温情。同时，壮美的大自然对他们也有很强的吸引力和感染力。还有，是不是因为德国孩子对不同门类、不同风格艺术的涉猎面很广，熏陶之下，自幼形成的审美趣味的宽容度比较高呢。

希腊哲学家柏拉图说：“一切事都是开头最关重要，尤其是对于年幼的，因为在年幼的时候，性格正在形成，任何印象都留下深刻的影响。”“我们必须尽力使儿童最初所听到的故事要做得顶好，可以培养品德。”是啊，我们提供给青少年的精神食粮，质量要上乘，品种也要花样繁多。

《哦，香雪》获奖后，德国电视台获得授权准备播出此片。为了进一步介绍宣传，德国著名纪录片编导、摄影师李博德先生专程来北京，我和林阿绵先生陪他到《哦，香雪》外景地采访。他花了整整一天，拍了群山、隧道、铁路、小火车站、香雪家、学校教室、河湾等。中午，还在我们当年摄制组住地吃了涮羊肉。

1992年11月，陈锦俶厂长、我和薛白携《哦，香雪》参加汉堡国际儿童电影节，受到成年人和孩子们的欢迎和好评。

1993年，我携《哦，香雪》和我过去导演的《夕照街》参加在日本北海道举办的北方圈国际电影节。观众爆满，兴致很高。还举行了导演与观众长时间专场对话。

1994年德国方面要购买《哦，香雪》标准拷贝，以便翻印16毫米拷贝作为影视教材发到全德国中小学校。当时，《哦，香雪》底片已送交在西安的国家电影胶片库保存。“童影”请示电影局获准后，调回原底，李晨声在北京电影洗印厂重又做了标准拷贝。后来，策勒女士访华，于蓝老师、陈厂长在北海仿膳宴请她，我也出席作陪。她说：“《哦，香雪》16毫米拷贝已经发到全德国中小学校了。”

1997年柏林国际电影节方面精选部分获奖青少年影片举办影片回顾特展，《哦，香雪》入选。友人又观看一遍，并兴奋地寄来了宣传放映资料。

再后，日本著名电影导演山田洋次先生捎来信函：“王好为导演的《哦，香雪》充溢着她对生活在边远农村地区民众深挚的爱，是一部杰作。”我独立执导的第一部故事片《瞧这一家子》，山田洋次导演看后，曾给我许多指教。我很敬重他。

记得策勒女士据自己在柏林国际电影节供职多年的体会，发过几句感叹：“还是社会主义国家青少年影片拍得多，拍得好。”

我想，这是社会制度重视和给予保障的缘故。我也是受惠者，对此，有切身感受。我庆幸自己生于这片土地，长于这个时代。如今，某些国家已风光不再。而我们中国，为了下一代的全面发展，为了民族的未来，秉承百年树人的古训，不应放松任何微小的文化建设，对于儿童电影理应继续这种国家行为。

载于《一个世纪的纯真：中国儿童电影百年文集》，
黄军、李镇主编，中国广播影视出版社，2022

《哦，香雪》导演阐述

一、风格与主题

这部影片像一首清丽、淡雅、深邃、富有情趣的散文诗。

新修的铁路在台儿沟设立小站，停车一分钟。香雪和姑娘们去看火车。这五彩缤纷的一分钟带给她们多少新奇和惊羡，留给她们多少谈资和回味。日久天长，这一分钟变得更加五彩缤纷起来，她们怀着各自的憧憬与车上的城里人交往、做买卖。

新的生活，新的文化从小车站传向古朴宁静的山村。

二、独特的魅力

这部影片没有巨大的社会矛盾，没有一般意义上的戏剧冲突，没有因果式的情节链条。只是姑娘们生活片段的铺陈，像一幅幅素描：她们艰苦的劳作，清贫的生活，少女之间的嬉闹，朦朦胧胧的爱情，农村少女求学的艰辛，对城市文明的向往……

它具有诗的表现性和散文的描写性，具有内在的音乐美和节奏美，给人情绪上的感染和丰富的想象。

它的魅力在于真实的生活氛围，盎然的情趣，传神的细节，性格之间的映照对比，声画造成的诗的意蕴。

它的魅力在于这一切都像生活一样自然、一样朴素，在于它的拙，它的真，它的不俗。

三、美在自然和少女

静穆的群山，河滩无边的鹅卵石，大山皱褶中的小村，石墙、石屋、石碾、石路，山洼中的羊圈，火红的柿子林，幽深的隧洞，巨大的铁路桥，明净的小站，长长的铁轨……

江山如画！在这之中活跃着一群天真纯洁的少女。

她们坦然从事着日复一日的平凡劳动；在各自并不富裕的家境中充满自尊与爱心地面对生活；每天劳动、上学之余像等待情人一样等待那一分钟停车，渴望着新的世界。

影片要把这雄浑、清丽、质朴的美表现出来，如诗如画。

四、两种文明

台儿沟是近于原始的自然经济形态。

房屋是开山取石的石块和黄泥筑的；龟背石的村街；荆编的篱笆和羊圈；在乱石滩开荒，堆起的石堆与开的地一般大，出产的作物比石堆要小得多；榨油不是作坊的油榨机，而是用石碾碾，小锅熬；养羊擀毡一切自己动手；家做的衣裤、布鞋，家做的绣花书包；孩子上学的铅笔盒都要开木材，刨，锯，亲手制作；母鸡是伟大的生产力，鸡蛋不是自家的营养品而是重要的财源；一天两餐，净玉米面是上品，白面即是珍馐了。

自给自足，这是中国农民传统的生存状态，我们要真实地表现它的笨拙、它的质朴、它的温馨、它的诗意、它的封闭和贫困。

这就是香雪们的生活氛围，这就是产生香雪们那样善良、单纯、质朴心地的生活氛围。这就是香雪们不安于一成不变地生活下去，决心追求一些现代文明的生活氛围。

影片要通过造型和声音手段，通过丰富的细节描写，通过蒙太奇充分展示这氛围。这不是一般的点到为止的环境描写，这就是本片重要的展开部分。

对比农舍的粗粝、狭窄、黝黯，小火车站显得那样光洁、宽敞、明亮。此地对“香雪们”犹如圣殿，每天的那一分钟里她们在这里接触到一个新奇的世界。

火车、铁轨，以它钢铁的坚硬和力度，迅速和准确，对比着山民们散淡的牧歌式的生活节奏。

本片，实际上是从几个少女的角度表现两种文明：农耕文明和工业文明的对比与融合。

五、对各部门的创作要求

电影语言的运用，姑娘们看火车是叙述的重点。面对轰鸣而过的钢铁巨龙，从吓得屏息、捂耳、闭眼，到试探地与火车接近、观察、探究、交往……这六场戏的处理要学习诗歌创作的“重复”与“递进”的手法，生动地、有层次地揭示工业文明的曙光如何照射到她们心头。

故事片通常很少正面描写劳动过程，一般只是当成情节推进的背景。本片中，姑娘们的劳动作为人物重要的生命活动，要正面地充分地展开。劳动者的智慧、力量、创造性，跟自然的搏斗与融合，都要给予热烈地咏叹。劳动是艰辛的也是美的，是本片诗意之所在，具有诗的表现性，具有内在的音乐美、节奏美。尤其“河滩搬石开地”和“摘柿子”两场，要运用一切艺术手段尽情渲染，它是本片的华彩段落。

整部影片的节奏是舒缓的，中间有几节活泼的快板，那是姑娘们的嬉戏。

表演要自然、真实，演员要发掘自身与人物性格气质相近之处，不要强演。

摄影要注重“象外之意”，追求“画中有诗”。

画面要讲究气氛，晨、昏、日、夜，光效的变化要丰富而统一。多用逆光，多用清晨、黄昏的光照。不求色彩的饱和与还原，而求调子的和谐。夏野也不要表现得太翠，而是迷蒙的灰绿。整部影片的色彩基调是石头的黄褐色。

构图要灵逸清雅，要美，也要新奇。

美工对环境要有提炼，既生活又不要堆砌。

山村街道、农舍的表面质感要讲究，风雨剥蚀、烟熏火燎的斑驳与火车站的光洁形成对比。

一切道具、服饰要考究、地道。它的样式、质地、颜色、磨损程度要符合影片总的要求。化装要自然，符合个性。

录音要用声音拓展画面的意境，增添古朴、清新的韵致。

声音的处理要力求真实。隧洞内的回声、河滩开地石头的撞击声、火车声，都要真实而有渲染。山村各种声响，鸡啼、牛叫、石碾声、打石声、河水声、呼唤声……要在群山中回荡，空旷、悠长、渺远，使人感到小村的寂寥、群山的静穆。

音乐要单纯而深刻，形式要新颖、空灵，不用交响乐队。选一件古老的中国乐器——埙，一件西洋乐器——钢琴。奏出古朴而活泼的音调，表现香雪们的生活形态和内心的冲动、向往。

六、人物

1. 香雪　十六岁

在一群叽叽喳喳的姑娘中，她以文静、内秀引人注目。

善良、纯洁的目光总是那样安详。容易害羞。

声音不高，从不哈哈大笑，只是无声地微笑。

聪慧，是这群姑娘中仅有的中学生，也是唯一能悟懂画家作品的姑娘。志存高远，向往到北京上大学。

劳动已成为她的习惯和天性。课余，不停地帮家里干活，喂羊、烧火、洗衣服、河滩搬石开地、河边洗萝卜、摘柿子……艰辛的劳动带给她满足与快乐，彰显出她的坚韧和奋进。

她孝顺，把净玉米面窝头、白面饼留给父母。自己在富家同学歧视的目光下，经过内心斗争，毫无顾忌地吃黑窝头，这种坦荡与从容显示出她内心的强大，她懂得人的真正价值和尊严。

与人交往中，她善良、无私。她冒雨送画家一满篮青玉米，回赠画家给她画的速写。

她卖山货，对乘客说“你看着给吧”。在得到火车上女青年送的心仪已久的塑料铅笔盒，她坚持回赠价格更高的四十个鸡蛋。她深知“舍”比“得”，更幸福。

影片没有描写她如何用功读书，但，我们深信，这样纯洁、聪慧、坚韧、奋进的孩子，一定有美好的未来。

2. 凤娇　十八岁

洒脱、坦诚、好强、能干。

目光灵活，动作麻利。大胆，不怵生人。

在“北京话”面前，有种农村姑娘的娇态和泼辣。当面、背后都把他视为意中人。

她干的农活，晒花椒，如同翻动着色彩典雅的图案；擀毡，极富韵律感、舞蹈性。在河滩洗衣、晒花椒、擀毡、摘柿子中，她虽衣着灰暗，甚至破旧，却是这“诗情画意”的劳动场面中最俏丽的亮色，她身上有种由内而外透射出的青春光辉。

3. 朵儿　十六岁

调皮、机灵，表面憨直，粗中有细。好吃。声音大，笑声高。

4. 喜鹊　十五岁

活泼、爱笑。

5. 杏花　十六岁

憨而闹。

6.“北京话”　二十五岁

以他的身份、仪表、谈吐，立即赢得姑娘们的喜爱。

对于凤娇怀着好感，直到还挂面时才悟到她对自己的恋情。

7. 画家　五十多岁

一个有风度有眼光的老画家，到山区，到雄伟、妩媚的大自然中，到这些淳朴的人们中，寻找着美，发现着美。同时，也给予姑娘们关于美的启迪。

8. 香雪爹　五十岁出头

话不多，近于木讷，喜怒不形于色，心中有数。

深爱、心疼香雪。孩子考上中学，为她菜里添油；怕孩子受委屈，让给她烙白面饼。

河滩搬石开地，展示他的力量、顽强、坚韧不拔。

亲手为香雪做木头铅笔盒，锯、刨、画，展现出他的智慧和心中对美的追求。

9. 香雪娘　五十岁

善良、勤劳的农村贤妻良母。

手巧，心不灵。会做盖帘、绣花做书包、推碾子熬杏核油，但数不清鸡蛋数。

1989年初夏

《离婚》编导杂记

《离婚》是我独立执导的十五部故事片中唯一参与编剧兼导演的作品。

1991年，李晨声问他中学时的学长舒乙，老舍先生还有什么作品适于拍电影？

舒乙说："《离婚》。老舍先生认为《离婚》是他最适合搬上银幕的作品之一。"

舒乙还介绍，抗战时期，在《骆驼祥子》问世之后，吴晓铃问老舍先生最喜欢自己哪部作品，他回答："我最喜欢的是《离婚》。不过你们还年轻，不会懂。"

前些年，我曾看过《离婚》，确因年轻幼稚，对作品只是浮光掠影地了解，未能深刻领会它对国民性中消极方面的深刻批判，未能品味出它独特的艺术魅力。

小说创作方法有两种，一种从刻画人物出发，达到情节的描写。另一种，从构思情节出发，达到刻画人物。

《离婚》显然属于前者。它没有曲折、离奇的故事，重点是塑造形形色色的人物。它描写二十世纪三十年代初的老北京，爱给人做媒的张大哥，遇到一连串麻烦事：好友老李不满自己的农村老婆，一心向往着"诗意"；财政所里的两个同事也闹离婚；儿子莫名其妙地深陷牢狱；女儿糊里糊涂地险遭不测。然而，这一切不过是死水中的微澜，生活照旧无聊地进行下去。通过这些"老中国儿女"倦于行动、怯于行动，终日在进退取舍中左右为难的窘态，揭示他们敷衍、妥协、怯懦、折中的处世哲学。

这种市民性格，产生于夹缝中的生存状态（见弃于统治阶级，又与无产阶级革命隔膜），产生于传统的封建文化的束缚。这种庸人哲学是阻碍社会进步的。

对这群小人物的灰色生活，老舍先生报之以温和的揶揄，说它是"一出讽刺剧"，是"含泪的笑"。它不同于鲁迅匕首、投枪式的鞭挞。老舍更像契诃夫、狄更斯，在娓娓动听的叙述中，深藏着他对民族忧患的焦虑和不安。

重读《离婚》小说后，出于对作品进一步的理解，出于自幼对北京生活的熟悉，有一种强烈的创作冲动。当时商业片大潮已至，这种文艺片票房堪忧。我试着向北影厂申请改编拍摄《离婚》。所幸文学部主任王陶瑞与我不谋而合，更使我喜出望外的是成志谷厂长说，即使赔钱，北影厂也应当拍一部文艺片。

于是，李晨声（执笔）和我积极投入改编。

小说是引起读者想象的艺术。电影是引起观众感觉的艺术。电影中人物的思想行动、时代气氛、生活环境要形象化地直接呈现在银幕上，而且一看就懂，不容创作者出面解释。

改编者要体验生活，体验剧中人物，但首先要体验作家。体验他的创作个性、创作动力、创作激情、人物在他内心酝酿和诞生的契机。

老舍先生在一篇文章中说：“北京是我的老家，一想起这两个字就立刻有几百尺‘故都景象’在心中开映。啊！我看见了北平，马上有了个‘人’。我不认识他。可是在我二十岁和二十五岁之间，我几乎天天看见他。他永远使我羡慕他的风度与服装，而且时时发现他的小小变化：这一天他提着根很讲究的手杖，那一天他骑上自行车——稳稳地溜着马路边，永远碰不了行人，也好似永远走不到目的地。太稳，稳得几乎像凡事在他身上都是一种生活趣味的展示。我不放手他了，这就是张大哥。”

小说开篇前两节，用两千字描写张大哥的长相、神态、衣着、学识。他把做媒人、反对离婚视为神圣使命。这男性媒婆眼光之独到、手法之新颖达到了艺术创造的境地。但是，小说没有写人物具体的行动、语言和场面。

作为编剧和导演，必须以作家的身份运用电影艺术手段而不是文学手段，把作品在银幕上“写”出来。

影片开端，我们加了20世纪30年代初北平半中半西婚礼的场面。在老式唱机播出“洋人大笑”声中，点着龙凤花烛、宫灯，挂着喜帐，新郎着长袍马褂，新娘披婚纱向介绍人张大哥鞠躬。张大哥发表“以婚治国”的宏论，一本正经地戴上眼镜在婚书上用印，更一本正经地取出自备的眼镜框“缀影留相”，既显得有学问又不反光。这样，运用声音、造型、对话、动作等电影手段，具体地形象地一下勾勒出张大哥多么有滋有味地当着男性媒婆。

儿子被捕，张大哥向老李哭诉，我根据儿时的记忆，让张大嫂边哭边给他刮痧，给他喝蛤蟆骨朵（蝌蚪）。那时北平卖金鱼的挑子兼卖蛤蟆骨朵，喝了败火。刮痧也是民间常用的验方。

儿子获释，张大哥死而复活，怎样表现他的心境和派头？记得北平有人叫剃头挑子来家理发。于是安排他在院中剃完头，享受着按摩、捶背、取耳、打眼的全套服务，同时开导着二妹妹。恢复了一度中断的优游光景，又开始在琐事中张罗着。

生活回忆、情绪记忆的确是展开艺术想象之源。

老李找小赵谈救张大哥儿子的事，小说提了句去澡堂洗澡，但没有具体描写。李晨声根据亲身经历表现了老式澡堂的风貌。影片把老李、小赵谈话放在一系列动作中。小赵在浴池中大声唱着京戏品着水音，浴池伙计给小赵搓背，洗完又在客座单间喝茶、吃虾仁面。修脚的穿着木拖鞋就着蜡头给小赵修脚。脱下的衣裤用叉子挂在高处。当账房喊某某先生小费多少时，众伙计不管在干什么活都炸了窝似的高呼“谢——”。北京澡堂业多是定兴人，我们录了方言。这场戏的处理不仅形象地展示了北京的一种风情，也表现了小赵傲慢无礼、捉弄老李的小人心态。

老李帮助了张大哥，心里痛快。我们加了一场准备过端午节的戏。我根据儿时的记忆，院中，李太太泡了一大盆糯米和红枣，用洗净的芦苇叶包粽子。马奶奶往门框上插艾蒿。马少奶奶给老李的儿女英和菱用各色丝线缠小猴子、小老虎、大小成串的小粽子。民俗顾问建议贴钟馗像，于是又让老李在屋内哼着昆曲《钟馗嫁妹》，一边在黄裱纸上画钟馗像，然后贴到院门上。胡同传来"大个的樱桃赛过李子"的叫卖声。老李买回樱桃，菱给马婶送去，她嘴角叼着一颗樱桃继续缠小粽子，十分优雅。李太太把给她的大把樱桃一口吞下，大声吐着核。老李望着这两个女人，一位是他暗恋的马少奶奶——心中向往的诗意，一位是他粗俗的结发妻。

小时候爱玩翻花，也常见女人用榆树刨花水梳头，像发胶一样定型。于是让吴太太沾着刨花水给李太太做时髦发式，邱太太和她们研究如何拴住丈夫的心。说得兴起，三人竟唱起流行歌曲《桃花江》，愈加俗不可耐。而马少奶奶在院里和菱玩翻花。红毛线变换着图形，和院中的花草一齐映照着她。摄影长焦镜头更增加了虚幻的美丽和诗意。这些戏为了作用到老李身上，结尾时让他从外面回来，走到月亮门，耳闻目睹了这一切。他追求"新思想"，恪守"旧道德"的内心更加纷乱了。

我们还着力渲染老李在年夜欢乐中的孤独。在吊钱、刺花、风车、走马灯的特写上，传来一个又一个送财神爷的孩子和马奶奶的对话声，营造着欢乐的气氛。老李挂好大风筝，伏案看书，点燃的红烛被玻璃窗上的冰花包围着，驱不走心头的寒冷。太太和孩子睡了。胡同传来悠长的卖辣菜卖酪的吆喝声。他剪去烛花，枯坐着。只有看到马少奶奶举着红烛走回屋，在窗上映出嗑瓜子的影子，拿小白碗出门去买酪，才使他体会到诗意。他走到屋外，心里喊，去，机会到了！可是他的腿像钉在台阶上，一动不能动。是内心的挣扎还是寒冷使他病倒？风车依然转着，却听不到一丝声响。

为了最精练地勾勒出财政所长的昏庸，我们安排随从夹着公文皮包搀着他下了小汽车。正在打瞌睡的门岗忙不迭地敬礼。几个工友一见所长，在楼上楼下奔忙。所长的公事，就是擦脸、咳嗽、喝茶、问几句废话，让随从打开公文皮包，拿出青花瓷夜壶，到屏风后小解。随从倒完夜壶，收好，公事就算办完了。不少观众认为青花瓷夜壶是神来之笔。它是我们寻访了许多老人而得知的。

为了直观地表现饭桶兼把式匠的吴太极，增加了他在财政所办公室自吹自擂地打太极拳的戏，以及收"十三妹"为徒，以英雄护美的姿态，拉开架式与方墩周旋的戏。

在改编和拍摄中，我们着力于刻画老舍笔下的众生相，工作的焦点自然聚集在演员身上。我提醒他们切记老舍先生对于《离婚》的几句话："我立意要它幽默，可是，我这回把幽默看住了，不准它把我带了走。"表演只要真正从性格出发，从规定情境出发，"含泪的笑"便会有了。

我聘请了许多优秀演员，他们各显其能，塑造出一个个真实、鲜明的形象。

既古道热肠又圆滑混世的张大哥，被李丁表现得入木三分。地位不高，派头不小。能干而保守。爱做媒，爱张罗事。有滋有味地在这灰色生活中敷衍，以一种优游的姿态。

赵有亮塑造的老李，终日处于进退维谷之中。不满同事们的庸俗无聊，又只能迁就敷衍。不满意农村的结发妻，暗恋马少奶奶，又不敢行动。只有在解救张天真上，有点切实活着的气息。他的悲剧，不是源于崇高品格对恶浊社会的抗争，而是一个善良软弱的灵魂对丑恶的无可奈何的妥协和退让。

刘佩琦准确地刻画了自视甚高、没学问有手腕的小赵。以捉弄人、陷害人为乐。以和所长太太不干净为荣。

吕齐以调侃的色彩扮演行伍出身的吴太极。自以为正直，把自己不正直的行为也视为正直。最大的乐趣是练太极拳和纳妾生子。

管宗祥演的邱先生，一副苦闷、慵懒的模样，世事和婚姻都不如意，常说些无聊的话寻开心，其实他的彷徨也是对时尚浅薄的模仿和热衷的追求。

马迎春演的孙先生，猥琐、无聊，整日以学官话和歇后语取乐。

吴雪，这位著名的表演、导演艺术家，文化部副部长，十分认真地对待这样一个小角色。他演的财政所长是一个老朽昏聩、派头十足、尸位素餐的旧官僚。

李翔令人信服地塑造了丁二。善良、老实。半生潦倒，满腹辛酸。看上去像个废物，急了也会有惊人之举。

丁嘉莉出色地扮演了李太太这个没文化的乡下妇女。对北平的衣着、发型、一切让她被北平接纳的事，全都一窍不通，感到狼狈与好奇。觉察到丈夫对自己的厌倦，想尽办法维持这个不和谐的婚姻。

陈小艺不仅具有马少奶奶俊美的外貌，更赋予她文静、独立的精神力量。被丈夫遗弃，她心中很苦。对老李有种说不清的感情。她是老李心中的诗意，可是最后，还是和丈夫敷衍地过下去。

吴太太“方墩”，虎背熊腰，却十分和气。没文化，没心计。因为失宠，更为自己的命运奔走呼号。唐纪琛演出了人物的可笑、可悲、可怜之处。

华文演的邱太太“纸板”，举止文雅，丑陋清高，在太太们中间以“文学士”自居。内心也有惶恐，对邱先生的外室，只得忍气吞声。

张大嫂，如同张大哥一样热心，好张罗，麻利，快活，嗓门大。但也有苦衷。李明启表演得恰如其分。

薛白演的虚荣、幼稚的张秀真，愚蠢地陶醉于家庭戏剧性变故之中，浑浑噩噩地几乎着了小赵的道。

黎频演的热诚、慈祥的马老太太，高冬平演的漂亮、空洞的张天真，郭冬临演的时髦、浪漫的马少爷，李玉华演的风尘女子“十三妹”，张玉屏演的小家子气的二妹妹，杨少铎演的工友张顺，李光复演的商店伙计，李家讴演的英，陈木子演的菱，都各显风采，拓展了作品的深度和广度。

影片由人的表演范畴和物质形象范畴组成。

由于财力所限，很难宏观地再现当年故都景象。所以我们更注重细节的筛选。虽然只是“管中窥豹”，但在镜头中表现的这一“斑”，是真实的、经得住推敲的老北平的一个局部。

完整遗存的民国时期的公共建筑，在北京并不多。影片中重要场景——财政所，几经寻访，定在鲁迅中学，即当年的女师大。我们利用暑假期间拍摄，经过布置，呈现出时代风貌。

再现护国寺庙会，是个难题。原址已面目全非。我们确定在女三中占据的“历代帝王庙”拍摄。未修葺的大殿，屋顶有经年衰草，暗红的墙壁也斑驳脱落。这正符合我儿时对护国寺庙会的印象。

最大的镜头，从教学楼顶俯瞰。大殿屋顶占画面左上部三分之二，右边三分之一的空间，前景放置形态很美的枯树干，枝丫错落。缝隙中露出下面庙会的景观。地面铺上黄土，盖住水泥砖缝。支上琳琅满目的货摊，游客穿梭购物。一个构图别致的庙会全景展现出来。至于老李、马少奶奶逛庙会的镜头，用货摊、人流做前、后景，就很容易组织了。庙会这场，花费很低，却显得真实、火爆。

小赵和秀真见面，选在北海公园的五龙亭和九龙壁。趁公园开门前抢拍。否则，游船在水面划动，船形和人物服饰全都穿帮，我们也无法控制。

片中的西餐厅、中餐馆，北京遍地可寻，选择时，特别注意年代感和地域特点。

几个四合院，戏很多。既要有北京建筑特色，又要有区别。敲定，颇费周折。

张大哥家殷实，住宅讲究。两进院，有垂花门。北屋有前廊。屋内，我们加了通体透雕的落地花罩。陈设考究。

老李家，一般水平。我们在一个将拆建的四合院内，砌了月亮门和两侧的花墙。加了木影壁。东、西屋前挖两个花池，埋上盆栽的应季花卉。各屋换上从北影厂制景仓库选的颜色花格相宜的门窗。北屋内加了内外间的隔扇。家具多为拼凑。

邱家、吴家的戏，安排在院落，突破室内景的雷同。

我们用了不少老北京的道具和细节，如给住户送水的水挑子、暖被窝的铜汤婆子、孩子玩的泥饽饽、庙会上孙小二打老虎的木偶、撂地演唱滑稽京戏的白粉大妖怪，还有商店用盘香请顾客吸烟，巴结买主，尤其是民俗顾问建议的小玩具“老虎老虎别吃我”，既有时代、地域特色，又象征着老李软善的灵魂对丑恶的退让和妥协，它在影片中多次出现。

摄影构图，平实中求新奇。光要真实，色彩要沉稳，表现那些小人物灰色的生活。只有对马少奶奶的刻画，追求老李眼中虚幻的美和诗意。

声音是影片重要的艺术手段，有很强的时代特色和感染力。我们请著名艺人高风山录制了北平街头四季典型的叫卖声和响器声，用画外的“街市交响曲”把观众带回那个时代氛围中。

音乐，是民族化的风格。音乐主题写老李对美的向往与破灭。

《离婚》小说有美、法、俄、日、德、瑞典、丹麦文译本。法文译本名为《打开一条缝隙的牢笼》，深刻道出这些老中国儿女在进退取舍中左右为难的窘态。《离婚》中文版封面即是笼中鸟。据此，我们加了序幕，黑暗中，由下往上渐显亮光，布罩揭去，鸟在笼中蹦跳，笼外春花灿烂。一只手打开笼，鸟到笼门口张望一下，又缩回去。在《离婚》中文版鸟笼封面上拉出各语种的《离婚》版本，推出片名。

1992年8月25日，出席首届国际老舍学术讨论会的美国、日本、英国、法国、德国、匈牙利、新加坡、中国共85位专家观摩了刚刚完成的《离婚》，一致肯定影片“再现了老舍名著的风采”，“格调很高，是精心制作出来的文艺片和幽默片，达到了相当高的艺术水平”，“演员阵容强大，挑选搭配得当，表演精湛，尤其称赞赵有亮、李丁、李翔、丁嘉莉、陈小艺、吕齐的出众表演，认为看他们的演出是一次难得的艺术享受”，“影片中民俗风情摄制、音乐、叫卖市声、布景道具的高超成就，充分表达了北京地域文化的特质，给人们以中华传统文化的熏陶和感染”。

《离婚》在美国、日本、西班牙、伊朗的中国电影展都有映出。

《离婚》获金鸡奖最佳摄影奖、最佳道具奖。陈小艺获百花奖最佳女配角奖。

2018年立秋

黄梅戏故事片《生死擂》导演阐述

这似乎是一种传统的戏剧模式——一个女人和两个男人的故事。

然而，沉重的历史背景，特定的地域风情和主要人物复杂的感情纠葛与悲剧性命运，给未来影片增添了忧郁和凝重，昂扬和振奋，从中可以引发出对人生的某些思考。

19世纪末，古老的中华沦为西方列强的俎上肉、盘中餐，在列强眼里，中国除了提供资源和廉价劳动力，成为商品倾销和资本输出的市场外，别无存在价值和尊严。

本片的几个主人公是平民百姓，在芜湖米市展开的与英帝国主义控制和反控制的斗争中，他们要维护民族的尊严和利益，实现自我价值，就不能不摆脱传统的羁绊，就不能不在平凡的生活中校准自己对祖国对民族的使命感。在与狰狞命运的抗争中，闪现光华，证明自己确实真正地生活过、存在过，证明中国人确有自立于世界民族之林的能力与气魄。

本片的情节和人物纯属虚构，可它表现的历史风云和社会矛盾却是真实的，它所昭示的爱国情怀与民族大义是永恒的，人物之间的爱恨情仇引发的对人生的思考是深刻的，这些都具有认识价值、审美价值和现实意义。

本片定位为黄梅戏故事片。宣叙和咏叹部分载歌载舞，采用某些程式化处理。唱段之外的部分既要与之协调，又要生动细腻，有浓郁的生活气息。

在摄制中要融会黄梅戏与电影的优长，“虚实相生”，既要遵循戏曲“诗化”“情化”“美化”的创作准则，又要适应电影的结构特点，适应人物刻画、蒙太奇语言、声画构成……的处理。未来影片要既是传统的又是现代的。它的风格是深沉委婉又大气磅礴的。

由于人物内心冲突的戏很多，又全部实景拍摄，且，所选的景——皖南的唐、宋、明、清时期的建筑的美学价值极高，故本片的蒙太奇一改往常戏曲片以中景为主的定式，而多用两极镜头：特写、近景与全景、远景。这样既能逼近人物心灵，又能展示壮美的自然、人文景观，并使叙述节奏跳跃生动。让观众不仅看到人物演绎的悲壮哀婉的故事，同时也看到一千二百年来厚重的历史、徽文化的风采与底蕴，以提升影片的文化品格。何况又采用彩色宽银幕拍摄，定会增强情绪冲击力与画面表现力。

抒情是戏曲的特性，凡遇抒情言志段落，镜头语言将尽力渲染，叙事则力求简练。另外，要注意比斛打擂、签约等场面的仪式性描写。

影片的题材和风格决定了它富有历史感的沉稳的色彩构成，在古旧的暖棕色基调中，寻求多样统一的生动变化。像表现地方民俗和家庭生活情趣的明朗温馨；郑京生归来的湖光山色；苏月英哭夫的高亢激越，烛影幢幢；祭江时的“满座衣冠似雪”。每节戏都要有独特的造型艺术魅力，同时又要和谐地熔铸于全片的总基调中，构成一轴饱含沧桑感的历史画卷。

徽派建筑独有的线条关系和色彩对比，是本片构图和配色的基本依据，景和道具的选择加工要考究、典雅。

服装既要亮丽又要和谐，既有戏曲服装特有的美，又要有生活依据，符合人物性格。

化装要寻找舞台装与故事片装之间的“度”，要吻合人物年龄、性格，予以美化，又要自然，不露痕迹。

声音的录制合成中，音乐比重很大，曲调有鲜明的黄梅戏特色又要创新，既要有黄梅戏故有的优美缠绵，也要有题材带来的刚劲激越。演唱形式上有独唱、对唱、重唱、合唱、伴唱，配器中西合璧，要突出黄梅戏的特色乐器，音乐录制要宽广、雄浑、动听。唱腔之外的戏，按故事片立体声处理。

表演，达到“一种有规则的自由行动”，既有程式动作，唱、念、做、打要精彩到位，又要有深入的内心体验，自然生动的外部体现。一颦一笑，一举手一投足都应是人物独有的，要抓住大量近景、特写镜头表现人物的神韵。表演的分寸要适应宽银幕电影的特点。

人物分析

1. 苏月英

妩媚、刚强、深明大义。她爱丈夫的忠诚、厚道、堂堂正气，也喜欢郑京生的飘逸不群、仙风侠骨。这不是一般含义上的移情别恋，主要是儿时清纯的友谊，但无须讳言，在内心深处也混杂着自己也说不清的不了情。

在争取民族的生存权、发展权的罢市比斛斗争中，她的潜能得到释放，夫志妻扬打斛擂，在丧夫的极大悲痛中奋起哀兵，夺得龙帖，像暗夜中的一道闪电。

她的温存、善良、正直和奋不顾身的爱国激情都使她和历代巾帼群英一起昭示着她们是世界上最优秀的女性。

2. 赵大江

忠诚沉稳、明智通达、临危不惧、处变不惊。是有谋略的领袖，值得信赖的朋友和可以依靠的丈夫。

他珍爱妻子，因过爱而生疑，显得心胸狭窄。

他对郑京生由于公仇私怨，有过分的敏感与猜忌。

他是好人，不是完人。

这是个充满历史使命感、爱国爱家责任感，有热情有肩膀的男人。

3. 郑京生

浪迹江湖，落拓不羁，颇有仙风道骨。这是个有才情、极清高、身怀绝技、任性偏执、傲岸不群的人物。在他冷峻的外表下竭力克制着对师妹的挚爱，对师兄的亲情与忌恨。

在风云变幻的历史大潮中，他没有校准自己的人生坐标，不顾天时，一意孤行，沉溺于个人情怀，纠缠于私人恩怨，在事关民族大义的斗争中，站错了位置，铸成了人生大错。在生死擂的巨大震荡中，他追悔莫及，心痛欲碎，最终走上了“今生无颜见师妹，暮鼓晨钟伴师兄”的不归路。

4. 道台

国运衰退时节为官不易，何况他还是个有些民族观念、良心未泯的知识分子，他没有“我自横刀向天笑”的胆略，又不甘心浑浑噩噩为虎作伥，只得在洋人、官府、民众的夹缝中求生存，在自我解嘲中找心理平衡。

他清醒却无奈，他没有担道义的肩膀，言行中却也曲折透露出他的国家民族观念。

5. 钱尚

封建文化中最腐朽部分与资产阶级文化中最反动部分杂交的怪胎。对强权的顶礼膜拜，对私利的狂热追求与对祖国的无耻出卖，构成他全部行为的逻辑。

这类人产生于19世纪，恐怕很久之后仍会存在。对这类人给予揭露和鞭挞，不会是没有意义的。

此人在二度创作中切忌表面化和脸谱化。

6. 大罗

英俊潇洒的外表掩盖不住内心的怯懦和贪欲。意识中和性格上的弱点，几乎使他走向毁灭的边缘。最后在血的洗礼中，他似有悔意，然而他能抵御未来的种种的诱惑么？

7. 大妹

纯真而又激情，快人快语。与兄嫂除了血缘关系外，有着志同道合的亲情。大罗与她一起长大，他的英俊潇洒使她动情，然而，大罗的见利忘义却又使她痛心不已。在是非面前，她不苟且，不含糊。

2000年秋

京剧艺术片《状元媒》导演阐述

《状元媒》是北京京剧院经典传统剧目，由前辈大师张君秋、马连良、谭富英精心打造，各流派传人继承演出。几十年来，连演不衰。许多唱段广为流行，脍炙人口。

这部宫廷喜剧，好听好看。既有张、马、谭各派华丽动听的唱腔，又有人物矛盾产生的戏剧冲突；既有宫廷生活的优美典雅，又有人人能感应的谐谑幽默；既有刀光剑影的格斗，又有回肠百转的柔情。

这部作品有别于一般帝王将相、才子佳人故事之处，是塑造了柴郡主这个为争得主宰自己命运不懈斗争的女性。尽管她身居宫禁、贵为皇亲，也需借助多方力量，付出极大的勇气和智慧。

皇帝的固执几乎断送了柴郡主的幸福，也昭示出正确还原事物的本来面目，纠正昏庸权贵的认知偏见，是一件多么艰难复杂的事！需要何等的努力与胆识。

此次《状元媒》搬上银幕，一定要把戏曲和电影的特长熔为一炉。

中国戏曲被称为剧诗。它是戏剧，又融入诗、歌、舞、画。通过演员载歌载舞的表演，让观众在想象的空间进入诗的意境。

电影善于写实，善于以微观、宏观的视角逼近人物心灵，表现时空。

拍摄中，要努力运用电影语言，使已经成熟的舞台表演，展示得更深入、更完美、更震撼，借用另种艺术载体，得到升华。

导演处理的镜头分切和组接，要流畅，要扣住戏，刻画人。要用镜头捕捉演员表演的精华所在。要表现演员四功五法的技巧，切合人物性格，挖掘人物内在的情感。同时，又要细致展示角色之间的感应、交流。让观众能品味到剧场观剧时常常忽略的微妙之处。

全片的布局要疏密有致，过场一笔带过，重场浓墨渲染。几个华彩段落，武戏要精彩火爆，文戏要以情动人。节奏要疾徐起伏，有张有弛。

摄影的构图、用光，不恪守电影故事片追求自然真实的原则，而体现中国戏曲诗化唯美的艺术风格。但，又必须时时闪现电影造型创新的元素。两者有机结合，追求典雅而不单调，活跃而不纷乱的意韵。努力营造既有深厚的民族文化底蕴，又有新颖视觉感受和冲击力的影像系列。

布景，介于一桌两椅的戏曲舞台美术与电影故事片布景之间。既要勾画出剧中的典型环境，提供丰富的拍摄角度，又要结构简练，适于京剧写意的表演。背景基调是沉稳的暖棕色，以衬托光彩照人的华美的京剧服饰。陈设道具要精选，不求多，要成为环境与人物身份的点睛之笔。镜头前景的道具要“经拍”。

录音，采取5.1立体声。乐队的配器要丰富，器乐要录得饱满、和谐、层次分明，具有强烈的情绪感染力。声乐方面，要录得丰厚、宽广、清畅、圆润。音质比本人演唱得更纯净、华丽、悦耳。使观众比在剧场观看演出得到更高层次的艺术享受。

化装要在京剧舞台装与电影自然装之间寻找合适的“度”。要比舞台装薄些，淡些。保持戏曲装的特色，又要适应观赏高清宽银幕巨幅画面的审美要求。

柴郡主、吕蒙正、赵光义、赵德芳、杨延昭、傅丁奎等角色，经各位京剧表演艺术家反复揣摩、多年演出磨砺，已达炉火纯青，对人物了然于心。这对电影跳拍十分有利。相信演员对人物任何瞬间的心理动作，外部体现都能准确把握。但要注意表演中的新鲜感。尽管演了几百场，也要像初次经历一样。

唱、念、做、打，手、眼、身、法、步是京剧的表演手段。拍电影，这四功五法都重要。但，“做”中的面部表情和眼神的运用较之舞台演出更为强调。一身之戏在于脸，一脸之戏在于眼。电影中许多近镜头可以通过面部细微表情揭示人物内心世界，在巨幅银幕上放大多少倍地展示出来。所以要求演员一定要心里“有”，不能“空”。并且要适应掌握镜头前的表演尺度。这些，对京剧演员都是新的挑战，要下苦功。

镜头对准演员的唱念做打时，当然要全身心投入，倾情表演。但在听对方说、唱时，更要认真揣摩自己角色的心理活动，予以鲜明生动的体现。这是电影表现强于舞台演出的细腻之处，也是对演员进一步的要求。“听”比“说”难。无论是“说”还是“听”，演员分分秒秒都要在人物的状态中。

各位表演艺术家都有天赋的各具特色的歌喉和演唱技巧。一定要将高超的技巧同丰富的感情、深刻的思想内容融为一体，而绝不炫耀卖弄技巧。须知，只有发自深心的恳切动人的情感才是最有艺术征服力和审美价值的。前期录唱段时要激情充沛地唱，拍摄时，要投入角色诚挚热忱地演。

各位演员对人物早有深刻理解，角色分析就不多谈了。仅提示几点：

1. 柴郡主

在她高贵、端庄、美丽的外表下，是一颗刚毅真诚的心。武功不凡，柔情似水。不畏强敌，不惧淫威，忠于爱情。克服羞涩，几经斗争，在大庭广众下，终于争得渴望的婚姻。

对杨延昭：感激，赞赏，爱慕，一往情深。

对赵德芳：情同手足，敢直言，敢嗔怪。

对皇上：尊重而不屈从。

对吕蒙正：仰仗他的智谋。

2. 吕蒙正

新科状元。智慧而风趣。为柴郡主的婚姻出谋划策。在等级森严的皇权下，深知进退。

对柴郡主：敬重而同情，愿为她的美满婚姻出力。

对皇上：表面毕恭毕敬，只能用智谋校正他的偏见。

对赵德芳：鉴于友情，玩笑中常常妙语连珠显露智慧。

3. 赵光义

有威严，固执己见。几乎好心办了坏事。

对柴郡主：爱、关怀。遵从老王遗命，一定为她选择理想的乘龙快婿。

对赵德芳：叔侄情深，可以当面呵斥。

对吕蒙正：看重他的才能，倚重他的谋略。

4. 赵德芳

为柴郡主婚事奔走的牵线人物。热心而俏皮。在与柴郡主、吕蒙正的亲情、友情中语言机智，谈笑风生。

对柴郡主：情同手足，无话不谈，可以开玩笑。

对吕蒙正：视为智囊，言听计从，常常亲热地调侃。

对皇上：恭敬亲昵，对他的固执，只能用迂回的方略对付。

对杨延昭：欣赏他的忠勇与英俊不凡的气度。

5. 杨延昭

神勇而羞涩。英武挺拔，武艺超群，所向无敌。面对初恋的柴郡主又羞怯、忐忑。

对柴郡主：敬，爱，忠诚。

对赵德芳、吕蒙正：仰仗他们的成全。

6. 傅丁奎

其壮如牛，胆小如鼠，投机成性，颟顸可笑，是个自以为得计的蠢材。在他一系列行径中都透出无知的天真。不要演成十恶不赦的反派。

对皇上：极力讨好。

对柴郡主：爱慕，极力高攀。

对杨延昭：视为天生的情敌。

2014年3月5日

写在荷花开放之前

早想把孙犁的小说搬上银幕，在中学课文中，《荷花淀》永久地嵌入了我的记忆。

为纪念反法西斯战争胜利五十周年，想拍一部散文电影，质朴、淡雅，表现抗战中几个农村妇女的柔情、刚毅和圣洁，表现孕育她们的山川湖泽的瑰丽与诗意。

请谁改编？北影厂文学部主任王陶瑞和我都想到了著名散文家、小说家汪曾祺。

打听到号码，我给汪先生拨通电话，做自我介绍，问他对改编孙犁小说有没有兴趣，他说可以谈谈。

我去拜访汪先生、汪师母。初次见面，聊得竟很投机。话题广泛，无非是双方对艺术趣味、创作观念的相互探询。当然，主要是他对我的考察。通过作品，我对他早已了解。这次还知道他书画兼工，墙上就挂着他画的立幅墨荷，清奇、古雅。关于改编，汪先生说认真读读原著再定。当我们握手告别时，我预感他会答应下来的。汪师母让他送我《汪曾祺散文随笔选集》，更使我心中有了底。

改编孙犁小说很难，几年来北影厂已经收到三位作者的改编剧本了。两个月后，我又去汪先生家，他说："片名叫《炮火中的荷花》吧。"我很惊喜，多有味，到底是大师！他又谈了选择哪几篇，我感到很有眼光，很对心思。他手里的写作活儿很多，学术活动也多，剧本一时还排不上号，我宁愿等。师母又让他送我一本中国当代作家选集丛书的《汪曾祺》专集。

不光是喜讯，汪先生忽然来电话说不行了，写不了。我又登门恳求。他说自己没有战斗生活，不熟悉冀中语言，没写过电影剧本，结构困难……我说："您有才能和诗情，这就够了。"对他所说的问题，我一一谈了看法，汪师母先被我说动，汪先生嗔怪："不是讲好推掉吗，你怎么帮她说话？"

汪先生终于动笔了，常来电话，把得意之处念上几段，有些处理听听我的看法。

终于见到成稿，这正是我向往了很久的！今年初，汪先生住院检查，我去看他，表示了对剧本的赞赏和一些建议。他正准备开刀，无法再动笔。征得他的同意，我做了一些结构的调整和内容的增删，形成现在的发表稿。

为了赶上今年的大日子，《炮火中的荷花》以最快的速度打印，以最快的速度送到各方面领导手中。中宣部文艺局、广电部电影局、北京电影制片厂、河北电影制片厂、山东影视公司、天津电影制片厂、中影公司影视制片部的领导迅速阅读了剧本，一致给予好评。

我最敬重的导演艺术家水华老师，看了剧本立即兴奋地打电话给我，约我长谈。为了指导我搞这部片子，水华老师生病卧床还重读了孙犁抗日战争时期的全部小说，逐篇给我做了分析，这是他第三次约我长谈了。他认为剧本找到了散文化的结构方法，有人物有诗意，空灵而深挚。他鼓励我好好拍，“这是美的，非常规的，独特的作品”，“要搞人物加散文加诗”。

经过许多周折，在中宣部文艺局、广电部电影局的亲自推动下，河北电影制片厂、中影公司影视制片部计划合作拍摄此片，预计1995年底完成。以上各方人士还相聚在中影公司，论证了一番，畅谈了一番。与会者在不同年代的中学课本上都学过《荷花淀》，心灵都得到过它的哺育，今天携手把它搬上银幕，使它走入更多人的心灵，这实在是令人激动的。

又经过许多周折，《炮火中的荷花》今年又推不上去了，是经济的原因。

我并不泄气，这类事，不是初次经历了。

在举世庆祝反法西斯战争胜利五十周年的时刻，《炮火中的荷花》先播种在《电影创作》上，这对于孙犁先生，对于汪先生、汪师母，对于水华老师，对于我，对于所有培育过它的人，也算是个慰藉吧。

它会绽开在银幕上的，也许明年，后年……

载于《电影创作》1995年第4期

又，汪先生赠我两幅彩墨荷花。上题：留得残荷听雨声 一九九六年新春 画呈好为同志此稿颇似现代派。

此画至今悬于我家，不知今生能否将他写的“荷花篇”呈上中国银幕。

2018年春

文学剧本

电视剧《徐悲鸿》剧本

说明：35集电视连续剧《徐悲鸿》，2013年国庆期间，在中国中央电视台电视剧频道黄金时段播出。此后又多次重播。

本剧主创人员

顾问：廖静文　李准　仲呈祥

编剧：王好为

导演：王好为　李晨声

摄像指导：李晨声

美术指导：郑晓枫

剪辑指导：澍辉

作曲：张丕基

录音指导：任雨镝

领衔主演：吴刚　刘晓庆

主演：杨立新　薛白　葛存壮　薛中锐

联合主演：赵仕瑾　石维坚　马少华　胡文阁

友情演出：陈佩斯　孙涛　管宗祥　于黛琴　司马南

第一集

1-1 北京徐悲鸿家 1953年 秋 廖静文

院落、客厅、画室，笼罩在深深的悲戚中。

徐悲鸿自画像缠着黑纱，供奉着黄菊；那只怀表指针定在主人辞世的瞬间。

客厅收音机正播出："新华社消息，中国人民杰出的画家、卓越的艺术教育家徐悲鸿先生因病治疗无效，于1953年9月26日在北京逝世，享年58岁。"

徐悲鸿夫人廖静文踱着，懵懵懂懂地望着屋内的陈设。

调色板的颜料已风干；画架上是未完成的画稿《鲁迅与瞿秋白》；砚台中仍有残墨……

广播声继续："徐悲鸿先生的逝世是我国文艺界的重大损失。他一生忠于人民，热爱祖国，致力美术创作与美术教育三十余年。他的作品吸取了西方绘画的先进技巧，继承了民族绘画的优秀传统，创造了自己的独特风格。"

徐悲鸿各个时期的绘画杰作，穿透时间和空间，扑面而来，使观众目不暇接。

1-2 复旦大学校长秘书室 1915年 夏 徐悲鸿、校长秘书、黄警顽

校长秘书有些惊异地："你是徐悲鸿？"

穿蓝色粗布长衫英姿勃勃的徐悲鸿点头，递上几幅画。一旁是介绍人黄警顽。

秘书认真品评："范蠡制陶，太湖春色，歌女卖唱，都画得传神。"

徐露出欣喜之色。

秘书笑着问："这是你临摹的吧？"

徐："不，是我画的。"

秘书："不是别人的画稿？"

徐："当然不是。"

秘书："有古人，有山水，有市井风情，你怎么能取材如此广泛呢？"

徐："这都是我在家乡的所见所闻。"

秘书："哦？所见所闻用文字记录下来已属不易，你竟然能画出来。"

黄警顽得意地："我亲眼见过他作画，才把他推荐给你。"

秘书："你的画，线条老辣，立意新颖，你在哪里学的画呢？"

徐诚实地："家学，我父亲是乡村画师。我9岁开始跟父亲学画，13岁随父亲奔走江湖，卖画为生。"

秘书没有说什么。

黄："他父亲我认识，擅长书画篆刻，在宜兴乡下有些名气呢。他刚刚去世。"

秘书这才注意到徐穿的白孝鞋："哦，你外出做过事吗？"

徐："父亲生病后，为了抚养弟弟妹妹，我17岁就开始在家乡学校教图画了。已经教了几年。"

"哦？好，好。"秘书停了停，"黄先生，请来一下。"走向里间。

秘书虚掩上门，与黄低声交谈。

黄很得意地："怎么样？"

秘书："没想到他是这样的情况，这倒让事情变得复杂了。"

黄："什么？"

秘书："他毕竟太年轻，又没有学历，叫我们怎么录用？"

外间，徐有些失望。

黄："只要有才艺，何必计较年龄、学历呢？他是辞了宜兴三个中、小学校的教职来的。"

秘书："这里可是复旦大学！他站在讲台，如何能服众？"

外间，徐听着，一脸的无奈。

黄："怎么不可以？让他试试嘛！"

秘书："许多学生年龄比他大，学识比他广，他怎么教？"

黄："可他会画呀！"

秘书："画画，他当然不成问题。可是，有些学生很刁钻，故意为难老师。"

黄："像他这样年纪轻全凭自学而有一技之长的，我想，反倒能赢得学生的好感和敬重。"

秘书："咳，就是学生接受他，家长也不干哪。学生家长都是有身份的，对教师的学历、名望要求都很高。"

外间，徐心情紧张了。

黄很着急："于秘书，你上次看了他的画很满意，也向李校长报告过了，我才把他叫到上海来。"

秘书："也怪我没问清全面情况，唉！"

黄："说老实话，他家里生活全指着他哪！这次他又辞了职，你让他家的日子可怎么过？"

秘书也急了："哎，话不能这么讲，我们这里又不是救济所……"

外间，徐听到此，决然地拿起自己的画，走了。

黄很不满："我明白你的意思了。"走到外间，不见徐，急忙追出门。

1–3 复旦大学校园 夏 徐悲鸿、黄警顽

徐悲鸿在校园大步走着，黄警顽追上。

黄十分不安地："悲鸿，没想到事情弄成这样！"

徐："不怪你。"

黄："唉，真是……"

徐："你不必抱愧，我并不打算在家乡终老一生。"

黄："你在家乡颇有画名，也算是当地出名的艺术家了。"

徐："浅见薄识，在三家村里当一名画师，算什么艺术家！"停了停，自语，"偌大的上海，我就不信找不到一席之地！"

黄点点头："我再继续帮你介绍。"

1–4 洋房的楼梯 夏 徐悲鸿、黄警顽

徐悲鸿的白孝鞋很脏很破了，与穿皮鞋的黄警顽迈上宽大的楼梯。

1–5 商务印书馆编辑部 秋 徐悲鸿、黄警顽、恽副主任

黄警顽带徐悲鸿走来："今天这事是靠得住的。"敲门。

室内仅恽副主任与一年轻编辑在。

黄："恽副主任，这位就是我向您推荐的徐悲鸿先生。"

恽热情地："幸会！幸会！请坐。警顽，发行所忙吗？"

黄："忙！到晚八点才打烊，我是请了假陪徐先生来的。"

恽亲切地："徐先生，作品带来了吗？"

徐："带了。"从书包中拿出递上。

恽看了，很满意："我们商务印书馆出版的中小学教科书正招人画插图呢，你愿意吗？"

徐："愿意！"

恽："那，你先画两幅'匡衡凿壁取光'和'曹冲称象'吧。两天时间够吗？"

徐："现在就画行吗？"

恽："当场画？这自然更好了！"

徐思考片刻，提笔画出"曹冲称象"。

恽十分惊喜："才思敏捷呀！准确，传神，你的人物比别人画得好。我还没有见过这样好的插图呢。"

黄："你满意就好。"

徐："还要画另一幅吗？"

"不用！不用！"恽对徐热诚地，"我和主任研究研究，三天后下班的时候来找我。"

黄："恽副主任，您看，徐先生这事，有把握吧？"

恽笑道："十之八九没问题。国文部若同意录用，他就可以搬到商务印书馆宿舍住了。"

黄对徐："那你在上海就能安顿下来了。"

徐感激地笑笑。

恽："薪水虽然不高，每月二三十块钱总是有的。"

黄笑对徐："比我现在的职位还强呢"

徐诚恳地："真让二位费心了。"

1–6 梁溪旅馆 秋 徐悲鸿、黄警顽、旅店老板

杂乱拥挤的小旅店。

徐悲鸿和黄警顽进来。

黄："你又搬到这里来啦？"

"这里更便宜。"徐指指，"这是我的铺位。"

黄："悲鸿，马上给家里写信吧！"

徐："等事情确定了再写吧。"

旅店老板进来，大声地："徐悲鸿，你的房费该交啦！"

徐赔着笑："老板，请再宽限几天。"

老板："不行！"

徐恳求着："几天，就几天！"

老板仍态度生硬地："几天后，你就有钱啦？"

黄："徐先生已经找到事情做啦！"

老板："当真？哎，你是谁？"

黄："我是他的朋友。"

老板："哦，这年头找到事情做，可是天大的喜事啊。"口气转缓，"徐先生等一会到灶上打壶开水，泡壶茶喝喝。"

黄："老板，谢谢啦。悲鸿，我走了。"

1–7 小吃摊 秋 徐悲鸿

小吃摊前，徐悲鸿掏出最后一个铜板，买了一个大饼。刚要吃，掰下半个，用布巾包好，留下，吃起这半个。

1–8　梁溪旅馆　秋　徐悲鸿

气灯发着昏暗的光。

徐悲鸿饥饿地拿出剩下的半个大饼，又掰下一半留下，小心地托着吃那四分之一，最后，把手心的饼渣都吃掉。

1–9　商务印书馆编辑部　秋　徐悲鸿、黄警顽、恽副主任

此时就恽副主任一人。黄警顽、徐悲鸿敲门而入。

黄：“恽副主任，下了班还专程等我们，感谢之至！”

恽：“应该的，应该的。徐先生少年才俊，唉，世事不公啊！”

黄：“托您的福，这不就要有出头之日了。”

恽摇头：“官大一级，压死人哪！”

二人不解。

恽：“我个人始终认为你画得很好，对于所表现的对象取舍得当，做到了去繁存简，单纯扼要。”

黄：“对呀！我在书店见过不少画，我也觉得徐先生画得不一般。”

恽很为难地：“但这种画法，国文部决定不采用。”

徐愣了。

黄也一惊：“您说什么？”

恽：“国文部决定不采用。”

黄：“为什么呀？”

恽：“主任说画得线条太粗。”

黄：“太粗？”

徐急切地：“恽副主任，我可以变换完全不同的画法。”拿起桌上的纸笔就画。

恽在一旁欣赏着，端详新画稿：“我没看走眼，了不起！”

黄：“哪里找这样的快手！”

恽：“难得！难得！”

徐又企盼地望着恽。

黄：“您看这幅怎么样？”

恽停顿片刻，惋惜地：“可是事情已经无法挽回了。唉！”

黄：“这幅新稿你们再研究研究嘛，啊？”

恽：“今天上午主任已经选用他人。”

黄：“您再去说说嘛！”

恽很无奈："我只是副主任，这事无法更改了。"

黄忿忿地："总该任人唯贤嘛！"

恽："谁说不是！我都和他争执起来了，可是到底我还是爱莫能助啊。"

徐彻底失望了。

恽诚恳地："天生我材必有用！"拍拍徐的肩膀，"小老弟，我们这个庙对你也许太小了。"

徐苦笑着，无言可对地点点头。

走出国文编辑部。

徐自语："靠山山倒，靠水水流。"

黄："悲鸿，你千万不要绝望！下面，你打算怎么办？回老家？"

徐长叹一声："我来上海是乡亲们凑的钱，唉……我无颜见家乡父老！"

黄："那好，你先回旅馆，我下了班来找你，再作打算。"

1-10　梁溪旅馆　秋　徐悲鸿、旅店老板、旅客、巡警

旅店老板："徐悲鸿，你已拖欠旅馆四天房费，今天到期了，这床铺另行出租了！"

徐悲鸿恳求着："天都要黑了，你让我到哪里去？"

老板："这我就管不着了。"

徐："老板，我找到事，马上就还上欠的房费，一定！"

老板："你不要再骗我！我这里又不是难民收容所。"

徐忍住性子："老板……"

老板："走吧！走吧！你一个读书人，还要等我把你的东西扔出去？"向屋外招手，对来客说，"就是这个床铺。"

徐只好收拾行李。

老板："哎，行李留下！"

徐："夜里已经很冷了，你让我……"

老板："你这还占了便宜呢！哼，就你这份铺盖也抵不上这几天的旅馆房费呀！"说着动手卷铺盖，褥子下面压着几张水墨画飘落地上，他不管不顾地踏过去，出屋。

徐拿起画，着急地抖掉上面的鞋印。

新来的旅客冲徐："对不起啦！"开始在床铺上打开自己的行李。

徐急急忙忙将画具和一些日用杂物装进网篮。

同屋的客人有的置若罔闻，有的同情地望着徐。

徐提着网篮走出旅馆，坐在台阶上，他捂着饥肠辘辘的肚子，一筹莫展。

忽然，一根警棍触着他，巡警凶悍地："哎，不要在这里发呆！走！走！"

徐起身，无奈地返回柜台前：“老板，能不能再容我住一夜？”
老板打着算盘，不望他：“本店本小利微，概不赊欠。”
徐拿出一幅水墨画：“我用这画作抵押。”递上。
老板瞟了一眼：“我又不缺糊墙纸。”扔回。
徐捡起画，愤然而去。

1-11　梁溪旅馆　秋　黄警顽、旅客

黄警顽奔到旅店，见徐的床铺上躺着陌生人。
黄：“哎，住在这里的徐先生呢？”
陌生人：“不认识，不知道。”
黄问：“你们知道徐先生哪里去了？”
同屋一旅客：“他欠了四天房钱，老板扣下他的行李，把他撵走了。”
黄：“什么时候？”
“刚刚。”

1-12　江边　秋　徐悲鸿、黄警顽

入夜，江笼寒烟，点点渔火。
徐悲鸿踉踉跄跄走到江边，把网篮扔到地上，望着江水，一动不动。
黄警顽跑过去，叫着，一把抱住他。
徐转过身来，一脸绝望的神色。
黄：“你想干什么？”
徐不语。
黄：“悲鸿，天无绝人之路！”
徐哽噎着：“我不是不努力，可上海没有我的容身之处呀！”
黄：“千万不要灰心，悲鸿，你一定能成功的。走，到我宿舍挤一挤。”拿起网篮，“哎，你还没吃晚饭吧？”
徐：“早上吃了四分之一的大饼。”
黄：“就靠它顶一天？”
徐点头。
黄：“那怎么行，先去搞点吃的。一切都明天再说。”

1-13　商务印书馆宿舍　秋　黄警顽、徐悲鸿、老李、小王

黄警顽带徐悲鸿进入自己住的小阁楼。屋内，三张床，一张小桌，三个凳子。同室的

二人已睡下，煤油灯捻得很小。

黄："对不起，二位。"

老李："我们也刚躺下。"

黄把灯捻亮，对徐介绍："都是我们商务印书馆发行所的同事。"

小王："这位是？"

黄："李大哥，小王，我这位朋友徐悲鸿来上海求职，在这里挤挤，我已经向门房老陈说好了。"

小王趴在被窝里，热情地："可以，可以。"

老李："唉，出门在外都不容易。"

徐感激地："李大哥，小王兄弟，打扰了。"

黄："好了，这儿地方再小，总不会受旅店老板的气。哎，咱俩对头睡。"

老李："把凳子接到床边挡一挡。"把自己的衣物拿到床上。

小王："把我的也拿去。"

1–14 商务印书馆宿舍 秋 黄警顽、徐悲鸿、老李、小王

清晨，徐悲鸿在阁楼门口洗脸。

黄警顽在压腿练拳。同楼住的同事们下楼，与黄打着招呼。

徐："你练的什么拳？"

黄："谭腿。"

小王："黄哥每天一早练谭腿，不论冬夏，雷打不动。"

老李："他练得有模有样了。徐先生，我们走了，再见。"

徐："李大哥，小王，再见。"

徐："你腰腿功夫挺不错，警顽。"

黄有些得意："我是精武会会员呀。现在，许多人都爱学'谭腿'呢。走，吃早点去。"二人进屋，换着上班的长衫，"每天早点，你跟我一起吃。中午你到发行所楼上饭堂坐在我的位子上跟同事们一桌吃。"

徐："那你呢？"

黄笑了："我熟人多，轮流上朋友们那里吃。"

徐："这能行吗？"

黄："也没占大家的便宜，还是我名下那份伙食，谁吃不是吃！"

徐："你看，弄得你……"

黄："正好，我可以顺便四处串门访友。哎，我下班晚，晚饭别等我，我每天给你一角钱，也就凑合了。"

1–15　商务印书馆发行所饭堂　秋　黄警顽、徐悲鸿、老李、小王

饭堂四张长条桌，围坐的员工在就餐。

黄警顽带徐悲鸿走来，对厨师低声说了几句，厨师点头。黄领徐到自己位子上坐下。

黄：“诸位，这是我朋友徐悲鸿先生，每天坐我的位子。请多多照应。”

同桌恰有老李、小王。他们热情招呼着：“来啦！”

徐应着，稍减了几分尴尬。

黄：“好，我走了。”又返回说，“徐家汇天主堂的土山湾油画馆和高剑父、高奇峰兄弟的审美馆也是个好去处。”

徐点头。

老李亲热地给徐夹菜。

1–16　商务印书馆宿舍　秋　黄警顽、徐悲鸿、老李、小王

黄警顽兴奋地冲进阁楼。徐悲鸿正和老李、小王闲聊。

黄：“好消息！悲鸿，我给你想出了一条生财之道！”

徐：“怎么回事？”

黄：“先给我点水喝。跑得我嗓子都冒烟了。”

徐赶紧从暖壶中给他倒水。黄一饮而尽。

黄：“今天中午我去中华书局找朋友蹭饭吃，闲聊之中，我说许多人想学‘谭腿’，我朋友说，就是缺少像学西洋体操用的那种挂图。我突然想起来，哎，我练‘谭腿’，你照着画不就行了吗？哈哈！”

徐也很兴奋：“这没问题！可是画完找谁出版呢？”

黄：“叶九如！”

老李：“是中华图书馆经理的那个叶九如吗？”

黄：“对！他还是上海书业公会会长，他有出版的路子呀！”

徐：“你跟他很熟？”

黄：“熟，倒谈不上。前不久他来发行所选购书，是我接待的，他还预订了几本书。”

徐：“唉，这关系不够！”

黄：“不够，能让它变成够啊！”

徐期待地望着黄。

小王：“你到底怎么办哪？”

黄：“他不是预订了几本书吗，我一查。刚好出了！我就登门主动送书，又把下半年的出版书目带上，请他圈订。他连连夸我会办事。我就乘机把挂图的事提出来了。”

徐："他答应了？"

黄："没有。"

徐："那你还报喜。"

黄一笑："他不答应，在一旁听着的儿子可很来劲，这位少爷从小喜欢练拳习武，说挂图肯定会一版再版。叶太太也一个劲撺掇，结果叶九如当场拍板！"

"太好了！"徐激动得摩拳擦掌。

老李："二位，事不宜迟，赶快画，以免别人也想到这个点子。"

小王："对，现在就动手吧！"

黄："好！悲鸿，我摆架势，你照样构图，每个式子画四幅，一共二十四式。然后我写说明，这就齐了。"

四人把凳子倒扣在床上，徐坐到床上，把一个小凳放在床上当桌子。

好歹屋中有了块空儿，黄操练起来，提示着动作要领，徐边看边画。

黄摆着式子，忽然说："这事就咱们四人知道，这可是商业机密！不可泄露一字！不光不能对外人说，咱们当着外人也不能说。"

徐笑了："搞得这么神秘。"

黄一本正经地："现在的人猴精猴精的，别让他们探了去。"

1-17　商务印书馆发行所饭堂　冬　黄警顽、徐悲鸿、老李、小王

众人都换上了棉袍。

徐悲鸿、老李、小王在吃饭，黄警顽匆匆跑来。

黄："悲鸿，跟我来一下。"

小王："什么事呀？这么急。"

黄："没什么，没什么。"拉着徐就走了。

老李："没事，还这么风风火火的，这人。"

1-18　商务印书馆宿舍　冬　黄警顽、徐悲鸿

黄警顽拿出一包钱："给！《谭腿图说》的稿费三十元。悲鸿，这下你可发了笔小财。"

徐悲鸿高兴地数钱："不，你拿二十元。"

黄："我不要，都归你！"

徐急了："你倡议的，你联系的，又兼演练还兼解说，当然要拿！"

黄："我怎么也有十多块的月薪，你更需要。"

徐执意不肯。

黄："你留着渡过难关，救急。"

徐不再说什么，点头致谢。

黄："唯一遗憾的是你不肯署名，这可是你第一部出版的作品！印量还很大。"

徐笑笑："这只能算我的史前史，等有了自己满意的作品再署名吧。"

黄："悲鸿，我母亲病重，我请假十天回老家，稿费拿到了，我明天就走。"

徐："什么？这正是用钱的时候！"要拿钱给黄，"给伯母看病。"

黄："不用！我已预支了两个月的薪水。经理对我很好，职位给我保留，只是你的吃住……"

徐："当然，我应自谋出路。"

黄："哎，你我相识不久，可分开还真有些舍不得。"

徐起身向黄深深一躬："大恩不言谢。"紧紧握着黄的手。

黄："哎，我让你给审美馆投稿的画画完了吗？"

徐："画完了。"

黄："如果高剑父、高奇峰收购你的画，你就不会生活无着了。"

1-19　上海审美馆　冬　徐悲鸿、黄震之、看门人

风雪中，徐悲鸿提着网篮和赎回的行李，敲审美馆大门。

门上的小窗后露出看门人的脸。

徐："高剑父、高奇峰先生在吗？"

看门人："今天下雪，没来。"

徐："那么明天来不来呢？"

看门人："明天是星期天，照例不来。"说完关上小窗。

徐又敲门。

看门人打开小窗，不耐烦地："还要干什么？"

徐："实在冒昧得很，你能告诉我他们家的地址吗？"

看门人："什么？你和他们沾亲还是带故？"

徐："我，我……"

看门人："平白无故地打听人家住址！"啪地关上小窗。

徐在门外不知如何办。一辆黄包车停在了门口，下来一位衣着讲究的中年人。他打量着徐，举手敲门。

看门人愤怒的声音："还敲！还敲！我不是都说了吗？今天不来，明天也不来！他们家的地址也不能告诉你！"

中年人："二位先生在吗？"

小窗被打开，看门人："哎呀，是黄先生！快进来，快进来。"把门打开。

黄震之进门，徐也提着东西跟进，看门人伸手拦住徐。

看门人："非请莫入！"

徐十分尴尬。

黄替徐解释："他好像有什么事。"

看门人丝毫不让："闭馆的时候，闲人免进。不然，丢了画算谁的？"

徐一听，气得扭头就走。

黄一把拉住他，对看门人："你负责任是好的。可他在外面转来转去，的确像有事，就让他进来吧。"

看门人不好再发作，气哼哼地望着徐。

黄："来，进来吧。"把徐拉进门。

他们来到前厅。

看门人对黄客气地："二位高先生没在。大雪天，您怎么来了？"

黄："去茧行办完事路过。最近收了什么佳作吗？"

看门人："听高奇峰先生说有幅山水不俗。"

黄兴奋地："哦！我看看。"

看门人："先生拿回家了。您去家看吧，熟门熟路的。"

徐注意地望着黄。

黄："今天还有事，就不去了。"

徐插空问看门人："请问，星期一我能见到二位高先生吗？"

看门人不耐烦地："你到底有什么事？"说着去倒开水。

徐拿出一轴幅画："我有一幅画想请高剑父、高奇峰先生过目。先生，您帮我看看。"展开，是水墨画《牛》，署名神州少年。

黄颇感兴趣："这位神州少年是哪里的画家？"

徐："就是我。"

"什么？"黄很吃惊，"看你这样年轻，竟有如此绝技！"

徐笑笑："怎么，你不信？"

看门人捧着茶杯过来给黄："二位高先生不来，就不许生炉子了，天太冷，这白开水没什么喝头，您捧着捂捂手。"

黄："谢谢。"放下水杯对徐，"让我再看看行吗？"仔细看，惊叹，"真是少见的佳作啊！"

徐："请问您是？"

黄："黄震之。"

看门人："黄先生经营蚕茧行，还有暇余总会，是上海著名的书画收藏家。"

徐眼中一亮。

看门人问徐："你是哪里的？"

徐："我是宜兴来的徐悲鸿。"

黄："幸会！唐代韩滉是画牛圣手，他画的牛昂首、独立、嘶鸣、回首、擦痒之状曲尽其妙。你画得不同于他，却另有神采！"看看徐的行李和网篮，"刚到上海？"

徐："不，来了一阵了，我是要换个便宜的旅店。我急于请二位高先生看看能不能收购这幅画。"

黄："徐先生出手不凡，还怕衣食无着？还怕没有栖身之地？"

看门人也立即赔笑："徐先生，我是有眼不识金镶玉。二位高先生星期一上午九点准到。"

徐："谢谢。"

黄看出他的窘迫："如不嫌弃，你可以到我的'暇余总会'暂住。"

徐意外而感激地望着黄。

看门人对徐："哎哟，贵人相助，你好福气呀！"

1-20　上海暇余总会　冬　黄震之、徐悲鸿、茶房小汝

门被推开，传出震耳欲聋的喧闹声，这是一间赌场，灯火通明，烟雾腾腾。

徐悲鸿提铺盖、网篮进门，黄震之陪着他，和各桌的赌客致意，边介绍着徐。

黄对徐："此间，白天清静，你可在这里安心休息，作画。"又叫茶房小汝，"小汝，徐悲鸿先生住在这里，你要好生照应。"

汝："您放心。"

徐将行囊放在角落。

赌徒们一掷千金，银圆叮当声，欢笑咒骂声，甚嚣尘上。

徐心生厌恶，穿过赌场，逃避地跑出门。

1-21　上海街道　冬　徐悲鸿

在卖五香茶叶蛋、桂花赤豆粥的吆喝声中，徐悲鸿走向小吃摊。

1-22　上海暇余总会　冬　徐悲鸿、茶房小汝

赌徒已散尽，显得格外空荡。桌上有不少吃剩下的食品。茶房小汝在吃着。

徐悲鸿拖着疲惫的步子进门。

汝："徐先生，大半夜的到哪去了？快来吃吧。"

徐："我吃过了。"望望食品，"这些很贵吧？"

汝："贵！不贵还不买呢。吃吧，每天都剩这么多。"

徐："为什么买这么多，糟蹋东西呢。"

汝："你不知道，客人到后半夜就饿了，黄老板怕他们出去吃饭耽误时间，影响生意，每天都为客人叫来宵夜。可赢了钱的顾不上吃，到别处花天酒地去了，输了的也没心思吃。哎，你也来吃吧。"

徐："我只是借住，并不是赌客。"

汝："老板说你每天可以在这里吃宵夜。他让我给你留了硝肉和油爆虾。"打开两个扣着的碗，"快吃吧，这么晚，你一定饿了。"

徐不再推辞，吃起来，吃得很香。

汝："我看老板很看得起你。"

徐："怎么见得？"

汝："他说你画得好，他可是懂画。哎，你们怎么交上朋友的？"

徐："朋友倒说不上，今天刚认识。"

汝："哦，那你还不了解我们老板，他人好啊！一爱帮助人，二爱买画，三爱打抱不平。他什么都好，就是和巡捕房的关系弄不好。"

徐边吃边注意地听。

1-23 上海暇余总会 冬 徐悲鸿、茶房小汝

窗外透进晨光。徐悲鸿在桌上画画。

茶房小汝睡在赌桌上，迷迷糊糊地："这么早，你干什么呢？"

徐："给黄先生画张画。"

汝好奇地过来看他画。

徐指着画："你看怎么样？"

汝笑笑："说实话吗？"

徐："当然！"

汝："农夫踏水车有什么意思？我在乡下也干过，没意思！我要是会画就画血滴子、剑侠传、百步之外飞剑取人，那才叫好看！"说着又打起哈欠，"不行，还得接着睡。"

调色板、水彩色，勾勒。思索的神情，熟练的运笔。

巨大的赌场，茶房在酣睡，徐在专心作画，窗外的光流照在徐的身上。

1-24 商务印书馆宿舍 冬 徐悲鸿、黄警顽、老李、小王

楼梯口，下班后，黄警顽在练拳，老李、小王在洗衣服。

黄："最近没见悲鸿，不知道他怎么样了。"

小王："对了，前天我看见他在街上画缝穷的老婆婆呢。"

老李："看来，他还没找到正经职业。"

说着，徐悲鸿提着行李和网篮气喘吁吁地奔上楼梯。

黄："悲鸿，怎么啦？"

徐慌乱地："黄震之先生让巡捕房抓走了，暇余总会也关张了。"

三人忙把徐让进屋。

小王："好端端的怎么突然这样？"

徐："刚才我到巡捕房打听，什么也没打听到。我真的又没处去了。"

黄十分诚恳："你再回来住就是了。"

小王："就是！在一起多热闹啊。"

老李："你走了，还怪想你呢。"

徐无奈地："我一直在找事，可是还没找到。"

黄感慨着："人找事难，有的时候事找人也难。"

老李："那就是缘分不够。"

小王突然想起："哎，这话对。人找事，事找人。徐先生，有件事正等着你呢！你看我差点忘了。"

徐急切地："什么事？"

第二集

2-1　商务印书馆宿舍　冬　徐悲鸿、黄警顽、老李、小王

小王："前天我去山东同乡会送《谭腿图说》，几位老板正张罗着学呢，想找人指点指点，你去正好呀！"

徐悲鸿："不行，不行。"

老李："画都画了，有什么不行？"

黄警顽："悲鸿，你倒不妨试试。"

小王："就是嘛！明天我就带你去。"

2-2　商务印书馆发行所饭堂　冬　徐悲鸿、小王、老李

小王对老李笑着说："徐先生对那些老板一连串说不行，你没见他急得那样呢。你画画不怵，怎么一来真的就发怵啊？"

徐悲鸿："我那是纸上谈兵。"

2-3　商务印书馆宿舍　冬　徐悲鸿、黄警顽、老李、小王

黄警顽跑进屋："悲鸿，你的拿手活来了！"

徐悲鸿急问："什么呀？"

黄："明智大学那几位前清遗老教授想请人画仓颉像，正向社会征集画稿呢。"

"哦？！"徐十分惊喜，"这消息可靠吗？"

黄："我一个朋友都投稿了！"

徐："太好了！"

小王："仓颉是什么人？"

徐："仓颉是创造中国汉字的始祖。"

老李："这古人谁也没见过呀，仓什么？"

黄："仓——颉。"

小王："那怎么画呀？谭腿你倒是见过的。"

黄："没见过怎么啦，人嘛，都是一个鼻子两个眼，还能差到哪去？"

徐忽然灵机一动："哎，有了！我画他四只眼。"

2-4　明智大学总管室　冬　徐悲鸿、康有为、明智大学总管

"徐悲鸿。"明智大学的总管叫道。

徐悲鸿走进办公室。

总管："徐悲鸿先生没有来？"

徐兴冲冲地："我就是。"

在书柜前，大写字台后坐着一位老者，着长袍马褂，戴缎帽盔，气度不凡，也有些意外地望着这个年轻人。

总管拿起一张水彩画："那么，这张仓颉像是谁画的呢？"

徐扫了一眼，笑答："是我画的。"

老者感兴趣地看看徐，又低头喝茶，注意听着。

总管："哦，哦，我以为……"

徐："您以为我冒名顶替？请您立即出题，我当场画。"

年轻人的火气倒招得老者笑了。

总管："不，不，我只是没想到你这么年轻。"

"我已经二十岁了。"

总管："你为什么这样画仓颉呢？"

徐来了兴致："仓颉是轩辕黄帝的史官，创造了汉字，我画他四目灵光，有大智慧，生在上古时期，所以身披树叶，长发垂肩，满面须毛。"

总管："你为什么画他仰望上苍呢？"

徐："他找灵感呀，仓颉夜观奎星，从星宿的屈曲相钩，想象出文字的笔画。"

"哦？"总管很感兴趣。

徐眯起眼回忆着："我小时候，夏天夜里看星星，能看出天上有许多字，由星星连起的字。"

总管笑了："仓颉也是这样造字？"

徐很认真："人和人差不多。"

老者含笑点头。

总管："仓颉造字，你还能想象出什么？"

徐："他俯察龟文、鸟羽、山川、兽蹄鸟爪的痕迹，可画的多了！"

老者望着徐，露出喜爱的神色。

总管："还有没有？"

徐："仓颉造字的时候，'天雨粟，鬼夜哭'，也可以画呀。"

总管："你这幅画，在应征的九十六幅画稿中，名列榜首。"

徐反倒不好意思地笑了笑。

总管用目光请示老者，老者微微点头。

徐瞟了一眼老者，不知他是何许人。

总管："我们想请你再画几幅不同姿态的仓颉像。"

徐："可以。几天交稿？"

总管："几天？半年！待遇将是优厚的，并可住在我们明智大学的大画室。你同意吗？"

秘书进来，对老者："先生，您的专题演讲《学术源流》就定在本周六下午二时了。"

老者："可以。"

秘书："您这次演讲的题目是？"

老者："佛教和基督教的源流与比较。"

秘书："好，我马上去出布告，学生们最爱听您的演讲了，南海先生。"

徐意外地："南海先生？！"

总管："是啊，他是康有为先生。"

"康有为？！"徐不觉叫出了声，惊异地，"您是康有为先生？"

老者热情地走上来："我是康有为，认识你很高兴，徐悲鸿先生。"

徐惊喜地望着他。

康伸出手，有力地与徐握手。

2–5　康有为家书房　春　康有为、徐悲鸿

书房的布置中西合璧，高雅古朴。精致的铜香炉里飘出缕缕香雾。

康有为正装端坐。徐悲鸿跪在地毯上对康有为三叩首。

康：“悲鸿，你是我的入室弟子了。我一生教了不少学生。林旭八岁能诗；梁启超十六岁考中举人，著述颇丰；谭嗣同文章人品名垂千古。这些人物可谓一时之盛。你是我收的第一个通晓绘画的学生，今后对你更会责之以严。”

徐：“学生求之不得。”

康：“根深才能叶茂，是俗话也是真理。我的藏书、字画、碑帖很多，你可以尽情浏览，你我还可以共同探讨。来，我带你去看看我的藏画室。”

2–6　明智大学校园　春　老李、小王、大学生

老李、小王拿着纸条在打听地址：“请问，天演界旁边的客房在哪里？”

一位大学生回答：“你们找哪位教师？”

小王：“徐悲鸿先生。”

学生：“不认识。”

老李：“就是画《谭腿图说》的那位画家。”

学生木然。

老李 ：“他，你都不知道？中华图书馆把《谭腿图说》印成三十六开的小册子，哪家书店都卖的。”

学生笑着摇头。

2–7　明智大学徐悲鸿画室　春　徐悲鸿、黄警顽、老李、小王

向阳的大房间，陈设讲究。屏风内是床铺，外面是画室。

老李、小王推门而入。

徐悲鸿：“李大哥、小王，来了。”

小王：“校园真大，我们都转晕了。”

黄警顽：“这是上海有名的哈同花园嘛。”

小王看看宽敞的房间，满墙的字画：“嗬，简直是皇宫一样！”

徐：“哪里。”

小王：“一个人住，晚上怕不怕？要不要我陪你？”

老李笑着：“你个小子！”自己也到处看看，“是不错。”

小王："徐先生，画画难吗？"

黄："怎么，你想学？"

小王："我看画画比卖书有出息。"

徐："你要喜欢，我教你。"

老李笑着："你是这料吗？"

小王："哎，你怎么知道我学不会？"

徐："对！对！"

大家笑。

徐："今天，咱们聚一聚，一起吃顿饭。"

2-8　明智大学校园　春　徐悲鸿、黄警顽、老李、小王

徐悲鸿、黄警顽、老李、小王出了楼门兴高采烈地走来。

徐："说说，吃什么，粤菜？鲁菜？还是本帮菜？"

小王："吃嘛，当然要吃大菜，咱们也开开洋荤！"

徐："好，那就吃西餐！"

2-9　明智大学徐悲鸿画室　春　徐悲鸿、蒋梅笙

敲门声，门推开，蒋梅笙笑吟吟地站在门口。

徐悲鸿惊喜而意外："蒋梅笙先生！您怎么来了？快请进。"

蒋："明智大学聘我教国文，刚来。"

徐高兴地："我们又同事了！那，家乡的师范校长您不做了？"

蒋："做校长不如到上海教书省心，这里眼界还开阔。"

徐："那倒是。"

蒋打量着陈设讲究的画室："你总算熬出来了。哎，昨天我刚上课，康有为、王国维先生一见我就问'你们宜兴的徐悲鸿认不认识？'，他们很看重你呀！"

徐腼腆地笑笑。

蒋看看徐的画："的确不简单。悲鸿，能有今天，一定吃了不少苦吧？"

徐："唉，几乎流落街头。最穷的时候，每天只能吃半个烧饼。"

蒋："你就没想过回老家？家里再穷也能吃上饭哪。"

徐："我很小就听父亲说'一个人到了山穷水尽的地步而能够自拔，才不算懦弱啊'，再难，我也要挣扎过去。"

蒋赞赏地："好了，现在你可以在上海大展宏图了。"

徐不置可否地笑笑。

蒋："走，到我家去聊聊，我把家搬来。我夫人和女儿棠珍一直想见你。"

2-10 上海蒋梅笙家 春 徐悲鸿、蒋梅笙、蒋夫人、蒋棠珍

内室传来吹箫声，曲调婉转、低回。

蒋梅笙陪徐悲鸿进门。蒋夫人迎上。

徐："伯母好！"

蒋夫人判断着："是徐悲鸿先生吧？"

徐："我是徐悲鸿。"

徐被箫声吸引。

蒋夫人："你好！你好！早就想见到你。"

徐："哦，哦，我也是。"谛听箫声。

蒋梅笙注意到徐的神情，笑了，叫着："棠珍，来见见徐悲鸿先生。"

箫声止了。

徐好奇地抬头望着。

蒋棠珍推门进屋。她年轻貌美，目光灵动，望着徐。

徐眼睛一亮。

棠珍微露笑靥。

徐不禁站起来，望着。

棠珍一笑，毫不忸怩："虽然初次见面，对徐先生我却闻名已久。"说着看看父亲。

蒋梅笙笑笑点头。

徐谦和地笑笑。

蒋夫人："是啊，在宜兴的时候，梅笙回家就夸徐先生的才学和人品。今天才得见面。"

徐被说得不好意思，转换话题："蒋小姐，刚才那支曲子是你吹的吗？"

棠珍："是。"

徐："好听。哪里学的呢？"

蒋梅笙："我和她母亲都喜欢吹箫弄笛。"

徐："哦？我原先只知道先生能诗善文。"

棠珍爽朗地："比起父母，我吹的只能算滥竽充数。"

徐："哦，那倒要听听二位的演奏了。"

蒋梅笙："好啊，饱吹饿唱，吃完饭，我们就献上一曲。"

徐笑了："看来，我一定要叨扰一顿饭了。"

众人笑。

徐望见楼梯口的横匾"引凤楼"："这是？"

棠珍得意地：“这是我为父母居室题的匾额。”

“引凤楼……”徐玩味着。

棠珍露出狡黠的神色：“徐先生能为引凤楼作一幅画吗？”

“棠珍！”蒋梅笙嫌女儿冒失。

蒋夫人：“徐先生，不要理会她。请喝茶吧。”

蒋梅笙：“棠珍，这命题作画，哪能说画就画？”

棠珍不理睬父母，依然注视着徐，期待着。

蒋夫人：“棠珍！”

棠珍：“徐先生……”目光中是恳请，抑或是命令。

徐望着她，沉吟片刻：“好，我画。”

“看你！”蒋夫人一边嗔怪着女儿，一边张罗着。

蒋家三口铺纸磨墨，兴致很浓地看着他画。

徐迅疾地画出：男女二人并坐吹箫，天空飞翔着一只凤凰。

徐：“此画取自《列仙传》。”

棠珍与父母交换着惊喜的眼色。

徐：“蒋小姐是以秦穆公女儿弄玉和夫婿萧史吹箫引凤比喻父母精通音律吧？”

棠珍会心地一瞥：“你怎么知道？”'

蒋梅笙高声笑了：“这确是棠珍不知深浅的比附。”

蒋夫人满意地：“果然被你说中了。收好，收好，明天拿去裱。”

徐一笑，在画角署名：江南布衣。

蒋夫人念：“江南布衣，好。”

棠珍不语，只是充满好感和探究地望着他。

2-11　上海蒋梅笙家　春　徐悲鸿、蒋梅笙、蒋棠珍、蒋夫人

蒋梅笙父女和徐悲鸿围桌吃饭。

蒋梅笙：“你刚才说的今后的打算是？”

徐笑笑：“还很渺茫。”

蒋梅笙：“说说看。”

徐：“你一定会笑我。”

蒋梅笙：“哪里，说说。”

徐：“我想到欧洲学画。”

蒋梅笙：“去欧洲留学？”不可思议地笑了。

蒋棠珍也惊奇地望着徐。

徐："怎么样，我料中了吧？"

蒋："不，不。留学当然好，也是如今的时尚，可那需要钱，或者有权有势。"

徐："我知道，我是无钱，无权，无势，却做着白日梦。"

蒋梅笙："可是闯荡欧洲比闯荡上海要难多了。"

徐："难，才值得闯啊。我自信，到哪里我都能打出天下。"

棠珍注意地望着徐。

蒋梅笙："专攻国画不是也很好吗？"

徐："我并没有说放弃国画。今天是东西方文化融合的时代，西洋画之长，国画也应当采用。我在康先生家看到不少欧洲名画，那真精妙绝伦！我一定要去。"

棠珍投向徐欣赏的目光。

蒋梅笙也宽容地点点头。

此时，蒋夫人端上一大盘清蒸鱼。

蒋梅笙："好，我们蒋家的看家菜来了。来来来，为了你梦想的实现，努力加餐饭。"亲自给徐夹鱼。

徐尝了一口："伯母烧的清蒸鱼，天下第一！"

蒋夫人："那就多吃！今天没准备，改日烧几样家乡菜你尝尝。"

这时，一只小猫跑进来，咪咪叫着讨吃。

蒋梅笙："棠珍，快把它抱走！"

棠珍："怎么啦，小咪也要吃东西呀。"

蒋夫人："这猫惯得不成样子，净闹桌子。"

徐微微一笑，夹了块鱼，托在手里喂猫。然后，搔搔它的下颏，小猫高兴地摇尾巴。

蒋梅笙："悲鸿，以后你常来玩吧。"

蒋夫人："对，亲不亲，故乡人嘛！"

棠珍："常来吧，要不，小咪也会想你的。"

2-12　康有为家庭院　春　康有为、徐悲鸿

院里花木繁茂。康有为在侍弄盆景。

徐悲鸿走来奉还几本碑帖："先生，这几本碑帖《张黑女墓志》《经石峪》《张猛龙》，我都临摹了多遍。"

康笑了："我三十岁的时候，已经临魏碑数百本了。"

徐惊叹："哦！先生真是苦学之士，我差远了。但是，即便如此，我已经感到笔墨的运用对我画画很有启示。"

康："是啊，书画同源嘛！"

徐赞同地点头，递上自己的临摹稿："请先生批改作业。"

康仔细审看："有才气。"兴奋地，"难得你触摸到原帖的神髓，几可乱真了。"

徐："先生谬奖！我深知许多细微之处还似是而非。"

康："似是而非？那也是创造发展嘛！习古而不泥古。这正是'其始也难于入帖，其继也难于出帖'。临摹古帖要钻进去，掌握技法，达到形神俱似，而最后要跳出来，以新的面貌，自立门户。"

徐深受启示。

2-13　上海蒋梅笙家院　春　蒋梅笙、蒋棠珍、蒋夫人

春阳下，蒋夫人和蒋棠珍坐在矮凳剥豌豆，蒋梅笙在躺椅上看闲书。

棠珍忽然想起似的："外婆的生日快到了，今年我们给她买什么呀？"

蒋梅笙："你不说，我简直忘了。这次，买些洋点心送去，尝尝鲜吧。"

棠珍："奶油朱古力点心，外婆未必吃得惯。"

蒋夫人："那就再买块好衣料。"

棠珍："年年送衣料，让外婆压箱子底呀？"

蒋夫人："那送什么呢？"

棠珍："哎，我绣一对枕套怎么样？"

蒋夫人意外地："你可从来不爱做针线活呀。"

棠珍："给外婆贺寿，不爱做也该做呀。"

蒋梅笙笑着："真要刮目相看啦。好！"

棠珍："就是绣花样子不好找。"

蒋夫人："有啊，有现成的，一本呢。"

2-14　上海蒋梅笙家　春　蒋棠珍、蒋夫人

蒋棠珍翻翻绣花样本："都是陈年老式的，俗！"

蒋夫人："那怎么办？"

棠珍："哎，让徐先生看看，他若也看不中，就请他画个新鲜花样。"

2-15　康有为家书房　春　康有为、徐悲鸿、仆人

丈二尺寸立轴画，仆人用画杆将它挂在墙上，康有为、徐悲鸿站在一旁。

徐一眼辨出："范宽的《溪山行旅图》！从画论上我早就读过介绍。"

康："哦？戊戌年间在宫里，我忙中偷闲临下来的。"

徐仔细欣赏："太珍贵了。"

康："范宽为百代之师。他的画，北宋宫廷收藏的就有五十八幅之多。"

徐："神品哪！先生，你看，一个山头竟占全幅面积三分之二，章法突兀，气势逼人！"

康点头："范宽最初学李成、荆浩的山水画，后来悟出，前人的画法也是观察自然真景揣摩出来的，与其模仿前人，不如师法造化 。于是，他移居华山，长期观察，月夜、雪天都不忍离去。后人称赞他是与山传神。所以说，取法自然，绘画昌盛，不取法自然，绘画就衰微，甚至灭绝！"

徐："先生说得太好了！"

康："范宽所在的北宋，中国绘画，既有唐代的朴厚，又精深华妙。我遍游欧美，寻访各地的画廊画院。15世纪之前，他们都是宗教画，缺乏变化。印度，波斯的绘画更是板滞无味。所以说15世纪之前，我们的宋人画是大地万国之最！可惜，近世中国画没落了，不能和欧美竟胜了。"他发出无限感慨。

徐激动起来："先生，您各个时代的中外藏画我都认真观摩欣赏了，又多次听您从画论上批讲，我痛感中国画学之颓败，至今已极！中国画在今日，比二十年前退五十步，三百年前退五百步，五百年前退四百步，七百年前千步，千年前八百步！原因何在？守旧！守旧！还是守旧！可今天还有人鼓吹董其昌、四王的末流文人画！一味仿古，了无生气。如果再不警醒变法，中国画学就会灭绝！"

康赞赏地："评画和为人你都爱憎分明，不怕招致诽谤吗？"

徐一笑，淡淡地："笑骂由人罢，我只能'独持偏见，一意孤行'了。"

"独持偏见，一意孤行！好，很好！"康寄予深深的期望，"悲鸿仁弟，爱重自己的才华吧。"

2-16　上海蒋梅笙家　春　徐悲鸿、蒋梅笙、蒋棠珍、蒋夫人

徐悲鸿正与蒋梅笙下象棋。

蒋棠珍拿着绣花样走来："徐先生，我有一事相求。"

徐："我能为蒋小姐做什么事呢？"

棠珍："是我的事，也是我们全家的事。"

徐："那，我当然更要尽力而为了。"

棠珍："你看看这些绣花样。外婆生日，我要给她绣一对枕套。"

徐认真翻看。

棠珍："有你相中的吗？"

徐："喜鹊登梅、凤凰牡丹……"摇头。

棠珍得胜地望母亲一眼，对徐说："那，能不能请你大笔一挥画幅新花样？"

蒋梅笙："棠珍，这些女红的琐事，怎么好烦劳徐先生呢？"

棠珍娇嗔地："我们也不会画，只有求他了。"

徐笑答："可以，可以。外婆喜欢什么花？"

蒋夫人："荷花。"

徐："荷花绣出来太板。"

棠珍："哦，外婆还喜欢丁香。"

徐："丁香花朵也太小太碎。她喜欢什么鸟？"

棠珍："鸟？她从来没有养过鸟。小时候到外婆家，我跟她睡，每天一早就听到树上的鸟叽叽喳喳叫。"

徐："麻雀！麻雀叫得最早了。我在家乡三个学校教图画，天不亮就要出发。家里没有钟表，每天都是麻雀把我叫醒的。"

棠珍："哦？"

徐："天还黑着，忽然树上的麻雀像听到号令一样一齐叫了起来。每天都是那个时间，一点不差，太神了！"

棠珍："这些神奇的小精灵！"

徐："别看麻雀不漂亮，不名贵，可是一个个小胖墩，很可爱。"

棠珍兴奋地："那就绣麻雀吧！"

徐欣然同意："好。"

蒋梅笙："这倒颇为别致！"

蒋夫人笑着："可麻雀能登大雅之堂吗？"

棠珍："一个枕套算什么大雅之堂？生动可爱就行！"

蒋夫人："喜鹊，又漂亮又喜庆。"

棠珍撒娇地："妈，我可不要那老一套的样子，我就绣麻雀！"

三只可爱的麻雀栖于枝头欢叫，徐画完，搁笔。

棠珍兴奋地："多新颖啊！我绣的时候，你可要继续指点啊！"

蒋梅笙笑道："悲鸿，你算是让她缠上啦！"

棠珍嗔笑："我还不是为了外婆呀，对不对，徐先生？"

徐："对，对对……"

2-17　明智大学校园　春　徐悲鸿

徐悲鸿拿着一缕丝线，匆匆走着。

2-18　上海蒋梅笙家　春　蒋棠珍、徐悲鸿、蒋夫人

蒋棠珍在卧室窗前绣花，一旁是徐悲鸿的画稿。

徐悲鸿匆匆进来："柳枝还没绣吧？"

棠珍："没呢。"

徐："太好了，我买了一缕灰绿色的线。"

棠珍："画稿上只有灰、褐、黑色呀。"

徐："为了表现得更有生气，季节改为初春吧。"

棠珍："加上柳叶吗？"

徐："不，只是隔河看柳时的那种绿蒙蒙的春色。"

棠珍："那怎么弄啊？"

徐："在枝条上绣几点还没有成叶子的灰绿色的叶苞就行。"

棠珍："太妙了，这就点染出你要的那种春意了！"又大声喊，"妈，快来呀！"

蒋夫人手上沾着面粉进来："怎么啦？怪吓人的！哦，徐先生来啦。"

棠珍拿着灰绿丝线："徐先生给买的，一点春色。"

蒋夫人："我还以为出什么事了。徐先生，留下来吃饭吧，我包虾肉馄饨。"

徐："伯母，就不打扰了，康先生约我去看画。"

棠珍："再看画，饭总归是要吃的。妈，我现在就去帮你包。"兴冲冲地对徐，"不要性急哦。"

2–19　康有为家书房　春　康有为、徐悲鸿

康有为拿着一部书给徐悲鸿："送你一部《广艺舟双楫》，它是中国书法发展史，共六卷。"

徐郑重而欣喜地接过。

康："我的著作可以说不算少，自己最得意的只有《新学伪经考》《大同书》，再有就是这一部了。它写于一八八九年。"

徐："一八八九年！我六年之后才出生呢。"

康笑了："那时我三十二岁，住在北京南海会馆，正是我第一次向光绪皇帝上书，提出'变成法''通下情''慎左右'的时候。"

徐听了，更是敬佩有加。

2–20　上海蒋梅笙家　夏　蒋棠珍、蒋夫人

楼上蒋梅笙夫妇卧室。

蒋棠珍："妈，给我做件衣裳吧，过几天我去大舅家穿。"

蒋夫人："你有的是衣裳。"

棠珍撒娇地："我喜欢那块淡紫暗花的绸料嘛。"

蒋夫人："好——"打开樟木箱，拿出一摞衣料，选着。

棠珍："哎，就是它！"说着又发现一大块灰色绸料，惊喜地，"这块给爸爸做吧。"

蒋夫人："他的衣裳多得穿不过来。"

棠珍："他没这颜色的。这灰多雅致！"

蒋夫人："你还真有眼力。这块料子多，要做就做两件，倒着穿。"

棠珍："再倒着穿，也像没换衣裳似的。"似乎突然想起，"你说给徐先生做一件好不好？他一件讲究的衣裳也没有，都是布衫。"

蒋夫人："这个主意好。"

棠珍回到自己房间，把那块灰绸披在身上，比量着，微笑着，又抱起小猫亲了一下："咪，真好！"

此时，听到父亲和徐悲鸿进走廊到堂屋的说话声。

棠珍把猫悄悄放到房门外。

2-21　上海蒋梅笙家　夏　蒋棠珍、徐悲鸿、蒋梅笙

蒋梅笙和徐悲鸿坐在堂屋八仙桌边聊天。小猫跑到徐腿边蹭着，徐抱起它。

蒋棠珍叫着咪咪走进堂屋，装作找猫。

蒋梅笙："小咪在这呢。"

棠珍进堂屋："哦，你回来了，徐先生也来了。"走近，"小咪，快下来，粘徐先生一身毛。"

徐："让它在这吧。"

蒋梅笙对徐："长毛猫，爱掉毛，粘一身，不好择干净。"

徐："这好办，把手沾湿，在衣服上一搓，毛就卷到一起了。"

棠珍笑着。

蒋梅笙："你妈妈呢？我约徐先生来吃饭。"

棠珍："做干烧鱼和芙蓉鸡片呢。"

徐："总来叨扰你们。"

棠珍："你来了好，你来了，妈妈就会拿出看家本领做菜。"抱过小咪，"你来了，小咪也高兴。"举起小猫前爪鼓掌，"欢迎！欢迎！"

2-22　商务印书馆宿舍　夏　徐悲鸿、黄警顽、老李、小王

小桌上摆着鸭胗肝、花生米。

徐悲鸿："吃，吃。哎，你们知道上海哪家法语学校教得好吗？"

小王笑了："中国话我还说不好呢，哪里知道学外国话的事？"

黄警顽："震旦大学呀！法国天主教会办的。"
徐："我没有整天时间去学，还要画画。"
黄："震旦的夜校也不错。"

2-23　上海蒋梅笙家　夏　蒋棠珍、蒋夫人、徐悲鸿

堂屋里。
蒋夫人与蒋棠珍正在看两件绸子长衫，徐悲鸿提着一个大蒲包进门。
徐："伯母，买了些阳澄湖的螃蟹。"
蒋夫人："这么多！怎么吃得了？"
徐："蒸着吃不完，还可以腌醉蟹嘛。"
棠珍："腌醉蟹，妈妈最拿手了。"
蒋夫人："既然买了，棠珍，你先拿到灶披间去。"又对徐，"以后不必总买东西。"
蒋夫人拿过一件绸衫："悲鸿，我从箱子底翻出一块绸料，给梅笙和你做了件长衫，来，试试。"
徐："谢谢，伯母，我不穿绸衣。"
棠珍走回来，问："为什么？"
徐："我穿布衣习惯，自在。"
棠珍："你傻呀！穿绸子多舒服，多飘逸。"
徐还是摇头。
蒋夫人："到底为什么？"
徐诚恳地："我家穷，从来都是穿布衣。我十八岁生日，母亲为我缝了一件绸衫。那时我父亲病重卧床，我说把它卖了，给父亲买药吧。母亲不肯。我只好留下。后来，我穿上它去参加乡亲的婚礼，一不小心，临座老人的香烟头把绸衣烧了个洞。我真懊丧极了，感到愧对母亲，我心中发誓，从此不穿绸衣，不吸香烟。"
蒋夫人："你的孝心使人感动，可你如今在大学里做事，人要衣装，佛要金装嘛！"
徐："有没有本事，不在于穿着。对了，我的画上也题着'江南布衣'，总要名副其实嘛。"
棠珍："可已经做了。"
徐："留着蒋先生穿。"
蒋夫人："他的衣裳两辈子都穿不完。这衣裳是我和棠珍一起做的，扣子都是她盘的。"
徐感激地笑笑，还是不收。

2-24　上海蒋梅笙家院　夏　蒋夫人、蒋梅笙

蒋梅笙在打太极拳，蒋夫人在晾衣服。

蒋夫人："悲鸿这孩子，就是招人喜欢。"

蒋梅笙："康先生对我夸过他好几次。康先生，国士！伟人！眼光可高！"

蒋夫人："唉，棠珍许了查家。我们再有个女儿就好了，可以招他做女婿。"

2–25 明智大学校园 夏 徐悲鸿、黄警顽

徐悲鸿、黄警顽边走边说。

黄："我看，蒋家是看上你了。"

徐不好意思地："胡说什么！只不过是同乡同事罢了。"

黄："哎，差点忘了，这期的《新青年》。"从包中掏出。

徐接过翻看："又有孔教应不应定为国教的文章。"

黄："你看《新青年》可别让康先生知道。"

徐："那当然！"

第三集

3–1 康有为家书房 秋 康有为、徐悲鸿

康有为问仆人："钟、鼓、磬、铎，都擦拭干净了吗？"

仆人："都准备好了，我记着日子呢。"

徐悲鸿在一边，不解地听着。

康："菊花订了多少？"

仆人："六十盆。每年您点的那些都有。今年还多了'大红袍''银须重楼'。"

康满意地点头："好，你下去吧。"又转对徐，"悲鸿，你能不能画一幅孔子像？立幅的。"

徐："孔子像？可以。"

康："我要得急，一星期之内画好，一星期之内裱好。可以吗？"

徐："时间是可以，就怕我画得您不满意。仓颉像好画，远古时候的人，我可以自由想象，孔子就不好画了。"

康神往地："是啊，每个中国人心中都有一个孔圣人的模样。但是，我相信你会画好的。"

徐小心地问："先生，为什么急着要画孔子像呢？"

康："孔子的诞辰马上就要到了，今年是他诞生两千四百六十八年。历来，圣诞这一天，我都要祭孔演礼的。这不，奏乐的钟、鼓、磬、铎和摆放的菊花都准备好了。"

"哦！……"徐欲言又止。

康："你想说什么？"

徐犹豫了一下，鼓起勇气："先生，目前，您还祭孔，这合适吗？"

康笑了："有什么不合适？我看，"一字一顿地，"正合时宜。"

徐："关于尊孔问题，举国上下已经闹得沸沸扬扬，国会上两派争论不休，报刊上尊孔反孔的也各执一端。那些针对您的话……"

康毫不顾忌："我全知道！骂我复古、倒退、是封建卫道士。《新青年》杂志每期每篇我都认真拜读。"忽然问，"你，也看吗？《新青年》。"

徐一愣，望着康："看。"

康不语，点点头。

徐停了停，又诚恳地："前几天，我看梁启超先生一篇文章，说英雄有两种，一种是应时人物，是时势所造的英雄。另一种是先时人物，是造时势的英雄。这种先时人物，历经坎坷而获胜艰难，但却是最为社会需要的。他称您是先时人物，是造时势的英雄。您的一举一动，一笔一舌，都影响全社会，引导全社会。先生，我真心希望您仍像戊戌变法时一样举起'救亡图存'的大旗。真的，您英雄一世，千万要保住晚节呀！"

康听到此，一怔，盯着徐。

徐有些忐忑地："这些话，您肯定不同意，可我不能不讲，哪怕您从此赶我出门，不认我这个学生了。"

康仍然望着他，不语，半晌。

徐也紧张地不禁嗽着嗓子。

康："谢谢你肯讲真话，我喜欢你的坦率。"

徐有些感动了："既然说到这儿，我索性都说了，先生，我就不懂了，孔子是孔子，宗教是宗教，国家是国家，您为什么把它们连在一起，一定要尊孔学为国教呢？以我粗浅的认识，孔子学说是关于教育、政治和道德的。宗教，不管你是否承认它是迷信，都是关于灵魂的。国家是管理人间事的政治团体。"

康推心置腹地："关于孔子学说，我研究了几十年，写了十几本著作。我所推崇的是儒家经典的今文学派，它是强调变革的。戊戌变法就是在这派儒学经典中注入西方思想而推出的。年轻时，我曾潜心佛学，变法失败后流亡海外多年，又读了不少基督教的书。我赞成信仰自由，诸教平等。但是，从中国的国情出发，我苦苦思考，为了救中国，不得不尊孔学为国教。"

徐："为什么呢？"

康："中国人公德缺乏，团体涣散，要统一国家，要立足于世界，必须选择一个举国拥护而诚服的学说。"越说越激昂，"那就是最仁最精最大的孔子的儒教了！不然，就像当前孙中山大总统一套政令，袁世凯大总统一套政令，黎元洪大总统一套政令，百姓到底听谁的？《新青年》杂志一派对打倒孔家店很起劲，这个店可很难打倒啊！”露出自负的神色。

徐没有回答，只是自言自语：“儒学再变革，可民主与科学毕竟是潮流啊……”

康看看他，不再深谈，微笑着问：“孔子像，你画不画呢？”

徐回过神来：“画！一周内画好。”

康点头：“画丈二尺寸的中堂，裱成两丈长。用‘万字团菊绫’，茶青色。地杆两端加象牙轴头。”

徐：“我记住了。”

康表示满意。

徐：“好，我马上去准备。”起身出门。

康：“那，你参加不参加祭孔的活动呢？”

徐愣住了，停顿一下：“我想，在先生这里，是信仰自由的。”说完又有些担心地望着老师。

不料，康却笑了：“你，你像我一样固执，好！”竟亲热地拍拍他的肩头，“我不赞成你的观点，可我欣赏你的态度。”

徐释然而感激地深深一躬：“谢谢先生。”

3-2　上海蒋梅笙家　秋　蒋棠珍、蒋夫人、蒋梅笙

蒋夫人赞许地：“你怎么就想起改成徐先生母亲的衣裳？”

蒋棠珍：“徐先生是孝子，送他母亲绸衣，总不会不收吧。”

蒋夫人：“那是。”

二人动手改衣。

棠珍：“妈，你说徐先生是不是太迂了？”

蒋夫人：“怎么？”

棠珍：“当年心里有一个念头，就真打算一辈子不穿绸了？”

蒋夫人：“可见他人实在，信守诺言。”

棠珍：“他又没对谁说过。”

蒋夫人：“没说过还这样，人品难得呀！又有才学。”

蒋梅笙进门。

蒋夫人：“回来啦。”

蒋梅笙应了一声，望了棠珍一眼，又唉声叹气。

“怎么啦？”棠珍给父亲端过茶，问。

蒋梅笙：“唉，有件事真难办。”

棠珍："什么事呀？"

蒋梅笙："你的未婚夫查紫含，不是从苏州转到明智大学念书吗，今天托他弟弟到学校找我，要一份国文考试题目。"

"什么！他要考试题？"棠珍惊异而气愤。

蒋夫人担心地："你给他了？"

蒋梅笙："当然没有！漏题是不允许的。结果他弟弟还很不高兴。"

蒋夫人："唉，这兄弟二人怎么这样。"

棠珍愤恨地："你们怎么给我定了这么份亲！"

3-3　震旦夜校报名处　秋　徐悲鸿、收费员

收费员："一学期学费八元。"

徐悲鸿："这么贵！"

收费员："贵？街上野的法语补习班倒便宜，教的法语，中国人听不懂，法国人也听不懂。我们震旦大学的夜校，也是法国教授讲课。"

徐："这还可以。"说完掏钱。

3-4　上海蒋梅笙家　秋　徐悲鸿、蒋棠珍、蒋梅笙、蒋夫人、送财礼的

一架风琴。蒋棠珍在摸索着弹简单的乐句，父亲指导，母亲在一旁欣赏。

徐悲鸿进门。

蒋夫人："悲鸿来了。"

徐："哟，买了风琴！"

蒋梅笙："商务印书馆从国外运来一批风琴，买了随便弹弹。"

棠珍："爸爸无师自通，正教我呢。"

徐悲鸿带来一盆盆景："伯母，蒋先生，上午学完法文，路过花店，见到这盆银杏盆景不错，给。"

蒋夫人："叶片像小扇子一样！"

徐："到秋天，叶子变成金黄色更漂亮。"

蒋梅笙："悲鸿倒是有艺术眼光。"

棠珍："放在花架上吧。"拿下花架上的红绣球，换上银杏，移到风琴旁。

蒋夫人："这屋里顿时雅致了许多。"

蒋梅笙："就是！"

大家兴趣盎然地赏盆景。

徐："你们接着弹吧，我也听听。"

棠珍娇媚地："那可不行，我还弹不成调子。"又倡议，"徐先生，还是画一幅银杏吧。叶残画不残，这盆银杏迟早也会凋谢，可是画成画，便能永久欣赏。"

蒋梅笙："这个主意好。"

蒋夫人："对！对！"

徐赞赏地望棠珍一眼，欣然同意："好。"忽然又想到，"哎，我还是画一幅银杏盆景旁你们三位在教琴、学琴、听琴，叫《琴课》，怎么样？"

棠珍很兴奋："好啊！"

蒋梅笙："这比到照相馆拍呆板的全家合影强多了。"

大家动手研墨、铺纸。

蒋梅笙："正好，悲鸿的颜料还在。"

棠珍望着母亲说给徐听："我还是换件上衣吧，这件和银杏叶的颜色不搭。"

蒋夫人问："悲鸿，你看她穿什么颜色的好？"

蒋梅笙："我看这件就挺好！"

徐："换一件和银杏协调的吧。"

棠珍："就是！爸爸，你还是教国学的呢，一点眼光都没有。"

蒋梅笙笑着："就你有眼光。"

棠珍："当然！"撒娇地哼了一声，回屋换衣服去了。

此时，进来二人送财礼："蒋梅笙先生，这是查紫含先生家送的财礼。"接着拿出聘金、首饰、衣料，又抬进几箩筐花生、桂圆、荔枝、核桃。

蒋氏夫妇高兴地收下。

棠珍换好衣服进屋。

蒋梅笙："禀告你家老爷，回礼，我们不日送上。"

蒋夫人："新郎的衣料、靴帽、鞋袜我们都备好了。"

送财礼的出门。

徐十分意外地看着这个场面，又转头望棠珍。

棠珍飞快地看了徐一眼，几乎要哭了，扭身进了自己屋。

父母颇感意外。

徐也愣住。

蒋夫人追进女儿屋，传来棠珍的哭声和母亲的哄劝。

蒋梅笙对徐："这是六年前就订的亲哪，你看，怎么突然又不干了！"

3–5　康有为家客房　秋　徐悲鸿、康有为

徐悲鸿借住在此，屋中有不少碑帖、图书以及徐临的字。

徐笔飞墨舞快速写出“从此无心爱良夜，任他明月下西楼”。

他写完掷笔，几步跨到床边，重重地仰面躺下，两眼望着屋顶发呆。有顷，他忽地坐起，大步走到桌边，抓起法文课本，大声朗读单字，背着。

康有为路过屋外廊下，听到朗读声，好奇地推门进屋。

康：“悲鸿，你在学法语？”

徐迎上，恭立一旁：“先生，作画之余，我正攻读法语，希望能赴欧洲半工半读进修美术。”

康：“哦？这正是我对你的期盼！”

徐：“您赞成我留学？”

康：“当然！一个人要想有所成就，既要有历史眼光，又要有世界见识，博采中西才能成为大家！才能开创中国画学新纪元！到巴黎去，那里是西方艺术中心，不入虎穴焉得虎子！”

徐：“是啊，西画的技巧和理论，是与中国传统绘画完全不同的造型体系。”

康激动地：“为了中国美术的复兴，一定要刻苦研究借鉴它！”

徐频频点头。

康：“不过，先不着急半工半读，我设法帮你取得官费留学，这样可以专心致志地学习。”

徐意外地：“好，好。”

“好，好，好。”康很振奋地自语着在屋内踱步。不意间看到案头的书法。

康：“哦，狂草！写得不错。没想到你性格中还有狂放不羁的一面。”

徐有些不自然，没做解释。

康：“这是中唐大历十才子之一李益的诗，‘从此无心爱良夜，任他明月下西楼’。”继续品着字，“写得有急雨旋风，惊电遗光的气势。”突然停住，转望徐，敏锐地，“发生了什么事？”

徐欲说又止：“没，没有啊。”

康绝不相信，十分真情地：“不，这诗，这字，不同往常，透出你内心一定经受着很大的折磨，有一场风暴。”

徐支吾着：“不，您看见的，我正在读法语。”

康：“这是和法语无关的另外的事。”

徐不得不点头默认。

康关切地：“能告诉我吗？”

徐：“蒋梅笙先生的女儿已经订婚了。刚刚我才知道。夫家送来了财礼。”

康诧异地：“蒋梅笙先生为什么不早说呢？”

徐："他们没有必要告诉我这个外人吧。"

康同情地："那蒋家一定在加紧操办婚事了。"

徐点头："可是，蒋小姐本人很不情愿，又哭又闹，痛苦不堪。"

"哦？！这样……"康思谋着。

徐绝望地："可，这是自幼家里为她订的亲，婚约无法解除。"

不料，康却说："这与时代新潮未免也太不合拍了吧。"拿起桌上的杂志，"你不是爱看《新青年》吗？"

康的话使徐感到意外，他企盼地注视着恩师。

康却笑笑，没有说下去，走了。到门口，返身不动声色地："不是说'独持偏见，一意孤行'吗，今天是1916年了吧。"

3-6 上海蒋梅笙家 冬 蒋棠珍、蒋夫人、徐悲鸿

蒋棠珍在哭泣，拒绝试嫁衣。

蒋夫人："如今就要迎娶了，怎么能反悔呢？"

棠珍哭着："你们就不为我将来想想？"

母亲无奈地："这也是你十三岁就定下的亲哪。"

徐悲鸿进来，见状进退两难。

棠珍见他，哭得越发伤心。

蒋夫人："悲鸿，让你笑话了。你劝劝她吧。"

"我？"徐为难地，"我能说什么呢。"

蒋夫人："她听你的。"

徐："蒋小姐，婚姻大事不是儿戏。"

棠珍不知他何所指，却也停住了哭。

蒋夫人："就是啊！听听徐先生的。我去去就来。"出屋。

徐想再说些什么，却又没有说。

棠珍等待着。

徐望着她："婚姻大事不是儿戏。"

棠珍："你今天来就是为了反复告诉我这句话吗？"

徐："不，我是来告诉你，我出国留学的护照已经办妥了。"

"啊！"棠珍望徐一眼，轻声向往地，"那又是一番天地！你一走……不知哪年才能再见。"竟又落下泪来。

徐急切地："不要难过，我说的不是儿戏，是要你自己拿主意。"

"自己？"棠珍不解，"怎么拿？"

徐沾着茶水，用手指在桌上写了个逃字。

棠珍不觉一惊："逃！？"

徐用手止住她高声。

棠珍小声追问："往哪儿逃？"

此时传来脚步声，徐迅速用手抹去字，急促地："明天下午你来康宅找我。"

蒋夫人端两个小碗进来，见女儿已平静："哎，这就好，吃点冰糖莲子吧。"

徐吃了一粒："好吃，又香又糯。"

棠珍尝了尝也说："真甜。"

3–7　康有为家书房　冬　康有为、徐悲鸿、仆人

徐悲鸿向康有为请教："先生，在您收藏的宋画中有几幅画怎么像油画？"

康很兴奋："对！你的眼力很准！宋画中的确有几幅油画。易元吉的《寒梅雀兔图》、赵永年的《雪兔》、龚吉的《兔》、陈公储的《龙》，都是绢本油画，形象逼真，栩栩如生。据西洋美术史说，十五世纪初，尼德兰画家凡·爱克兄弟是油画技法的奠基人。可是在我收藏的宋画中，明明有几幅油画。"

徐："难道油画出在我国？"

康肯定地："对！我认为是马可波罗得到中国的油画，传入欧洲，而后欧洲油画才发展起来。我在欧洲看画廊画院，十五世纪前没有油画，这就是证明。这事关乎中外画学源流，这几幅宋画我要永远珍藏。"

仆人进来通报："徐先生，有位蒋小姐来访。"

徐有些不知所措地望着老师。

康亲切地："去吧。"

徐不好意思地起身出门。

3–8　康有为家客房　冬　徐悲鸿、蒋棠珍

二人在廊下走着，低声交谈。

徐悲鸿："我去法国，你愿不愿同去？"

蒋棠珍意外而兴奋："这就是你昨天说的'逃'？"

徐："对。"

棠珍不假思索地："我去！"

徐："你想好了，这可不是儿戏。"

棠珍："当然想好了！难道你还让我嫁到查家？"

徐："那里可是远在天涯啊。"

“是远在天涯，可比上海不知要繁华多少！”棠珍神往地笑了。

徐很认真地：“巴黎虽然繁华，可我们顶多却只有很少的留学官费，日子会很紧的。你吃得了苦吗？”

棠珍娇嗔地白他一眼：“你当我是千金小姐？”

徐：“你不是吗？”

“你才是！”棠珍笑了。

徐也笑了。

二人进屋。

徐：“还有就是寂寞，身处异国他乡，举目无亲，会很孤独的。”

棠珍并不看他，小声地：“有你，就不孤独。”

这轻声的回答使徐十分感动：“难为你的是，一切家务都要自己动手，你从小又没做过。”

“我学！”棠珍天真地笑起来，“今天回家就偷偷地学。”忽然停住，“哎，你这样追问，是不是反悔了？”

徐不答，摆摆手：“还有最重要的，我们要秘密出走。”

棠珍兴奋地频频点头。

徐：“也就是——”顿了顿，“私奔。”

棠珍一愣：“私奔？”

徐：“当然！你无法解除婚约，只好如此。”

棠珍沉默了。

徐轻声地：“还走吗？”

棠珍犹豫了一下：“走！”

徐：“你就不怕舆论指责？”

棠珍：“反正走了，骂就骂去！”

徐一听笑了，却又严肃地问：“那你父母呢？他们怎么承受这个事变？怎么应付局面？怎么对查家交代？怎么对亲友解释？怎么看待你我？……”

棠珍大声打断：“你别说了！我头都要炸了。”

徐平静地：“那好，今天的谈话就当没有发生。走还是不走，你认真想想。”

棠珍忽然抽抽噎噎地走近徐：“我只好对不起父母了。”

徐慌忙抚慰她：“别哭，别哭。”

棠珍依势倒在徐怀里：“你谈得好惨啊，人家跟你远渡重洋，就一点美好的事情都没有吗？”

“当然有！我学绘画，你学音乐，整天生活在艺术之中，还不美好？可生活又是现实的，一切预料都不多余。你说是不是？”

“是。”棠珍稍微安静下来，“我只有一件事揪心，这样走，父母会着急，会为难的。”

“是啊，那是肯定的。”徐也叹口气。

“我实在对不起他们。”棠珍又哭了。

徐：“那，那还是不走吧。”

棠珍哭得更厉害，但搂得他更紧。

徐擦去她的眼泪：“听我说，婚姻应该是当事人自己的选择，个人的意志和快乐，是应该尊重的。”

蒋感到很新奇：“你说什么？个人的意志和快乐是应该尊重的？”

徐：“对！这是时代潮流。你走，谈不到对不起父母。你有这个胆量，正是对封建礼教的反叛，我很敬佩。”

“真的？”棠珍破涕为笑。

“真的。”徐真诚地点点头。

棠珍忽然俯到他耳边：“和你在一起，就是最美好的事。”

徐深深激动了，拥抱着她，轻轻地叫：“棠珍。”

棠珍惊喜地：“棠珍！你第一次这样叫我。”

徐：“也是最后一次这样叫你，棠珍。”

棠珍：“为什么？”

徐：“我要给你改一个新名字。”

棠珍：“改名？为什么改？”

徐：“我能用蒋棠珍的名字给我的未婚妻办出国护照吗？那不是全知道了。”

棠珍：“就是！改什么呢？”

徐：“我早想好了，叫碧微，碧绿的碧，微风的微。”

棠珍：“碧——微，好。”忽然又，“怎么，你早想好了？你……”举手佯打。

徐笑着：“别，别。还有两件要紧事呢。”

棠珍：“什么？你说吧。”

二人坐下。

徐很郑重地：“我们的出走，只有你知我知，还有康先生知道。”

棠珍意外：“他知道了？”

徐：“对。其实，这就是康先生指的路。”

“噢——”棠珍忽然悟到自己行为的正义性，高兴了。

徐：“对其他人，不能透露一个字，以免招祸。”

棠珍重重地点头。

徐："第二，你站起来，让我好好看看。"
蒋乖乖地站起来，徐围着她转来转去，看她正面，侧面，背面。
蒋莫名其妙："你为什么这样看我？"
徐："因为我从来没有这样看过你。"
棠珍："你要干什么？"
徐："量衣服。要为你准备几套四季衣裳。"
棠珍："你也没有尺啊。"
徐："画家的眼睛就是尺。"
"让你看个仔细！"棠珍欢快地展示各种角度。
徐自语："很美，很美。"

3–9　康有为家庭院　春　徐悲鸿、仆人

月华如练，庭院笼罩在静谧之中。
仆人立于廊下。
徐悲鸿上完法语夜校，走进院。
仆人迎上："您下课啦？"
徐："哎。"走向书房。
仆人拦住他："徐先生，请止步。"
徐："先生每晚与我晤谈，已是不成规矩的规矩呀。"
仆人："我知道，可是今天不行。没有传唤，任何人都不许进去。这是命令。"
徐："为什么呢？"
仆人："先生正与客人谈话。"
"谈话？"徐听了听，"怎么听不到一点声音？"

3–10　康有为家书房　春　康有为、神秘访客

书房内，灯下。客人背身与康有为对坐桌子两面。桌上有一刀白纸及一摞刚写完的字纸。
康与来访者正用毛笔在纸上写着什么，写完互给对方看，然后继续笔谈。
康的神色兴奋而严峻，他们在研究一件大事。

3–11　康有为家庭院　春　徐悲鸿、康有为、神秘访客、仆人

徐悲鸿离开客厅门外，在院中散步，几株牡丹在月色中静静地绽放。稍倾，有开门声，他回头望去。

康有为与来访者走出书房。

康："恕不远送。"

二人拱手告别。来访者匆匆走去，仆人跟去关门。

康兴奋地情不自禁打了几式拳脚动作。

徐正要上前，见康收拳止步，转身进屋，端出一只铜盆到院中，拿着那摞字纸和燃着的蜡烛，将纸一一就着铜盆烧尽。火光映着他庄严的神色。最后，用一把铜尺扒扒黑灰，仔细检查是否烧透。然后，站起身向远方遥拜，遐想着。

徐站在暗处奇怪地望着，不觉叫出声："先生。"

"谁？！"康一惊，定睛看去，颇感意外，"哦，悲鸿啊，你在这儿，什么时候回来的？"

徐："法语夜校下了课，刚刚回来。"

康似乎无意地："这么晚，你在院中干什么？"声音中透出一丝不安。

徐："望月，赏花。"

康秉烛走近徐，望着他："哦，你在赏花？"

徐一脸真诚："是，先生。清夜赏花别有一番情趣。"

康舒出口气："是啊。"回望院中，感慨地，"这花，连日盛开，明天早上也许就落英缤纷了，唉，良辰易逝，盛时不再！哦，李商隐有句'客散酒醒深夜后，更持红烛赏残花'的诗。你记得苏轼从它化出的名句吗？"

徐脱口而出："'只恐夜深花睡去，故烧高烛照红妆'。"

康频频点头："你更爱哪句诗呢？"

徐略加思索："'只恐夜深花睡去，故烧高烛照红妆'，表现了苏轼对花的痴情，真是忽发奇想，有富贵气象。"

康笑了："依我看，李商隐的'客散酒醒深夜后，更持红烛赏残花'更有雅人深致。哈，你我此刻不也正抓紧时机领略这行将消失的美吗！残花，才更值得珍惜，是不是？"颇有深意地望着他，把蜡烛移近花，"你看，生命的最后瞬间往往呈现一种奇异的光华！"语调中蕴含着无限慨叹，眼中闪着熠熠神采。

徐信服地点点头，然而对今晚的情状，内心仍有疑惑。

康似乎有许多话讲，望着他，停顿一下，却说："你还年轻啊！"呼出一口气，"哦，近来，法语学得怎么样了？"

徐："成绩虽然很好，也仅是刚刚入门。真不知道什么时候能动身去欧洲。"

康："欧战正很激烈，上海到法国的航线还不通，哎，学校不是给了你一笔画画的稿酬吗，我看，你还是先去日本吧，也可以扩大眼界。"

徐："先生考虑的很对。"

康："还有一层原因，你和蒋小姐的事，还是早办为好，否则，夜长梦多。"

3–12 上海蒋梅笙家 春 徐悲鸿、蒋碧微、蒋梅笙、蒋夫人

一桌丰盛的菜肴，蒋家正为徐悲鸿饯行，情绪热烈。
蒋夫人："多吃，多吃。到了外国就吃不到家乡菜了。"
徐悲鸿："今天伯母做的菜，样样天下第一。"
蒋梅笙："来，喝一点。"
徐："我从来烟酒不沾。"
蒋梅笙："哎，饯行酒总是要喝一点嘛！"
"心领了！心领了！"徐拱手致歉，左手上一枚戒指耀眼。
蒋梅笙："你的戒指上刻的是？"
徐伸手给他看。
"碧微，这是什么意思？"蒋梅笙不解。
徐得意地："这是我未来太太的名字。"
蒋梅笙："这位碧微女士是谁呢？"
蒋碧微不动声色地望着他们。
蒋夫人："悲鸿，什么时候完婚哪？"
徐神秘地笑笑，不再答复。
蒋梅笙指着他笑："你还跟我们见外。"
碧微："快吃吧，菜凉了就不好吃了。"

3–13 康有为家客房 春 徐悲鸿、仆人

徐悲鸿将新领来的护照、轮船票收好。
仆人进屋："徐先生，饯行宴已经在餐厅摆好了，先生在等您。"

3–14 康有为家餐厅 春 康有为、徐悲鸿

餐厅的陈设、餐具都是中西式的。屋中有张大圆桌，显然是众口之家所用。此刻，没有其他家眷，仅康有为一人。

徐悲鸿进门："先生，师母他们呢？"

康："今天只你我二人叙谈。"

桌上，有个大瓷钵，两大盘生鱼片和几十个小碟，内有花生粉、葡萄干、黄瓜丝、粉皮……还有两只鲜柠檬。

康笑吟吟地："我想，你大概没吃过广东鱼脍吧？"

徐："的确没吃过。"

康："我来调味。"把几十盘配料倒在瓷钵内，又把两盘生鱼片倒下去，用刀叉搅拌，最后切开柠檬挤汁滴在上面，"来，尝尝我的家乡风味。"

徐用筷子夹了一片，吃。

康："怎么样？"

徐："鲜极了！甜、酸、苦、辣、咸，五味俱全。"

康："要筹备好几天才能凑齐这些佐料呢。"

徐："您太费心了。"

第四集

4–1　康有为家餐厅　春　康有为、徐悲鸿

康有为笑了："一来，是给你饯行。二来，我也好些日子没有吃了。你知道，百日维新失败后，我逃亡十六年，游遍亚、非、欧、美四大洲，到了三十一国，行了六十万里。流亡期间，你猜我最想吃的是什么？就是这广东鱼脍！来，来，多吃些！"

徐悲鸿吃着鱼脍："先生，谈到百日维新，听说有篇梁启超先生写您在戊戌政变时逃脱追捕的文章，惊心动魄。"

康笑笑，回忆道："那是一八九八年，戊戌政变前夕，慈禧要以'结党营私，莠言乱政'的罪名通缉我。光绪皇帝得知后，下了一道明昭，命令我去上海督办官报局，实际是让我速去上海避难。我化了装刚到塘沽，上了英国轮船'重庆号'，慈禧就发动了宫廷政变，诬陷我进毒药丸子，杀害光绪皇帝，要对我缉拿正法。慈禧立刻责令抄了我的住所，又派军舰一路追捕。然后又密电命令烟台道、上海道从岸上对我堵截，并策动各国驻上海领事馆协助捉拿。真是天罗地网啊！幸好最后关头，英国领事派军舰营救，我才脱离魔掌！"

徐听得入神："您大难不死，真是天意！"

康很感情地："天意？我认为是光绪皇帝在冥冥中保护我。我是死里逃生了，可光绪皇帝却被慈禧囚禁十年，直到去世。谭嗣同六位维新志士也惨遭杀害。"又悲从中来，"临行前，皇上还给我两道密旨，命我迅速外出，寻找力量救援新政。这密旨一直缝在我的衣服里。"长叹，"十八年过去了，我在各国奔走呼号，可是竟一事无成！真是愧对先帝了。"掩目隐泣。

徐不知如何表示，只好默默地望着恩师。

康情绪一变："好了，不说这些了，今天是给你饯行，我们接着吃鱼脍。"

二人吃着。

康："你到日本，会吃到生鱼片，比比，与我这里的怎么样？哦，对了，你到东京，去拜访一下我的老友中村不折先生，他把我的《广艺舟双楫》译成日文了，改名为《汉魏书道论》。"

徐："我一定去拜会他。"

康："你到了东京，写信把地址告诉我，我不久可能到外地去办一件事，也许回不来了。只要有可能，我会主动和你联系的。"

4–2　上海蒋梅笙家　春　蒋碧微、蒋梅笙、蒋夫人

蒋梅笙穿着出客的衣服，叫着："棠珍，走了，二姑请我们吃饭。然后去丹桂第一台看戏。"

蒋碧微走进堂屋："我不去了。"

蒋夫人也戴着首饰："这可是你闹着要看的梅兰芳，还约了二姑。"

蒋梅笙："今天梅兰芳除了演正工青衣《宇宙锋》，还演刀马旦的《穆柯寨》。"

碧微："我知道。我早巴望看梅兰芳呢，可最近一遇嘈杂的声音，我就头晕得厉害。"

蒋夫人担心地："那应该去医院看看，要不要我留下来陪你？"

碧微："不用，二姑还等你呢。"

蒋梅笙："就是，怎么好糟蹋两张票呢。"

碧微："妈，我在家里待着倒没事。"

蒋梅笙："多可惜！头等正厅的票，很难买的。"

碧微："谁说不是！唉，这次，没这个眼福了。"

蒋夫人："灶披间有现成的饭菜，吃了好好休息。"

碧微："哎，放心吧。爸，妈，别怨我。"

4–3　康有为家书房　春　康有为、徐悲鸿

徐悲鸿着西装走进书房，向康有为告别："先生，我要走了。"

正在写作的康有为上前，思索片刻："普罗米修斯为人间偷天火，火种是什么，他心里清楚。如今新思潮澎湃，求知求真的呼声唤醒一切迷幻，谁都惊悟自己就站在过去数百年艺运衰微的黑暗里，嚷着需要新的，就像久经饥渴的人轻易接受一切施舍。这时，你尤其要辨别其中的真伪与甘苦。到日本可以看到许多转口的欧洲绘画，林林总总，千万不要目迷五色，啊。更不要丢掉国画的真传。"

徐："我记住了。"

"悲鸿，"康从书柜中取出一轴大画，"这幅《溪山行旅图》，就送给你吧。"

徐十分意外："先生，这……"

"借助他山，必须自有根基！"康语重心长地把画交给他，"否则，中西合璧成了两片破瓦，岂不成了笑柄？"

徐望着恩师和画，平息了一下激动情绪："先生，不管到了什么地方，我还是'神州少年''江南布衣'。"

康信任地点头："悲鸿，你要记住，一个人无论从事什么事业，要想成为一个人物，一个推动生活前进的人物，最不可缺少的是理想、热情、胆气。"

徐点头铭记。

康又关切地："你和碧微秘密出走，必然会引起哗然和非难。可毕竟是民国了，男女自由恋爱是趋势，风波很快会过去的。"

徐感激得说不出更多的话，只是叫了声："先生——"向康深深一揖。

康却笑着说："我们行西洋礼。"与徐握手，"等欧战结束，再送你去西方留学。"

徐含泪深深点头。

师生之间的期望和感激全在这紧紧地握手之中了。

4–4　康有为家客房　春　徐悲鸿、蒋碧微

蒋碧微推门而入。徐悲鸿大喜，迎上。

徐："没被发现吧？"

碧微喘息未停："没有，他们都看戏去了。我，是不是要去和康先生辞行？"

徐："不用。"

碧微："那不失礼吗？"

徐："我已经告别过了。我考虑，我们出走的事虽然是康先生指点，你却不必和康先生当面捅破。"

碧微："为什么？"

徐："万一事后蒋梅笙先生问到他，他也好推脱，说根本没见过你。"

碧微笑："你可真鬼！"打量一下屋子，"今晚我们就住在康家？"

徐："不。明天一早开船，我们还是马上就走，到码头那边找个旅店住下。"

碧微："明天一早走不行吗？"

徐："我们带着箱子，天不亮也雇不到车。再说，万一家里发现你不在，追到我这里找你怎么办？康先生总不能窝藏民女不交吧。"笑。

碧微："家里看了我留的信，不会怀疑到你。就是怀疑，也不可能今晚惊扰康先生的。"

徐："急了，什么都干得出来。"

碧微点头。直到此刻，她的气才喘平，心才定下来。

徐从怀中掏出小匣，取出戒指给她戴上：“蒋碧微女士，从现在起，你就是徐悲鸿先生的妻子了。”

两只手并在一起，两个戒指上面刻着悲鸿、碧微。

碧微幸福地笑着，指徐手上的戒指：“这两个戒指就是我们自己立的婚约。”

4–5 上海蒋梅笙家 春 蒋梅笙、蒋夫人

蒋梅笙夫妇看完夜戏回到家，依然兴致勃勃。

蒋：“哎，你看，穆桂英出场一个亮相就不同凡响，跟着就上高台，多有气派！”走到女儿房门口，叫，“棠珍。”

蒋夫人：“别叫醒她，她不是头晕吗。”

蒋：“好，好，明天再说吧。”

蒋仍很亢奋：“梅兰芳，正工青衣，都是抱着肚子唱的，居然扎上四面靠旗，威风凛凛。”

蒋夫人说：“就是！棠珍没看到，太可惜了。”

蒋：“哎，我突然有点饿了。”

蒋夫人：“我去搞点夜宵。”

蒋：“不用，我拿些点心吃就行了。”

蒋夫人到卧室梳妆台前卸妆，发现一封信，打开看，惊骇地喊着：“梅笙！梅笙！”跑下楼。

蒋：“什么事？大呼小叫的。”

蒋夫人：“不好了！”举着信，“出事了！棠珍出事了！”

“什么？”蒋夺过信来看，推开女儿的房门，房中空无一人。

蒋夫人追来，哭叫着：“棠珍——棠珍——，这可怎么好啊！”

蒋强自镇定：“先别急，别急！”

蒋夫人哭着：“还不急？人都没了，她肯定自杀了！”又冲丈夫发火，“我本来要留下陪她的，都是你！都是你！”

蒋将信将疑：“她是对查家的婚事不满，可依她的个性，绝不会寻短见。”

蒋夫人：“这信上不是明明写着‘深感人生乏味’吗，这不是想自杀是什么？”呜呜哭起来。

蒋：“别急，别急，我们还是好好想想她能上哪儿去？”

4–6 商务印书馆宿舍 春 蒋梅笙、黄警顽

蒋梅笙焦急地：“黄先生。今晚，你看到棠珍了吗？”

黄警顽："没有啊。"

蒋："那，你看到悲鸿了吗？"

黄："悲鸿走了啊，去日本了。"

4–7　上海蒋梅笙家　春　蒋梅笙、蒋夫人

蒋梅笙："她会不会和悲鸿私奔了呢？"

蒋夫人："私奔？不会不会，悲鸿是出国，怎么能带她？"

蒋："咳，留学生，带家眷有什么不可以？"

蒋夫人有些被说动，立即打开女儿的衣橱，里面满满的，她又绝望了："要是私奔，这衣服都没带呀！"想想，往外走，"不行，还是马上报官吧！"

"她是死是活还弄不清，怎么报官？"蒋拦住夫人。

二人回到客厅。

蒋夫人："他俩私奔可能吗？悲鸿不是有未婚妻吗？还带着戒指。"

蒋忽然笑了："那未婚妻就是你女儿！"

蒋夫人："胡说！叫微什么，我记得的。"

蒋无言以对："我明天探探康先生的口气，他准会知道。嘿嘿！"他又开心地，"要是真跟了悲鸿，倒也不错！人品才学比查紫含强万倍。"

蒋夫人："你还笑！急都急死人了！"

蒋："我看十之八九是跟悲鸿走了。"

蒋夫人："你拿得准？"

蒋："你没看见，悲鸿每次来，棠珍虽不说什么，眼睛里那股兴奋劲儿！"

蒋夫人："那倒是。"接着又犯了愁，"要真是私奔，我们如何向查家交代？如何面对那些冷嘲热讽？真是丢死人了！好歹我们也是宜兴望族，声誉要紧！"

蒋也叹口气："是！问题太严重了。"想了想，"这样，明天就告知亲友，棠珍到苏州探望大舅，忽然得了急病，不治身亡。对，先通知查家。"

蒋夫人："查家不信固然麻烦，信，也麻烦。"

蒋："怎么？"

蒋夫人："你想啊，既已定了亲，棠珍名分上就是查家的人了。查家可能要求把棠珍的灵柩归葬他家祖坟，你怎么办？"

蒋："唉，还是你想得细。"思索片刻，"那，你明天先赶到苏州，据实告诉大哥。然后，买一口上好的棺材，抬到庙里暂厝，以防万一。"

蒋夫人："大哥倒是没问题，就是大嫂太刁，嘴又不严，很快就会闹得满城风雨。那就有我们的好看了。"

4-8　东京徐悲鸿住地　1917年　春　徐悲鸿、蒋碧微、山田美代子

日式六席小屋。迎门墙上挂着《溪山行旅图》。

一位老年的日本妇女教徐悲鸿、蒋碧微日语。

他俩发音不准，老师校正再三，蒋不好意思出声了，徐却认真地读着。

碧微："山田美代子夫人，日语比中文是不是难学？"

山田夫人："不，我母亲是中国人，我父亲是日本人，我生在东京，我觉得中文更难学。"

碧微："夫人，我打听一下，东京有没有女澡堂？"

山田夫人："日本的风俗是男女同浴，男女分浴的澡堂很少。"

碧微："男女同浴简直不可思议，我到东京都没处洗澡了。"

山田夫人："我倒知道一家男女分浴的澡堂。"

4-9　东京徐悲鸿住地　春　徐悲鸿、蒋碧微

蒋碧微在练毛笔字。徐悲鸿回来，提着一摞刚买的画册。

碧微："怎么，又买了这么多！你看。"指着墙角的一些画册，嗔怪地瞟他一眼。

徐笑笑，问："怎么样？澡洗得痛快吗？"

碧微："别提了！倒是男女分浴，女池隔壁就是男池，只隔一道薄薄的木板短墙。一抬眼，就看见只在腰间系条毛巾的澡堂男工提着水壶在池边跑来跑去。他倒对浴池里的女人熟视无睹，我却羞得无地自容了。哎，这以后洗澡可怎么办？"

4-10　蒋碧微舅舅家厢房　春　蒋梅笙、蒋夫人、蒋夫人大哥、大嫂

屋中停一口杉木棺材。

蒋夫人大哥对蒋夫人："二妹，你去拴上大门，谁叫门也不开，一定要把住！"

蒋夫人点头，出屋。

蒋梅笙和大哥把一个长木桩裹上棉被，用绳子捆上，刚要放入棺材里，忽然有敲院门声。他们立刻停下。

蒋夫人轻步跑进屋，悄声问："怎么办？"

蒋："千万不能开门！"

敲院门声不断。

大哥焦急地："大白天，叫不开门，更惹得邻居注意。哎，是不是你嫂子出去了？"

蒋夫人："对！有一会儿没见嫂子了。"

大哥："可能是她！我去开门。你们在屋里先别出声。"

大哥出去，一会儿院中传来大哥和大嫂的声音。

大嫂声："你聋啦！这么半天叫不开门，干什么呢？"

大哥低声解释着。

大嫂声："万一查家找来，要开棺验尸，怎么办？"

屋内，蒋氏夫妇紧张地听着。

大哥声："二妹摊上这事，我们总不能见死不救吧。"

大嫂声："死？死到哪儿啦？我看是跑啦！订了婚的女儿逃跑啦！还赖到我们这儿，我管得着嘛！"

蒋夫人实在听不下去了，推门出屋。

蒋着急地听着外面的情况。

蒋夫人声："大嫂，你实在不同意，我和梅笙马上就走，绝不连累你们！"说着哭了起来。

大嫂声："还有脸哭？"

蒋夫人声："怎么啦？孩子活不见人，死不见尸，我连哭都不能哭啦？"

4-11　东京徐悲鸿住地　春　徐悲鸿、蒋碧微

一口缸，徐悲鸿气喘吁吁地把它挪到屋门口，叫着："碧微，好东西来了！"

蒋碧微跑出屋："缸！买缸干什么？又不腌菜。"

徐笑着："你蹲进去试试。"

碧微越发不明白："那干什么？"

徐："真笨。"自己迈进缸里，半蹲着，露出头，乐了，"行，行！这就是你的澡盆！"

碧微也笑了："哪里弄这么多热水呢？"

徐："花点钱，请房东烧水。"

碧微："在屋里洗，溅出水来，房东可不答应。"

徐："把它放到盥洗室。"

碧微："这是公共盥洗室，门又没锁，来人怎么办？"

徐："夜里人少的时候洗，我给你把门。"

4-12　蒋碧微舅舅家厢房　春　蒋梅笙、蒋夫人、蒋夫人大哥、杠夫

四个杠夫进屋抬走棺材，蒋夫人哭哭啼啼。蒋夫人大哥张罗着跟出去。大门外，鼓乐声大作。

蒋梅笙："好啦，好啦，你倒演得个像。人家都走啦，还哭什么？"

蒋夫人："我演什么演？棠珍至今下落不明。我，我……"又哭。

蒋叹了口气，也忧愁起来。

4–13　东京徐悲鸿住地　夏　徐悲鸿、蒋碧微

徐悲鸿拿着一厚本书进来，痛心疾首地：“碧微，国内发生了惊人的事情！”

蒋碧微也一下紧张起来：“怎么啦？”

徐：“我刚从中村不折先生家取他翻译的康先生的《广艺舟双楫》，他告诉我，报上登着康先生参与了张勋复辟。”

碧微：“复辟？谁复辟？”

徐：“安徽督军张勋等人拥退位的皇帝溥仪复辟，康先生也是主谋之一。”

碧微十分意外：“怎么会这样？”

徐思忖着自语：“难怪那晚他跟客人笔谈，烧掉谈话记录。难怪他说残花更值得珍惜。难怪他要离开上海到外地办一件事……”忽然仰首问天，“戊戌变法的首领，世人仰慕！怎么会冒天下之大不韪？他是个有超凡智慧的人，怎么会干出这种倒行逆施的蠢事？”痛心得几乎落下泪来。

碧微：“这也是人的复杂性吧。”

徐：“我以为百日维新失败后，他在政治上有很深的隐痛，似乎近于绝望。但是他内心，并不真正甘于寂寞。他虽然很少和我论及政治，可是一提到光绪皇帝，他就念念不忘知遇之恩，救命之恩，他一直主张君主立宪而反对革命。他说，‘革命必生内乱’‘革命必招瓜分’。”

碧微劝慰着：“对他这些事，你也不要太认真了。”

徐：“我怎么能不认真？他是我的恩师啊！我喜欢大家叫他康圣人，不愿他背上历史的骂名！”情绪痛苦烦闷到极点，“他对我好，我也真心希望他是一个伟人，完人！”

碧微：“等以后回国见了他，你可以把自己这些想法和他谈谈。”

徐眼中闪着泪光，摇头：“怎么能说？这是我和他之间永远回避的话题了。”

4–14　商务印书馆宿舍　夏　黄警顽、老李、小王

黄警顽：“哎，悲鸿从东京来信了，问你们好。”

小王：“他不是学法文吗，怎么上日本啦？”

黄：“现在欧洲打得那么厉害，怎么去呀？先去日本开开眼界嘛。”

4–15　东京徐悲鸿住地　秋　徐悲鸿、蒋碧微

徐悲鸿进门，从背后拿出一串螃蟹。

蒋碧微：“河蟹！你真能干！哪儿买的？”

徐：“我找到一家卖淡水蟹的商店。据说这河蟹品种是早年中国水手带到日本来的。”

碧微：“很贵吧？”

徐：“今天是中秋节，哪能没蟹？鱼是我的命，螃蟹是冤家，见了冤家就不要命了。”说着爽朗地笑起来。

“就是！”碧微也开心地笑了，接过一看，“都是团脐的！现在正是吃团脐的时候。你真会买！”

徐：“这还不懂！”

碧微笑着：“哦，你不是光会画画呀？”

徐假嗔地瞥她一眼：“你以为呢？”

碧微：“一会儿，我请房东太太蒸蒸，再搞点姜、醋。这真是天下第一！唉，美中不足的是，这间斗室无菊可赏。”

“谁说无菊可赏？这就要看徐先生的了。”徐说着提笔就画。

碧微攀着他的脖子，欣赏着画和他。

徐泼墨挥洒，一幅大写意的墨菊呈现出来。

《墨菊》贴在墙上，榻榻米上摆着小几，徐、碧微盘腿坐在几前，饮酒、吃蟹。

碧微饮了一口酒：“日本的清酒虽不如女儿红喝得惯，也还不错。上次吃蟹，我们是和父母一起。如今……”说着涌出泪来。

徐也停住吃，轻声地：“想家了吧？”

碧微抹去泪，努力摆出笑容：“没，没有。”却止不住泪水，“别管我，一会就好了。吃吧。”

徐望着她，不语。

碧微：“昨晚，我又梦见爸妈了。”

徐叹了口气：“还是写封信吧，反正如今别人也奈何不了我们。”

4–16　上海蒋梅笙家　秋　蒋梅笙、蒋夫人

蒋梅笙在楼上阳台看书。蒋夫人匆匆跑进来。

蒋夫人叫着：“梅笙！”异常激动地拿出一封拆开的信，“棠珍和悲鸿在东京！”

蒋急忙又看一遍。

蒋夫人喜极而泣：“总算有了下落。”

蒋：“我早就说过吧，怎么样？”

蒋夫人抹着泪：“她活着就好！”

蒋：“岂止是活着，她和悲鸿一起，比嫁给查家强不强！我马上给她回信，别让孩子那样内疚了。”

蒋夫人："回信是回信，可这事我看先不要张扬。"

蒋："为什么？"

蒋夫人："唉，她的丧事刚办不久，这又大变活人，别人要笑骂死！"

4-17 东京徐悲鸿住地 冬 徐悲鸿、蒋碧微

房东送来晚餐，又掏出一封信递给徐悲鸿，退出屋。

蒋碧微："谁来的信？"

徐惊喜地："康先生的！"忙拆阅，"复辟的风波过去了，他已经回到上海了。"

碧微："关于复辟的事，他怎么说？"

徐："一字未提。谁会向学生整天讲自己的败笔？"

碧微："那他写些什么？"

徐："他说我们不必久留日本。虽然欧战正酣，我们还是要积极为留学欧洲做准备。最好去北平，争取一下官费留学。"

碧微感慨地："不管怎么说，康先生对我们还是及时雨！"

徐："毕竟是恩师啊！"忽然又问，"路费还有吧？"

碧微白他一眼："早留出来了。不然，你都买了画册，我们只能守着这一大堆画册困死在东京了。"

徐抱歉地笑笑。

碧微又吞吞吐吐地："悲鸿，我们还是直接去北平吧。"

徐："为什么呢？"

碧微："你不是看了爸爸的信吗，我离家之后，什么难听的议论都有，假出殡以后才平息下来。大家都以为我死了，忽然，我又回来啦。这叫什么事啊！"

徐忍不住笑："活见鬼呀！"

碧微："讨厌！这都什么时候了，你还有心思开这种玩笑。这样一来，不知又要惹出多少闲话和指责。"

徐："是啊，当初就说你逃婚了，问题反而单纯。怎么想出这么个昏招！"

碧微："为了对付查家，乱了方寸呗！这下，就等着挨骂吧。尤其我的二伯母，为人刁钻，不知她又会怎样尖酸刻薄呢！我想想都发愁，父母都出身名门，爸爸还是大学教授，哈，竟然是骗子！这以后还怎么为人师表？怎么和亲友相处？"

徐："我看还不至于危及他的教职。和亲友相处嘛，倒没什么难。"

碧微："还要怎么难？"

徐："不管表面如何，说到底他们还是同声相应，同气相求。"

碧微："他们是对立的双方啊。"

徐："不管设立骗局的也好，挖苦指责的也罢，都是一样，反对婚姻自由！对这些，我们根本不要理他，理，也只能给予痛斥！你别发怵，有我哪，回上海，我首先陪你去那位二伯母家拜访，看她能把我们怎么样！"

碧微："你可千万不要自取其辱！她那个嘴！"

徐一笑："哼，她有来言，我有去语！如今是呼吁人格神圣、人权神圣的时代！依照他们，包办婚姻不是扼杀人性，而是天经地义！妇女缠足不是惨无人道，而是美不可言！哪能听他们的！碧微，你既有勇气自己做了自己的主，就要尊重自己的选择，人不能不尊重自己！"

碧微领悟地点头。

4–18　上海蒋梅笙家　冬　蒋梅笙、蒋夫人、徐悲鸿、蒋碧微

徐悲鸿、蒋碧微提着礼物进门。

碧微欢叫着："爸——妈——"

蒋梅笙、蒋夫人迎上。

蒋夫人："你可回来啦！"抹泪。

蒋："看看，收到他们的信就哭，见了面还哭。"

碧微愧疚地："让你们为难了，为了我，你们着了多少急，挨了多少骂呀！"

蒋："不说了，都过去了。只要你们和和美美地生活就好。"

徐悲鸿送上两瓶酒："这是日本的清酒，不知喝得惯喝不惯？"

蒋："好，好。"

徐又给蒋夫人一块料子："这块锦缎送给您。"

蒋夫人："这么远，还买东西。哎，你们的行李呢？"

徐："在旅店我们开了个房间。"

蒋："还是回来住吧。"

碧微："这合适吗？"

蒋夫人："棠珍，你们还是赶快安个家吧。"

徐："不用麻烦了，我们很快去北平。"

蒋："那你们就更该多在家里呀。"对夫人，"等他们走了，你想见都见不着了。"

蒋夫人："不过，你们在这里，要是来了亲戚，尤其是你二伯母，你们就待在棠珍屋里，别露面，省得招他们的闲话。等你们的事慢慢淡下去，再见他们不迟。"

碧微点头答应。

徐："我看，躲，不是办法，要坦坦荡荡做人。这场婚姻，我是始作俑者，当然应该由我亲自登门去见这位二伯母，还有其他亲戚。我们没做什么见不得人的事，这都民

国了。”

蒋：“对！悲鸿大大方方地去见她，谅他们也不敢不认这门亲戚！顶多挨几句骂。”

徐：“你们放心，离开上海前，我一定办完这事。现在，我要去看望康有为先生。”

4–19　康有为家书房　冬　康有为、徐悲鸿

康有为对徐悲鸿说：“北平是文化古都，你可以结识不少名家，与他们切磋艺术。同时，还可以争取官费赴欧留学名额。”

徐：“那就太好了。”

康：“我可以写信介绍几位朋友，请他们帮助。”

徐：“那么，我到北平去找谁呢？”

康：“首先是教育总长傅增湘先生。我和他很熟。噢，你选几幅自己满意的作品带上给他看，官费名额竞争很激烈呢。你，我想不会有问题。”

徐谦逊地笑笑。

康：“我要特别嘱咐你，他虽以爱惜人才自诩，可是，他名高位重，自尊心极强，你要对他格外恭敬。”

徐：“知道了。”

康：“去欧洲的航线一时也通不了，你还是在北平谋个职业边干边等吧。”

徐：“可是我初到北平，一时摸不清门径啊。”

“那倒是。”康沉吟着，“就是卖画为生，打出名声，也需要时日。哎，介绍你去北京大学怎么样？”

徐：“去北大？教书还是上学？”

康笑道：“当然不是上学，当老师。”

徐：“我恐怕不适合去大学教书。”

康：“为什么？”

徐：“三年前，我去复旦大学求职，校长秘书对我的画还满意，但嫌我年轻，学历不够，怕压不住台，因此没录用。”

康：“咳，他怎么能和北大校长蔡元培先生比？再说，这几年你长进不少啊。蔡元培先生是前清的翰林学士，又赴德国深造，是民国第一任教育总长，现在出任北大校长。哦，他也是我的好友，我介绍你去见他。别怕，顶多不行，你再写信给我，我们再想别的路子。”

徐十分感激：“那就一切拜托先生了。”

第五集

5-1 北大会议室内外 冬 蔡元培、徐悲鸿

蔡元培看着徐悲鸿的画：“你这几幅水墨、水彩、素描都很精彩！不愧是康门弟子，又受过日本绘画的熏陶。人才难得！”

徐满怀希望地望着蔡。

蔡：“可惜，北京大学没有艺术系。”

徐：“早知如此，我就不打扰蔡校长了。”起身要走。

蔡笑了：“别忙，听我说，可是北大各种学术社团很多，比如画法研究会、音乐会、新闻学研究会，还准备成立数理学会、雄辩会、进德会、体育会等等。”

“哦？”徐有了些兴致。

蔡：“我反对学生课余无所事事地游荡，也反对学生读死书。研究学理嘛，要有一种活泼的精神，课余开展丰富有益的活动。”

徐很感兴趣：“这种办学模式倒是前所未有。”

蔡：“这也是北大整顿、改革的一个重要举措。画法研究会还是我发起的。陈师曾是那里的导师，你如果同意，也可以到画法研究会做导师，怎么样？”

徐：“我当然求之不得。”

蔡：“好！希望你们督导学生以科学的精神贯注于绘画研究。过去中国人的画，不是文人名士任意涂抹，就是工匠技师刻意模仿。你们要把科学的方法引入美术。美，虽然是由于天才，术，则必须依靠练习。”

徐频频点头。

蔡：“你当然懂得，画有雅俗之分。雅者，就是志趣高尚，胸襟洒脱，落笔不凡，即使随意涂抹，也区别于庸俗的画匠。”

徐：“蔡校长对绘画见解深刻。”

蔡笑道：“我留学德国时就对美术很有兴趣，不过在你面前，我只能算门外汉。”

“哪里！”徐谦虚地笑笑，“蔡校长，听了您的介绍，对画法研究会，我真的非常向往。”停了停，“可是，我，我只能告辞了。谢谢您。”鞠躬，转身走了。

蔡追到室外：“徐先生，你对这项工作没兴趣？”

徐停步：“我恐怕难以胜任。”

蔡诚恳地：“南海先生大力举荐你，我也了解了你的水准，没有问题呀。”

徐："蔡校长，北大的学术社团您看得很重，期望很高，这是您教育改革的组成部分，可我，不行，不行……"

蔡："你不会因为这不是北大的正式教职而拒绝吧？"

徐："当然不是！我没有学历。只是从小在农村跟随父亲画画，后来也是自学。"

蔡："可你画得很好啊！你自学成才的榜样更是对同学们的一种激励。"

徐："我也没有系统的理论知识，行吗？"

蔡："一切理论来自实践，你把你绘画的心得告诉他们，就是最好的理论！"

徐点头，忽然又说："我面对北大的学生，能服众吗？他们在许多方面的学识都比我强。"

蔡："可是，在绘画方面，你的才能、见解和技巧远胜于他们。这就够了。"

徐："他们，会不会故意刁难？"

蔡："为什么刁难呢？你给予他们美的启迪和乐趣，他们只会敬重你感谢你。"

听到此，徐才安下心来。

蔡："我们衡量教员，不看他地位高低、出身贫富、学历深浅，只看他有没有真才实学。我倒是要声明一点，待遇不算高，月薪五十元。"

徐："没问题！能在北大，与青年学子们共同切磋艺术就是难得的享受，对我也是极好的进修机会。"

蔡："悲鸿，我对你寄予厚望，因为我主张，以美育代宗教。"

徐不解："以美育代宗教？"

蔡："是。我认为由于'刺激感情'的原因，无论什么宗教，都是扩张己教，攻击异教。为了避免刺激感情之弊，而专尚陶冶感情之术，则不如舍宗教而代之以纯粹的美育。"

徐仍不甚了然。

蔡："我举个例子，食物入我口中，不能兼饱他人之腹，衣服穿在我身，不能兼供他人之暖，为什么？因为它的非普遍性。美就不然。比如，相隔千里的明月，人人可以欣赏。我与人都不能占为私有。所以说，美以它的普遍性的缘故，不再有人我的关系，也就不能有利害关系。"

徐连连点头。

蔡："所以德国哲学家康德说'美是那不凭概念而普遍令人愉快的'。我提倡美育，就是为了陶冶人的感情，使他们有高尚纯洁的习惯，而消阻人我之见、利己损人之念。"

徐十分宾服："听君一席话，胜读十年书。"

蔡："悲鸿，画法研究会在美育中的地位你就可想而知了。你的工作是我教育思想重要的一环。"

徐兴奋地："我一定尽心竭力地去做。"

5-2 北平徐悲鸿住地 春 徐悲鸿、蒋碧微

北平的小四合院，徐家租住厢房。

蒋碧微坐在房前的藤椅上看书，徐悲鸿兴冲冲进院。

徐："碧微，今天我带学生去故宫博物院参观，你猜看到了什么？"

碧微："什么？"

徐："徐渭的真迹《墨葡萄图》！你看厉害不厉害！"

碧微："那有什么大惊小怪的？清宫里藏画多了！"

徐："康先生跟我提过这幅画，果然是神品！泼墨点染出错落的藤条和透明的葡萄，不拘形似，神韵自在。徐渭不愧是大家！"

碧微起身进屋。

徐也进屋，倒了杯水喝："哎，你今天干什么了？"

碧微："干什么？还不是看书、枯坐，计算着怎么省下每一个铜板，填饱肚子。"把米袋倒光，仅两捧米，"这是最后的粮食，明天就要挨饿了。"

徐撇嘴笑笑："说得这么惨，好歹我也有月薪五十元嘛！"

"五十元？"碧微来了气，"扣去搭发的交通费，加上你周济穷学生的，还剩几个子儿？别忘了，我们自己就是穷人！"说着褪下镂花金手镯，"你明天去把我这镯子当了。"

徐："当了？这不是你母亲给你的吗？"

碧微："是啊。可是不当，真挨不到发薪水了。"

徐："我一个大男人当太太的首饰，人家会怎么看？"

碧微："哦，你倒还有点尊严。可是不当镯子又当什么呢？当你那些书画，你又舍不得，家里还有什么值钱的东西？我看你还是去吧，我长这么大没进过当铺，求你了。真要揭不开锅了。"

徐不作声。

碧微边捡着米中的稗子边说："我原想你薪金虽不多，节省点花，还能攒些钱，为出洋留学置两件皮大衣。现在可倒好！"

徐："我们的四季衣裳足够了。巴黎又不比北平冷。"

碧微："哼，冷不冷的，说它有什么用？这都是没影的废话了。明天还是去当铺吧。"

徐："这事再说吧。哎，今晚陈师曾约咱们去东安市场吉祥园看戏。"

碧微："怎么又去看戏？前几天刚看过。"

徐："今天演《天女散花》，是梅兰芳根据佛经故事新创的戏目。"

碧微："我又不信佛。"

徐："说是载歌载舞，在舞台上前所未有。"

碧微："不看！我没那么大瘾！你也别去了，给你等门，一等就是半夜。"

徐："实在对不起！可今天是梅兰芳的戏，我非可不看。"更衣，换上西服。

碧微："哟，想不到才几天你就成了'梅'党了？"

徐："梅兰芳是我新结识的朋友，他不光戏唱得好，作诗、画画也都有天分！"

碧微："不过是个戏子！正人君子谁跟戏子来往？尤其男旦，扭扭捏捏，一副娘娘腔！"

徐："你怎么能这样说？明清两朝法律，凡唱戏人的子弟，不许做官，三辈子不准下考场。如今早已是民国了，况且梅兰芳品行高洁，多少大学者蔡元培、李石曾都是他的朋友呢。"停了停，"你到底去不去？陈师曾请吃饭。对了，家里不是正好揭不开锅了吗？"

碧微白他一眼："不去！"

徐关心地："那你今晚吃什么？"

碧微："不是还有两捧米吗，煮点稀饭，还有些剩菜，也就对付了。"长叹一声，"唉，你在那儿谈笑皆鸿儒，往来无白丁，可家里呢，都快断了顿儿。连借贷都不好意思向人借，好歹是北大的老师。"

徐很内疚地望着她。

碧微无奈地一笑："好了，好了，你快去吧。"

徐不作声，停了停，有些歉意地："那，我走了。"

徐走到大门口，碧微追上，面对面亲昵地搂着他脖子。

碧微："看完戏，尽量早回来。明天是礼拜天，一早你们画法研究会不是就上课吗。"

徐："哎，知道。"

碧微亲了他一下。

5–3 北平徐悲鸿住地 春 徐悲鸿、蒋碧微

夜，煤油灯捻得很弱。蒋碧微趴在桌上睡着。

徐悲鸿进门，欲叫她。

碧微惊醒："你吓死我了！"

徐："你也吓了我一跳！"

碧微："又是三更半夜的。"

徐笑笑："对不起，对不起。"仍亢奋地，"《天女散花》太值得看了！吉祥园爆满！叫好声把房顶都要抬起来了！戏园子老板请求梅兰芳再加演三场。哎，明天晚上我还去看，你也去吧。"

碧微："你还去看？疯啦！"

徐："梅兰芳请我画一幅《天女散花》，我得反复看哪。"

碧微："哼！我可没那么高雅，先顾住嘴吧。"

5–4　北平街道　春　蒋碧微、邻居

蒋碧微走过大街，来到当铺门前，她悄悄四下张望，正要进门。忽然对面来了一位女邻居。

邻居："徐太太，到这边买东西呀？"

碧微："是，随便转转，想买块衣料。"

邻居："我去买点酱菜，回见！"

碧微："回见。"急忙离开当铺门口，装作闲逛，在四望无人时快步走进当铺。

5–5　北平梅兰芳家客厅　春　梅兰芳、徐悲鸿

裱好的《天女散花》挂在梅兰芳家客厅墙上。

梅兰芳与徐悲鸿站在画前。

梅："徐先生，您画得比我演得好！"

徐："哪里！首先是您演得风流曼妙。"

梅赞叹着："脸部用西洋画法，身子、风带运用中国笔墨，太新颖了！"

梅请徐到沙发落座。

徐："您的演出就是创新之作嘛！尤其舞蹈，表现天女在天空御风而行，把水袖改为风带，两手舞动一丈六尺长的彩绸，像波浪，像车轮，真是妙不可言！"

梅笑道："这也是文戏武唱。"

徐："《天女散花》并没有武打呀。"

梅："演的时候，身上的劲头和演武戏时是一样的。"

徐："怎么呢？"

梅起身，边说边演："空手舞绸带子的功夫，完全在整个手臂、手腕上，还要配合'鹞子翻身''跨虎'等等武戏身段，才能使风带随身体上下旋转、翻花飞舞。"

徐："哦！这真称得上传世之作了。"

梅："要说传世之作，我的戏可就比不上您这幅画了。后人看不到我的表演，只能通过您的妙笔去揣摩了。您说是不是？"从柜子里拿出一个沉甸甸的红包，"真是太谢谢您了！请笑纳。"

徐："这是干什么？你我是道义之交，虽然相识不久，却是艺术上的知音哪。"

梅："那当然！我知道这画是钱买不来的。可我对您真是无以为报啊。"

徐："能不断欣赏您优美的艺术，就是最大的报偿了。"

梅："您不是要出国留学吗，花费一定很大，就算是一个朋友表示的一点心意吧。"又

递过红包。

徐："您的好意我领了。可我已经得到官费留学资格，一切都不成问题了，谢谢您。"放回红包，"正好，我马上要去教育部呢，告辞了。"

梅："您太见外了。"

徐："这画是我对您艺术表示的敬意。"

5-6 北平徐悲鸿住地 春 徐悲鸿、蒋碧微

蒋碧微站在大门口张望着，徐悲鸿神情沮丧地进门。

碧微欢天喜地地迎上，把手伸给他。

徐不解："干什么？"

碧微："你看。"

徐："手怎么啦？"

碧微："腕子上！"她戴着那只手镯。

徐："哎，这镯子，前几天你不是当了吗？"

碧微："赎回来啦！"

徐："没到发薪水的日子啊。"

碧微："没想到你的手就是摇钱树。"

徐："到底怎么回事？"

碧微："下午梅兰芳先生亲自来啦，送了一笔钱，说是你画画的润资。"

徐吃惊地："你收下啦？"

碧微："当然！这是你创作所得嘛！没想到他这样斯文大方、仗义爽气！"

徐："那幅画是我赠送梅兰芳先生的纪念品。"

碧微："那也是你花了几天工夫苦心经营出来的嘛。"

徐："我当时就拒绝收钱，你可倒好，马上就花啦！"

碧微抿嘴一笑："不花，还等你周济给哪个穷学生啊？"

徐不语。

碧微兴致勃勃地："哎，今天我不做晚饭了，去吃烤鸭！到北平还没吃过呢。听说有挂炉的，还有焖炉的，吃哪种？哎，今天真痛快！"搂着徐进屋。

徐神情郁郁不乐："痛快？还有不痛快的事呢。"

碧微这才从狂喜中清醒过来："怎么了？"

徐："我刚和傅增湘总长争吵起来了。"

碧微："为什么呀？"

徐："他不是答应我官费留学吗。"

碧微："是啊。"

徐："欧战已经结束，赴欧留学就要开始了。可是教育部派遣的官费赴欧留学生只有朱家骅和刘半农二位，根本就没有我。"

碧微："不可能！当初傅先生亲口答应下的啊！他很夸奖你的画呀。"

徐："是啊，所以我说他言而无信。"

碧微急了："怎么，你真这样说他？"

"是。"徐点头承认。

"坏了，坏了。你太莽撞了！"碧微觉得事态严重，"这次官费留学名单上没有你，一定是有什么情况，你应当了解清楚，再设法打通关节才是啊，怎么能不分青红皂白乱说一通！"

徐无话可答。

碧微："傅先生这么高的官，你这样指责他，他就是再欣赏你的才华，也不肯替你办事了。唉，当初康先生是怎么嘱咐你的，让你对傅总长格外恭敬，格外恭敬！可你呢？"

徐发愁地："是啊，如今事情闹僵，真不知找谁再替我转圜一下？"

碧微："谁还能替你说话？康先生远在上海，就是想帮你，也鞭长莫及呀！"

徐默不作声。

蒋越想越生气："这下，看你怎么去欧洲留学吧。求人的事，说好话还不一定办得成呢，你还骂人家！"

徐不服："本来就是他食言吗！"

碧微："是他食言，你再接着去骂呀！骂就骂出官费留学了？费了多少劲，康先生亲自写信推荐，再加上你的能力，好不容易弄到的名额，就这么吹了！"

徐赌气地："没有官费，就半工半读！我就不信学不成！最早也没指望官费留学，还不是康先生热心帮助我们，现在，就当没这回事！"

碧微真急了："那可不行！半工半读，你当那么容易？到了巴黎，肯定比你流落上海还惨。那才是叫天天不灵，叫地地不应呢，活都活不下去，还学画？反正我是绝对不跟你去半工半读！我是外国话不会说，力气活干不了，什么技能也没有，到了巴黎，光等着饿死呢。"

徐："照你这么说，就不去了？事情就没有转圜的余地了？"

碧微："我看他当一天教育总长，你一天没戏！"

徐："他下台，目前不可能。"

碧微："知道这，还和人家吵！"

二人一筹莫展。

徐自语："谁还能说动傅增湘呢？"

碧微瞟他一眼，不吭声。

徐忽然灵机一动：“找蔡元培校长！傅增湘对蔡校长十分敬重。”

碧微：“你怎么知道？”

徐兴奋地：“几次谈话中，一提到蔡校长，他简直折服得五体投地！”

碧微不以为然：“就算他佩服蔡校长，崇拜蔡校长，对蔡校长言听计从，可蔡校长为什么替你说话？”

徐得意地：“蔡校长欣赏我呀！对我在画法研究会的工作很满意呀！”

蒋：“就凭这？”

徐：“就凭这。”

“你呀！”碧微十分老到地，“越满意，他就越不会替你向傅增湘说话。”

徐：“那为什么？”

碧微：“这不是明摆着吗，蔡校长提倡美育，你们画法研究会是他一块金字招牌，你越干得好，他越不肯放你！放你去留学，不是挖他自己的墙脚吗？他怎么会这么傻？”

徐并不完全信服：“蔡校长可不是世俗的人！”

碧微：“你不信服我这世俗之人的逻辑？那你就去试试！”

5–7 北大校园 春 蔡元培、徐悲鸿

蔡元培：“画法研究会办得很好，不少同学对我说，这一年来美术鉴赏力和绘画水平大有提高。”

徐悲鸿急切而又吞吞吐吐地：“蔡校长，我恐怕不能在这里待下去了。”

蔡很意外：“为什么？有什么不顺心的地方？一切都可以跟我讲。”

徐：“不，这里一切都好。”

蔡：“那为什么要走呢？”

徐：“我想去法国留学。”

蔡：“那好啊！”

徐还有些疑惑：“您不反对？”

“为什么要反对呢？”蔡倒有些奇怪了。

徐：“南海先生也支持我，他写信拜托傅增湘总长批准我官费赴法国留学。”

蔡：“那什么时候走？这是好事！学艺术如同学科学都不能闭关自守。一个民族文化的进步，一定要吸收融合外来文化。”

徐点头。

蔡：“具体到绘画，中国画始自临摹，外国画始自写实。西洋自然科学昌明，培根说‘人不必读有字书，当读自然书’，所以美术也从描写真实人物入手。西洋画的所长，我们

应该学习采用。你去留学是再好不过的了。”

徐：“可是，有人担心我向您辞职，您会不高兴。”

蔡：“你离开画法研究会，我当然舍不得，可我哪能为了小团体的利益误人误国呢！”

徐很感动，停了停：“可是，我目前又遇到了难题。”

“什么？我可以帮忙吗？”蔡诚恳地望着他。

徐：“教育部这次官费留学，仅朱家骅、刘半农二人，把我又刷下来了。为此，我一时冲动，指责傅总长言而无信，关系彻底搞僵了。”

蔡笑了，拍着他的肩：“还是个毛头小伙子！以后说话注意！朱家骅、刘半农也是北大推荐的，我马上再向傅总长推荐你，劝他收回成命，不改初衷！”

徐简直不敢相信地望着他，激动地：“谢谢！谢谢！”

蔡又亲切地：“悲鸿，以你的绘画才能和苦学精神，我不担心你技艺不如外国人，可千万记住，对西方艺术不能囫囵吞。食肉者，弃其骨；食果者，弃其核嘛！对西方艺术更不要模仿太过而消亡了自己的特性，要吸收消化而不是被同化！我不希望几年之后回来一个黄皮肤黑眼睛的法国画家，我希望站在我面前的永远是一个中国画家，一个有学问、有德行、技艺高超的中国画家！”

徐泪水盈眶：“我记住了。”

5-8　巴黎卢浮宫　1919年　春　徐悲鸿

卢浮宫外的广场，巨大的宫殿前。徐悲鸿跑来，狂喜地举着双臂，环视四周。

徐激动的心声响着：“卢浮宫！我来了——”

他一身灰色西装，系着黑绸大领结，拿着画夹，急切而庄重地步入宫殿。

5-9　巴黎卢浮宫内　春　徐悲鸿

卢浮宫内，数不胜数的艺术品展厅，壮观、华贵、集人类创造的美之大成！徐悲鸿急促地屏息静气举目四望，艺术圣殿的瑰宝包围着他。

达·芬奇的《蒙娜丽莎》，达维特的《荷拉斯三兄弟之誓》《萨宾妇女》，安格尔的《尼可洛·帕格尼尼》，席里柯的《梅杜萨之筏》《轻骑兵军官》，德拉克罗瓦的《希阿岛的屠杀》《自由引导人民》《沙达纳帕鲁之死》，拉斐尔的《美丽园丁》，提香的《镜子前梳妆的女人》，普鲁东的《皇后约瑟芬》，伦勃朗的《画架前的自画像》，科罗的《茂尔丰代尔的记忆》，康斯太布尔的《暴风雨前的威姆特海湾》，米开朗基罗的两座《奴隶》……与徐悲鸿崇敬的目光、惊异的目光、折服的目光、专注的目光、赞叹的目光、虔诚的目光，交织成目不暇给的强烈激荡！

他在艺术圣殿中幸福地、如醉如痴地徜徉，响起了他的心声：“为什么不让我慢慢地见到它，而使我骤然站在它面前，以致惊恐无地呢。”

5–10 巴黎塞纳河畔 春 徐悲鸿

塞纳河畔，徐悲鸿泪光闪闪，感叹的心声：“艺术的生命就是深刻的思维和崇高的激情！”

他望着对岸的卢浮宫，心声继续：“大师的艺术辉煌得使我目眩！使我羞愧！我知道，我现在什么也不是，可我会有是的那一天！我只有摩拳擦掌了！”

塞纳河静静地流。

夕照下，响着徐充满自信的心声：“有长江水从小滋养，来到塞纳河边，我会长得更壮！更强！在中华民族文化传统和西方造型艺术精华的共同哺育下，我一定能走出自己的路！”

5–11 巴黎徐悲鸿住的阁楼 冬 徐悲鸿、蒋碧微

徐悲鸿、蒋碧微在吃早餐。徐吃得很快。

碧微：“急什么？画展整天开放。”

徐：“我得早去！全国美术展览展品特别多，认真看，一天都看不完。哎，还有面包吗？我带上一个。”

碧微：“怎么，中午又凑合了？”

徐：“出来吃饭，又费时间又费钱，还要再买画展的门票。省一点是一点吧。”

碧微：“你平时去学校上课午饭也凑合，今天看展览还凑合。不正经吃饭，长了，身体可吃不消！”从食橱拿出一个小面包给他。

徐：“够了。哎，你今天在家干什么？”

碧微：“还没有想好呢。”

徐边收拾写生的画具边说：“你的法语也能应付几句日常会话了，再去找那位波罗妮校长谈谈。”

碧微：“我这么大的人了，和小学生同班，羊群里的骆驼！”

徐：“怕什么？法国人还喜欢这种不拘一格呢，不像中国人什么都循规蹈矩。再说，上成人学校，你的法语程度也听不懂啊！”

5–12 巴黎徐悲鸿住的阁楼 冬 徐悲鸿、蒋碧微

黄昏，屋内已点上灯。蒋碧微正在做晚饭。

徐悲鸿一身是雪地进门。

碧微：“怎么这么晚才回来？”拍落他身上的雪。

徐：“到闭馆的时候我才出来。哎呀，真冷！”

碧微：“唉，饿了吧，又遇上下雪，又没有大衣，饥寒交迫！”从暖瓶倒水，“快，喝点热水。”又去放浴缸的热水，“再泡个热水澡就暖和了。洗完再吃饭吧。”

碧微：“展览怎么样？”

徐：“真是琳琅满目！”

碧微：“那你也不用第一个进去，最后一个出来呀！”

徐：“哎，今天最重要的收获是看到了达仰先生的画。”

碧微：“达仰是谁呀？”

徐：“我们佛拉芒校长总说达仰是当今法国最著名的画家。今天一看，果然不同凡响！我一定要拜达仰为师！”

徐在浴缸里泡澡，碧微在做饭，房间不大，二人聊着。

碧微：“你每天上午在巴黎高等美术学院佛拉芒画室上课，下午去叙里昂研究所画模特，一有空儿还到各博物馆参观临摹。哪有时间去拜达仰为师。”

徐：“课余时间向达仰请教啊！”

碧微：“人家是大画家，又不认识你，怎么会理你一个穷学生！”

徐没有回答：“哎，你今天怎么样？”

碧微：“我，很好啊。波罗妮校长同意我到五年级插班。明天我就去上课。”

徐：“太好了！”

碧微：“她对我的举动表示赞赏，说由此改变了对中国人的看法。”

徐：“怎么？”

碧微：“她说，过去以为中国人保守、虚荣，可我却很大胆，务实，富有进取精神！”

徐：“你看看，你看看。”

碧微：“她最后送我的时候，还热烈拥抱我，说，‘从现在起，你不但是我的学生，还是我的朋友了。’”

徐：“怎么样？法国人就喜欢这种打破常规的精神。”

碧微：“对了，她还问我，除了法语，其他的课程学不学？比如数学、图画、音乐、体育。”

徐：“你怎么说？”

碧微：“我说，按我的知识水准和身体状况，这些对我都太幼稚了。她说缺课是不能发毕业文凭的。”

徐：“把浴袍给我。这些课，我看你还是学。”

碧微：“就为那一纸文凭？”递给他浴袍。

徐：“那倒不是。”穿着浴袍出来。

碧微："那为什么？"

徐："这些课，也都用法语教呀，你可以多听多记多讲。整天生活在法国人中间学法语，比一个人关在家里背语法、记单词要学得快学得活。你说呢？"

碧微："那好吧。"想了想，"说实话，我和那些小学生一起跳远、画画、唱歌够可笑的。"

徐："那有什么！"

碧微："行！反正我已经豁出去了。"

徐："这样，你们校长更会夸你不拘一格了。"

碧微突然笑了。

徐："你笑什么？"

碧微："想起件滑稽事，那个申都今天在街上遇到我，说要发起一个爱国活动。"

徐："什么呀？"

碧微："他听到有的法国人说中国男人留辫子，女人都是缠足小脚。他要召集中国留学生举行一个派对，男士一律免冠，展示分头和平头。女眷不得长裙拖地，尽量穿镂空皮鞋，以突出天足或解放脚。以此回击那些有辱中国人的无耻谰言。"

徐："亏他想得出！我给这个派对题个横幅——'评头论足'。"笑。

碧微也笑："我说不参加，他就义愤填膺地说这是'以足报国'的关键时刻，怎么能置身事外？"

徐："不理他！要真是爱国，就该刻苦用功，将来才能报效祖国。他呢，学习上倒是松松垮垮。"突然，"哎哟！胃痛得厉害！"

碧微："啊！这怎么办？"

第六集

6-1　巴黎高等美术学院奥古斯丁小教堂　冬　徐悲鸿、申都

此处是雕塑、绘画作品陈列教室，四周和地当央都是供学生临摹的不同流派的艺术精品。

徐悲鸿在画石膏像。中国留学生申都也在画板上写着什么。

徐："申都，你今天挺用功嘛。"

申写完："该收了吧，悲鸿，就是教授夸你素描画得好，你也用不着每次都画到学校关大门才走啊。你看，法兰西同学早都回家了。"

徐："再画一会。"

申："我说，你就是不饶自己，也该饶饶老校工嘛，人家也要锁门回家呀。"

徐："你不是也没走吗。"继续画。

申："我是借教室起草发言稿。今天他们非要我参加一个辩论会。辩题是留学生应着西装还是华服。你说呢？"

徐："哦，什么？"

申："咳！"又神秘地，"据说还有新近旅欧的名媛淑女担任裁判。辩者以口才、风度、着装最佳者为优胜。悲鸿兄，我可不能舍命陪君子了。"向石膏像敬礼，"下周，素描课再见！"

徐："下周？今天是礼拜几？"

申："周末呀！你整天就知道画画。"

徐自语："明天我必须去见他。"

6-2　巴黎达仰家门外　冬　徐悲鸿、女仆

（本场对话均用法语）

徐悲鸿敲开门："我想拜见达仰先生。"

女仆："上课作画时间，先生概不会客。"

徐："能不能通报一下。"

女仆："打扰他，我会挨骂的。"

徐："那我等等。"

女仆："要一上午呢。"

徐只得留下几张素描："请转交达仰先生，我是巴黎高等美术学院的学生徐悲鸿。"说完走了。

6-3　达仰家　冬　达仰、女仆、学画青年

（本场对话均用法语）

有两个青年正在向达仰学画。

女仆禀报："刚才有一位东方男青年求见，说是巴黎高等美术学院的学生。"

达仰随声应道："巴黎高等美术学院，东方男子。"忽然停住，"他姓什么？"

女仆："徐。"

"徐？"达仰看看女仆递上的画，"噢，快请他进来！"

女仆："他已经走了。"

达仰："你怎么让他走呢？"

女仆："不是先生定的规矩吗？"

达仰："那是为了拦住无聊的闲人，而不是拒绝人才！"

女仆："我怎么知道谁是人才呢。"

达仰："你！是啊……"

女仆："他会再来的，画都留下了。"

达仰："不，我要立即见他！"

6–4　达仰家门外　冬　徐悲鸿、女仆

（本场对话均用法语）

街上有行人和马车走过。女仆奔出大门，张望追寻。

女仆："哎——，先生——"追过去截住徐，"达仰先生要见你！"

徐："什么？！"

女仆："达仰先生要见你。"

徐："什么时候？"

女仆："现在！马上！"

徐惊喜不已，转身向达仰家跑去。

6–5　达仰家　冬　达仰、徐悲鸿、女仆、学画青年

（本场对话均用法语）

达仰高兴地快步迎上徐悲鸿。

达仰紧握徐的手："你们的弗拉芒院长多次向我介绍你。"又对其他学生，"孩子们，放下你们的画笔，这位中国同学的画将来会成为你们的榜样的！"

两位法国青年传看徐的画，十分佩服。

徐："达仰先生，我特来拜你为师。"

"好，好，每周日你都可以到我家里来学画。"

"太感谢了！"徐又兴奋地打量着墙上的画和散稿。

达仰："我十七岁做柯罗的学生。柯罗，你一定知道吧。"

徐："当然知道，他是19世纪法国最伟大的风景画家、肖像画家。我在卢浮宫看过他的《罗马竞技场》《戴珍珠之女》和《杜埃的钟楼》。"

达仰点头："柯罗教我要诚，要自信，不要舍弃真理以徇人。我始终信守柯罗的教导，五十年来，未敢忘记。你既来我国求学，我首先把柯罗的嘉言送给你。"

"先生，我会铭记在心。"徐感动地说，"我国有句古语'精诚所至，金石为开'，您说的'诚'，一定也是这个意思吧？"

达仰高声笑起来："对！对！就是要专心致志，全力以赴，同时，还要有达到目的的信

心，要自信，决不能自馁。至于不要舍弃真理以徇人，那是毋须解释的，对吧？”

“对！”徐信服地，“艺术首先应该是维护真理的，它本身也必须体现真理！”

达仰不停地点头，喜爱地望着他。

达仰：“学画是艰苦的事，希望你不要趋慕浮夸，不要甘于微小的成就。”特别嘱咐，“徐，每画完一幅素描，就要认真记住它的特征，默画一遍，画完再对照原画找出差误。这样，画一幅便等于画三幅，可以收到事半功倍的效果。这是我小小的诀窍。”

徐笑着，点头谨记。

女仆端上咖啡。

达仰：“珍妮，今后，我的家门永远对徐敞开，你要记住。”

“是。”女仆对徐友好地笑笑。

6–6　巴黎徐悲鸿住的阁楼　冬　徐悲鸿、蒋碧微

蒋碧微边做家务边唱着歌，徐悲鸿在看书。

徐：“唱得好！这是在课堂上学的？”

碧微：“是啊。”

徐：“你一定要学小提琴或者钢琴。不能埋没了你的天赋。”

碧微：“还天赋呢，学器乐，那要钱！我还是在家随便唱吧，再穷也能唱。”

徐：“看你说的。”

碧微：“我说的是实话。”

6–7　巴黎高等美术学院阶梯教室　夏　徐悲鸿、申都

弧形的阶梯教室，满墙是一幅精美的巨型壁画。

申都丧气地：“我理论课又没通过，不像你。”

徐悲鸿：“只要用心，世上无难事。”

6–8　巴黎高等美术学院庭院　夏　徐悲鸿

庭院廊下有许多雕像。

徐悲鸿神采飞扬地走过。

6–9　巴黎徐悲鸿住的阁楼　夏　徐悲鸿、蒋碧微

蒋碧微倚在床上念法文课本。

徐悲鸿奔进门：“嗬，复习功课呢。”扑到床上，“碧微，今天我的绘画理论考试，解剖、透视、美术史都通过了。”大声叫着，“我升入油画班了！”

碧微惊喜地："真的？素描、画模特和理论课，这几大阶段你这么快就完成了！你真是没有白下苦功，当然了，你根底好，出国前绘画就很有造诣。"

徐笑笑，坐起："巴黎高等美术学院的教育很严格也很灵活，学习期限不受限制，只要你考试通过了，就可以升班。这次升入油画班的中国学生就我一个。"

碧微："那个申都呢？"

徐："唉，他连素描还没及格呢，理论课也考得一塌糊涂。"

碧微："我看他就是仗着家里有钱，到巴黎来混个资格。"

徐："我们学院的毕业证书可不是能混到的。弗拉芒院长就不客气地说他缺乏绘画才能。"

碧微："哎，你说怪不怪，这高等学校，外国的是进去容易，考试通过很难。中国的大学是进去很难，却没有一个不毕业的。"

徐："这个申都呀，我看在中国、外国都毕不了业。对艺术毫不上心，整天不是组织'以足报国'的派对就是参加着装辩论。哎，不说他了，今天咱们要好好庆祝一下！"

碧微："可家里只有面包和一磅牛奶了。"

徐："吃的是次要，你看我买回了什么！"拿出新买的书和画页。

碧微此刻兴致很高，靠近他一面欣赏书，一面欣赏他。

徐："罗曼·罗兰的《米开朗基罗传》，既是学法语的文学名著，又能了解美术大师的创作门径，多好！"又拿起画页，"还有拉斐尔的《圣母子》、透纳的《贩奴船》、罗丹的《加莱义民》。"

碧微忽然意识到什么。

徐："你看，印刷多精美！原作，我们在伦敦、巴黎都看过的呀！"

碧微："你哪儿来的钱？"

徐："这个月布置商店橱窗挣的。"

碧微拉下脸，望着他。

徐不好意思地："哦，就剩65法郎，给。"掏给她。

碧微立刻数钱。

徐打开书，兴奋地念："在佛罗伦萨的国家美术馆中，有一座米开朗基罗称为'胜利者'的白石雕像……"

碧微打断他："如果你真有钱，买多少画我都不管，但你现在是个穷学生！"

"碧微，我爱画入骨髓，你是知道的。"徐继续看书。

碧微："我只知道，家无隔夜粮，你怎么还买这些不急需的书画！"

"这才是我最急需的东西哪！"徐依然沉迷地，"你不是在学乐理吗，将来你对音乐，也会入迷的，你信不信？"递过墙上挂着的箫，"来，吹曲《平沙落雁》，消消气。"

碧微："吹什么箫，我要学小提琴！你到巴黎怎么不画国画，而是学油画呀！"

徐："对，是要学小提琴！这是咱们早就计划好的，我学美术，你学音乐。"

碧微："拿什么学呀，学音乐，首先得买小提琴！你的留学官费，供我们两人，本来已捉襟见肘，现在，国内政局动荡，官费停发，饭都快吃不上了。"

徐颇有歉意："是，是。"又鼓起精神，"小提琴很快就买！课余我再多布置些橱窗，多画些插图。还有，明天起我不喝牛奶了，只有你和喵喵喝，又能省些伙食费。"

碧微："那哪行！每天你就靠这点营养了，求学又那么累。再说能省几文？"

徐："省一文是一文，谁让我净惹你生气呢！好了，别嘟着嘴了，笑一笑，来，你抱着喵喵，我画一幅抚猫人像，这是今天最重要的庆祝内容，永久的纪念。"

6-10 巴黎徐悲鸿住的阁楼 夏 徐悲鸿、蒋碧微

《抚猫人像》完成：蒋碧微抱着白猫，徐悲鸿倚在碧微身后望着。

徐拿镜子反照着画像，对镜中仔细看。

碧微："你这是干什么？"

徐得意地："从镜子中看自己的画，画已反转，好像出于另一个人的手笔，这时，更易于判断自己作品的缺点。"

碧微笑着："你怎么知道的？"

徐拿起一本书："《芬奇论绘画》第51页上说的。"

碧微："你呀，一天到晚不知愁。唉，我问你，下一步，怎么办哪？"

徐："什么下一步？"

碧微："官费迟迟不来，在巴黎我们可怎么生活呢？"

徐无计可施。

碧微忽然想起："我看，你还是暂停学业，我们去柏林。"

徐："去柏林，为什么？"

碧微："德国通货膨胀，马克贬值，同样数目的法郎，在德国能增值几十倍。"

徐意外而欣赏地："没想到，你还有经济头脑。"

碧微："还不是穷给逼的！"得意地笑了。

徐犹豫着："离开巴黎，我的学业怎么办？"

碧微："你的学籍又丢不了。到柏林，就自学吧。生存第一！谁让我们穷呢。"

6-11 柏林老国家绘画博物馆门前 1921年 夏 徐悲鸿

大门两侧，有雄伟的巨大青铜雕像。

徐悲鸿跑上博物馆长长的台阶，欢快地瞭望四周。

6–12　柏林徐悲鸿住室　夏　徐悲鸿、蒋碧微

这是一间半地下室，只有窗子的上半截露出地面。
徐悲鸿拿着画夹回来："碧微，到柏林，真是不虚此行！"
碧微："怎么？"
徐："今天我看了门采尔、绥干第尼的画，太好了！"
碧微得意地："到柏林，这是谁的主意？"
徐："你呀！"
碧微："总不能待在巴黎坐以待毙吧。"
徐："是。再说，在巴黎虽然见多识广，到这里更是开阔了眼界。"
碧微："虽然住在这半地下室，只能看窗外行人的脚和小狗，听管子里楼上住户下水的声音，可是我们能生存。"
徐："能栖身就行。"
碧微："哎，你手里还有马克吗？"
徐："没有。"
碧微："那就对了。马克天天贬值，马克千万不能留着过夜。哎，我们手里那点法郎一定要随用随换。"
徐："知道。"
碧微："我到市场询了询价，我们这样的外汇持有者在柏林，比在巴黎日子好过。"
徐："可惜，就是暂时离开了美术学院。"
碧微："先活下去要紧。"
徐："唉，我只有多临摹多写生了。"

6–13　柏林街心花园尼古拉小镇　夏　徐悲鸿

徐悲鸿站在古老的小教堂前，画街心的青铜雕像和柏林的市徽。

6–14　柏林动物园　夏　徐悲鸿

徐悲鸿在观察各种动物，犀牛、鹈鹕、老虎、天鹅、狮子。
徐勾画，卧狮、走狮跃然纸上。

6–15　柏林动物园　秋　徐悲鸿

徐悲鸿身着夹大衣，拿着画夹，穿过秋林，踏着地上厚厚的落叶，他弯腰将它们一把把扬起，落叶如一群群黄蝶飞舞飘落。

他走到池边，画着眼前一片充满诗意的秋色。

6–16　柏林徐悲鸿住室　冬　徐悲鸿、蒋碧微

清晨。

徐悲鸿在准备画写生的画具。蒋碧微仍躺在被窝里。

徐望着窗外：“下雪了，这是到柏林的第一场雪。”打开窗户，“空气多清新哪！碧微，走，我们去动物园，一面写生，一面赏雪。”

碧微：“我不去。连个皮大衣都没有，想冻死啊。你也别去了，手都冻僵了，还写生？”

徐关上窗：“那，我去画廊临摹吧。”

碧微：“你就不能休息一下吗？又没谁拿枪督着你。”

徐：“到柏林，上不了学，自己再不抓紧，那不成了混日子吗？我去画廊了。”拿起临摹画具，“给我带点面包吧。”

碧微：“今天这么冷，啃凉面包怎么受得了，你就回来吃午饭吧。”

徐：“那怎么成，刚铺开摊，没画几笔就到中午了。”

碧微：“这你可得听我的。”

徐：“行，行，行。我走啦。”

碧微：“等你吃午饭。”

徐不置可否地应了声，出门。

碧微：“好冷。”捂严被子，继续睡。

片刻，徐又兴冲冲地奔进门来。

碧微：“落下什么啦？”

徐：“汇票！我刚下楼就遇到邮差，是巴黎出版社寄来的插图稿费，982法郎！兑成马克，是个不小的数目呢。”

碧微跳下床，夺过来看：“天哪，太好啦！”

徐喜悦地：“这钱可以给你买件像样的东西啦。我一点都不用，一点都不用，全由你支配。”

碧微瞟他一眼：“那，我要买一件最喜爱的东西。”

徐：“对！买你最喜欢的！”

碧微忽然神秘地：“你猜，是什么？”

徐：“那还用猜？我知道！走，现在就去买。”

碧微兴致勃勃地：“好！”穿上衣服，披上宽大的毛线披肩，“走吧。”

徐：“我们运气真好，回来你就可以练习了。”

碧微：“练习？练什么呀？”

徐兴奋地："小提琴哪。我不是告诉过你吗，前些天寄卖行有一把名琴，我听了，音色优美。昨天我看还在呢，就是手头没钱，这下好了。这真是可遇而不可求啊！"

碧微欲言又止。

徐："怎么啦？"

碧微仍不语。

徐拉过椅子，坐在她对面，故作严肃地："唉，到底怎么啦？"

碧微："我，我是想买皮大衣。"

徐："皮大衣？"

碧微："就在街拐角的服装店，我已经看过好几次了，款式好，尺寸合适，价钱嘛，这笔汇款也够了，如果买下那琴，就不能买这件皮大衣了。"

徐："你不是早想买一把好琴吗？为什么忽然改变了主意？"

"为什么？你应该明白！"碧微突然生气地，"在巴黎，在柏林，在许多社交场合，我连件像样的大衣都没有，我觉得难堪。"

徐惊愕地望她，抱有歉意："碧微，等以后有了钱，一定给你买！这次，还是先买琴吧，早一天买琴早一天学，不然日子都荒废过去了。再说，这么好的琴，价钱又合适，实在太难得了。大衣以后再买不迟。"

6–17　柏林徐悲鸿住室大门外　冬　徐悲鸿、蒋碧微

徐悲鸿、蒋碧微走出公寓大门。外面下着雪。

碧微撒娇地嚷着："不，现在就买！这件皮大衣才是可遇而不可求的。在这里，没有皮大衣我可怎么过冬？我看非把我冻死，你才称心！"赌气地扯开披肩。

徐："干什么你，小心感冒！"赶紧给她披好捂严。

碧微："你不是说这笔钱由我做主吗？"

徐只得应承："好，好，好。"

碧微转怒为喜："这叫鱼与熊掌不可兼得！"

6–18　柏林徐悲鸿住室　冬　徐悲鸿、蒋碧微、张道藩

徐悲鸿在看画。

蒋碧微穿上皮大衣在小屋袅袅婷婷地来回走着："好看吗？"

徐点点头，边看画："你倒是有些眼光。"

碧微："当然！我早就趣味不俗，再说，又被你熏陶了这么些年。哎，以后天再冷，你出去写生、临摹，我都可以奉陪。"

徐："奉陪我？那你自己呢？"

碧微："我自己怎么啦？"

徐："就这么晃荡着，什么都不学？"点着她的鼻子笑道，"少壮不努力，老大徒伤悲。"

碧微娇嗔地搂着他："到欧洲，我就是来'陪公子读书'嘛！"

徐认真地："我说的是正经事。"

碧微急促地："知道，知道。我的老先生，你是为我着想。"

徐："知道就好。"又专心研究起那满床满桌的画。

敲门声。

徐开门，很意外："道藩，你怎么来柏林了？"

风度翩翩、衣着考究的张道藩进来："悲鸿兄，我从伦敦大学艺术系转到巴黎高等美术学院，乘假期之便来游德国。你们住的地方真难找。"

碧微："你将和悲鸿同窗了，太好了！"

张这才看见碧微："碧嫂，俨然是欧洲贵妇人了嘛！"

碧微佯装严肃："不要取笑我，一件普通大衣罢了。哪有住地下室的贵妇呀。"说着脱去大衣，"道藩兄，喝茶还是喝咖啡？"

张："当然是咖啡！"

徐："道藩，你游柏林，碧微可先陪你转转。"

碧微："好。"对张，"他整日不是临摹就是写生，我是闲人一个。道藩兄，游览有什么特殊要求？"

张："请务必穿上这件大衣，穿上它更显得你仪态万方。与你同行，我脸上都有光。"

蒋由衷地笑了："是吗？"得意地瞥了徐一眼，去煮咖啡。

徐："道藩，跟你商量个事，画店有两幅康普的画，你看，我们能不能筹资购买？"

"哦！"张似乎有些兴趣，"康普的画当然艺术价值很高，可价钱也一定不菲。"

徐："现在马克贬值，用法郎购买正是最便宜的时机。"

张："我虽然衣食无忧，可收藏名画，对我来讲简直是可望而不可即。"

6-19 柏林徐悲鸿住室 冬 徐悲鸿、蒋碧微

夜。蒋碧微在熟睡，徐悲鸿却辗转反侧。

碧微醒了："怎么还睡不着？是不是又胃痛了？"

徐："不是。买画，目前可是机会难得呀！"

碧微："再难得，我们也得有钱哪。官费停发快二十个月了，我们已经负债有上千块钱了，还能向谁借呢？"

徐："是啊，留学生都没那么多钱。"

碧微："别瞎想了，快睡吧。"

徐不语，忽然披衣起床，拉开电灯，急忙写信。

碧微："你又干什么？"

徐："给康先生、蔡先生写信，向他们呼吁集资。"

碧微："你可真疯！就算他们同意，集资还不得周年半载，也来不及呀！"

徐没有回答，继续写。

碧微嘟哝着："走火入魔！"

徐写完信，上床。

碧微："呼吁书写完了？"

徐："明天，我去找魏大使谈谈。"

碧微："找大使干什么？"

徐："你不是说远水解不了近渴吗？"

碧微："大使会认识你？"

徐："哎，他不是请我们吃过一顿饭吗？"

碧微："那是例行公事，刚到任，请了十几位在柏林的中国留学生。他怎么会一定记得你？再说，你的留学关系在法国，驻德国大使也管不着你呀！"

6-20 中驻德使馆 冬 徐悲鸿、大使

大使办公室。

桌前，大使正拿出小镜子，修饰自己的胡须。

敲门声。

大使忙收起小镜子："请进。"

徐悲鸿进门："魏大使，您好？"

"你好。"大使一时记不起他，"啊，你是？"

"徐悲鸿。"见大使仍很懵懂，徐又说，"您请我们吃过饭。"

"吃过饭？"大使仍对不上号。

徐："您请了十几位中国留学生和家眷。"

大使："噢——想起来了。那次有位蒋碧微女士，才貌出众，放言高论，真是时代的新女性，给中国人挣足了面子。"

徐："她是我夫人。"

大使："你夫人？噢，你是学画的！对不对？夫人好吗？她可是天之娇女！徐先生找我有什么事吗？"

徐："大使先生，康普，您知道不知道？"

大使一愣："康普？名字有些耳熟。"

徐热情地介绍："他是柏林美术学院院长，当今世界最大的画家之一。"

大使："哦，那又怎么样呢？"

徐："画店正出售他的画，折合外币非常便宜，我要向使馆借钱买画。"

大使："买画？那是您个人的私事。"

徐认真申明："不，我已经向国内的康有为、蔡元培先生写信呼吁集资四万元，购置大量外国美术作品，在中国建一所外国美术陈列馆。然后发展成为收藏中外作品的大型美术馆。"

大使颇感兴趣："像卢浮宫，像柏林国立博物馆？"

徐："对！我们历史悠久的泱泱大国不能没有一个美术馆哪！"

大使："嗯，这个倡议很有见地。"

"您也赞同？太好了！"徐凑近大使，很知心地，"当前马克贬值，在德国的美术作品价格，比原值要低几十倍！"

大使："是啊，我想康公、蔡公那样的有识之士，不会错失良机的。"

徐："可是燃眉之急是马上买下康普的几幅名画！我们可以先付定金，过些天再付款把画买回来。马克每天贬值，今天五千马克能够买一个鸡蛋，明天也许就要一两万马克了。这样，同样多的外币能够多买几幅名画呢。"

大使："这很合算哪，合算。"

徐热情地："我可以先将那些作品挂在使馆，等借款归还后，再来领取。怎么样？"

大使灿烂地笑了："康普的大作，定会让使馆蓬荜生辉！"

徐："那当然！康普是德国国宝级的画家呀。把他的作品挂在使馆客厅里，来访的人一眼就能判断您的艺术品位了，就能明白中国大使是个德国通！"

大使："那太好了！我刚到柏林上任，当然不希望外界以为我对德国一无所知。"

徐大喜过望："那么，您答应了？"上前握手，"谢谢！谢谢！"

大使："答应什么？噢，我得给国内打个报告，等报告批下来，再派人去银行查查，看还有没有多余的钱。"

徐忽然明白大使一直在耍弄自己："好！谢谢！"自嘲地苦笑而去。

大使叫住他："周末，大使馆有个舞会，请你们贤伉俪务必莅临。"

徐："谢谢！我没空儿。"

大使："那夫人呢？"

徐："她从来不跳舞。"扬长而去。

6-21　柏林徐悲鸿住室　冬　徐悲鸿、蒋碧微

徐悲鸿拿着两幅油画进屋，兴高采烈地："碧微，看！这是什么？"

蒋碧微正在切菜，瞥了一眼："什么呀？"

徐打开几层包装纸，献宝一样："看，康普的两幅画到底买回来了！《包厢》《人物肖像》！厉害不厉害？"

碧微看了看："画得倒是很好。哎，你哪里搞的钱？"

徐笑着："怎么样？神通广大吧。"

碧微："谁借给你的？"

徐："还是有爱艺术的人哪！"

碧微："不要卖关子啦，到底从哪里搞的钱？"

徐："向宗白华、陈寅恪借的。"

碧微："他们平白无故的为什么借给你？"

徐："宗白华是学美学的，陈寅恪的大哥陈师曾是我在画法研究会的同事，他们都懂美术，有眼光。虽然他们手头也不宽裕，可是到画店一见这几幅杰作，立即表示，勒紧裤带也要帮我凑齐画款。你看看！"

碧微："这几位知己倒是帮你达到目的了。我看你拿什么还人家！"

徐满不在乎地："天无绝人之路！你记着。"完全沉醉在兴奋中，把画戳起来欣赏着，"凝重、宏丽、阔大，简练，不愧是当代德国的大家手笔！哎，多亏马克贬值，我总算有了两幅名家的原作！"

碧微笑着扫他一眼："疯子。"又去做自己的事。

徐得意地看着画："屋子太小，拉开距离看，更能感到它的美妙。"

6–22　柏林博德博物馆　秋　徐悲鸿

徐悲鸿拿着临摹的画架走出博物馆大门，沿着桥头走来。

6–23　柏林徐悲鸿住地　秋　徐悲鸿、蒋碧微

徐悲鸿又在欣赏康普的画，忽然痛苦地蹲下来。

蒋碧微一惊："你怎么啦？"

徐："给我一杯热水，胃痛又犯了。"

碧微忙给他开水喝，又给他药："你吃糖姜以来，犯病的次数明显少了，今天怎么又痛起来了？"

徐："中午又没吃饭，饿过劲了。"

"你呀！"碧微给他两片面包，"慢慢吃。你还是去医院彻底检查一下。"

徐："去医院太贵了。"

"能借钱买画，就不能借钱看病？躺下，好好捂捂。"碧微给他盖上被子。

徐："就买了两幅原作，多可惜呀！错过了这么好的机会。"

碧微："哼，你穷得连病都看不起，还想办美术馆？做梦吧！"

此时，邮差送来一封信。

碧微拆开看，狂喜地："天哪！太好啦！"

徐："什么事？"

碧微："驻法使馆通知说，教育部已经补汇了全部积欠的官费，叫我们回巴黎领取！"

徐夺过来又看一遍："我们立刻回巴黎！"

第七集

7-1　巴黎达仰家　1923年　春　徐悲鸿、达仰、女仆

（本场均用法语对话）

徐悲鸿带着一摞画敲门。

女仆开门，惊喜地："徐先生，你从德国回来了？"

徐："回来了，你好。达仰先生在家吗？"

"在，在。请进。"女仆引徐到客厅。

达仰高兴地："亲爱的徐！"与他热烈拥抱，"走了这么久，十分想念。是回巴黎看看，还是留下来？"

徐："我的留学经费政府寄来了，昨天我已经到美术学院报到了。"

达仰："好，好。"

徐："您还好吧？"

达仰："好。只是越来越老了。不过，精神还可以。"

女仆送来咖啡、点心。

达仰："请尝尝珍妮烤制的点心。"

徐端起闻闻："味道香极了！"

达仰："珍妮，包一些带给徐夫人尝尝。"

女仆："好的。"

徐："谢谢。"

达仰："在柏林学得怎么样？"

徐："我只能自学了。"

达仰点头："把过去所学的反复体会琢磨，也是需要的。在你们中国哲学中叫作

‘悟’，对不对？”

徐：“您说得很对。可是，这二十个月，我虽然努力临摹、写生，可我觉得自己进步很小。”递上一些画作。

达仰一眼认定：“不，画得大有进步！”

徐颇感意外：“是吗？”

达仰：“当然！这幅（指油画《老妇》），以我的判断，完全具备参加法国全国美术展览的水准了。”

徐很兴奋，自己又拿起来看。

达仰：“人物的神态表现了‘心灵的意向’。”

徐：“在中国画中叫‘神似’。”

达仰：“神似？对！对！”

徐备受鼓舞。

达仰又见到徐画的中国画《鹅》，惊喜地：“多么活泼！和谐！清新！徐，把你们悠久的绘画传统与透视学、光影学、人体解剖学结合起来，将会创造出世界上独一无二的艺术啊！”

徐兴奋地：“今后我还要怎么进一步提高呢？”

达仰：“你必须再继续画严格的、精确的素描。油绘人体时，必须分细部研究，务必体会那些精微的东西，不要追求华丽的笔触。”又加重语气，“要想成为一个大艺术家，还需要下苦功。世界上最大的艺术家都是意志和毅力最强的人，他们有崇高的道德和卓绝的艺术，为人类申诉。”

徐：“我一定照您的话去做。”

达仰又拿出许多油画颜料：“徐，你有的画颜料用得不足，送你一些油画颜料。记住，人可以饿肚子，画的颜料一定要吃饱！”

徐接过：“谢谢您！”

7–2　巴黎徐悲鸿住的阁楼　夏　徐悲鸿、蒋碧微

徐悲鸿正在画画。

蒋碧微拖着疲惫的步子回来：“哎呀，腿都快跑断了。”

徐：“快躺下歇歇。”

碧微一头倒在床上，徐端过一杯开水给她。

徐：“找到事儿了吗？”

碧微有气无力地：“没有。”

徐：“法国失业问题这么严重，哪有事情给外国人做？你还非去不可！”

碧微："不去怎么办？留学官费又有三个月没发了，家里明天就要断炊了。"

徐收拾了一下画具："我去香榭丽舍大街那家衣帽店一下。"

碧微："干什么？"

徐："我给那家商店布置过橱窗，经理很满意。我问问能不能再介绍我几家？"

碧微："法国全国美术展览就要选送作品了，你还分得开身？"

徐："唉，是啊，可也不能饿着肚子画画吧。"

碧微忽然笑了。

徐："你笑什么？"

碧微："我想起申都说的，'中国人为吃而活，外国人为活而吃'，好像他把中外人士的异同研究得多么透彻。其实，'人是铁饭是钢，一顿不吃饿得慌'才深刻，通行世界！"说着又笑起来。

徐："你还有心思想这些？还笑？"

碧微："哭着是受穷，笑着也是受穷，哭又哭不出钱来！"

徐想了想："我还是去一趟。"

碧微："不行！"

徐笑着用手比画着弹琴："我还要给你租一架钢琴呢。"

碧微："饭都吃不上了，还租什么钢琴！我从没指望自己成为一个音乐家。一来，我要做家务。二来，搞出名堂不光要花时间，还要有才能。再说，中国哪有女音乐家？"

徐："要敢为人先嘛！钢琴还是要租，我还要给你买小提琴呢！"

碧微笑："好，好，我心领了。"

徐："什么都不学，不是白来巴黎了！"

碧微："你能成就一番事业，我就没白陪先生读书！"

徐认真地："碧微，人活一世，总要有所作为。"

碧微："相夫教子就是我的作为。再说，我也懒于拼搏，我懒，行不行？好了，今天还是我出动吧。"

徐："你会布置橱窗？"

碧微："我去华法教育会找刘伯海执事借点钱。"

徐："他可是有名的铁公鸡！"

碧微："是借钱！又不是要他的钱。再说，他太太很爽快。"

徐叹了口气："那你换件漂亮衣裳吧，精神点！"

碧微答应着，又对镜补了妆："家里有面包，饿了，你先吃，我很快就回来。"

徐关心地："有车费吗？"

碧微翻翻手提包："还有一法郎。来回地铁票需要八十生丁，还剩二十生丁。这可是家里全部的钱了。”去换衣服。

徐呆坐在那儿，心中五味杂陈，一筹莫展。

7-3　华法教育会刘执事家　夏　蒋碧微、刘太太、刘执事、虎子

陈设讲究的家用餐厅，玻璃橱上摆着各种名酒和水果。

胖胖的刘太太对蒋碧微说：“徐太太，今天你一定要留下来吃晚饭，尝尝我新学的法式蜗牛、香菇鹅肝。”

碧微：“不，我就是看看你们，聊聊。一会儿我还要回家做晚饭呢。”

刘太太端上一大盘水果：“你不回去，徐先生也饿不着，打扫打扫剩的就是一顿！等伯海回来，咱们就开饭。我呀，就是爱做吃的，跟伯海到了巴黎，什么也没学会，就学了几句法国话，几样法国菜。唉，我这身条，穿什么也好看不了，也就豁出去吃吧！”

碧微：“看你说的！刘先生什么时候回来？”

刘太太：“快了。怎么，你找他有事？”

碧微：“没事，没事。刘太太，您将来回国可以开西餐馆了。”

刘太太：“对！要是伯海在衙门里混不下去了，我就开西餐馆。哎，这也算没白来欧洲一趟。你说，中国女人有几个到过法国呀！还是咱们嫁得好。”

碧微没说什么，笑笑。

此时，听到门声。

刘太太：“哦，回来了。”

客厅，刘执事回来了。碧微和刘太太迎上。

刘：“哦，徐夫人来了。您好？”

碧微：“您好！刘先生。”

刘太太：“我正留徐太太吃饭呢。”

刘：“今天有什么好吃的？

刘太太：“一会儿你就知道了。我去厨房看看。”

刘：“徐太太，请坐。”

二人面对面坐在沙发上。

碧微：“刘先生，华法教育会忙吧？”

刘：“忙！又来了一批留学生，安顿他们住宿，教他们礼仪，忙得不亦乐乎。”

碧微充分理解地夸张地点头。

刘：“首先，我还得照例手拿全套餐具，站在一张凳子上，向他们讲解餐具的用法以及进餐的规矩和礼节，边讲边做示范。我还一再嘱咐吃西餐最忌发出声响，刀叉不能叮当作响，喝汤尤其不能有吸溜声。”

碧微笑着附和："对啦！"

刘："讲完了，大家都说明白了。于是他们几十个人一哄而进餐厅。帮助上菜的是法国女学生，头一道菜就是汤。一开动，顿时，吸溜之声四起。"

碧微听着，大不忍的样子。

刘："弄得法国女学生愕然失色。他们把我刚刚讲的全忘了。"

碧微取悦地笑了一阵，满足了刘的自尊心："这也难怪，当初，我们也闹了不少笑话。记得我们刚到巴黎的时候，留学生们住在旅馆。每个房间的床头柜里都有一只白瓷的尿盆，洗得干干净净。有一个姓朱的学生肚子饿了，出去买了面包回来，找不到容器存放，看到这个白瓷盆，也不知做什么用的，就拿出来盛面包，逢人就端出请客，惹得大家笑痛了肚子。"自己大笑不止。

刘："咳，这类洋相多了。有的留学生素质太低，带的家眷就更不上属了。"

刘太太进来："好，马上就开饭。佣人正摆桌呢。"

刘："知道了。"继续对碧微说，"今天有两位留学生也带了太太来。徐夫人比起她俩就是天上地下了，她们是又土又俗！简直有失国体。"

刘太太："哪里找徐太太这样的？长得高挑，皮肤白净，快赶上欧洲人了，怎么打扮怎么是！还有，诗词歌赋样样行！你看，徐太太这衣裳，多体面，显得多高贵！"

碧微笑着："还高贵呢？我们就要饿饭了，还想向你们告帮呢，真的。"

刘："告帮？哪有这么高贵的乞丐呀？"对太太，"你看，徐夫人可真逗。"

碧微见刘有意搪塞，也就转了话题："刘先生，这批，有官费留学生吗？"

刘："还敢有官费留学生？前些天，几个官费生到我们那儿索要留学经费，口出不逊，还要动手打人，我向他们说，看人家徐悲鸿先生，埋头艺术，志趣高雅，哪像你们一天到晚就知道钱！钱！"

碧微明白他在怼自己，表情很不自然。

刘："这些人，平常爱国高调唱得欢，到时候，国家指得上他们吗？哼！"

碧微："生活困难也是实际问题嘛，不找你们找谁？"

刘："唉，政府也有难处，大家应该体谅嘛。我们也是再三为大家催款，也没有中饱私囊。"

碧微感到无望了。

刘太太："徐太太，要说难，我们比你们难。"

碧微笑了："您这话谁信哪。"

刘太太："就说吃的吧，你们什么小店都能进，什么便宜的都能买。学生嘛，谁又能说什么。我们不行啊，他不让买过午的便宜面包、肠子、熟肉，说怕法国人笑话，好歹也是中国官员，哪能掉份儿！你看，同样的一磅肉，一块面包，差不了多大工夫，价钱可就差远啦！我们不是瞪着眼挨宰吗！”

碧微勉强挤出笑容，听着。

刘太太：“可没辙呀，全是为国家的体面，谁让我们是官员呢。再说穿的吧，出来进去，也得衣冠楚楚，可这西装一会一变，一会时兴领子大，一会时兴领子小，花样多啦。咱们是代表国家出席场合，能不跟着变吗？这也都需要钱哪！大妹子，你说他每月关这点饷，可叫我怎么拆兑？”

碧微哭笑不得，又不好说什么。

这时，上小学的孙子虎子回来了，说：“爷爷奶奶，我们班的同学要救助两条流浪狗，大家都要向家长和亲友募捐！”

刘：“搞什么名堂？为狗募捐？”

虎子：“老师说动物和人是平等的，都有生存的权利。”

刘：“去，去，去，哪来的这些说辞？”

刘太太：“虎子，要捐多少？”

虎子：“每人才捐五十生丁。”

碧微一听，心里紧张起来。

刘：“哎，我可不惯他这乱花钱的毛病。”

刘太太：“这事，我做主了！”掏出钱，“一法郎，是我和你爷爷的。”

碧微思谋着。

虎子向碧微：“阿姨，您也捐一份吧。”

碧微笑着从手提包中摸：“看看阿姨有没有零钱。哦，有！我也捐五十生丁。”

虎子：“谢谢阿姨！谢谢爷爷、奶奶！我代表那两只小狗谢谢你们！你们的名字会写在我们班的墙报上的。”

碧微勉强敷衍出笑容。

刘太太：“好了，徐太太，伯海，虎子，吃饭了。”

7–4 巴黎徐悲鸿住的阁楼 夏 徐悲鸿、蒋碧微

夜，屋中留着小灯，徐悲鸿已睡下。

蒋碧微又累又气地进门。

徐醒了：“怎么才回来？出什么事了吗？”

“我要是再去他们家，我就不姓蒋！”碧微气狠狠地脱了衣裳，胡乱扔到椅子上，“没借到钱，还生了一肚子气！把坐地铁的车费也捐了。”

徐：“地铁票那点零钱捐给谁？”

碧微：“刘执事的小少爷要救助流浪狗！真是吃饱了撑的！我呀，只能走过半个巴黎城

走回来了。”

徐：“你吃饭没有？”

碧微：“饭倒是有，还是法式西餐，我也吃不下，气都气饱了！”

徐：“明天还是我去那家商店吧。”

碧微：“那画画呢？”

徐：“正业只能当作副业了！”

7–5 华法教育会刘执事家 夏 刘执事、刘太太

客厅，刘执事夫妇在喝着咖啡闲聊。

刘太太：“我看今天徐太太是借钱来的。”

刘：“当然！我没想到你这么能说。哎，你这么搪塞她……”

刘太太：“我还不是替你救驾！”

刘：“可也别跟徐先生关系搞僵了，我看哪，徐悲鸿这个人前途不可限量。”

刘太太：“对！过两天我再去徐家转圜一下。”

说完，二人同时大声吸溜着咖啡，毫无礼仪可言。

7–6 巴黎徐悲鸿住的阁楼 秋 徐悲鸿、蒋碧微、希科

蒋碧微在屋中拉小提琴初级练习曲，很刺耳。

徐悲鸿拿着画夹进门：“在三楼就听到你练了。”

碧微：“拉得太难听了，让邻居笑话。我都不敢多练。”

徐：“学琴都有这个过程。法国人爱艺术，更能谅解。哎，我给你画张画。当年在上海没画成那张《琴课》，现在补上，画你一个人拉小提琴的。”

“好啊！”碧微高兴地应道，“别看拉得不怎么样，摆姿势我可在行。”

徐：“只要苦练，将来，不仅姿势好看，曲子拉得还能好听。”

碧微：“但愿吧。”

徐：“不要没信心嘛。”

敲门声。

碧微去开门，一位陌生的法国男子站在门外。

（以下徐、碧微、希科三人的对话均用法语）

碧微：“您找谁？”

“我是希科。”扫了一眼屋内，兴奋地叫，“徐悲鸿先生！”

徐很意外：“先生，您……”

希科：“我们虽然初次见面，可我看过您的作品，在全国美展上，您展览过这幅《老

妇》吧。”指指屋中墙上挂的那幅画。

徐：“是啊，请进。”

希科热情地：“当我一见这幅作品，立刻决定要结识画家本人。我从展览会上得到您的住址。”

希科转着看满屋子挂在墙上、摆在桌上、戳在地上的画，赞许地点头。其中有几幅蒋碧微的肖像。

希科：“画的是夫人？”

徐：“是。”

希科：“画得很美。”

徐引为知音：“太好了！请坐。”

碧微忙挪开椅子上的杂物：“房间太小，真不好意思。”立刻去煮咖啡。

希科：“您的创作精力太旺盛了，这么多作品足够布置一个画廊了。这间阁楼就显得太狭小了。”

徐：“这里房租便宜。天窗，采光也好，适于画画。”

希科：“对您这样才华横溢的高产画家，这样的住所未免说不过去。”

徐：“我的经济实力也只能如此。”

希科：“如果有人愿意为您提供一所宽敞的住宅，有卧室、画室、起居室呢？”

碧微边煮咖啡边插嘴：“他是慈善家吗？”

希科摇头。

徐：“是艺术赞助人？”

希科仍摇头。

徐不解：“那为什么让我们白住呢？”

希科：“因为热爱您的艺术。”

徐：“有这样的人吗？一定有附加条件。”

希科笑了：“当然，是想得到您的作品。”

徐更加奇怪：“什么？”

希科寻找着词汇：“怎么说呢，是在某种程度上占有您的作品。”

碧微端上咖啡斟上：“不会是让我们住在那里，无偿地画画吧？”

“不！不！”希科急忙解释，“怎么是无偿呢，准确地说，是收购徐先生的作品，全部作品！”

徐：“全部作品？为什么？”

碧微坐到徐身边。

希科：“为了向社会推荐一个杰出的画家呀。”

徐："您怎样推荐呢？"

希科："印制精美的作品目录，在我的画廊长期开您的个人画展。"

徐有些兴奋："哦，向公众展出我的作品？"与碧微交流目光。

希科："对！当然，也不只是展出。您知道，法兰西民族是崇尚艺术的，许多人往往不满足参观画展，还要拥有自己喜爱的作品，认为这是一种荣耀！财富！时尚！所以就不得不出售您的作品，以满足他们强烈的欲望。"

徐悄悄拍拍碧微的手，看她一眼。

徐："哦，您是画商啊。"

希科："我是希科画廊的经理。"

碧微兴奋地："哦！我去过希科画廊，很大呀！"

徐："我明白了，卖画的收入就抵了那大房子的房租，是不是？"

希科："全部收入，扣除房租外，您与画廊共分。"

碧微急切地："那，怎么个分账比例？"

希科笑了："我们签合同前，一定会明确的。"

碧微小声对徐用汉语说："干吧！"

徐没有回答。

希科："徐先生，您的才华，加上我的营销，收入一定相当可观！"

徐："是吗？"似乎不太相信。

希科："当然！您和我，二者缺一不可。如果您自己出面卖画，人们倒未必识货。我的推荐和评价很能左右他们呢。"

碧微景仰地："希科先生，能认识您，真是幸运。今天是一个值得纪念的日子！请喝咖啡。"

希科品了一口："煮得很香，夫人。哦，徐先生，还有一个附加条件，以后画画，您要听从我的要求。"

徐："为什么？"

希科："我比您更了解艺术品市场的风向和口味。这样，您画的画，才能符合时尚潮流，才能有的放矢，才能弹不虚发呀！"

"可是……"徐刚要说什么，碧微抢先打断。

碧微："那，一切就仰仗您了！希科先生。"

徐看了她一眼，没有作声。

希科："今天有幸结识了东方的艺术家，我想二位不会放弃这美好前景吧。"

碧微："当然！当然！"

希科："好，夫人是爽快人。"

徐："请容我考虑一下。"

希科："完全可以。"掏出名片，"这是我的名片。我恭候佳音。"

希科走后，关上门，碧微扑上来，拥抱徐。

碧微："这个希科简直是财神爷！"

徐也很高兴："没有生活忧虑，专心致志地画画，也是我梦寐以求的事。"停了停，"这是真的吗？"

碧微："怎么不是？喏，名片还在你手里。"夺过来，大声念，"希科画廊！太好了。"冲着窗外大叫，"徐悲鸿要占领希科画廊！徐悲鸿要征服巴黎！"

徐笑着："别嚷了，让邻居听见。"

碧微兴奋已极："我就叫他们听见！我们也要过巴黎上等人的生活了！"

徐："看你乐的，事情还没办成。"

碧微："办成还不容易？你大笔一挥，签上徐悲鸿三个字，合同立刻生效！"搂着他跳，"要依着我，刚才就签约了，你就成了希科画廊的签约画家！这可是中国第一人哪！不行，这间小屋，太憋气了，我们要到外面舒散一下，庆祝一下！"要跑出去。

徐拉回她，忍住喜悦："拿什么庆祝？"

碧微郑重其事地："尊贵的徐悲鸿先生，今天我们还一文不名，没钱进大饭店，只能穷逛！不过，可以先选好商品，过几天再买回来。以后，想买什么就买什么啦！再不用为几个小钱抠抠搜搜算计啦，真痛快！哎，逛完了，回来抓紧画像，这幅《琴课》，一定要把小屋的拥挤画出来！要不，搬了家，想找这种感觉都找不到了。啊，真棒！你简直是摇钱树！"搂着他亲。

徐："可是，我还是心里不踏实，有些关键之处，希科在躲闪。"

碧微："躲闪？！"

7–7　巴黎达仰家　秋　达仰、徐悲鸿

（本场对话均用法语）

达仰："对这些画商，你千万不要上当！"

"上当？"徐悲鸿不解。

达仰："对。他首先花大钱把你捧红。然后，低价买进你所有的作品，在画廊高价出售。而稿酬呢，你和他是二八开甚至是一九开。"

徐："噢，难怪这点他迟迟不肯说呢。"

达仰："更重要的是，你必须不停地按他的意图为迎合买主的趣味和时髦的画风去画。这样他才能牟取暴利。而你却完全丧失了创作主动权，泯灭了自己的艺术个性和才能，成为画商的牺牲品。你知道，失去创作自由的画家不过是奴隶！"

徐深深点头。

达仰："最惨的是，当他又发现了新的画家去追捧，而你却受合同的制约，什么作品都不能卖给其他人了。"

徐十分后怕："这么多黑幕。"

达仰语重心长地："你还是按照自己的艺术天性走自己的路。"

7–8　巴黎高等美术学院图书馆　秋　徐悲鸿

室内四周有上下两层成排的经典画册书架。

徐悲鸿在高台阶上的二层书架中选画册。

7–9　卢浮宫　秋　徐悲鸿

徐悲鸿在欣赏馆藏的一尊尊精美雕塑。

徐画着素描，技法绝伦的石雕《披纱女》，体态婀娜，石刻的纱衣薄如蝉翼。

7–10　巴黎徐悲鸿住的阁楼　秋　徐悲鸿、蒋碧微

徐悲鸿正整理参展作品。

蒋碧微提食品进屋，抱怨着："我真够了！住佣人住的阁楼，连电梯都不通，就是买一根火柴，也要上下六楼爬一百多级楼梯。从柏林回来，我说另找住处，你非要还住在这里，说这儿便宜，画画采光好。哼！"

徐歉疚地："米、油、菜、肉之类的东西，我每天出去时可以捎回来。"

碧微："今天我是要亲自去买的，做你最爱吃的鱼、西红柿，祝贺你今年又有九幅画参加法国全国美展。"

徐感激地笑笑："按照达仰先生教的去画，这一年果然进步很快。"

碧微做着晚餐："名师出高徒嘛！但愿像《老妇》一样好评如潮。哎，你说你一个中国人，怎么入选这么多？在法国画家中都少见。你真是天才呀！"

徐："天才倒说不上。我的画融会中西，哪国观众都感到是似曾相识的陌生人，既熟悉又新鲜。"

碧微赞同地笑了："看你得意的！"

徐又有些发愁："可是参展作品，每幅画的陈列费要交八十法郎，我们哪有这笔钱呢？要不我再撤下几幅画。"比较着那几幅画。

碧微急忙阻止："别！别！千万别！多少画家想交陈列费，画展还不要呢。到欧洲苦学这么多年，眼看就要功成名就了，怎么还要撤呢？就是让人们看看，中国人，徐悲鸿，怎么样，在法国全国美术展览会上，一次入选九幅画！佩服不佩服！"

徐笑了："嘴上那么痛快，钱呢？"

碧微不语，从抽屉里拿出一大摞钱，杵到他面前。

徐十分惊奇："哪儿弄的？不是变戏法吧？"

碧微得意地一笑："反正不是偷的，也不是假币。"

徐拿过来，仔细看看："到底哪来的？"

碧微伸出左手。

徐不明白："手怎么啦？"

碧微仍不语，微笑地看着他。

徐忽然发现："你的镯子呢？"

碧微："你的观察力还可以。"

徐："镯子呢？"

碧微："卖给银楼了。"

徐："这怎么能卖呢？你妈妈给你的。"

碧微："反正镯子上的雕花已经坏了，已经不完整了。"

徐又感激又内疚："你真是！"

碧微倒很爽快："等你成了大画家，有了钱，再给我买，还不行？"

徐："你妈妈知道会伤心的。"

碧微："我妈你还不知道？识大体！参展是生命攸关的事，她知道了这镯子成就了你参展，不仅不会埋怨我，一定还会夸我呢。"

徐歉疚地笑笑："那倒是。"停了停，"这镯子，又当又卖的，碧微，这些年你跟着我受了不少苦。"

碧微也心头一热，抹了一把泪："总算快熬出来了，就要苦尽甜来了。"

徐百感交集，望着她，点点头。

碧微："好了，吃饭吧。"端上菜，"油浸鱼！炒蛋赛螃蟹！开洋西柿汤！来，还剩半瓶波尔多葡萄酒，好好庆祝一下。"

酒杯斟满。

碧微："祝徐悲鸿先生早日成为艺术大师！"

徐："感谢蒋碧微女士慧眼识人！"

二人碰杯。

徐夹了一块炒蛋吃："怎么，比螃蟹还鲜！"又尝尝油浸鱼，"好！赶上你妈妈的手艺了，天下第一！"

碧微："你再仔细品品，我是中国做法，法国调料，中西合璧！"

徐："不错，不错，也是融会中西了！"

碧微："哼，凭我的悟性，能创出多少亦中亦西的名菜！可惜我们太穷，巧妇难为无米之炊呀。"

徐爽朗地："以后会让你尽情发挥的。"

碧微含笑低声地："我相信。"

7-11　巴黎徐悲鸿住的阁楼　秋　徐悲鸿、蒋碧微

饭后，徐悲鸿洗餐具，蒋碧微在灯下为睡衣绣花。

徐："你哪里找的加工活？"

碧微："是房东的女儿素珊介绍的呢。"

徐："素珊？就是那个很清秀文静的姑娘？"

碧微："是。她很有同情心呢。看我们日子过得紧，就让我到她朋友开的百货公司做绣工，还答应夏太太也做。我看她对道藩兄有些意思，道藩对她也颇有好感。蒲峻兄正尽力促成这件婚事呢。"

7-12　巴黎徐悲鸿住的阁楼　冬　张道藩、蒋碧微、徐悲鸿、蒲峻

张道藩穿西式礼服，神色懊丧，敲门。

蒋碧微开门："道藩兄，一大早就来接素珊了？订婚宴要中午才举行呢。"

张："我一人在住所待着，心里有些发慌。"

碧微笑了："你是慌着去素珊家吧。她恐怕还没打扮好呢。"

张："所以我上楼到你们这儿坐坐。悲鸿呢？又出去画画啦？"

碧微："不，今天是你的好日子，他和蒲峻兄买花去了。"

张："一天不画画，在他可是少有的事。"

碧微："要不然都叫他画痴呢。"仔细打量张，"哎，你这身礼服很精神！我送了素珊一件旗袍，你穿西装，她穿旗袍，更显得相互倾心。"

张苦笑："你们为我太费心了。"

碧微："我昨天去看了素珊，她母亲说你留学法国，成了她的女婿，要感谢上帝的安排。"

张："你相信上帝的旨意吗？"

碧微不置可否。

张忽然说："此刻，上帝告诉我，我一生中不可能只爱一个女人。"

第八集

8-1　巴黎徐悲鸿住的阁楼　冬　张道藩、蒋碧微、徐悲鸿、蒲峻

蒋碧微笑道："胡说什么！你能通灵？能和上帝对话？"

张道藩："不是上帝。是我的内心。"

碧微："你疯啦？马上要行订婚礼了，素珊知道了该多伤心！"

张抑郁地："她不会知道，永远不会知道。"

碧微："你们的婚事，朋友们只是热心撺掇，并没有强迫你。"

张："我自己强迫自己。唯有牺牲，才能解脱。"并不望她。

碧微似懂非懂地听着，无语。

此刻，徐悲鸿、蒲峻抬着花篮进来。

蒲嚷着："道藩，贺喜！贺喜！"

张："悲鸿兄、蒲峻兄，你们太客气了。"

徐："这是留法同学们的一点心意。"

蒲："大家远在异国，亲如兄弟，还不该吗？悲鸿，写贺词！"

徐："写道藩先生、素珊女士订婚志喜，中国留法同学敬贺。行不行？"

蒲："行，行。"

碧微："我看，先把花篮摆到宴会厅，然后再送到素珊家，你们说如何？"

张："何必这么隆重？"

蒲："这关乎咱们中国留学生的面子！"拿起桌上的文房四宝，"这些，我就征用了！"对徐，"咱们走吧。"

张："一定要写，就在这里写完拿去吧。"

碧微："对！"

徐："要根据餐厅的大小决定字的大小呀。"

二人抬着花篮，拿着笔墨纸砚要走。

张："那就太有劳二位仁兄了。"

"我，我跟你们去！"碧微急于逃避地说。

徐："你留下陪道藩坐坐，到时候你们下楼去接素珊。"

碧微："我算什么人？"

蒲："道藩叫你嫂子，你权当男方亲眷吧。"说着与徐匆匆走了。

冷场。张、碧微一时找不出话来。

碧微："你看，大家都为你高兴，素珊又优雅又温柔，小鸟依人的样子。"

"是。"张又不知说什么了，干咳了一声。

碧微找话题："素珊最近学了几句中文，能简单地和我对话了。"

张："她的中文，远不如我的法文。可就是用法语，我们也很难深谈。"

碧微："谈什么！心心相印就够了。"

张望望她，欲言又止。

碧微："我看，我们还是下楼去素珊家，既然她今天穿旗袍，发式，我也帮她设计设计，梳个中国式的。"

8–2　巴黎马场　春　徐悲鸿、黄锟钟

草场上，一匹匹各种姿态的骏马，奔跑、腾越、嘶鸣……

徐悲鸿画着写生。

正在骑马的华侨黄锟钟见徐画画，好奇地下马，走过来看。

徐见他阔绰的打扮和东方人的面孔，对他笑笑，继续画画。

黄："好！太传神了！"

徐："你，是中国人？"

黄意外而惊喜地："你也是中国人？请问尊姓大名？"

徐："徐悲鸿，在巴黎学画的。"

黄："太好了！没想到中国有你这样的人才！我是新加坡来的华侨黄锟钟。哈哈，我还以为你是日本人呢。"

徐也笑起来："我也是。"

黄："原来我们都是华夏子孙啊！"

8–3　巴黎徐悲鸿住的阁楼　夏　徐悲鸿、蒋碧微

灯下，蒋碧微在绣睡衣。

徐悲鸿悄悄走近，亲她额头。

碧微："呀！你回来啦。"

徐兴奋地："碧微，今天我在画店看到达仰先生画的《奥菲莉亚》，真是杰作！"

碧微一听，不作声，继续绣活。

徐嘟哝着："可哪儿去筹这笔巨款呢？"

碧微瞟他一眼："在柏林买画的债还没清呢。反正我绣一件睡衣才赚5法郎，你画插图能挣多少？"

徐自语："天无绝人之路。"

碧微猜度地望着他。

突然，电闪雷鸣，滂沱大雨浇在阁楼玻璃斜顶上。一个霹雳，屋内的电灯一下灭了。

碧微："哎呀！停电了！"

徐："电路坏了。"

碧微："明天找房东修理吧。"

徐忽然想起："我记得租房合同写着，房屋损坏，不论天灾人祸何种理由，均由租客负责修缮。"

碧微："天哪！一下哪里筹措这笔钱？"

徐："可不修，怎么能住呢？"

窗外的闪电不时照亮他俩的轮廓。隆隆雷声中，他俩只能大声嚷着说话。

碧微："要不，我找素珊，请她母亲先垫钱修好，我们搞到钱一定还上。"

徐："这等于向道藩借钱，他肯定不让我们还，我不愿意！还是想别的办法。"

碧微："想别的办法借钱修房，那幅《奥菲莉亚》就只能割爱了！"

徐："不！我去请画店把那画留几个月。"

碧微："留下，你哪里找钱呢？"

徐："前些天黄锟钟先生约我去新加坡，介绍我给几位侨领画像，能够得到一笔相当数目的报酬。我打算去那里画画筹款。"

碧微："啊？你走了，我一人孤零零留在巴黎怎么过？不成！"

电闪雷鸣中，只见他们比比画画地争执。

8–4　巴黎达仰家　秋　达仰、徐悲鸿、女仆

（本场对话均用法语）

徐悲鸿敲门，女仆开门。

徐："达仰先生在吗？"

女仆："在，先生病了。"

"病了？"徐很焦急，"我能看看他吗？"

女仆犹豫未答。

徐："我马上要离开法国了，是来向他告辞的。"

女仆："那好吧。"

达仰躺在床上，十分衰弱。

徐轻轻走近："先生，你觉得好些了吗？"

达仰："很不好，我得了心悸症，脉搏每分钟一百六十次。"

徐握着恩师的手，关切地望着他，轻声说："我在这次法国全国美术展览会有九件作品入选。"

达仰现出笑容："很好，很好。以你对艺术的热爱和执着，理应获得这样骄人的成绩，你为中国人争了光。可是，作为一个艺术家，你还刚刚起步，你要有远大的目标。徐，从我第一次见你，我就认定你有着非凡的才能和坚毅的性格，你要不懈地努力，不要追慕那些转眼即逝的时尚，不要满足已有的成绩，希望你成为一个伟大的中国人。"

徐很动情地："先生，我的绘画老师有两位，第一位是我的父亲——一个中国农村画师，再有就是您了。"

达仰："我把自己的学识和经验，把自己对艺术的忠诚和挚爱教给了你，我感到幸福！你把这些带到遥远的中国，我很欣慰！"

激动和感伤攫住了徐，他忍住泪，轻声地说："我不会辜负我的父亲，我不会辜负您！"

达仰："我相信你，孩子。"伸出双手拥抱着他。

女仆站在门口，悄悄地抹着眼泪。

徐："我马上要去新加坡一段时间，不能来看您了。"

达仰："徐，你临走之前，能满足我一个愿望吗？"

徐："什么？只要我能做到的。"

达仰微笑着："希望你送我一幅运用你们水墨技法的中国画。"

"中国画？"徐意外地，"我一直跟您学习西洋画法啊！"

达仰："对，我要一幅把传统的东方艺术和西洋画的技巧结合起来的中国画！这是你我友谊的结晶，也是中国和法国艺术融合的结晶！是我向你索要的唯一的纪念品，只有我亲爱的徐才能给予我的。"

徐激动地："我一定送给您一幅满意的中国画。"

达仰："这是我给你留的最后的作业，也是你新的创作的开始！知道吗，孩子。"

徐领悟恩师的深意："我懂！"

达仰满意地："谢谢！"

二人紧紧地拥抱与握手。

8–5　新加坡侨商黄锟钟家客厅　1925年　热带　徐悲鸿、黄锟钟

在充满雅趣的"百扇斋"，徐悲鸿为黄锟钟先生画像。

黄："徐先生的艺术，才气纵横，深沉雅逸。陈嘉庚先生问哪天给他画像？"

徐："下周吧。"

黄："好，我通知他。徐先生，我又向几位当地华侨名流推荐您的画像。我对他们说，有钱人百年后无人知晓，唯有生前请名家画像，借作者之名传诸后世，方可与名画同千古。”

徐：“太感谢了！你以你的名望、地位、雅趣为号召，没有你这样的热诚帮助，我怎么能在新加坡打开局面呢？”

黄：“应该的。我自幼喜爱书画，而现在的新加坡真正懂艺术的人并不多。我们应该努力营造艺术氛围，提高华人的文化品位。今天是除夕，请你与我们全家人一起吃年夜饭。”

徐：“除夕是阖家团圆的日子，我就不打扰了。”

黄：“徐先生可是我们黄家的贵客啊！和我亲如兄弟。”

徐：“那就谢谢了。”

8–6 新加坡侨商黄锟钟家客房 热带 徐悲鸿、黄锟钟

徐悲鸿背身呆呆地站窗前。

黄锟钟进来：“徐先生，到餐厅去吧。大家都到了，就等您啦。”

徐忙掏出手帕拭泪，转过身说：“好，好。”

黄：“您怎么啦？”

徐：“此刻，碧微正孤身一人在巴黎苦度，可能连买面包的钱都用完了……”不好意思地笑笑，“对不起，我不该坏了大家的兴致。”

黄：“徐先生，别着急，饭后，我马上陪你给夫人汇去一笔画款。”

8–7 巴黎徐悲鸿住的阁楼 冬 蒋碧微、张道藩

蒋碧微换上漂亮的旗袍，容光焕发。

张道藩敲门门而入。

碧微：“道藩兄，你怎么提前来了？”

张：“朱家骅、傅斯年先生已经去饭店等我们了。”痴痴地欣赏着，“碧嫂，你总是让我惊奇。这身旗袍白色的底子，水洋红的花，穿上它，风姿绰约，多么雍容华贵啊。”

碧微感激地一笑，不禁转身展示体态和华服，嘴里却说：“还华贵呢，住这么小的阁楼，能华贵到哪去？”

张：“悲鸿兄是我们巴黎美术学院的骄傲，你有这样天才的丈夫应引以为豪。”

碧微：“不过一个痴迷的穷画家罢了。”

张：“走吧，咱们先到饭店吃年夜饭，然后和朱家骅、傅斯年先生回我那里打麻将、守岁。”

碧微：“哎，你怎么没邀请素珊呢？”

张：“法国人不过中国的阴历除夕。”

碧微："你们不是订婚了吗？她当然要随夫家的习俗。"
张："等到她以后真正嫁到中国，再随不迟。"
碧微："真正嫁到中国？你们的订婚宴，我可是喝了喜酒的。"
张不语。
碧微不望他，轻声地："难道你和素珊的感情受了挫折？"
张望她一眼，没有回答。
沉默了一会。
张："走吧，今天是同胞聚会，几个旅法中国人过中国自己的节日。"
碧微穿上那件皮大衣，二人走了。

8–8　新加坡侨商黄锟钟家客房　热带　徐悲鸿

徐悲鸿在灯下写信，响着他的画外音："碧微，你一人孤零零留在巴黎，和家乡、亲人远隔半个地球，在这除夕夜一定倍感凄凉。我的内心何尝不是呢？我接连几夜都梦到你。"

8–9　巴黎徐悲鸿住的阁楼　冬　蒋碧微、张道藩

张道藩陪蒋碧微进屋。
张："你快休息吧，天都亮了，这一夜，玩得太累了。"
碧微："累是累，可是真痛快！自从离家出走，还没有过这么快乐的除夕呢。"
张："你快乐就好。对远隔重洋的悲鸿兄，我也算尽了心意。"
碧微："是吗？"目光柔和而犀利地望着他。
张被戳穿，支吾着："是，当然是。我答应悲鸿兄好好照顾你。"
二人不知再说什么好，无语。

8–10　新加坡侨商黄锟钟家庭院　热带　徐悲鸿、黄锟钟

徐悲鸿在庭院小几前看书。
黄锟钟走来，兴奋地："徐先生，我刚去了陈嘉庚先生家，你给他画的像挂在了客厅最显著的位置，他说要让来访者知道，中国人不仅会经营工商实业，也有卓越的艺术天才！他说你这次来新加坡，是美术的拓荒者！"
徐很欣慰："陈嘉庚先生如此崇敬艺术。哎，能不能请他在国内投资建一座美术馆，陈列中外大师的名作。"
黄："对呀！这也是提高国民素质的千秋大业呀！他又一贯热心教育，你亲自跟他谈一谈，一定行！"

8–11　巴黎徐悲鸿住的阁楼　春　蒋碧微、张道藩

张道藩捧着插着白玫瑰的殷红钧瓷花瓶，敲门。

蒋碧微开门："这花瓶……"

张："这是我补送你的新年礼物。"

碧微意外而感动，赶忙让进。

张虔诚地递上花瓶，碧微望着堆满画的小屋，不知放在哪儿。

张把它放在镜前。

碧微："你就这样捧着花瓶与玫瑰走过巴黎的大街小巷？"

张恳挚地点点头。

碧微欣赏着镜前殷红花瓶中的白玫瑰。

张欣赏着碧微赏花的神态。

碧微："这钧瓷花瓶是你祖母的遗物啊！"

张："我知道你喜欢。"

碧微："你怎么知道？"

张："除夕，你到我那里，满屋的东西你都不屑一顾，只是对它盯着看了又看，还问它的来由。"

碧微十分感动："难得你这么细心、慷慨。"

张笑了，不语。

碧微："哎，道藩兄，最近有件事，东方民族游艺会答谢我参与工作，请我赴宴。"

张："好啊。"

碧微："他们问我邀请哪位男士为伴，你说我请谁呢？"

张期盼地望着。

碧微："我毫不犹豫地说出了你的名字。噢，这当然是我的一厢情愿。"

张："不，是两相情愿！只怕悲鸿兄知道会不高兴。"

碧微："他高兴不高兴有什么关系？他在万里之外，就是在身边，也不会陪我去的。几年来，我算明白了，他的全部心力都放在绘画上，我无法分得一丝一毫，既得不到温暖也得不到照顾。怎么说呢，他不是和我结婚，而是和艺术结婚。你看，达仰的名画《奥菲莉亚》，标价两万法郎，他竟异想天开要买下。跑到新加坡画画筹款，一去就是九个月，九个月呀！真不可理喻。"

张："不过，事情往往是悲鸿兄这样的人做成的。"

碧微一副不以为然的、愤愤的表情。

8-12　巴黎徐悲鸿住的阁楼　春　蒋碧微

夜，灯下。

蒋碧微用白丝线在紫红丝绒旗袍上绣花，不时望望镜前殷红的花瓶与白玫瑰，遐想，微笑。

8-13　巴黎徐悲鸿住的阁楼　春　蒋碧微、张道藩

蒋碧微穿着前襟绣着白玫瑰的紫红丝绒旗袍，仪态万方。

张惊讶、感动不已，二人会心微笑。

张趋前退后地欣赏着、赞叹着："简直出神入化！亏你想得出！"

二人欢畅地大笑，继而又转为默默地对视。

张："走，我带你去舞厅。"

碧微犹豫地："我长这么大，从没跳过舞。"

张："那不是辜负了你婀娜的身姿和美妙的乐感？再说，在欧洲一住八年，连交谊舞都不会，岂不太遗憾了吗？"

碧微："好吧。"

8-14　新加坡侨商黄锟钟家庭院　热带　徐悲鸿、黄锟钟

徐悲鸿归来。

黄锟钟："建美术馆的事，陈嘉庚先生怎么说？"

徐："他说盖一座规模宏大的陈列馆的房子并不难。但是把它建成世界一流的美术博物馆，就不是个人力量能办到的了。光征集作品，就要花大气力。卢浮宫、大英博物馆都是靠掠夺各国艺术珍宝支撑起来的。"

黄："那这件事就没希望了？"

徐："只有等将来政治昌明了，国力强盛了，才能办吧。"

黄："那下一步你有什么打算呢？"

徐："我准备回上海，到欧洲留学，就是为了振兴祖国的美术事业嘛！"

8-15　康有为家书房　1926年　冬　康有为、徐悲鸿

康有为正欣赏徐悲鸿带回来的一些作品，连连说："写生入神，写生入神。悲鸿，你的画也能进入我的收藏了！你留学的收获太大啦。"

身着洋装，打着大领结的徐很感欣慰："先生，几个朋友看了这些作品准备帮我在上海举办画展，上海《时报》也决定出一个画刊专页。"

康："应该！应该！那我今天是先睹为快了。悲鸿，我给你题一幅字：精深华妙，隐秀雄奇；独步中国，无以为偶。"

徐高兴地研墨铺纸，康一挥而就。

徐感激地："这是对我留学欧洲八年的最高奖赏。"

师生都沉醉在兴奋中。

康忽然想起什么，从书柜里找出徐报考时画的那幅《仓颉像》："你看。"

徐十分意外："这个，您还留着！"

康笑了："我儿女开蒙时写的字我都留着呢，看看太有意思了。"

徐感到一种亲情和温暖，眼睛忽然湿润了。

康："悲鸿，仓颉像是运用中国画的笔墨，如今，你可以用西洋画法来描写中国上下五千年的故事了。"

徐："先生，我正在构思《田横五百士》。"

康："好啊！抗秦英雄田横和他的五百将士，不为刘邦的利禄所诱惑，全部慷慨赴死。万古流芳！你准备画什么场面呢？"

徐："田横和壮士们诀别。"

康点头，自语："用纯粹的西洋技法，描述一群纯粹的中国人。好。"激动起来，"悲鸿，我在欧洲画廊看到过许多幅历史题材的巨作，当时我就想，什么时候中国也出现这样的作品呢？现在，它终于要诞生了！"

徐很受鼓舞，停了一会儿："先生，我给您画幅像吧。"

康高兴地："好啊。唉，我已经老态龙钟了。"

徐："可精神矍铄。"

8–16　康有为家书房　冬　康有为、徐悲鸿

徐悲鸿正给康有为画油画肖像。

康："悲鸿，今后你打算干什么？"

徐："画画，教书。"

康："依我看，应该是教书，画画。"

徐："这有什么区别呢？"

康："当然有。第一是教书，第二是画画。对你个人讲，画画是你最大的爱好，甚至是享受，你应该尽力去做。对中国来讲，以你所学的科学方法培养一批能与时代共命运，又有真才实学的艺术人才，对复兴中国美术是太急需了。这跟画几幅杰作，同样是千秋不朽的事业啊。你说呢？"

徐听得入心，放下笔，走近康："先生想得远哪。"

康："这是我对你寄予的厚望啊！"

徐心里热潮涌动，停了停："先生，您听说过田汉这个名字吗？"

康："知道。他和郭沫若、郁达夫、成仿吾组织'创造社'，看他的作品感到他是个天真烂漫、思想优美、才华富丽的人。"

徐："田汉对我的绘画很欣赏，我们有共同的艺术追求。田汉、欧阳予倩和我准备创办南国艺术学院，我负责主持绘画科。"

康："好啊！和这样热情、真挚的艺术家共事，才能做出一番成绩。"

8–17　南国艺术学院美术教室　春　徐悲鸿、田汉、吴作人、学生

徐悲鸿和院长田汉在对绘画科的学生讲话。

徐："同学们，从我刚才介绍的中外美术流派的概略可以看出，艺术的生命在于创新。要创新，就要敢于冲破旧的、保守的程式。

"凡是决心献身艺术的人，首先要心诚，倘若没有诚意，那么想当艺术家是不成的。

"同学们既然考入南国艺术学院绘画科，希望将来能成为与时代共痛痒而又有定见实学的艺术家，那么就要培养自己具备精锐的眼光，灵妙的手腕，有见地的思想，异乎常人的勤奋。

"我学艺的体会是，才能只占三分，毅力要占七分。书山有路勤为径，学海无涯苦作舟。我今天的讲话就到这里。"

学生们振奋地鼓掌。

田汉接着说："同学们，欢迎你们参与到我们在野的艺术运动中来。由徐悲鸿先生来主持南国艺术学院绘画科，是你们的福分！他一定能把在欧洲所获得的美术上的技巧用为发扬民族精神、高张革命情绪的武器。

"你们都是奋发有为的贫苦青年，是无产者，进不起官立大学。你们虽然没有钱，并非没有天才！尤其可贵的是，你们在懂得艺术之前，已经多少懂得了生活，这对你们是一笔宝贵的精神财富。

"我们南国艺术学院不是官学，我们除了教学时绝对的必要外，没有一个多余的钱。我们没有钱，却有的是头脑和勇气！

"我们的标语是：'但肯努力，天是无法阻止人们天才的发展的！'"

同学们被二位老师的热情所感召，情绪昂扬。

窗台上摆着学生们最新的画。

徐走过去："这是你们最新的画？"

学生们应声点头。

田："好，我们欣赏欣赏。"

田、徐认真地看，有些学生围过来。

徐忽然指着一张希腊男子石膏像素描："这幅是谁画的？"

"吴作人！"同学们回答。

田关切地："你看，画得怎么样？"

徐："他确实有非凡的观察力和感情。初步具备了'尽精微，致广大'，在这幅习作中已经孕育着创造的能力。"

田兴奋地："好啊！"寻找着，"吴作人，到这儿来！"

"去啊！去啊！"身边的同学羡慕地推着吴作人。

吴作人，挤过人群走上，恭敬地："田院长，徐先生。"

8-18　湖畔　春　蒋碧微、张道藩

蒋碧微、张道藩走在寂静的湖边。

碧微自语："在这里的那个黄昏，成了我永远的梦。"

张："哦？"期待地望着她。

碧微笑笑："这些天，我几次梦到那个黄昏。我们在湖中划着小船，静静的，只听到船桨击打水面和你低吟的拉马丁的诗句。"

张有些惊异："你听了一遍就记得那首诗？"

碧微点头，吟道：

"光阴！你慢飞驰！宜人的美景良辰，且莫匆匆流逝！

让我们细细品尝这稍纵即逝的温存，此生的赏心乐事。"

碧微停顿一下："下面的我真不忍卒读了。"

张接诵着：

"光阴呀，你莫非嫉妒我们幸福，不容我们久久地在爱恋中沉醉？"

二人又沉浸在温柔的情愫中，有倾。

碧微叹了口气："拉马丁说出了人生的归宿。命运不容我们……"

张冲动地："不！难道我们只能徘徊在湖边和梦中？风、湖水、芦苇，眼前听到、见到、闻到的这一切，都是我真情的见证！"

碧微望他一眼。

张期盼地等待着。

碧微没有回答，走开，背身站在岸边。

只有风吹皱湖水，芦苇在轻轻摇曳。

8–19　巴黎徐悲鸿住的阁楼　春　蒋碧微、张道藩

屋中凌乱，蒋碧微正收拾行囊，打包装箱。

张道藩进来，闷闷不乐地："收拾完了吗？"

"快了。"碧微指指已经装好的几个大木箱，"这些，交给转运公司代运。剩下的衣服、油画卷、单片图画等等，我随身携带。"

张："天哪，你随身的行李，估计也要有七八件呢，你一个人怎么拿得过来？有些不吃紧的，就地处理掉算啦。"

碧微："我倒想呢。丢了一件，他都会和我拼命！"

张："拼命？"

碧微："这些都是他的命根子。他来信再三叮嘱，他买的任何一个画片都是教材，都不能丢失！他正和田汉一起办学呢。"

张："田汉是谁？"

碧微："说是刚从日本留学回国的诗人、戏剧家，浪漫派的。"

"哦。"张心事重重地，"你走了，在巴黎还有什么意思。"

碧微："怎么，你也要回国？素珊去不去？"

张："不知道。反正我是不会当她家的入赘女婿！唉……"掏出封信，"这信，你看看吧。"

碧微："谁写的？"

张："我。"

碧微预感到了，却问："有什么话不能当面讲，还要写信？"

张："你看看吧。"递到她手中，走了。

碧微展阅，响起张的画外音：

"为什么我深爱一个女子，我却拿不出英雄气概去向她说'我爱你'？

"为什么我早有相爱的人，偏会被她将我的心分了去？

"为什么我明明知道，我若爱她，将使我和她同陷痛苦，而我总去想她？

"为什么我明知她即使爱我，这种爱情也必然是痛苦万分、永无结果的，而我却始终不能忘怀她？

你不必问我她是谁，以你心里的猜度，假如我拿出英雄气概去向她说'我爱你'，她会怎么样？假如我直接去问她'我爱你，你爱我不爱'，她又会如何回答我？"

碧微看完，激动得泪光闪闪，六神无主地踱来踱去，最后，压下感情，写信。

响起碧微的声音：

"并不是你缺乏英雄气概，并不是你不敢向她倾诉'我爱你'，而是由于你早已想到此

爱唯有痛苦，永无结果，因而极力压制，免生是非。

“以我看来，你原先的爱，热度还嫌不够，因为我敢断言，爱到极点，绝不是任何第三者可以移情分心的。”

8–20　湖畔　春　蒋碧微、张道藩

张道藩与蒋碧微又来到这里。他们并不对视，只是望着湖水。

张：“如果你对我的问题觉得有兴趣，请你解答和指教。”

碧微：“你既然这样爱她，对于她的性格和为人一定深切了解，你也该晓得她的回答了。”

张充满希冀：“那么，你……”

碧微却说：“依我之见，你要尽量不为她动心，忘了她。”

张：“什么都可以做到，唯有这点不行！我一向是理智的，可是面对她，感情却一点都控制不住了。”

碧微长叹一声：“那只能听凭生活的裁决了！”

一种绝望的情绪笼罩着张。

碧微自语：“即令如你所说，这种爱情必然痛苦万分永无结果，然而为爱情所受的痛苦，也可以说是乐趣，是心的渴望吧。”

这自白，又给了张希望，他渴求地注视着她。

碧微却不再开口。

第九集

9–1　南国艺术学院美术教室　春　徐悲鸿、吴作人、学生

徐悲鸿把《奥菲莉亚》原画挂在教室。

徐：“这是法国著名画家达仰画的《奥菲莉亚》。奥菲莉亚是莎士比亚名剧《哈姆雷特》中丹麦王子的未婚妻，是王室残酷斗争的牺牲者。人物是凄楚的、美丽的，尤其那双眼睛使人难忘，目光炽烈而忧伤。达仰的这幅《奥菲莉亚》华贵精深，课后你们要认真揣摩。以后每堂课，我都会带来欧洲绘画作品。我国没有外国美术陈列馆，只好管中窥豹了。但豹身上的这一斑，是我历时八年遴选出的欧洲美术精品。”

吴作人和同学们兴趣盎然地听着。

徐：“素描是一切造型艺术的基础，无论学油画还是学国画，素描要不断地画。当没有

机会用铅笔画时，就用眼睛画。你们要记住，在求美、求善之前，先得求真！”

徐回到讲台：“今天我讲绘画及眼睛的十大功能。”

9–2　南国艺术学院田汉办公室　春　田汉、学生两人、转校青年三人

田汉在刻蜡版，学生甲在推辊子印蜡纸，学生乙在分页，准备装订剧本。

学生乙拿起一页，念着台词：“从今以后，我不是这个专制淫恶家庭的人了；我是个自由人，我是个自然之子，我是个属于光明的未来的人啊！”转向田汉，“先生，写得真是脍炙人口！”

门外，有三个青年走来，驻足向屋内张望。

青年甲：“那位一定是田汉先生！”

青年乙：“是个刻蜡版的文书吧。”

屋内。

学生乙问田：“先生，儿子出走之后就一定光明吗？”

田：“当然不一定！罪恶的私有制还存在，他离家之后可能受到更残酷的剥削，沦入更深的黑暗。当然，也可能找到光明的路，那是一条众人拼死开拓的新路！这就要观众自己去思考了。”

学生甲、乙很受启发。

门外三个青年认定了：“走！就是他！”

青年甲：“请问，田汉先生在吗？”

田：“我就是。”

三个青年兴奋地：“我们可找到您了！”“能占用您一会时间吗？”

田：“怎么回事？”

青年甲：“我们是西湖美术院一年级的学生，我们想转到您这儿来。”

田：“哦？你们学校是赫赫有名的官学，我们南国艺术学院只是一所民办大学。”

青年乙：“前不久从刊物上了解到您的办学宗旨，我们也愿投身到艺术革新中来！”

田：“我们南国艺术学院很穷很小。到什么程度呢？教授徐悲鸿、欧阳予倩和我都是义务教学，不拿薪水。职员的工作呢，教务、事务、财务、文书也都是由半工半读的学生兼任。”

青年乙笑着：“哦，我们刚才还以为您是学校的文书呢。”

学生甲：“田先生刻蜡版，不光因为学校没有专职文书，他写作从来不打草稿，直接在蜡版上刻出来，下笔成章。我们想刻也无法帮忙。”

青年甲：“先生真是才思敏捷！”

田笑笑：“你们转学，西湖美术院同意吗？”

青年丙："您剧本里不说'我是个自由人，是属于光明的未来的人'吗，我们有选择未来的自由！"

田："那好，欢迎你们！你们想学什么呢？美术？戏剧？文学？还是音乐？"

"美术！"三人纷纷表态，"我们前不久看了徐悲鸿先生的画展，钦佩他的艺术，更钦佩他苦学的毅力和振兴中华美术的宏大志愿！"

田："好，我带你们去见徐先生。"

9–3　上海徐悲鸿家　春　徐悲鸿、蒋碧微、婴儿伯阳

蒋碧微抱着半岁的儿子伯阳逗着玩。

徐悲鸿在读一封信："西湖美术院来聘书了。"

碧微："哦，怎么回事？"

徐："西湖美术院不是转来三个学生吗，从那以后，那里就起了风潮，全体学生罢课，对教学不满，直闹到今天还没有解决。"

碧微："哟，这可有段时间了啊。"

徐："所以他们决定出重金聘请我去西湖美术院。"把信递给她，抱过儿子哄着，"哼，想挖'南国'的墙脚，我才不去！是不是，伯阳？"

碧微："我看，你还是去。"

"我们才不去呢！"徐继续逗着儿子。

碧微："哎，你别闹了。重金不重金姑且不说，那边起码有份固定的薪水。"

徐冷静下来："去了，生活当然有了保障。可是，我离开'南国'，不是太不仗义了吗？"

碧微："仗义？田汉对你仗义吗？像你这样留学欧洲声名鹊起的画家，他一分钱也不给，这不是盘剥你吗？这仗义吗？"

徐："这，我不是早跟你说过吗，这是我自愿的。再说，田汉也不拿薪水呀，不仅当院长还兼文学科主任，不光不拿薪水，还把每月编辑报纸副刊的三百元收入无偿地交给学院。他的未婚妻林维中在南洋教书的薪水也捐给'南国'。有时为了救急，他母亲把棉被都当了。他为什么呀？"

碧微："那是他自找！一无资产，二无靠山，学费又低得出奇，居然也要办大学！世界上哪来的田汉这种蠢人！疯子！你也忘乎所以地跟着他傻干，能干出什么？"

徐："能培养出一批艺术革新人才！"

碧微："什么人才？都是上不起正牌大学的，有的不仅交不起学费、伙食费，连报名费都拿不出，你们居然如获至宝地录取了！"

徐："哎，我们还就有慧眼识人的本领！你嗤笑的那几个穷学生，无论文学科的，戏剧

科的，美术科的，几个月下来，还真是个个展露才华，人也正派，前途不可限量！为了他们，我也不能离开‘南国’！再说，我与西湖美术院的校长艺术观点不同，也很难共事啊。”

碧微：“哼，你就跟田汉趣味相投，可是观点能当饭吃吗？”

徐耐心相劝：“碧微，你想想，我之所以有今天，也是遇上多少好人提携啊！”

碧微：“提携你的是好人，不错，可不是穷人！康有为先生、蔡元培先生、达仰先生、黄震之先生，哪个也不像你两手攥空拳。你如今是又穷又要做好人，做义士！我看，难！”

徐：“再难，我也要在‘南国’干下去！对不对！儿子。哎呀！怎么热乎乎的？他撒尿了！”

碧微：“哎哟，光顾了说话，忘了把他啦。”

9–4　南国艺术学院徐悲鸿画室　春　徐悲鸿、田汉、吴作人、吕霞光、学生两人、转校青年三人

夜，汽灯下，徐悲鸿正在画《田横五百士》巨幅草稿，吴作人等学生津津有味地做模特。

田汉进门。

学生们：“田汉先生。”

徐：“寿昌。”

田：“哈，这里成了南国艺术学院夜校了。”

吴作人：“同学们想看徐先生创作《田横五百士》，主动要求当模特。”

田：“你是田横？”

吴：“不，他是。”指高个子同学吕霞光，“徐先生说我不够潇洒，叫我扮瘸子。”说着拄起拐。

田笑了：“司马迁歌颂田横和五百壮士宁死不屈、舍生取义。悲鸿，你把这气节表现出来了。富贵不能淫，贫贱不能移，威武不能屈，就是要颂扬这种骨气，尤其在今天！这是狂飙！扫荡着画坛上的陈陈相因，守旧媚俗！鼓动着一种清新芳烈之气！”

大家都感到一种崇高的激情和兴奋。

徐突然叫：“寿昌，别动！”

田不解：“做什么？”

徐：“请你保持这个姿势三分钟！”

徐快速画田汉的速写。

学生们兴奋地围过去看。

田一边保持姿势一边说：“悲鸿，你怎么把我也画上了？”

徐：“你这样大声疾呼，还不该画上？别动！别动！好了。”

同学们赞叹不已。

田："中国第一幅宏篇巨制的油画《田横五百士》，将诞生在南国艺术学院。司马迁在《田横列传》的最后感慨道'不无善画者，莫能图，何哉？'不承想司马迁企盼画出田横壮举的人就是两千年后的徐悲鸿先生啊！当然，还少不了我们这些'南国'师生的参与。"

学生们又是一阵兴奋。

田："这幅油画会载入中国美术史！悲鸿使油画这种外来形式，不再停留于静物、人体的习作上，而是直接反映壮阔激越的民族生活了，它具有开创性的意义！所以说，画家的真功夫，不仅在于怎样去画，更在于它表现和宣扬了什么。这就是艺术的崇高目的！"

徐谦虚地笑笑。

田转对学生们，"好，你们先回去吧，我和徐先生谈点事。"

田："悲鸿，南京中央大学艺术系想聘你为教授。"

徐："那怎么行！我不能辞去'南国'的教职。"

田："当然！我不会将'南国'的顶梁柱拱手让人！不过，能不能两边兼顾？"

徐："兼顾？"

田："上海、南京各半个月。"

徐："那'南国'的课时将减少一半。"

田："可你的学生将增加一倍！多一个现实主义艺术教育阵地，对于中国是多么迫切！西湖美术院你推辞掉了，中央大学艺术系就应下来吧。再说，还有不少薪水，你家里生活也需要。"见徐不语，"我已经答应那边了。"

"那你还问我干什么？"徐假嗔，又忍不住笑了。

"你我再默契，也要得到你的首肯呀！"田也笑了，"悲鸿，我要带戏剧科的学生金焰、郑君里他们巡回演出《苏州夜话》和《父归》，这是舞台美术设计和服装图，你给看看。"

徐："好。"

9–5　上海徐悲鸿家　夏　徐悲鸿、蒋碧微

徐悲鸿正收拾衣物书画，准备去南京。

蒋碧微："从南京回上海半个月就没有一天待在家里，整天长在'南国'，连抱儿子都没有抱一下。"

徐："对不起，我太忙了，又教书又画画。下次我从南京回来，正好是伯阳周岁的生日，一定好好给他过一过。"

碧微："哼，我们母子可不敢做这非分之想！"

徐："他生日的时候，咱们去饭店请几桌客，再给他办个'抓周'，看看儿子将来到底

干什么？”

“干什么？”碧微厉声地，“干什么也别画画！一画起来，疯了似的，连家都不顾了。”

徐十分抱歉：“《田横五百士》这样的大画，我无法在家里画，而且一旦进入创作，我的思想和笔就很难停下来。”

碧微大声指责：“你不会像一些时髦画家一样画点香蕉、苹果之类的静物？”

徐：“我的创作意图早就告诉你了，天下兴亡，匹夫有责！”

“就你关心国家！”碧微又激愤地唠叨着，“你想想，到欧洲苦学八年，为了什么？难道就为了和田汉他们搅在一起？不要辜负了上天给你的才华，你的名字应该和世界各国的大画家共存宇宙！悲鸿，不要说为了我和孩子，就是为了你看得比生命还重的艺术，也该重新考虑自己的路了！”

徐执拗地：“我知道自己该怎么做。”掏出怀表看看，“我要去南京了。”提起箱子匆匆离开。

“哎——哎——”碧微追了几步。

徐不理，径直走去。

9-6　南国艺术学院徐悲鸿画室　夏　蒋碧微、吴作人、吕霞光、田母

蒋碧微怒气冲冲地把徐悲鸿所有的画具搬出屋。

吴作人、吕霞光、田汉的母亲闻声跑来。

吴：“师母，这是怎么啦？”

田母：“徐太太，你这是为什么呀？”

碧微：“我不允许悲鸿再到‘南国’来了。”

田母：“什么？！”

吴急了：“师母！我们都是投奔先生而来，他要是走了，同学们怎么办？”

吕：“这事徐先生知道不知道？”

碧微：“他到南京上课去了。”

吴：“师母，他和田汉先生同心协力办南国艺术学院，他怎么能走呢？”

碧微气吼吼地：“我管不了那样许多。我只知道他把‘南国’当成了家，把家当成了旅馆，我受不了！”

吕乞求地叫：“师母！徐先生离开了，我们跟谁学呀？”

碧微看他一眼，不作声，继续收拾。

田母：“徐太太，哪一个妻子不愿丈夫干一番事业？你是有见识的人哪。”

碧微：“哼，这就不必你操心了！”忽然质问，“哎，你是谁？你有什么权力指责我？”

田母：“我是田汉的母亲。徐先生和寿昌是好朋友，你等他们商量一下，行不行？”

碧微："没什么好商量的！"不由分说地取下《田横五百士》画稿。

9-7　上海徐悲鸿家　夏　徐悲鸿、蒋碧微

徐悲鸿提着箱子，拎着一只板鸭进屋。

蒋碧微有些忐忑地："回来啦。"

徐："给，你顶爱吃的。这板鸭明天再炖吧，费火。晚饭搞点简单的，我吃了要去'南国'上课呢。"

碧微支吾着："吃完饭，就不用去了。"

徐："那怎么行，走之前就排好的课。他们已经自学三天了。"

碧微停了停："我把你的东西都搬回来了。"

徐："什么呀？"

碧微："我把你在南国艺术学院的画和画具都搬回来了。"

徐这才愣过神来："你说什么？"转身跑到画室门口，见里面堆满了搬回来的画。

碧微："你今后不要再去'南国'了。"

徐着急地："发生什么事了？我答应田汉上海、南京两边跑呀。"

碧微："我已经向田汉母亲声明，你不去'南国'干了。"

徐简直懵了："你，你，你太独断专行了吧，你怎么能这样自说自话？"

碧微毫不相让："我自说自话？这事我们商量过多少遍啦，我的话你听进去一句吗？是我独断专行还是你执迷不悟？"

徐："你怎么可以这样干预我的工作？"

碧微高声地："我就是要干预！我还干预得太晚了！你必须离开'南国'！"

徐坚决地："我绝不能离开'南国'！"

碧微："悲鸿，我实在不明白，'南国'给了你什么好处？一分钱也没给，连车钱都是自己掏！你是何苦呢？"

徐："'南国'正处于困难时刻，我不能离开那些奋发有为的青年，我不能离开……"

"你还不能离开田汉是不是？"碧微逼视着徐。

徐坦诚地："是！田汉，是中国一个值得夸耀的存在！他有的是发财的机会，他不去发财，有的是做官的机会，他不去做官。为了民众的艺术，他比任何人都能吃苦，奋斗！"

碧微："哼，依我看，田汉不过是一个思想偏激，毫无办学经验的人！一天到晚标榜'南国'是最有野性的私学，是天才的无产青年的艺术摇篮。你跟他合作，纯粹是浪费生命！你们能成什么事？"

"什么事？开创艺术革新运动！培养新时代的先驱！想人家不曾想的，说人家不敢言的，表现一切心里所要表现的！"徐越说越激动。

碧微："这样一意孤行，你就不顾及自己的前途和家庭的幸福？"

徐恳切地："如果失去人生理想，还有什么前途和幸福可言？"

碧微自语："简直走火入魔，走火入魔。"极为失望地嚎叫，"好！抱着你的理想，离开这个家吧！"

徐痛苦地望着她："碧微，不要这样，我们也算共过患难。"

碧微愤怒地："穷日子我过够了！告诉你，要就离开'南国'，要就离婚！"

9-8　南国艺术学院徐悲鸿画室　夏　徐悲鸿、田汉

空空的画室，徐悲鸿、田汉在谈话。

徐万分苦恼："我做事从不半途而废，可这次……"

田也难以割舍："虽然你我都很不情愿，悲鸿，你还是离开'南国'吧。你的环境不允许你在这里，我理解。你就不要为难了。"

徐愧疚和留恋地自语："我忘不了这里，忘不了……"

田也有些伤感："分开了，我们还是朋友嘛！我们的友谊是不会被割断的，哪怕天各一方。"

徐听了，一股热泪涌上，紧紧握着田的手，频频点头，再也说不出什么话。

田："悲鸿，集中精力把南京中央大学艺术系办好吧。你不是说那里有几个出色的学生吗？"

徐："是，很有才能，很有前途。"

田："那就好好地教他们吧。"

9-9　上海徐悲鸿家　夏　徐悲鸿、蒋碧微、黄锟钟

画室，徐悲鸿坐在桌边生闷气。

蒋碧微："还恋着田汉哪，行啦！你看，李石曾先生聘请你到北平艺术学院担任院长，月薪五百块钱。这比'南国'和'中大'加起来都强。别觉得我和你作对，我是为你好！为全家好！"

徐哼了一声，不理她。

碧微："哎，九月份开学前，利用暑假你再画几幅人像吧。你给吴稚晖先生画的那幅像多好！吴老自己花钱五彩制版，复印了多少份到处送人。张静江夫妇不是也请你画像吗？"

徐："我没工夫。"

碧微："我说正经的呢，这可是一笔不小的收入。"

徐："行啦，离开'南国'，你已经如愿了，就不要步步逼我了。"

碧微也火了："我逼你？我为了谁？你不当家，不知柴米油盐贵，照你这么干，白尽义

务，不拿钱，我们母子只能喝西北风去！”

徐：“你让我安静一会吧！”小声嘟囔，“就知道钱。”

碧微大怒：“是啊！我是钻到钱眼里的俗人，你多高尚呀！我走！”偷眼观察着徐的反应，“我走啦。”

徐仍不理。

碧微一拍桌子：“走！”气呼呼就走。

徐急着追问：“哎，你去哪儿？”

碧微已出画室门，甩过一句：“外婆家——”

徐喊：“晚上，我去接你们。”

碧微在堂屋门外，传来声音：“不用！我们擎受不起！”

徐气得愣在那儿，然后抄起蒲扇在堂屋走来走去，用力扇着。

黄锟钟进门：“悲鸿兄。”

徐：“哦，锟钟兄，来啦。请坐。”

黄：“嫂夫人不在？”

徐：“她带着孩子回娘家了。”

黄：“带给你一筒‘铁观音’，尝尝我们福建的茶。”递给他一筒茶。

徐：“好。”到灶头泡茶，“锟钟兄，你来信说有要事相商，什么事啊？”

黄跟过去：“请你替我完成一件心愿。”

徐感兴趣地：“哦！”

黄：“悲鸿兄，我从新加坡回国出任福建教育厅厅长以来，教育救国是我唯一的宗旨。我想在办公厅悬挂一幅弘扬爱国精神的巨型绘画，激励教育厅的同仁，也号召来访的友人，同心同德办好教育。”

徐频频点头：“好啊，好啊。”

二人回到八仙桌前。

黄：“说起画人像，你可谓中国第一人。”

徐：“中国第一人，我不敢当。但是这幅画的主题，我非常赞同。古往今来，我们的爱国志士很多，你想画谁？”

黄：“蔡公时。”

徐：“五三惨案的蔡公时？”

黄：“对！”

徐也激动起来：“好！蔡公时不愧为中国外交史上第一人！在北伐节节胜利中，作为中国外交特使面对日本帝国主义的阻挠，挺身而出，为国捐躯，千古卓绝！你选得好。”

黄：“我就料到你一定会赞成。但是，蔡公时牺牲得很惨烈，他被日寇削鼻、割耳、剜双眼后还在痛骂敌人，最后，日寇用刺刀剜去他的舌头。他牺牲前这最悲壮最英勇的一幕如何表现呢？”

徐沉吟片刻：“我想应该着重表现他宁死不屈的精神力量，而不去展示他的伤残，即或为了揭露敌人的兽性和残暴。我认为血淋淋地自然主义地去表现，会伤害这位民族英雄的尊严，也会给观众造成毛骨悚然的感觉。”

黄：“对！对！还有，你想画成油画还是水墨画？”

徐：“油画吧，油画更凝重一些。”

黄：“行，那就这样决定了！”

徐：“决定了。哎，喝茶，喝茶。”

黄：“尝尝‘铁观音’如何？”

徐品茶：“香高味醇。”

黄：“‘铁观音’是绿茶、红茶之间的半发酵茶，口味独特。”

徐：“对，对。”

黄感慨地：“哎呀，多亏在巴黎与你相识，这幅画，才能找到最佳人选来完成。悲鸿兄，画成之后，定有重谢！”

徐刚要推辞，想了想，又说：“要说酬谢，我不拒绝，只是不要给我钱。”

黄豪爽地：“你看上我的任何东西都可以要！”

徐：“我也不要什么东西。”

黄：“那我如何报答你呢？”

徐：“给我一个赴法国公费留学的名额。”

黄笑了：“谁用？你已经名扬巴黎画坛，难道还要再去深造？”

徐：“不，我想用酬金换取中央大学艺术系我的一个学生公费留学的资格。”

“哦！”黄意外而敬佩，“好！我当教育厅厅长，这点权还是有的。”

徐：“那就太感谢了！”

黄：“不过，你这样做，嫂夫人会同意吗？几千块钱的稿酬对家里生活也还有些补益。”

徐：“我知道。但是，这个留学机会也许能造就一位优秀的画家呢。”

黄仍不置可否。

徐恳切地：“在蔡公时烈士面前，我不愿做一个渺小的中国人。”

黄也感到一种崇高的激情，点点头：“把学生的名字告诉我，我去办。”

徐：“我马上写信去商量一下。”

9–10　上海蒋梅笙家　夏　蒋碧微、蒋夫人、婴儿伯阳

蒋碧微在哄孩子玩，蒋夫人在一旁做针线。

蒋夫人："你回来住了一个礼拜了，气也该消了，回去吧。悲鸿也想伯阳了。"

碧微："他才不会想！那天我回去取衣服，见他正忙着画蔡公时像呢，一身的油彩，顾不上吃顾不上喝的，哪有心思想孩子？"

蒋夫人："在这种时候，你更该照料他呀。"

碧微不语。

蒋夫人："你呀，从小就任性，什么事都得由着你。夫妻之间不能这样。"

9-11　上海徐悲鸿家　夏　徐悲鸿、蒋碧微、黄锟钟

画室中，徐悲鸿穿着工作服在收拾散乱的画具。

蒋碧微进来。

徐高兴地："你们回来啦！我正打算收拾完屋子去接你们呢。伯阳呢？"

碧微："路上就睡了。"蒋打量一下四周，"画呢？"

徐："福建教育厅来人取走了。"

碧微追问："黄先生也走了？"

徐："不，他一会就来，我还有事跟他商量。"

"哦！"碧微放心了，"黄先生对画满意吗？"

徐："满意极了！来取画的人也赞不绝口。"

碧微："你的心血总算没白费。"

徐兴奋地："当然！我的收获更是出乎意料的大！"

碧微心头一喜："哦！那什么时候送来？"

徐："送来？送什么？"

碧微："当然是画画的稿酬呀。"

徐："咳，你想到哪去了？"

碧微不敢相信地："这么大的油画，你不会是白画吧？"

徐："怎么是白画呢，我用它换了一个福建省教育厅的留学生名额。"

碧微急了："什么！这么大的事，你怎么不跟我商量就擅自做主呢？不行！"

正说着，黄锟钟叫："悲鸿兄。"

徐、碧微迎到堂屋。

黄："哦，嫂夫人回来了。"

碧微："黄先生好。"

黄："嫂夫人，这些天把你家里搅得没法待，你们只好躲到娘家去，真是太对不起了。"

碧微："朋友之间还不该帮忙？再说，蔡公时那是英雄，为了悲鸿安心画他，我住娘家算得了什么？"

黄："嫂夫人真是深明大义。"

碧微谦逊地笑笑："喝咖啡还是茶？"

黄："乌龙茶。"

碧微："我去沏。"

徐、黄坐到八仙桌前。

徐拿出一封信对黄："锟钟兄，你看，这好事倒成了难事。"

黄："怎么啦？"

徐："我想送中央大学艺术系的吕斯百去法国学油画。可是他来信，一方面表示万分感谢，一方面说同班同学王临乙与他成绩不相上下，他考虑再三，觉得应该让王临乙去。"

"哦？"黄感兴趣地拿过信看，"他二人谁更堪造就呢？"

徐："都是我在中央大学学生中的佼佼者。吕斯百资质聪颖，画风朴素优雅。王临乙的绘画天赋很高，尤其喜爱雕塑。如今让谁去，我倒拿不定主意了。"

黄笑着："好办，这事由我来定。"

徐："你说谁？学油画还是学雕塑？"

黄："都学！"

徐笑了："都学？一个人怎么学得过来？"

黄："两个人学，我从省教育厅批两个公费留学生的名额给你。"

徐喜出望外："真的？"

碧微端上沏好的茶。

黄："有这样好的教授，有这样好的学生，留学的名额不给你们给谁？"

碧微着急地："那，这事就这么定啦？"

黄不明白："什么？"

徐抢过话，对碧微："当然定啦！"对黄，"我替两个学生谢谢你。"

黄："悲鸿兄，这是你应当得到的报偿，《蔡公时》画得实在太精彩了！慷慨激越，大气磅礴！是现实与浪漫结合的力作！"

徐："但愿这画能无愧于我们的民族英雄。"

黄："我马上就要回福州了，你也要去北平上任。嫂夫人同去吗？"

碧微一直想心事，回过神来："哦，他先去看看情况，我和孩子以后再说。"

黄："悲鸿兄，这次合作非常愉快，我相信今后我们还会携手的。"

徐："我期盼着。"

黄："好，我走啦。"

碧微脱口而出："这就走啦？"

徐瞪她一眼："锟钟兄很忙。"

黄出门前，掏出一个信封："这是给孩子的见面礼。"

碧微："你还客气什么。"

黄："再见！"走了。

碧微立刻沉下脸。

徐："别生气啦，想想我们当年是怎么盼着公费留学的吧。"

碧微哼了一声。

徐打开信封，是一封短信和支票，念："悲鸿兄：蔡公时烈士注视着我们。在他的像前，我们的灵魂会变得更纯洁更高尚。省教育厅的同仁们赞美你的杰作，敬重你为培养青年无私的付出。这三千块钱是我个人对你的一点敬意。紧握你的手。锟钟。"

徐意外地："这，你看他……"要追出门。

碧微拦住他，夺过信和支票，看了看，钦佩地："阔绰的教育家，出手就是漂亮！这样的人还值得交一交。瞧你那些朋友，一帮'穷措大'，让我说什么好。"仔细地把支票放进信封。

徐无奈地望着她。

9-12　北平齐白石家门外　1928年　秋　徐悲鸿、齐孙

北平胡同。

一辆马车驶来，徐悲鸿下车，看看门牌，敲门。

齐孙开门："您找谁？"

徐："请问，这是齐白石先生家吗？"

"是。"

徐："我是北平艺术学院院长徐悲鸿。我想拜见齐白石先生。"

第十集

10-1　北平齐白石家　秋　徐悲鸿、齐白石、齐孙

画室。

齐白石正在制印。齐孙领徐悲鸿进屋。

齐孙："爷爷，有客。"

齐抬头望望。

徐恭敬地："白石先生，您好！我是北平艺术学院新任的院长徐悲鸿。"

齐：“哦，徐先生有何见教？”

徐：“昨天，我在陈散原先生家看到你的两幅画《柳塘游鸭》和《枯藤群雀》，佩服之极！今天冒昧地登门拜访。”

齐：“徐先生，不巧，我正赶制两方印，友人一会儿就来取。”

徐：“您忙，您忙。正好，我可以一睹您篆刻的章法、刀法。”

齐孙端上茶。

“谢谢！”徐很感兴趣地看齐刻印。

刻刀准确有力地刻着印章，齐：“我刻印，一刀下去，决不回刀，纵横各一刀。”

徐：“您事先不描字？”

齐：“我刻时，随着字的笔势，顺刻下去，并不需要先在石上描好字形再下刀。”

白石老人挥刀。

徐赞赏的目光。

字成形“心耿耿”。

徐赞叹：“白石先生，看您挥刀，劲辣有力，好像呼呼有风声。”

齐：“世间事，贵痛快。何况篆刻是风雅的事，拖泥带水岂能做得好呢。”

徐指墙上的匾额：“久闻‘三百石印斋’，今天看您奏刀，果然，篆法高雅，布局奇崛古朴。”

齐：“徐先生过奖。有些势力鬼看不起我木匠出身，画是要我画了，却不要题款，好像画是风雅的东西，我却并不是斯文中人，不配题风雅画。”

徐：“今天我偏要请您登大雅之堂，请您到北平艺术学院教授国画。”

齐意外地：“实在不敢当。俗人不喜欢我的画，他们爱四王山水。”

徐：“四王山水就像棺材里抬出的僵尸，而您的画（指墙上的《柳岸行吟图》）生动、质朴，不落古人窠臼，自创一格。”

齐注意地望着徐。

徐指着墙上另幅画：“您的这幅公鸡，能在不求似中得似，更显出神韵。”

齐有些欣慰：“知我者，悲鸿兄！”上前拱手，让座。

二人在茶几前落座。

徐高兴了：“那么，您答应我去教课了？”

齐诚恳地：“我是乡巴佬出身，到洋学堂讲课，讲不出多少道理呀。”

徐：“只要您作画示范就行，道理就在其中了。”

齐：“我蛰居家中，卖画糊口还遭人白眼，若贸然登上大学讲堂，必定招致讥讽，使你徐校长受到责难，这又何必呢？”

徐热烈地：“讥讽与责难正说明您其人其画非同流俗。延聘一流教师是我的职责呀。

目前，北平艺术学院不少教师只是庸俗的画匠，他们只会误人子弟。还是请白石先生出山吧。”

齐：“去年，我在北平艺术专科学校任课，已是勉为其难。若到大学执教，更是力不胜任哪！”

10-2　北平齐白石家门外　秋　徐悲鸿、齐孙

徐悲鸿又乘马车至齐白石家门口，下车，敲门。

齐孙开门。

徐：“白石先生在家吗？”

齐孙：“爷爷一早就去梅兰芳先生家画画去了。”

徐：“哦，我和梅先生熟识，我去那儿看他们。”

10-3　北平梅兰芳家　秋　梅兰芳、齐白石、徐悲鸿、琴师

画室，梅兰芳正在研墨，齐白石边喝茶边聊。

仆人进来通报：“梅先生，徐悲鸿先生来访。”

齐笑道：“真巧，徐先生来了。”

梅迎出屋。

徐悲鸿已进垂花门，叫：“畹华兄！”

梅：“今天真是贵客如云，悲鸿先生，您猜还有谁来了？”

徐：“齐白石先生！”

梅：“哟，您怎么知道？”

徐：“神机妙算哪！哈哈。”

二人进画室。

齐：“徐先生好！”

徐：“白石先生好！我去您家拜望，追踪到此啊。”

梅笑了，一边磨墨一边说：“齐先生要教我画兰花呢。”指指桌上和花架上的几盆兰花。

齐：“梅先生，我把看家的本领教你，今天可要给我们唱一段啊。”

梅：“我一准唱。”

齐望了望那盆兰花，沉思一会，选笔，涮笔，蘸墨，开始画。

徐、梅看着，不时发出赞叹。

徐颇有感触：“畹华兄的手姿是在舞台上对兰花的写生。白石先生的画，是用笔墨对兰花的写生。二位都师法造化而巧夺天工啊。”

徐言简意赅的美学妙论，齐、梅很认同。

徐："我才看过畹华兄的几出戏，从中就看到了兰花的陨霜、迎风、吐蕊、弄姿、伸萼等等，"比画着，"不行，不行，我学不像。"

三人开心地笑。

梅："二位，请这边坐。"

三人到客厅《缀玉轩》匾额下的沙发上落座。

梅："真叫您说中了，我注重运用手的姿势，表达人物的喜、怒、哀、乐，使它成为优美的舞式。我借鉴兰花的手势有五十多种。"

徐："五十多种？不得了，不得了。白石先生，是不是请畹华兄给我们现场展示一下。"

齐："好，好。"

梅："那我就献丑了。"

梅当即用各种兰花指的手势表演"旁指""侧旁指""再后指""闻花"及几句道白的优美手姿。

徐看得入迷，不禁说起："法国著名画家德拉克罗瓦曾说过'画中人物的手应当像脸一样富有表情。'"

齐："梅先生，你对兰花素有观察，兰花的神态已了然于胸，一定会画得好。"

梅谦逊地一笑。

徐："白石先生，梅兰芳先生这样的名角您都敢教，怎么就不肯去学院教那些年轻的学生呢？"

齐："梅先生，那是什么人，京剧名伶，梅大王，是君子！我们交往十年，在我遭到鄙视的时候，他总是加倍抬举我。"

徐："哦？"

梅谦虚地："瞧您说的。"

齐："如今说到画画，梅先生信得过我，学院里可就是八仙过海了。"

徐："怕他们！我给您保驾！每次陪您上课，冬天给您生只炉子，夏天给您安台电扇。"

齐感动而又为难地："悲鸿先生，我知道您看重我，可他们不仅瞧不起我木匠出身，尤其瞧不起我的作品，背地里骂我粗野，没有书卷气，一无可取，一钱不值。我何苦送上门去讨骂！"

梅："有徐先生把场，您坍不了台！您的笔墨绝活真该传下去。我这样愚笨的学生您都肯教，我呀，顶多是个票友，徐先生那儿才能出您真正的门生呢。"

徐："畹华兄说得在理。"

梅："齐先生，您没看过徐先生的画吧？那可非比寻常！他给我画的那幅《天女散花》，脸部是用西洋写真画法，身子线条和花纹则用国画笔法勾勒。真是中西合璧的杰作。这还是徐先生去欧洲留学以前画的，如今不知又高明了多少！"笑起来，"您去教书，没准从徐先生那儿还能偷艺呢，是不是？”

齐也笑了，但仍未答应。

此刻，琴师推门而入：“哟，梅先生，您有客人，那待会再吊吧。”

梅：“别，别，都不是外人。这二位是画家齐白石先生、北平艺术学院院长徐悲鸿先生。这位是我的琴师倪秋萍先生。他二位就等着听这口呢。”

胡琴调弦，琴师拉起过门。

梅起身声情并茂地演唱了《太真外传》。

齐、徐鼓掌喝彩。

徐：“好！好！畹华兄的唱腔、声韵、念白、做派无一不美，真是集美之大成！”

齐：“梅先生，今天我又一次大饱眼福，大饱耳福啊。”

梅：“哪里，哪里，还请二位多多指点。”

徐：“白石先生，去学院的事？”

齐笑着，仍不置可否。

10–4　北平齐白石家门外　秋　徐悲鸿

徐悲鸿又乘马车至齐白石家门口，下车，拿一个大纸包进门。

10–5　北平齐白石家　秋　齐白石、徐悲鸿

齐白石正兴致很高地观察瓦盆中的几只虾。

徐悲鸿走近：“白石先生画虾已成一绝，还在琢磨哪。”

齐：“徐先生，只有多看，种种姿态才会来到我的笔下。”

徐赞同地点点头：“先生，我如约来为您出版的画集选画。”

齐高兴地指着插在画缸一堆轴画：“好好，我已初选，请你定夺。”

徐递过大纸包：“喏，这是湖南腊肉。”

齐感慨地：“好久没尝到家乡风味了，又让徐先生破费了。”

徐：“我也是借花献佛，一位朋友送的。”

齐爱惜地叠着一层层的包肉纸，忽然发现一张上面的素描，十分有兴趣地看起来：“这是哪位画的？”

徐一边选着画：“噢，是我作废的画稿。”

齐：“这种画法新奇，前所未见。”

徐：“这叫素描，是西洋画法的基础。目前北平艺术学院的学生都要学。”

齐又看了看：“徐先生，能教老夫此种技法吗？”

徐：“当然可以。”忽然狡黠地，“不过，要以您去学院授课为交换条件。”

齐："这就是畹华先生说的西洋写真画法？"

徐："是。"

齐笑了："也罢！欲做学生，只好先做先生了，哈哈。"

徐惊喜地："三顾茅庐，您终于出山了！我亲自陪您上课。"

齐："有徐先生这份胆识和诚意，我老朽还有什么可说的。"

10–6　北平艺术学院校园　秋　徐悲鸿、齐白石、教师甲、教师乙

徐悲鸿陪齐白石走来，教师甲和教师乙对齐鄙夷不屑。

徐："二位，怎么还不去上课？学生在等着哪！"

甲："上课就无法一瞻齐白石教授的风采了！"

齐有些尴尬。

徐对一校工："王川，你先送齐先生到三画室。"

乙望着齐走去，鄙夷地："一个木匠，哼！真是斯文扫地！"

徐冷冷地盯着他："你说什么？你再说一遍！"

乙讪讪地有些惶然。

甲："徐院长，什么时候开人体解剖课画裸体呀？通知我们一声，也好长长见识，哈哈哈……"

徐："到时候会出布告的。你们还愣着干什么？我郑重地告诉你们，我当一天院长，在解聘教师、安排课程上就要行使一天权力！"严厉地，"二位再不去上课，就要以罢教论处，就要除名了！"说完扬长而去。

甲："除名好啊，我正羞于跟村夫为伍呢！他一个齐木匠凭什么登上大学讲台？这成何体统？简直贻笑大方！"

乙："我看徐悲鸿完全是凭个人好恶行事，真不知道他要把北平艺术学院搞成什么样子？咱们是没什么好日子过了。"

甲："哎，咱们马上联络陈先生、胡先生几位，先攻徐悲鸿两件事。"

乙："什么事？"

甲："第一，画裸体模特有伤风化！他要是敢让模特进教室，咱们就联名上告，我们这儿是北平艺术学院，不是澡堂子，不是动物园！"

乙："就是！可，这画裸体可是国外时兴的画法呀。"

甲："谁爱时兴谁时兴去！咱们是五千年文明古国，祖宗没传下来这种伤风败俗的画法！"

乙："就是！简直是没有羞耻心！让我在场，都不敢睁眼！"

甲："再有，告徐悲鸿一手遮天，任用私人！哼，齐白石算何方神圣？画，不守成法！

诗，狗屁不通！肚子里没有一点书底子，画出来的东西，俗气熏天！有什么资格跑到这儿充人物头？”

乙：“哼，那，姓徐的还亲自保驾呢。”

甲：“今天，要不是徐悲鸿在，你看我怎么羞辱他！走！现在就去找陈先生、胡先生。”

乙：“真不上课啦？”

甲：“我倒想上呢，怎么上？咱们跟姓徐的不是鱼死，就是网破！走！”

10–7　北平艺术学院画室　秋　徐悲鸿、齐白石、蒙特贝罗、学生

学生们鼓掌欢迎齐白石，其中还有一位中年外国人。

徐悲鸿介绍：“这位是画家齐白石先生，这位是法国教授蒙特贝罗先生。”

忽然，学生甲走上前：“徐院长，父母出钱送我来北平艺术学院是学画的，不是跟木匠学手艺活的。现在我离开教室以示抗议。”

齐尴尬。

全场的目光都望着徐。

徐断然地：“那好！你就不必回来了。从此刻起，你被学校除名了！”

学生甲灰溜溜走了。

众人更热烈地向徐、齐鼓掌。

学生铺纸，研墨，齐白石拿出自备的几支画笔及颜料。

齐：“说话要说人家听得懂的话，画画要画人家看见过的东西。”

徐对学生们：“白石先生的话是朴素的，却说出了艺术创作和艺术欣赏很深的道理。

学生们似有所悟。

徐：“大家过来看。”

学生们围到画桌前。

齐沉思，开始蘸墨运笔。

学生们期待的目光。蒙特贝罗感兴趣地注视。徐微笑地望着。

齐在画立幅山水，运笔很慢，笔墨精练。

徐对学生：“白石先生的画兼具工笔和写意，以花鸟虫草为大宗，他的人物、山水画艺术成就更高。大家仔细看。”

齐的画在大片留白中一叶孤帆、小岛，最后在远天暮霭中画出半点红日。

“啊！”看到画龙点睛的一笔，学生们赞叹地交流着目光。

齐在画上盖印“木人”。

画挂到黑板上，大家兴奋地观赏，低声赞美。

蒙特贝罗异常活跃地近看，远观，十分激动。

齐对学生："我四五十岁离家，五出五归，历经十六年遍游名山大泽，十过洞庭湖，此为洞庭落日。"

徐惊异地："十过洞庭湖？同学们，十过洞庭湖啊！只有潜心观察、构思，才能有这样的佳作，空灵新奇，充满诗意。它简练、抽象、性格化，因而具有华贵的品格，达到了国画的最高境界，犹如才气横溢、独往独来的八大山人和石涛！"

齐的作品、徐的评价感染激动了学生们。

徐："同学们，从白石先生的这幅画，你们还要体会一位绘画高手是如何处理画面中的虚实关系。有着笔处，传神写态，有省笔处，略略带过。知道下笔，亦知道搁笔。因此，我觉得'学画'不易，学会了画，还要学会'不画'，学'不画'，更难。"

学生们聆听着徐的至理名言，颇有所获。

徐："白石先生，请点评一下学生作业。"

齐高兴地对学生们："不要死学死仿，我有我法，贵在自然。"看到学生画的梅花，"花未开色浓，花谢色淡。画梅花不可画圈，画圈匠气。"

蒙特贝罗热情地走上与齐握手，祝贺，用不流利的汉语说："我到东方后接触过中国、日本、印度、南洋的画家，画得最神奇的是这幅山水。最有才华的人都是天生的革新家！"

学生们活跃，鼓掌。

徐声音有些哽咽地："同学们，记住这堂课吧，记住这幅既古拙又富现代感的杰作吧。记住一位老人对艺术的真知灼见和忠诚吧！"

10–8　南京张道藩家书房　秋　张道藩、蒋碧微

张道藩兴奋地对蒋碧微说："悲鸿也不在南京，今天是周末，我和素珊请你来我家聚聚。"

碧微："素珊呢？"

张："我让她去买你最爱吃的奶油点心去了。放心，她起码还有一个小时才能回来。"

碧微："哦。"对他亲密地一笑。

张打开锁着的抽屉取出金壳坤表给碧微："这是我托人从瑞士买的，欧米加，送给你。"

碧微珍爱地举到耳边听，娇媚地望张一眼："谢谢！"

张谦逊地一笑："不谢。"

碧微感触良多："我从小很少有饰物。只戴过妈妈给我的金镯子，结婚后穷得没饭吃，当过，最后卖给了巴黎的银楼。不要说悲鸿一直没有钱，就是再有钱，他也不会给我买这些'奢侈品'。"

"来。"张亲手给碧微戴上新表，"我时时刻刻每分每秒都牵挂着你，知道吗？"

碧微吻着表，轻声地："知道。我会珍爱它一辈子。"

张甚感欣慰。

张从抽屉里拿出几封信递给碧微："我们不便于天天见面，这是这五天我给你写的。"

碧微兴奋地接过信，不觉警惕地望望四周，珍藏在手提包内，然后又从包中取出一沓信给张："这是我写的，你回头再看吧。"

张把信放在西服背心的内兜。

碧微幸福得有些透不过气："每天只有与你这种笔谈，我才切切实实地知道自己的心还活着！"

张从背后搂着她，激动地："我唯一的快乐就是读你的信和给你写信了。"

二人不再说什么，就这样，半晌。

张轻声问："他来信吗？从北平。"

碧微："偶尔来。我们的家信只是履行公事罢了。"

张放开她，他俩分坐在沙发上。

张似乎突然想起："你最近没有听到他什么消息？"

碧微："没有啊。他怎么啦？"

张一脸的忧虑，不语。

碧微着急地："说啊！"

张："我说了你可不要着急。"

碧微："快说！"

张："悲鸿这样的有识之士，竟无端把一个木匠齐白石捧为教授，弄得北平艺术学院掀起'倒徐风潮'，说悲鸿毁灭中国艺术！状已经告到教育部了。"

"什么？！"碧微顿时火冒三丈，"好容易让他离开'南国'，没想到在北平又闹出乱子！他来信从来没有说过这件事。不行，我去找家骅兄，请教育部设法干预悲鸿！"

10-9　北平齐白石家　秋　徐悲鸿、齐白石

齐白石非常不安："悲鸿，教育部和学院上下挤兑你辞职，这都是我惹的祸！"

"不！"徐悲鸿激愤地，"您的画是鬼斧神工，非常人所能。百年之后，那些跳梁小丑只能灰飞烟灭，而您的作品是万民仰止的高山！"顿了顿，十分真诚地，"白石先生，与你共事是我的荣幸！"

齐点头深表谢意："我也庆幸自己遇到了你。可是你却为我输给了他们。"

徐："这只是第一回合。这次也使我警醒，不能低估艺术上的僵化势力！艺术革新的路还很长啊。蔡元培先生也说没有想到北平美术界竟这样顽固守旧！"

齐怅然地："唉，你走了，心里有话对谁说呢？"

徐也很感伤，抚着齐的手，半晌无言，然后像是自语："时间是无情的裁判，时间是我们的朋友！"充满自信地注视着齐。

齐思索着这句话："但愿吧。悲鸿，我送你一幅画吧。"

《月下寻归图》画老人扶杖而行。

齐："我题一首诗。"

在齐凝神思索、挥笔题诗、徐欣然注视的一组画面中，响起齐感情深挚的声音：

"一朝不见令人思，重聚陶然未有期，深信人间神鬼力，白皮松外暗风吹。"

徐："太感谢了！这句'重聚陶然未有期'，我仅改一字，重聚陶然定有期。白石先生，我们一定会再见面的！而且，当我们再聚首的时候，我绝不会是单枪匹马了，一定会有一支队伍！一支美术新军！"

齐："好，我等着！我今年六十六岁了，我一定要活到那一天。"

徐听了十分感动地点点头："我回南京之后，会尽快帮您出版画集。"拿出画夹和炭笔，"先生，我继续教您素描。"

10–10　南京中央大学校园　1929年　春　徐悲鸿、吴作人

群鸽在校园上空飞翔。

吴作人兴冲冲地跑到徐悲鸿面前："先生，听说您回中央大学了，我就从上海赶来了。"

徐亲热地："作人，我正要给你写信呢。你可以到我的班上旁听，虽然没有正式生名义，我是照样教，你是照样学嘛！"

吴很兴奋："那太好了！"

徐："对了，你住处有了吗？"

吴："我马上去找。"

徐："吴稚晖、李石曾先生资助我家盖一座小楼，盖好了你可以到我家里来住。"

吴笑笑："师母并不喜欢我。我还是另找住处吧。"

徐鼻孔一笑，表示理解："那也不必到外面找，你到学生宿舍看哪个屋子有空床就住下，我会和宿舍管理员打招呼的，你可以省些钱。"

吴："那太感谢了。哎。先生，我刚看了第一届全国美术展览，怎么没有您的作品？"

徐："我把自己的展品撤回了。"

"为什么呢？"吴十分意外。

徐没有回答，而是问他："你看了画展有什么观感？"

吴困惑地："有不少莫名其妙的画，我看不懂。"

徐笑了："你看不懂？谁也看不懂！这正是我拒绝参展的原因。鲁迅先生也批评那些畸形怪相的画，人面必歪，脸色必绿，虽然新奇，却让人无法理解。"

吴："那些作者是在追逐西方的某些时髦吧。"

徐点头："可叹哪，我不能沉默，我正在写文章和徐志摩先生辩论呢。"

吴惊讶地："您和徐志摩先生不是朋友吗？"

徐："友谊固然可贵，但真理高于一切！"

徐的回答使吴意外而感佩。

徐又谆谆嘱咐："作人，你决心成为画家，就一定要记住，艺术即为心灵的反映，思想的表现，无文字的语言，故而艺术是'入世'的，是'时代'的，是能理解的。大众能理解的才是不朽之作！你要成为一个真正的艺术家就要到社会中去认识社会，到自然中去寻找自然。一定要记住，'师造化'才能'夺天工'！"

吴深深领悟着。

吴："先生，这次全国美术展览上，有一位画家张大千，他的两幅水墨画很突出，很打眼。"

徐一听，来了兴致："张大千，是我新结识的朋友，他是一位天才的画家！个性也不寻常。"

吴："怎么个不寻常？"

徐："他二十岁的时候就蓄了一大把胡子，成了美髯公。他留学日本学习绘画和染织，三年之后学成回国，又突然离家当了和尚。"

吴："为什么呢？"

徐笑起来："是为了跟老和尚学作诗。"

吴笑着："不出家也一样研读诗词歌赋啊，何必一定要剃度为僧呢？"

徐："他不剃度。"

吴更奇怪了："不剃度受戒怎么能到寺院当和尚啊？"

徐："他向法师说，'印度佛教就不烧戒，中国和尚烧戒是从梁武帝开始的。梁武帝信佛，他大赦天下死囚，要他们信佛当和尚，又怕他们跑出寺院重新犯罪，为了识别他们，才想出头顶烧戒疤的办法来。我不是罪犯，信佛何必一定要烧戒？'"

吴："结果呢？"

徐："法师说明天第一个为你剃度。他一听吓坏了，就连夜逃出了寺院。他跟我说，'当了一百天和尚，学了几句歪诗，得到了一个法号——大千，这是法师给我起的。'"

第十一集

11-1　上海蒋梅笙家　春　蒋碧微、蒋夫人、蒋梅笙

蒋碧微进门，叫："妈，爸，我回来啦。"

蒋夫人："哎，你不是在南京监督盖小楼吗。"

碧微："快完工了，我抽时间跟你们说说三表弟学画的事。"

蒋夫人："成啦？"

碧微："人家徐教授说啦，中央大学艺术系不录取他是对的，三表弟根本没有画画的天赋。"

蒋夫人："悲鸿跟学校说说，就不能通融通融？"

蒋梅笙："考试怎么能凭人情呢？你忘啦，查紫含套试题的事？"

碧微不语。

蒋夫人："这可怎么办呢，大哥说啦，小三就迷画画，说成不了画家誓不为人！哎，你可要帮忙，从小，大舅就欢喜你。"

碧微："是啊，我对悲鸿说，当年，买棺材，假出殡，人家怎么帮我们的。"

蒋："他怎么说？"

碧微："他说，根本就不用搞那一套！索性明说，倒还有点反封建的意思。"

蒋笑了："他说得对。"

蒋夫人："对？当初好多主意还不是你出的！"

蒋："我就不能反躬自省啦。"

碧微："对不对的，你们就别争了。反正我早看出来了，外人的事他都上心，家里人的事反而不管。"

蒋夫人："怎么？"

碧微："有个素不相识的蒋兆和，居无定所，身无分文，他却百般帮助，到处推荐。"

蒋："就是那个画穷人的蒋兆和？"

碧微："就是他。"

蒋："在全国美术展览上，我看过他的画，印象深刻。"

碧微："所以呀，悲鸿说蒋兆和是难得的人才！绝不能埋没了。"

蒋赞同："是啊。"

蒋夫人："哎呀！就别打岔啦，又说起什么蒋兆和了，小三的事到底怎么办？"

碧微："我有什么办法！"

蒋夫人："哼，这可算求着你们了，推三阻四的。"停了停，"不行，你还是再求求悲鸿。"

碧微："要求你求，我可不求！"

11-2　南京中央大学教学楼　夏　徐悲鸿

徐悲鸿路过文学院一年级教室，一扇破了的窗玻璃糊着有墨字的宣纸。徐被字纸吸引，屋里传出讲《离骚》的声音，不便打问，匆匆离去。

11-3　南京中央大学美术教室　夏　徐悲鸿、吴作人、学生

徐悲鸿对正画石膏像的吴作人："打听清楚是谁写的，约他下午来一趟，带着字、画。是文学院一年级教室。"

吴："好，下了课我就去。"

11-4　南京中央大学校园　夏　徐悲鸿、吴作人、孙多慈、章散、郑泉、冯法祀、杨剑公

艺术系的学生在写生，徐悲鸿指导着。徐不时向四周张望。

徐走近吴作人："他答应来了吗？"

吴："当时他不在，同学说一定转告他。"

徐点点头，又向四周望望。

穿着讲究的男学生章散，看看手表，走近徐："先生，我想请个假。"

徐："上课时间，没有特殊情况，是不准假的。"

章："怎么说呢，也可以算是一项特殊的艺术活动。"

徐："哦？"

章小声地："美国新电影《风骚女人》头轮首映，我已经买了票。"

徐："为什么一定要看头轮首映？"

章认真地："这是玛丽·碧克馥主演的！我是她的影迷！先生，这节课不就是写生吗？"

徐："写生也是正课！"说完指导别的学生去了。

郑泉笑着凑过去小声地："我早说不行吧。"

章掏出票，气哼哼地撕了，用手一扬。

郑："哟，哟，哟，又来了少爷脾气。"

徐瞟了章一眼，没说什么，又向四周张望。

一位清秀沉静的女学生走来，徐看她一眼，并未理睬，仍指导学生们画画。女学生讪

讪地愣在那儿。

章盯着她，小声叫："哎，来，指教指教。"

女学生回头望着。

章："看我画得怎么样？"

女学生看了看，没说什么。

章套近乎地："你是哪个系的？"

女学生没有回答，走了。

郑笑着："你眼睛可真毒，全校美女一个都漏不掉。"

章有些得意："那是。"

女学生走到另一边继续打量写生的学生们。

徐礼貌地一笑："有兴趣？过来看吧。"

女学生看了一会，徐仍未对她说什么。

女学生鼓起勇气："请问，您是徐悲鸿教授吗？"

徐："我是。"

女学生："我是孙多慈。听说您找我，要看我的字。"

徐十分意外："噢，你就是呀！"又小声问吴，"怎么是个女学生？"

吴也小声地："当时，我没见到本人。"

徐转身对她："一直在等你，拿来看看吧。"

孙多慈从布书包中拿出几张练习的书法。

徐仔细看："篆字、隶书、狂草，都有根底。好，很好！"抬眼打量着她，"你练了多久了？"

孙："四岁开始描红，五岁学着临帖。"

徐很惊喜，冯法祀、杨剑公等学生也围过来看。

徐："家里是读书人？"

孙点头。

徐："你喜欢画画吗？"

孙："喜欢。"又拿出两张水墨画递上。

徐一看，眼睛放光。

同学们也都传看，称赞。

章小声对郑："怎么样，我的眼光？秀外慧中。"

徐："在国画作品中，你喜欢谁的呢？"

孙脱口而出："徐渭，朱耷。"

徐与吴交换着满意的目光。

杨对冯小声地："她眼光不俗。"

冯点头："气质也文雅。"

徐："比起绘画来，你是不是更喜欢学中文？"

孙："不，我觉得画画更需要天分，自己的才具不够。"

徐笑笑："如果同样有机会，你选择哪个呢？中文还是绘画？"

孙毫不犹豫："绘画。"

徐高兴了，忽然又问："那家里的意思呢？"

孙："父亲说学中文将来好找职业。"

徐不否认地点点头。

孙："可是，父亲听祖父的，祖父由着我。"

"噢？"徐又有了希望。

孙："祖父说学什么，要符合自己的天性。"

徐："哦，你祖父倒很开通，他是做什么的？"

孙："他是办教育的。"

徐："办教育的……"忽然问，"你姓什么？"

孙笑了："我刚告诉过您，我姓孙。"

徐自语："姓孙，办教育的……你祖父是？"

孙："孙家鼐。"

徐："开办京师大学堂的孙家鼐？光绪年间的四部尚书？"

孙点头。

杨小声对吴："光绪新政时期孙家鼐是学务大臣。"

章对冯："一看就是名门之后，有一股贵族气，凡夫俗子是模仿不来的。"

徐："你愿意来艺术系学习吗？当然，先是旁听。"

孙高兴地："愿意！愿意！什么时候考？"

徐笑着："已经考完了！再考就是下学期正式的入学考试了。"

孙："那我马上告诉家里！"向徐鞠躬，"谢谢徐教授！"转身跑去。

徐目送着她，回身对学生们："接着画！"一脸沉醉的神色。

吴凑近徐："先生，下周我想请个假。"

徐不经心地点头："好好。"忽然意识到什么，"你说什么？"

吴："下周我想请个假。"

"哦？有什么要紧事？一般我是不准假的。"

吴拉徐到一旁："'南国社'要到南京来演《莎乐美》，田汉先生让我搞舞台美术设计。"

徐："好啊，好啊。去多久？"

吴："三个礼拜。"

徐："行，行，学以致用嘛！"

章和郑小声嘀咕："一节课都不准我的假，为什么准吴作人三周假？"

郑："人家是徐教授的高足啊，想怎么样就怎么样。"

章："哼，一个旁听生罢了。"

11-5　南京徐悲鸿家小楼画室　夏　徐悲鸿、蒋碧微

徐悲鸿进门："碧微，你快看看，我刚买了一块好看的昌化石！"

蒋碧微接过一看："多少钱？"

徐："三十块钱。"

"哼！"

徐："怎么，嫌贵？"

碧微："不贵！北平艺术学院院长月薪五百块钱的职位你都随便扔了，这算什么？"

徐被噎得说不出话。

碧微拿出两个大木匣子："名章！闲章！你看看，都刻了多少啦？"说完把图章倒到桌上。

徐赶忙拿起图章看看碰坏没有，生气地："名章，闲章，根据画意各有各的用途，难道你真不懂？你怎么不四季都穿一件衣服？"

11-6　徐悲鸿家小楼客厅　夏　蒋碧微、老板

服装店老板登门展示着几种绫罗绸缎，蒋碧微选中了一款红底黑花的丝绒料。

老板："徐夫人，您真有眼光！"

碧微："丁老板，按我原来的尺寸做一件旗袍。你看工料费是多少？"

老板拨着算盘一算："老主顾了，去了零，就算二十五块，不能再少了。"

碧微："谁让你少了？照着三十块钱花销！我要精工细做。"

11-7　南京徐悲鸿家小楼画室　夏　徐悲鸿、蒋碧微

蒋碧微穿着这件新旗袍，摆着姿势正让徐悲鸿画像。

碧微："衣服请画细点，这件衣服也不多不少，整三十块钱！"

徐停住笔。

碧微："画吧，我倒没什么，你的时间宝贵。这幅画，我还要在朋友们贺新居的派对上挂出来呢。"

徐不语，脱下工作服，扬长而去。

碧微一下傻了，气哼哼地踱来踱去，忽然翻出那块昌化石，想摔，又忍住，颓然坐下。

11-8　南国社赴宁演出住地屋外　夏　田汉、吴作人、徐悲鸿

二楼走廊，打着地铺。

吴作人陪徐悲鸿上楼，叫："田先生，您看谁来啦。"

田汉迎上："悲鸿！"二人热烈拥抱。

徐打量了一下："还是'南国'作风，地铺！"

田："南京这个火炉热得真吃不消，睡在这儿，风凉。"

三人坐在地铺上亲热地聊起来。

田："你同意作人来，真解决大问题了，不光设计布景、服装，还和冼星海伴奏那段舞蹈。作人的小提琴拉得很专业！"

徐："南国社的事就是我的事。再说，对他也是极好的艺术锻炼。"

徐指着角落一个破楼梯："作人，这是你做的楼梯？这么旧。"

田："咳，这是我带作人到剧场后面垃圾堆拣的别人扔的破楼梯。"

吴："等刷了油漆，就会有王家气派了。"

徐："好！还是'南国'的穷干精神。"

田："我们这次排练《莎乐美》时间短，经费少，实在颇费气力。"

徐："那你为什么还要排这部戏呢？"

田："中国剧坛过于荒凉，这样怪异、眩惑、美丽的花栽上一朵，对启发国人心智，也还有些价值。作人，请先生看看你的舞台美术设计。"

"好。"吴去拿图纸。

田："你近来怎么样？"

徐："唉，我就像一只离群的马，独自哀鸣。"

田："怎么，你和嫂夫人还……"

徐："一言难尽！搞艺术革新，在家里得不到理解，这你是领教过的。碧微变得越来越世俗，甚至是仇视艺术。外界呢，北平的保守势力几乎把我吃掉！"苦笑一下，"我只能逃回南京了。"

田同情地望着他。

徐："这后面一定有一种看不见的黑暗力量。"

田："你是指社会？"

徐："不仅是社会，还针对我个人，它把几种反对的势力扭结在一起……"突然停住，想着。

田关切地："那你准备怎么办？"

徐忽然回过神来，笑了：“独持偏见，一意孤行。”

田：“好个‘独持偏见，一意孤行’！”

11-9　南京徐悲鸿家小楼客厅　秋　徐悲鸿、吴作人、孙多慈、冯法祀

褐色的匾额上刻着“危巢”二字，徐悲鸿正用石绿色涂字。

“先生，祝贺您新居落成。”吴作人、冯法祀与孙多慈一路嚷着进屋。

冯：“这样漂亮的楼房，先生为什么取名‘危巢’？”

徐：“居安思危的古训不敢忘记。”

孙：“先生，送您一份贺礼，请看看门外。”

门外靠着一棵枝态奇崛的枫树，树根的土砣用蒲包裹着。

孙：“这是从我家乡黄山移来的，点缀先生的新居。”

徐：“盛情可感。”

孙：“那就把它栽上吧。”

11-10　南京徐悲鸿家小楼卧室　秋　蒋碧微

蒋碧微往那只张道藩所赠的花瓶中插花。

11-11　南京徐悲鸿家小楼门厅　秋　徐悲鸿、吴作人、孙多慈、冯法祀

师生们把枫树栽上，回到门厅。

徐悲鸿：“多慈，你想过没有，此树生于黄山危崖，营养不足，而生命力极强，迎风战雪，故而奇态百出。如今移到这里，土肥水足，不久，曲者日伸，瘦者日肥，将奇态尽失！”

孙多慈：“这么说我是办了蠢事？”

徐笑笑：“悟出这个道理也是收获。养尊处优就会庸俗不堪。”又对冯，“这就是我取名‘危巢’的缘故。”

三个学生颇有感慨，交流着目光。

徐：“不过，还是谢谢你们，走，看画去。”

孙：“先生，吴作人、冯法祀二位学长都有您的赠画。”

徐：“好，我画张猫给你留念。”

11-12　南京徐悲鸿家小楼画室　秋　徐悲鸿、吴作人、孙多慈、冯法祀、蒋碧微、蒋兆和、同弟

墙上除了徐悲鸿的作品外，醒目地挂着《溪山行旅图》和达仰的素描画像。

吴作人翻着新出版的《齐白石画集》："先生，齐白石是谁呀？"

徐悲鸿："他是活着的画家中年纪最大，作品最有独创性和现代气息的画家，很了不起。"

吴："先生还给他做了序。"认真读起来。

冯法祀也凑过去看。

徐在画好的《双猫图》上题："多慈女弟存玩　悲鸿"。

孙多慈拿起画："太可爱了！"天真地向吴、冯炫耀。

蒋碧微走进画室："作人、法祀来了。"

吴、冯："师母。"

碧微："作人，你们演的《莎乐美》轰动南京啊！"回身见到孙，"噢，这位是绘画考试得100分、字画双绝的孙多慈吧？"

孙："师母好。"

碧微望着徐："没想到还如此俊秀可人。"

孙有些不自在。

徐制止："碧微！"

碧微："怎么，我说的好话也不中听？"

吴、冯偷偷地递着眼色。

碧微："好，不打扰你们的雅兴了。"对徐，"我再去买些食品，今晚的派对，吴稚晖、朱家骅、李石曾先生也要来贺新居呢。哎，你多备些纸墨，题诗作画是少不了的。"

徐："好吧。"

碧微忽然看到'危巢'那块匾："这'危巢'二字今天无论如何不能挂出来！这房子是吴稚晖、李石曾几位先生出资帮助盖的。人家登门祝贺，你不要扫大家的兴！哼，故作深刻！"说完走了。

徐气得愣在那儿。

学生们也不知所措。

徐突然说："来，帮我一下。"亲自登上高凳，把'危巢'匾挂到客厅门楣上。

吴："先生，师母回来会不会……"

"无非是闹！"徐痛快地，"走，接着看画！哎，都洗洗手，看画虽不必沐浴熏香，可也不能把画弄脏了啊！"叫女仆，"同弟——"

同弟跑来："什么事？先生。"

徐："你去客房叫蒋兆和先生，请他来看画。"

同弟："蒋先生一早就出去了，还拿着画夹，午饭前他准回来。"

吴："蒋兆和？是不是画《黄包车夫》的那位画家？"

徐："是啊。你认识他？"

吴："不。去年全国美展上，这幅画给我印象太深了！他住您这儿？"

徐："他可以说是四处为家，目前在我这里。"

冯："能认识他太好了。"

孙："就是！"

此时，蒋兆和恰好回来了。

徐："兆和，快来见见你这几位崇拜者。我的学生吴作人、孙多慈、冯法祀。"

蒋兆和与他们热烈握手。

徐问蒋兆和："今天又有什么收获？"

蒋兆和打开画夹，拿出两幅速写：卖唱的和流浪小子。

徐看了看："好！像你这样不摹古人，不学时尚，而是从真人写生出发的，在中国还少见。这样走下去，终能成大器。你们看看。"

吴、孙、冯传阅，很兴奋。

吴对蒋兆和："没想到你这么年轻。"

徐："你以为他有多老？"

吴："按他画中的沧桑感，应该年纪更大些。"

徐："年轻，可阅历不浅。"

蒋兆和腼腆地笑笑。

吴："你对百姓的生活太熟习了。"

蒋兆和："我一个流浪汉，不可能有什么闲情逸致去寻找鲜花美景，劳苦大众的生活我倒能感同身受。"

徐："感同身受至关重要！这样才能画出人物的形，更能画出人物的内心。"

孙："蒋先生的画不类中西，又兼具中西画的特长，形成了自己独特的风格。"

徐："好眼力！兆和采取中国画的纸、笔、墨，而运用西画的技巧，取中西画的精粹，可以说是改良的国画。时代在变化，艺术也应该随着时代而发展。你们说对不对？"

学生们点头称是。

冯："我看他的人物画，有先生您的笔法。"

徐连连摆手否定。

蒋兆和："我不过学到先生技法的皮毛而已。"

徐："不能这么说，你将会自成一格。"

蒋兆和充满感情地："我从四川到上海、南京学画，求职，几次失业，交不上房租，吃不上饭，天冷的时候靠烧报纸取暖。幸而结识了悲鸿先生，他几次收留我，让我住在他的画室，他的家里。光先生的中外画册我看了多少！听先生讲又听了多少！"

吴："我们是先生的科班学生，你是先生的家馆徒弟，咱们早就是师兄弟了。"
徐笑了："不错，不错！哎，给你们看一件我刚收藏的宝物。"从封信中抽出一张照片。
几人争看，照片上是个儿童木雕像。
徐："作者虽然不是雕刻家，却有着结实的造型能力。"
蒋兆和："这孩子太可爱了。"
孙："谁雕的？"
徐："作者我还不认识。他是淮阴的一个小学美术教师，叫滑田友。"

11-13　南京小吃摊　冬　徐悲鸿、滑田友、卖烤白薯的

清晨。滑田友在小摊前挑了块烤白薯，正要付钱。
徐悲鸿夹着画夹走来。
卖烤白薯的跟徐很熟："先生来了，两块？"
"对。"徐见滑已掏出钱，"给他先拿吧。"
滑："不客气，您先买。"
徐买了烤白薯，走了。
滑问卖烤白薯的："请问，中央大学怎么走？"
卖烤白薯的："前面的路口向右拐，那个大门就是。"

11-14　南京中央大学艺术系教研室　冬　徐悲鸿、滑田友

屋中有几张办公桌，只有徐悲鸿一人在吃烤白薯。
滑田友轻轻推门进来。
徐一笑："怎么又是你？"
滑："您不认识我。"
徐热情地："认识，认识，一起买烤白薯的。"
滑笑了："先生，我打听个人。"
徐："谁呀？"
滑："徐悲鸿先生。"
徐："哦，你认识他？"
滑："不认识。"
徐："找他有什么事吗？"
滑："我，我给他送个东西。"
徐："你从哪来呀？"
滑："淮阴。"

“淮阴？”徐热切地，“东西，给我看看行吗？”

滑犹豫一下，从书包中拿出一个木雕儿童头像。

徐：“这是你刻的？”

滑：“是。”

徐惊喜地：“啊！你是——滑田友！”

滑兴奋而不敢相信：“您是？”

徐：“我就是徐悲鸿，看过你寄来的木雕照片。”

滑憨憨地笑了。

徐仔细打量他：“你跟我想象的还是不太一样。”

滑：“您也是。”

徐：“什么？”

滑：“您跟我想象的也不一样。”

徐：“怎么？”

滑：“您买烤白薯吃。”

徐爽朗地笑起来，欣赏着木雕：“在国内我还很少见到这样生动的雕刻，简朴、活跃、一团稚气。”

滑：“接到您的亲笔回信，我高兴得一夜没睡，第二天辞掉手头的一切事情，就赶来了，今早刚到。”

徐：“坐了一夜的车，很累吧？”

滑：“不累，比干活轻多了。”

徐给他倒开水：“来，喝杯水。你信上说十二岁跟父亲学木匠活，后来又上师范学美术，喜欢雕塑。”

滑：“您记得真清楚。先生，我梦寐以求的就是学雕塑。”

徐：“我知道。江小鹣先生和我在巴黎同学，是著名的雕刻家，我介绍你去给他当助手。已经说妥了。”

“那我太，太……”滑站起向徐深鞠躬，“谢谢先生！等我找到住处，立刻过去。”

徐：“你在南京若无亲投靠，可以住在我家。”

滑：“不，不，先生，怎么好打扰……”

徐：“你是我的朋友。学绘画的蒋兆和就住我家，你们可以同屋。”

“先生！”滑感激得不知如何是好。

徐：“人体解剖的教材、米开朗基罗和罗丹的雕塑作品集，我都有，你拿去看。”从书橱中取出画集给他，“至于你以后的发展，我会帮你筹划的。”

滑频频点头，忽然憨憨地笑了：“先生，我离家的时候，父亲说他梦见我遇到了仙人指路，我还说他迷信呢。”说着用手掌抹去泪水。

徐谦逊地笑笑，岔开话题：“来来，快吃吧，凉了就不好吃了。”

滑：“我吃过了。”

徐：“再吃一块。”递给他。

滑也吃起白薯。

徐：“烤白薯，中国一绝，天下第一！”

滑：“是，好吃。”

“滑田友，”徐很亲热地，“我看我们会相处得很好。”

滑：“怎么？”

徐：“你我有很多共同点，第一，酷爱艺术。第二，穷苦出身。第三嘛，都爱吃烤白薯。”

滑又憨憨地笑了。

11–15　南京中央大学美术教室　冬　孙多慈、吴作人、冯法祀、章散、杨剑公、徐悲鸿

夜。孙多慈、冯法祀、章散、杨剑公在画石膏像，吴作人以冯法祀为模特画人物。

吴：“法祀，知道要拆明城墙了吗？从太平门到神策门的那段。”

冯：“为什么呀？”

吴：“定都南京之后，政府各部门要大兴土木，资金缺乏，决定拆城砖盖房用。”

杨：“真是岂有此理！”

冯：“为了盖几个衙门，就要毁坏五百年前的伟大建筑？”

孙：“再怎么也不能出此下策啊。”

章附和着：“说的是！”又义愤填膺地，“这是谁的主意？”

吴：“陆军军事学校校长蒋介石的命令。”

章：“是吗？”一副猜度的神情，“哦，蒋主席也许有更深远的考虑。现在国泰民安，城墙也失去了军事意义嘛。”

吴：“章散，你到底什么态度啊？一会儿一变。”

章：“我一介草民，我什么态度都于事无补。”

孙瞥章一眼：“就是不用防御了，市民们到城墙上走走，登高望远，凭吊残阳，也是一个好去处！凭什么拆？”气得画错了，用馒头块擦去炭笔的笔痕。

章散殷勤地：“我有好橡皮，法国货，比馒头好使。”

孙：“我觉得馒头就很好用。”

章：“我有两块橡皮，送你一块。”

孙："你自己留着用吧。"

冯望着他俩，笑笑。

徐悲鸿提着大捆东西推门而入："哟，怎么这么多人都在上晚自习？"

孙迎上："您回来啦！"

冯跑过去接过徐手中的东西。

吴："先生，上海的事办完啦？"

徐："办完啦！大东公司美术用品部的货就是好。"分给大家，"你的，你的。"对吴，"作人，这是给你买的粉画棒，60色的。"

吴："先生，为什么不买100色的？"

徐："这60色的粉画棒，最适合画人体和肖像画，我特意选的。"

吴："先生让我朝人物画方面努力？"

徐："对！你要争取在三十岁之前创作出巨幅人物画。无论从体力或才智方面来说，三十而立，是黄金时代。我并不是轻视山水、花鸟、虫鱼，我自己也常画走兽、禽鸟、花卉，但是我认为，要复兴中国美术，就要在人物画方面有所突破，达到世界水准才行。好啦，你们也该休息啦。"

章："怎么能休息？您不是让我们笔不离手吗？"

徐："笔不离手，也不是叫你们一天到晚死画。假如你们今天有十分画兴，只可画八分，留二分，使你有思考的余地，这样，你的画才能逐步提高。"

章："可我正画兴大发，欲罢不能呢。"

吴打趣地："章公子难得这样勤奋哪！"

章："好歹我也是正式生，怎么能落在旁听生后面？"

吴付之一笑。

徐："那好，你画一幅李白《静夜思》的诗意，明天交稿。"

章："还用明天？我立刻就画。孙多慈，你也画吧，我和你一比高低！"

孙："我哪有你才思敏捷。"

冯："孙多慈，跟他比！"

孙："好。"

章和孙走向各自的画架。杨走到他们身后看着。冯也想跟过去看。

吴对冯说："法祀，请你保持姿势，谢谢。"

冯："还画我。"只好继续画石膏像，一边为吴做模特。

徐走近吴，为他改画："记住，要宁方勿圆，宁拙勿巧，宁脏勿洁。"

章、孙都画完了。

章画屋内一书生仰卧在床上，表情痛苦地望着窗外的圆月。

孙画一书生背身坐在院中的板凳上，在月下沉思。

徐看看章的画，笑了，又看看孙的画，微微点头。

大家等待徐的裁决。

章看看孙的画，嗤笑：“孙多慈，李白写的是床前明月光，不是凳前明月光。”

徐对孙：“你给他讲讲。”

孙：“床，可以做卧具讲，古时候也指坐榻，比如胡床。如果像你画的躺在屋里的床上，怎么能看到地上如霜的月色呢？再说，人仰卧着，又怎么能举头、低头呢？只有坐在院中的坐榻上，才能举头望明月，低头见到如霜的月色，沉入思乡呢。”

章：“你说的简直闻所未闻！”

徐：“章散，孙多慈说得对。”

冯惊叹着：“孙多慈，你太有学问了！”

孙：“祖父告诉我，许多人不清楚床的各种含义而曲解了李白的《静夜思》。”

吴：“我看，孙多慈画人物的背身，很妙！他思乡的表情让观众去想象。”

冯：“这比章散画的龇牙咧嘴强多了。”

章：“去！去！有你们什么事？”

孙有意岔开：“先生，您知道政府要拆城取砖的事吗？”

第十二集

12-1　南京中央大学美术教室　冬　徐悲鸿、孙多慈、吴作人、冯法祀、章散、杨剑公

徐悲鸿：“我刚刚知道。这简直是伤天害理！城墙是南京的骄傲。唉，刘伯温还是缺乏先见之明啊。”

杨剑公：“怎么讲？”

徐：“让朱元璋多制亿兆大砖埋在地下，供今天的政府取用，不就免了这遭劫难？”

孙多慈：“唉，怎么面对历史啊！”

徐：“你们知道西湖雷峰塔是怎么倒的？不是因为建筑不坚固，也不是因为年代久远，而是一些愚人生病，拿塔砖当药吃给吃倒的！”

吴作人：“如今，拆城取砖完全是如出一辙！”

徐：“我们绝不能坐视不管！”

12-2　南京中央大学校园　冬　章散、郑泉

章散：“哎，徐教授那位得意的旁听生，就要卷铺盖滚蛋了。”

郑泉：“是吗？”

章：“这下，看他还当谁的高足！”

12-3　南京徐悲鸿家小楼画室　冬　徐悲鸿、吴作人

墙上大幅宣纸画着《九方皋》，小幅宣纸上，徐悲鸿正用墨笔改画马蹄动作。

吴作人急煎煎地进来：“先生，中央大学决定赶走我。”

徐：“怎么？我去找校长！”放下画笔出门。

12-4　南京中央大学校长室　冬　徐悲鸿、校长、校长秘书

徐悲鸿气冲冲进屋，叫着：“校长！”

校长正审看布告：“徐教授，您先坐。”对秘书，“好，贴出去吧。”

“等等！”徐挡住秘书，夺过他手中的布告看，转身质问校长，“为什么开除吴作人？”

校长平静地：“他参与了一些与学生身份不符的事。”

徐：“什么事？”

校长：“他旷课三周。”

徐郑重声明：“不是旷课！是我准的假。”

校长：“不管他得没得到批准，这件事反应很大。有的学生问我‘中央大学是国立名牌大学还是私立野鸡学校？想来就来想走就走？’”

徐气得说不出话。

校长：“我听说徐教授治学很严，一节课的假都不批准，为什么竟然批准吴作人三周假？”

徐：“南国社来南京演爱尔兰名剧《莎乐美》，请吴作人担任舞台设计。”

校长：“不上课去搞舞台设计，这不是不务正业吗？”

徐激愤地：“恰恰相反！我看了演出，舞台设计大胆新颖，我给他打100分！你知道，演出的时候，大幕一拉开，演员还没上场，观众就拼命鼓掌，那是给吴作人设计的舞台美术鼓掌呢！作为美术系的学生，有这样出色的艺术实践，校方应该鼓励，应该高兴才对，怎么反而要开除呢？”

校长：“学校有学校的规矩，这你应该明白。”

徐磊落地：“如果说违反了学校的规矩，一定要处分，那处分我好了。这事由我完全负责！”

校长煞有介事地："徐教授，他还有些事恐怕您无法负责！"

徐警觉地："什么事？"

校长："他与在押的政治犯张曙、谢宗辉关系密切。"

徐追问："什么关系？"

校长："给狱中的张曙送钱，谢宗辉被捕前，吴作人给他画过像。"

徐："哼，不要说政治犯，即便是死囚犯，也允许探监嘛，也不能株连到所有他认识的人哪！吴作人这算什么罪名？"

校长语调平静而清晰地："共产党嫌疑犯。"

徐一愣，盯着校长，冷笑两声，将布告掷回，愤然离去。

校长叫："徐教授！请留步。"走近徐，"您要明白，开除吴作人，绝不是学校所能决定的。这是教育部的命令。"

徐微笑着："那又怎样？"

校长："您要是一味庇护他，恐怕当局对您……"

徐平静地："那也开除我好了！"

校长赔着笑："您不要感情用事。我知道您是爱惜人才。"

徐狠狠地："知道就好！"转身大步出门。

校长望着徐的身影叹口气，坐下，无语。

秘书拿起布告，小声请示："校长……"

校长挥挥手，低声地："贴出去。"无奈地闭上眼。

12-5　南京徐悲鸿家小楼画室　冬　徐悲鸿、吴作人

"真是暗无天日！扼杀人才！"徐悲鸿愤怒地踱步，面对《九方皋》的画稿苦笑，"九方皋善识骏马，可现实生活中呢，就是有一伙人，不是发掘人才而是压制、摧残人才！从北平到南京！"突然停住，望着吴作人，"作人，为了求学，你肯吃苦吗？"

吴："只要能跟先生学习，吃什么苦我都肯。"

徐："不是跟我学，而是只身一人去法国，到巴黎学画。"

吴大吃一惊："什么！到巴黎？我父亲死得早，家里一贫如洗，母亲供我上大学已经很吃力了，我哪敢妄想到外国留学呢？"

徐："我会替你想办法的。当然，你比不了吕斯百和王临乙，我为他们争取到官费留学。"

吴："到那里举目无亲，我……"

徐十分乐观："巴黎有很多华侨和中国留学生，我还有很多老朋友。他们会帮助你的。你可以找工作做，以工养学，反正绝对饿不死。当然，也一定是过苦日子的。"

吴激动万分："只要能生存，能求学，吃苦我不怕。"

徐："作人，艺术是人类的美好境界，要实现这个崇高的理想，就得要有'殉道者'的精神。"

吴赞同而坚定地望着老师。

徐忽然笑了："告诉你，挨饿的时候画画感觉特别敏锐，吃饱了反而迟钝，这是我留学时多次的切身体验，也是'穷而后工'吧。怎么样，和你母亲商量商量？"

吴："先生指的路，我母亲会言听计从的。"

徐："那好。"

吴："不过，我怎么去呢，旅费也是一大笔钱哪。"

徐："那倒是。咳，我怎么把他忘了！我有位朋友跟法国邮船公司有业务来往，关系很好，我想能为你买到特价船票。"

吴："那太好了！"

徐笑着："你也是因祸得福啊！不要皱着眉头了，看看这稿怎么样？"

吴这才有心思看画："这是第七稿了吧？怎么，给骏马加上了缰辔！先生向来画马都是奔放不羁，从无缰辔呀。"

徐："九方皋是识马者，马和人一样，愿为知己者用，不愿为昏庸者制。"

"哦！"吴体会着这句话，又问，"马蹄画了这么多稿，您还在改画马蹄？"

徐："画马蹄像画人的手足，极容易失误，画得高明不高明，在此可以识别，这也是鉴别画的一个决窍。"忽然想起，"糟了，教育部新规定，申请自费留学护照必须有大学毕业文凭。"

吴："啊！我哪有那东西。"

徐突然想起："找田汉先生呀！请他从南国艺术学院设法解决！"

吴开心地笑着："对呀！我怎么也忘啦。"

徐："有了毕业文凭，我就能替你办理自费出国手续了。"

吴："对！对！"

徐看怀表："今天还有一趟火车，快去上海找田汉先生吧。"

"好！"吴抬腿就走。

"作人！"徐又叫住他，"你回来之后，马上找人学法语，这是你的当务之急！"掏出钱给他。

吴推辞。

徐："拿着！抓紧学法语要紧。其他一切由我去办。再来看我，练习用法语跟我对话。"

"先生！"吴涌出热泪，双手抱住徐。

墙上巨幅的画：善识良马的九方皋。

12–6　南京徐悲鸿家小楼卧室　冬　徐悲鸿、蒋碧微、儿童伯阳、儿童丽丽

清晨，窗台上两盆茶花盛开。徐悲鸿正在赏花。传来笃笃的敲门声。

徐笑着故意问："谁呀？"

"我们呀！"门推开，丽丽和伯阳进屋，用法语向父母问安，"早上好！"

蒋碧微睁开眼，仍躺在床上。

徐、碧微也用法语回答孩子："早上好！"

丽丽和伯阳跑过来，亲亲父母的脸。

徐："丽丽，吃早点，不要忘了吃鱼肝油。"

丽丽噘着嘴："难吃！"

碧微："丽丽，你身体弱，一定要吃！哥哥想吃，还不给他吃呢。"

丽丽："我不吃，给哥哥吃吧。"

伯阳："丽丽，吃的时候捏住鼻子就闻不见了。"

丽丽："你怎么知道？"

伯阳笑了："我偷偷试过。"

丽丽："好，那我也试试。"说完与哥哥跑出去了。

碧微继续睡回笼觉。

在卧室门外。

徐喊："回来！洗脸了没有？"

伯阳："没洗。"

徐："走，用冷水洗脸。"

丽丽："凉。"

徐："小孩子应该不怕凉，冬天也要锻炼用冷水洗脸。"

12–7　南京中央大学美术教室　冬　章散、孙多慈、徐悲鸿、学生

章散正心不在焉地临帖，不时往门外张望。

孙多慈进门："章散，你今天怎么来得这么早？"

章："只许你第一个到？我也要上进呀！"从提包中拿出搪瓷饭盒，讨好地递给孙，"吃早点吧。"

孙看了一眼："嗬，面包、香肠，章公子吃得很讲究呀！"

章："这有什么！"又让她吃。

孙："我已经吃了。"

章："你住校，能有什么好吃的？"

孙："豆浆、油条呀，这个呀，你自己吃吧。"

章："人家专门给你带的嘛！"

孙客气地："谢谢，不必了。"

章只得收起早点。

孙研着墨，看到章临了一叠纸："你临了这么多了！"

章放下正临的《张猛龙帖》，又临《始平公帖》："一会请徐先生看看，我这些天的成绩。"

孙继续研墨，一边拿出王羲之的《圣教序帖》看起来。

章边临帖边哼外国歌曲，以引孙的注意。

孙厌烦地瞥他一眼，继续读帖、研墨。

徐悲鸿进来，端着家里的一盆茶花。

孙："先生早！"

章："徐先生，您好！"

徐："怎么，今天章散也上早自习了。"

章笑笑："先生，看看我临的帖。"递上一大沓。

孙干着自己的事，不动声色地关注着。

徐仔细看完，很耐心地："章散，我给你们说过，要扎扎实实学成一家之后，再兼学他碑，融会贯通，才能自成一家！你可好，杂家！四不像！"忍不住笑，"你呀，要注意听我说的学习方法。其他书法家也是这样主张的。"

章不语，不服。

徐："孙多慈，你在练什么？"

孙："我正在临王羲之的《圣教序》帖。"

"噢，"徐关心地走过来看，"这不是好版本，是唐智永僧人所集，行气之间不甚贯气。"

孙："先生，哪些字较好，哪些字最好？"

徐拿过孙手中的笔，在字帖边圈着。

章愤恨地望着他们。

徐："好的。"字旁加一圈，"这个字更好。"加了双圈，"这是最好的。"加了三圈。"我二十岁曾向康有为先生学字，对画大有裨益。"

孙："什么！您跟康有为先生学过字？"

徐："我是他的磕头弟子。"

章也惊奇地听着。

孙："怪不得呢。"

徐："什么？"

孙："名师出高徒嘛。"

徐笑笑："锻炼书法实际上就是锻炼用中国传统的工具来塑造形象。因为中国画注重线的运用，重视'骨法用笔'，铁线描使中国画在世界画坛中独树一帜。"

徐一字字、一页页圈画，孙多慈认真看着，听着。

章望着徐、孙，心生忌恨。

学生们陆续到了。

徐："今天早上，我只见孙多慈、章散在练字，艺精于勤，你们不要忘记。好，上课。今天画茶花。"

徐将茶花摆在教室中间，四周是学生们的画架。

孙将徐圈画的字帖珍爱地收好。

章注意地望着孙："孙多慈，到这来。"指指自己旁边，"这儿角度好！"

孙："不用。"将自己的画架支在远离他的位置。

章讪然。

徐："今天的静物写生，除了形的准确，还要注重明暗与光影。利用明暗使平面呈现浮雕，是绘画最神奇的特征。"

徐穿行于画架之间，指导每一个学生。

章净注意孙了，漫不经心地画着。徐走过来，看了他一会。

徐："你看看哪一点最亮？"

章："这儿亮。"

徐："哪一点最亮？你必须仔细看。"

章："这点最亮。"

徐："对了，你说哪一点最暗？"

章："这儿暗。"

徐生气地："我是问你哪一点最暗？"

章紧张地看："这儿最暗。"

徐口气和缓下来："作画主要靠感觉，而敏锐的感觉是从认真的观察和比较之中锻炼出来的。要专心！"

徐的话，其他学生都注意听，只有章光顾了生气，并未听进去。

徐走到孙画架前："好，线条流畅。要记住，线和形越精练就越富有美和魅力。这儿笔好。"

章恨恨地看着孙与徐。

12-8　南京徐悲鸿家小楼卧室　冬　蒋碧微、同弟

蒋碧微："同弟，茶花，怎么少了一盆？"

同弟："不知道。"

此时，有人敲大门。

碧微："你去看看谁来啦？"

同弟出去。

碧微百思不解地继续望着茶花。

同弟进来报告："是一个叫章散的年轻人。"

12-9　南京徐悲鸿家小楼卧室　冬　蒋碧微、徐悲鸿

夜。蒋碧微在黑暗中坐在躺椅上等着。

徐悲鸿怕惊醒夫人，轻轻走进屋。

碧微一跃而起："你还有脸回来！"

徐："你吓我一跳。"

碧微："今天你做了什么亏心事？"

徐："我做了亏心事？"开开电灯。

碧微："你随便拿我的东西去讨好别人！"

徐："你到底说什么呢？"

碧微："你把我的茶花弄到哪里去了？"

徐："哦，茶花呀，拿到教室写生去了。"

碧微厉声地："写生？胡说！你是送给你心爱的女学生孙多慈了！"

徐笑笑："你想到哪儿去了。这事，课堂上的学生们都可以证明。"

碧微："证明？我也有人证明！"

徐："你呀！不要捕风捉影，庸人自扰了。我很累了，睡吧。"

碧微："睡？今天你不把事情跟我说清楚！就别想睡！"

徐："我已经说清楚了，还需要再重复一遍吗？"

"我就知道，你不会说实话。哼，做人要有良心！"碧微突然委屈地哭了，"当年，我跟你私奔，担了多少骂名！在欧洲举目无亲，忍饥挨饿，陪你苦读八年！没想到生活刚好一点，你就变了心！我不活了，我不活了！"边哭边冲下楼号啕。

徐追来："碧微，完全不是你想的那样。"

碧微："怎么不是那样！"

徐："好，好，好，那盆花还在教室里，我明天就把花搬回来还不行？"

碧微："根本不是花的问题，是人心变了！"

徐："你别疑神疑鬼的！我早跟你说过，那个孙多慈画画很聪明。"

碧微："你很爱她？"

徐："我很爱她的才气。碧微，你不是不知道，我一向对所有聪明努力的学生都十分钟爱。"

碧微自语："哦，原来这一切都是真的。"

徐："什么真的？"

碧微："难怪外面议论纷纷。"

徐有些紧张："碧微，你听到什么了？"

碧微哭着嚷："多了！我起初都不肯相信，我怎么也想不到你会变成这样！"

徐："我怎么变了？我和孙多慈，完全是师生关系。这么些年，我到底是什么样的人，你应该清楚！碧微，我们是患难夫妻，我决不会离弃你，你看，下半年，你还要陪我去欧洲五国搞巡回画展，我还指着你呢。啊，回去睡觉吧。"

12–10　南京中央大学美术教室　冬　徐悲鸿、同弟、孙多慈

清晨，教室里没有人。

徐悲鸿带同弟进来，把那盆茶花交给她："端回卧室的窗台上。"

同弟："知道了。我买了菜再带回去。"

徐："别！先送花，一定要在太太起床之前放回去。"

同弟："好吧，要不然太太又该闹了。"

徐叹口气："昨天晚上你都听到了？"

同弟点头。

此时，孙多慈进门，见状："怎么，花要端走？"

徐支吾地："哦，今天我们改画别的。"

孙："昨天还没画完呢。"

同弟犹豫地望着徐，徐挥挥手，同弟端花走了。

徐抱歉地："今天同学们只能默画了。"

孙："前半截是写生，后半截是默画。有意思。"

徐只得苦笑。

孙敏感地："先生，家里发生什么事了？"

徐摇摇头，没说什么。

12-11　南京徐悲鸿家小楼卧室　冬　蒋碧微、同弟

窗台上摆着那两盆茶花。

蒋碧微醒来，摇床头柜上的小铃。

同弟端来牛奶、面包、黄油、果酱等西式早餐，碧微像外国妇人一样在床上小桌愉快地吃着。

同弟又敲门而入：“夫人，内政部次长张道藩先生来了，在客厅等您。”

“请张次长稍候！”碧微兴奋地急忙起床打扮。

12-12　南京徐悲鸿家小楼客厅　冬　张道藩、蒋碧微、同弟

张道藩脱去黑披风，放下文明棍，打量着墙上的匾额“危巢”。

蒋碧微穿着那件绣白玫瑰的紫红色旗袍，款款下楼走来：“道藩兄。”

“碧嫂。”张道藩见她的穿着，会心地笑了。

张：“今天是你的生日。”

碧微意外地：“你竟然记得！”

张笑笑：“你我无法相聚，我亲手刻了你的名章送给你。”递给她一方鸡血石章，“不管好坏，总算是我亲手完成。”

碧微感动地欣赏着。

同弟端上咖啡：“请用咖啡。”

碧微：“你去给茶花浇浇水。”

同弟退下。

张端起咖啡要喝，发现茶几上有三张草图，构图不同，都画着农村苦旱，一群古代男女老少在田里仰天而望，期待甘霖。有的还有“吊民伐罪”的旗帜，下面均题名《徯我后》。他仔细看。

张：“徯我后？这是悲鸿画的？”

碧微：“是啊。”

张很认真地：“他为什么忽然画这个？”

碧微：“嗨，就是随意从《书经》中找的题材吧。夏桀暴虐，商汤带兵讨伐暴君，受苦的百姓盼望大军来解救他们。”

张：“随意？对创作悲鸿兄从不随意。”

碧微：“不过是翻出古董画画罢了。”

张：“重绘历史都是发端于当代呀！他说过什么吗？关于这画。”

碧微：“他会跟我说什么？我们之间早就没有什么话可谈了。”

张：“你可不能不闻不问，此事关乎他的前程啊！”自语着，“暴虐，讨伐。”又走到“危巢”匾下望着，“悲鸿兄的惊人之举不断啊。”

碧微：“又有什么事？”

张：“你不是知道吴作人去法国留学的事吗？”

碧微：“知道。怎么啦？”

张：“现在查明，办理护照时，悲鸿是让田汉给吴作人开了假文凭。这还不算，悲鸿又托蒲峻公使为吴作人申请到庚子赔款助学金，把吴作人转到比利时皇家美术学院了。前前后后全是悲鸿一手操纵的。”

碧微不以为意：“吴作人我很熟，倒是很有绘画才能的。”

张：“再有才能也要德字当先，要看他对党国的态度。”

碧微：“那当然！”

张：“还有，为了南京拆城墙的事，悲鸿又是写文章抗议，又是对外国记者发表谈话，弄得政府很被动。听说蒋主席十分恼火。”

碧微吓得说不出话。

张停了停：“我真不忍心今天再告诉你一个不愉快的消息。”很有深意地望着她。

碧微：“说吧。”

张犹豫了一下：“如果说悲鸿对吴作人的钟爱引起了官方的注意和不满，那么，悲鸿对另位学生的钟爱就要引起你的警觉了。”

碧微立即预感到了，却尽量平静地：“谁？”

张直视着她：“孙多慈。”

碧微：“你怎么知道？”

张拿出一张报纸：“今天的《南京朝报》你还没看吧？”

碧微看了报，神色大变。

12–13　南京徐悲鸿家小楼客厅　冬　徐悲鸿、蒋碧微

黄昏。徐悲鸿下班，听到屋内箫声。

蒋碧微在窗前郁闷地吹箫。

徐进屋，放下画夹和一卷宣纸，坐在沙发上休息。

碧微不理，继续吹箫。

徐：“碧微，今天系里决定暑假期间我带学生去江西写生，到庐山和南昌，你不是没去过江西吗，也一起去吧。”

碧微仍继续吹箫。

徐走过去：“你怎么啦？吹得这样忧伤。”

碧微并不望他："这支曲子，你还记得吗？"

徐笑了："当然记得，我第一次去你家，就听你吹这支曲子。"

碧微："如果你还顾念旧情，就不要把我们的生活毁掉！"

徐："毁掉？你说什么呀？"

碧微："告诉我，你画的《徯我后》是什么意思？"

徐："什么什么意思？怎么又扯到《徯我后》了？"

碧微逼问："是不是含沙射影？是不是讽喻当今？暴虐指谁？讨伐又指谁？今天你必须跟我讲清楚！"

徐："真是奇了怪了，你今天怎么啦？"

碧微："这些问题，你一条一条都要给我解释明白！"

徐："我最近在构思《徯我后》，你不是不知道。为什么今天突然大兴问罪起来了？"

碧微不语。

徐敏感地："这些问题，是你想出来的？还是听谁说的？"

碧微仍不语，目光有些躲闪。

徐追问："今天谁来过？"

"没谁来！"碧微停顿一下，"哦，我就不该关心你啦？你画这样的画，当局会怎么看？你就毫不顾忌？你不为全家着想，还不为自己着想？噢，对了，还有吴作人的事。"

徐："吴作人又怎么啦？"

碧微："你对他的提携和帮助要在法度之内，不要引起当局的怀疑、不满和抵触！"

徐："哦，学校可以随意开除他，我就不能帮助他？我就应该眼睁睁地看着一个人才被毁了？"

碧微质问："你是不是通过田汉给他搞到的假文凭？"

徐不语。

碧微："假文凭的事就已经是违法的了，人家都追查清楚了！最近你是不是又给他搞到什么助学金？"

徐："是啊。他一个人在巴黎半工半读，考进了巴黎高等美术学院，成绩虽然出色，可是生活实在太苦了，帮人帮到底嘛！我才帮他转到比利时皇家美术学院，申请了庚子赔款助学金。助学金人人都有权力申请嘛！"

碧微："哦，你以为国家的助学金是给吴作人这样的人准备的？你呀，干的这些事吧！哼！还有，南京拆城墙的事，你公开去闹，听说蒋介石主席非常恼火？"

徐："哎，拆城取砖，你也不赞成啊！"

碧微："那是我在家里和你说说，我又没有到社会上去闹。"

徐："要是人人都像你这样，那城墙早就被拆光了。"

碧微：“你呀，反正一点都不开窍！所以才处处碰壁。你看，同去留学的朋友们，一个个都……”

徐鄙夷地：“人各有志！我还不愿意像有些人那样活着呢！”

碧微：“你不要自命清高！我今天把话搁在这儿，一个《徯我后》，一个你的女弟子孙多慈，早晚让你的前程毁掉！孙多慈，哼，一个无耻女人罢了！”突然歇斯底里地嚷起来，“淫妇！”

徐气愤地：“你怎么可以这样侮辱人？你怎么可以随便侮辱一个规矩的女孩子？”

碧微：“你心痛了？你能堵住我的嘴，你能堵住众人的嘴吗？”扔过一张报纸，“你和你那位女弟子成了小报花边新闻的风流人物！全城人都在议论纷纷、指指戳戳，你一个堂堂的大学教授还有什么脸面？”

徐扫了一眼：“这种黄色小报你也相信？”

碧微：“无风不起浪！他们怎么不编排别人？”

徐十分痛苦：“我和孙多慈的关系，已经和你讲清楚了，你还是不信任我。”

碧微：“要我相信你，也容易，拿出行动来！”

徐：“什么行动？”

碧微：“要么出国。”

徐：“出国？！”

碧微：“要么辞职。”

徐：“辞职？！”

碧微：“对！我们全家出国，脱离这个是非旋涡！你有本事，到哪儿不能画画？要么，你马上辞职，离开中央大学。”

徐：“为什么？当初是你极力让我到中央大学的。”

碧微尖刻地：“今非昔比啦！如今舆论闹得沸沸扬扬，孙小姐好不容易考进来了，总不能因为上了小报就把她开除啊，你忍心耽误人家的前程？那只好你自己挪挪地方了。”

徐愤怒地：“简直是无稽之谈！我为什么要听你的摆布？”

碧微吼着：“听我的摆布？你听我的就好了！可你什么时候听过我的？你向来都是一意孤行！荒谬绝伦！”

徐长叹一声，痛心地：“碧微，我在外面忙了一天回到家，希望得到一点安宁和温暖，可你总是不停地叫嚷、吵闹、猜疑，你让我怎么待得下去呢？你不是在毁掉我们的生活吗？你无端干预我的工作、我的创作、我的一举一动！我真不明白，你为什么专以使我痛苦为乐呢？”

碧微声嘶力竭地：“我使你痛苦？那你何必回来？去找能使你幸福的人去好了！我知道，你早就不把我放在心上！今天是什么日子，你还记得吗？”

徐不再说什么，把那卷宣纸放到茶几上，急步走了。

碧微烦躁地走来走去，把那卷宣纸打开，竟是徐画的一枝寿桃！题字贺碧微三十二岁诞辰。

碧微一下子愣住了，心里更加乱了，又看看画，涌出泪。

12–14　南京徐悲鸿家小楼画室　冬　徐悲鸿

徐悲鸿进来，抓起画笔满怀激愤地在巨大的画布上继续勾勒《徯我后》的人物轮廓，大笔勾勒着！涂抹着！

第十三集

13–1　南昌傅抱石家　夏　傅抱石、傅妻、友人

重拳擂门："开门！抱石！"

煤油灯下，傅抱石在作画，傅妻做针线，闻声她忙开门。

友人："抱石，徐悲鸿大师带着学生到南昌来了！"

傅："真的？"

友人："你赶快去见他呀！他或许能对你有帮助。"

傅妻："对！明天一早就去吧！带上画。"

13–2　南昌傅抱石家　夏　傅抱石、傅妻

次日。

傅妻正在洗衣服。

傅抱石兴冲冲归来："徐先生喜欢我的画！说希望看到我更多的作品。"

傅妻："太好了，你赶快再选一些送去！"

傅："他要来家看全部作品。"

傅妻："来家！什么时候？"

傅："接待完三位客人，马上就到。"

"啊？家里这么乱。"傅妻慌忙收拾着，"抱石，你快帮我一下呀！"

二人把杂物一一胡乱塞到各处，又将木箱中、木橱中的二百多幅裱好的、未裱的画搬出来放到画缸、桌上。

13-3　古桥　夏　徐悲鸿

徐悲鸿拿着地址条，向路人打听。

13-4　南昌傅抱石家　夏　傅抱石、徐悲鸿、傅妻

傅妻擦拭完桌椅，忽然想到："抱石，我穿什么衣服呀？"看看穿的旧布衫。

傅抱石："就穿这件。"

傅妻："人家是大师啊，我能穿这样的衣服吗？"

此时传来敲门声。

傅妻："唉呀，徐先生来了！我这样怎么见他呀？"情急之下，躲进木橱后。

傅让进徐悲鸿："请坐，徐先生，你看屋子小得转不开身。"

徐打量着小而雅致的屋子："室雅何须大。先看画吧。"

傅展开一幅幅画，徐看得兴致很高。

徐："嗯，你的笔法独特。"

傅："我自创劲毫破笔散锋。"

徐赞赏地点头，又看一张："构图奇绝，好。有气势。"

橱后，傅妻探头兴奋地往外看。

徐："你是怎样学画的呢？"

傅："我十一岁到瓷器店学徒，开始自学篆刻书画，我家附近有个裱画店，石涛的画很多，我常去看，在心里摹写、默记，然后用到我的写生稿上。后来，和老板熟了，他便允许我临摹。"

徐："你常写生？"

傅："常去。我爱山川的壮美，观察和描绘它在四季的变化，是我最大的乐事。我尊崇石涛，名字也改为抱石。"

徐望着墙上挂的傅抱石临摹石涛的《黄山图》，频频点头。

徐："石涛饱览名山大川，'搜尽奇峰打草稿'呀。"

傅："对，对。先生，您喝茶。"

徐："尊夫人不在家吗？"

傅支吾，傅妻乘徐背身喝茶溜出来。

傅："她，她在这里，这就是内人罗时慧。"

徐："你好，时慧夫人。"

傅妻："徐先生能来我们家，我真是太高兴了。你们接着谈，我出去一下。"提竹篮出门。

徐走到小书架欣赏傅刻的印章："哦，你还精于金石，你的篆刻典雅端穆，基于汉印化入秦篆。"

傅很实诚地："我还学了两周金文。"

徐笑了，又看："对，对，方直险峻。"

书架上还有两沓手稿，徐拿起翻阅。

徐惊讶地："《国画源流概述》《中国绘画变迁史纲》，你从哪里找到这么多资料？"

傅："在我爱上书画的同时，也开始读一些画论。我家生活困难，还是在邻居的资助下考上省立第一师范附小，后来毕业于一师艺术系，在学校学到些浅显的绘画理论。主要是自学，南昌有家旧书店，我常去站读。久而久之，店主人动了同情心，就让我到他书库去，这样，我便读到大量金石书画的著作。"

徐："哦，我二十岁在上海求职无门，也常到书店站读。抱石兄，相见恨晚哪！"

傅："先生，请坐。"

二人坐在圆藤桌前。

傅："先生，我熟读您的《中国画改良论》，您说学画者要'古法之佳者守之，垂绝者继之，不佳者改之，未足者增之，西方画之可采入者融之'。"

徐笑了："对，对。目前你欠缺的是对西方绘画深入的研究与借鉴。"

傅苦笑："我职业无着，不敢奢望。"

徐没说什么，忽然看到墙上挂的一幅人像："这是画的八大山人吧？"

傅："是。"

徐："谁画的？"

傅："我画的。"

徐走近仔细端详："与我想象的朱耷很相近，如同他的画，高古清逸。"又问，"这里坊间能购到朱耷的真迹吗？"

傅："能！朱耷在南昌生活了几十年，诗书、绘画、篆刻作品很多。他的画不卖给清朝权贵富商，而贫士山僧、屠沽之流有求必应，还常常是大幅尺页。所以许多作品都散落民间。先生，朱耷创建的'青云谱'道观值得一看。"

徐："那里还有什么古迹遗物？"

傅："有。朱耷手书楹联的石刻'谈吐趣中皆合道，文章妙处不离禅'。"

徐品着："这两句概括出他由禅至道的人生经历。"

傅妻进门："都中午了，徐先生，随便吃一点吧，请不要见笑。"从篮中取出食品。

徐快活地："小笼包子！还有玫瑰饼！这简直是双倍的美味。抱石兄，我今天是一饱眼福，二饱口福啊！"

傅抱石夫妇听了很高兴。

徐："这次到南昌来，结识了你们是我最大的收获！"

傅妻："先生，为了纪念和您的相识，请赐一幅墨宝吧。"

徐："行行。你们点题吧。"

13-5　江西省主席官邸客厅　夏　徐悲鸿、熊式辉、省府秘书

熊式辉看名片："徐悲鸿。请，快请！"

徐悲鸿在省府秘书的引领下大步走进客厅。

秘书上完茶后，一直侍立在省长身旁。

熊坐在沙发上："徐先生誉满中华，你这次来到本省，本主席感到十分荣幸！我日前不慎跌伤了脚，行走不便。"说完欲站起，"怠慢了，怠慢了。"

徐："您请坐，请坐。熊主席，我来拜访您，是因为我发现了贵省一个人才！"

熊："哦！什么人才？"

徐："画家傅抱石！"

熊："傅抱石？没有听说过。他现在做什么？"

徐："他正失业，但是，他很有才华和功力。"

熊笑了："徐先生的意思是，让省里发放他一些救济？或者给他找个职业？"

徐："不！"

熊一愣。

徐："我想你们江西省应当培养他，送他去留学，比如说，到日本，让他扩大眼界，接触世界艺术。"

熊："哎呀，省里经费紧张，留学名额太少，太少。"

徐："但是，像傅抱石这样的人才就更少，极为难得的人才啊！将来他会成为大名鼎鼎的画家，以后人们提起南昌就不仅仅有八大山人了。"

熊不置可否。

秘书很感兴趣地望着徐。

徐："熊主席，前年，福建省应我之请，送两名学生到法国进修美术，江西各方面都不该逊于福建吧？"

熊："哦，哦，徐先生，久闻你的画名，明天请到舍间便饭，我这里备有纸笔，如果先生有兴挥毫，能赠我一幅奔马，我当珍若拱璧。"

徐："吃饭不必了，因为我带学生来写生，找我的人又很多，时间很紧。画，一定送上。"

13-6　南昌徐悲鸿住地　夏　徐悲鸿、孙多慈、冯法祀、杨剑公、苗真、章散、郑泉

徐悲鸿归来，学生们迎上。

徐兴奋地：“哎，我告诉你们，昨天我结识了南昌一位自学而成的画家傅抱石，路子正，功力深，很了不起！你们不要以为考上艺术系就一定能成材。千万要努力呀，天外有天！”

四个学生自是点头。

孙：“他叫什么？”

徐：“傅抱石。”

另个角落，章散与郑泉小声议论。

章：“哼，孙多慈他们整天围着徐先生！”

郑：“人家心心相印嘛！”

章：“杨剑公、冯法祀、苗真跟着掺和什么？加什么萝卜干！”

13-7　江西省主席官邸客厅　夏　熊式辉、省府秘书、幕僚

省府秘书将徐悲鸿画的《奔马》挂在墙上。

熊式辉高兴地看画。

幕僚：“省长，这是一幅杰作啊！你看那瘦身、长腿、尖耳、阔鼻、鬣毛飞舞、骨带铜声，真如杜甫诗云‘一洗万古凡马空’啊！”

熊越加高兴：“你看，付徐悲鸿多少润资为宜？”

幕僚拿起一封信：“徐悲鸿信中说，这幅画，他本人分文不取，请你赠傅抱石一千元，助他去日本留学。”

熊：“他真敢漫天要价呀！”

幕僚笑道：“省长，一千元绝对不为过。这幅奔马传之后代将是无价之宝啊！历史上画马著称的，当推唐朝的韩干，北宋的李公麟，韩干画马画肉不画骨，李公麟亦是白描。徐悲鸿超越前贤，他笔下的马，奔腾万里，如天马行空，非凡间所有。”

秘书认真地听着。

熊思忖，又看画。忽然反复念画上的题诗：“‘问汝健足果何用，为觅生刍竟日迟’。明明看见我近日腿瘸，‘健足’，不是挖苦我吗？”

幕僚：“不，我看见他在另外的画上也题过这样的词句，并非对省长写的。”

“哦。”熊考虑着，“可一千元买一幅画，未免太贵了。”

幕僚：“不，您将有双倍的收益。”

熊："怎么？"

幕僚："您将得到稀世名画，可以传之子孙，这是一。同时，用徐悲鸿的钱，您培养出一位本省的画家，爱民如子的美名会不胫而走，传扬天下，这是二。"

熊点头，又说："可是，我就不明白，把应得的润资双手奉人，徐悲鸿究竟图的什么？"

幕僚："提携后进也好，沽名钓誉也罢，都不必管，反正以您的名义出资助学的恩德，百姓定会争相传颂，这才是千金难求的呢。民心，比什么都要紧，都难得！何况是挪用徐悲鸿的钱换取的呢。"

熊不置可否。

13-8　南昌傅抱石家　夏　傅抱石、傅妻、省府秘书

省府秘书敲门而入："这里是傅抱石家吗？"

傅抱石："是，您找谁？"

秘书："我找傅抱石。"

傅："我就是傅抱石。"

傅妻奇怪地："您是谁呀？"

秘书没有回答，继续盘问："你是傅抱石？"

傅抱石："是。"

秘书："画画的？"

傅："是。"

秘书："何以见得？"

傅："邻居们都可以证明。"

秘书："今天找你有要紧的事，你的身份一定要搞清楚。"

傅妻："您到底是谁呀？"

秘书："我是谁，一会儿你就知道了。首先，我要确定你们是谁。"

傅妻："您要不信，家里有许多抱石的画，上面都签了名的。"指着画，"这个，这个。"然后又拿过傅抱石的手稿，"您看，这是他的书稿，封面是他的名字。"

秘书点头："不用看了。"

傅妻："先生，您是哪里的？"

"我是省府秘书。"

傅妻："哎呀！快，请坐。"

傅："您坐，坐。"

秘书落座，掏出一纸公文读起来："江西省政府主席熊式辉体惜下情，爱护人才，在省

财政极为艰难的情况下，为光大我省绘画事业，仍拨巨款资助画家傅抱石一千元赴日本国留学深造。”

傅抱石：“什么？！”

傅妻：“乖乖，天下哪有这样的美事？”

傅：“省长图什么呀？我又不认识省长。”

秘书笑而不答。

傅妻：“先生，我没听懂，您再念一遍！”

秘书：“简短地说，就是省长资助傅抱石一千元去日本学画！听明白没有？”

傅妻：“真的？”

秘书：“当然是真的！”

傅妻惊喜地：“抱石，你真有贵人相助了！”又将信将疑，“抱石，你掐我一下，别是做梦吧。”

傅也傻了似的愣着。

秘书满意地扫视了一下他俩，继续宣读：“明日，傅抱石到省府办理有关事宜！江西省政府。”

傅妻极度兴奋地小声说：“抱石，你要留洋啦！”

秘书：“傅抱石，明天我在省府等你。”

傅妻大声应道：“好！好！一定去！一定去！哎呀，傅家哪辈子修下这样的福分啊！”忽然又停住，机灵地，“先生，能把这公文留下吗？”

秘书：“你不是听清楚了吗。”

傅妻：“听是听清了，我就是……”

秘书：“完全可以！”递给她。

傅妻飞快地看了一遍：“抱石，盖着章呢，是真的！你看。”

傅看了仍十分疑惑。

秘书笑望着他们：“傅抱石，明天见！”出门。

傅妻：“抱石，我们真要时来运转啦！”

傅：“平白无故能有这样的好事？不！”追出去，拉回秘书。

傅急切地：“先生，您别走！我从不认识省长，莫非有人拿我开心？”

秘书：“你是不认识省长，可是你认不认识徐悲鸿？”

傅：“徐悲鸿先生我当然认识。”

秘书：“这就得了！”

傅：“这和徐先生有什么牵扯？”

秘书笑着：“你和徐悲鸿关系一定不一般吧？”

傅："前两天，徐先生来我家看画，才认识的。"

秘书狡黠地望着他。

傅："真的！"

秘书："真的？"

傅妻："千真万确！"

秘书小声地："徐先生再三恳请省长派你出国深造，为你说尽了好话。"又机密地，"这一千元是徐先生赠给省长墨宝的润资，徐先生分文不取，请省长作为你出国的经费。"

"哦？！"傅意外而感动。

傅妻恍然："原来这样！真是遇上了活菩萨。"

秘书严肃地："经费的来源，是绝对的机密，一字不许泄露！你们要是露出一丝口风，一切将化为乌有，还要问罪！"

傅妻："我们懂！懂！保证！"

秘书："傅抱石，我把不该说的实情都告诉了你，你也跟我说一句实话。"

傅："什么实话？"

秘书："你到底和徐悲鸿什么关系？真的非亲非故？"

"刚认识，非亲非故，真的！"傅也很纳罕，"他为什么这样对我？"

秘书点点头："爱才。"

傅："什么？"

秘书："他珍爱人才！"又喃喃地，"徐悲鸿，了得！"竖起大拇指，"你运气好啊，遇上了他！"

13-9　南昌徐悲鸿住地　徐悲鸿、冯法祀、孙多慈、杨剑公、章散、郑泉、苗真

孙多慈抱着两轴画兴冲冲走来。

冯法祀："哎呀，你可回来啦！"

苗真："急死我们了。"

徐悲鸿很严肃地："孙多慈，我刚刚宣布，不管谁出去，都要向班长请假，不能各行其是。这是条纪律！你呀，要你当兵，江山必失！"

孙陪着笑："我的错！我的错！"

徐消了气："吃饭了吗？"

苗："还给你留着呢。"

孙："吃了，吃了。"兴奋地，"先生，你看我淘到什么宝贝！"展开两轴画。

一幅山水，树木歪斜；一幅花鸟，八哥翻着白眼栖于秃枝。

大家围观。

徐一眼认出："朱耷的！"

章散："是吗？让我看看。"凑近看。

杨剑公，冯也仔细欣赏着。

徐兴奋起来："哪里搞到的？"

孙："傅抱石先生带我去买的真迹。"

杨："孙多慈，你手够快的！"

孙："到南昌来一趟，不带回两幅朱耷的画，我就太对不起自己了。"

徐："你可真鬼！怪不得你打听傅抱石的住址呢。"

孙："傅先生懂画的真伪，又会砍价。带我去了两家，他不让我出声，看上哪件，暗示给他，他去砍价。要是我自己出面，花几倍的钱也买不下来。"

章："很贵吧？"

孙："我把下学期家里给我的生活费全花了，还把手表也抵上了。"

郑泉："你胆子真大，吃饭的钱都敢乱花。"

徐喜爱地望着她："那你吃饭用什么？喝西北风？"

孙："先满足精神需要，肚子的事，再说吧。"

章："花这么多钱买它，太冤了。"向郑嘟囔，"这八哥，方眼眶，向上翻着白眼，丑死了！山水也画得半死不活。八大山人，也是徒有其名！"

孙听到，反击着："懂什么？"

冯："我看，朱耷的画寄托着他亡国的苦闷和仇恨。"

章并不罢休："好端端的山水，为什么画得一片萧瑟荒凉？我看这周围的山水就很赏心悦目。艺术不是要表现美吗？"

徐："艺术是心灵的语言。朱耷画的残山剩水，渺无人烟，正是他对故国的伤悼。'白眼向人'这种夸张变形也表现了他的孤傲不屈，誓不与清王朝合作的精神。"

章听了不作声。

徐："哎，朱耷的字、号、别号特别多，八大山人是最为人知的了。你们还知道他的其他名号吗？"

杨："还有雪个、个山、驴。"

徐夸奖着："杨剑公还是读过一些画论的。"

孙："还有屋驴，人屋。他在康熙二十三年始号八大山人，直到去世，以前的字号都弃而不用了。"

徐："不错，不错。"又兴致勃勃地讲起来，"朱耷的人生和他的艺术都是率意而为，独来独往的。明末的朱耷和石涛是出家为僧的两个王子。明朝亡时，朱耷十九岁，他装疯子，装哑巴，躲过了杀身之祸。他在寺院道观中几十年，过着亦禅、亦道、亦儒的生活，用笔墨宣泄亡国之痛。郑板桥说他……”

杨抢着讲：“先生，我来说，‘国破家亡鬓总薄，一囊诗书作头陀。’”

徐点头。

冯接着背诵：“‘横涂竖抹千千幅，墨点无多泪点多。’”

徐满意地：“对。朱耷在中国绘画史中被称为‘仙才’，他的写意画高度抽象，却具有本质的真实。”

孙：“我认为他是中国画中的现代派，自由奔放！”

苗：“对，有道理。”

杨：“他的画险绝、奇特、光怪陆离、不可一世！绝不墨守成规，比西方的现代派还现代派。”

章：“现代派？哼，中国有现代派吗？”

苗冲章：“孤陋寡闻！”

章与郑走到院子的另个角落。

章：“哎，明天请假，你陪我去医院。”

郑：“你怎么啦？”

章：“头痛。”又几乎耳语地，“去淘朱耷的画。”

郑不解：“什么？”

章：“小点声！”

郑用气声：“你不是说他的画又怪又丑吗？”

章：“丑不丑是次要，主要是投资。”

郑：“那么贵，我没钱。”

章：“你的朋友我有啊！”

13–10　南昌徐悲鸿住地　夏　徐悲鸿、傅抱石

徐悲鸿的住屋，傅抱石来访徐悲鸿。

傅递过一幅画：“先生，我这幅画送给您。”

徐很高兴：“谢谢。它丰富了我的收藏。”

傅：“我已经到省政府去过了，他们说很快就能办赴日留学的手续了。”

徐：“没想到办得这么快。”

傅：“省长在演爱民如子，办事高效嘛。”

徐点头笑笑。

傅：“先生，这一切来得太突然了，我到今天都有种做梦的感觉。”

徐真诚地：“以你的才华和苦学精神，如果被埋没了，那就太没有天理了。”

傅："大家都说我命好，遇到了您。"

徐："我也是穷苦出身，得到许多师友的关爱和培养才有今天。"

傅动情地："我不会让您失望的。"

13–11　南昌徐悲鸿住地　夏　章散、郑泉、冯法祀、杨剑公、孙多慈、苗真

章散进院，大声地："冯法祀，我们回来啦，销假！"郑泉跟在他身边。

冯法祀："头不痛啦？"

章："扎了两针，手到病除！"

冯："精神焕发呀。"

章："人逢喜事精神爽嘛！"

杨剑公："你出门摔个跟头，捡了元宝？"

章："比元宝还值钱哪！回来的路上我和郑泉买了几幅朱耷的画。"

冯："你不是不喜欢他的画吗？"

章："诸位的高论如醍醐灌顶，我也就觉今是而昨非啦！"喊，"孙多慈，快来看！我买了朱耷的画！"

孙多慈、苗真跑来，大家围观章、郑的收获。

孙有些疑惑："这是朱耷的画吗？"

章："当然是啦！"

孙："你从哪儿买的？"

郑很得意："在哪儿，就不必告诉你啦，你就看看货怎么样吧。"

孙："笔墨、韵味都不像。这是不是真迹，我看有些悬。"

章："哦，就你那两幅画是真的，你不要以为有仗恃，就想处处压人一头！"

孙愤怒："你这话是什么意思？"

章："什么意思，你知道，大家都知道！"

孙气极："算了，算了，你买的是真是假，和我有什么关系？是你叫我来看的呀！"

冯："别吵了，别吵了。"

杨："哎，傅抱石先生来了，请他看看不就能辨明真伪了。"

冯："怎么样？章散。"

章："去就去！"又郑重地，"我可有言在先，谁都不许说话，别让他先入为主，有失公允！"

冯："孙多慈，一起去吧。"

孙："不去！"

苗："听听也长见识嘛！"拉她一起走。

13–12　南昌徐悲鸿住地　夏　徐悲鸿、傅抱石、章散、郑泉、冯法祀、杨剑公、孙多慈、苗真

傅抱石正向徐悲鸿辞行。

几个学生过来。

冯法祀："先生，有人买了几幅朱耷的画，想请傅抱石先生鉴别一下真伪。"

傅抱石："有徐先生在，还用我看？"

徐："朱耷的画，还是你更在行。"

傅："那，我就班门弄斧了。"

章散、郑泉展开画。

大家关注着傅的态度。

徐也注意地看画。

傅看了一眼："假的！"

大家交流着目光，等着下文。

傅："显而易见是假的。这里坊间确有高手，造的赝品几可乱真，要反复目鉴和考订才能辨别真伪。这几幅画是水平很低的假货，笔墨意趣全然不对。"

徐点头。

孙多慈不动声色地望着章、郑。

章不服："这上面不是明明写着'破云樵者'嘛，画商说朱耷由儒为僧，后又入道，改名朱道朗，字良月，号破云樵者。这是他的签名啊！"

郑指着另幅画说："这幅上题着的'净月'，卖画的说也是朱耷的号。"

傅："对，朱耷入道后有这些名号不假，可是从来没有在书画上题过。恰恰这点证明这两幅画是地地道道的赝品！"

孙、冯、杨剑公、苗真对傅投以敬佩的目光。

章："那市面上为什么还有这种画？"

傅："骗那些财主、官员、外国人呗。懂行的是不会上当的。"

章、郑听了很泄气。

章又指着第三幅画："这幅呢？这可题着八大山人，这总不会错吧。"

傅："题款是不错。可是朱耷五十九岁时才用八大山人的题款，而这幅画的笔法完全是模仿朱耷早年的画风，可见也是假的。"

徐折服地点头。

傅："南昌是朱耷的故乡，流散的真迹不少，模仿假造的更多，鱼龙混杂呀。"

徐："傅先生见解精辟。要想买到真迹，就要对画家的风格、手法、画的质地材料、款印等等有深入的了解，才不致上当受骗。”

章、郑懊丧已极，拿着画走了，拐到外院，低声商量着。

郑：“怎么办？”

章：“咱们怎么上当，别人就能怎么上当！拿到南京、上海，赔不了，还有得赚！”

13–13　南京徐悲鸿家小楼客厅　夏　徐悲鸿、滑田友

滑田友匆匆进门：“先生，什么事？”

徐悲鸿兴奋地：“法国国立外国美术馆，请我赴法举办中国画展。我想让你同行，协助办完画展后留在巴黎半工半读学雕塑。”

滑：“真的？！”

徐：“到了巴黎，我会帮你安排的，你的学业会突飞猛进。不过，一去几年，家里会同意吗？”

滑：“会，会，全家都会。”

徐：“同意还是不同意？”

“同意！”滑憨憨地笑了，“就是发愁法语，我从小说话晚，嘴笨！”

徐也笑了：“在法国那种语言环境中你会学得很快。”

滑点头。

徐：“田友，这次画展，是第一次大规模向欧洲介绍中国近代绘画。尤其当前，‘九一八事变’后日本强占我东三省，政府无所作为，中国的国际地位一落千丈。我们要向世界展示高度的中国文化，争取各国人民对中国的了解和支持。”

滑：“我懂。”

徐：“二百幅作品要涵盖各流派的代表作，我的作品和我收藏的名家名作由我来选，你马上征集其他画家的作品，这是名单。”

滑念名单：“齐白石、高奇峰、张大千、王一亭、经子渊、陈树人、方药雨、汪亚尘、吕凤子、张书旂、郑曼青……”

徐：“哦，张大千先生的，过两天我要去上海给他祝寿，同时就征集了。”

滑：“好吧。”

徐：“你去找杨剑公来，他和无锡大收藏家壮陶阁的裴家很熟，请他去商借几幅历代名画。”

滑：“我马上就去。”

第十四集

14–1　南京徐悲鸿家小楼画室　秋　徐悲鸿、蒋碧微、滑田友、杨剑公

巨幅油画《徯我后》几近完成，徐悲鸿正做最后加工。

蒋碧微："什么！抵押房产？赴欧洲举办中国近代画展，又不是私事，经费不足，为什么不找政府？"

徐："政府？跑了多少次，还是分文不给！倒是中法大学、苏州艺专六个学术团体肯做后援。"

碧微："那些清水衙门又有多少财力？"

徐："是啊，最后，不少参展画家表示愿将作品售予各国美术馆，作为画展资金，可是急需先期活动经费，只得用我们这座小楼抵押一笔贷款。"

碧微："你三年前就在布鲁塞尔和里昂举办过个人画展，比利时王后和法国各界人士都赞不绝口。这次犯不上为那些画家扬名欧洲，搭上自己唯一的房产！我说，没钱就不办了。"

徐："办！一定要办！"

碧微："你又来了！"

徐："前年政府曾在巴黎举办中国画展，派出浩浩荡荡一干人马，结果，展品选择不当，组织混乱无知，成了笑柄。所以这次法国国立外国美术馆坚持让我负责。"

碧微："你怎么负责？"

徐："作品选择从严，组织机构从简。人员仅我、你、滑田友，他负责具体事务。"

碧微："办这样大的画展，就三个人？"

徐："我在欧洲留学的学生都要求义务服务呢。"

碧微："按说赴欧巡展，是件风光体面的事，也弄得这样抠抠搜搜。"

徐："再难，也值得一搏！你想想，在欧洲我们参观过那么多博物馆，有中国青铜、玉器、陶瓷、绣织，却没有一张绘画！"

碧微："哎，真是！"

徐："通过这次展出和售画，欧洲诸国博物馆将会出现永久性的中国名画陈列，张扬着我们民族的尊严和智慧！"

碧微也高兴起来。

滑田友进屋，捧着一堆轴画："先生，齐白石、高奇峰、王一亭、经子渊先生的画送

来了。”

徐：“好，好。其他人的呢？”

滑：“不日就到。”

徐：“太好了！我来写各位名家的评介。要是再借到元代、明代那几件珍品就更是锦上添花了。”

此时，杨剑公兴冲冲赶到。

徐着急地问：“剑公，怎么样？”

杨：“裴家终于答应出借您提的王冕的《梅》、徐渭的《榴实图》那四件珍品，只是保险费高达三十万银圆！”

碧微一愣，望徐。

徐：“没问题！这次去欧洲，无论到哪里，我都随身携带它们，绝不会有闪失！”

14-2　池塘、秋林　秋　徐悲鸿、孙多慈

池面，一朵朵美丽的睡莲。

徐悲鸿、孙多慈踏着池中的石蹬，边走边聊，又漫步在林中。

徐：“学习造型艺术，视野要广阔，技艺要精妙。这两点，我临走前要特别叮嘱你。”

孙：“您什么时候走？”

徐：“明年初。这次我要去法国、意大利、比利时、德国、苏联举办中国近代画展。”

孙：“太好了！集结国手们做世界性的文化出击。先生，那些国家都会欢迎中国绘画吗？”

徐：“当然！我国的大圣巨哲，如孔子、老子、李白，几乎欧洲上流社会人人知道，并不限于知识阶层。中华文明早使西方人神往折服。这次中国近代画展，不过是往收其果而已。”

孙：“大师们的绘画，虽无烟无声，却是有主张有力量的利器。”

徐：“对，这些绘画将向世界昭示，面对日寇入侵，国运衰微，可是中华民族生机未息、斗志正酣！”

孙：“我真羡慕吴作人师兄，能目睹这光荣！”

徐：“到时候，我也会为你争取赴欧洲留学的名额。”

孙点头。

徐：“这次我要去一年半左右。”

孙：“这么久？”

徐：“这期间，除了正课，你每天要走出教室去观察，画速写、素描，人物、翎毛、花卉、山水均可，要画一千张。”

孙：“一千张？”

徐：“对。这是留给你单独的作业，回来我要检查的。”

“是，先生。”孙充满感情地望着徐。

徐突然扶着她的双肩：“我对你有多少牵挂和期望，你知道吗？多慈。”热切地望着她的脸。

孙感到渴望、恐惧而又防范，尽量不使对方觉察地退了半步。

然而，徐立刻觉察了，不禁也退了半步。

二人拉开了距离，同时都感到一种局促和忐忑。

他们没有话，也不望对方，让心平静下来。

孙轻声道：“先生……”

“什么？”徐温存地问。

孙：“您走了，我会非常寂寞的。”

徐的目光又灼热起来。

孙避开他的目光：“学习上有了疑难、困惑和体会，向谁说？”

14–3　南京徐悲鸿家小楼卧室　秋　徐悲鸿、蒋碧微

蒋碧微：“悲鸿，是不是该准备一下行装了？”

徐悲鸿：“衣物都是现成的。我的衣裳够了。”

碧微：“去一年半呢，再说北欧冬天还是很冷的。”

徐：“我们主要在户内活动，呢大衣，夹西服，再穿件毛衣足够了。”

碧微：“哼，我反正还要做几件厚薄不同的中式衣裳。”

徐笑了：“你的衣裳多得都带不了了，还做？”

碧微：“我也不能就穿那几套，让人家看着总不换衣裳啊！”

徐：“我们是到不同国家与不同人士见面，人家看见你总是穿新鲜的。我们是去办画展，又不是展览自己。”

碧微：“等照出照片，就看出穷相了，到哪儿都是那几件。”

徐：“展品那么多，就够操心的了，自己尽量轻装吧。再说，手头的钱也紧，光应付展览都够呛。”

此时，电话铃响。

徐接听：“我是。好，我马上来。”对碧微，“有点急事。”

碧微：“哎，这衣服到底做不做呀？”

徐已经走到屋外，喊：“不做！”

14–4　南京徐悲鸿家小楼门厅　秋　徐悲鸿、同弟

徐悲鸿匆匆下楼，遇到女仆：“同弟，一会你去宁达服装店帮我取回两套衣服。”给她钱和单据，又小声地，“拿到你屋里，不要让太太看见。”

同弟：“放心。”

徐走后，蒋碧微在楼上叫：“同弟——”

同弟：“哎——来啦。”

14–5　南京徐悲鸿家小楼卧室　秋　蒋碧微、同弟

蒋碧微随口问：“同弟，先生跟你说什么？”

同弟：“让我午饭做清蒸鱼。”

碧微：“胡扯！我在楼梯口明明看见他给你一张单子和钱！”

14–6　南京徐悲鸿家小楼客厅　秋　徐悲鸿、蒋碧微、同弟、滑田友

两套藏蓝、灰色厚薄不同的西服摆在沙发上。

蒋碧微：“老板怎么说的？”

同弟：“老板说，样子，徐先生亲自试过了，很满意。回去试试看哪儿还不合适，再拿回来改，出国穿的衣服，绝不能马虎。”

此时，徐悲鸿回来了，一见西服，傻了：“这是这么回事？”

碧微：“我倒要问你是怎么回事？”

徐一时说不清，愣在那儿。

碧微：“刚才说得头头是道，哼！这趟欧洲我不去了！”

徐急于分辩：“你听我说。”

碧微：“说什么？这两套西装是不是你的？”

徐：“是。噢，不是。”

碧微：“到底是不是？”

此时，滑田友进来。

滑：“先生，您找我？”

徐：“你可来了！来，试试衣裳。”

滑一愣。

碧微也愣了。

滑：“先生，您到底还是给我做了。”

徐：“不造成既定事实，你是绝对不要的，这我早看透了。”

碧微明白了。

滑："先生，我一个穷学生，穿什么不行？"

徐："法国着装当然自由随意，可是你也不能一身中式衣裳穿到底呀！某些场合也要入乡随俗。"

滑："那等我挣了钱再做。"

徐："在法国半工半读，光是吃、住、行、学费，就够你拼命挣的了。这，我和碧微都深有体会，是不是碧微？"

碧微不自然地笑笑。

徐："你我身材差不多，我替你量的。哪儿不合适，还可以改。"

滑十分感动："那，那我就不再说什么了。谢谢先生！谢谢师母！你们为我操尽了心。"

徐："来！到卧室试试衣服。"

同弟高兴地抱起衣服，望碧微一眼，跟去。

14–7　南京徐悲鸿家小楼卧室　秋　徐悲鸿、滑田友

滑田友穿西装，照镜子："挺好的！"

徐悲鸿又给他两条领带："这条配浅灰西装，这条配藏蓝西装。哎，对了，你的衬衣也不行。"又掏出钱给他，"自己去买两件衬衫吧。"

滑："不用，不用，让家里做两件就可以了。"

徐笑了："家里做中式小褂行，做西装衬衣可不行。拿着！我当年官费留学，还领了些置装费呢。"

滑："这不，您都给我置齐了。"

徐打量着："好！挺合身，多精神！"

滑憨憨地笑："先生，那我回去了。我还要接着编写展品目录呢。"

徐："就穿着走吧。"

滑："到时候再穿吧。"又照照镜子，小声地，"真好。"冲徐笑笑，脱下新衣，仔细叠好。

14–8　南京徐悲鸿家小楼客厅　秋　徐悲鸿、蒋碧微、滑田友

滑田友拿着衣服鞠躬致谢："先生、师母，我走了。"

徐悲鸿："这下你明白了吧？"

蒋碧微却把脸一沉："真把我气死了！"

徐："为两套衣裳至于吗？"

碧微："你是不是认为我毫无同情心？你是不是认为我像凶神恶煞一般？"

徐："我从来没有这样认为。"

碧微："那你为什么瞒着我？"

"哦！你……？"徐高兴地，"这就太好了！碧微，我总觉得帮别人比别人帮自己还要高兴，是不是？"

碧微白他一眼："他法语学得怎么样？"

徐："谁？"

碧微："当然是滑田友。"

徐："我试过他，还不行，听和说都不行。"

碧微："也可能是半吊子老师教得不行。明天开始让他跟我学！"

徐："这太好了！谢谢你！"

碧微："又不是教你，你谢什么？"

徐嘿嘿地笑。

碧微："对了，每天让他到家来吃晚饭，晚上学。"

徐连连答应："哎，哎。"

碧微："傻笑什么！"自己也笑了。

14-9　一组叠化镜头

（叠化）巴黎街景，画箱加盖法国海关关印。

（叠化）布鲁塞尔街景，画箱加盖比利时海关关印。

（叠化）米兰街景，画箱加盖意大利海关关印。

（叠化）柏林街景，法兰克福街景，画箱加盖德国海关关印。

（叠化）莫斯科街景，列宁格勒街景，画箱加盖苏联海关关印。

14-10　南京徐悲鸿家小楼客厅　1934年　夏　徐悲鸿、张大千

出访回国的徐悲鸿与张大千在谈心。

徐："这次，是出乎想象的成功！中国画展在法国、比利时、德国、意大利、苏联展出七次，成立了四处'中国近代美术专室'于各大博物馆及大学。总计因诸展而赞誉中国文化的报纸杂志有两万万份！"

张："乖乖，两万万份！"

徐："对。"起身要开电扇，张制止。

张拿起桌上的蒲扇，搧："这个好，随心所欲。"徐见状笑了。

徐："大千兄，你的大作《金荷》《江南风景》被法国和苏联博物馆收藏。"

"哦！"张很欣慰，"这是欧洲方面第一次收藏我的画。"

徐：“欧洲观众对中华艺术简直是倾倒和痴迷！有人说，‘中国画真神奇！比如画水中的鱼，没用一点颜色、一根线条去画水，却使人看到了江河。真是了不起！’有人说，‘有些画看上去一无所有，其实却包含着一切！连中国字都是艺术。’”

张：“嗯，世界上谁都不能小看我们中国文化。”

徐：“另外就是，每当有人问我‘贵国有多少美术馆？’我都只得含糊作答。我们堂堂的文明古国，至今没有一个美术馆！”

张：“不要说建美术馆了，这次你赴欧巡展，为民族争光的事，政府出过一分钱吗？根本指望不上他们，也就干脆不要指望！”

徐：“除了苏联是政府接待外，在其他国家，我们由于经费短缺，常常是举措艰难。不过，总算圆满完成任务。”

张：“多少繁杂的事啊，我想都不敢想，我只能兴之所至地画上几笔。”

徐：“哎，你这几笔可不同凡响！我还是那个请求，你来中央大学艺术系当教授！”

张：“不行，不行！”

徐：“你平时妙语惊人，又熟读画论，怎么不行？”

张：“私下闲谈还勉强对付，哪能一套一套讲正经的？我呀，只会画画。”

徐：“就是请你来教画呀。”

张：“教授的桂冠一箍，我会被箍出病来。”

徐：“我知道你独来独往惯了。哎，当兼职教授！你有特殊的游览、作画需要，可以调上课时间。大千兄，我出国前就再三请你，就答应了吧。”

张：“唉，真是逼上梁山。”停顿一下，“悲鸿兄，你是艺术系主任，我有三个条件。”

徐：“说说看。”

张：“第一，每周顶多上两个半天的课。”

徐：“可以。在星期几，你自己定。”

张：“好。第二，既然是教画，就在大画室上，教累了可以躺在躺椅上讲。”

徐：“就在大画室。我给你准备个躺椅。”

张：“第三，作画要写生，我要带学生到外面去走走，看看。”

徐：“师法造化嘛！我也一贯这样做。这三条我负责兑现！”

张：“那好！我们就这样约法三章。”

徐：“好，约法三章！再有，你的薪俸，我向校长提的是每月三百元，你看行吗？”

张：“悲鸿兄，你是全职教授还兼系主任，据我所知才三百元的月薪，我只是客串一下，怎么好意思也拿三百元？”

徐：“只要你肯来，我就很满意了。那，就这样定了。”

张：“太感谢了。”

徐："那，什么时候安排你的课？"

张："下周二、三吧。"

徐："好，一言为定！我替学生谢谢你。"笑着向他躬身，"哦，我有几个学生，也去上你的课。"

张："可以，可以。"

徐："大千兄，今天中午留下来吃饭吧，对你这位美食家来说，我家也就是粗茶淡饭。"

张笑："先不急吃饭。悲鸿兄，还有件重要的事。"

徐："哦？"

张："中华书局要出我的画集。"从提包中拿出十几轴画。

徐："那太好了！"

张："你我是通心之交，我想请你写个序。"

徐："可以，可以。"

张："这是我选出的作品，请你浏览一下。"

徐："行，行。我要把你的艺术、个性、嗜好，把我了解的张大千活脱脱地讲给公众。"

张大笑："好！拜托拜托！"

14–11　南京徐悲鸿家小楼客厅 画室　夏　蒋碧微、徐悲鸿、同弟

蒋碧微在往大花瓶中插花："同弟，一会儿把这花瓶放到餐厅。哎，我教你的规矩懂了吗？"

同弟有些发蒙。

碧微："哼，猪脑子！今天，用我从苏联买的那套纯银镀金的餐具，你一定要当心！每份十二件，一共一百四十四件，绝对不许磕碰一点！每道菜用哪件端上，刀叉的摆放规矩，千万不能搞错！"

同弟："是。"

徐悲鸿拿一轴画回来。

碧微高兴地："十位贵客都答应来！一切都搞妥了，累得我腰都酸了。哎，你还负责题诗作画那一摊，我张罗晚宴。"

徐："好吧。"

碧微十分得意："今天我要开出一桌地道的法式西餐，从莫斯科买的那套餐具也第一次亮相！我想象得出李石曾、朱家骅夫人那副羡慕的样子。"

徐："哼，人家也都见过世面。"

碧微："见过世面不假，可是他们家里有这么讲究的外国货吗？我在他们两家吃过饭，看过。"

徐一笑置之。

碧微依然陶醉地："现在你明白了吧，家宴没有这样的餐具，格调会低多少？当初，吴男如代办就给我们这么点零用钱，在列宁格勒我一眼就看上这套餐具了，要买，你偏要买那个雕像不可，还和我吵。三千卢布，买了这套仿照沙皇宫廷样式金碧辉煌的餐具，多华贵！咱们的小楼也有了皇家气象！"

徐摇摇头："今天搞这么排场干什么？"

碧微："答谢呀！我们从欧洲回来，各方友好为庆祝这次巡回画展成功，欢宴洗尘连日不断，我们不该答谢一下吗？"

徐："当然应该，可也要有多少水和多少泥。"

碧微："以你如今的地位，太寒酸了，拿得出手吗？"

徐："我又不是大亨显贵，只是一个美术教授。再说，奢华不等于雅致。办，也要有自己的风格。"

碧微："看你那些画和古董倒雅致呢，那能填饱肚子吗？什么风格，也要吃好喝好，那就得钱！哎，这月薪水领了吧？"

徐把领来的工资给碧微。

碧微一接手："怎么薄薄的一沓？"数钱，"就剩一百二十块了？"

徐："裱画了，还买了任伯年的一幅精品。"拿起带回的画轴，欲展，"你看。"

碧微顿时火起："我不看！有什么好看？你整天就知道买些破瓶子、烂罐子、破书、旧画，钱都让那些古董商骗去了！家里吃什么？穿什么？"

徐："我的薪水不是按月都给你啦！"

碧微："就那么一点怎么够花？"

徐："三百块钱还不够花？"

碧微："三百块！什么时候见过三百块？除了支付你那些高雅的爱好，能拿回来多少？"

徐："少开些派对，少请点客，少搞这些华而不实的东西就有了。"

碧微嚷起来："徐悲鸿，你弄明白了！开派对，请客，你以为只是为我自己寻开心？还不是首先给你徐教授挣面子！"

"我用不着！"徐生气地拿起画，走了。

徐进画室，关上门。

碧微冲进来："好啊！在欧洲吃苦八年，你用得着我，现在你功成名就，用不着我了！哼，无论我花多少心血，卖多少力气，你只是横加指责！这种日子还有什么过头？"气得呜呜哭起来。

徐竭力平静一下自己："我是说，我是艺术家，要以画会友，无须像那些政客在社交圈子抢风头，拉关系。好了，别哭了。"递过手帕。

碧微夺过来擦泪。

徐："以后我们实行计划开支，钱全部由你掌管，好吧。"

碧微委屈地："其实，我也是为这个家呀！"

徐拉着她的手："我知道。你看，哭得眼睛都红了，一会怎么见客人哪。"

"都是你气的！"碧微破涕为笑，"悲鸿，我今天要亲手做两道法式名菜，香菇鹅肝和烤乳猪。"

徐："今天不是请外面厨师了吗，再说，你也不会做西餐哪。"

碧微："主妇亲自下厨掌勺，才显得亲切，才显得对客人尊重嘛！"

徐："哎，你什么时候学的手艺？"

碧微："在巴黎呀！"

徐笑了："那时候我们穷得都快饿肚子了，你到哪儿学？"

碧微："你忘了，刘执事那位胖太太。那次，钱没借到，可也没白去，跟她学了几样法式菜。她现在开了个西餐馆，今天我又登门求教。"

徐："哦，你早就偷着学艺了！"

碧微得意地一笑。

徐："可别把好端端的宴会搞成狗尾续貂。"

碧微："凭我的才能，一定盖过外请厨师的手艺！"

14-12　南京中央大学艺术系画室　夏　张大千、孙多慈、冯法祀、杨剑公、章散、郑泉、苗真、学生

画室，大画案边支着一个帆布躺椅。

冯法祀在研墨，苗真在铺纸。

张大千招呼着："来，来，上课，上课。"

学生们围过来，杨剑公、孙多慈、章散、郑泉也在其中。

张卷起袖口，在宣纸上提笔画竹，边画边讲："古人称画竹为写竹，因为画竹与写字一样。永字八法全通用于画竹。竹枝必须用篆书，竹叶则要写成'个'字、'介'字、'川'字。画竹有双钩、写意两种。我今天画的是写意的。"

他说着画了一浓一淡两竿墨竹。

众望着。

张："国画不用西画的透视和光影，运用构图位置和墨色浓淡也可以表现出前后和虚实。你们看，右边的嫩枝墨浓，枝叶向上，肥腴。左边的老枝墨淡，枝叶向下，节大枯瘦。新老两枝一浓一淡，一肥一瘦，一前一后，相互对比映衬，使画面饱满、多变和丰富。"

学生们啧啧称赞。

张："从这幅《墨竹》，你们要体会国画的韵味和笔墨情趣。"

学生们又仔细观看，小声交流。

张："好，我题个字。"又用笔蘸墨，长髯几乎碰到墨汁。

章："张先生，您的胡子！"

张一挽胡子笑起来："别人都说我的胡子为什么这样黑，是它喝墨水喝得太多了。"

学生们笑了。

张把笔放下："休息一下！"自己躺到躺椅上，"你们也找椅子坐下。"

学生们搬椅子围过来坐下。

张躺着说："我接着讲这个画竹。清代大画家郑板桥就说过，'凡吾画竹，无所师承，多得于纸窗粉壁日光月影中耳。'他十分重视对自然的直接观察，对竹子的形态、气质了然于胸，以真切的感受来萌发画意。他说从'眼中之竹''胸中之竹'到'手中之竹'就是观察感受、构思酝酿到落笔定型的创作过程。当然，并不是说郑板桥排斥传统技艺，恰恰相反，他作兰竹，就是直接取法于石涛，并得徐渭、文与可等先辈笔意。"

孙："'眼中之竹''胸中之竹''手中之竹'，真是见解独到。"

杨："不愧为大家！"

郑："张先生讲得真好。"

张又笑着摆手："搞错了，搞错了。是郑板桥讲得深刻！你们以后听我的课，要'学一半，撇一半'，不要唯我是从。要自己思考，才能青出于蓝！"

学生们活跃起来。

杨："徐悲鸿先生说请您来教我们，我们是又喜又怕。喜的是您是有名的大画家，可以教我们真本事，怕的是照片上看到您那一把黑漆漆的大胡子，一定很威严。徐先生说，'不要怕，张先生有三健：健吃、健步、健谈，只要话匣子打开，话就说不完。'果然如此。"

张笑了："你们不要听你们徐先生的。"

孙："张先生，我们喜欢上您的课，每周才两个半天，可不可以多一点。"

众附和。

张："不行，不行。我和你们系主任徐悲鸿先生订了君子协定，一个星期就两个半天。这是君子协定，我不愿当小人哟。"

学生们又是一阵笑。

这时，下课铃响了。

张："好，休息够了，我们上课！"

苗："张先生，这是下课铃。"

张："管他上课铃还是下课铃，总之半天就是半天。"

14–13　南京徐悲鸿家画室　夏　徐悲鸿、蒋碧微

蒋碧微："道藩兄说，欧洲巡展回来，你蜚声中外。蒋委员长早想请人画像，最近他说此事非徐悲鸿莫属！你看！报酬嘛，说你就是开出天价，也会照付的。"

徐："天价？"

碧微笑着点头。

徐："张次长另请高明吧，教学繁忙，我要带学生去黄山写生！"

碧微："什么？！连蒋委员长的像你都不画？"

14–14　古刹　夏　徐悲鸿、孙多慈、冯法祀、杨剑公、章散、郑泉、苗真、小和尚

小和尚推开门，徐悲鸿与男学生进来，在斋房打地铺。

小和尚："诸位施主好好休息，小僧告辞。"

院里，苗真望着粗大的古树："这棵古柏太壮观了！杨剑公，我们到下面看看它。"

苗和杨剑公跑下长台阶，仰望古柏。

杨叫："冯法祀、孙多慈，到树边上来——"

冯法祀与孙多慈跑到大树干边往下看。

苗狂喜："二位，你们和古柏简直构成一幅名画！真是绝伦！"

杨："就是！就是！"

苗："我要把它画下来！"

在廊下，章散和郑泉情绪低落。

章对郑："上次在南昌写生还有竹床睡，这儿可好，只能席地而卧了。"

孙走过来："席地而卧怎么啦？潇洒！住在这儿，开门见山！怎么，非住大饭店不可？"

章："好！好！好！我是个俗人，哪有你孙小姐高雅！浪漫！"

"你！"孙欲争辩。

冯："章散，我们是来写生的，不是来享受的！"

章："可吃住也要有起码的条件哪。"

苗和杨走上来。

苗："你的起码条件，那得花多少钱哪！"

章："没钱，就不要到黄山冒充风雅。"

孙："你要的条件，黄山也没有呀，有古刹的偏院斋房住就很不错了。

杨："章散，你要是不愿意待下去，请自便！"

大家吵吵嚷嚷。

徐望着他们："好了！孙多慈、冯法祀，"拿出两轴画，"把我这两幅画送给方丈，这是我们师生的食宿费。"

双方这才偃旗息鼓。

徐："大家好好休息，明天开始写生，画松树。"

14–15　黄山　夏　徐悲鸿、孙多慈、杨剑公、冯法祀、章散、郑泉、苗真

师生分散写生，不时发出赞美。

一棵一棵奇异的松。

孙多慈辨识着："迎客松、棋盘松、探海松、凤凰松。"

远山、云雾、奇松。

冯法祀如醉如痴："黄山十步一云，五步一松，松埋云上，云掩松中。"

两株伟岸的巨松。

苗真兴奋地："你看，这古松得有多少年哪！"

岩壁上侧生的松。

杨剑公赞叹："它们扎根在峭壁，与山峰生死纠缠，顽强地把枝干伸向蓝天，是云中龙啊！"

云雾绕松。

孙多慈点头自语："黄山松以云为乳，黄山云为松所吐。"

徐悲鸿："孙多慈，你说的这松与云的依存关系，正如国画中的虚实相生啊。"

众人面对峰峦巨松。

章散闷头作画。

徐悲鸿："哎，章散，满眼望去，哪有你这种树？"

章散："画谱上有。"

14–16　古刹　夏　徐悲鸿、孙多慈、冯法祀、杨剑公、章散、郑泉、苗真

师生们回到住地，休息、整理画稿。

徐悲鸿："章散，你是只知有画谱，不知有山川哪！"

章散不悦。

徐："一个有志气的艺术家，要做自然的儿子，而不是做自然的孙子。"

有人意会，有人不解。

徐："你要自己从自然中拿来，而不要去从别人作品中拿来。从别人手中拿来，就变成自然的孙子了。"

众了然，兴奋。

徐：“画松要画千山万壑里千姿百态的松，而不是画古人已经归结出来的成法。画人物，要形神兼备，生命流露，而不是概念的人物。艺术中的美，就是我们从自然中感受到的美。风景画大师柯罗说：‘我唯一的爱人是大自然，我终生对她忠贞不二 。’”

冯法祀感慨地：“到了黄山就是到了美的怀抱。”

孙多慈：“唉，要是能看到云海就好了。”

第十五集

15-1　黄山　夏　徐悲鸿、孙多慈、冯法祀、杨剑公、章散、郑泉、苗真

徐悲鸿与学生们在观云海，不断地发出惊叹。

峰峦之间，漫天的雾气和层积云随风飘移，上升、下坠、回旋、舒展。

杨剑公：“云海！真是波澜壮阔！”

孙多慈：“你看那几个峰尖在云海中若隐若现，像海中的小岛。”

冯法祀：“山头海！山头海！”

苗真：“真是美到无法用言语形容！”

徐悲鸿：“无法言说，我们却能用画笔画下来。”

在一旁的郑泉和章散兴致不高，嘀咕着。

郑：“看起来就没完，我饿了，这斋饭太不经饱。”

章：“我画两幅画，题上徐悲鸿的大名送给庙里，让他们提高点伙食质量。”

郑：“这合适吗？”

15-2　古刹　夏　徐悲鸿、孙多慈、冯法祀、杨剑公、章散、郑泉、苗真、小和尚、知客僧

师生们就餐。

孙多慈对苗真：“哎，伙食改善了嘛！”

章散得意地：“各位同窗、老师，从今以后的饭食，你们就看好吧！”

知客僧走来：“徐先生，弘山大师让我代表他向你们致歉！”

徐悲鸿：“致歉？”

僧：“大家来到这里，就是缘分。可是本寺对你们的饮食照顾不周。”

徐：“我们对一日三餐没有什么不满啊！”

僧："我们山野之地，伙食嘛，也就是山菌、青菜、豆腐之类。"

徐："这就很好了！这么新鲜的蔬菜，城里很难吃到。"

僧："弘山大师已吩咐下去，以后饭食尽量做得可口些，量足些。"

章得意地与郑泉交流眼色。

僧："大师还说，徐先生前次所赠的画，是无价之宝，充抵你们的食宿费绰绰有余！这两幅画就请您收回吧。"说完，递上两幅画 。

章不觉停止吃，望着。

徐打开一看，愣了："这画哪里来的？"

僧："是你们之中一位小施主送来的。说是抵些钱以改善伙食。"

徐："这到底是怎么回事？"

众人关注着，猜度着。

僧："弘山大师说，他虽然不善丹青，但由于交结了许多文人雅士，对画还是能分辨出真伪的。"

章有些紧张。

众人窃窃私语："假画？""不会吧。""怎么回事？"

僧："徐先生，恕我直言，这种赝品，千万不要流入民间，以免玷污了您的画名。"

徐点头，气得说不出话来。

僧："小僧不敬之处，请先生海涵！阿弥陀佛！"

徐："请转告弘山大师，我们在此叨扰，已经十分不安。我又对弟子管束不严，请多多原谅！"

僧又合十告辞，转身走了。

徐愤怒已极，低声而严厉地："谁干的？"

大家拿过画看，小声议论着："真敢胡来呀！""胆子不小！""真敢佛头着粪哪！""竟敢仿先生的画！谁？"

郑泉："大家先消消气，其实……"

章委屈地："我又不是为了自己！还不是想让大家吃好点！你们拍拍良心，今天的伙食怎么样？"

徐气愤而无奈地望着章："好啦，下不为例。吃完饭，我们下山去画徽派建筑的村落。"

小和尚走来："徐先生，您的信。"

徐看信："啊！田汉先生被捕了。"

15–3　南京小旅店　夏　徐悲鸿、田汉母亲、旅店伙计

田汉母亲在向徐悲鸿哭诉："悲鸿，你救救他吧！"

徐："伯母，我一定想办法。寿昌是怎么被捕的？"

旅店伙计提铁壶进门："要开水吗？"

田母忙说："我们不要。"上前关上门，"今年二月在上海被捕，说他是共产党。被关在龙华监狱，和强盗、绑匪、小偷关在一起。现在，又转到南京，关在宪兵司令部。我和维中就赶来了。"

徐："嫂夫人呢？"

田母："去探监了。"

徐："伯母，寿昌现在的精神和身体怎么样？"

15-4　南京张道藩家书房　夏　徐悲鸿、张道藩

张道藩："悲鸿兄，稀客啊！找我有什么事吗？"

徐悲鸿："田汉的事。"

张："你呀，何必与那些左翼分子搅在一起？这对你的前途很不利。"

徐："先不谈我的前途，也不谈什么党派之争，我就问你一句，田汉病重，能不能保外就医？"

张："病重？"

徐气愤已极："我三次去探视，监狱以各种借口拒绝我见田汉，原来他病得根本无法行走，监狱还不给治。国民政府就这样草菅人命吗？"

张不作声。

徐："不要说田汉是著名戏剧家，是社会名流，就是一个普通犯人，有没有保外就医的权利？"

张："当然有。不过这需要犯人的直系亲属提出来。"

徐："那好，我就是田汉老母和妻子的全权代理人。"

张笑了："悲鸿兄，你如今是美术大师了，画你的画，教你的书，不好吗？"

徐："我只问你，田汉到底能不能保外就医？"

张："正如你所说，田汉是个名人，是有异端思想和信仰的名人，恐怕……"

徐打断他："留学法国的时候，我记得你很欣赏路易·波拿巴一句话，'我不迫害信仰，我不惩罚思想。'"

张哈哈大笑："那不过是政治家漂亮的空谈！如今，你我都该过了轻信的年龄了。"

徐惊异地望着他。

张："悲鸿兄，你是个成熟的艺术家，在政治上却……怎么说呢，田汉那篇《我们的自己批判》你一定读过。"

徐不语，默认。

张：“悲鸿兄，在南国艺术学院，你分文不取，为培养那些在野的无产阶级艺术天才，可谓竭尽全力。结果呢，田汉称你为资产阶级艺术家。你犯得着为他卖命吗？”

徐没有回答。

张：“我不是挑拨你们的关系……”

徐又打断他：“田汉在文化艺术界是举足轻重的人物。他的生命和健康一旦在你们手里出了问题，引发的反抗情绪是难以想象的。我绝不是危言耸听。”

张一愣，笑笑，沉吟片刻：“好，悲鸿兄，我一贯敬重你的才华和人品，为了你，我去和陈立夫先生说说，试试看。”

15–5　南京小旅店　夏　徐悲鸿、田汉母亲

田汉母亲焦急万分：“悲鸿，这可怎么好！”

徐悲鸿：“我正在多方奔走。伯母，别急。”

田母：“我刚从监狱回来，没见到寿昌。看守悄悄对我说寿昌已经高烧两天，要不马上住院，就很危险了。”

“哦！”徐一惊，“那马上要保外就医！”

田母忧虑地：“可是谁肯担保呢？”

徐：“除我之外，你们还有什么有社会地位的朋友可以作保人？”

田母：“寿昌的朋友多，可身份高的几乎没有。即使有，谁又肯担保呢？一个政治犯。”

“是啊！”徐也焦虑着，“除非生死之交。”

15–6　南京张道藩家书房　夏　徐悲鸿、张道藩

张道藩对徐悲鸿：“悲鸿兄，田汉的事，我几次催促，上面说只要找两位以上有名望的人士担保，他就可以监外就医了。你赶快通知他们找保人吧。”

徐：“田汉母亲已经找了保人。”

张：“那太好了，可要名人哟。”

徐：“我和中央大学的宗白华教授还算小有名望吧？”

张笑了：“当然！宗白华教授是著名的学者，他与田汉、郭沫若出版的《三叶集》早就蜚声文坛。你是田汉的莫逆之交，声望呢，更是如日中天，连蒋委员长都几次提出请你画像呢。你前次说教学繁忙，没有空闲，现在呢？”

徐：“还是先谈田汉的事吧。”

张：“田汉是政治犯，必须用身家性命作保。”

徐：“这个我能够！”

张：“假如田汉出狱后跑掉了，你能负起这个责任吗？”

徐："能！一切由我负责。"

张："好，悲鸿兄，一身侠骨！"

徐："那我和宗白华教授马上具保画押。他病情已经十分严重了。"

张："慢！光你们二位出面作保还不行。"

徐："又怎么啦？"

张："你没听清楚吧，上面说，要两位以上有名望的人士具保才行。以我的理解，起码要三位保人哪。"

徐："为什么要这么多人作保？"

张："大概是保人少了，怕约束不住他。噢，对了，三位之中，除了社会贤达之外，一定要有当局的人士。"

"当局的？"徐犀利地，"这真怪了，人是当局逮捕的，还让当局人来保，既然如此，何必当初呢？是不是抓人就抓错了？"

张："这种可能，绝对没有！否则，就会无罪释放了。"

徐："哼，不是有句名言'宁肯错杀一千，绝不放过一个'吗？"

张："悲鸿兄，我看，你我不必在这里做无谓的争论了，还是救人要紧。"

徐："政界高层人士，我倒认识几位，我马上登门求助！"转身就走。

张："既然田汉病情危重，你何必舍近求远呢？"

徐："近处，谁能援之以手？"

张："悲鸿兄真是目中无人哪！"

徐："此话怎讲？"

张："我好歹也是内政部次长嘛。"

"你？你是说你自己？"徐不相信地笑了，"情况急迫，没有时间开玩笑了。"

张："不，我是认真的。"

徐："你？"

"绝不是戏言。"张一本正经地说。

徐笑："这可有违你一贯的态度呀。"

张："成见！你这话，足见对我抱有成见哪！回国后，我虽然放弃绘画进入政界，也还是艺术家之友嘛！我懂得尊重人才，田汉虽然与我政见相左，他毕竟是个才华横溢的作家、戏剧家。况且，又重病在身，哪能见死不救呢？"

徐："我马上告诉田汉母亲和夫人，看他们是否同意。"

张："好。不过，我保他是有条件的。"

徐："我就知道你不会白白答应的。什么条件？"

张："出去之后，第一，不搞政治活动。第二，不能离开南京。第三，不能出国。"

徐："那么，就是说田汉只能在南京治病，其他什么都不能干喽！"

张："是这样。"

徐："唉，这么一个充满活力、充满创作激情的人，这不是要生生把他闷死吗？"忽然对张微笑道，"你就是这样表示你对人才的尊重吗？"

张有些尴尬，没有回答。

徐："这三条是你个人的意思吗？"

张："我和他之间谈不到个人意思。当然喽，我补充一点，他搞戏还是可以的，毕竟是戏剧家嘛。"

15–7　南京徐悲鸿家小楼客厅　夏　蒋碧微、张道藩

张道藩进门，问蒋碧微："悲鸿呢？"

碧微："他找田汉母亲去了。哎，听说你愿为田汉担保，你到底为什么？"

张："对这，悲鸿怎么说？"

碧微："他说猜不透你的心思，但是说你还是急人之难的。"

张放下心来。

碧微："你到底打的什么主意呀？"

张："爱惜人才，不能见死不救啊。"

碧微："不要打官腔，一定还有别的原因。"

张："没有！没有！"

碧微："你跟我说实话。"

张笑了："碧嫂好厉害呀。哎，悲鸿对这有什么猜测？"

碧微："他根本顾不上细想，只忙着找田老太太和宗白华去了。"急不可待地，"告诉我，还有什么原因？"

张不语。

碧微："怎么，你对我还信不过？"

张："我当然相信你。可是……"

碧微："你对我说的话，绝不会有第三个人知道。这点你还怀疑吗？哎，田汉到底犯了什么案？"

张："共产党疑似犯。"

碧微："他究竟是不是共产党？"

张："还没有确凿证据。不过，他的言行极像共产党在文化界的头面人物。"

碧微："那你还保他？这与你在党国的身份合适吗？"

张笑问："你认为呢？"

碧微："哼，我想不出。"

张："田汉是个执迷不悟的极端分子，在狱中说'民不畏死，奈何以死惧之'。看来硬的是打不倒他了。我想我出面保他，他如果感念我的救助而转向我们，那是再好不过的了。"

碧微一笑："他会改换门庭？"

张："是啊，我想他也不会。"

碧微："那你图什么呢？"

张："如果他坚持他的理想，继续搞无产阶级文艺，可我保他，也会大大有利于党国。"

碧微不解。

张："反间计，你懂不懂？"

碧微摇头。

张："他作为一个响当当的左派文艺家，被国民党高官保外就医，他的同伙还能信任他的忠诚吗？我们不杀他，他的同伙也不会饶他，到时候他是百口莫辩。"

碧微恍然，转念一想："那，你肯定田汉家会同意你当保人？"

张："当然不会同意。"

碧微："那你不是落空了吗？"

张："但田汉的病逼得他们只得走这一步！即或不是我，任何国民党高官为他作保，都是一样的。我们在他的生命中打上了个死结。哈，这招儿真妙极了！"

碧微欣赏地："谁出的主意？"

张："自然是高人。"面露得色，忽又叮嘱，"哎，今天这话，只能你知我知。千万！千万！"

碧微忽然板起脸："不，明天我就登报披露！"

张一怔："什么？"

碧微狡黠地一瞥："谁让你这么不信任人！要不要我起誓？"

张放心地舒口气："你呀！"

15–8 南京小旅店 夏 徐悲鸿、田汉母亲

田汉母亲："我同意那个姓张的作保。把寿昌救出来治病要紧！好在保人还有你和宗白华先生。"

徐悲鸿："那我马上办保释手续。您和嫂夫人去联系医院。"

15–9 南京徐悲鸿家小楼客厅 夏 徐悲鸿、蒋碧微

蒋碧微和徐悲鸿正在小声交谈。

碧微："我真不懂，为什么我烦谁，你就偏要把谁弄到家里来。"

徐："田汉在医院动手术，他太太和他母亲整天照顾他，没时间找房子，出院后只好借住在我们这儿。"

碧微："哼，他还有脸住在我们家。"

徐："怎么啦？"

碧微："怎么啦，我早就拜读了田汉骂你的那篇奇文！说你脱离'南国'是步人歧途。说你经过困苦生活的熬炼，如今却深藏在象牙的宫殿中。哦，还有，他竟然嘲笑你画的《徯我后》中的饥饿农民并不十分菜色，是用明艳华美的色彩粉饰专制君主！哈，他不是你的知音吗，连我都明白你画中的所指，还有……"

徐让她小声点，起身关门。

徐："好了，好了，不就是住在这儿，给你添了点麻烦吗？"

碧微："一点麻烦？一下子增加三个人吃饭，老的、少的、病的。"

徐："做饭，不是有同弟吗？"

碧微："我就不要操心啦？"

徐："我知道你很辛苦，我很感谢你，田老太太他们也很感谢你。"

碧微："要不是看在他生病的份上，我才不干呢。"

徐："田太太也在到处找房子嘛。"

碧微："除了吃住，还整天来人看他，门槛都快被踢破了。一聊起来，就忘乎所以，高声喧哗！"

徐笑了："田汉就是这么个热情如火的人，朋友很多，三教九流、五湖四海。"

碧微："他交游再广，现在住在别人家里，总要收敛些吧。"

徐："哎，就是坐牢还允许探监嘛，何况是住在朋友家里。最近来的大半是戏剧界的朋友。"

碧微："上面要求他不能离开南京，不能搞政治活动啊。"

徐："可是允许他在南京搞戏剧活动呀。"

碧微："就是允许也是空头允许！南京没有话剧团体，就算他剧本写得神速，也没人演哪！"

徐笑着："南京没人，他可以从上海请人哪。"

碧微："他又没钱，拿什么请？"

徐："哎，他还就有这个号召力！大导演洪深，大明星舒绣文、刘琼、魏鹤龄都答应来南京演田汉写的话剧《械斗》和《回春之曲》呢。"

碧微："哼，一个疯子还招来一群疯子！"

15–10　南京田汉临时住地　秋　田汉、田汉母亲、徐悲鸿、秘书

不大的房间。桌上摆满了吃剩的饭菜和三十多份碗筷。

田汉母亲在就着剩菜吃饭。

此时，徐悲鸿敲门进来。

田母："悲鸿来了。"

徐："伯母好！寿昌！"看看桌上，"哟，大摆宴席呀！"

田汉："《械斗》和《回春之曲》第一轮演出结束，全体人员在一起聚聚。"

徐："几十号人，怎么坐得下？"

田母："围着桌子坐一圈，后面站两圈，热闹极了！"

徐："演出这么轰动，是该庆贺一下！伯母，首场演出我看戏的时候，台上唱起'同胞们快停止私斗，来雪我们中华民族的公仇！'，台下的观众也一同吼起来，这是发自内心的抗日呼声，也是对攘外必先安内的强烈抗议！"

田母："昨天最后一场演出，我也看了，群众也情绪热烈呀！"

徐："寿昌，昨天我看了刚上映的新片《风云儿女》！"

田："哦！怎么样？我写完故事就被捕了，是夏衍完成的剧本。影片我还没看呢。"

徐激动地："观众反应同样是强烈！震撼！它鼓舞人民投身到抗日的洪流中去！我兴奋得一夜没睡，今天上午上完课就跑来了。"

田："太好了！"

徐："尤其是你作词，聂耳谱曲的《义勇军进行曲》，是号角！是战鼓！唱出了民族危难的深重和人民斗志的昂扬！这是我们中国的《马赛曲》！是中华民族不朽的战歌呀！寿昌，我昨夜写了一篇文章，一早就寄给报社了。我要把自己的感受告诉人们。我真为你高兴，当局千方百计打压你，可你在电影、戏剧的创作上都获得丰收！"

田和田母都很兴奋。

徐："寿昌，今天我请你们全家去看《风云儿女》，怎么样？"

田："好！妈，咱们走吧。"

田母："今天有些累了，我改日和维中去看。"

田："那好吧，悲鸿，我们走。"找墙上挂着的外衣，"妈，我那件外套呢？"

田母："当了，和我的那件马甲都当了。"

田："什么时候当的？"

田母："今天早上。要不然哪来的这一桌吃的？还有这盆啊盘啊，都是花钱租的。"

徐笑了："怎么，又揭不开锅了？哎，演出不是有收入吗？"

田："那哪够？这次排《械斗》和《回春之曲》，上海来的演员和舞台工作人员都是尽

义务，可是吃住总要管大家呀。再说，还要花钱弄服装、道具、布景、灯光，还要租剧场。演的场次又不多。票房收入只能抵一部分，我把自己几年的稿费都花进去了，又借了些债，才应付下来。”

“寿昌啊！”徐感慨地转对田母，“伯母，他们对艺术的执着和抗日爱国的精神，没的说！我带着钱呢，先把你们的衣裳赎回来。然后去看电影。”

这时有人敲门，一个青年进来：“田汉先生，我是中央宣传部方冶副部长的秘书。”

田汉：“有什么事？”

秘书：“方部长说这次田先生领导的演出十分成功，大家非常辛苦，应当受到慰劳。方部长让我送来三百块钱作为上海来的演员们的路费。”掏出一大包钱，“您请过目。”

徐注视着田。

田：“方部长的好意，我们表示感谢。但是，上海的朋友们一时还不走，他们还要排新戏呢。所以这钱，请你带回去。”

秘书：“您要不收下，部长会责怪我不会办事。”

田：“你就据实报告，他若不信，可以问我。哦，徐悲鸿教授也可以作证。”

秘书惊喜地：“您就是徐悲鸿先生！见到您太高兴了。”

徐：“我可以作证。”

秘书：“那好吧。”收起钱，“田汉先生，我是您的影迷和戏迷，我敬重您的艺术，更敬重您的为人！”深深一躬，“二位先生，再见！”走了。

徐笑了：“好端端的三百块钱，你为什么不收下？”

田也笑着：“饿死事小，失节事大呀！”

徐：“看到你在民众中的影响无法消除，他们又改变方式想笼络你了。”

“我们岂是用钱能买动的？”田爽朗地笑了，“他们允许我在南京搞戏剧活动是失算了。”

徐：“不过目前，还是由我把衣裳赎回来吧。我这点钱，你不会拒绝吧？”

田：“当然！妈，把当票拿来！”

田母：“啊？好，好。”

15–11　南京徐悲鸿家小楼画室　秋　徐悲鸿、蒋碧微

中堂是《古柏》，徐悲鸿正挂“独持偏见，一意孤行”对联，横额是“应毋庸议”。

蒋碧微拿着报纸，愤然：“哼，还要怎样惊世骇俗！”

徐不语，继续挂对联。

碧微：“你近来的言行够出格的了！保田汉出狱、收留他全家就不必说了。今天你又在报上替田汉鼓噪，”读，“垂死之病夫，偏有强烈之呼吸，消沉之民族里，乃有田汉之呼

声，其音猛烈雄壮，闻其节调，当知此人之必不死，此民族之必不亡。”

徐：“我说错了什么？”

碧微：“哼，你把一个保释犯捧上了天！可是，戴传贤院长、朱家骅部长要联名介绍你加入国民党，你竟然说没兴趣。蒋委员长请你画像，你也不理不睬。”

徐：“田汉宣传抗日，鞭挞黑暗，有什么罪？我为有这样的朋友自豪！至于画像嘛，我还从来没给无礼无义无廉无耻之徒画过。”

碧微：“偏见！偏见太深了！哼，你也就是在家里敢这样出言不逊！”

徐盯着她：“我对蒋介石的评价也会见诸报端的，你会看到。”

碧微：“什么？你还要怎样一意孤行！”

徐平静地：“人不可有傲气，但不可无傲骨。”

碧微：“你！”

徐：“你可以给蒋介石画像嘛。”

碧微暴跳起来：“哼，你用不着讽刺！我没有你的本领，没有孙多慈的本领，只有你才伟大！孙多慈才伟大！”

徐：“既然你这样不能见容于孙多慈，不如让她去留学，一来你可以放心我，二来也为国家培养一个画家。”

碧微：“什么？你不要异想天开！”狠狠摔下报纸。

徐不再说什么，看看怀表，匆匆走了。

15-12　南京中央大学美术教室　秋　徐悲鸿、孙多慈、杨剑公、冯法祀、郑泉、章散

学生们在画架前画画。

徐悲鸿：“现在你们进入创作画阶段了，除构思新颖外，要充分运用以前所学到的技法。有什么问题，随时可以问我。”

徐走到学生面前一一指导。

孙多慈：“先生，您看，这块色彩我总找不到恰当的调子。”

徐对她，也对大家：“关于用色的技巧，我已经讲过多次，要追求音韵感，有韵的色彩可以触动听觉，所以说，一幅好的油画，它的色彩可以发出响声。”对孙，“你跟我到教研室，再看看普鲁东的《约瑟芬皇后像》，参考一下色彩处理。”

孙：“现在就去？”

徐：“现在就去。”

郑泉对章散：“上着上着课怎么走了？”

15-13　南京中央大学美术教研室　秋　徐悲鸿、孙多慈、章散

徐悲鸿、孙多慈进屋，徐拿出画册，二人并没有看，却在小声地商量着。

徐：“送你去比利时留学的事，有些眉目了。”

孙兴奋地：“是吗？”

徐：“申请中比庚子赔款助学金的人很多。”

孙：“那，我还有希望吗？”

徐：“以你的才能，入选应当没有问题。但是要审委会把名额给中央大学，再给美术系才成。”

孙泄了气：“我还没毕业，还没有出国留学的资格呢。”

徐：“所以要特事特办哪。我找了蒲峻先生，他刚从比利时回国，答应帮忙，在留学生资格审察委员会他说话很有分量。现在，最重要的是用你的作品征服他们。”

孙：“可我还没有像样的作品呀。”

徐：“把你几年来的习作整理一下，就很有说服力。”

孙：“我的画还很幼稚，不要贻笑大方。”

徐：“能分辨艺术品的高下，”笑，“是我的专长啊。”

孙为难地：“需要我拿着画一一登门毛遂自荐吗？我做不来。”

徐：“那倒是。最好出一本画集分送给各位。”

孙：“我哪有资格出画集呀？”

徐想了想：“中华书局就可以！”

孙：“中华书局？多少名家大师想请中华书局出书，还轮不上呢，我？”

徐：“中华书局的总编辑是我的至交，我出面求他。”

孙：“要是他不肯降格呢？”

徐随口说：“我的事，他不肯也得肯。”

孙听了很受用，又有些羞怯的神色。

徐：“放心！关系，由我去打通。钱，我负责筹措。你只管整理自己的画。还有，画集要附一篇自述，写你的学画心得。”

孙：“好，我马上办。”

徐：“今天先别忙，一会儿你跟我去拜访一位收藏家，看能不能淘到宝贝。”

此时，章散突然闯进来，笑着：“先生，我在门外已经等候多时了。”

徐、孙很不自然。

章诡秘地：“先生，您个别辅导完了吗？可不可以也对我略加指点呢？”

徐：“当然可以。”

孙："那，我回去画了。"

徐："拿上画册，别弄脏了。"

孙："知道。"拿着画册匆匆出门。

徐不为所迫地对章："你有些什么问题？"

章："这个，这个……"尴尬地想不出。

15-14　德籍夫人家外　秋　徐悲鸿、孙多慈

豪宅外，徐悲鸿与孙多慈走来。

孙："先生，我们以后还是要避讳点，以免授人以柄。"

徐："好。听说这位收藏家的东西不少。"

孙："吴作人师兄说每次您一见到好画，就赞不绝口，弄得画商立即抬高售价。先生，您就不能装得不以为意？"

徐："嗯？好，好。这次一定！到时候你提醒我。"举手敲门。

15-15　德籍夫人家　秋　徐悲鸿、孙多慈、德籍夫人

中西陈设的客厅中放着四箱字画。孙多慈陪徐悲鸿选画。

德籍夫人操着汉语："徐教授，不知家父这些收藏能否经住您的火眼金睛，但愿不都是赝品。"笑了。

徐、孙也笑了。

夫人："我父亲在中国四十年，生前收集了不少字画，现在我要回国，这些可任意选购。"

徐从第一箱中很平静地选出两件。

孙满意地望着徐。

徐也很默契地回望孙一眼。

第二箱，徐一无所获。

看到第三箱，发现一幅深褐色绢底的白描人物长卷。画面有八十七个神仙列队行进，飘飘欲仙。

徐狂喜得眼睛发亮。

孙立即咳嗽提醒徐。

徐毫不理会，仔细欣赏着。

孙又咳嗽一声。

徐只顾看画，随口问道："哎，你怎么了，嗓子不舒服？"

夫人："小姐，要不要喝杯水？"

孙连连摇手："不要，谢谢。"还是咳嗽不止。

徐："孙多慈，来，帮我展开。"

孙、徐拉开全卷，孙趁机小声地："先生……"

徐曼声应着，眼光贯注在画上，神魂颠倒地："下面的画我都不看了，我只要这一幅！"

第十六集

16-1　德籍夫人家　秋　徐悲鸿、孙多慈、德籍夫人

德籍夫人："还是请徐教授看下去。"

"不，没有比这更使我倾心的画了！"徐悲鸿如醉如痴地欣赏着。

孙多慈绝望地看着徐。

夫人："我佩服您的眼光，可这画价值不菲呀，当初买价就是二十万。"

"二十万？"徐清醒过来，转眼望孙。

孙叹口气，把头扭开。

夫人把一切都看在眼里："这是父亲留下的传家宝，我本不该出手。"

徐急了："刚刚不是谈好了我可以任意选购吗？"

孙："夫人，价钱能不能再商量商量？"

夫人："那就不必了，赔本出售，不如我把它带回柏林。"

孙："您再让一让，行吗？我们也是真心要买的。"

夫人："二十万！少一分都不卖！"

孙："您也是艺术爱好者，俗话说，货卖与识家吗！"

夫人："我正是出于对中国艺术的热爱和尊重，才卖二十万，我不能辱没了它的价值。"

孙："夫人，您听我说……"

夫人："没有什么可说了。我还约了别人来选画。"

"好！就二十万！"徐痛快地。

孙吃惊地望着徐。

徐："夫人，我去画画筹款，请容我一个月。"

夫人："太遗憾了！我十天以后回国。"

徐惊呆："什么？！"

孙走近徐，焦急地小声问："怎么办？"

徐忽然下了决心："十天以内，我一定送上画款。"
夫人反倒愣了。
孙也傻了。
夫人："好！徐先生，一言为定！"
徐："一言为定！"

16-2　德籍夫人家外　秋　徐悲鸿、孙多慈

徐悲鸿兴奋异常，大步走着。孙多慈一路小跑跟在一边。
徐大声地："极品哪！这是唐代高手所画，极品！"
孙："可是二十万哪！"
徐："二十万，值！值！这是国宝呀！"
孙抱怨地："本来可以少花些钱的。"
徐看了孙一眼："嗯，那倒是。"
孙："我看，您真是改不了了，怎么提醒都没用！"
徐："真对不起！"
孙："怎么是对不起我？是对不起您自己！十天之内，您能搞到二十万吗？"

16-3　南京徐悲鸿家小楼画室　秋　徐悲鸿、力民、儿童丽丽

徐悲鸿兴致勃勃地画着，低声唱着京剧《洪阳洞》。地上铺满完成、未完成的水墨画。
蒋碧微的外甥力民在翻画册。
丽丽从钥匙孔往画室看，徐终于画完，直起身。
丽丽推开门："爸爸，吃饭啦！饭菜凉了又热，凉了又热，我早都饿了！"
徐："好，吃饭！"
丽丽："表哥，吃饭去。"
力民把翻过的画册胡乱堆放在一起，有的还打开倒扣着，走了。
徐连忙整理好，教女儿："要爱惜图书。"拉着她走向饭厅。

16-4　南京徐悲鸿家小楼餐厅　秋　徐悲鸿、蒋碧微、力民、儿童丽丽、儿童伯阳

徐悲鸿用下巴指墙上的法文字母表："伯阳、丽丽。"
儿女念完一遍法文字母，全家开始吃饭。
力民很没规矩，喜欢吃的菜，拉到自己面前，猛吃。徐对他很看不惯。
蒋碧微对徐："哼，你就是再废寝忘食，十天之内，也赶不出那么多画！"

徐："所以呀，还是那个办法……"

碧微："又抵押房产？你对得起吴稚晖、李石曾先生吗？再说，你忍心让全家流落街头？为一张画值得吗？"

徐："值得！太值得了！绝不会流落街头，房子很快能赎回来，我加紧画！"

碧微："这事，你一人说了不算！你以为朋友捐款，这小楼就能盖起来啦？买材料，监工，我花了多少心血！"

徐："你当然功不可没，可是现在……"忽然对女儿，"丽丽，又掉饭粒了！"

丽丽赶忙要捡起掉的饭粒。

碧微大怒："不许吃！脏不脏？"

徐夹起来吃了。

伯阳、丽丽吓得不敢出声，呆呆地望着父母。

力民也不解地望着姨妈。

16–5　南京中央大学美术教研室　秋　徐悲鸿、孙多慈

夜，室内到处是完成的画稿，徐悲鸿正在埋头作画。

孙多慈捧砚台进门。

徐："你怎么来啦？画选好了吗？"

孙："选好了，就等您过目了。"

徐："自述呢？"

孙："腹稿也打好了，就差落笔了。"递过砚台，"先生，这是祖父传给我的端砚。您可以抵一部分钱。"

"噢，是孙家鼐先生的古砚。"徐端详着，"石质腴润，还有'猫眼'！什么年代的？"

孙："南宋的。"

徐珍爱地："谢谢你。可，祖传的名砚也不能流失国外呀。"

孙："可那二十万怎么办？"

徐："如果卖画一时还凑不齐二十万，我决定用房产抵押一笔贷款。"

孙："这，师母同意吗？"

徐："当然闹得一塌糊涂，我只能强行做主了。"

孙："先生，还是抓紧画，我帮您研墨吧。"

徐："好。哎，墨不许磨偏，墨汁别溅出来。"

孙："知道。"

孙在古砚中研墨，一边欣赏着徐画画。

徐画一幅水牛，形态生动，牛将画毕。

孙在一旁看得忘情，手中研的墨不慎滴到纸上。

“糟了！”孙十分不安，“我真是越帮越忙，这张画只能作废了。您罚我吧。”

徐笑而不答，凝视片刻，随即将牛尾尖甩向墨点处，并题“悲鸿画泥牛”。

孙如释重负，赞叹道：“真是天衣无缝！妙趣横生！”开心地笑了，“神来之笔啊！先生，您怎么想出来的？”

徐也有些得意：“我有应变之才呀！不像有的人，一筹莫展，只能认罚。”

孙娇羞地撇了一下嘴。

徐满脸喜爱的神色：“记住，画画要能随机应变。比如画树，如果某个枝干画失败了，可以用浓浓的叶子遮挡。这样或许反倒有意想不到的美和韵致。这就叫奇变。画画须奇而正，正而奇。”

孙折服地点头，继续小心地磨墨。

徐也愉悦地画下去。

泼墨、勾勒、晕染，徐完成一幅幅画稿。

古砚，孙研墨，研墨……

徐画累了，将两幅不满意的画挑出：“来，多慈，帮我把这两幅画烧掉。”

孙：“为什么？”

徐：“自己不满意的画，我不让它流传于世。”

孙调皮地一笑：“送我吧，先生。”

徐：“我可以送你满意的作品。”

孙：“这个更难得！再收集一些，将来我出版一本《徐悲鸿败笔画集》，肯定有研究家购买。”

徐：“胡闹！小鬼。”

孙着急地：“都什么时候了！画还来不及呢，您还要烧！只要署上先生的大名，就是人人争购的好作品！”

徐：“不行，这要听我的！”

孙：“《八十七神仙卷》您不打算要了？”

徐：“怎么不要！来，接着画。铺纸！研墨！”

孙研墨。

徐：“哎，你所看到的我画的画，你认为什么最好？”

孙：“马、雄鸡、牛、猫，我说猫最好！”

徐笑道：“独具慧眼啊！”亲热地拍着她的肩头，“那我就再画幅猫，画一只黑白花猫。我告诉你，画猫，眼神最要紧，其次是动态。这猫的动态是三段，头、身、尾，转身下行而仰视……”他提笔边说边画。

很快，一只活跃可爱的猫现于纸上。

孙惊叹："太传神了！"

徐也很高兴："为庆祝今天的丰收，我请你吃饭。"

孙："吃什么？"

徐："烤白薯！"

孙娇嗔地："哼！我当是什么好吃的呢。"

徐十分认真："烤白薯，天下第一！多慈，等买下《八十七神仙卷》，我马上去上海中华书局办你画集的事。对了，我想，画集要有一篇有分量的序，这样推荐起来才有力。"

孙："可是请谁写呢？"望他一眼，"您又不便属名。"

徐："是啊。"想了想，"这样，我写个提纲，请中华书局总编辑成文。"

孙："他又不认识我，我一个无名之辈，人家会同意吗？"

徐："不看僧面看佛面，他知道我和你的关系。"

孙敏感地低声问："什么关系？"

徐被窘住了，狡黠地反问："你说呢？"

孙瞟他一眼，不语。

徐："我和你的关系嘛，尽人皆知，你是我的爱徒呀，高足呀。"

孙立刻用拳头杵他："这，您还问什么？"

徐："是你先问我的呀。"

二人相视而笑。

徐又认真地："他要是不肯写，就请宗白华先生写。"

16–6　松林　秋　徐悲鸿、孙多慈

徐悲鸿、孙多慈在林中漫步。

徐："真是喜事连连，《八十七神仙卷》已经拿去重新装裱了，你出画集的事也进展顺利。宗白华先生写的序我看了，对你的肯定超出了我的预计，说你的画兼具中西的笔法，别开生面。"

孙："哦？"

徐："你那篇自述也写得才气逼人。多慈，看你人长得清清秀秀，文章却写得气吞山河。"

孙一笑："我倒不觉得。"

徐："好了，一定要赶在审委开会前送去。哎，创作画你画得怎么样了？"

孙："快完了，就差画手了。"

徐："手，那是人的第二张面孔，顶重要的。你画的时候，我去看看。"

孙："太好了。"似乎有什么心事，欲说又止。

徐："想说什么？"

孙："先生，我不想去留学了。"

"什么？"徐十分意外，"马上就要争取到了呀！"

孙："这些天我一直在想，只要自己努力，留不留学都可以画出来。"笑，"您看，宗白华先生还夸我画得别开生面呢。跟您学不是一样吗？"

徐："怎么能一样？到欧洲，各种风格的作品、各种流派的技巧你都能看到！然后，你选择自己最喜爱的、最擅长的路子去画。"

孙："路子，您已经找到了，我跟着您就行了。"

徐："这可大不相同！经过你亲自观摩、鉴别之后认定的路子才不盲目，才能百折不回地走下去。"

孙怯怯地："那里再好，也没有您。"

"哦，哦。"徐支吾着，"你还会遇到许多好老师。"

孙："天底下再没有比您更好的老师了，对我来说。"

徐："我也舍不得你走。可我更希望你能出息成一个卓越的画家。再说，这里那些仇视和非议，你怎么忍受得了？"

孙："那些仇视和非议固然可怕，可是更可怕的是离开您！孤身一人到海外，我会想您，想死的……"

徐喃喃地："我也是！这些天，一想到你走，我就变得六神无主。"

孙："那，让我留下吧。啊？"

徐神色激动、茫然，没有回答。

孙："等以后再去，行吗？"

徐微微摇头："错过这次，就很难说了。人生的路往往是一步之差呀！"

孙绝望地自语："那要分开几年哪！"

徐低声道："想我，就给我写信。我也写。"

孙凄然："可我的信寄到哪呢？寄到你家？还是寄到学校？我连一个公开给您寄信的地址都没有。"

徐万分愧疚："只好寄到我的朋友家，转给我了。"

孙追问着："天天让人家转信吗？"

徐深深叹息了一声："多慈，我送你一个日记本吧，厚厚的。你把每天的见闻、心得和想对我说的话写在上面。写满了，想办法转给我，我会告诉你寄到哪里。"

孙停了停，顺从地："我要几个，十几个，几十个本子。"突然悲从中来，"天哪！为什么我们只能这样？！"

二人痛苦地沉默着，一阵阵松涛声包围着他们。

终于，徐有了决断："多慈，我不会让你孤零零一人待在国外的。"

孙："什么？您是说……"

徐真诚地轻轻点头。

孙："当真？"

徐："一定。"

孙强忍住泪："不要让我等得太久！"

徐微微摇头地肯定。

16–7　南京徐悲鸿家小楼客厅　秋　蒋碧微、张道藩

蒋碧微将一张唱片放到留声机上，传出《倍尔·金特交响曲》的旋律，她欣赏着。

张道藩进来。

碧微："道藩，我刚买的格里格的唱片，好听吧？"

张："好听。悲鸿呢？"

碧微听着音乐，随口答道："他去上海了，最近总往上海跑。"

张："他忙些什么呢？"

碧微："不知道。"随着音乐节奏轻轻点着头。

张："其实我是找你。我刚遇到蒲峻先生，悲鸿托他为孙多慈争取赴比利时官费留学名额，蒲峻说已经疏通了一些关系，办成的希望很大。"

碧微一惊，立刻关上留声机："什么？这事我怎么一点都不知道？"

张笑："这等机密怎么会告诉你。"

碧微急步走近："请你千万阻止孙多慈官费留学。"

张："这不是我权限之内的事啊。"

碧微："你一定帮帮我。"

张："看来很难。蒲峻到处夸悲鸿慧眼识人呢。说悲鸿送的吴作人为中国挣足了面子，如今又大力举荐一位中国才女。留学生资格审查委员会的成员很被打动啊。"

碧微焦急地："我求你了，这事。"

张："孙多慈远渡重洋，你不是正好去了心头之患？"

碧微："你错了。他太容易冲动，也许会不顾一切地跟孙多慈远走高飞的。"

张："你怕他抛弃你？"

碧微不语。

张："真要是这样，那就会舆论大哗了。他会自毁前程？再说他也很难割舍你和伯阳、丽丽。"

碧微激烈地："他要是顾念我们就好了！就算是他留下来，可他为孙多慈四处奔走，又会招来议论嘲讽。他就是豁得出去，我还要脸面呢。"

张："可是只有孙多慈出国，才能维持住你们这个家呀。"

碧微苦笑："这样的家不是徒有虚名吗？"

张看着她，不语。

碧微气急败坏地："我一定要阻拦这件事！"

张："要不，你再冷静考虑考虑。"

碧微不顾一切地："没什么好考虑的！凭什么孙多慈骑到我的头上，一步步飞黄腾达！我这就去找蒲峻，要不行，再找吴稚晖先生，他是党国元老，一定有办法！"

16-8　南京中央大学美术教室　秋　蒋碧微、孙多慈、冯法祀、杨剑公、章散、郑泉

学生们各自在画架前画画。

碧微风风火火地进来："对不起，对不起。打扰了。"

大家纷纷招呼她："师母，您来啦。""有什么事？"

孙多慈见到她，装作埋头画画，没有作声。

碧微："杨剑公，冯法祀，看到你们徐先生没有？"

杨剑公："没有啊。"

冯法祀："昨天就没见到。"

碧微："怪啦，神出鬼没的。孙小姐，你知道吗？徐先生干什么去啦？"

孙："不知道，师母。"

碧微："你也不知道？他一趟趟去上海，不是为了出什么画集吗？弄得人家出版社都说稀奇。"

章散故意问："师母，徐先生要出画集呀？"

碧微："上海那边说他给一位还没毕业的学生出画集呢。冯法祀，准是给你出的。"

冯："没有啊。"

碧微笑着点他："不老实！徐先生总把你挂在嘴边夸你，你还没这个福分？"

冯："这事我根本没听说过。真的。"

章偷眼望着孙窃笑。

孙装作专心画画，没有其他表情。

碧微转身要走。

章："师母，这就走啦？"

碧微："徐先生不在，我还得到别处找他呀，家里有要紧事等他拍板呢。否则，我也不会闯到教室来。”临要出门，又跑到杨剑公跟前，小声机密地，“杨剑公，你是不是要出国留学？”

大家都竖起耳朵听。

杨摸不着头脑，大声地：“留学？家里供我上大学都很吃紧，还留学？”

碧微：“不，是送你官费到欧洲留学！”

杨笑：“就是有这等好事，目前也轮不到我，我们还没毕业呢。”

碧微：“确切消息！徐先生正在给他的学生奔官费留学呢。”

章：“教育部有规定，大学毕业了才能留学呢。”

郑泉：“我也听说是这样。”

碧微：“那是对一般人而言，要是奇才，”望着孙，“就能破例！”笑着指大家，“你们哪，看来都是芸芸众生，不堪造就！哈！玩笑，玩笑。”看孙，“对不对？孙小姐。”

孙应付出极不自然的笑容。

章看在眼里。

碧微：“好，这回我真要走了，你们画吧，打扰了。”又一阵风似的出去。

16–9　南京徐悲鸿家小楼画室　秋　徐悲鸿、蒋碧微、冯法祀

“悲鸿生命”的印章沾满印泥，小心翼翼地盖在装裱好的《八十七神仙卷》上。

冯法祀跑入：“先生！”

徐悲鸿：“法祀，快来看看，这是稀世名笔！据张大千先生和我鉴定，这幅《八十七神仙卷》的笔法与晚唐壁画同风，很可能出自画圣吴道子之手。你看……”

冯扫了一眼画，打断他：“先生，学校的事您一点都不知道？”

徐：“什么事？”

冯：“今天您不要到学校去了。”

徐：“为什么？”

蒋碧微闻声进屋。

冯：“教室里贴满了反对您的大标语，孙多慈的画也被刀划破了，说您和孙多慈是‘师生恋’，还有很多难听的话。不知什么人在夜里干的。同学们都很气愤，要找校长彻底调查这件事。先生，我走了。”匆匆出门。

徐愣在那儿，愤怒得声音发颤：“卑鄙！卑鄙！”

碧微不动声色地：“我看，你还是找张道藩次长解围吧。”

徐爆发地：“我不需要找谁解围！”

碧微：“那你就去找孙多慈吧。”

徐：“我没有想到要去找她！”愤怒地踱着。

碧微："你已经为她做得够多的了！你以为我不知道？"

徐激愤的："我培养过不少有才能的男学生，帮助他们出国留学，为什么对一个有才华的女学生就不能培养？"

碧微号叫着："我绝不能让她得逞！我告诉你，她的留学生名额已经被取消了。"

徐大声批驳："什么？这不可能！"

碧微冷笑："哼，你去问问留学生资格审查委员会，要是还不信的话，就去问问吴稚晖先生。"

徐气极："你，你做得太过分了！"

"我过分？"碧微跑出画室，用砍刀猛砍孙多慈移来的枫树。

徐痛苦地在画室踱着，他无意间摸到手上戴的刻有'碧微'的婚戒，看着。

砍树声不断。

16–10　松林　秋　徐悲鸿、孙多慈

古松林，徐悲鸿与孙多慈又来到这里。

孙神色凄然："先生，父亲要带我回故乡去。"

徐："你真要走？你的走，更使那些小人有了口实！"

孙："可是不走，我如何在诽谤中生活下去，又如何面对您夫人仇恨的目光？"

徐："我的婚姻出现裂痕，绝不是因为你！我和她的人生追求相距太远。"

孙望了徐一眼，无语。

徐忧伤地："那棵枫树被她用刀砍伤了。"

孙："这是它必然的命运。"

"可它还活着！"徐期待地注视着孙，"经过磨难会变得更奇崛、刚毅吧！"

孙不置可否地苦笑了一下。

徐鼓起勇气："我答应你一起出国，现在你准备怎么办？"

孙："唉，还谈什么出国？我已经成了人们眼中的笑柄。"

徐："多慈，你不要这样想！和我在一起，到哪里我们都能闯出一番新天地！"

孙："父亲说，我和您的师生关系，绝对不许改变！"

徐情急地："怎么？！这是你自己的事啊！"

孙："我已经苦苦哀求过了，没有任何希望。"

徐简直不可相信："你就这样听别人摆布？"

孙："不是别人，是父亲！"自语着，"我再也不能让父亲伤心失望了。"

如五雷轰顶！徐绝望极了，说不出话来。

二人相距很近，却是咫尺天涯。

阵阵松涛，死寂般的窒息。

徐终于开口了，显得很吃力：“回到故乡，对未来你有些什么打算呢？”

“未来？”孙一阵痛楚，“未来对于我只有无尽的回忆。最近，我常想，不该认识您，又常想，幸亏认识您，不然，连可回忆的都没有了。”突然涌出泪来，忙背过身去。

徐也声音喑哑：“同样的，我也常感念上苍给我送来你。”

孙期望地回眸。

徐躲开她的目光：“送来一个才华横溢的女弟子。”

孙的渴望消失了：“先生，那次您让我画一千张画，我画了，您亲手改了。我们还应该有几千张、几万张画啊！可是猜忌、险诈向我们逼来！”

徐眼中也有种愤然和伤痛。

孙忽然吐出满腹委屈：“老天！他们哪里懂得你我之间，”顿了顿，“那种对艺术的痴情！”

徐：“艺术使我们相遇相知，《孙多慈素描集》就是见证！无论如何，还是把它留给了后世！也留给了我们自己。”

孙感激地望他一眼，又悲从中来：“老天不公啊！只给我们留下这短短的回忆……”

徐期待她说下去。

孙叹息一声，低声地：“我应当感恩了。”竟粲然一笑，“毕竟我经历过了，我生活过了，我体验过了。”

沉默。

徐：“这一切不只刻在我们心底，也给世界多少留下了些痕迹。”语调中有着无尽的悲怆。

孙怅然，拿出一颗红豆递到徐手中。

徐：“相思豆！”

孙：“这是在黄山写生时摘的。”

徐望着红豆，抬眼凝视她，又燃起一丝希望。

孙悲哀地笑笑，再一次避开徐炽热的目光。

徐将红豆握在手心：“多慈，答应我！”艰难地平息下自己，“任何时候都不要悲观，不要放下画笔。”

孙：“我会画的，每天都画，因为，画画，是您教我的……”哽咽住，说不下去。

徐再也抑制不住自己，拥抱住孙，痛苦地流下泪来。

孙挣脱开，深情地注视着徐，低声说：“先生，我要走了。”深深鞠了一躬，转身快步而去。

西风，残照，枝丫在风中颤抖。

树林中，徐孤身伫立，孙离他越来越远。

徐泪眼婆娑，张开手，一颗如血的红豆。

16-11　南京徐悲鸿家小楼客厅　冬　蒋碧微、张道藩

冬夜，壁炉火焰熊熊。

蒋碧微给张道藩斟了咖啡，与他面对面坐在沙发上。

张："屋里和屋外是两个世界，只有在你这里，我才感到温暖和舒适。"

碧微："你不是有个可爱的家吗？你与素珊围炉取暖，喝着咖啡，不是更有情调？"

张："我虽然爱她，但我无法使她整个地了解我，所以，在家中，我精神上是很孤独的，甚至可以说是苦闷。"

碧微默然。

张："最近，我常常感到焦躁烦闷。"

碧微："你工作太累了。"

"这些跟我的工作毫无关系。"张苦笑一下，"我所有的情绪变化仅与一件事情有关。"

碧微："什么事呢？"

张抬头望她，眼中有奇异的光。

碧微心中一动，移开视线。

张语调低沉热烈地："我真想做一件什么事情，为了这件事，"语气坚决，"我愿牺牲一切的一切！"

碧微："道藩！"

"然而，"张又痛苦地捧着头，"每当我要下决心的时候，我就会发现自己是那么软弱。"忽然悲愤地，"我痛恨自己的软弱！"

碧微："道藩，你应该坚强。"

"因此，"张斩钉截铁地，"以往的错误必须纠正，让我们面对现实。现在，悲鸿已经离开你，至于素珊……"

"啊，不！"碧微叫起来，神情紧张，"你完全弄错了我的意思，你怎么会想到这件事情上去呢？"

"我……"张愣了，茫然地，"你的意思是说……"

碧微："我希望你坚强，是希望你在精神和身体双方面都能坚韧强健，因为你肩上的责任太重大。至于感情方面，但愿……我能给你勇气。"

刹那间，张变得悲哀、失望了。

碧微感动地凝望着他。

“道藩，”碧微定了定心，“我一向认为珍贵的爱情最好局限于精神方面。你我都是尝过婚姻滋味的人，男女由恋爱而结合，有几个人能享受到真正的幸福和快乐？二十年前，也有人发誓爱我，可如今……道藩，让我们永远保持心灵的感情。你要知道，唯有心灵中的爱是最纯洁、最美丽，而且是永远不朽的。你说是吗？”

张低头无语，激动平复了，却陷入深深的悲哀。

又一番沉默，良久。

张黯然地：“我要走了。”

二人视线刚一接触，张便立刻避开，站起，急速出门。

碧微望着门外，传来汽车驶去的声音。客厅顿显空寂，只有壁炉木柴的哔剥声。她忍耐不住这种凄凉，快步跑上楼去。

16-12　南京徐悲鸿家小楼卧室　冬　蒋碧微、张道藩

蒋碧微冲进卧室，从镜台抽屉中拿出徐悲鸿留下的信，展开：

“吾人之结合，全凭于爱；今爱已无存，相处亦不可能……”徐的声音又响于耳畔。

碧微愤懑地点起一支香烟，猛吸，竟咳嗽起来，她用手抹去泪花，愣在那儿，大口喘着气。

此时，响起上楼的急促的脚步声及敲门声，传来张道藩的声音：“碧微！”

碧微起身，慌忙到门前，停一下，并未开门，却把门锁上。

张：“我知道你在，我还有话……”

碧微倚门不语，内心剧烈地斗争。

张小声叫：“碧微——”

碧微犹豫着，终于还是离开门，回到镜台前。

敲门声在轻轻地响。

碧微的目光又落到徐的信上，突然下了决心，快步走到门边，欲开门，却又停住，决然回到床边。

“请开门，我求你，碧微——”

碧微不作声，倒在床上。

敲门声继续。

她神色惶乱，却仍未起身。

敲门声和着张的呼唤击打着她的心，她流下泪来。

但，突然敲门声停了，叫声消失了，一片寂静。

碧微一下子慌了，猛地坐起，奔到门口，打开门。

张仍痴痴地站在卧室门外。

碧微一下扑到他的怀中，急切地把张拉进卧室。

16–13　上海西餐馆　冬　徐悲鸿、黄警顽、女侍者

西餐馆，客人不多。

徐悲鸿与黄警顽进来，边低声交谈边选座位。

徐："警顽，我马上要去桂林画画，兼做广西省府的顾问。"

黄吃惊地："李宗仁、白崇禧、黄旭初和蒋介石之间剑拔弩张，这时候你为什么要去广西？"

徐："蒋、桂之间的权力之争，我不想介入，但我拥护广西军民抗日图存的主张和决心。东三省沦丧已经五年了，平津很快也会陷入日寇之手，国家已经到了生死存亡的关头。"

黄："是啊！我想，你此行不仅与抗日有关，也牵涉到你的家庭矛盾吧？"

徐点头默认。

女侍者："请问，要些什么？"

徐："先来两杯红茶，一会儿再点菜。"

女侍者："好的。这是菜谱。"退下。

黄："我在《南京朝报》看到你和孙多慈小姐的花边新闻，说什么'师生恋'，那不会是真的吧？"

第十七集

17–1　上海西餐馆　冬　徐悲鸿、黄警顽、女侍者

徐悲鸿苦笑："是真的，弄假成真。"

黄警顽："怎么？"

徐："你是我的老朋友，我要说实话。那些小报固然有渲染附会、恶意中伤的成分，但也不完全是空穴来风。"

黄："哦？"

徐："起初，我的确是爱孙多慈的才华，你知道，我对一切有才华的学生向来都是钟爱的，尽心培养的。可是她不仅有才华，还是个俊秀的女孩子，我又不善于掩饰自己的情感，这就引起碧微的猜疑和某些学生的嫉妒与怀恨。他们和社会上的势力串通，把孙多慈公费留学的资格也取消了。她越受委屈，我越加倍爱护她。结果弄假成真，我不得不承认

自己现在对她的确有恋爱的倾向。”

女侍者送来红茶和方糖：“请用。”退下。

黄很同情地：“那你准备怎么办呢？”

“不知道。”徐很茫然很痛苦。

黄：“悲鸿，你从来不是个犹豫的人哪！当初你可是反抗包办婚姻的勇士啊。”

徐叹了口气：“如今不是当初了。事情非常复杂……”端起茶杯喝着。

黄：“真是进退两难哪，你心中实在太苦了。”

徐凄然：“人，生来大概就是要受苦的吧。哦，要加糖吗？”

黄：“我自己来。”

徐沉默了一会：“我今天特地到上海来找你，主要是求你一件事。”

黄：“什么事？”

徐：“我留给你五千块钱，请你以间接的名义向孙多慈购画。”

黄：“为什么？”

徐：“为了鼓励她努力创作。”

黄：“哦！”

徐：“她的画观察敏锐，笔法坚实，清新空灵。她是个人才！如果消沉下去，对她本人，对社会都是损失。我不希望自己的任何一个得意学生在事业上半途而废。”又黯然神伤，“尤其是她！可是我目前没有其他办法帮助她，她的心情很抑郁、悲凉，我想用这种办法激励她，使她振奋起来。”

黄感慨地：“难得你这份真情和良苦用心。”

徐：“那么，你答应我了？”

黄：“当然！”

徐：“今天我们的谈话，不希望第三个人知道。”

“放心！”黄紧握徐的手。

徐：“那，我们点菜吧。”忽然说，“警顽，你记不记得当年我们和老李、小王吃西餐？”

黄：“怎么不记得。”

徐苦笑：“人生真是变幻莫测啊。”

17-2　南京徐悲鸿家小楼　冬　同弟、蒋碧微、张道藩

同弟到主人卧室送开水，见里面没开灯，有低低的说话声，便停步。

蒋碧微、张道藩相拥在双人靠椅上。

张低声在她耳畔说：“你本是人家一件珍宝，我虽然心里秘密地崇拜你，爱着你，然

而从巴黎至今，我不敢越雷池一步，一直到人家侮辱了你，虐待了你，几乎要抛弃你，今天我才敢告诉你，只有我才配爱你，只有我才能鉴赏你的美丽和才干，只有我才对你至死不渝。”

碧微哀怨地：“为什么我总做三角恋爱的人物？自苦苦人。唉，你我之间又能有什么前途？”

门外，同弟悄悄走了。

张：“你和他之间又有什么前途？”

碧微苦笑着，没有回答。

张：“有些情况，我一直瞒着你。”

碧微一愣：“什么情况？”

张：“广西军政当局由于抗日问题而与中央政府不和，悲鸿却偏偏画巨幅油画，题名《广西三杰》，歌颂李宗仁、白崇禧、黄旭初策马并驰。这已经惹得中央政府十分恼火。”

碧微：“啊！”慌忙开落地灯。

张：“日前，广西报纸又登出悲鸿一篇文章，标题是《对蒋介石礼义廉耻的诠注》。通篇是对蒋委员长倡导的新生活运动的歪曲和污蔑。”

碧微大惊：“什么？这些我一点都不知道！”

张：“这实在太严重了，明天我把报纸带给你。”

碧微神色紧张：“没想到他竟然走到这一步！”

张也很忧虑的样子：“我看，悲鸿很难见容于南京国民政府和文化界了。”

碧微担心害怕得说不出一句话。

张忽然说：“你还是去广西找他回来。”

碧微很惊讶：“怎么，你希望他回来？”

张心情十分矛盾：“为了自己，我当然巴不得他走得远远的，永远消失才好。可是，顾念你和两个孩子，我又不忍心他们的父亲走上歧途。”

碧微十分感动：“你太善良了！”说完关灯，热烈地亲吻着他。

17-3　广西徐悲鸿住室　冬　蒋碧微、徐悲鸿、宋主任

徐悲鸿的住室，《广西三杰》摆在醒目的位置，还有一些水墨画。

省府办公厅宋主任带蒋碧微进来：“夫人，这是徐先生的房间。”

碧微：“悲鸿呢？”

宋：“徐先生在参加李宗仁先生召集的会议，已经去请他去了。李宗仁先生让我转告您，今晚他和夫人郭德洁女士为您接风洗尘。”

碧微：“谢谢！”看看画，“这就是《广西三杰》？”

宋："对！这位是李宗仁先生，这位是白崇禧先生，这位是黄旭初先生。您看，画得多有英雄气概！"说完又去泡茶，"徐先生在这里威望极高，受到广西军政领袖一致推崇！您呢，也是女中豪杰。"

碧微："这，我可不敢当。"

宋："徐夫人，不瞒您说，最近广西不少要人的太太都往香港跑，您却孤身一人，顶着上面的压力，不顾危险来到广西。您和徐先生都是以抗日救国为重，实在令人感佩！"

碧微笑笑，掩饰自己的尴尬。

此时，徐悲鸿推门进来。

宋："徐先生回来了。夫人，晚上六点我来接你们去李宗仁先生家。"

徐："谢谢你，宋主任。"

碧微笑着说："待会儿见。"

宋告辞后，屋中空气一下凝滞起来。

徐："你为什么来呢？这么远，路上又很不安全。"

碧微："你知道我的来意吗？"

徐："不知道。"

二人在桌子两边面对面坐下，碧微的口吻像在谈判。

碧微："我来，是想接你回去。"

徐："在目前形势下，我怎么能回南京呢？"

碧微："你现在再不抽身，恐怕就回不去了。我来的一路上看到湘桂、粤桂边境重兵集结，广西与中央的大战一触即发。"

徐："正是由于局势紧张，我必须留下来。抗日救国是每个中国人的责任。广西马上要召开'抗日会议'，各地代表已经抵达南宁，蔡廷锴、蒋光鼐诸位将军也都来了。我一走，岂不成了负义之人。"

碧微："我知道，李宗仁他们谦恭下士，过分的礼遇和推重使你感到颇为荣耀，只能'士为知己者死'喽！当然，感恩图报值得称颂，可你是个艺术家，最好不要卷入政治旋涡！"

徐："我从不热衷也从不参与中央和地方的派系斗争，但我拥护李宗仁他们向全国的抗日守土通电。"说到此，热血奔涌，"除全国一致奋起与敌寇殊死搏斗外，民族别无出路！国家的土地是先民所遗留，也是民族所托命，用以资敌无异于自杀！"

碧微不以为然地一笑："那么，我千里迢迢，千辛万苦而来，难道让我一个人回去？"

徐满怀希望地："那，你也留在这里好吗？把孩子也接来。"

"亏你想得出！你的去留我做不了主，总不能让孩子受刀光之灾！"停了停，碧微又说，"老实说，你回去家庭生活未必愉快。可是为孩子着想，我又不愿你成为社会所不容的人，我们毕竟还维持着夫妻名分。如今，你在美术界的地位已经相当高，不要授人以柄！至于那位才女，我可以既往不咎，假如有一天你跟人家断绝了，不论你什么时候回来，我都随时欢迎。但是，万一人家死了，或是嫁了人，等落空之后再想回家，那我可绝对不能接受。这是我的原则，而且是永远不会改变的。”

徐：“我知道，能娶到你这么一位太太，我应当满足，但是，你未免遇事过于挑剔，使我无法应付。”

“是吗？”碧微冷笑一声，“是这么回事吗？”停了停，“好了，国事家事我该说的都说了。我最后问一次，你到底回不回南京？”

徐声调不高，却语意坚决：“不回。”

碧微微笑着：“好，好，好，我是自找没趣！那么，今天李宗仁摆的晚宴既是接风也是送行了。”

17–4　南京中央大学校长室　1937年　夏　校长、冯法祀、杨剑公、学生

冯法祀、杨剑公与校长交涉。

冯：“校长，为什么还不请徐悲鸿先生回来教课？”

校长：“由于众所周知的情况，徐先生被当局视为搞分裂活动。搞分裂活动的人，怎么能重返讲台呢？”

杨：“什么分裂活动？不就是支持李宗仁他们的抗日要求吗！现在中央决定和平解决矛盾，已经撤回包围广西的几十万各路大军，李宗仁也被任命为广西绥靖主任，白崇禧也当了军事委员会常务委员，为什么对徐先生倒没完没了？”

校长：“学校并没有追究徐教授什么呀！只是，最近国民党主席林森推荐了上海的某画家代替中央大学徐悲鸿教授的职务，我们决定接受这个推荐。”

“什么？”冯很愤怒，“这我们绝对不同意！”

校长严厉地：“难道教授的任免不由学校决定而是由学生选择吗？”

冯：“我们固然无权决定学校的人事安排，但是如果徐悲鸿教授不在了，我们也要考虑是不是还在中央大学艺术系学下去！”

杨：“对，退学！”

校长冷笑：“悉听尊便！我马上签批你们的退学报告。”

冯：“校长，你签得过来吗？我们将集体退学！并且在报上发表严正声明！”

校长一惊：“什么？”

杨：“校长，您一旦公布撤换徐悲鸿教授的决定，肯定会引起学生请愿，甚至罢课！您到窗口往下看看，艺术系许多同学正等着您的回音，决定如何行动呢！”

校长往楼下一看，果然聚集着不少学生。一见校长露面，学生们高呼要求徐悲鸿教授

回来。

校长马上安抚二人："千万不要把事情闹大了，更不要诉诸报端。徐教授的去留，我一定把你们的要求报告教育部，好不好？再说，由于时局的关系，学校也要马上迁往重庆。一切都等迁校后再说，行不行？"

17-5　漓江　夏　徐悲鸿、船夫

江上晨雾浮动，一只木篷船在江中漂流。

徐悲鸿用竹篙撑着船，船靠江边，他跳上岸。

船夫："徐先生，我去镇上买些盐、油、青菜。"

徐："好。周大哥，顺便到阳朔我的房子看看有没有寄给我的信。"

船夫上岸走去。

徐站在岸边，深深呼吸着，张开双臂，拥抱漓江的清晨。

几支毛笔，徐俯身在江中涮净，挂到笔架上，又往笔洗中盛水，最后一边取江水研墨，一边欣赏着如梦如幻的晨光景色。

小木桌上，宣纸铺开，徐用水墨写生：江上奇峰与水面倒影。

船夫提食物回来，看徐作画："画得像真的一样，我都能划船进去了。"

徐笑笑，接过船夫递过的两封信，都是中央大学的信封。

船夫洗菜做饭。

徐看完信继续画画，又添上一叶小舟，盖上"阳朔天民"的闲章。

17-6　漓江　夏　徐悲鸿、船夫

船泊在江边。

小木桌上摆着简单粗糙的饭食：芋头羹和青菜。

徐悲鸿吃得很香，和船夫边吃边聊。

船夫："别看您不讲究，可您是个贵人。"

徐："怎么见得？"

船夫："镇上的人都说，那房子是李宗仁先生送给您的，是吗？"

徐点头默认。

船夫："那么好的房子您不住，偏要住到这又窄又潮的船上，这不是奇怪的贵人专门找罪受吗？"

徐："受罪？不，周大哥，这几天对我来说过的是神仙日子，是享福啊！"

船夫："享什么福？"

徐："江上清风，山间明月！镇上李宗仁先生送我的房子再好，住在那里，能像住在船

上一样日夜不停地看山看水看日月看星星吗？”

船夫听了颇有感慨：“江山好啊！要不怎么有那么多人争它夺它！可到头来，真懂它爱它的人又有多少呢？别看我是个粗人，我也知道它美。有的时候不痛快，一看到这山水，心里就豁亮了，您说怪不怪？”

徐：“江山不光养我们身子，也养我们的心哪！”

船夫：“对！不瞒您说，我撑了二十几年船，什么客人没见？可是像先生这样的人实在不多。我看您每天不是对着山水发痴，就是没完没了地画。”

徐：“痴也痴不了几天了，画也画不了多少了。唉——”露出惜别的神色。

船夫：“来信是不是又催先生回去？”

徐：“是。学校由南京迁到重庆了，催我回去教书。”

船夫：“那您就看不到阳朔的山山水水了。”

徐：“我记在心上，也画在纸上了，为的是让更多的人知道它，爱它！”

17–7　南京张道藩家书房　秋　张道藩

张道藩在看蒋碧微的来信。

碧微画外音：“道藩，你远在南京，我心里的郁闷无人可以诉说。昨天悲鸿回到重庆，继续在中央大学任教，住在青年会。下午，他和两位朋友来了，还送我两管玉屏箫、一件贵州的生丝衣料。朋友想为我们尽力拉拢，提议打麻将，悲鸿居然也破例表示赞成。”

17–8　重庆蒋碧微住处　秋　徐悲鸿、蒋碧微、二友人、儿童丽丽、儿童伯阳

蒋碧微住的是二楼上内外两间木板房，内间为卧室。儿女另住一间小屋。

外间八仙桌上的麻将牌局结束，友人告辞，徐悲鸿和他们一起往外走，碧微跟在徐身后相送。

徐到门口，忽然止步：“好了，我不送了。”

碧微明白徐要留宿，微笑着：“你怎么办呢？我这里是没有地方可以住的呀！”

徐顿时铁青着脸，抿紧嘴唇，一阵旋风似的拿起自己外衣冲下楼去。

二友人站在楼梯着急地喊：“徐先生——”“悲鸿——”

徐未答，大步而去。

友人不可思议地望望碧微，低声议论：

“布置了好好的家，不让徐先生住！”

“就算是个朋友吧，她也应该招待呀！何况她用的还是徐先生的钱。她真是太过分了！”不满地走了。

碧微闻此言，气愤不已。

这时，伯阳、丽丽叫着："爸——"要去追徐。

碧微一把拉住他们，把他们拽回屋，狠狠地关上门。

伯阳恳求地："妈——"

丽丽哭了："我要爸。"

17-9　重庆黄桷树下　秋　邮差

戴斗笠、穿草鞋、背着邮包的绿衣邮差迎面走来。

蒋碧微的画外音："今天几位朋友来访，拿大义来责备我，说不应该对悲鸿如此决绝。听说朋友之间已经议论纷纷，传说甚多，真叫我愤恨欲死！"

17-10　南京张道藩家书房　秋　张道藩

张道藩展阅蒋碧微的来信。

碧微画外音："你该知道此生此世，我的精神身体都是属于你的了。我希望你留在我身上的印永远地封闭着，等待你来开启……"

看到此，张感动得泪光闪闪，忍不住将最后两句又小声诵读一遍，立即复信。

17-11　重庆黄桷树下　秋　邮差

绿衣邮差背身走去。

张道藩的画外音："当我读了这几句话的时候，我是何等的安慰啊！几年来深心向往你对我说的话，你总算说了，我自负极了！"

17-12　重庆蒋碧微住处　秋　蒋碧微

蒋碧微在看张道藩的复信。

张画外音："只要你的精神身体全属于我，我还敢希望什么？那'有权利'的人应该知道，以他年来对你的一切，他早就没有资格再逼你了！

"政府迁都重庆在即。国难危重之时，唯一可以慰藉的是不久又可以与你相见。"

碧微露出欣慰的神色，情不自禁地吻着信。

17-13　重庆黄桷树下　秋　邮差

绿衣邮差迎面走来。

蒋碧微的画外音："今天又和悲鸿冲突起来，缘由是为了钱。起因还是我在南京的时候问他以后对家庭经济负不负责？"

17-14 南京张道藩家书房 秋 张道藩

张道藩读蒋碧微来信。

碧微画外音："他答应给我他每月薪水的一半，也就是一百五十块钱，作为我和孩子的生活费。"

17-15 重庆徐悲鸿临时住处 秋 徐悲鸿、蒋碧微

蒋碧微咄咄逼人地："这是怎么回事？第一个月一百五，第二个月一百块，照这样递减下去，到了第四个月，我们不是一文钱也没有了吗？"

徐悲鸿："我一个有才华的穷学生，父亲去世了，我给了他生活费和丧葬费。"

碧微讥讽地："哼，谁不知道当慈善家令人尊敬！可也要看看自己的经济实力。"

徐十分痛苦，近于乞求地："我想我们还是不要再闹了，时局已经糟到这步田地，国将不国！我们再闹下去又有什么意思呢？"

碧微也有许多感慨，停了停，冷静地说："你总该记得，在南宁我曾经郑重向你表明，如果你和人家断绝，我随时都欢迎你回家，但万一别人死了或嫁了人你再回头，我可是绝对不能接受你。我这样做不算苛刻吧？我也有自尊心！"

徐沉默不语。

碧微："人生得一知己确实不容易，假如你觉得和孙女士结合是幸福的，我绝不阻挠。但是，我和你做了二十多年的夫妻，我有两个孩子，我又不想再嫁，所以请你为我，也为那两个可怜的孩子谋个万全之计。"说到此，有些哽咽。

徐也心中纷乱，双手捂脸饮泣。

碧微又恢复了冷漠的语调："我今天来完全是为了生活费的问题，你亲口答应的诺言，应该兑现。我还要劝你一句，做人最好是漂亮一点！我走了。"站起，和徐握手。

徐一把抓住她的手不放，用悲伤、炽烈的目光盯着她，想找到当年热恋的那张面孔。

可他看到的却是碧微挑衅的目光和嘴角的一丝藐视。

徐仍企盼地望着她。

碧微似有所动，惶然移开视线，瞬间，又硬起心肠，摆出一副拒人千里的表情。

徐慢慢地撒开手。

碧微转身摔门而去，出门之后，舒出一口气，嘴角竟浮出一丝得意。

徐呆立在屋中，思考着。

17-16 重庆蒋碧微住处 秋 徐悲鸿、蒋碧微

卧室。

清晨，蒋碧微仍在熟睡。

徐悲鸿推门，大步走到床前："碧微。"

碧微醒了，奇怪地望着他："你要干什么？"

徐严肃地："现在，我要我的家。"

碧微叹一口气，收回眼神，不作声。

徐："至于我们家应该住在什么地方，我可以听从你的意见，住在这里也好，另外搬一座房子也行。"

碧微披衣起床，正色地："我从来没有说过这里不是你的家。"

徐："那么，我明天就搬回来。"

碧微一愣。

17–17　重庆蒋碧微住处　秋　徐悲鸿、蒋碧微、同弟、儿童丽丽、儿童伯阳

徐悲鸿拿着全部行李、画具回来，还提着几只螃蟹。

丽丽发现了，高兴地喊："爸回来了！哥哥——妈——爸回来了！"

伯阳奔出屋，亲热地叫："爸——"

孩子们抢着往屋里拿东西。

同弟也十分高兴："先生回来了。"

徐递给她螃蟹："给，同弟。"

同弟吃惊地："哎哟，这可是新鲜东西！重庆不比南京，螃蟹又贵又难得。太太几次叫我买，我到处找都没找到。先生，您一定花了很多钱，费了不少事才买到的吧？"

徐："是啊。今天全家吃顿团圆饭，哪能没有螃蟹呢。"

同弟："就是！太太最爱吃螃蟹了。今天我好好做几样家乡菜。"

徐高兴地："好啊。"拉着孩子进屋。

蒋碧微站在卧室门口看着。

丽丽要拿螃蟹。

徐："别动！夹着你。"

丽丽："它用什么夹？"

徐指着螃蟹："你看它这两个夹子，可厉害了。丽丽，螃蟹是横着走路，你知道吗？"

丽丽："横着怎么走呀？"

徐学着螃蟹横着走。

丽丽一边笑一边学。

伯阳说："丽丽，不对，你真笨，这样走！"

父子三人穿梭横行，笑成一团。

碧微在一旁冷着脸望着，一言不发，扭身回卧室。

17-18　重庆蒋碧微住处　秋　徐悲鸿、蒋碧微、儿童丽丽、儿童伯阳

晚餐很丰盛，全家围桌而坐。

徐悲鸿正耐心地教丽丽剥蟹壳，吃蟹："丽丽，千万记住，黄儿里面包着的这块灰色的东西不能吃。"

伯阳多知多懂地："法海和尚躲在里头。"

丽丽："我知道，白娘子、小青好！法海坏！"

徐笑了："你怎么知道白娘子、小青？"

丽丽："妈给我讲的。"

徐笑着，又望望碧微。

碧微不语，食不甘味地吃着。

徐："噢。来，蘸点醋。螃蟹性凉，蘸些姜醋吃，还去腥味。"

碧微吃完一只。

徐："来，再给妈妈一只团脐的。"拣了只肥母蟹递给碧微。

碧微客气地敷衍出笑容："你吃吧。"

17-19　重庆黄桷树下　秋　邮差

绿衣邮差迎面走来。

蒋碧微的画外音："想不到我一生中最悲惨的日子来临了！悲鸿搬回来已经三天，此后，我很难给你写信，因为这里只有两间屋子，无法守秘密。"

17-20　南京张道藩家书房　秋　张道藩

张道藩在看蒋碧微的来信。

碧微画外音："而你则更不能寄信给我，你的信寄到什么地方呢？一想到这些，我真要发狂了，我没有了你，教我如何再生活下去？为了避免和悲鸿无言以对的尴尬局面，我领来了给前方将士做征衣的材料，在家里日夜缝制。"

17-21　重庆蒋碧微住处　秋　徐悲鸿、蒋碧微

夜，卧室。

椅子上有一摞做好的棉背心和一些纳底的黑布袜。桌上堆着棉花、布料。

灯下，蒋碧微正做棉背心。

徐悲鸿："伯阳尿床的毛病还要去医院看看。"

碧微做着针线，头也不抬地："看过，没用，还是天天尿床。"

徐："我听一位大夫介绍的偏方，买了龙虱，吃吃看。"

碧微仍不抬头，带答不理地："吃吧。"

徐看她一眼，拿药出屋。

徐走后，碧微立即放下手中的活儿，揉揉眼，伸伸腰，闭目休息。

17-22　重庆蒋碧微住处丽丽屋　秋　徐悲鸿、儿童丽丽、儿童伯阳

孩子屋，有两张竹床、两张小桌。

伯阳、丽丽一起在大木盆中洗脚，准备睡觉。

徐悲鸿进来。

两个孩子高兴地叫："爸。"

徐："我给你们看一样东西。"打开盒子。

丽丽："小虫子。"

伯阳："这么多。"

徐从盒子里拿出一只龙虱："这叫龙虱。伯阳，龙虱是治你尿床的。"

丽丽："他吃过好多药了，还是尿床，天天晒褥子。"

伯阳："去！有你什么事？"

徐："别急，这个偏方再吃吃看。"倒水，让儿子吃下，"每天晚上临睡前吃一个，你记得住吗？"

伯阳不好意思地："放在那儿吧。"

丽丽："我帮哥哥记，每晚吃一个。"

徐："好。"摸摸女儿的头，"伯阳，吃完这盒，如果没有效果，我们再想别的办法。"

伯阳感激地点头，躺下。

丽丽："爸，给我剪剪脚指甲吧。"

徐："行。我先检查一下你的作业、卷子。"

徐看完后，一边给女儿剪脚指甲一边说："丽丽，你是一年级小学生了，不能光贪玩了。上课要专心听讲，不会的要问老师。"

丽丽点头。

徐："考试要细心，首先要看清题再做。你不是不会，就是粗心！还有，不要抢着第一个交卷，交头卷算什么本事？要争取一百分！来，那只脚。我给你定个规矩，以后考试做完题，要反复检查，包括再仔细看题，不到下课时间不交卷。能做到吗？"

"能。"丽丽点头。

徐："那，你的成绩一定会好起来。剪完了。好，你们睡吧。"吻吻两个孩子，熄了灯。

17–23　重庆蒋碧微住处　秋　徐悲鸿、蒋碧微

灯下，蒋碧微正打盹，听到脚步声，急忙拿起活儿做。

徐悲鸿回来，铺床，准备就寝。

徐：“白天再做吧，灯暗，费眼。”

碧微没听见一样，只是飞针走线地忙碌着。

徐躺下，碧微也忍不住打哈欠，偷眼看徐还没有睡着，便又继续缝制。

17–24　重庆中央大学艺术系教室　秋　徐悲鸿、吴作人、四年级学生

油画课的课间休息。

徐悲鸿巡视学生的作业，主讲油画课的吴作人陪着他。

徐很满意：“不错，不错。吴作人先生教你们的基本功很扎实。一个画家要真正做到得心应手，善于把胸中的意象化为作品中的形象，就必须掌握技巧。高尔基说，艺术家不掌握技巧，就是最丰富的感情也会陷于瘫痪。”

学生们认真地听。

徐：“而你们的技法训练，最终目的就是为了创作。”转问吴，“作人，关于四年级的创作课，你有什么打算？”

吴：“先生，我想组织几个年轻画家，包括四年级他们几个，去台儿庄战地作画。”

“好啊！”徐听了，很兴奋，“到了台儿庄，李宗仁先生知道你们是我的学生，一定会非常欢迎的。你出发前，我再给李宗仁、白崇禧先生亲笔写封介绍信，你带上。”

吴：“太好了！那就万无一失了。”

学生们情绪高涨。

徐：“我向来提倡师造化，师造化不仅是一般地提倡写实，而应该是以人为主题，更以人民的活动为艺术中心。对一个艺术家来说，生活好比酿酒，不经常丰富生活感受，创作出来的东西就好比酒里掺了水，淡而无味。”

学生们都很赞同。

徐：“只要我们认真观察，周围许多东西都非常入画。”

17–25　重庆蒋碧微住处　秋　蒋碧微、同弟

蒋碧微正慵懒地梳头，不时停下手，对着镜子发呆。

同弟进来：“太太，电报。”

碧微接过，急忙拆阅。

张道藩画外音：“我平安离开南京抵武汉。国民政府改组，我调任教育次长。不日赴

重庆。”

碧微看后，精神大振。她把电报收到小匣中锁上，兴致勃勃地描眉打鬓起来。

第十八集

18–1　重庆中央大学艺术系教室　秋　徐悲鸿、学生

徐悲鸿的国画新作《巴人汲水》已经裱好，挂在教室，几乎从屋顶到地面。

学生们兴致勃勃地欣赏着。

学生甲：“徐教授这幅画，立幅这么长，既新颖，又别致！”

徐悲鸿：“这幅画高二百九十五公分。立幅的长卷是为了表现环境的特点和人物的活动。重庆是山城，把石阶从画幅下面直画到画幅上端，可以显出坡高，石阶长，表现了劳动者汲水的艰辛。”

学生乙：“我到嘉陵江边写生，上坡下坡时常看到这个情景，可我却熟视无睹，没有艺术的慧眼。”

徐：“搞艺术，就要认真观察生活，从普通的一件小事情上，要看出深刻的含义。”

学生丙：“就像法国浪漫派大师德拉克罗瓦说的，‘艺术上的天才感受，是从事物中揭示出精神实质。’”

徐：“对！画家就是要用画笔把平凡的细节变成诗，变成画。要独到地、热情洋溢地表现真实！你们选择了艺术道路，就要像汲水者那样茹苦含辛，一桶桶，一担担地把江水汲上高峰！”

学生们颇有感悟。

徐：“要做到这点，一个画家对生活永远要保持新鲜的感受，像孩子一样纯真、好奇。还要加强修养，历史上不少伟大的画家，论其知识的深度，都是思想家。”

18–2　重庆蒋碧微住处　秋　蒋碧微、力民

蒋碧微的外甥力民风尘仆仆提着行李进门：“姨妈——”

蒋碧微十分意外：“力民，你怎么来了？”

力民：“我想到大后方上学，妈妈说只有找你了。”

碧微：“哎呀！快坐下，快坐下。这么远的路，又在打仗，一个人走多危险！”

力民：“是啊，从宜兴到重庆越过两军战线。”

碧微：“这一路真不容易！快好好歇歇。”喊，“同弟，力民来了。打洗脸水来，再拿些

点心。”

碧微沏茶：“你父母还好吧？”

力民：“唉，好什么？在沦陷区当亡国奴，要是好，我就不千里迢迢地找你来了。哎，姨夫伯阳他们呢？”

碧微：“上班的上班，上学的上学。晚上就都回来了。”

18–3　重庆蒋碧微住处　秋　徐悲鸿、蒋碧微、力民、儿童丽丽、儿童伯阳、同弟

黄昏。全家与力民在吃晚饭。

力民还是不顾别人，爱吃的肉，拉到自己面前，不停地夹。

伯阳、丽丽都奇怪地望着他。

徐悲鸿不作声，低头吃饭。

蒋碧微：“力民，我看你还是投考空军学校好。”

力民想了想：“对，姨妈，驾着战机比陆军神气多了！”

徐：“他考什么空军学校？你们也不想想，国家买这些飞机多不容易。”

力民很尴尬。

伯阳听懂了，偷着笑。

碧微大怒：“我跟你说话了吗？这事不用你管！吃。”给力民夹肉。

徐气恼地：“你算了吧！”

碧微拍着桌子：“蒋家的事轮不到你插嘴！我们蒋家人再没出息，也用不着你来奚落！你伟大！你了不起！你天下第一！”又小声气狠狠地嘟哝，“什么玩意儿！”

徐起身进了卧室。

碧微气得把碗摔到地上。

伯阳、丽丽吓得停止吃饭。

力民也傻了。

同弟跑进来一看，也不敢吭声，又悄悄退出去。

伯阳怯怯地：“妈，你干吗发这么大火！爸也没有说什么……”

碧微：“你个孽种！这里有你说话的份儿吗？”搧了他一个耳光。

伯阳委屈地大哭。

丽丽也吓得撇嘴要哭。

碧微怒吼：“哭什么！我还没死呢！”

徐冲出来：“你拿孩子撒什么气！”

碧微：“我管教儿子也犯法吗？爱打爱骂，是我的权力！这你也不许？这日子没法过了！”扭身进了卧室。

徐拉着伯阳、丽丽：“我们走。”

碧微冲到卧室门口喊：“走吧走吧！死在外面才好！”

力民不知所措，然后又继续吃。

18–4　重庆蒋碧微住处丽丽屋　秋　徐悲鸿、儿童丽丽、儿童伯阳、同弟

徐悲鸿拉着两个孩子进来。伯阳还委屈地抽泣。

徐给他擦泪：“不哭，不哭。”

丽丽：“爸，你们别吵了。我怕。”也哭起来。

“好孩子，啊，都不哭，不哭。乖。”徐难过地搂着他们，叹了口气。

同弟端着饭菜进屋：“先生，饭还没吃完呢。”把饭菜放在小桌上。

徐：“谢谢。伯阳、丽丽，吃吧。”给他们擦泪，“吃吧，啊。”

毕竟是孩子，还没停住抽泣就吃起来。徐爱怜地望着他们，给他们夹菜。

同弟：“先生也吃吧。”

徐摇摇头。

18–5　重庆蒋碧微住处　秋　徐悲鸿、蒋碧微

夜，外屋亮着灯。

徐悲鸿进来，见自己的被子放在沙发上。他走向卧室，推门，推不开。

蒋碧微睁眼躺在卧室床上，不作声。

徐愤怒、痛苦已极，踱来踱去，关灯，躺在沙发上，忽地又起身，窗外的月光映着他焦躁徘徊的身影，最后，颓然坐在窗前。

次日晨。

碧微起身坐在床上，听外屋的动静。

徐躺在沙发上，碧微开门出卧室，到桌前喝水。

徐用鼻子哼了一声：“我说力民的话是尖刻了些，可有什么错吗？”

碧微嘲讽地：“没错！你还能有什么错？挖苦力民算什么错？你骂蒋委员长没错，你吹捧齐白石没错，你和田汉好得穿一条裤子没错，你和孙小姐闹师生恋更没错！”

“这些话，你说过多少遍啦？烦不烦！”徐压下自己的火，“你我都是独立的人，谁也不要强加于对方。我干涉过你的社会交往和爱憎吗？”

碧微：“你嘴上倒是没干涉过，可心里呢？对我们蒋家人，你是一百个瞧不起！三表弟考艺术系，你说没才能，没资格跨进你们高雅的艺术殿堂！外甥想考空军报效国家，你说不配！我们蒋家人连爱国的权利都没有！我在你眼里更是等而下之喽，是个不学无术、追

求虚荣的俗物！我们蒋家没有一个好人啦。哼，早知道这样，二十年前何必三天两头往我们家跑？”

徐忿然：“当初，我们是双方自愿的，说不上谁求谁！”

碧微：“那是当初，现在呢？还自愿吗？哼，你摸着良心想想，你自愿为我们母子做过什么？在你心中，你的画重要，还是你的家重要？”

徐：“我爱画入骨髓，从你认识我的第一天起就是这样，既没有隐瞒也没有改变。”

碧微：“是，是我变了！是我越来越俗不可耐了！是我当初有眼无珠！行不行？有人说‘情侣们由于误解而结合，基于了解而仳离’，这话一点不错！二十年了，我们是越了解越不能容忍对方！”

徐不语。

碧微：“依你看，我们还有和好的可能吗？”

徐：“我知道我的罪孽，让天来惩罚我好了！”

碧微：“过去你说，到哪里你都打得出天下，而我离开你就不行。现在我告诉你，今后我一定要努力奋斗，假如奋斗有所成，那我便离你更远；要是无所成，我只有两条路可走：一是自杀，一是向你乞怜。不过以我的个性来说，恐怕走第一条路的可能性更大。”

冷场。

徐：“你这是最后通牒吗？”

碧微停了停：“就算是吧。”

徐：“好，好。”再也无话可说，立刻进卧室收拾自己的衣物。

徐的决断，倒使碧微有些意外，突然感到失落，竟涌上泪来。她瞪着眼，努力忍住泪。继而，眼中又微露笑意，为摆脱徐轻轻舒出口气。

18-6　重庆蒋碧微住处　秋　徐悲鸿、同弟、儿童丽丽、儿童伯阳

黎明。

徐悲鸿提着画具、衣箱走出屋，恰遇同弟正给丽丽梳头。

同弟：“先生，您……”

徐未答，径直走去。

丽丽一看，急哭了，喊：“爸——”

徐站住，回头。

丽丽拉住他，哭着：“爸，你别走，别走，我不让你走……”

伯阳也过来，抱住他：“爸——”呜呜哭起来。

“不哭，不哭。”徐抚摸着两个孩子，自己的眼泪却也不断落下。

同弟："先生，看在两个孩子分上，留下吧。"

徐叹口气："人心已变，不能再住下去了。"

两个孩子哭得更痛，紧紧偎着爸爸。

徐给他们擦泪："好多事，你们长大就会明白了。同弟，他们两个，你就多操些心吧。"

丽丽抽噎着："爸，你不要我和哥哥了？"

徐："我怎么能不要你们呢？你们永远是我最爱的孩子！不哭，不哭。"哽咽着，拼命镇定下自己，"伯阳、丽丽，听我说，我要去南洋卖画，捐款给抗日军民，我要尽我个人对国家的义务。"

伯阳："我们也跟你去！爸。"

徐："傻孩子，你们要在这里念书，长大了才能做一个有用的人。你们要好好用功，互相爱护。伯阳，记住吃药。丽丽，上课要注意听讲，做题要细心。"

伯阳、丽丽哭着点头。

徐深情地望着孩子，弯腰亲吻他们。然后，起身快步下楼。

"爸——"孩子们要追，同弟跑上，拉住他们。

徐头也不回地走去。

孩子们哭着喊着："爸——"挣扎着还要追去。

同弟拼命拉住他们，自己也抹着泪。

18–7　重庆徐悲鸿临时住处　秋　徐悲鸿

饱含墨汁的笔愤然挥洒，狂怒的徐悲鸿用笔和画宣泄自己对国难家愁的郁闷、抗争和期待。他不停地画着。

披纷的狮毛，悲怆的眼神，一只经受磨难的受伤之狮现于纸上。

疾风中的苇叶，几只麻雀逆风而飞。

雄鸡高唱，立于危石之巅，任风雨吹洒。徐画完，满怀忧愤地掷笔。

18–8　重庆蒋碧微住处　秋　蒋碧微、张道藩

桌上的棉花、布料，蒋碧微把它们挪到屋角柜头上胡乱堆放，蒙上一块布。

碧微从锁着的小匣中张道藩的一摞来信下面，取出当年张道藩送的欧米加坤表，上弦，戴上，看，听，微笑。

敲门声，碧微开门。

张道藩穿着黑披风，拿着文明棍，满面春风地站在门外。

二人激动地对视，碧微把他拉进屋，关上门。

18-9　重庆徐悲鸿临时住处　冬　徐悲鸿、吴作人

一盏孤灯。

单人床上，箱子上，各处都堆放着完成、未完成的画。

桌上的怀表，指到十二点。屋外，年夜的鞭炮炸响。

徐悲鸿推开窗户，山城的剪影衬托在花炮闪烁的苍穹下。

花炮的闪光不时映出他的脸，他的深沉郁悒的眼睛。

研墨，涮笔，晕染，盖印……

徐弯腰画着，用不停的劳作驱赶痛苦，迎接新的一年。

吴作人敲门而入。

徐："你怎么来了？不在家里陪李娜过年？"

吴："李娜说，'你不应该让老师一人孤零零地过年。'"

徐："你来，她不就成了孤零零一个人了吗？"

吴："是两个人，还有肚子里的孩子和她在一起。"

徐笑了。

吴拿出提包中的酒、菜："知道您不喝酒，这是黄酒，喝一点。炸蚕豆、牛肉干、皮蛋，来，这鱼是李娜做的，尝尝她做的比利时风味的烧鱼！"

徐尝了尝："味道确实不同。"

二人边吃边聊。

吴："我在比利时上学的时候就怕过年，孤身一人，我只有拼命画画，怕自己闲下来。后来认识了李娜，才有了家。"

徐风趣地："看来还要感谢中大那次开除你，你才能……"

吴抢道："我要感谢的不是中大对我的除名，而是感谢您！没有您，我怎么能到巴黎？又怎么能转到比利时？当然又怎么会有现在的一切？"

"生活呀，真是变幻莫测！"徐感触良多，"二十年前我和碧微出走海外，二十年后，却被她排挤出家门。"心情暗淡下来。

吴："先生，趁着过年，借着回去看看孩子，再试试？"

徐："我绝不再试！绝不觍着脸讨生活！我宁愿孤独一人。我真怕看她吵闹得近于歇斯底里的样子，我愿保留一些她对我的好。"

吴："那，这事怎么了呢？"

徐一脸茫然："不知道。也许只有时间能给我下最后的决心。"

吴同情地望着老师。

徐："好好珍爱李娜吧，你有这样一位知音、知己，是上天赐给你的福分！你在孤独的

守候中等来了李娜，我在孤独中又能有什么结局呢？不过有一点我和你的体验是相同的，那就是艺术是神奇的，既能抒情言志，又能抚慰心灵。在我最痛苦的时候，画笔是我最好的医生。”

吴：“我相信先生一定有好的未来。”

徐：“但愿吧。”

吴：“您什么时候动身去南洋、印度？”

徐：“我要先去桂林取我带出国的画。李宗仁先生把一个山洞给我做藏画的仓库，即使敌机轰炸也不怕，天然的防空洞。然后，我还要等一个人。”

18-10　岩洞　1938年　秋　徐悲鸿、孙多慈

钟乳石岩洞中一大片铁皮裹着的木箱。

汽灯下，徐悲鸿正从木箱中选带出国的画，装到较小的木箱中，加锁。他仔细地挑选着。

突然，传来急切地轻声呼唤：“先生——”声音在山洞中回响。

徐惊喜地回头。

洞口斜射的阳光中，一个熟悉的身影在继续唤道：“先生——”

徐悲鸿放下手中的画，叫：“多慈！”急步迎上。

孙多慈跑来。

二人在相距几步的地方停下。

孙兴奋地：“先生！”

徐轻声而激动地：“你来了。”

二人慢慢走近，最后快步跨上前。

紧握着的手。渴念的炽烈的目光。

孙：“接到您的信，我拼命赶，就怕见不到您了。”

徐：“我五天之后才动身。”

孙：“五天！真好。总算赶到了。”

徐：“你烫了发，显得更成熟了。”

孙羞涩地笑笑：“先生，我们分别八百四十六天了，您还好吗？”

徐吃惊她的精确：“八百四十六天？”

“是。”孙又说，“您怎么有些憔悴。”

徐：“唉，一言难尽！我和她的关系更糟了。我成了被放逐的人。”

孙：“因此您才要出国？”

徐：“不仅是为了摆脱家庭矛盾，最近泰戈尔先生约我给国际大学讲课，对古老的印度

文化我也向往已久。再说，顺路还可以到南洋办筹赈画展，为抗日战争尽一份责任。”

孙：“在这种心境下，您还能如此振作。”

徐：“心情再恶劣，也不能白活每一天。对不对？你呢，还好吗？”

孙：“也是一言难尽！哦，您先收拾画吧，我帮您，不要误了正事。”

徐：“分类装箱，马上就完了。然后，我们出去走走，不要辜负了大好河山。”

18–11　花神庙　秋　徐悲鸿、孙多慈

徐悲鸿与孙多慈走到花神庙的台阶下。

徐：“这是花神庙。当地民俗农历二月十五日是花神的生日，也是百花的生日，叫花朝节。”

孙：“这些是什么？”指着台阶两侧的大片饰物。

徐：“人们把这些红牌、红布条系在这里，为百花祝寿，叫赏红。多慈，你生在几月？”

孙：“十二月。”

徐：“十二月祭水仙。走，进花神庙为你祈福。”

18–12　花丛　秋　徐悲鸿、孙多慈

他们来到一片野花丛中。

孙多慈轻轻地抚摸着花枝，闻着花香。

徐悲鸿：“一位诗人说，‘你离我有多少远呢，果实呀？我是藏在你心里呢，花呀。’”

孙：“这是谁的诗？”

徐：“泰戈尔，印度的哲人、作家、艺术家。”

孙品味着：“‘你离我有多少远呢，果实呀？我是藏在你心里呢，花呀。’太美了！太深刻了！”

徐：“这也是艺术家和他孕育的作品的精妙写照。”

孙点头：“对。”

18–13　漓江边　秋　徐悲鸿、孙多慈

岸边兀立的峰峦，江中迷蒙的倒影，如诗如画。

沿着江边，徐悲鸿、孙多慈在漫步。

孙弯腰寻找着，忽然从水中捞起一块鹅卵石，举到徐面前：“你看，多圆润哪，纹路真是奇妙！”

徐接过欣赏着：“不是槌的打击，而是水的载歌载舞使鹅卵石臻于完美。”

孙："真是自然界的鬼斧神工！"

"是啊。"徐说，"在艺术上也不能一蹴而就，而要经历千万次的磨砺才能成器。你说对不对？"

孙频频点头："那，这几天我就抓紧时间磨砺磨砺！"

徐："好啊！"

18–14　漓江象鼻山　秋　徐悲鸿、孙多慈

徐悲鸿、孙多慈在船上远望象鼻山，孙拿出画夹正要画。

徐："从江中看象鼻山，正因为像，视角反而寻常。这种画法司空见惯。"

孙："那在哪里取景呢？"

徐："我们到相反的角度看看。"

他们来到象鼻山后面。

孙激动地："在这儿，把象鼻山作为前景，太别致了！"

二人支起写生画架。

徐："多慈，你记住，当某处景色吸引你，在画的时候，千万不要忘记最初使你赞叹的那种印象，这是诗意和魅力的所在！一定要画出它！唯有自己真正有所激动，描绘出来才能感染别人。"

孙深深点头。

18–15　阳朔徐悲鸿住地　秋　徐悲鸿、孙多慈

徐悲鸿把画的水墨画《象鼻山》夹到铁丝上晾。

孙多慈惊叹："前景的象鼻山巨大、奇崛，用笔如狂草书法勾画出山石的嶙峋！精品哪！唉，我什么时候能练就这种高超的技巧啊。"

徐笑笑。

孙央求道："先生，给我画幅《烟雨漓江》吧。"

徐："好。"

孙翻看徐一摞画稿："这不是有现成的嘛。"

徐："那是我作废的。"

孙笑道："我早就要出一本《徐悲鸿败笔画集》哪！"

徐："别，千万别！"

孙不听，展开举起看。

徐突然叫道："太妙了！"

孙："什么？您同意出版了？"

徐兴奋地："我要在背面题字！"

孙大惑不解："为什么呀？"

徐："从背面看，气象万千，烟雨朦胧，正是我要的漓江春雨！"

18–16　骆驼峰　秋　徐悲鸿、孙多慈

徐悲鸿指着山峰："画骆驼峰也要拉开距离。"

孙多慈笑道："是啊，苏轼早说过，'不识庐山真面目，只缘身在此山中。'远观，才能看出山形，横看成岭或竖看成峰。"

徐："对！"

孙："今天，是画岭还是画峰呢？"

徐："随你，我奉陪。"

孙笑："好！那就画峰！"

18–17　古樟　秋　徐悲鸿、孙多慈

徐悲鸿、孙多慈走近巨大的古樟树。

孙兴奋地用双臂抱着树干量，还差一大截："真是参天古木，还真粗呢。"

徐："来，我助你一臂之力。"伸出两只胳膊接上，仍不能与孙合围。

二人开心地笑起来。

孙："先生，您真好，带我到这里来。"

他俩围观、仰视。

孙："这樟树真是伟岸、庄严，有上百年了吧？"

徐："这棵樟树有一千八百多年的树龄。"

孙摸着树干上的节疤和斑驳，自语："一千八百多年，岁月的刻刀更增加了它的沧桑和魅力。"

徐赞赏地望着她。

孙："我记得王安石两句诗'岁老根弥壮，阳骄叶更荫'，正是这古樟的写照。"

徐："对，老而弥坚。"

孙："人的生命是短暂的，上千年了，人们一代一代死去，而这些树还屹立在炎阳和冰雪中。"

徐："人的生命虽然短暂，而我们创造的艺术却可以接近永恒。是不是？"自语，"对艺术要敬畏、虔诚。"

孙领悟地望着他。

18–18 漓江畔 秋 徐悲鸿、孙多慈

徐悲鸿、孙多慈支着两个画架，在江畔写生，画几头水牛。

徐走到孙画架前仔细看："你的画，形很准，要努力达到惟妙惟肖。妙属于美，肖属于艺。肖是一种技艺，是形似；妙是创造，是神似。"

孙顿悟。

徐动手给孙改画："写实是手段，提炼升华到妙境，才是绘画的真谛。"

18–19 九马画山 秋 徐悲鸿、孙多慈

徐悲鸿、孙多慈乘的小舟在江上漂流。

徐指着岸边巍峨的峭壁："你看，山上峭壁的石痕，像不像大写意的群马？"

孙惊喜，数着："对！有九匹呢。昂首的、奔驰的、嘶鸣的……"

徐笑："江山如画呀！"又大声呼喊，"江山如画——"

这喊声在壮美的山河间回荡。

徐又喃喃地："江山如画。"泪光中透出深深的爱恋。

18–20 阳朔徐悲鸿住地 秋 徐悲鸿、孙多慈

屋中有许多打点好的画箱。

孙多慈坐在摇椅上，徐悲鸿在给她画像。孙在织一件将近完成的褐色毛衣。

徐："抬一下头，笑笑。"

孙把毛活放到旁边凳子上，摆出悠闲微笑的样子。

徐走近她："真怪，我的默画能力很强，看人总是过目不忘。可是对你，我常常想不起你面部的样子，我指的是细微的表情。越想记住的越模糊，这在我是从来没有过的。"

孙调皮地："那我送先生一张照片吧，写上莫忘影中人。"

徐："小鬼！我还是愿意自己亲手画。这样可以突出你的优点，去掉你的缺陷。"又继续画。

孙："那还是我吗？"

徐："是你，又不是你，是我想象中的你，我创造的你。"

孙很欣慰："我能抓空织毛衣吗？您不把这动作画上就行了。靠晚上回去织怕来不及了。"

徐："你就不必赶了。南洋和印度都是热带，用不着穿毛衣。"

孙："先生云游四方，目前用不着，将来也会用上的。"

徐脱口而出："将来再织不迟嘛。"

孙敏感地："将来？我们还有将来吗？"

徐语塞，黯然，不知如何回答，又继续画起来。

孙犹豫了一下："这次来，我都是瞒着父亲的。"

"哦？"徐很意外。

孙："他不允许我见您，我说是来桂林看望叔叔，他才答应。"

徐完全没有想到："怎么会是这样？"走上。

孙："这些，我本来不想告诉您的。"

徐："你都大学毕业了，在家还这么受管束？"

孙："我父亲是个正派、胆小、守旧的文人，非常看重名声。"

"名声？"徐有些愤然了，"我们并没有做任何见不得人的事啊！并没有损害自己的名声啊！他不了解我，还不了解自己的女儿？"

孙："他当然了解，说我是新思想，旧道德，不会有越轨的举动。"

"新思想，旧道德。"徐重复着，琢磨着，"这个评价倒很准确。"

孙："他相信我们师生的感情是纯洁的，但是他说人言可畏。'师生恋'的风波使先生蒙羞，事情起因还是在我。所以，父亲阻止我与先生见面。"

徐："之所以酿成风波，是背后有人捣鬼！为什么不向你父亲解释清楚呢？"

孙："我解释了！"低声地，"能解释的我都解释了。"

徐望着她，不语。

孙："他还是不完全相信。"

徐无语。

孙："父亲嘴上不说什么了，心里还是怨我给孙家丢了人。起初都不让我出去做事，怕别人戳脊梁。"

"无妄之灾呀！"徐十分痛心，"没想到相识一场，给你带来这么大的伤害。"

孙："后来，母亲看我心情太压抑了，怕我闷出病来，才说服父亲允许我去中学教美术。我的薪水也必须全部交给家里。"

"为什么？"徐关切地，"家里经济困难吗？"

孙："不。母亲说替我攒着，等我结婚的时候再给我。"

徐一笑："这是真正的理由吗？"

孙："当然不是。只是想从经济上控制我。"

徐："你就这样忍气吞声？"

孙："这就是命吧！"

沉默了一会，徐慢慢地说："这些磨难都是因为你做了我的学生才招来的。你后悔吗？"

孙语调不高："不！我庆幸认识了您，跟您学会了画画。这样才找到了精神寄托，也才能在这黑暗的日子中捱过来。"

徐很感动，低声地："谢谢。"

徐继续画像。

孙织着毛衣。

"对了，你卖过画吗？自己画的画。"徐似乎随口问道。

孙："卖过。我按照您说的，到上海卖过。"

徐很关切："结果怎么样？"

孙："我想自己初出茅庐，没人认我的作品，可我万万没料到，居然有人买了我两幅画，一下付我一百二十元，说以后还想买我的画。"

徐笑了："对你的画评价如何呢？买主。"

孙："说我的画观察敏锐，笔法坚实，清新空灵。"

徐按捺不住喜悦："好，好。这么年轻就得到社会承认，今后更要努力呀。"

孙："是。从那以后，我也有了自信，一定要画下去。"

徐："不光是为了钱，主要是不要虚度光阴，不要浪费你的才华。我们的生命是天赋的，我们唯有为艺术献出生命，才能得到生命。你懂吗？"

"我懂。"孙深深领悟到恩师对自己的期望。

徐激动而深情地："多慈，画画对我来说，已经是生存方式了。我画，我才切实感到我活着。我的学生画出好画，我才感到没有愧对他们。"

第十九集

19-1　阳朔徐悲鸿住地　秋　徐悲鸿、孙多慈

孙多慈："画画对我来说，不仅是生存方式，也是思念方式。每当我画画就想起您。真的，想得心都痛了。心是能痛的，您知道吗？您经受过吗？所以，我爱画画，又怕画画呀！"

徐望着她，说不出话来。

孙凄恻地："有的时候，整夜睡不着，只能躺着等天亮。黑夜真长啊，我这才知道，心里苦到极点，便会化成一句句的诗……"

"哦？"徐怜爱地，"能告诉我几句吗？你的诗。我还从来没有见过你的诗。"

孙低声地背着：

“极目孤帆远，无言上小楼；寒江沉落日，黄叶下深秋。风厉防侵体，云行乱入眸；不知天地外，更有几人愁。”

徐深深感动了，轻声重复着：“不知天地外，更有几人愁。”

孙：“我失眠的时候，已经作了几十首诗。在画里和诗里，我才是自由的，不受猜忌，不受中伤，不受约束，按着自己的心生活。”

徐望着她，眼中是理解和哀愁。

孙仿佛自语地：“这八百四十六天每一天我就是这样过的呀……”

“老天，为什么这样折磨我们？”徐悲叹地放下画笔，转身望着窗外。

孙：“最让我无法忍受的是，亲戚、朋友、同事不断给我提亲，父母也说不能再耽误了。”

徐回头望她一眼，又移开视线：“那你呢？”

孙无语，只是摇头。

徐试探地：“难道你要孤身一辈子？”

“昨天，叔叔又给我介绍一位什么厅长，我不想见。您说，我见，还是不见？”孙期待着他的回答。

徐惶惑地：“我……我想还是见见吧。”

一种深深的悲哀在孙的眼中掠过，她拿起毛衣低头织着。

徐叹口气，走回来继续画。

二人无言，画着，织着。

有倾。

徐：“抬一下头，多慈。”

孙继续低头织着。

“多慈。”徐小心翼翼地叫着。

孙抬头，眼中汪着泪，忙抹去，摆出笑容。

徐放下笔，心里乱极了。

孙：“画吧，留下一个永远的微笑，在画上。”嘴唇抖动着。

徐深深地看她一眼，努力画下去。

二人都竭力平静自己的心情，心却越发狂乱了。

忽然，孙再也忍不住，站起身，捂着脸哭起来。

徐慌忙放下画笔，急步走过去，抚慰着她。

孙扑在徐的怀中痛哭着。

两双相望的泪眼。

一旁是未完成的画和毛衣。

孙哽咽着：“先生，您别走，成吗？”

徐定定地望着她，目光中充满爱恋和无奈，半晌。然后缓缓地背过身去，轻声叹息着：“可是，已经和南洋、印度方面定下来了。”

孙低声地：“我知道。对不起。”挨近徐，不经意触到他的手。

徐一下子抓着她的手，紧紧地。二人什么话都没说，就这样紧紧地握着手，又过了半晌。

孙露出一丝苦笑：“先生，接着画吧。”抽回手，坐到摇椅上，拿起毛活。

徐也走到画架前：“等画完了，织完了……”

孙凄楚地：“那也就是分手的日子了。先生，我送您出发，再走。”

徐惶惑地：“不，我这么多画箱，当地几个朋友送行，到时候一定是乱乱哄哄的。还是我先送你吧。”

孙望着徐，想了想：“也好。”

19–2　漓江边　野渡　秋　徐悲鸿、孙多慈

漓江，晓雾蒙蒙。

徐悲鸿与孙多慈走来，孙拎着小皮箱。

徐：“来，我提吧。”

孙：“先生，您就要走了，再说点什么吧。”

徐站住，望着她：“谁像命运似地推着你向前走呢？那只有你自己！记住了，将来无论什么境遇，都不能知难而退。”

孙深深地听进去了。

他们默默地继续走着。

野渡，一只小舟泊在江边。

他们来到船边，孙接过皮箱，从大衣口袋掏出一张叠着的纸：“这是我昨夜为今天写的。”

徐立即要看，孙制止。

孙扭头望着江面，平静一下心情，转身爽朗地：“好，我走了。”

徐点头，默默地给她系上大衣的扣子，抚着她的双肩：“好好活着，好好画画，好好的……”再也说不下去了。

孙一阵心酸，涌上泪来，忙转过身去。

徐喃喃地：“多慈……”

孙没有回答，心在挣扎着，终于，侧过身来，低声地：“再见……”哽咽住，急步跨上小船，背身抹去泪。

徐望着她，满眼是深深的爱恋。

船夫撑篙，小船离岸。

孙转过身来，站在船尾，冲徐一笑，嫣然！凄然！

徐回应着笑，惨笑。望着她挥手。

孙也挥手。

小船渐行渐远。

徐展开手中的纸，一笔漂亮的隶书，写着几句诗。

徐望着，画外响起孙读诗的声音："晓雾笼江际，寒风萦别愁。如何君去后，一似水东流。"

徐抬眼望去，船远了，更远了。只能看出她修长的身材浮现在晨雾中。

徐站在岸边，神色怆然。

小船最后驶入江上飘浮的雾气中，不见踪影。

深山传来鹧鸪的叫声，空寂，邈远。

一江漓水悠悠地不息地流着。

19-3　新加坡侨商黄锟钟家庭院　热带　徐悲鸿、黄锟钟

院中花木扶疏，绿荫如盖。

徐悲鸿在树荫下铺着一张大席，上面晾着一些宣纸。

黄锟钟走来："悲鸿兄，这是干什么？"

徐："这些宣纸受潮了，晾一晾。"

黄："悲鸿兄，给广西的款已经汇出去了。画展尚未开幕，至今已经筹得一万五千三百八十九元九角五分，创造了一位画家在新加坡卖画的最高纪录！只是你大量作画太辛苦了，整日挥汗如雨。"

徐："可是抗日将士却在流血甚至牺牲！"

黄："悲鸿兄，还有一个机会，我们一定要抓住。"

徐："什么？"

黄："请你给海峡殖民地总督汤姆斯先生画像。"

徐嘟囔着："一个殖民主义者。"摇摇头，"锟钟兄，我实在抱歉。"

黄："这可牵涉到画展举办的地点哪。"

徐："画展不是定在中华总商会吗，这与画像有什么瓜葛？"

黄："总督说，你给他画像，这次画展就可以在维多利亚纪念堂开幕。"

徐一笑："画展，主要看的是作品，在哪里举办不是成败的关键。"

黄："那当然。可是在维多利亚纪念堂展出，规格就是新加坡首屈一指的呀，那影响

就非同一般了。再说，他开的画像酬金是四千元，这对我们为抗日筹款是一笔很大的数字啊。”

徐：“我可以多给华侨画像挣出来。”

黄：“由于英国和日本没有交战，新加坡一些入了英国籍的华人总觉得我们的抗日筹赈画展与他们无关。你为英国总督画像，也会吸引这部分英籍华人对画展支持，这也有利于我们为抗日筹款哪。你说呢？”

徐停了停：“我不去英国总督府给他画像。我手里要画的还赶不完呢。”

19-4　新加坡侨商黄锟钟家客房　热带　徐悲鸿、黄锟钟、仆人

一张膏药揭开，徐悲鸿自己贴到后腰上，按平。一边捶腰，一边研墨。地板上、桌椅上、床上铺满了刚完成的画稿。徐继续挥毫作画。

黄锟钟捧着大摞照片进来：“早上好！”看看四处的画稿，“怎么，又是一夜没睡？”

徐：“画展即将开幕，离订购的数目还差得远。”指着照片，“这是怎么回事？”

黄献宝似的：“我未经你允许，把《田横五百士》《奔马》《九方皋》拍成照片，各洗了二百张准备出售。有你签名的五元，没有签名的三元。这又是一笔收入啊，我这也是先斩后奏。”

徐笑着：“好啊，你真有经营头脑。”

黄：“悲鸿兄，得闲签上名吧。”

徐：“不得闲也要签！不只是售价问题，签名是我对新加坡民众的一份敬意。”

黄兴奋地：“外间流传，华侨绅商都以能购得你的墨宝真迹为荣呢！”

徐：“侨胞爱画，更爱国。大家都是为抗日战争出钱出力。”徐拿起一幅画稿，“捐款一百元的可得这样一幅，捐款两百元的，可指定我另画一幅。”

黄感慨地：“拥有你的作品，成了抗日爱国的标志，我以你为豪啊！”

此时，仆人进来：“徐先生，这是树胶实业有限公司经理陈延谦先生家送来的画画酬金。”

徐纳罕地对黄：“画人像明码标价的两百元，陈先生当场不是给了吗？”

黄：“是啊，我也立刻转到星华抗日筹赈总会了。”

仆人：“说是陈延谦先生对徐先生个人表示的一点敬意。”

徐：“我个人分文不取，锟钟兄，这钱请你一并转到星华抗日筹赈总会吧。”

黄：“那，我只有遵命了。哎，悲鸿兄，原定今天给华侨银行行长李俊承先生画像，你看可以吗？”

徐：“可以。”

19-5　新加坡侨商黄锟钟家二楼楼厅　热带　徐悲鸿、黄琨钟、仆人

仆人："徐先生，您的电报。"

徐悲鸿展阅后很激动："锟钟先生在家吗？"

仆人："吃过早饭，他就出去办事了。"忽听汽车声，"哎，他回来了。"

徐："你请他到这里来。"

徐情绪振奋地踱来踱去。

黄锟钟走来："悲鸿兄，什么事？"

徐："我同意给英国总督画像！"

黄意外而惊喜："怎么，你怎么又突然同意了呢？"

徐："我收到广西第五路军宋主任的电报。"递给他。

黄念电文："悲鸿先生并星华抗日筹赈总会，捐款收到，立即发放第五路军抗日遗属。先生寄来的每一分钱都是射向日寇的子弹。望先生为国珍重。宋杉。"他抬头激动地望着徐。

徐低声地："为了抗日将士的遗孤，为了苦难的祖国，我一定要多画，多捐钱！你告诉总督吧，我给他画像！"

黄："好！"

徐："这电报请转呈陈嘉庚先生和星华抗日筹赈总会，我们的心和四万万同胞是连在一起的！"

黄："好！电报我还要交到《星洲日报》郁达夫先生那里，向民众告知。"

徐："你约个时间，我去总督府画像。"

黄："悲鸿兄，画是要画，可不必去了。"

徐："为什么？"

黄："他说如果徐先生同意画像，他就到我们这里来画。"

"哦？"

黄："英国总督屈尊到一位华侨家里请一位中国画家画像，在新加坡可是闻所未闻的事。这一定会震动四方的。"兴致勃勃地，"你看，什么时候开始？"

徐："后天吧，明天我去南洋美专演讲。"

黄："太好了，这件大事总算敲定了。"

仆人进来："徐先生，您的信。"递上。

徐拿出另封信给他："请帮我把这封信寄出去。"

仆人："好。"看看信封，"又是给吴作人的。他是？"

徐："是我最好的学生。"

仆人：“我马上就寄。”退下。

黄：“吴作人心情好些了吗？”

徐：“打击太大了，唉！夫人和孩子接连去世，他急得一只眼睛又失明了。”

黄指着来信：“是嫂夫人的吗？”

徐看信封，摇头：“我给她三封信，她只字未回。”有些不好意思地一笑，“是孙多慈的信。”

黄：“你我相知甚深，听我一句，破镜实在不能重圆的话，就往前走一步吧。”

徐长叹一声：“我总念她当初跟我私奔，在欧洲苦度八年，不容易。还有一双儿女……”神色惨然。

仆人又来：“黄先生，陈嘉庚先生来电话，请您去他家，有事商量。”

黄：“悲鸿兄，那我去一下。”

徐打开信封，是一条手帕，角上用红丝线绣着“慈悲”二字，手帕上是一首诗的墨迹，响起孙多慈忧郁的声音：

“一片残阳柳万丝，秋风江上挂帆时；伤心家国无限恨，红树青山总不知。”

徐望着题诗，流下泪来，不由得用手帕拭泪，泪水洇湿了字迹，他慌忙展开摊平：诗和着泪！他望着，痛苦地以手掩面，良久。他抬起脸，眼中是极度的忧伤和纷乱。

19–6　新加坡侨商黄锟钟家客房　热带　徐悲鸿

徐悲鸿提笔赋诗，画外响起他的声音：“耿耿星河月在天，光芒北斗自高悬；几回凝望相思地，风送凄凉到客边。”

19–7　新加坡侨商黄锟钟家庭院　热带　徐悲鸿

徐悲鸿在庭院中踱步，画外他吟诗的声音继续：“急风狂雨避不尽，放舟弃棹匿亭阴；剥莲认识中心苦，独自沉沉味苦心。”

他又展开孙多慈寄来的诗帕，望着，然后叠好，放在贴胸的衣袋里。

19–8　新加坡侨商黄锟钟家客厅　热带　徐悲鸿、黄锟钟

黄锟钟从徐悲鸿的画箱中取出齐白石、张大千两幅画挂起来欣赏：“悲鸿兄，难怪你提到画展最后三天增加齐白石、张大千诸位的作品，真是丹青高手啊！”

徐：“齐白石、张大千是我的挚友。张大千有天纵之才，熔铸古今，他画人物、花鸟、山水皆精。我在一篇文章中称他为‘五百年来一大千’。”

黄：“评价如此之高？”

徐：“当然！”

黄景仰地："哦！张先生现在在哪里？"

徐："在重庆，前不久又到敦煌临摹研究壁画去了。"

黄："那齐白石先生呢？"

徐："他是中国老画家中最具现代气息的大师。尤其他的'衰年变法'，更值得称道。"

黄："衰年变法？"

徐："白石先生在五十五岁至六十五岁的十年间，改变画法，自创新意，将文人修养与农民气质完美结合起来，形成自家风范，达到了'妙造自然'的艺术高度。"

黄遗憾无穷："我真是无缘结识这两位大家了。齐白石先生还在北平吗？"

徐："是。北平沦陷后，我无法和他联系，到新加坡后才与他通了信息。他是我最牵挂的，最近我刚刚给他寄去一首诗。"

19-9 北平齐白石家 春 齐白石、齐孙、岩下次郎、秘书

齐孙正给齐白石展读徐悲鸿寄来的诗。

"烽烟满地动干戈，缥缈湘灵意若何。最是系情回首处，秋风袅袅洞庭波。"

齐很感动："悲鸿啊！"沉吟片刻，"来，研墨，铺纸，我给徐先生画一幅画寄去。"

齐孙铺好纸，又研墨。

齐慨叹："唉，山河破碎，相隔万里，什么时候才能再见呢？"

此时孙女跑来："爷爷，来了个日本人。"

齐："你先去吧。"

齐赶忙将徐的来信收入抽屉，躺到躺椅上。

一位日本富商和秘书神气地进屋。

秘书："齐白石先生，这位是东亚交通公司总裁岩下次郎先生。"

岩下次郎上前鞠躬："岩下次郎。"

齐躺在躺椅上："请坐。"又对齐孙，"上茶。"

秘书："齐先生，您该认得我，章三利，岩下先生的秘书。我前天敦请您一次，您不给我面子。今天，岩下次郎总裁只得亲自登门了。"

岩下操一口发音并不纯正的中国话，恭敬地："齐先生是北平著名的画家，我在朋友处看到您的大作，用中国话讲是妙极了，妙在似与不似之间。如果能得到您的一幅墨宝，我真是三生有幸！过几天，我父亲六十寿辰，特请齐白石先生到我家赴宴、合影、当场作画。您将是我最尊贵的客人。"

齐装聋，听不清。

齐孙大声地："总裁父亲寿辰，请您吃饭，照相，画画。"

齐连连拱手致谢，然后又摆手。

齐孙："爷爷身体欠安，不能前去。"

秘书对齐大声地："齐先生，那是多大的体面！您跟总裁全家的合影在屋中一挂，连日本宪兵都不敢登门造次。"

齐仍笑着摇头。

岩下商量的口吻："如果到我家赴宴使您为难，就烦劳您在家画一幅花鸟。怎么样？这将是对我父亲最珍贵的贺礼。润格一定令您满意。"

齐："对不起，我心脏病发作，早已经歇笔了。"

岩下："是这样吗？"

秘书指着墙上的字条念："卖画不论交情，君子自重，请照润格出钱。"问齐孙，"请问，这是干什么用的？你爷爷不是说歇笔了吗？"

齐孙应变道："哦，那是过去写的，没有取下来。现在爷爷年老多病确实不画了。"

岩下笑了，指指画案上："宣纸铺好了，镇尺摆放整齐，一池新墨刚刚研就。"拿起墨闻闻，"墨香。齐先生，府上还有第二个人作画吗？"

秘书大声重复地问。

齐："孙子。"

岩下以为骂自己，瞪起了眼。

齐："我手腕无力，只能教教孙子画了。"

岩下不相信地笑笑："齐先生还是不愿交我这个日本朋友。"

秘书不客气地："那就让你孙子当场画画吧！"

齐冷着脸："怎么，秘书大人要盘查我？"

"小的哪有这个胆量？"秘书狡诈地，"我只是想看看齐门传人的大作而已。怎么，这有什么不恭之处吗？哈哈！"

齐气极："你太无礼了！"

岩下指责秘书："混蛋！你怎么敢对齐先生这样放肆？"

秘书："是，是，不敢，不敢。"

岩下诚恳地："齐先生，我是真心佩服您的艺术。如果先生与我们合作，对不起，如果先生屈尊与我们合作，在北平可以给您各方面的关照与保护，这对您安度晚年是大大的有利。此外，我还可以请日本政府邀请您去日本游历，顺便卖画刻印。日本许多人都痴迷中国的金石书画，我保您名利双收。"

齐："我年已八旬，家门都不敢出，何谈出国！总裁先生对我的错爱，实在不敢当。抱歉了！抱歉了！"拱手。

岩下："这太遗憾了，今天是乘兴而来，败兴而归啊！我只是想请您画一幅画为父亲贺寿，中国老话，百善孝为先嘛！齐先生，再见！"很绅士地鞠躬告辞。

齐孙："这个日本鬼子倒很懂礼仪。"

齐："哼，披着羊皮的狼也是狼！"

齐孙："那以后怎么对付呢？"

齐："来，把那幅润格的纸拿掉，换上'白石老人停止卖画，绝止吃饭，绝止照相'，贴到门外。"

齐孙："好，一会就写。哎，刚才您不是要给徐先生画画吗？"

"你看，把我都气糊涂了。"齐思索片刻，提笔在宣纸上迅速而生动地画了几只螃蟹，又题诗："处处草泥香，行到何方好！昨岁见君多，今岁见君少。"

19–10　新加坡侨商黄锟钟家庭院　热带　徐悲鸿、黄锟钟、仆人

黄锟钟正欣赏齐白石画的《螃蟹》："妙！把日寇比喻为横行霸道的螃蟹，太贴切了。诗也题得好！画配上诗就更深刻了！"

徐悲鸿："作画就是用一支画笔来思考。大艺术家都有历史的眼光。"

黄仍爱不释手地欣赏着。

徐："锟钟兄，这幅画我转送你了。"

黄惊喜："什么？这合适吗？"

徐："我已经写信告诉白石先生你是我的莫逆之交。"

黄笑了："请你转告我对他的崇敬。"

徐："一定。"

仆人走来，递过一大包药："徐先生，这是太太给您买的药。"

黄："你病了？需不需要去医院？"

徐："不是。昨天闲谈之中，我说起伯阳的遗尿症还治不好，嫂夫人说这里有一种药很管用，这不，马上就买来了。"

黄："那就赶快寄去！"

19–11　重庆蒋碧微住处丽丽屋　春　杨剑公、儿童丽丽

杨剑公进来。

丽丽正在做功课，高兴地叫："杨叔叔！你怎么知道我在家？"

杨："你和哥哥住校，每星期六回家呀。伯阳呢？"

丽丽："下午和明天他在学校有活动，这周就不回家了。"

杨："丽丽，徐先生来信了，给伯阳寄了一大包药，给。你让他每天晚上吃两粒，据说这药疗效不错。要是还不行，徐先生说再想办法。"

丽丽："好，我交给他。"

杨："你的哮喘怎么样啦？"

丽丽："最近不犯了。我生病的事，你写信千万不要告诉爸爸。"

杨："好，我不告诉。丽丽，徐先生又给你们寄邮票了。"

"真的？"丽丽高兴地接过十几张旧邮票看，"都是哪国的？"

杨认着："荷兰的、英国的，这是法国的。你跟伯阳每人八张。对了，徐先生特别嘱咐这邮票千万不能泡水。"

19–12　新加坡侨商黄锟钟家客房　热带　徐悲鸿、黄锟钟、仆人

徐悲鸿着中山装与黄锟钟进屋，二人都很兴奋。徐脱下外衣，打开电扇。

黄："悲鸿兄，我看你今天是特意穿上中山装。"

徐："当然！我是中国画家去出席英国殖民地当局的活动嘛。"

黄："真痛快！今天一个悬挂礼，一个音乐会，这在新加坡真是前所未有！你给英国总督画的像，比前十九位总督的画像出色多了！悬挂在维多利亚纪念堂多气派！汤姆斯太满意了，你看，整个活动搞得像女王授勋一样。辅政司斯摩尔夫人也特意选在今天为你举办家庭音乐会，庆祝画展成功，最后竟亲自表演钢琴独奏。他们争着表达对你的敬意和祝贺呢。"

徐："与其说是祝贺我，不如说一个是抬高自己的地位，一个是在沙龙中展示自己的才艺。英国贵族惯于此道。"

黄："无论如何，一位华人画家能得到英国殖民地最高当局如此礼遇的，你是第一人哪！"

徐："这也是画展筹委会诸君努力的结果。"

黄："是啊。哎，你知道吗，这几天我走在大街小巷，听到最多的一个中国人的名字就是徐悲鸿啊，你成了号召抗日的旗帜！"

仆人进来："黄先生，刘将军来了，在客厅等您。"

黄："这位刘将军来为抗日游击队筹款，他很想结识你。"

徐："好啊。"

19–13　新加坡侨商黄锟钟家客厅　热带　徐悲鸿、黄锟钟、刘将军、仆人

一身短打、彪悍的刘将军正在"百扇斋"欣赏扇子。

黄锟钟、徐悲鸿进来。

黄："刘将军，你好！"

刘大步跨上："黄先生好！"

黄："这位是徐悲鸿先生。"

徐："刘将军好！"

刘兴奋至极，双手握住徐的手："徐先生，我早就巴望见到您啦，黄先生说您每天画画太忙，今天才如了愿哪！"

三人落座。仆人上茶。

刘："徐先生真是大英雄！画展是人山人海呀。"

徐笑笑："主要是侨胞们爱国抗日。"

刘："也爱国，也爱您的画！话得这么说。还有您收藏的《八十七神仙卷》多棒啊！我看画展的那天，见两个英国人眼都看直了。唐朝的画，他们哪见过呀！好家伙，这得值多少钱哪！黄先生，比您这么多名贵的扇子都值钱吧。"

黄："那是啊,《神仙卷》是无价之宝啊！"

第二十集

20–1　新加坡侨商黄锟钟家客厅　热带　徐悲鸿、黄锟钟、刘将军

徐悲鸿："《八十七神仙卷》是艺术极品！我这次特意带来展览，就是让海内外观众欣赏到咱们的国宝！"

刘将军："国宝，还说小了，我说它是世界之宝！大英帝国不是日不落吗，在他们全大英帝国，也找不到这样的宝贝！"

20–2　新加坡侨商黄锟钟家庭院　热带　徐悲鸿、黄锟钟

树下，黄锟钟、徐悲鸿喝着茶。

徐："这次画展所得第二笔义捐金，请继续寄交广西，作为第五路军抗日将士遗孤抚养之用。我要马上去印度国际大学讲学，此事就拜托你了。"

黄："放心！"

20–3　重庆中央大学教师宿舍　秋　吴作人、杨剑公

吴作人左眼戴着眼罩，听杨剑公念徐悲鸿来信。

杨念："作人的左眼治疗得如何？病因既然是过度的精神折磨与身体劳累，我想休养一段会好的。你们要多多照顾他，宽慰他。"

吴感激地低语："谢谢，谢谢先生。"

杨掏出一份报纸："先生除了在国际大学教绘画外，还为泰戈尔先生画了几幅像，给甘

地先生画速写。你看，报上登着照片呢，还有画展的报道。”

吴看了频频点头。

杨：“先生举办了两次画展，在国际大学和加尔各答，都是由甘地和泰戈尔二位倡议的。所得画款一如既往地寄给了国内抗日遗孤。”

吴：“了不起！”

杨：“更了不起的是先生画展的序言是由泰戈尔先生撰写的。”

吴：“哦！那，一定写得很美。”

20–4　重庆蒋碧微住处　秋　蒋碧微、张道藩

张道藩拿着几份报纸：“悲鸿从印度回到马来半岛，在吉隆坡、槟榔屿、怡保大办抗日筹赈画展，你看。又一次轰动南洋啊。”

蒋碧微：“哼，他就是轰动全球，与我何干？人家是爱国志士，为抗日遗孤大笔大笔地捐款，我还不是过着穷教书匠的日子。”

张：“哎，你也要时来运转了，有份美差等着你呢。”

碧微：“我哪有这种福气。”

张：“我在四川省教育学院替你谋到新的职务！”

碧微兴奋地：“真的？那我在复旦大学的法语课，还有教材编委会的工作怎么办？”

张：“四川省教育学院答应你身兼两职，既是法语教授，又是图书馆主任，岂不比在复旦大学强！”

碧微：“好是好，可怎么忙得过来？”

张：“忙什么？教法语，你连课都不用备，张口就讲。图书馆主任嘛，更是闲职，你就是坐镇而已。”

碧微：“前几天你就说我将另有高就，我还不信。现在逃难到重庆的人不计其数，求职难啊。”

张面露得色：“难是难，就看谁去办了。”

碧微：“你当然神通广大了！”

二人知心地笑了。

碧微：“那教材编委会的工作怎么办？”

张：“我听说你在编委会干得很出色呢。”

碧微：“这个职务也是你介绍的，我不敢给你丢人。”娇媚地瞟他一眼。

张：“那就兼职干下去吧。现在物价暴涨，你也可以生活得更舒适些。”

碧微：“悲鸿走前，我曾对他说，‘我一定努力奋斗，假如奋斗有所成，那我便离你更远；要是无所成，就只有两条路可走，一是自杀，一是向你乞怜。’哼，他绝没想到我有

今天。”

张：“你当然要有所成，为了你不自杀，为了你不向他乞怜，为了你离他更远。”

20-5 新加坡侨商黄锟钟家庭院 热带 徐悲鸿、黄锟钟

黄锟钟兴冲冲地交给徐悲鸿一封信。

徐展读，意外而惊喜：“怎么，美国援华联合会邀请我去纽约举办中国现代画展。信怎么请你转呢？”

黄：“悲鸿兄，还是你在印度的时候，我忽然想，把我们优秀的艺术介绍到美国，对于中国抗战，可以争取到更多的国际同情和支持呀。于是，我就擅自与对方联系了。他们至今才答复，是因为必须请示罗斯福夫人。”

徐：“为什么请示总统夫人？她是画家吗？”

黄：“不，她是美国援华联合会的首领。现在好了，他们竭诚欢迎你携夫人赴美举办展览，并负责在美国的一切开支。”

徐兴奋地：“这当然是大好事。只是，碧微未必肯同行啊。”

黄：“老实说，她可比你欧化。如今有机会去新大陆一游，何乐而不为呢。”

徐：“那倒是。与她和好，也是我的心愿。三年来，她带两个孩子在轰炸中支撑，想想这些，我就不能对她有什么责备了。”

黄：“那就赶快写信吧。”

20-6 重庆蒋碧微住处 秋 蒋碧微、张道藩

蒋碧微拿着徐悲鸿的来信与张道藩密谈。

碧微：“别说是美国，就是天堂，我也不跟他去！”妩媚地，“我跟你去。”

张一笑，又叹口气：“你有什么正当理由拒绝呢？你们毕竟还是夫妻，这又是爱国之举。”

碧微：“我若真的去了，你就不怕我跟他重归于好？”

“怕。”张躲开她的视线，“如果失去你，我真的不要活了。”

碧微：“那你怎么肯放我去？”

张：“在重庆，敌机日夜狂轰滥炸，多少人无辜惨死。到了美国，无论如何你能过上一阵太平舒心日子。”

碧微：“跟你在一起，我才觉得太平舒心，你知道吗？”

张这才放下心来：“那，怎么回答他呢？”

碧微：“三年来，我没有给他写过一个字，现在我只好回信了。”她在屋中踱着，逐字逐句地俨然像口授文件，“‘悲鸿大师，辱承惠书，荷蒙邀赴新大陆观光，盛意隆情，良可

感激。然，我所以不敢奉命者，诚因福薄之人，难再存荣华富贵之想。且子女年幼，责任所在，不容离开。'就这样！”很得意而解气地摊开双手。

张感动不已地赞美："真是文采风流！”

20-7 新加坡侨商黄锟钟家客厅 1941年12月 热带 徐悲鸿、黄锟钟、仆人

黄锟钟正接电话："噢，噢，知道了。有新的消息请马上告诉我。好，谢谢。”

徐悲鸿急问："轮船公司怎么说？”

黄："珍珠港事件后，去美国的轮船无限期停航。”

徐："啊？赴美画展只能告吹了？真是！”

黄："没想到战局变化这样快！悲鸿兄，我看你还是马上回国吧。”

徐："到哪里都不太平。”

黄："你办抗日筹赈画展名声太大，万一新加坡沦陷，你就危险了。据说，这里就有潜入的日本特工，警方正大力搜捕呢。”

徐："回国的事再商量，我现在马上给美方拍电报。”

20-8 新加坡中央警署 热带 徐悲鸿、马来警员、英国警官

一个马来警员将徐悲鸿推入警署。徐戴阔边礼帽，结法国大黑领花。

徐："为什么抓我？为什么？”

警员不答，二人推搡。

此时，来了一位英国警官，马来警员向他耳语，英警官接手处理徐。

英警官："你是哪国人？什么职业？”

徐："为什么无缘无故抓我？”

英警官："战乱时期，我们有权盘查每一个可疑的人。”

徐大声地："我是堂堂的中国公民，有什么可疑之处？”

英警官："中国公民？请出示护照。”

徐："对不起，我出门匆忙，没带护照。”

英警官："那你就只好待在警署接受我们进一步的盘查了。”

徐焦急："我要去电报局给纽约方面拍电报！”

英警官："你就是有天大的事也不行！你若想离开此地，只有设法通知家人送来你的护照，证明你的身份。”

徐无奈，突然想起，掏出中、英、法文的名片。

英警官一看："啊！你就是给汤姆斯总督画像的那位画家徐悲鸿？”

徐："是啊。”

英警官突然大幅度动作敬礼，吓徐一跳。

英警官客气地："尊贵的徐悲鸿先生，请原谅我们的莽撞。请喝茶。"

徐："不必了，我确实有急事。"抬腿要走。

英警官拦住他："刚才误以为您是日本特工，再次向您致歉！徐悲鸿先生，"又机警地看看四周，小声地，"据可靠情报，您在日本特工追杀的黑名单上。您最好尽快离开新加坡！"

徐与他握手："谢谢！"

20-9　新加坡侨商黄锟钟家客房　热带　徐悲鸿、黄锟钟、刘将军、仆人

夜。窗帘紧闭，屋内灯火通明。

黄锟钟与刘将军匆匆进屋。

徐悲鸿："噢，战况怎么样？"

刘："日军在马来半岛的巴宝海滩登陆，分三路长驱南下，直取槟城，新加坡危在旦夕。"

黄："悲鸿兄，你马上走吧，我好不容易给你搞到一张船票，逃难的人太多了。"给他船票。

徐十分焦急："我走，这些画怎么办？"

黄发愁："是啊。我刚问过轮船公司，近百个画箱，现在无法托运。"

"天哪！怎么办？"徐心急如焚。

刘："依我说，把这些画留下，藏起来，徐先生赶快乘船回国要紧。"

徐："留下，万一丢失了呢？被日寇掠走了呢？"

刘："徐先生，您自己只要平安回国，如果出现万一，您再画再买嘛！"

徐坚决地："不！这是我几十年的心血，有我从法国留学以来的一千多幅作品，有《八十七神仙卷》等名贵古画，有我收藏的任伯年、齐白石、高奇峰等十多位近代画家的几百幅画，这是我筹建中国第一个美术馆的全部资产哪！失去这些，我简直不要活了！"

刘也急得直嚷："那怎么办？您在这里陪着这些画，一起送死？新加坡眼看就要沦陷，我就是留下来陪您，单枪匹马怎么和日本鬼子作战呢？"

黄："刘将军说得也有道理。"

徐执拗地："不行，绝对不能这样走！"

双方争执不下。

仆人跑来报告："黄先生，我发现有个可疑的男人在大门外转来转去。"

众人一惊。

黄："怎么个可疑法？"

仆人：“今天下午，我在附近遇到他，他就打听徐先生是不是还住在黄公馆。”

黄追问：“你怎么回答的？”

仆人：“我说是曾经住过，不过，已经搬走了。他问去哪了？我说这我就不知道了。现在他又来了。”

刘：“我看他肯定是日本奸细！”

黄马上对仆人：“你立刻去楼上临街的窗口，远远盯着他。”

仆人离开房间。

刘：“徐先生，您看，他们都找上门来了，您怎么能不走呢？您万一牺牲，损失就太大了！”

徐仍不语，焦急地踱来踱去。

刘：“徐先生，这些画固然重要，可是毕竟是身外之物，您何必……”

徐：“不！它比我的生命更宝贵！我死了，这些画还能够传下去。”他焦虑地思考着。

黄：“悲鸿兄，你看这样行不行，你挑最珍贵的画自己带走，明天一早我再去轮船公司交涉，不管花多少钱，无论如何托运一部分。其他的留下，我想办法找安全隐秘的地方藏起来，等战争结束后你再来取。”

徐勉强点头。

刘：“这其他的之中您再挑些重要的，由我带回国。反正我在这里为游击队筹款的事也无法进行下去了。”

徐获救地：“太好了！”

黄：“对！你们一起走，还有个照应。”

刘：“不，我还是和徐先生分头走，以免路上遇到不测，画全损失了。”

黄：“还是你想得周到。”

徐：“好，就这样，我重新分类。”

刘：“我们到昆明会合，不见不散。”

徐：“具体地点，云南大学。”

刘：“行。”

徐：“锟钟兄，剩下的怎么办？”

黄：“我们福建会馆在郊区有一所崇文学校，地方很偏远，可以把留下的画藏到那里。”

徐：“人家肯答应吗？”

黄：“校长是我的亲戚，人很可靠。留下的画今晚就送去。悲鸿兄，你分类来得及吗？”

徐：“我抓紧分，刘将军帮我一下。”

刘：“行！”

黄："那我马上给他打电话。哦，画的收藏上有什么特殊要求，我告诉他。"

徐："除了安全之外，要特别防潮。"

黄："知道了。"又走到楼梯口叫仆人，"老郑。"

仆人进屋。

黄："那人走了吗？"

仆人："还在街角蹲着呢。"

正在分类装箱的徐、刘交换着紧张的神色。

刘十分着急："黄先生，家里有后门吗？"

黄："没有哇。"

徐焦虑地："那，今晚我们可能出不去了。"

黄想了想，对仆人："你让老夏、小姜把车准备好，加满油。"

徐和刘不解地望着他。

20-10　新加坡侨商黄锟钟家门外　热带　仆人、二蹲守人

夜。院门开开，仆人出门到路口看看，街上无人。他迅速返回门口，一招手，一辆小卧车从院内开出，向街左方向驶去。

车窗拉着帘子，看不见里面的人。车速很快。

仆人见车远去，看看四周，没有什么动静，回院，关上大门。

街口小巷内，蹲守人跳上摩托车与另一辆摩托车朝小卧车方向急追而去。

一会儿，仆人又悄悄打开黄家大门，驶出一辆吉普车，车灯关着，向街的右方向驶去。仆人观察了一下四周，返身进门，关上。

20-11　新加坡侨商黄锟钟家客厅　热带　仆人

仆人走进客厅，忙打电话："黄校长吗？是我，他们已经出发了。是辆吉普车。你马上到校门口接应。"

20-12　云南大学徐悲鸿临时住室　冬　徐悲鸿、刘将军

屋内，十个画箱，箱子上散乱地铺着已完成的画稿。

徐悲鸿站案前作画，用印。

刘将军兴冲冲进屋："徐先生，展厅找到了！"

徐："太好了！"给刘倒水。

刘一饮而尽："我特别量了量，《愚公移山》能摆下。展出油画还是彩墨画？"

徐："彩墨画吧。"

刘："您为什么画两种呢？"

徐："钟爱的题材，我才用不同的画法去画，还准备制作陶瓷镶嵌巨幅壁画呢。《愚公移山》是我近年最重要的作品。哎，卖品很多，都能摆下？"

刘："能。藏品就别展出了。"

徐："这些珍品，你我千辛万苦把它们带回国，就是为了让大家看到。"

刘："那,《八十七神仙卷》呢，展不展？"

徐："当然要展！这是极品哪！光藏在我这里，就太埋没它了。"

刘："可它的安全怎么保证？"

徐："把《神仙卷》挂在我售画桌的旁边，我看着它。"

20–13　重庆蒋碧微住处　春　蒋碧微、张道藩

张道藩敲门进屋。

蒋碧微惊喜地："你可回来啦！"

二人热烈拥抱。

碧微："你忽然一连几天毫无消息，我真是又惊又怕，后来从报上才知道你陪侍蒋委员长访问印度去了。"

张："出发前奉命绝对保密。知道你会担心，回来，第一个就来看你，还给你带来了印度的礼物。"

碧微："你回来就是天大的礼物！"

张："这件沙丽，你试试。"

碧微："沙丽？我哪有场合穿印度服装？"

张："有！穿给我看。我想一定很美。"

碧微笑："好，我一会儿穿。先说说你此行的感想吧。"

二人亲热地并坐在沙发上。

张回味着："这次和蒋委员长同行，朝夕共处，是我从未有过的荣幸。每天很累，但极有意义。"

碧微："累是累，你精神上却非常充实、幸福！"

张："是啊。"

碧微："说说有趣的见闻。"一笑，"当然是国家机密之外的情况。"

张："这自然不少，首推的却是与那位徐教授的不期而遇。"

碧微："他不是早离开印度了吗？"

张："在蒋委员长和甘地、尼赫鲁会谈的时候，甘地说悲鸿的筹赈画展既是抗日爱国之举，又增进了中印人民的友谊。他特别称赞悲鸿的画熔铸了东西方艺术的精髓，是杰出的

艺术大师。”

碧微：“哦？”

张：“蒋委员长很高兴，介绍我和悲鸿是留法的同学，甘地大感兴趣，不断询问，弄得我……”

碧微：“他再杰出也不过是画画，雕虫小技而已。你随蒋委员长出访，你们的行止关乎国家的兴衰，这才是彪炳千秋的大业，才是无上的荣光！”

张：“你真这么看重我？”

碧微：“你说呢？”

张一笑，停了停，感慨道：“他这些年是一路风光啊。”

碧微看他一眼：“他风光他的，和我有什么关系？和我们有什么关系？”

张：“唉，这毕竟是越来越抹不去的阴影。”

碧微：“我刚才说了，他和你哪能等量齐观？他和你根本不是一个量级的对手。”

张：“有这样一个强大的对手，更会激励我上进，为了不辜负你。”

碧微很动情地望着他。

张叹了口气，不再说什么。

空气有些沉闷。

碧微突然提起精神：“我去穿沙丽！”笑着，“给你看。”

张：“好。”

碧微进里屋更衣。

张还是有些抑郁地沉思着。

20–14　云南大学徐悲鸿临时住室　春　徐悲鸿、刘将军

徐悲鸿和刘将军正在一起卷收《八十七神仙卷》。

刘：“这《八十七神仙卷》真让观众开了眼！”

徐：“在我的全部收藏中，就历史价值、艺术价值来说，它都是扛鼎之作，是国宝呀！”想起，笑了，“是世界之宝！”

刘也笑了：“这可千万要收好喽！”

他们卷好，套上绫子套，放入小木匣，再收到画箱中。其他的画轴都没有这样精心的包装。

刘把小木匣埋到其他画轴之下：“这样更保险！轻易发现不了它。”

徐笑了：“没事，房门锁是我新配的，钥匙在我手里呢。”

刘：“钥匙您可要拿好！这一屋子宝贝！”

徐：“放心！汉钧，从新加坡运画到这次在昆明办画展，没有你，简直想都不敢想，太

感谢了。”

刘：“咱们谁跟谁呀。”

徐：“我送你几张画吧。”

刘：“哟，那可是我们家的镇宅之宝！”

徐亲热地：“老弟，出题吧。”

此时，防空警报响起，门外是人们奔跑呼叫的杂沓声。

徐：“不管它，画我们的。”

刘：“别，千万别为给我画画造成无谓牺牲。还是快进防空洞吧。”

徐：“那好吧。”

徐锁上门，二人汇合人流，匆匆离开。

20-15　云南大学徐悲鸿临时住室　春　徐悲鸿、刘将军

住房的门锁被撬！

徐悲鸿、刘将军躲警报回来，一见，大惊失色，二人急冲进门。

屋内并无混乱，只是装着《八十七神仙卷》的箱子敞开着。

徐奔过去，翻找，装《八十七神仙卷》的小木匣子不见了。

徐：“《神仙卷》呢？”他疯了一样翻到箱子底，又打开其他画箱，翻找。

刘：“哎呀，真的被盗了！”也着急地帮着翻。

箱子一一翻检，屋内各处寻遍，没有！

刘后悔不迭：“根本就不该把《神仙卷》拿去展览！这贼早就惦记上了！”

徐五内俱焚：“蔺相如能保住价值连城的和氏璧，我怎么就没能保护这件国宝呀！”

20-16　重庆蒋碧微住处　春　蒋碧微、张道藩

蒋碧微急迫地：“我们的大限到了！听朋友说，悲鸿在昆明正举办画展，不久就要回重庆了。”

张道藩焦虑地：“他一到，又会有许多人劝你们破镜重圆。我呢，也会处于哭笑不得的处境。”

碧微：“怎么？”

张：“可能有不少莫明其妙的朋友约我一起来劝你，或者‘明其妙’的人存心捉弄我，让我做你们的调解人。”

碧微叹了口气：“那你怎么办？”

张：“无解释地拒绝参加。”

碧微：“好。”

“可是将来怎么办？”张停顿一下，“我已经试探着向素珊提出离婚了。”

“离婚？！”蒋一惊，“她知道因为我吗？”

张：“还不知道。”

碧微稍定下心来。

张：“无论她要求什么条件，我都接受。这样尽管我犯了罪恶，我还可以和你结合。可是她无论如何不离。”

碧微无奈地：“离婚、结婚，绝对没有可能！”

张：“为什么？”

碧微：“她订婚前就对我说，嫁到万里之外的中国，与你一辈子相守，决不后悔！如今，你的地位，远远超过她的预料，她怎么会放弃呢？”

张：“是啊，我也不敢逼得她太紧。怕她犯病，更怕她自杀，那将闹得满城风雨，众叛亲离。到那时候，你我只有逃遁到远方，孤苦相守。”

碧微苦笑：“逃避求生，谈何容易？”

张：“第三个办法就是你与他忍痛重圆了。”

碧微十分激烈：“不！这是我最痛恨最不甘心的事！”

张低声地：“这也是我最不愿看到的局面。”

二人一筹莫展，有倾。

碧微终于冷静下来：“看来，只有牺牲你我，保全两个家庭了。”悲叹一声，“也许这样更能增加你我情爱的价值。”

张十分焦虑：“可是，这样的煎熬，我们能忍受得住吗？万一再有情况被他发现，舆论一定谴责我破坏他的家庭，讥笑你是我的秘密情妇，这就更加无法忍受。”

碧微：“你知道，我最无法忍受的是面对素珊。当初，在我们生活无着时，她有恩于我，我才把她介绍给你。现在我不敢见她……”

张苦笑一下：“最近素珊忽然问我你的住址。”

碧微：“干什么？”

张：“你是她在中国最好的朋友，可能是向你诉说苦闷，甚至是让你劝我吧。”

碧微：“天哪！你没告诉她吧？”

张：“当然没有。”

二人又一阵沉默，良久。

张：“你如果认为这些办法都不妥，就剩下了一个，你为爱我而牺牲一切的办法了。不，我实在没有理由向你提出。”

碧微：“什么？你快说！”

张：“当他回来后，你拒绝一切调解，和他永远断绝，这样，你可以保留自由之身，而成为我秘密的爱人。”

碧微：“这是我最希望的！也是我绝对能做到的！”思谋着，微露笑意。

20-17　重庆蒋碧微住处　夏　徐悲鸿、蒋碧微、吴作人、杨剑公、伯阳、丽丽、蒋梅笙、同弟

吴作人、杨剑公陪徐悲鸿进屋，徐神情愉快。伯阳、丽丽高兴地围着爸爸。

徐走向蒋梅笙：“爸爸，您好！今天您也赶来了。”

蒋笑着：“我到四川，你已经出国，我们多年不见了，还不该来？”

徐笑笑：“听说您还在重庆大学教书，七十二岁的人了，该歇歇啦。”

蒋：“抗战时期，生活艰难，不教又怎么成啊？”

徐诚恳地：“还有我嘛！我现在回来了。哦，送您一支派克金笔，还有一张复印的泰戈尔像，是我画的，都印成明信片了。”

蒋愉快地接过：“正好，我那支旧的自来水笔坏了。”

徐又给蒋碧微礼物：“碧微，你的，印度绸料，这皮鞋是英国货。”

伯阳、丽丽关注地望着妈妈。

碧微笑笑，没说什么。

徐给伯阳、丽丽手表：“你们从小要珍惜时光，好好读书，上进。”给丽丽戴手表。

伯阳也自己戴上。

丽丽跑到蒋跟前：“外公，你看！”举起手腕。

蒋：“真好！记住，一寸光阴一寸金哪。”

两个孩子高兴地点头。

徐又对吴、杨：“我给你们带来了《泰戈尔画集》。他六十多岁才开始画画，曾经在巴黎、伦敦、莫斯科举办画展。”

众人翻看，欣赏着。

吴赞叹：“水彩、水粉、素描、油画都有！题材也广泛。”

徐：“这本画集是我帮泰戈尔先生从他两千多幅画作中精选出的七十多幅。”

亲朋兴致很高，气氛融洽。

徐亲自展开一幅《芭蕉麻雀》，众人争看赞赏。

吴：“师母，先生选了自己一幅佳作，挂在起居室吧。”

杨夸着：“画得好，裱工考究，你看，画轴两端还是玉石的呢。”

大家帮徐把画挂在墙上。

徐：“过几天，等我的行李运到，还有好多东西呢。”

碧微始终毫无表情。

伯阳、丽丽有些担心。

大家也都悄悄地观察她的态度。

吴："先生在海外几年，卖画筹款支援抗日，又在印度讲学，工作得太劳累了。今天好好庆祝一下，放松一下。"

丽丽："爸，吃饭吧！同弟做了好多好吃的！"

伯阳："说是你最爱吃的家乡菜。"

徐："好啊！"

大家入席。

丽丽："我挨着我爸坐！"

碧微给大家斟酒。

徐举杯对碧微："这几年我忙于画展，对家庭照顾不够，碧微，对不起你，今天特地向你道歉，也感谢在座的诸位亲友。"

大家都举起酒杯，情绪欢快热烈。

碧微举杯微笑着对徐："今天我请你来是为了办理移交的，我已经把两个孩子带到这么大，他们现在离开我不要紧了。我自己前途黯淡，孩子们跟着你也许比较好些。因此，希望今后由你负责教养他们。"

徐愣住。

大家愕然，不知所措。

伯阳、丽丽紧张地望着父母。

蒋也感到意外。

碧微："我有三个办法，请你择一而行。第一，孩子由你去带。第二，你让我带孩子，但是你要负责他们的教养费。第三，如果这两点你都办不到，那么，请你明天登报声明，否认这两个孩子是你的，然后我再登报声明将孩子改姓蒋，以后就由我负责抚养。"

众人惊呆，空气似乎凝滞了。

徐脸色变了，再也忍受不住这番捉弄，站起身冲出门去。

同弟端着一盘鱼正要上菜，愣住了。

大家从惊愕中醒过来。

杨叫着："先生——"追出去。

蒋："悲鸿！"

吴也追到门口，又返身试图劝解："师母，你这是……"又不知说什么。

两个孩子吓得愣在那儿。

蒋也没料到事态如此严重。

吴痛切地："师母，先生是诚心诚意地想和好，孩子们也盼着爸爸呀！"

第二十一集

21-1　重庆蒋碧微住处　夏　蒋碧微、吴作人、丽丽、伯阳、蒋梅笙

蒋碧微决绝地："关于我们两人的事，我有一个比喻，仿佛一件精美的瓷器，不幸打破了，哪怕找到最高明的工匠把它修补好，这上面的条条裂痕也是永远消除不掉的了。我宁肯让它破碎，也不愿有假的完整！"

吴作人："师母，你做得太过分了。"苦笑着要走，丽丽跑过去拉住他。

丽丽突然大哭："妈，你是天下最狠心的妈妈！"

吴搂过丽丽，望着碧微，说不出话。

丽丽哭着："吴叔叔，我要爸爸。"突然给碧微跪下了，"妈，我要爸爸，我等了他好久好久……"呜呜哭着。

伯阳也默默地擦着眼泪。

吴扶起丽丽："丽丽，乖，不哭。我去找他回来。"

碧微歇斯底里地："不！不！"

吴与丽丽惊愣。

碧微抽出一支烟，手抖着点燃，拼命吸着。

丽丽伤心地哭着。

蒋长叹："何必当初啊！"

碧微吸着烟，咳呛着，抹去泪，狠下心，摆出一副毫不在乎的神情。

21-2　重庆中央大学艺术系教室　夏　徐悲鸿、吴作人、学生、教师们

满瓶野花放在拼到一起的课桌上，教室墙上挂满学生画的作业。

吴作人陪徐悲鸿进门，学生和教师们热烈鼓掌。

徐与大家握手，一张张欢笑的脸，一只只紧握徐的手。

"徐先生好！""我们终于把您盼回来了！""我们望眼欲穿啊！"

徐满怀热爱地望着师生们："我离开这里，在外奔跑，四年了，今天回来了。这里……就是……我的家……"哽咽地说不下去，掏出手绢拭泪。

众人同情、理解他，却不知如何劝慰。

徐悲鸿努力平静下来："看看同学们的画吧。"

大家才如释重负，气氛逐渐活跃起来。

吴向徐介绍着学生的作业。

21-3 重庆中央大学教师宿舍 夏 徐悲鸿、吴作人、学生

小屋仅有两张桌子，一个上下铺。桌上、墙上满是吴作人的画。

吴作人将自己的被褥扔到上铺，下铺让给徐悲鸿。一动，床就吱吱摇晃。

“嗐，我平时就凑合着睡。”吴找锤子钉床腿，“抗战期间，条件差，可起码不能把恩师摔着。您是中央大学艺术系的群龙之首啊！”

徐：“作人，你能从家破人亡中挺过来，不容易啊！李娜和孩子去世，你悲痛得左眼突然失明，在日寇的轰炸中你的作品又全部被毁。这么多灾难一下子降到你的头上，我想着都心痛。”

吴：“先生，在我悲痛欲绝的时候，你不断从新加坡来信，给了我多少力量啊！”从抽屉里拿出一扎信。

徐：“这些你还都留着？我在千里之外，又能有什么实际帮助？”

吴：“不，您知道，您说的在血与火的洗礼中，思想感情会得到升华，这话确实使我感奋起来，振作起来。您说要把国仇家恨凝到笔端，我也确实这样做了，到战场，到边地，到百姓中去，又画出这些画。”指着屋中的作品。

徐激赞地：“好！太好了！”颇有感慨，“作人，所以说，郁，忧郁的‘郁’字贯穿在古今中外一切伟大不朽的作品中。比如屈原的《离骚》、司马迁的《史记》、白居易的《琵琶行》、罗丹的《思想者》、贝多芬的《命运交响乐》等等，都反映了时代的脉搏和作者的心灵，都是在无限哀愁中产生的。”

吴深有同感地点头，迟疑了一下：“先生，知道孙多慈的消息吗？”

徐：“我去印度之前在新加坡接到她最后一封信，以后就中断了联系。”

吴：“她去年底结婚了。”

“哦？”徐有些意外。

吴：“在父母的劝说下，她嫁给了浙江省教育厅长许绍棣。许绍棣的前妻病逝了，还留下两个女儿。”

“哦。”徐没有再说什么。

吴：“听说她信了基督教。”

“哦？”徐还是没有其他的话。

吴：“可能她的婚姻并不幸福，心里的话才向上帝去说。”

徐依然没有回答，只是深深叹了口气。

吴继续钉床。

徐转换了一下情绪，关切地：“你的眼病彻底治好了吗？”

吴："基本上好了。"

徐："要彻底治好！你是画家呀！"

吴点头，又想起："对了，先生，全国木刻展，后天要开幕了。"

徐很感兴趣："哦！那一定要去看看。"

此时屋外传来人声。

"徐先生！吴先生！吃饭了！"学生们端着饭菜蜂拥而来。

大家在屋外的长条木案上摆满饭菜，徐、吴与学生们围坐四周。

"全系吃顿团圆饭！"

"我们盼今天可是盼了好久啦！"

"我做的四川风味，麻婆豆腐。"

"听说您爱吃鱼，尝尝我做得好吃吗？"

徐快乐而感动地笑着，眼泪直打转，吃起来。

21-4　全国木刻展厅门外　秋　徐悲鸿、杨剑公、观众

观众进进出出，人并不多。

徐悲鸿兴奋地走出来，恰遇来看展览的杨剑公。

杨："先生，您看完啦，怎么样？"

徐："美不胜收啊！李桦、力群、王琦二十几位木刻家的力作，有写实主义的，有印象主义的，奇思妙想，个性鲜明！"

杨："那当然！这几位都是木刻名家嘛。"

徐："剑公，你尤其要注意第二展厅一位叫古元的几幅作品，《铡草》和《哥哥的假期》。特别是《铡草》，堪称中国现代美术最成功的作品之一。有天才！有功力！"

杨颇感兴趣："我怎么从来没听说过这位木刻家，叫什么？"

徐："古元。是延安方面送来的作品。看了，真使人震撼！狂喜！"激动地掏出怀表看，"下午三时，此刻是一九四二年十月十五日下午三时。我要永远记住这个时刻，我在这一刻，发现了中国艺术界一位卓绝的天才，中国共产党的大艺术家古元！"

杨也被感染："那，我马上去看。"

徐："我回去立刻写文章！"

21-5　重庆张道藩办公室　秋　张道藩

张道藩在打电话，怒气冲冲："你们《新民报》为什么登徐悲鸿这篇文章？"

张拿过桌上的报纸，忿忿地读："他竟然说'古元是中国艺术界卓绝的天才，是中国版画界诞生的巨星，是他日国际比赛中一位选手，他必将为中国取得光荣。'你作为总编辑怎

么审的稿子？这样的文章也一律照登吗？什么？名人？管他什么名人不名人！”

对方在电话中申辩。

张：“不要狡辩！全国木刻展，同意中共方面的作品参展，只是顾念抗日大局，给他们一席之地而已，不等于要把他们捧上天！按照徐悲鸿的说法，延安方面的作品在全国是独占鳌头啦！总编大人，这里是重庆，是党国的陪都！不是延安！你不要长他人的志气！”

对方又解释着。

张：“不要避重就轻！你说徐悲鸿只是谈木刻艺术，请问，世界上有没有脱离政治的艺术？尤其是出自延安方面，尤其是出自徐悲鸿笔下？啊？毛泽东今年五月在延安就宣称，他们打天下靠两支军队，拿枪的军队和文化军队。现在，他们的文化军队攻上门来，我们可好，俯首称臣！”

对方又说着什么。

张：“好好好，言论自由！言论自由！那你尽管给徐悲鸿们提供讲坛好了！可你要明白，别人也有自由发表相反的言论！至于政府，是绝不会容忍异己的声音左右舆论的！我不是以中宣部部长的名义威胁你，而是以一个普通读者的身份对贵报强烈抗议！”

他说完，“啪”地摔上电话，气愤地走来走去。突然又抓起电话，拨号：“中央日报社吗？请转总编辑室。”

21-6　重庆中央大学教师宿舍　秋　徐悲鸿、吴作人

小屋里，徐悲鸿在写着什么，吴作人兴冲冲进屋。

吴：“先生，我刚看完木刻展，您想象不出那样热烈的场面，观众人数猛增！不少人都是拿着《新民报》，对照您的文章去看的。”

“哦！”徐也很兴奋，“官方舆论压制也是枉然！”

吴：“您的文章给木刻展注入了活力，重庆美术界很久没有这样的盛事了！先生，正如您所说，古元的作品果然精彩！”

徐热烈地：“那个《铡草》的农民背部表现得多好啊！画人，从背部表现比从正面更难。他那幅《哥哥的假期》，每个人物都刻画得十分生动，这全靠素描根底。”

吴：“对！我记得鲁迅先生说，‘木刻究竟是绘画，所以要先学好素描。’您跟他的观点完全一致！”

徐仍沉醉地：“李桦刻画的两个士兵头像，是印象主义的，没用明显的轮廓线，而用明暗色调表现出光与影的模糊效果，妙极了！中国新木刻运动诞生还不到二十年，真是可喜可贺！作人，我还要告诉你一个好消息，筹办中国美术学院的事定了。筹备处设在磐溪，我搬过去住。中央大学艺术系的课也兼着。”

吴：“太好了！总算有了中国的美术研究机构。”

徐："那你就得教授、研究员双肩挑了。"

吴痛快地："行，跟着您怎么都好！"

徐："搞研究不能两手攥空拳，我马上去桂林取回存放的资料，顺便招一名图书管理员。"

吴："让苗真跟您一起去。"

21-7　桂林口试考场　1943年　春　徐悲鸿、廖静文、苗真、考生

一位衣着时髦、烫发浓妆的姑娘走出口试考场，两位服饰艳丽的考生围上去："问的什么？""难吗？"

时髦女郎："会者不难！我是谁！"

"哟！明天还不知谁能金榜题名呢！"她们与时髦女郎喧哗而去。

只剩一个穿蓝布旗袍、不施粉黛的姑娘，静静地站在墙边。

苗真叫："廖静文——"

姑娘走进考场，她的端庄、脱俗和书卷气，使得徐悲鸿眼睛一亮。

徐悲鸿："请坐，廖静文。"廖静文在对面落座，"你的笔试成绩是第一名。"

廖羞怯地笑笑，望望桌上一大摞试卷。

徐语气温和地："你的爱好是什么？"

廖胆怯地："我爱看书。"

徐："你都看过些什么书？"

廖："《家》《子夜》《彷徨》，还有托尔斯泰的《复活》，屠格涅夫的《父与子》。"

徐："除了这些，你还看过什么书？"

廖："《西游记》《三国演义》《红楼梦》……我很爱中国古典诗词。"

徐："你爱谁的诗呢？"

廖："李白、杜甫、白居易，还有岑参、陆游……"

徐打断她："你能背几首陆游的诗吗？"

廖想了想，背了起来："僵卧孤村不自哀，尚思为国戍轮台。夜阑卧听风吹雨，铁马冰河入梦来。"

徐："你为什么喜爱这首诗？"

廖："因为诗人真挚的爱国热情感动了我。"

徐赞许地点头："你还能背陆游其他的诗吗？"

廖想了想，又背着："城上斜阳画角哀，沈园非复旧池台。伤心桥下春波绿，曾是惊鸿照影来。"

廖接着说："我曾经为诗人不幸的家庭悲剧和终生不渝的爱情而深深感动。"

徐又赞许地点点头，等她说下去。

廖怀着尊敬的心情："先生，不久前，我在《新民报》上读到您赞扬木刻家古元的文章。"

"哦，你也读美术方面的文章？也爱美术？"徐露出一丝微笑。

廖："是的，先生。我还读过您和徐志摩辩论的文章，您写的'我以为真理高于一切'，"羞于恭维，小声地，"我印象很深。"

"看来，你是个求知欲很强的人，很用功吧。"徐的声音变得亲切了。

"不，我很爱玩。"廖渐渐活跃起来，"在学校爱打排球，还是田径选手。"

徐淡淡一笑："哦，你为什么要离开抗日文艺演出团，来考美术学院图书管理员？我昨天还看了你的演出。"

廖不假思索："我，我想去重庆，以后考大学。重庆的大学很多。"话一出口，又怕因此落选，担心地望着徐。

徐却激赞地鼓励她："很好！每个人都应当有远大的志向。"思考一下，又低声征询苗真，然后郑重宣布，"我们决定录取你。因为要立即清理四十箱藏书藏画，然后带一部分回重庆。如果你不能马上来工作，我们将由其他考生递补。"

"怎么，立刻就要来？"廖面带难色。

徐期待地望着她。

廖忽然肯定地："我明天就来！"

徐很高兴，又不无忧虑地："那文艺演出团会不会……"

廖笑了："先生，这已超出了考试范围，不过，我一定给您满意的答案。"

徐低声地："我等着。"眼中闪过异样的欣悦。

21-8　岩洞　春　徐悲鸿、廖静文、苗真、冯法祀

巨大的钟乳石洞，燃着几束火把。在一大片木箱之间，徐悲鸿、廖静文、苗真显得很小。

徐仔细察看箱中每一件是否霉损，选出的交给廖，一件件重新整齐地在另外的箱中放好。

拉斐尔、罗丹、苏里柯夫等大师的作品使廖不时发出低声的赞叹，以至忘了码放装箱。

徐看着她入迷的样子，笑了。

廖真诚地："先生，我好像走进了一座圣殿。人类的智慧是多么崇高啊！"

徐赞同地点点头，大家继续工作着。

一本书打开，扉页上"悲鸿旅欧最穷困之际"，另本书扉页"悲鸿梦寐以求，借资购得"，廖看着徐的手迹，转头探究地望着徐。

徐不停地清检、翻阅，爱抚着每一件藏品。有时微笑，有时陷入回忆和思索。他始终神采奕奕，毫无倦容。

这时，冯法祀带着自己的作品走进山洞。

冯叫："先生！"

徐高兴地："法祀！快来。"

苗真："法祀！"

冯："苗真！没想到我们又在先生这里见面了。"

徐热情地："我介绍一下，这是我们新招的资料员廖静文，他是我在南京中央大学艺术系的高才生冯法祀，和苗真是同班。"

廖认出他："你是演剧四队的吧？"

冯："你怎么知道的？"

廖："我看过你演的日本鬼子。"

苗："法祀，当初可没看出来你会演戏啊。"

徐指着冯对廖："他是真正的科班出身的画家，现在又成了多面手。"

冯："在演剧队，一个人要顶几个人，我除了搞美术，还当演员，既设计舞台，又要绘景，还要动手制作。休息的时候还要画壁画、出墙报、写标语，什么都干。"

苗钦佩地点头。

徐："大时代一定能锻炼出大艺术家！好，把你的作品拿来给我看看。"

冯递给他几幅画。

苗、廖也凑过来看，表示赞许。

徐看了十分满意："这几年，你的绘画成熟得很快，有生活、有思想、有技巧。就这样搞下去，一定会出杰作！法祀，我决定聘你为中国美术学院一位特殊的研究人员。"

冯："怎么个特殊法？"

徐："你仍然在演剧队，只要每年交我几幅画就行。你这样不脱离战斗，不脱离生活，又从事绘画，才是一条坚实的创作道路！你演剧队工作的间隙可以到重庆来住一阵，专心画画。"

冯："那太好了！"

苗："先生，二十个箱子都装好了。火车托运定在五天之后，您也趁此休息一下吧。"

徐："我的休息就是作画。租条小船，我们一起游漓江。"

苗："我还要落实一下托运的事，我就不去了。"

冯："我队里也有许多工作呢。"

徐："那，我等着你的作品，我们重庆见！"

21-9 漓江 春 徐悲鸿、廖静文

竹篙撑起，小篷船在江流中缓缓前行。

徐悲鸿若有所思地观赏着山水，然后打开画夹，在船篷下勾《国殇》草图。

廖静文沉醉于如诗的美景，坐在船头，哼着《梦幻曲》。

歌声抚慰着徐，他放下画笔，注视着廖，勾画她的头像。廖未发觉，继续唱着。

小船在歌声中轻轻移动。

廖回眸："先生，您也爱音乐吧？"

徐微笑着："噢，很爱。我在巴黎最穷困的时候，宁愿饿着肚子，也不愿放弃一场好音乐会。唱吧，接着唱吧。"

廖反倒不好意思唱了，发觉徐在画自己，试探地："先生……"

"看看吧，像不像？"徐递过画像。

廖接过看了一眼，情不自禁地："先生，能送给我吗？"

徐笑着："可以。"

廖："先生，您一定比爱音乐更爱美术吧？"

徐："那当然。"

廖："您夫人也是画家吗？"

一种痛苦突然掠过徐的面孔。廖凝视着他。

徐："我没有家，妻子和我在七年前就分开了。"

廖："您为什么遗弃她？"

"遗弃？"徐重复着，"绝不是遗弃！"

廖："那又为什么呢？"

徐沉默了片刻："我们对生活的态度很不一致，追求的东西迥然不同，而且她丝毫不爱艺术！"

小船漂流，青峰退去，一只鸥鹭掠着水面环飞，山水间传来他们的对话。

廖："您不能帮助她吗？"

徐："我尽了一切努力，但她愿意走另外一条路，她认为那是幸福的。"

廖："您是说，她愿意和您分手？"

徐："是这样。"

廖："您有孩子吗？"

徐："一个儿子、一个女儿，都跟她在一起生活。"

廖："七年来，您就一个人生活？"

徐默默地点了点头，不再说什么，继续画《国殇》草稿。

船头划破水面，涟漪一波波泛开。

江天寥廓，迷蒙中，一只小舟，几声鸥鸣。

21-10 重庆中国美院筹备处 春 徐悲鸿、廖静文、苗真

廖静文拿着画从资料室门口走出，见徐悲鸿把刚洗的床单、枕巾晾到晒绳上，然后进屋拿着大画夹匆匆出来。

廖：“先生，一早就洗床单、枕巾呀。”

徐：“下班回来就干啦，晚上就可以换上了。”

廖：“先生，这是您要的莫奈的《日出印象》与列宾的《伏尔加纤夫》。”将画给徐。

徐亲切地：“你整理的古埃及、古希腊的艺术资料很系统，今天你再汇集一下有关木刻的论述。”

廖：“好的。”

徐拿着画出门。

廖望着他的背影，很有感触。

女画家苗真走来，抱着一只可爱的小狗。

廖：“这是你养的？它叫什么？”

苗笑着：“小乖乖，我画动物。廖静文，吃早饭去吧。”

廖：“好。苗真，我看见徐先生上班之前就洗了床单枕巾，他得多早就起床啊。他早饭也没吃就去中央大学上课去了。”

苗充满同情：“唉，徐先生一个人生活真难啊，饮食、洗涮都是自己料理，还要创作、教课、操心美术界的大事。”

廖：“他夫人该回来照顾他呀。”

苗苦笑：“你太天真了，她绝对不会回来。”

21-11 重庆中央大学艺术系教室 春 徐悲鸿、钟翔、苏扬、杨剑公、学生

学生们各自在画架前作画。

徐悲鸿在钟翔画的船工上改了几笔：“找机会与船工生活一段，你会收获更大。”

徐拿出列宾的《伏尔加纤夫》给大家看。

徐：“这是俄国杰出画家列宾的《伏尔加纤夫》。列宾在一次郊游中看到一群纤夫，衣衫褴褛，蓬头垢面，用纤绳拉着逆水而上的货船。这奴隶般的劳动使他震惊，他喊着‘这简直是把人当牲口使唤哪！’

“列宾满怀激情来到伏尔加河边，与形形色色的纤夫交往，有被革职的神父、农民、水手、少年、退役军人、希腊流浪汉，他经过反复构思、修改，用了三年才完成了这幅举世

闻名的作品。我在苏联看过列宾画的不同画稿。所以说，不朽杰作往往是生活的馈赠。”

学生们听了深有感触。

徐又走到苏扬画架前：“你的画很有个性，色感特别强，我不能给你改，你可以根据自己的感觉和画法去画。”又拿出莫奈的画，“你看法国印象派大师莫奈的《日出印象》，画中光色变化与空气感多么使人陶醉。莫奈像夸父追日一样捕捉着阳光在大地上变幻无穷的色彩。”

学生们传看着《日出印象》，啧啧称奇。

徐：“莫奈用细碎的色彩笔触排列，表现自然中的‘外光’，造成一种‘光’与‘色’生动跳跃的感觉。他如此描绘风景，却被当时的学院派视为‘野狐禅’。其实，印象派画家技法上的革新是建立在对色彩的科学分析上的，用自己天才的眼睛和技艺超群的手，把大自然瞬间美妙的光影固定在画面上。

“说到点派，我国北宋画家米芾首创点派，用墨点出深浅浓淡，写山中烟云、雨中景物。米芾可谓世界上第一位印象主义者。”

学生们如饥似渴地听着徐的精彩讲话。

徐讲完，走近苏扬：“我想用自己的两幅画换你这幅画。”

苏与同学们都愣住了。

苏受宠若惊：“先生要是喜欢，拿去就是了。”

“不，一定要交换，不能白拿。”徐立即走向画案，开始画。

学生们惊异而兴奋地围上去看徐画画。有人还向苏投去艳羡的目光。

突然，校园响起钟声。

钟翔：“先生，教务处通知，全校集合，蒋委员长要来演讲，然后和教授们座谈。”

徐悲鸿听了一言不发，继续埋头作画。

学生们不知所措，交流着目光。

徐：“那就下课，大家自由活动吧。”

大部分学生跑出教室，只剩几个学生依然围着，看徐画画。

苏扬有些担心：“先生，您也不准备出席座谈会？”

徐望着他笑了：“现在是上课时间。”说完继续画画。

学生们对徐的态度暗暗交换着敬佩的眼光。

此时，杨剑公匆匆跑来：“先生，蒋梅笙先生刚刚在重庆市立医院去世了。”

徐一惊：“啊！”

21-12　医院太平间　春　蒋碧微、张道藩、徐悲鸿

蒋碧微在覆盖着白布的父亲遗体前哀泣，张道藩在劝慰。

徐悲鸿来了。张、徐点头，低声致意。

张："碧嫂，悲鸿来陪你了。那么，我去为老人家选购棺木，太平间不能停灵太久，很快就要入殓的。"

碧微点头。

张："碧嫂，节哀顺变吧，不要太悲伤了。"走了。

徐："没想到，前次见面，竟成永诀。"

碧微喃喃地："从现在起，我已经没有父亲了。"

二人静静地守灵。

碧微自语："父亲一辈子，没有一张画像。"

徐听了，从随身的皮包中取出速写本，掀开逝者覆盖的白布，画着素描。

屋中只听炭笔的沙沙声。

徐将完成的素描遗像交给碧微。

碧微："这是父亲第一幅，也是最后一幅画像。"又落下泪来，竟怨尤地望着徐。

二人又沉默着。

徐："你不要难过了，老人家的后事总得好好地办！钱的问题，你不必担心。"

碧微："不然！老人家平生轻易不用人家一文钱！现在他过世了，我必须遵照他的意志行事，我认为这比什么都重要！至于丧事，我只求尽哀尊礼。有钱是有钱的办法，没钱就做没钱的打算，我必须声明，我绝不接受任何人的帮助！"

徐沉默一会："现在，我替你想想，也为孩子们着想，这样下去，总不是办法呀！"

不料，碧微却刻毒地："为什么二十多年来你永远不改，无论在任何地方，任何时间，完全不顾我的心情？父亲还僵冷地躺在我们身边，我难过得无法支持，你居然还有心和我谈什么感情问题。我真为父亲二十六年来对你的错爱抱屈！"

对于这劈头盖脸的一顿数落，徐惊讶得讲不出话来。

碧微继而坚决地："我们既已分开，一动不如一静！天下离异的人很多，不足为奇！你和我的个性太不相同，勉强再在一起，将来万一又闹离婚，岂不是大笑话！如果你需要女人，尽管去找吧，难道我还会跟你捣乱不成！"

徐不再说话，只是拿出一包东西给她。

碧微挑衅地："什么？"

徐："这两千块钱，给老人家办事用。"

碧微厉声地："我说了，我父亲不用别人的钱！"

徐并不望她，只是伤感地低语："这是我送给三十年前结识的一位长辈、朋友的。"说完，放下钱，向蒋梅笙遗体深深鞠躬，然后走了。

碧微百感交集地哭起来。

第二十二集

22-1　重庆中国美院筹备处廖静文住室　春　徐悲鸿、廖静文

煤油灯下，廖静文正在为投考大学复习功课，她手抄一份化学元素周期表，贴在墙上，抬头从玻璃窗看见对面楼上的徐悲鸿从走廊的晾绳上收晾干的衣服。

廖继续复习功课。

22-2　重庆中国美院筹备处徐悲鸿住室　春　徐悲鸿

徐悲鸿回屋，叠衣服，见少个纽扣，从笔筒中拿出针线，在煤油灯下缝上。

22-3　重庆中国美院筹备处廖静文住室　春　徐悲鸿、廖静文

夜已深，廖静文准备就寝，拉窗帘时，见徐悲鸿独自下楼。

廖关注地望着。

22-4　竹林　春　徐悲鸿、廖静文

透过疏离的竹子，徐悲鸿孤独地徘徊。

廖静文披着外衣来到竹林，走到徐身后。

廖轻声地："先生，夜深了，您应该休息了。"

徐惊讶地回头："小鬼，这么晚，你起来干什么？"

廖："先生，夜里寒气很重您会着凉的。明天一早，您还要去中大教课。您应该有足够的睡眠。"

"哦，知道了。"徐神色忧伤，"还有什么要说的吗？"

廖："没有，先生。"但，仍未走开，"先生，我觉得我是那样尊敬您，您好像有什么痛苦，我为您感到难过。"

徐叹息一声："你还年轻，对复杂的生活缺乏了解，不要过问我的事情吧！"

廖真挚地："不，先生，我觉得您应该有个温暖的家，您为什么不设法和您夫人和解呢？"

徐："和解？这事绝不可能了，她拒绝和解。她说得对，我和她的性格太不相同……"

廖："您为什么不能迁就迁就她呢？"

徐："有些事是无法迁就的。比如说，我是一个艺术家，我能不爱艺术吗？"

他有些激愤了，瑟缩着身子，仿佛寒气侵袭着他。廖立即将外衣轻轻披在他身上，他

没有发觉，思绪完全沉浸在回忆中了。

廖："既然性格、趣味相距那样大，当初你们怎么能爱上呢？"

徐回过神来，沉郁地："开始的时候她并不是这样，而且，当时我们很年轻，对爱情、婚姻、生活都缺乏深刻的了解。唉，人哪……"他仰望夜空，叹息。

廖不说话，同情地望着他。夜的寒气使廖猛地打了个喷嚏。

徐突然惊醒过来，看她一眼，催促道："回去睡觉吧。"

廖："那么，先生，您也回去睡觉。"

徐点了点头。

22-5 重庆中国美院筹备处 春 徐悲鸿、廖静文

徐悲鸿、廖静文上楼，各自回房。

22-6 重庆中国美院筹备处徐悲鸿住室 春 徐悲鸿

徐悲鸿擦亮火柴，点上煤油灯，这才发现自己披着廖的外衣。他突然意识到她为什么着凉。他想立刻还衣服，走到门口，见对面楼上廖室的灯正好熄灭。

他拿着衣服，慢慢地踱到桌边，坐下，下意识地捻着煤油灯捻，忽暗忽明。

在他明暗变幻的面容中，隐隐露出眼睛深处一丝希冀的光。

22-7 重庆中国美院筹备处 春 徐悲鸿、苗真

苗真端着一碗荷包蛋恰遇匆匆回来的徐悲鸿。

苗："徐先生，您下课了。您快去吃吧，饭都凉了。"

徐望望她端的碗："怎么，身体不舒服？"

苗："廖静文感冒了。我给她做了两个荷包蛋。"

徐意外地："哦！"

22-8 重庆中国美院筹备处廖静文住室 春 徐悲鸿、苗真、廖静文、同事

苗真端着碗对卧床的廖静文劝着："趁热吃一点吧，发发汗就好了。"

周围还有几位探望的同事。

廖："谢谢你，苗真，我吃不下。"

苗真给她加盖了厚衣服："那就捂一捂，好好睡一觉。"又把暖瓶拿到床边，"多喝点水。"

廖："我没什么，你们去忙吧。谢谢大家。"

苗："有事叫我。"

“好好休息。”众人嘱咐完离开。

廖昏昏沉沉地闭着眼。

徐悲鸿拿着廖的外衣和一瓶药，轻轻敲门。

廖：“请进。噢，徐先生。”要挣扎着坐起。

“躺下，躺下。”徐坐到她床边，“光照顾我了，自己倒感冒了。觉得哪儿不舒服？”

廖：“头沉，无力，浑身发冷。”

“来，吃点药。”徐倒水，给她服药，“小鬼，你太善良了，何必关心我的事呢，我已经独自生活了七年。”

廖：“您不应该这样孤单地生活，昨天夜里，我看见了您心里的痛苦。”

“这算不了什么，工作一忙就会忘了。”徐压低声音像是自语，“当然，我也渴望有一位志同道合的伴侣生活在一起。但是，过去的教训使我不愿经受那些家庭的吵闹和纠葛了。我已经四十八岁了。”

廖：“先生，我记得托尔斯泰写过这样的话，‘幸福的家庭都是相似的，不幸的家庭各有各的不幸。’这就是说，幸福的家庭还是有的。”

徐望着她：“只不过对我来说，是可望而不可即的事。”

两人都没有说话。

“先生，”廖看看表，“您应该走了，画展的许多工作还没有准备好。”

徐接过她手中的水杯，触到她，突然惶恐地：“你烧得烫人！我马上去找医生。”说着冲出门。

22-9　重庆中国美院筹备处　春　徐悲鸿、苗真

徐悲鸿急跑下楼。

苗真闻声出门：“先生，出什么事了？”

徐边跑边说：“廖静文烧得厉害，我去找医生！”

苗喊：“先生，我去吧，我跑得快！”追去。

22-10　重庆中国美院筹备处廖静文住室　春　徐悲鸿、苗真、廖静文、医生

医生给廖静文打完针：“她不但是感冒，主要是恶性疟疾。”

徐悲鸿：“严重吗？”

医生：“打了阿托平，病情会控制住，还要吃药、休息。要注意她的体温。”

22-11　重庆中央大学艺术系教室　春　徐悲鸿、学生

“画是用脚画的。”徐悲鸿语出惊人。

新生们相互传递着惊异的眼光。

徐："画架要支得离墙远一些，以便写生时从同一角度随时退后观察。你们开始学画，要记住这点。"

学生们挪动画架。

徐："在画面近处只能看清局部，必须退到一定距离看整体，与实物对比，才能观察入微。作画要多看少动笔，为此就要不断前后来回走动，所以说'画是用脚画的'。"

学生们兴致勃勃地开始画。

22–12　重庆中国美院筹备处廖静文住室　春　廖静文、徐悲鸿、苗真

廖静文在睡觉，苗真提着暖壶轻轻进门。

廖醒了："苗真。"

苗："暖壶我放到床边啦。"

廖："好，总麻烦你。"

苗："这有什么！我给你倒杯水，放在这儿啦。你还需要什么吗？"

廖："不要什么啦。"

苗："你休息吧，我走了。有事叫我。"

廖："哎，谢谢你。"

苗退出屋。

廖闭目休息。

徐悲鸿脚步急促地上楼。

廖忽然睁开眼，听着熟悉的脚步声，眼中露出兴奋的光。

徐轻轻推开屋门。

廖高兴地："先生，您回来了。"

徐温和地："感觉好些了吗？"

廖："比前两天好多了。"

徐摸摸她的脑门："还有些热。"拿起温度计给她量体温。

廖："先生，您教课很累，去休息吧，我没事了。"

徐："中午吃东西了吗？"

廖："吃了点馄饨。"

徐给她数脉搏，又问："药按时吃了吗？"

廖："吃了。"

徐："脉搏很正常。"又看体温计，"还有些烧。再吃两天药吧，药还有吗？"

廖："有。"

徐检查了药："晚饭想吃点什么？"

廖："在家里生病的时候，奶奶总给我做粥。"

"好，一会让刘师傅给你煮一点粥。"徐看了看她，温存地，"想奶奶了？"

廖点头："我很小的时候，妈妈就去世了。生病的时候总是奶奶照料我，格外对我好。我都盼着生病呢。"

徐笑了："我从小可没享受过照顾。"

廖："先生，讲讲您小时候的事吧。"

徐望着她，语调舒缓地道来："我出生在江苏宜兴屺亭桥镇。父亲是一个穷苦的农村画师，家里还种着几亩瓜田。我很小就帮家里放牛、车水、看瓜田。六岁父亲教我识字读书。那时候，我就喜欢画画了。可父亲说，'画画是吃空心饭，怎么能靠它谋生呢！'我十三四岁，家乡连年水灾，我跟父亲辗转临乡，鬻文卖画为生。一次，一个财主过六十大寿，让父亲写六十个不同笔体的福字，还没写完，我父亲就病倒了……"

22-13　破庙　夏　少年徐悲鸿　徐悲鸿父亲

徐悲鸿父亲躺在一张破席上，病势危重，少年徐悲鸿在一旁照顾。

徐父："这六十个福字，如果不按时完成，财主不仅不给钱，还要罚我们的款，怎么办呢？"

少年徐："由我接着写吧。"

徐父："你哪有书法功底？只给人写过'时和世泰，人寿年丰'的一些春联。"

少年徐："事到如今，您就让我试试吧。"

少年徐一边在砂锅中熬药，一边翻看仅有的几本字帖，绞尽脑汁变换着字体，在小桌上写着。

22-14　重庆中国美院筹备处廖静文住室　春　廖静文、徐悲鸿

廖静文："这六十个福字完成了吗？"

徐悲鸿亲切地回答："完成了。从此，父亲看出我是个画画的料，尽心地教我，让我画所见的鸡、犬、牛、羊、村、树、猫、花、邻人和乞丐。"

廖："当年您跟父亲到处流浪，一定吃了不少苦。"

徐眼中闪着光彩："奔走江湖，苦是苦，可也有它的乐趣。故乡的山水和一路的见闻，给了我太多的滋养！这就是我的童子功。"

22-15　宜兴大浦桥　秋　徐悲鸿父亲、少年徐悲鸿

徐悲鸿父亲与少年徐悲鸿拿着画具、背着行囊，走过石桥。

桥下妇女在洗菜。

22–16　宜兴蜀山古南街　秋　徐悲鸿父亲、少年徐悲鸿

徐悲鸿父亲与少年徐悲鸿沿着报废陶皿砌成的墙，背着行囊、画具走去。

徐父："范蠡住在这一带研究陶业，后来这里出现了很多制陶的能工巧匠。"

22–17　宜兴古龙窑　秋　徐悲鸿父亲、少年徐悲鸿

陶窑像一条巨龙匍匐在地。徐悲鸿父亲与少年徐悲鸿走过。

徐父："这是明代烧窑的古龙窑。知道多少年了吗？"

少年徐："五百多年了吧。"

徐父："对。"

22–18　陶器阵　秋　徐悲鸿父亲、少年徐悲鸿

徐悲鸿父亲与少年徐悲鸿走来。窑边堆满了各种烧好的陶器。

徐父："知道陶朱公是谁？"

少年徐："范蠡。"

徐父："造缸先师呢？"

少年徐："不知道。"

徐父："也是范蠡。他教百姓兴陶致富，人们称他'造缸先师''陶祖'！"

22–19　宜兴竹海　夏　徐悲鸿父亲、少年徐悲鸿

海一样的毛竹林。

四处卖画的徐悲鸿父亲与少年徐悲鸿从竹山走下。

徐父："你记得郑板桥的咏竹诗吗？"

少年徐背着："'咬定青山不放松，立根原在破岩中，千磨万击还坚劲，任尔东西南北风。'对吗？"

徐父："对。你记住，做人做事都要这样坚韧、刚毅。"

22–20　重庆中央大学艺术系教室　春　徐悲鸿、学生

学生们围着徐悲鸿请教。

学生甲递上自己临的画："先生，我临了您画的《铁锚兰》。"

"哦！"徐仔细看。

学生们都期待着先生的夸奖，互相递着眼色。

徐看完画，满意地点点头。

学生甲笑着又递上两幅："我还临了您的《猫》和《雄鸡》。"

学生乙："先生，是不是可以乱真啦？"

学生丙"他要临遍您的作品呢！"

徐收住笑容："临遍我的作品，然后呢？"

"然后？"学生甲不懂徐所指，"什么然后？"

徐："你们知道孙悟空吧。"

众学生："当然知道！"

学生甲："那谁不知道！"

徐很亲切地："我不希望像孙悟空，吹一口气，复制出许许多多一模一样的小猴子。纯粹的模仿培养出许多小猴子，对繁荣中国美术事业有什么意义呢？"

大家不作声了。

徐："你们一定要重视写生！画猫要拜真猫为师，画鸡要拜真鸡为师。你们刚入学，路子一定要走正。我现在给你们布置作业，每人每周画四种四条腿的动物、四种两条腿的动物。可以吗？"

"行！"

22-21　重庆中国美院筹备处廖静文住室　春　廖静文

屋内已点上油灯。

廖静文支着耳朵听外面的动静，有脚步声！她兴奋起来。可是，不是徐悲鸿那熟悉的脚步，她失望了。

22-22　重庆中国美院筹备处　春　徐悲鸿

徐悲鸿快步奔上楼梯，来到廖静文门前，平静了一下呼吸，轻轻推开门。

22-23　重庆中国美院筹备处廖静文住室　春　廖静文、徐悲鸿

徐悲鸿急步来到廖静文的床前。

廖却含着满眶眼泪。

徐："小鬼，又想家了吧？"

"不是。"廖低声说。

徐："那又是为什么呢？"

廖："我以为您今天不会来了。"

"就为这个掉眼泪吗？唉，真像个孩子！"徐怜爱地，"我在中央大学除了教课，还有其他事情要处理。以后，如果我来迟了，也不许哭，要耐心等待，知道吗？”眼睛里闪着欢悦的光，一面急忙替她量体温、数脉搏，“药吃了没有？”

廖：“吃了。”

徐看看体温表：“啊呀！”

廖：“怎么？”

徐高兴地：“你退烧了，体温正常了。”

“太好了！那我马上就可以工作了。”廖的精神也为之一振。

22-24　重庆中国美院筹备处徐悲鸿住室　春　徐悲鸿、廖静文、苗真

徐悲鸿的画室兼卧室，家具十分简陋，触目的特点是画和画具到处都是。

黄昏，徐在大木盆中用搓板洗衣服。

廖静文抱十几轴画，敲门而入。

廖：“先生，您又洗衣服哪。”

徐：“嗯。怎么，取回来了？”

廖：“这十五张画今天刚裱好。”将轴画插在画缸里，“先生，又有什么新画吗？我明天再送去裱。”

徐：“过两天，再攒一批吧。”

廖想帮助洗衣服，又不便插手，于是指指墙边靠着的几十个画框：“下一批画框，下周送来。这些做得还可以吧？”

徐：“嗯，我检查过了，很好。你疟疾刚好，不要太劳累了。”

廖：“多做些事，我心里高兴。等画目定下来，我就能帮您编写画展目录了。”

徐：“好。哎，对了，今天我买了一小盆银边吊兰给你。”

廖：“是吗！”凑近挂在竹书架上的吊兰，“真好看。小时候，我见奶奶养了好几盆呢。不过，没有这种银边的。”

徐：“这种银边吊兰，在光线弱的地方长得更漂亮，银边更突出。要避免阳光直射，还有，水不要浇得太勤，要见湿见干。”

廖：“您怎么什么都懂。”

徐笑了：“我也画花鸟啊，养过。”

二人到走廊晾衣服。

徐：“哎，你报考哪个大学定了吗？”

廖：“还没有考虑好呢。”

此时防空警报响起。

苗真抱着两只小猫小狗跑出屋：“徐先生，快躲警报！”跑下楼。

廖："先生，我们进防空洞吧。"

徐："你怕吗？"

廖："先生不怕，我也不怕。"

徐："我们不会中头彩的，放心吧，今天我要赶完两幅画。"

廖："那我来帮您。"

远处传来敌机轰炸声。

徐愤恨地："日本鬼子，欺人太甚！"

廖研墨，徐用刷子蘸墨，愤然挥洒出挺拔粗大的竹竿。廖抻纸，徐迅疾地画竹叶，完成，放下笔。

徐："喜气写兰，怒写竹！古人说得不错。"

一幅顶天立地的三竿墨竹。

"好大的气魄！"廖赞叹着。

徐："我家乡盛产巨大的毛竹，我非常喜爱宋人文与可画的竹。可中国传统画受工具限制，只能画瘦竹。我在新加坡看到工人用棕刷刷墙，受到启发，改用刷子画竹。这个方法不知文与可如何看待。"

廖机灵地："那您题字问他吧。"

徐笑道："可以。"在画上题"未知与可以为何如"。

廖："文与可说，'好！'"

徐开心地笑了。廖也笑起来。

徐："哎，你明天帮我买八面镜子。"用手比画着大小。

"八面镜子？"廖不解。

徐："对，八面镜子。"

22-25　重庆中央大学艺术系教室　春　徐悲鸿、学生

徐悲鸿把一面面镜子发给新入学的学生："女同学有镜子，男同学很少有人有吧？"

学生们拿着镜子，不解地互相望着。

学生乙："先生，这做什么用呀？"

徐："照自己呀，搔首弄姿呀！"

学生们吃吃地笑，仍然不解。

学生丙："艺术家很多不修边幅，我们用不着天天照镜子。"

徐："这可是我给你们的入学礼物。"

学生甲："噢，是不是画自画像用？"

徐满意地点头："对。这是个好办法，自画像可以仔细研究，随请随到。对着镜子可以

做各种喜怒哀乐的表情，横竖没人看见，又省了找模特。我在巴黎学画的时候，常画。”

学生们兴趣盎然。

徐：“哎，除了上次说的画四条腿的、两条腿的动物外，每周还要画三张自画像。定期交作业。然后，还要默画出来。”

学生乙：“为什么还默画？”

徐：“默画能锻炼对形象的记忆力。不仅要默画画熟了的，将来还要能画只看了一眼的东西。有了这个本事，就能抓住生活中最生动的素材。怎么样？有问题吗？”

学生们纷纷表态：“没问题！”“行！”“完全可以！”

徐：“好，下面我们命题作画，听好，‘一个四川人站在黄桷树下’。”

学生丙：“四川人？四川人什么样啊？与山西人、浙江人有什么不同？”

学生乙：“先生，芥子园画谱上没有四川人，也没有黄桷树呀！”

徐：“画谱上是没有，生活中有没有？黄桷树是这里到处都可以见到的大树。四川人嘛，更是天天见的。学画，要勤于观察，不能闭门造车，照画谱模仿龙爪点、披麻皴，以至一木一石都画不像，毫无真感，更谈不上独创了。”

学生甲：“先生，您说的真感，是指对现实的感受吧。”

“对。真感是一切艺术的源泉。”徐在黑板上画了一棵黄桷树，又画了一个打包头穿长衫赤足的人，“这种打扮只有四川才有。”

学生们十分折服。

22–26　竹林　春　徐悲鸿、廖静文

徐悲鸿、廖静文在竹林散步。斜阳在竹林中射出一道道光流。

廖：“这里真静啊。”

徐愉悦地：“也真美！”

廖：“来到您身边工作，我的生活也变得充实美丽起来。先生，我怎样来感谢您的爱护和关怀呢？我将永远像您的学生那样尊敬您。”

徐露出微笑：“不要说感谢我，如果要感谢的话，我应当感谢你。”他十分谦逊地，“你为我做了许多工作。”

廖：“不，先生，那是我应当做的，而且，我做得太少，而我得到您的关怀太多，这是无法抵消的。”

徐温存地看着她：“你善良、朴实，我受到很深的感动。”

廖热诚地：“我愿在您身边，尽力做我能做的一切。”

徐激动起来：“静，这些天来，我有种奇怪的感觉，仿佛冥冥中，有人将你送到我面前，我是如此依恋你了，你似乎变成了我生命的一部分。”他紧紧握住廖的手。

廖有些惊慌："先生，我也情不自禁地依恋着您了，您在我心中打开了一个新奇的感情世界，但是，但是……"

"但是，你要说什么呢？静。"徐温情脉脉地望着她。

廖没有勇气说，只能沉默不语

徐放开她的手："静，我替你说了吧，'但是我不能做你的妻子'，对不对？"他的声音发颤，用忧郁的眼光望着她。

"是的，先生，请原谅我。"她垂下眼睛。

"为什么要说原谅呢？你是无可指责的，我曾反复考虑过，我今年四十八岁了，比你年长二十八岁，我原不该这样要求你。可是，感情这种东西却往往是这样出人意料。你来到我身边，努力医治我心灵的创伤，使我重新燃起渴求爱情和家庭的欲望。"徐深情地望着她。

廖低下头。

徐低声而亲切地："静，不要为我难过，年龄的差距是无法改变的。我绝不强求你，你做你愿做的一切吧。"他脸色柔和，眼中露出淡淡的遗憾。

廖心中矛盾已极。

徐轻声叹息："静，如果时间能如人意，让我年轻十岁，而你长大十岁，那该多好啊！"

廖啜泣起来。

徐抚摸着她的头发："不要哭了，我们以后不再谈这件事，让我们回到阳朔小船上去吧，就如同我们刚刚认识不久那样。"

廖迎着他的目光："谢谢您，先生，如果在我平淡的一生中曾经有过美妙的回忆，那就是从阳朔小船上开始的。"

22–27　重庆中国美院筹备处徐悲鸿住室　夏　徐悲鸿、张大千

室内显然经过重新布置，门内墙上明显位置挂着《溪山行旅图》，其余处也错落有致地挂着徐悲鸿心爱的画作。

张大千抱着两刀纸进来。

徐迎上："大千兄，你怎么拿这么多，太沉了。"

张："上次见面我说送给你，不能食言啊。"

徐："这真是雪中送炭！我在准备画展，正需要纸呢。唉，日本鬼子占领了安徽泾县，宣纸的来源断绝，市面上缺货很久了。这就是你造的纸？"打开看着，摸着。

张："我亲自试验配料造的。你画画试试。"

徐立即提笔蘸墨画了一幅《枇杷》，几颗果实娇黄可爱。

张：“这纸，你感觉如何？”

徐：“纹理纯净，色泽光亮，浸润吸水性好，保留墨色颜料效果也好。适宜画画也适宜书法。”

张得意地：“还适宜装裱。用于摹碑拓片，也非一般的纸可比。”

徐：“这下，我可以尽情地画了。”

张：“我也送了傅抱石、谢稚柳先生不少。我送你大、小两刀纸，用完我再给你拿。”

“谢谢！”徐感叹地，“康有为先生送过我清朝皇宫用的纸，我看乾隆皇帝用的御纸也不过如此！”

张十分开心：“能得到悲鸿兄的褒奖我很荣幸。”

徐：“大千兄，我聘你当中国美术学院研究员的时候，是冲着你画得好，懂理论，没想到你还会造纸，真是全才！难得，难得！”

张：“悲鸿兄，今天不光是给你送纸，你珍藏的董源的那幅《溪岸图》，请再让我看看。”

徐：“哎呀，不巧，这画，傅抱石先生借去了。上次，你不是在我这里足足看了两小时吗。”

张：“我要一读再读，读到烂熟于心，能摹画出来。”

徐笑了：“怎么，又要仿董源的画去卖啊？”

张：“不是，不是，我借看是最近正反复揣摩董源的笔墨。”

徐：“我也常常把这幅画挂出来研读，每次都有新的领悟。董源对后代的影响是罕见的。”

张：“对。米芾、沈括对他推崇备至，黄公望也说作山水画必以董源为师法。我正在研究他的笔法，但求能化古人为我有，创造自己独立的画风。”

徐一听很兴奋：“好啊！你这样潜心研究，我相信你的艺术会日臻完美，我拭目以待！”

张：“等画还回来，我再借去观赏，行不行？”

徐：“当然行！”

“好，那我回去了。”张满意而归，走到门口，忽又转身，“悲鸿兄，还有一事相求，只是……”

徐：“什么事？”

张：“我，我，唉，不说了。”

徐笑了：“大千兄，你向来快人快语，今天怎么扭捏起来了，你我之间还有什么不好意思开口的？”

张鼓了鼓勇气：“那，我就直说了。你，能不能把那画让给我？”

“画，什么画？”徐一愣，“你说把什么画让给你？”

张小心翼翼地："《溪岸图》。"

徐愣了："《溪岸图》？！"

张表情尴尬地点点头，恳切地："对，我想借鉴它，改变自己的画风。"

"这……"徐感到十分意外地笑了，迟疑着，没有回答。

张有些后悔："君子不夺人之爱，我知道。我这是强人所难。好了，就算我没说。你只要肯借给我看就很感谢了。"转身，"我回去了。傅抱石先生还回来，告诉我一声。"

徐忽然决断地："等等，这画我送给你了。"

"什么？！"

徐："看来，你更需要它！"

张激烈地："不！不！那我怎么敢当！你千万不要为难。我刚才的话是一时冲动。将心比心，我也是个收藏迷，把自己珍藏的画送给别人，就像剜自己的肉一样，我懂！"

徐："那，我就忍痛割爱吧。"

张简直不敢相信："真的？"

徐："真的！你上次看画就那样爱不释手，我送给你了。"

张大千感激得不知说什么好："我，我怎么好白拿？这样，这样，这样，我给你钱，比你的买价还高。"

徐："你我之间还谈钱吗？"

张十分感动，说不出什么："那，我，我走了。"

第二十三集

23–1　徐悲鸿画展门外　夏　徐悲鸿、丽丽、蒋碧微、吴作人、杨剑公、廖静文、观众

"徐悲鸿画展"门外。观众踊跃兴奋。

徐悲鸿送朋友出门，吴作人、杨剑公、廖静文等师生也在服务。

丽丽跑来了："爸！吴叔叔，杨叔叔。"也冲廖点点头。

徐："丽丽，你怎么来啦？"

丽丽："下了课，我就跑来了。你的画展，我还从来没看过呢。"

徐："是啊，你太小，没赶上。哎，伯阳呢？"

丽丽："他下午还有一节课。哥哥说在展览期间，他一定来看。"

徐拉着女儿的手："你第一次看，我送你几幅画吧。"

丽丽高兴地："几幅？"

徐痛快地："十五幅！由你自己挑！"

"啊？十五幅！还自己挑！太棒了！"吴、杨等人比丽丽还狂喜。

丽丽："可我不会挑啊，爸，你看着给吧。"

吴、杨等七嘴八舌地：

"丽丽，我们帮你挑！"

"你看那挂着红条子的非卖品，都是好画，你就专拣挂红条子的！"

"哎，一定要雄狮！鹰！懒猫！"

"还有公鸡！奔马！竹子！"

丽丽："好！好！雄狮、鹰、懒猫、公鸡、奔马、竹子！"

徐笑着。

杨拉着丽丽："走！咱们立刻就挑！不然就怕先生一会儿反悔了。"

吴："我们全给丽丽作证！"

来往的观众笑望着他们，小声议论：

"你看，徐悲鸿的女儿好福气哟！"

"那几个是徐悲鸿的学生吧？多亲哪。"

此时，蒋碧微突然来了，高声地："观众如潮啊！"与徐握手，"我特来欣赏你近几年的新作！"

徐有些意外："欢迎。作人，你陪一下。"

吴："好。"对碧微，"请。"

碧微："谢谢。"与吴进场，又返身对徐，"你这次售画所得，除照例捐款给抗日将士，尽你的爱国心，也别忘了两个嗷嗷待哺的孩子，给我抚养费！"说完转身便走，路过廖静文身边，停步，不屑地看廖一眼，然后，高视阔步而去。

碧微当众对廖的轻慢态度，使廖很不自在，她回眸望徐。

徐走近廖，用亲切的目光给她抚慰和支持。

23-2　重庆中国美院筹备处　夏　徐悲鸿、廖静文

徐悲鸿刚下班回来进院。

廖静文迎上："先生，有您一封信。"

徐拆阅，看了一遍，又看一遍，大喜："《八十七神仙卷》找到了！"

廖也兴奋地："什么！在哪儿？"

徐："冯法祀在成都一个刚刚结识的商人家里看到了《八十七神仙卷》。"

廖："他能确定就是《神仙卷》？"

徐："能！他认识。画刚裱好，在南京我家他看见过这画，我还给他讲解过，还说过张大千先生的考证。"

廖："太好了！"

徐激动地走来走去："我必须马上到成都去！"

廖："既然是珍贵的资料，要不要我陪您去，也好有个帮手。"

徐："好啊！"

廖："那，明天一早就走吧。"

"等等。"徐沉吟一下，"我亲自去成都，风声会传出来，会不会让藏画人惧祸，把画毁掉，以销赃灭迹？"

廖："那怎么办？"

徐自语："必须找一个局外人去办。"

廖："那个冯法祀不可以吗？"

徐："他不行！他已经认识了藏画人，怎么开口呢？再说，他不够江湖。"

廖："别人谁还见过这幅画？"

徐忽然想起："哎，让那位刘将军出马！"

廖："刘将军？"

徐："他熟悉这画，又很能干，在江湖闯荡多年，软硬兼施的招数都能使出来。对，就是他！静文，我明天上下午都有课，明天一早你就进城找刘汉钧，约他晚上来一趟。"

23-3 重庆中国美院筹备处徐悲鸿住室　夏　徐悲鸿、刘将军

煤油灯下。

刘汉钧义愤填膺："这个盗画贼，我恨不得剐了他！"

徐悲鸿："汉钧，不能莽撞行事！你到了成都，先设法跟他认识，交上朋友，看到那幅《八十七神仙卷》以后，再商量解决办法。"

刘："成。您放心，我先礼后兵。他不是个做买卖的吗，对付这路人我有招数。我先跟他套近乎，推杯换盏，一来二去就成了无话不谈的朋友，再跟他晓以大义，让他乖乖交出画来，还得跟您赔罪！您信不信？"

徐："他能这么顺从？"

刘："他若不识相，也好办，那就别怪我不客气了。动武，谅他也不是我的对手，三拳两脚就把他拿下。好歹，我也是个将军！"一副胜券在握的架势。

徐忙制止："千万别动手！万一出了事，我们有理反倒成了没理。"

刘："对！那也行。那就打官司，告他个盗窃国宝！这罪，不开刀问斩，也得判他几年。"

徐："汉钧，最好不要走到这一步。"

刘："怕什么？您从买画、裱画、考证、展览，多少人能作证，怕他？"

徐："不是我怕，是担心他怕。"

刘："他当然害怕！"

徐："就是啊，他一害怕，万一把画毁掉，销赃，怎么办？"

刘："哎，那倒是。那就千方百计把画追回来，先不要他的小命。"

"如果能花钱买回来，那就花一笔钱吧。总之，画的安全第一！"徐再三叮嘱，"这一点你可一定要记住。千万！千万！"

刘："行！您这样看重我，我刘某绝不会有辱使命！"

徐从抽屉拿出一沓钱："这些你先拿去用，我再画画筹款。"

23–4　重庆中国美院筹备处　夏　廖静文

廖静文从院外进来，向徐悲鸿住室匆匆走去。

23–5　重庆中国美院筹备处徐悲鸿住室　夏　徐悲鸿、廖静文

徐悲鸿正弯腰伏案作画。

廖静文进屋："先生，卖画的二十万元汇给刘汉钧了，这是收据，您收起来吧。"把收据给徐，"您太累了，休息一下吧。"

徐："好。"捶着腰躺到躺椅上，指着床上，"那几幅还没有盖印。"

廖给徐倒水喝："我来盖。"又从徐的一堆人名章、闲章中选着，盖印。

徐："又画了多少幅？你看，我都记不清了。"

廖数了数："八幅。"继续盖章，"我不明白，从盗贼手中买回来原画，怎么还受他勒索，二十万元还嫌不够，还要再寄给他十幅您的作品。"

徐："刘汉钧来信不是说了吗，《神仙卷》上我写的题、跋和盖的'悲鸿生命'的印章都被盗画者挖掉，不承认是那幅作品。幸亏刘汉钧熟悉原画，认得是真迹，现在只能重新购买回来了。"

廖："我知道，我只是气不过。哼，偷了画卖给原主，还发了一大笔财，这叫什么事！"

徐："唉，你到哪里讲理去！"

廖："先生，我总觉得盗画贼不敢这样漫天要价。这么多钱会不会被刘汉钧中饱私囊？"

徐："这位刘将军当然不是省油灯。但是，只要他把原画弄回来，就是大功一件，何必计较那些钱呢？"又感慨地，"我两次为这件国宝赎身，也可谓平生快事。"

廖："先生，您真豁达。"

徐："你这是夸我呢，还是讽刺我呢？"

廖不语，一笑。

徐嗔爱地："小鬼！"

廖："先生，您说怪不怪，我虽然没有见过《神仙卷》，可是昨天做梦也梦到它了。"

徐："它肯定比你梦中的更美，更让你神魂颠倒！一见，你就知道了。盖完没有？"

廖："就完。"

徐坐起来："明天再画，我们出去走走吧。"

23-6　竹林　夏　徐悲鸿、廖静文

徐悲鸿、廖静文在竹林散步。

徐："静，每天工作完了，和你到竹林走走，真是极大的享受。"

廖："我也是。"

他们走着，不说什么，身心感到无比的愉悦。

徐好像有什么心事，停了下来，廖回头望着，似有期待。

徐："静，我渴求你留在我身边，和你在一起，我生活得更温暖，工作得更有力量了。"

"先生，我也有同样的感觉。"廖心头的热潮涌动，小声地，"我非常非常依恋着您了。"

徐受到莫大的鼓舞："那么，我们马上结婚吧，静。"他眼里闪着激动的光和泪水，又低声地，"你愿意吗？"声音中透出快乐、兴奋和不安。

廖也激动地："愿意。"

"静！"徐一下子抱住廖。

竹林在晚风中絮语，似乎在祝福着他们。

23-7　重庆中国美院筹备处廖静文住室　夏　廖静文

廖静文异常喜悦地进门，一脸幸福。

她坐在椅子上，回味着刚才的一幕，微笑着。桌上的镜子映出她的面影，她看见自己容光焕发的神情，娇羞地把镜子扣倒。

忽然瞥见徐悲鸿赠的银边吊兰，她起身浇水，举着小花盆，像欣赏一件宝物。

此时，她发现门边窗台上放着一封信，是她刚才外出时送到的。

她撕开信封，看信，耳边响着父亲的声音："蒋碧微女士来信声称她仍是徐悲鸿合法的妻子，你在破坏他们的家庭。静文，你一定要听爸爸的话，必须离开徐悲鸿先生，人生虽不能流芳百世，也不应遗臭万年！"

她一下变得六神无主，痛苦地坐在床上。忽然，又起身，拿着信出门。

23-8　重庆中国美院筹备处徐悲鸿住室　夏　廖静文、徐悲鸿

徐悲鸿的房间亮着灯光。

廖静文想与徐悲鸿商量，拿着信快步走到徐窗外。

煤油灯下，徐悲鸿正伏案作画。

廖深情地望着，徐泼墨、勾勒，目光专注，运笔细腻洒脱。

廖痴望着，沉入创作中的徐在她眼中格外美，格外有魅力。

此刻，她完全被徐迷醉，无论如何割舍不下，于是拿起信，决心敲门。忽然，耳边又响起父亲的声音“人生虽不能流芳百世，也不应遗臭万年！”她停住，僵在那儿，窒息得透不过气。

半晌，她终于狠了狠心，转身离去。

23-9　重庆中国美院筹备处廖静文住室　夏　廖静文

回屋，廖静文找出纸，在煤油灯下，信笔疾书：

“敬爱的先生：

“请原谅我不辞而别。无论如何，我不能再留在这里了。虽然我是多么愿意在您身边工作。我始终尊敬您，了解您，同情您，并感激您给了我那么多关怀和温暖。在我今后漫长的人生道路上，我将永远铭记您给予我的教益和鼓励。

“我衷心希望您继续寻找与蒋碧微女士和解的可能，我觉得她现在能回心转意。”

写到此，她停下，找出徐悲鸿为自己画的速写及赠画，她恋恋不舍地看着，终于，还是放下了，继续写信：

“您给我的画和您为我画的像，我都留在您的写字台上了，虽然，我非常爱它们，但是我不能，也不敢从您这里带走这些作品，我没有权利占有它们。我将在您不知道的地方，永远看见这些作品，因为我看它们不止千百次了。

“愿您珍惜健康，不要再想起我。

“廖静文”

泪水掉在信纸上，模糊了字迹，廖啜泣起来。

23-10　重庆中国美院筹备处廖静文住室　夏　徐悲鸿

晨曦爬上了窗子。

徐悲鸿走来轻轻敲门，小声叫：“静，静，我要拿戈雅的画。”

徐听听没有动静，又说：“静，我要拿戈雅的画。”

屋内仍无动静，徐只好匆匆下楼去了。

23-11　重庆中国美院筹备处徐悲鸿住室　夏　廖静文

廖静文推开徐悲鸿屋门。

廖将自己写的信和画放在茶几上明显的位置。最后一次为徐整理桌上零乱的画具、画稿。突然，她忍不住哭起来。她抚摸着每一件简陋的家具，投去告别的目光。最后她走出门，又回头深情地望着屋子，然后离去。

23-12　重庆中国美院筹备处廖静文住室　夏　廖静文、徐悲鸿

廖静文回屋，快速地、不容自己反悔地把衣物装进帆布箱。

看到那盆银边吊兰，她想送还，又停下，放到桌上。

接着，她卷起被褥，拿绳子捆行李，几次捆不拢，颓然坐在椅子上。

她眼神定定地，默默地流泪，半晌。

忽然，她起身用力捆好行李。

最后，她端起那盆吊兰要出门。

徐悲鸿气喘吁吁地跑来："静，你不能这样走！"

"先生，您回去吧！"廖哭起来。

徐："静，不要这样！你受到什么刺激了？好好对我说。"拉她到床边坐下，

"一早，我来拿戈雅的画，你没应声，我怕你昨夜又着凉生病了，所以上完一节课就急急忙忙赶回来，在屋里发现了你留下的信和画。到底发生了什么事？"

廖不语。

徐焦急万分："好端端的，怎么突然这样呢？"

廖欲言又止。

徐："说呀，这不是要把我急死嘛！"

廖将父亲的信给他。

徐看完信："我怎么还能跟蒋碧微和好呢？你太天真了！而且是她坚决拒绝和解的。我和她分手已经七年了，这与你丝毫没有关系！"

廖："也许她现在愿意和解。"

徐激愤地："不，她这样做只不过是为了破坏罢了。"继而痛苦地，"静，你要相信我，相信我的人格。"

望着徐的一双泪眼，廖真情地："我，相信。"

"静，上天待我是宽厚的，只差一步我就永远见不到你了，我要感谢苍天。"徐眼睛里闪着惊慌而喜悦的亮光。

廖仍然担忧："可是，你们的婚姻并没有了断，只怕她还纠缠不休。这也是我父亲和姐

姐最担心的。”

徐：“这，我已经咨询过律师。”

23–13　重庆律师事务所　夏　徐悲鸿、廖静文、边律师

徐悲鸿：“我曾经请好几位朋友和蒋碧微谈过，办理一下正式的离婚手续。但她既拒绝和解，又拒绝办理离婚手续。边律师，请再给我们解释一下。”

边律师：“你们当初没有经过法定的结婚手续，尽管有了两个孩子，也只是同居关系，而这种同居关系已经断绝几年，双方便都不受法律约束了。”

徐望望廖静文，她的心情稍微踏实了。

边律师：“放心吧。”

他们走出律师事务所。

廖：“我会写信告诉父亲和姐姐的，他们相不相信就不知道了。他们只是催我赶快报考大学。”

徐热切地：“考大学的事倒是一定要抓紧，以了你人生的夙愿。”

23–14　重庆中国美院筹备处　秋　廖静文

廖静文拿着一封拆开的信，兴奋地奔上楼梯，冲进徐悲鸿的屋子。

23–15　重庆中国美院筹备处徐悲鸿住室　秋　徐悲鸿、廖静文

徐悲鸿正在画画：“什么事，这样高兴？”

廖静文递给他录取通知书：“金陵女子大学化学系录取了我。”

徐看了通知书：“太不简单了！太为你高兴了！你整天忙于工作，根本没有多少时间复习功课，居然考上了金陵女大化学系！”说着脱下工作服，“我们该好好庆贺一下。”

廖：“好！”

徐：“今天是个可纪念的日子！”

廖却收敛了笑容，沉默下来。

徐温存地：“你想什么呢？”

廖欲言又止。

徐：“静，你想什么呢？告诉我。”

廖踌躇着。

徐轻轻地：“说吧。”

廖：“上学，就不能在您身边了。”

徐也有些怅然：“我当然也舍不得你离开。可是上学要紧！你还年轻，一定要学一门自

已热爱的专业。”

廖：“可是我去成都，您在重庆，有谁来照顾您呢？”

徐：“我已经孤身生活了七年，再加四年，共十一年，已经过了一多半了呀！等你毕业了，我们就再不分开！”笑着，“走，进城找一家湖南餐馆，我请你吃家乡菜！静，开心点！这是你盼望了多久的事啊。”

廖也心情开朗起来。

徐：“赶快给你家写信，让他们放心！”

23–16 重庆中国美院筹备处廖静文住室 秋 徐悲鸿、廖静文

廖静文在收拾行装。行李外面用油布包上，徐悲鸿帮着捆行李。

徐：“冬天的衣服，先不必拿，学生宿舍很挤，哪有地方放四季衣裳。这儿常有人去成都，到时候带给你。”

廖：“麻烦别人，多不合适。”

徐：“我也有时去成都办事，我带，总可以吧。”

廖笑着点头。

“静，但愿你记住，我们的国家还在灾难中，老百姓还辗转于沟壑。”徐停了停，真诚地，“要立志对民族和社会做出贡献。”

廖点头。

徐：“静，读书要勤奋，要刻苦。我常对学生说，懒惰是索价极高的奢侈品，一旦到期清付，必定偿还不起。”

廖：“我记住了。这吊兰，您替我养着吧。”

徐：“好。”掏出怀表看，“我今天有课，就不能送你了。”

廖：“苗真说送我到长途汽车站，您放心。”

徐：“那，我走了。”

廖：“再见。”声音有些哽咽。

徐走到门口，停步，返身快步走上，热烈地拥抱着她。

廖流着泪。

徐喃喃地：“四年很快，很快就过去了。再说，寒假，你就回来了。这房子给你留着。”

廖含着泪不好意思地笑笑。

徐温柔地：“静，不要总想我，要用功读书，我不喜欢不用功的人。”

廖：“我知道。先生，您一定要保重身体。特别要注意血压。”

23–17　金陵女大实验室　秋　廖静文

廖静文在做化学实验。

23–18　重庆中国美院筹备处廖静文住室　秋　徐悲鸿

徐悲鸿推开门，人去楼空，只有那盆吊兰露出生机。他走过去浇水，摘下一片黄叶。

桌上蒙着灰尘，他用抹布擦净，在椅子上坐下，打量着小屋。

墙上贴着廖静文手写的化学元素周期表，他走近，望着，用手摸摸，思念着。

23–19　金陵女大图书馆　秋　廖静文

廖静文在看书。

一位女同学走来："廖静文，外面有人找你，在接待室。"

23–20　金陵女大接待室　秋　廖静文、苗真

苗真拿着一个包袱在等待。

廖静文进门："苗真！你怎么来啦？"

苗亲热地："到成都联系画展的事，顺便来看看你。"

廖："大家都好吧？我真想你们哪。"

苗："都好，都好。"打开包袱，"这是徐先生捎给你的大衣。"

廖："太麻烦你了，谢谢！"拿起比量着。

苗："穿上！穿上！"

廖："不用。"

苗："我大老远带来，还不让我看看，我回去也好汇报呀。"

廖高兴地穿上："怎么样？"

苗："太合身了！大方！漂亮！徐先生真是有眼光。"

廖脱下大衣，爱惜地包上。

苗："他还问你缺什么不缺？"

廖："你对他说什么都不缺。"

苗："怎么样，大学的生活紧张吗？"

廖很兴奋："功课挺忙的。化学是个既古老又年轻的学科，我报考的时候，还不知道它这么丰富，这么有意思，真是一个神奇的天地。哎，别光说我了，徐先生好吗？"

苗叹了口气："如果可能，你还是请假回重庆看看他吧。"

廖："他怎么啦？啊？"

苗："最近他血压高，都不能去教课了，在吃药休息。"

廖："什么？！那谁照顾他呢？"

苗："吃饭吗，食堂的厨师给他做病号饭。生活上，同事们也尽量照顾他。可他总怕耽误别人的时间，总是推辞。"

廖有些懵了："这些，他来信，一字都没提呀。"

苗："他也嘱咐我千万别告诉你，怕你学习分心。"

23–21　金陵女大图书馆　秋　廖静文

翻开的书，廖静文视而不见，在发愣。

23–22　重庆中国美院筹备处徐悲鸿住室　秋　徐悲鸿、廖静文

徐悲鸿倚在床上，气色还是不好。

廖静文关切地："还晕吗？"

徐点头。

廖："看来，血压高还是没控制住。"看看手表，"该吃药了。"在脸盆中洗手。

徐说话气力很弱："到时间了吗？"

廖："到了。您总忘了吃药。医生不是反复说这病不能掉以轻心嘛，一要按时吃药，二要注意休息，三要饮食清淡。"倒了开水，用汤勺把药化开，让徐服下，"药化开，起效快。"

徐强打精神："我好多了，马上就可以工作了。"

廖："医生嘱咐一定要等血压稳定了再工作。"

徐语调温存地催促着她："我行！你还是快回学校，不要落下太多的功课。"

廖："您一个人在重庆，我不放心。"

徐："不要惦记我，我会撑过去的，你要专心回成都上学。"

廖："先生，必须有一个人照顾您的生活。"

徐听了，无语。

廖有些艰难却极诚恳地："您还是应该找一位合适的伴侣。"

徐深情地望她一眼："爱情是不能替代的。如果现在有位天仙下凡，她将人间的美貌、德性、智慧集于一身，也不能替代你所带给我的幸福，知道吗？静，我愿等你四年，如果你大学毕业时爱上了别人，我也毫无怨悔。"

"再等四年，您就五十多岁了。"廖心情凄苦，"只要您有了爱人，我会默默走开的。"悄然地流下泪，急忙背过身。

"静！"徐制止她，拉她坐在身边。

廖停顿片刻，试探地："先生，我不想继续上大学了。"

徐很意外："怎么？那你会后悔一辈子的！"

廖轻声而坚决地地："我永不后悔！"

"傻子！"徐叹了口气，抚着她的手，笑着，"当初投考我这里，你就想上大学呀！"

廖甜蜜地苦笑一下："可是，现在我不能只顾自己。您的身体……"

徐有些忧伤地："静，我仍然常常在想，你这样年轻，我原不该爱你。我很怕，很怕我不能给你幸福。也许你以后能渐渐把我忘了，另找一个合适的人。"

"不，先生，在这个世界上，绝没有一个人能在我心中占有您的位置了。"廖终于下了决心，"我明天就去办退学手续。"

"静！"徐百感交集地望着她，眼中闪着泪光。

廖直视着他的眼睛："这件事，我已经反复想过多少次了，现在，我决定了！"她的心情一下子开朗起来，"关于我们的婚姻，姐姐坚持要和您谈谈再定。她在贵阳，我去她那里等您过年。"

徐望着她："好，好。"舒了一口气，又自语，"好。"

23-23　贵阳廖静文姐姐家　冬　廖静文、姐姐

几枝腊梅插入陶罐，剪纸贴上窗户，廖静文与姐姐布置着陈设简单的房间。

廖静文："他快到了，我出去看看。"

23-24　贵阳廖静文姐姐家门外石桥　冬　廖静文

廖静文跑到石桥上等待着。

23-25　贵阳廖静文姐姐家　冬　廖静文、姐姐

廖静文回来，不作声。

姐姐望望她，摇摇头，没说什么，看起书来。

廖有些心神不安："他肯定快来了，我去做菜。"

23-26　贵阳廖静文姐姐家　冬　廖静文、姐姐

清蒸鱼、糟扣肉、腊肉青椒、芹菜百合、鸡菌汤摆了一桌。

姐姐看了一下菜肴，笑问："这些都是他爱吃的？"

"嗯。"廖静文点头，"我再出去看看。"

23-27　贵阳廖静文姐姐家门外石桥　冬　廖静文

暮色四合。

廖静文焦虑地望着，徐悲鸿仍不见踪影。她只得三步一回头地走下桥去。

23-28　贵阳廖静文姐姐家　冬　廖静文、姐姐、徐悲鸿

燃起了红烛。

院外传来年夜的鞭炮声。

蜡泪，烛焰，梅枝在壁上凄清的影子。

廖静文剪去烛花，谛听着外面的动静。

姐姐不耐烦地：“吃饭吧。他不会来了。你不要轻信人，你太单纯幼稚了！”

廖：“不，他一定会来的！”

姐姐：“深更半夜还会来吗？要来早该到了。你不听我话，吃亏的是你自己！”

廖几乎要哭出来了：“我再去看看。”

姐姐：“别去了，天这么黑，又要下雪了。”

突然，传来笃笃的敲门声。

廖听了一下：“他来了！”猛地跳起，奔去开门。

徐悲鸿十分疲惫地站在门外，褐色布棉袍被雨水打湿，溅满了泥浆。

徐和廖拥抱。

徐抬头见姐姐，不好意思地放开廖，问候：“这是姐姐吧。”

廖：“姐姐，这是徐先生。”

姐姐十分诧异地望着满身泥水的徐：“先烤烤火吧。”

姐妹俩照顾徐脱去湿棉袍，让他坐到炭火盆前烤火，廖拿一床棉被给他围上。

“静，”徐温和地说，“我从重庆出来，乘的邮车在半路抛锚，我只好换公共汽车。没想到汽车又坏了，我便换乘敞篷货车。不料，在离贵阳四十华里的地方，货车又抛锚了。天还下着雨。怎么办，今晚是除夕呀，我必须如约赶到，所以就步行来了。”

姐姐：“您就一个人在黑夜、雨水、泥浆中步行了四十华里？”

徐点了点头。

姐姐很感意外，对他增加了好感。

廖心疼地：“您为什么要这样呢？车坏了，就该找个旅店住下来。”

徐：“静，今晚是除夕，我知道你在等我，我不断地想，如果我今夜能赶到贵阳见到你，我们的婚事便一定能成功，否则，就将失败。我把这看作预兆。”

姐姐十分感动，没有说什么，转身去厨房。

廖为徐在火盆前烘烤棉袍。

姐姐端来一碗滚热的汤圆：“先吃一点，暖暖身子。一会儿，我们吃年夜饭。”

徐：“好。”高兴地接过。

廖望着姐姐，舒出一口气，露出放心的微笑。

徐盛一个汤圆让廖吃，廖摇头，让他快吃。徐甜蜜地吃起来。

第二十四集

24–1　重庆中央大学校园　冬　吴作人、杨剑公

杨剑公匆匆跑来：“作人，好消息！”

吴作人：“什么事？”

杨把《贵州日报》给吴，指着一则消息：“你看！”

吴读：“徐悲鸿、蒋碧微断绝同居关系——悲鸿与蒋碧微女士因意志不合，断绝同居关系，已历八年。中经亲友调解，蒋女士坚持己见，破镜已难重圆。此后悲鸿一切，与蒋女士毫不相涉，兹恐社会未尽深知，特此声明。”他兴奋地，“好，先生终于下了决心。”

杨又指着：“还有，这儿。”

吴又读：“徐悲鸿、廖静文在筑订婚，敬告亲友。”

杨：“先生终于走出了困境，苦尽甜来。”

24–2　贵阳廖静文姐姐家　冬　徐悲鸿、廖静文、姐姐

徐悲鸿与廖静文兴高采烈地捧着一堆东西回家。

姐姐：“满载而归呀！”

徐：“集市上真热闹。”

廖：“姐姐，你看，蜡染印花土布，徐先生给我挑的。好看吗？”

姐姐：“好看。”

徐递过一提包东西给姐姐：“这是给你的礼物。”

姐姐：“谢谢。”

徐：“不客气。”

姐姐：“你们饿了吧？我去炒菜。”

廖：“我炒吧。”

姐姐：“你跑了大半天，累了，我来。”到厨房去了。

徐望望厨房方向，小声说：“静，以后不许再叫我先生了，应该叫我的名字。”

“悲鸿！”廖快乐地叫着，“没有您的命令，我不敢这样称呼您。”

徐亲热地：“也不许称您了。”

廖高兴地点头："叫你。"

徐由衷地笑起来："静，我真想在贵阳郊区住下来，搞些创作。这里安静、淳朴。我觉得那些农民、少数民族，苗人的跳月和吹笙都十分入画。"

廖："是啊，我也爱这里。当我读陶渊明的《归去来辞》时，就被农村那种简单而恬静的生活吸引。在这里你一定能画出许多优美的画来。"

徐："等回重庆把事情处理完，我们就到贵阳来结婚，定居。你说好不好？"

廖："当然好！"畅想着，"我们住在小小的农舍里，我照料你的生活，看你作画，那是多美的日子。"

24–3　重庆蒋碧微住处　冬　蒋碧微、张道藩

拿着徐悲鸿两则声明的报纸，蒋碧微愤怒已极："同居关系？他欺人太甚！二十多年前，我一个不出闺门的少女，跟他跑出去，到处流浪，共患难，挨贫穷，生儿育女，他竟不承认我是他太太！脱离同居关系？这件事，即使将来我睡到棺材板上，我也不能忘记！他算是做尽了，做绝了！"

张道藩更是义愤填膺："是可忍，孰不可忍！这几十年我真是错看了他！"冷笑，"悲鸿在美术界，一贯被奉为敬老爱幼的尊神，不承想对自己的亲眷却如此绝情！哼，说什么脱离同居关系，其居心，其用计，无非是想就此抹杀自己作为丈夫和父亲的责任！"

碧微："我不能轻饶了他！我也要羞辱他。"

张："可你又能怎么样呢？"

碧微："我也要登报！"

张："登报？声明什么呢？总不能登报否认你们当年私奔不是同居关系，而是履行了正式结婚手续吧。"

碧微无话可说。

张劝着："我看这招儿就算了吧。否则，越发引起人们的关注了，何苦呢？"

碧微："那，我叫丽丽写信骂他，反正我要出出这口恶气！她星期六回来，就让她写！"

张："这当然可以，可她要是不干呢？"

碧微："她敢！是我在抚养她而不是她爸爸！"

24–4　重庆蒋碧微住处　冬　蒋碧微、丽丽

灯下，桌上放着纸和笔。

蒋碧微对丽丽说："来，给你爸爸写封信。"

丽丽："写信？写什么？"

碧微递给她一张报纸，指着一则消息："你看看。"

丽丽看报。

碧微点着香烟，吸着，自语：“居然声明和我脱离同居关系。”

丽丽放下报纸，怀着希望：“你不愿脱离关系？你是愿意爸爸回来喽？妈，你早就不该把爸爸撵出去，现在还来得及！我这就写。”

碧微：“不！不！打破的花瓶不能复原。”

丽丽急了：“什么？你又来啦！这话你对那些劝你的朋友说过多少遍啦！你不肯和好，爸爸同意脱离关系，你又不干，你到底想怎么样？”

碧微：“我忍不下这口气！”

丽丽嘟哝着：“你们谁气谁呀！”

碧微白了女儿一眼，气狠狠地：“同居关系？这二十多年，我容易吗？我哪点不像是他正式的太太！这样公开羞辱我！哼，你写！”

丽丽不满地：“写什么？”

碧微：“问他为什么说与我是同居关系？”

丽丽嘟囔着：“我不写，要写你自己写。”

碧微愤怒了：“丽丽！你吃我的，穿我的，你就这样报答我吗？写！”

丽丽不动笔。

碧微厉声地：“写！要不然你今晚就去他那里住！从此我和你一刀两断！我养你这个孽种干什么？”

“怎么写？”丽丽极不情愿。

碧微：“我说一句你写一句，爸爸，你为什么追求一个女人就要登报和妈妈脱离同居关系？假如今后你要追求十个女人，不是要登报和妈妈脱离十次同居关系吗？”

丽丽记下。

碧微：“签上你的名。”

丽丽：“完啦？”

碧微：“就这些！跟他没什么其他好说的！”又拿过个信封，“你写，请吕斯百叔叔转交徐悲鸿父亲大人收，徐丽丽拜托。”

24–5　重庆中国美院筹备处徐悲鸿住室　冬　徐悲鸿、廖静文

廖静文问徐悲鸿：“吕斯百找你什么事呀？神神鬼鬼的样子。”

徐支吾着：“没什么事。”

廖：“他说有封信要当面交给你。”

徐：“一些无聊的事。”

廖不相信地望着他。

徐目光有些躲闪。

廖："能告诉我吗？"

徐："真的没什么。"

廖："不，一定出了什么情况，告诉我吧。"

徐犹豫了一下："你看了，不要冒火。"

廖点头笑应。

徐给她丽丽的信。

廖看完："我早就料到，离婚，一定给孩子心理很大的伤害，果然！"无奈地叹了一口气。

徐郁闷地点头："谁说不是。可这信，我觉得不是丽丽的想法，而是蒋碧微的口吻。"

廖："为什么呢？"

徐："孩子才不去计较什么同居关系的字眼呢。"

廖："你说的也许对。可无论如何，家庭破裂，孩子们心里很痛苦，这是事实。对丽丽，你准备怎么回答呢？"

徐："很难回答。说来话长，她又是个孩子，许多事情她一时很难明白。我已经告诉吕斯百好好安慰丽丽。唉，还能有什么别的办法。"

廖有些发愁："反正将来我和丽丽、伯阳的关系很复杂。继母难当啊，何况我比他们又大不了几岁。"

徐理解地劝慰着："只要你对他们真诚相待，他们会明白的，这两个孩子懂得是非善恶。"

廖："我想想心里都发怵。"

"别，别，别。"徐望望她，抱歉地，"静，我不该给你看这封信，让你心烦。"

廖："不，不，我是当事人，应该知道。"

徐怯怯地："静，你是不是后悔了，跟我在一起。"

廖坦诚地："那倒不是。你并没有向我隐瞒什么。一切都在意料之中，只是来得太快了。"笑了笑，"我还没有充分的心理准备。"

徐仍有些不安。

廖倒劝起他来："好了，不要管我啦，你心里就够嗷嘈的了。放心，我会对丽丽、伯阳好的。我会处理好和他们的关系。"

徐低声地："真难为你了。"

24-6　重庆蒋碧微住处　冬　蒋碧微、张道藩

蒋碧微恨恨地："在没有正式办离婚手续前，他们休想结婚！"

张道藩："可徐教授在报上的声明，等于公开了结了和你的婚姻关系。"

碧微："离婚？他想得美，没那么容易！我过了半辈子穷日子，怎么也要捞回些损失！"

"对！"张思谋着，"离婚的条件，你要他现款一百万元，他收藏的古画四十幅，他自己的作品一百幅，这些作为你今后的生活费。此外，还要他每月收入的一半，作为儿女的抚养费。"

碧微疑虑地："这样提，是不是狮子大开口了？他要是不答应这么多呢？"

张微笑着："不答应好啊。那就耗着他，叫他和那位女士结不成婚！看谁耗得过谁？这也是以牙还牙，以眼还眼！"

24–7　重庆律师事务所　冬　徐悲鸿、廖静文、边律师

边律师正和徐悲鸿、廖静文谈蒋碧微的离婚条件。

边律师："蒋碧微女士要求你每月收入的一半给儿女做抚养费是合理合法的。至于要你一百万元、你的一百幅画、你收藏的四十幅古画，作为她今后的生活费，就属于无理要求了。蒋碧微女士是职业女性，身兼大学法语教授、图书馆主任几个职务，经济上完全可以自立，无须丈夫供养。因此，这部分要求你完全可以不予置理。"

徐："边律师，我感谢法律的公正。可是念及她当年毅然离家出走，在巴黎与我共度八年艰苦生活，请你转告她，我还是尽量满足她的全部要求。"

边律师："你是仁厚的，悲鸿先生。在我受理的离婚案件中，蒋碧微的蛮横和你的忍让都是前所未见的。只是完成这些苛刻的要求，不知你又要付出多少时间和精力去画画筹款。多加保重吧。"

徐："谢谢你。"

24–8　重庆中国美院筹备处徐悲鸿住室　夏　徐悲鸿、张道藩

桌上、地上、椅背上、晾绳上，屋里到处是完成和未完成的画稿。徐悲鸿正在作画，不时地捶腰、擦汗。

敲门声。

徐："请进。"

张道藩衣冠楚楚地进门："悲鸿兄，忙哪！"

徐很意外："噢，少见！少见！你怎么来啦？有什么贵干？"

张小心躲着晾在地上的画稿走近："没有什么贵干，就不能来看看老朋友？"打量四处摆的画稿，明知故问，"怎么，又要去哪里办筹赈画展？"

"不是。"徐简短地回答，也不再作解释。

张以领导的口吻:“抗战以来,你是捐款最多的画家,我都想建议中央宣传部给你嘉奖,表彰你多年的爱国义举。”

徐:“不必!每一个为国捐躯的抗日志士你都嘉奖了吗?我不过是尽了一个中国人应尽的本分。”继续画画。

“悲鸿兄,高风亮节呀!”张边说边点上雪茄抽着。

徐望着他,不知他为什么如此奉承自己。

张打量着画:“看着你佳作不断,名扬四海,我是又羡慕又懊悔!当初我也在英国、法国学过七年美术,虽然比不上悲鸿兄的才华,也能勉强涂鸦。可是,回国后身不由己地陷于政务,从来不曾有过画桌和画室,唉,整个一个俗人了。”

徐:“道藩兄官运亨通,堂堂的中央宣传部部长当着,一呼百诺呀!又是蒋委员长跟前的红人,还了得!”

张嘿嘿笑了:“我有那么大的权势?你听我的?”

徐不置可否地一笑。

张看看墙上的画,忽然对《灵鹫》有了兴趣:“这幅画好!你看那爪子、眼睛、嘴,画得精细传神,猛禽的凶悍性格毕现。而羽毛、岩石、远山又是泼墨笔法,工整与粗放的对比和结合起到了相反相成的微妙作用。造型严谨,色彩谐调。真是精品!”

徐不知他用意何在:“难得你今天有如此的闲情逸致!”

张辩白着:“哎,我一向是你艺术的崇拜者!”说到此,他忽然话锋一转,似乎刚刚想到,“悲鸿兄,我倒想起一件事,有位协助我们抗日的美国将军,在展览会上看中了这幅《灵鹫》,可是你标了非卖品,他无法购买。现在他要回国了,蒋委员长为了表示感谢,决定送他贵重的礼品,问他喜爱中国什么东西,这位美国将军说,其他东西都不要,只想要徐悲鸿先生画的《灵鹫》。你看,他还真有眼光!”

徐平静地:“这画不卖。”

“我看你挥汗如雨地赶画,肯定急等用钱。”张大包大揽地,“这幅《灵鹫》我做主,把你所需的钱全开上,多少都成!”

徐解释:“不是钱的问题,我的代表作,从来不卖。”

张:“卖到美国也是一种流传保存方式啊!既扬名海外,又能获利,还救了蒋委员长的驾,何乐而不为呢?”

徐仍然摇头。

张:“刚才你还说一呼百诺呢!悲鸿兄,你就是不给我面子,蒋委员长的面子也不给?”

徐诚恳地:“古人说,‘佳作一幅,废画千张。’你是学画的,有时画几百张才能产生一张好画,这你不是不知道,我怎么能卖呢?如果代表作都卖了,拿什么开画展呢?”

“我懂，我懂。”张又心生一计，“哎，你再仿一张卖给他，行不行？反正他也鉴别不出来。这事只有你知我知，连蒋委员长都不报告，你看怎么样？”

徐：“对不起，我从来不自造赝品！”

张：“怎么是赝品呢，又不是别人临的，都是你亲手所画，”

徐不回答。

张：“悲鸿兄，你也就是大笔一挥，双方就都满意了，美国将军得到心爱的作品，你也得到高额稿酬。原画呢，还在你手中，继续保存、展览。哈，这个办法真太妙了。”有些自得地，“我呀，有时候还真有急智。哈！”

徐仍没作声。

张自说自话：“好，这事就这么定了。哪天来取画？”

“我什么时候答应了？”徐看他一眼，继续画画。

“啊？”张愣在那儿，自我解嘲地笑笑，拍拍徐的肩，“你呀，整天画，累得腰都直不起来了，何苦呢？我给你拉的这桩交易，以一当百，你需要的款项立刻到手，为什么不干呢？悲鸿兄，你样样都好，就是脑筋不活。”

“脑筋活，就是变着法子夺人之爱吗？”徐笑着，盯视着他。

张心虚地以为徐暗指自己与蒋碧微的私情，极不自然地笑着：“你把我看成什么人了？我虽不能以君子自诩，可也绝不是小人哪！好，好，这幅画卖不卖你再仔细考虑考虑，这事以后再议吧。悲鸿兄，我还有些事，不打扰了。”

张走后，徐立刻打开窗子，轰走烟味，捶捶腰，继续画画。

24-9　重庆中国美院筹备处院　夏　徐悲鸿、廖静文

徐悲鸿坐在院中石条上休息，捶着腰。

廖静文进院，见徐：“悲鸿，你怎么在这儿？你不舒服吗？”

徐没有回答。

廖：“你的五十幅画，四十幅古画和二十万块钱都交给吕斯百了，他说马上转交给蒋碧微。”又气愤地，“蒋碧微的要求真是太过分了！根本就不应该答应她！到现在还欠她五十幅画和八十万现金呢。”

“她不仁，我不能不义。”徐平静地说。

“可你身体不好，”廖叹口气，“还是从长计议，量力而行吧。”

徐无奈地：“我实在是想尽早付清蒋碧微索取的钱和画，永远了结这件痛苦的事。”

廖：“那就尽量调整一下劳逸安排，无论如何，你的身体第一要紧！”

徐：“是。最近我总是腰疼，有时还头晕。腿沉得很。”

廖发现他的脚踝和小腿浮肿了：“天哪！腿都肿了！你自己没有感觉？”

徐："我也许画画站的时间太长了。"

廖："你必须找医生检查一下身体，绝对不能这样不停地工作下去了。"

徐低头不语。

廖："我的中学师姐辛莴在中央医院，是个很好的内科医生。我们找她看看。"

24-10　重庆中央医院医生办公室　夏　廖静文、辛医生

辛医生对廖静文："徐先生半张画也不能画了，他的高压已经达到二百了，还有肾炎、肠痉挛，必须立刻住院治疗。"

廖一惊："什么？！"

24-11　重庆蒋碧微住处　夏　蒋碧微、张道藩

蒋碧微正在对镜梳妆。张道藩急煎煎地进来。

张："悲鸿病情危重，朝不保夕，你知道吗？"

碧微惊异："是吗？"

张："你也要为自己好好打算打算。"

碧微点头。

张："悲鸿的工资每月吕斯百替你领一半，作为孩子的抚养费，是不是？"

碧微："是啊。"

张："从现在开始，改一改。你告诉吕斯百，从这个月起，悲鸿的全部工资都交给你。"

碧微："好。"想了想，"工资倒还是个小数，他按离婚条件才送来一半数量的画和五分之一的现金，这才是更重要的。可现在他住院治疗，我也无法追讨。"

张："我看，更重要的是他全部的画和收藏！虽然你们没有正式办离婚手续，可是他公开发表过与你断绝同居关系的启事，你恐怕就没有继承他财产的资格了。他的画和收藏品可是价值连城，而且越来越升值。这些就白白落在廖静文之手，而你和他几十年的患难夫妻却两手空空，这太不公平了。"

碧微恨恨地："那怎么办？"

张思忖着。

24-12　重庆中国美院筹备处　蒋碧微、苗真

徐悲鸿住室门外挂着锁，蒋碧微来到门前，正不知怎么办，恰遇邻室的女画家苗真。

苗："你是谁呀？"

碧微："我找徐悲鸿先生。"

苗："他住医院了。你是？"

碧微："那么，廖静文在不在？"

苗："她陪徐先生住院，已经好多天没回来了。"

碧微："徐先生不在家，他的那些画放在哪里啊？"

苗："你到底是谁呀？"

碧微："我姓蒋，蒋碧微。"

苗："哦！知道知道。请到我屋里坐吧，有什么事慢慢谈。"

碧微："谢谢，不必了。我就是问徐先生的那些画在哪里呀？"

苗："那些画，徐先生存在库房里。"

碧微："安全吗？"

苗："当然安全！那些画徐先生看得比生命还重。"

碧微："可他生病了呀，怎么管呢？"

苗："有保管员哪。"

碧微："他在吗？"

苗："谁？"

碧微："保管员。"

苗："你找他做什么？"

碧微："了解了解那些画保存得是不是完好。"

苗："放心！保管员完全按着徐先生的要求去做，通风、晾晒、防蛀，都按时进行。"

碧微："我还是要亲眼看看。"

苗："这个……，徐先生不允许外人随便进库房。"

碧微："我是外人吗？我还没有权利进去吗？"

苗笑笑："可是……"

碧微："可是什么？"

苗："据我所知，徐先生在报上已经登了一则与你有关的声明。"

碧微冷笑："婚姻是双方的事，单方面的声明有法律效用吗？"

苗不语，只是望着她。

碧微："且不说我和他的关系如何，为了我孩子着想，我也不得不关心他们父亲的那些画呀。那些画，我要监管起来。"

苗："监管？徐先生在住院，你监管起来，如果我没理解错的话，你是要拿走啦。"

碧微："那又怎么样！我们的一儿一女也有继承权哪。"

苗："就算是为了儿女打算，也操之过急了吧。徐先生的病已经脱离危险了，目前，还轮不到谁去继承。"

碧微语塞，质问道："你是谁呀？这么多管闲事。"

苗："我是这里的职员。徐悲鸿先生的画，不仅是他个人的财产，也是中国美术界的无价之宝，我们有责任保护它。"

碧微大怒："你算是干什么的？"

苗："我是中国美术学院的副研究员苗真。"

碧微鄙夷地："哼，从来没听说过！"

24-13　重庆中央医院病房　夏　徐悲鸿、廖静文、吴作人、学生

徐悲鸿躺在病床上，廖静文投手巾给他擦汗。

吴作人领着艺术系七八个一年级学生敲门而入："先生！""徐先生好！"

徐高兴地："作人，你回来了！大家好！"

吴把一篮水果交给廖。学生们把一束野花插到瓶中，热情地拥到徐身边。

吴紧握恩师的手："先生，好些吗？"

徐故作轻松地："好多了，如果现在叫我起来跑二十里路，我一样可以跑。你信不信？"

吴笑："要真是这样，就是我们大家的幸福了。"

廖坐到徐身边听着，给他搧扇。

徐："作人，你这次去敦煌临摹，又到青康高原写生，收获一定很大吧？"

吴："太大了！我每天朝圣一样穿梭在莫高窟的所有洞窟，看到了从北魏到元代一千年各个时代的绘画，理顺了整个民族艺术发展的脉络。"

徐深有所感："我们中华民族艺术的特点是高贵、雄强、勇猛、奋进！"

吴："对！中国画的传统给我以惊雷似的冲击！我找到了自己今后油画民族化的道路。同时，在幽暗的洞窟中，我忽然心头一亮，决心开始中国画的创作。"

徐很兴奋："对，这就对了！"

吴："后来到了青康高原，边塞山河的壮丽，蒙、藏牧民的淳朴，尤其牦牛的奋勇，骆驼的坚毅，都深深地打动了我。我感到只有水墨写意的技法才能更概括而含蓄地表达我感受到的激情。"

徐兴奋不已："太好了！我用水墨画马何尝不是如此！你这次西北之行从历史和现实两方面都受到了民族精神和审美意识的洗礼。"又转向学生们，"你们要都像吴先生一样，中国美术就复兴有望了。"

学生们又是羞愧又是振奋地笑起来。

徐："作业，带来了吗？"

"带了。""给您。"学生们纷纷拿出自己的画给徐。

徐拿起学生甲的画看："不错，英勇杀敌，马的姿态也还雄威，只是马脚多了一个

关节。”

“是吗？”众人围上来看。

徐对学生甲：“你回去再对马进行写生。唐朝画马名家韩干，没有听从唐玄宗让他临摹皇宫藏画的意见，对皇帝说，‘陛下厩马万匹皆臣之师也。’通过写生，韩干终于创造了富有盛唐气息的画马新风格。你要仔细观察，多画速写。画动物要画出它的神态来，抓住特点，有些地方还要进行夸张。动物的精神面貌也常是画家本人的面貌。”

学生们听着，得益匪浅。

24-14　重庆蒋碧微住处　夏　同弟、丽丽

丽丽跌跌撞撞地跑回来。

同弟：“丽丽，这星期六你怎么到现在才回家？你妈妈正发火呢！快，她等你吃饭。”

丽丽哀求地：“我不去！今天下午我去医院看爸爸了。回来天黑了，又走错了路。”

同弟关切地：“先生的病好些了吗？”

丽丽：“还是躺在床上，脸都有些肿了，头发胡子很长。他问我是你妈妈叫你来的吗？我说，不是，是我自己来的，妈妈不知道我来。我看爸爸露出难过的样子。他又说，你应当告诉你妈一声，不然，你没有按时回家，她会着急的。”

同弟：“唉，先生总是想着别人。下次，我偷偷烧些先生爱吃的菜，你给他送去。”

丽丽：“不行。只让他吃病号饭。同弟，你千万不要跟妈妈讲我去看爸爸了。”

同弟：“傻瓜才会讲。”

24-15　重庆蒋碧微住处　夏　蒋碧微、同弟

同弟：“太太，丽丽回来了，生病了，睡在我房里。”

蒋碧微：“哦，那就让她睡吧。”

同弟转身出屋。

碧微开始吃饭，夹了一块鱼尝尝，嚷起来：“同弟！”

同弟又跑回来：“怎么啦？”

碧微很生气：“要买活鱼！守着嘉陵江，吃什么死鱼？”

同弟：“我想，这个便宜些，味道也还好。”

碧微：“你还犟嘴！用不着你替我省钱，我还没有穷到这份上！吃鱼就要吃口鲜！哼，你一定是懒得到江边去买。一天到晚都干什么了？你端去吃吧。”

同弟吓得赶快把鱼端走。

碧微：“哎，回来！家里还有什么菜？”

同弟：“有莴笋、青椒。”

碧微："你去给我炒个莴笋肉片。没什么菜怎么吃啊？"

24–16　重庆蒋碧微住处丽丽屋　夏　同弟、丽丽

丽丽、同弟一起吃饭。

丽丽："这鱼，我看很好吃。妈妈真是太难伺候了。爸爸绝对不会这样，你就是把菜烧煳了，他也不会跟你嚷。"

同弟："唉，哪里找先生这样的好人去。"抹泪。

丽丽夹鱼喂到同弟嘴中，安慰她。同弟含泪笑了。

24–17　重庆中央医院走廊　秋　廖静文、辛医生

廖静文在走廊上，用剩饭充饥，恰遇辛医生路过。

辛医生："静文，你怎么总吃剩下的病号饭，无盐无油的。"

廖："悲鸿住院那天起，蒋碧微就按月把他的薪金全拿走了。"

辛医生："徐先生知道吗？"

廖："我怕他着急，没有说。"

辛医生："那他的医疗费……"

廖："我也常向老朋友们告贷。"

24–18　重庆中央医院病房　秋　徐悲鸿、廖静文

廖静文进来，很愉快的样子："没事吧？"

徐悲鸿："没事，你吃了吗？"

"吃了三鲜面。"廖拿过一张报，"来，我接着给你读。"

徐："你再念完日军被迫从黔桂线上后撤的那篇报道吧。"

此时，响起防空警报。

两个男护士抬着担架跑进来："快！徐先生，进防空洞吧。"

廖帮助把徐扶上担架，又提着暖瓶、小马扎跟着跑出去。

第二十五集

25–1　重庆中央医院病房　冬　徐悲鸿、理发师

理发师抖开布巾给徐悲鸿围在胸前。

徐对着镜子看着自己长长的头发胡须："我画过多少自画像，还没有过这副尊容。"

25-2　重庆中央医院医生办公室　冬　廖静文、辛医生

辛医生："回去还要静养，千万不能劳累！按时吃药，菜一定要低盐。有什么情况就来找我。"

廖静文点头："辛大姐，感谢的话我就不说了。"

25-3　重庆中央医院病房　冬　徐悲鸿、廖静文、理发师

徐悲鸿已经理完发。廖静文进门。

理发师："看看，年轻十岁！"拿镜子给徐看。

廖高兴地："不止十岁呢。"

徐："简直判若两人了。"

"谢谢！"廖给师傅钱，送他出门。

徐："唉，总算要出院了。"

廖指着书包；"又取了这么一大包药。"

徐仍然兴奋地："怎么说，也要回家了。"

廖收拾着东西："有件事我一直没有告诉你，从你住院那天起，你的薪金就全部被蒋碧微领走了。这几个月，我们全靠朋友们的帮助才支撑过来。"

徐："什么？！我回去马上让吕斯百把我领工资的私章交回来。静，你怎么不早告诉我？"

廖："怕你生气，加重病情。"

徐："太难为你了！"拉过她，深情地望着，"你都熬得瘦多了。这几个月，你过的什么日子啊！"

廖："只要你病好了，一切就都好了。"

徐："真不知道怎么报答你。"

廖笑着："我们应该患难与共啊，是不是？"

此时，警报又响了。

男护士跑进来："徐先生，快进防空洞吧。"

徐："我可以自己走了，你快去照顾别的病人吧。"

男护士跑出去。

廖又提起暖壶、小马扎，搀着徐往外走。

廖："整天轰炸，又不知要毁多少人家！"

徐："国将不国！在沦陷区当亡国奴，更无法忍受！不知齐白石、蒋兆和他们怎么

样了。”

25-4　北平齐白石家　冬　齐白石、齐孙

屋里很冷，窗玻璃上结着冰花。

齐白石穿着棉袍、皮大衣，戴着皮帽子，围着厚毛围巾，抄着手，坐在那里，盯着火炉。

洋炉子上，水氽子正氽水，水开了。

齐：“快来，水开啦！”

齐孙从门外端进来一个旧搪瓷盆，里面是煤面和黄土和的湿煤泥。

齐着急地：“快拿下来，开了半天了。”

齐孙：“没事，潽不了。”

齐：“费火！”

齐孙赶快放下盆，抓起抹布垫着，拿下水氽子，给齐往茶杯倒开水。

齐指挥着：“快盖上炉盖！”

齐孙：“您容我腾出手来。”

齐等不及，用火钩子勾起炉盖，颤颤巍巍去盖，没勾稳，炉盖掉在地上。

齐孙：“您急什么，我来吧。”

齐：“火苗子蹿这么高，费煤！”

齐孙压好炉盖，递给齐茶杯。

齐捧茶杯捂手，一边喝着。

水氽子里还有水根，齐孙晃晃，要往煤泥上倒。

齐：“别泼！给我续上。”

齐孙：“水根，有水碱，别喝了。”

齐：“没事，我澄澄再喝。不能暴殄天物！我看还是把火封上吧，今天不太冷。”说着又把毛围巾围严了些。

齐孙：“还不太冷？这屋里都哈气成冰了！”

齐：“你也穿上棉大衣吧。”

齐孙应着，用煤铲取煤泥封火。

齐：“唉，煤这么缺，烧光了，做饭可用什么？哎，厨房灶上的汤罐砌好了吗？”

齐孙：“砌好了。”

齐：“这用热水就不发愁了，做饭就带着烧了热水。对了，告诉你母亲，以后做饭，一次做出三顿的。吃剩下的，天冷也坏不了，馏馏下顿吃，比现做省火。”

齐孙答应着。

这时，大门外传来敲门声，邮差喊："信——"

齐孙跑去，拿信进屋："爷爷，艺专来的。"

"艺专？"齐很意外。

齐孙看完信，惊喜地："艺专给您一份配给煤的证明！还是门头沟的无烟煤呢。"递给齐。

齐忙戴上眼镜，仔细看。

齐孙："这可太好了！"

齐十分纳罕："沦陷后，我已经离开艺专七年了，为什么给我配给煤？"

齐孙："人家惦记着您呗。煤这么缺，给您，您就用！"

齐："这事不那么简单。"

齐孙："给点配给煤，还能把您怎么着？"

齐："不行！艺专把持在日本人手里，我才辞的职。这配给煤他们不会平白无故给我的。哼，退回去！"

齐孙嘟囔着："您干吗呀！"看看证明，"这日子快到了，我还是去取吧。"往外走。

齐："哎，你回来，煤固然难买到，可我不是那种没有骨头、爱贪便宜的人！"

齐孙："您再这么挨冻，会生病的。"

齐："没事！我再穿点。"

齐孙："还穿什么？就差披上棉被了！"

齐："披上就披上！现在就给我拿来。"

齐孙只得从里屋拿出一床棉被，给齐披上。

齐："反正我不要他们的！这事，你要听我的，啊，马上给他们写信。"

齐孙很不情愿："怎么写啊？"

齐："我说，你写。"

齐孙拿出纸。

齐口述："顷接艺术专科学校通知条，哎，你怎么不写？"

齐孙："怎么写？"看着砚台，"您看，这刚才研的墨都快冻上了。"在砚台中加了点茶杯里的热水，又研了几下墨。

齐口述："顷接艺术专科学校通知条，言配给门头沟煤事。白石非贵校之教职员，贵校之通知误矣。先生可查明作罢论为是。"

25-5　重庆中国美院筹备处徐悲鸿住室　冬　徐悲鸿、廖静文、丽丽

徐悲鸿躺在躺椅上，盖着毛毯，脚边是一盆炭火。

廖静文给徐悲鸿服下药，又剥了橘子给他。

徐拿在手中，没吃，神色忧郁。

廖："悲鸿，你想什么呢？"

徐："如果有一种灵丹妙药，能使我霍然痊愈就好了。我真想马上工作啊。"

廖同情地望着他："唉——"

徐又陷入沉思。

廖："你还想什么呢？"

徐沉默不语。

廖亲切地："告诉我，行吗？"

徐："静，虽然，我极其需要你，甚至担心你突然从我身边走掉，但是，我仍然常常在想，你是这样年轻，而我却这样衰弱，我不能拖累你……"

"悲鸿，"廖温柔地，"我们已经订婚了，我是你的妻子了，永远也不会从你身边走开。"

徐："但是，订婚的时候，我还是健康的，而现在我却是非常非常衰弱了，你应该重新考虑呀。"

廖："正因为你非常非常衰弱，我才绝对不离开你，我相信没有人能像我一样忠诚地看护你。"

徐："那么，你愿意长久地忍受我的衰弱？"

廖："我一百倍的愿意！而且不是忍受，是要生活在你身边。你知道吗，能尽我的力量照顾你，便是我最大的快乐。"

"我的好静！"徐眼里闪着欢欣的光，"好，好，好啊。我但愿，而且我也自信还能健康起来的，不仅为了工作，而且为了你。"

廖悄悄擦去眼角的泪水。

此时，丽丽推门进屋，直奔徐面前。

廖客气地："哦，丽丽来了，快坐吧。"

丽丽根本不理她，劈头就说："爸，我要你的图章领你的薪金。"

徐："那么，我靠什么生活呢？"

"你可以卖画。"丽丽态度很生硬。

"现在我病了，不能作画，怎么办呢？"徐语调平静地说。

丽丽不语。

"而且你是个孩子，也用不了这么多钱。"徐温和地，"你每月需要多少伙食费和零用钱呢？"

丽丽："我住宿吃包伙，用不了多少钱。"

徐："我双倍给你，好吗？"

丽丽只好点头。

廖拿出糖："丽丽，吃米花糖吧。"

丽丽瞥了她一眼，并不动手。

廖："听你爸爸说，你从小就爱吃糖。"

丽丽又看看爸爸。

徐笑着轻轻点头。

丽丽这才勉强拿起一块，吃起来。

廖轻轻舒出一口气。

徐也露出微笑："丽丽，在这吃午饭吧。静，你去饭馆买两个菜，买个米粉肉，她爱吃。"

廖："好的。"

徐："丽丽，期末考试成绩怎么样？"

丽丽有些得意："国文九十四分，算数一百分。"

徐："嗬，我的女儿不简单嘛！"

25-6　重庆蒋碧微住处　冬　蒋碧微、丽丽、同弟

蒋碧微："钱呢？"

丽丽："爸爸还没有给我。他说等开学以后……"

碧微："笨蛋！叫你去要钱，空着手回来了。"

丽丽："爸爸病还没有好。"

碧微气愤地："生病是一回事，抚养子女又是一回事。这是他天经地义的责任！你可倒好！你就不想想，家里吃什么？用什么？"

丽丽："爸爸前一次开画展，我看见给过你一大笔钱，我住校又用不了多少。"

碧微火冒三丈："好呀！我辛辛苦苦把你养到这么大，你倒帮起你爸爸来了！好，这个寒假你就去跟你爸爸过好了，我没有钱养活你。"

丽丽赌气地："去就去！"

碧微吼着："同弟！"

同弟正在擦拭家具，吓了一跳："太太，什么事？"

碧微命令着："你明天把丽丽送到徐先生那里去。对了，你要狠狠地骂那个姓廖的女人。"

同弟嘟囔着："我又不认识人家。"

碧微："正好！你就说你不认识她，不知道她是从什么地方冒出来的野女人。她如果敢回嘴，你就说你只听徐先生和丽丽的，她算什么人？她凭什么对你指手画脚？"

"我……我说不来。"同弟小声嘟囔。

碧微："什么？你们一个个都反啦？你一定要骂！你要是不骂，就马上回宜兴老家，去当日本鬼子的亡国奴！"

25–7　重庆中国美院筹备处徐悲鸿住室　冬　徐悲鸿、廖静文、丽丽、同弟

徐悲鸿躺在躺椅上正欣赏列宾的画集："列宾的《扎布罗什人的回信》真是杰作。静，名画与名著一样，每看一次，必有所得。你再把德加的那幅《乐池里的音乐师》给我。"

廖静文从书橱取出给他。

门外传来嘁嘁喳喳的声音。

徐："谁呀？"

外面没有回答。

徐："静，去看看。"

廖拉开门，丽丽只好进来，后面跟着同弟，提着被卷、衣包。

徐十分意外："你们怎么来了？"

丽丽："妈妈说那一点钱养活不了我，叫我到你这里来过寒假。"

徐："我们不是谈好了吗，我双倍给你，还不够？"

同弟忽然大声地："给那点钱，家里吃什么？用什么？"

徐奇怪地望着同弟。

廖制止同弟："你不要乱插嘴。"

"要你管？"同弟想了想，"我不认识你，你是从什么地方冒出来的……野女人！"

徐很诧异。

廖生气地："你怎么这样无礼！这么胡搅蛮缠！"

同弟："怎么啦？我只听徐先生和丽丽的！你算什么人？也配对我指手画脚！"

徐感到情况复杂。

廖气极："你！你知道我是谁，我有权力告诉你，徐先生还在生病，你不要无理取闹，不要烦他，不要在这里吼叫！"

同弟色厉内荏地嚷："你……你凭什么命令我？"

"他血压高，不能生气，你知道不知道？出去！出去！"廖上去要推同弟。

同弟："不，不，不出去。"

"静！不要这样！"徐制止廖，转问同弟，"你今天怎么啦？同弟。"

同弟不语，不敢正视徐，低声对丽丽："你都听到了。"

廖厉声地："徐先生问你话呢！"

同弟看她一眼，不吭声。

徐向廖摆摆手，和蔼地："同弟，你从来不是这样的。今天是为了什么？你一向都是跟我说心里话的呀。”

“先生，我……”同弟望望丽丽和廖，为难地说不下去了，转身走向门口，停步，背身对着徐，“先生，你是好人，你多保重。”说完匆匆跑了。

丽丽叫着：“同弟——”

廖仍生气地：“这个人，简直不可理喻。”

徐质问女儿：“是不是你妈教她这套的？”

丽丽望望廖，不语。

徐追问：“是不是？”

丽丽仍不作声。

徐有些生气了：“丽丽，问你呢！”

丽丽偷眼看看廖。

廖懂事地扭头走开。

徐：“丽丽，回答我！”

丽丽轻轻点头。

徐叹气：“何至于如此！一个堂堂的大学教授！静，不要和她们一般见识。”

丽丽无地自容地低下头。

廖宽容地笑笑：“丽丽，你父亲病了这么久，现在你愿意来这里住，可以帮我照顾一下你父亲，我非常欢迎。但是，我不希望你是负气而来。”

丽丽望望廖，又望望徐，他们很真诚地看着她，丽丽点点头。

25-8　重庆中国美院筹备处　冬　廖静文、丽丽

廖静文带丽丽走上楼梯，端着一盘焯熟的青菜和糙米饭。

丽丽：“爸爸总吃这些？”

廖：“没办法，要少吃盐。”

25-9　重庆中国美院筹备处徐悲鸿住室　冬　徐悲鸿、廖静文、丽丽

徐悲鸿：“丽丽，今天食堂吃什么菜？”

丽丽：“麻婆豆腐、炒青菜头。”

徐：“唉，什么时候，我能吃这些呀。”

廖静文：“还得等些天吧。”往小碟中倒入少量酱油，兑上开水冲淡。

徐拿焯熟的青菜蘸酱油水就着糙米饭吃起来。

丽丽：“爸，你每天吃这个，烦都烦死了。”

徐：“谁让我的血压高，肾炎没完全好呢。”

丽丽："那也可以做得好吃一点嘛。"

徐："不能再给厨师添麻烦了。"

25-10 重庆中国美院筹备处徐悲鸿住室 冬 徐悲鸿、廖静文、丽丽

夜晚。

廖静文："丽丽，到我屋的小床上挤一挤吧。"

丽丽："不，我要陪爸爸睡。"

徐悲鸿躺在单人床上，就着煤油灯在看书。

廖帮丽丽打地铺。

丽丽："怎么棉絮都跑了？"用手捅捅，"一个洞一个洞的，你看，这儿只有两层布。你们为什么不买床新棉被？"

廖："你父亲病了，光医药费的负担就很重。"

丽丽很有感触地望望她和父亲。

徐关切地："丽丽，你每天除了做寒假作业，还想干什么？"

丽丽："也看不成你画画了，我想看看课外书。"

廖："好啊，我们图书馆有马克·吐温的《哈克贝利·费恩历险记》，还有狄更斯的《大卫·科波菲尔》，都很好看。"

丽丽："翻译小说我能看懂吗？"

徐："能，你都上初中了。读书就要读名著，就像看画就要看名画一样，这样才能提高自己的欣赏水平和艺术趣味。"

廖："我明天给你借来，不懂的地方可以问我，我要是不懂再问你父亲。"

丽丽高兴地："好吧，明天就开始。"

25-11 竹林 冬 廖静文、丽丽

廖静文和丽丽在散步。

丽丽："我妈妈生活比你们好多了。从南京到重庆，她每天都坐在被窝里吃早点，同弟把煮好的牛奶、咖啡、鸡蛋和面包、黄油、果酱送到床前。午饭、晚饭一定得有荤菜。而且，她特别爱请客。可她用的是爸爸的钱。这儿虽然生活比较苦，可是我觉得比在妈妈身边更有意思。"

廖："真的吗？"

丽丽："嗯，这是我过得最有意义的一个寒假了。"

廖："那你以后星期六从学校就回这边来吧。你一来，你父亲多高兴啊！"

丽丽："好吧。"

25–12　重庆中国美院筹备处院　1945年　春　廖静文、苗真

廖静文提着食盒走向院门，苗真迎面走来。

苗：“静文，你这是？”

廖：“郭沫若先生来看悲鸿，留他吃午饭，我去饭店买几个菜。”随即又兴奋而机密地，“郭沫若先生起草了一个《陪都文化界对时局进言》，请悲鸿签了名，我也签了名。”

苗：“是关于什么的？”

廖：“主要是反对国民党继续法西斯独裁统治，实行民主改革，支持中共和民盟提出的建立联合政府。”

苗：“哎呀，这要让当局知道了，就太危险了！你可不能随便说出去。”

廖：“这要在《新华日报》上公开发表的！”

苗：“啊？太了不起了！这都是大家心里的愿望啊！”

25–13　重庆中国美院徐悲鸿住处　春　徐悲鸿、廖静文

煤油灯下。

徐悲鸿仍沉浸在兴奋中：“在国民党的心脏地区，这份进言在报上登出，一定会石破天惊！”又向往地，“成立联合政府，打败日寇，建立独立、自由、民主、统一的国家。静，我好久没有这样舒畅、痛快了！”

廖静文：“悲鸿，我是第一次参加战斗，真有些……”

徐：“害怕吗？”

廖：“不害怕！就是有些紧张。”

徐：“静，无论发生什么情况，我们都能挺过去！”

“嗯！”廖信赖地点点头。

徐：“哎，把郭沫若先生送来的小米和红枣，煮些粥吃啊。”

廖拿过两小布袋小米和红枣：“这可是周恩来先生从延安给你带来的，你舍得吃？”

徐拿起一个红枣吃：“它有特殊的滋养，对不对？”

廖领会地笑了，也吃起来。

25–14　重庆蒋碧微住处　春　蒋碧微、张道藩

蒋碧微、张道藩在紧张地密谈。

张：“《陪都文化界对时局进言》一登报，委员长龙颜大怒。”

碧微焦急地：“委员长怎么说？”

张十分沮丧：“他责问我，‘你还想不想当中央宣传部部长了？还想不想当中央文化运

动委员会主任了？'”

碧微摇头叹气。

窗外传来报童叫卖：“看报！看报！《新华日报》！请看《陪都文化界对时局进言》！三百一十二人签名啦！看报！看报！《新华日报》！”

碧微烦躁地关上窗子。

张：“我主持中央宣传部以来第一次这么坍台。唉！共产党真是神通广大呀，在我们的眼皮底下，居然笼络了那么多重要文化人签名，甚至还网罗了我主持的中国文艺社一个职员。”

碧微：“谁？”

张：“林克。”

“他？”碧微鄙夷地，“一个变节的走卒！”

张：“正因为他变节，我看准了他性格的软弱，这，倒派上了大用场。”

“怎么？”

张：“我对他拍桌子大骂，如果还想保住饭碗和小命，就要戴罪立功！果然，他吓得浑身筛糠一样。我立刻以他的名义起草了一个声明，明天就发表在《中央日报》上，说共产党盗用了他的名字，他曾经签名的文件是‘如何救济贫病的文化人士’，并非《陪都文化界对时局进言》。”

碧微：“他怎么样？”

张：“他呀，乖乖地服从了。”说着竟有些得意。

碧微：“他毕竟人微言轻，还要策反一些文化界的头面人物才行。”

张：“对，我们正要进行呢。你看悲鸿有可能吗？”

碧微：“绝对没有可能！哎，无论如何你不要亲自出马找他。”

张：“为什么？你怕我不敢面对他？哼！”又心虚地，“他知道我们的事吗？”

碧微：“这个，不清楚。我是不愿他让你下不来台。”

张：“可是他的态度对事态的发展太重要了。姑且不说他是美术界的领头雁，许多人跟随他走。委员长也格外看重他，就冲他那样轻慢、诋毁、污蔑委员长，放在别人身上，早就从严发落了。可是至今委员长还把他视为美术界的泰斗。所以，这次无论如何也要把他拿下。”

碧微不以为然：“我看，未必能。”忽然又想起，“哎，那个林克，来回变节的家伙，不可重用。”

张：“当然！”

25–15　重庆中国美院筹备处徐悲鸿住室　春　徐悲鸿、廖静文、来客

徐悲鸿在看《新华日报》。

敲门声，廖静文开门。

一个青年拿一份报纸进来，向徐鞠躬："徐先生，张道藩部长派我来。"

徐："有什么事吗？"

来客："《新华日报》登的，《陪都文化界对时局进言》使蒋委员长十分震怒。现在已经有人在《中央日报》发表声明，揭露文件上的签名是被盗用的。张道藩部长特意叫我送来，请您看看。"递上报纸。

徐看了看声明，扔到一边："张道藩还叫你来干什么？"

来客："张部长的意思是，既然人家的签名是被骗去的，那么，您的签名也一定是被骗去的，请您最好也登一个声明。"

徐冷冷地："我没有受骗，我对我的签名完全负责。"

来客："张部长说，这是蒋委员长的意思，请您必须登一个同样的声明，否则……"

徐不动声色地："否则怎样？"

来客诚恳地："否则，对您很不利。"

徐顿时火起："不管是谁的意思，我绝对不会收回我的签名！"

来客愣了。

廖也气愤地："我们两个人，四只眼睛看的那份《进言》，和《新华日报》登载的一模一样，一个字也没有错。你们真卑鄙！"

来客勃然变色，却又挤出笑容："徐先生，如果您坚决拒绝撤回签名，您的一切都保不住了，我奉命通知您。"

徐霍地站起，怒视着他："我的签名，我负责到底！"

来客吓得目瞪口呆："那好，那好……"赶紧溜走。

"等等！"廖追出上，把那张《中央日报》团成一团砸到他后背上。

徐愤怒得有些心悸，廖扶他躺在躺椅上："你不要太激动了。"

徐："你赶快进城，把这一切都告诉郭沫若先生，让他放心，我们是绝对不会动摇的。"

25–16　重庆中国美院筹备处院　春　徐悲鸿、廖静文

黄昏。徐悲鸿掏出怀表看看，踱来踱去，向院外张望。

廖静文跑回来。

徐急切地："见到郭沫若先生没有？"

廖："见到了，把要说的话都说了，还在他家吃了午饭。"

徐："你回来这样晚，我真担心出了什么情况。"

廖："沫若先生对你表示敬意，请你千万保重身体。"

25–17 重庆中国美院筹备处徐悲鸿住室 春 徐悲鸿、廖静文、张道藩

夜，油灯下，徐悲鸿在躺椅上看书，廖静文做针线活。突然有敲门声。

廖警觉地：“这么晚，能是谁？”

徐用手势让她放心：“请进。”

张道藩推门而入：“悲鸿兄，你好！我早就该来看你了。”

“哦，道藩。”徐躺在躺椅上，并未起身迎接他。

张走近，伸手欲握，徐也伸手，却是让座，避免与他握手。张尴尬。

“看你的气色还是不太好。”张自己找一把椅子坐下，“唉，你病了这样久，我也没有时间来看你。今天是国立艺专请我去演讲，又留我便饭，搞到这么晚才完。路过你这里，总不能过门不入吧。”

廖端上一杯茶。

“谢谢。”张趁机看了看她，又打量着简陋的陈设，“悲鸿兄，你如今是国内外知名的大画家，为什么把生活搞得这样苦？”

徐：“庄子说，‘鹪鹩巢于深林，不过一枝。偃鼠饮河，不过满腹。’人的实际物质需要又有多少？何况国难当头的时候。”

张：“深刻，很深刻，非常深刻！”

徐对他的言不由衷，嗤之以鼻。

张：“记得在南京的时候，你家挂着‘独持偏见，一意孤行’的大字对联。如今倒是不见这副对联了，可是你对人对事，还是那个脾气。”佯笑，亲热地指指他。

徐仍不作声，只是嘴角一笑。

张：“比如那个《陪都文化界对时局进言》，你又何必如此坚持呢？长此持敌对情绪，怕不妥吧？”语气仍十分柔和。

徐语调平静地：“那么，依你之见，我该怎么办呢？”

张从公文包中拿出一页文稿：“这里有一个《文化界宣言》，你看看，可以签名。”

徐扫了一眼。

张：“老实说，有人嫌你在那个《进言》上签了名，还不同意你在这个《宣言》上签名呢。我批驳他们说，悲鸿是美术界第一人，怎么能狭隘地排斥他呢。”

徐笑了笑：“感谢你的大度和宽容。”

张：“不光是我，就是蒋委员长也是如此看你啊！悲鸿兄，我说句实话，对蒋委员长，你可是一向很不恭顺哪！可是他从不记恨，还把你的作品当作国宝推荐给美国朋友。这样的胸襟！啊！”说到此，自己也感动起来，“对于领袖的关爱，我们还不该以死相报？”

徐盯着张：“我该做什么，不该做什么，自有选择。”

张：“那是那是。我太了解你的耿直性格了。”

徐：“你了解？”

“当然！”张直率地，“学究气，认死理，对不对？”

徐也笑了。

张推心置腹地：“老兄，一切选择都要讲究实际，这是我一贯的准则。识时务者为俊杰嘛，至少也不能碰得头破血流吧。”

“可我是个认死理的人哪。”徐很平静地笑着。

张停了一下，很随意地：“那你签不签名呢？”

“你说呢？”徐始终微笑地望着他。

张忽然仰头大笑，解嘲地：“好，好，好，人各有志，人各有志。唉，我们不谈这些了，这些政治话题，连我自己都厌烦。谈点轻松的吧，昨天晚上歌星紫罗兰在我们部里演出，不知为什么，她的眼睛总往我身上瞟，弄得我那柔媚的法国夫人十分不悦。”

徐：“我真奇怪，你这位情圣，为什么要从政呢？你整天哪有心思考虑国家前途啊！你这不是误国误民误己嘛！”大笑。

张仍故作镇静：“悲鸿兄，你拿我开心是不是？这你就过甚其词了，我一直为党国尽心尽力，这是大家都有目共睹的！”

徐笑着：“是啊，半夜三更还来我这里劝降。”

张也笑着：“哎，敌国交战，还先礼后兵呢，何况我们是老朋友，在这种严重关头，不打招呼就太不仗义了，是不是？”

“看来，我只有等着你们的讨伐了。”徐仍笑对他。

张故作谦逊地：“岂敢岂敢哪！好，悲鸿兄，都快半夜了，我就不打扰了，回去还有一堆公文要批呢。再见。”

徐仍躺在躺椅上，并未起身送他。

门刚关上，徐用力“啪”地合上画册，以泄心中的愤怒。

第二十六集

26–1　重庆中国美院筹备处　春　廖静文、张道藩

廖静文送张道藩下楼。

张：“你的名字叫静文，真是名副其实，你很文静。我们部里常有舞会，你来跳舞吧！”

廖："谢谢，我要照顾悲鸿，没有时间。"

张："你留步吧，请不要送了。"

廖："不。我不是送你，是要去关大门。"

张笑容顿失。

张刚一出大门，廖便砰地把门关上。

26–2　重庆中国美院筹备处徐悲鸿住室　春　徐悲鸿、廖静文

廖静文："别看他文质彬彬，衣冠楚楚，可是，他骨子里真是个小丑。"

徐悲鸿只是淡淡一笑。

昏暗的煤油灯下，徐继续看书，廖继续做针线活。

外面似乎有窸窸窣窣的声音。廖："你听，有什么动静？"凑到窗根，仔细听，有些紧张，"他们会不会？"

徐听了听，泰然地："不要害怕，静，我们做的事是光明正大的，害怕的应该是他们！"停了停，"当然，事情还没有完，我早有思想准备。人总该明辨是非，崇尚真理，为了该做的事，生命也可以付出。你说呢？"

廖："我敬重这种品德。"

徐甚感欣慰，握着她的手，两人的心贴得更近了。

徐："从下周起，我想去中央大学艺术系上课。"

廖："你还没有完全康复啊！"

徐："一周去三次。毕业班，总要看看，有什么没有讲到的。"忽然笑了，"现在是我给学生打分，将来是他们在心里给我打分。"

廖："我看学生们都以你这个老师为荣呢。"

徐："但愿多年后，见到学生，我们做老师的不会脸红，不会感到愧疚。"

廖："那是当然的。"

徐："哎，明天上午，你叫美术学院那几个要派到英国留学的人来，我再和他们谈谈。"

26–3　重庆蒋碧微住处　夏　蒋碧微、丽丽、同弟

蒋碧微、丽丽正在吃饭。

碧微："你爸爸又送四个人去英国留学了，对你却一点不关心。"

丽丽："我每次去看爸爸，他对我都很好。"

碧微："好？那怎么不送你去留学？"

丽丽："我才上高一呀！我也从来没有想过出国留学。"

碧微："哼，没出息！我比你现在大三岁，就背着家里跟你爸爸到外国闯荡去了。再

说，你们中大附中设备又不好，你能学到什么？”

同弟又端上一盘菜：“栗子鸡。丽丽，这栗子，我留了好几天，就等你周末回家才做的。”

丽丽尝了一口：“好吃。”

同弟热心地：“晚饭再给你做……”

碧微冷着脸：“同弟！没看见我们在谈正事吗？”

同弟：“对不起。”

丽丽安抚地冲同弟笑笑。

同弟：“太太，做个什么汤？”

碧微：“酸辣汤吧。”

同弟退出屋。

碧微：“你去跟他说，我要一笔钱送你出国留学。”

“总跟爸爸要钱！”丽丽不情愿地，“我看爸爸他们生活并不富裕。”

碧微：“那是他自找苦吃！凭他的画，能卖出天价！什么好日子过不成？为这，我跟他吵过多少架！现在好了，那位廖女士不仅不劝阻，还一味赞赏，他更为所欲为了。”

丽丽：“我看他不会给我那么多钱。”

碧微：“哎，你现在功课挺好，他就喜欢用功的人，他肯定答应。”

丽丽不吭声，只是低头吃饭。

碧微：“我可是完全为了你的前途着想。”

丽丽仍不说话。

蒋火了：“去不去？”

丽丽看了她一眼：“嗯。”

“嗯，是什么意思？”碧微逼问，“去？还是不去？”

“去——”丽丽不敢发作，嘟囔着，“还不行？”

碧微这才舒心地给她夹菜，自己也吃起来：“这栗子鸡的味道真是不错。”

26-4　重庆中国美院筹备处徐悲鸿住室　夏　徐悲鸿、廖静文、丽丽

到处是画稿，徐悲鸿又在赶画。廖静文在一旁协助。

丽丽进屋。

廖热情地：“来了！丽丽。”

丽丽只是嗯了一声，有些犹豫地：“爸，我跟你说件事。”

徐：“说吧。”

丽丽看看廖，不语。

徐明白了："静，你去资料室找出高更的《塔希提妇女》和米勒的《拾穗者》，我明天讲课用。"

廖："好的。"笑着看了丽丽一眼，出屋。

徐笑着用画笔点点丽丽："说吧。"

丽丽："爸，你是不是派了几个人去欧洲留学？"

"是啊。你问这个干什么？"徐继续画着。

丽丽不好意思地："爸，我也想去留学。"

"什么？"徐看着她，笑了，"是你想，还是你妈让你来的？"

丽丽："我妈说中大附中设备不行。"

徐放下画笔，拉她到小圆几前坐下。

徐耐心地："这次派出的四个人，都是大学毕业，在美术上深有造就，只是国内没有进修机构，所以请派到英国留学。你有志向自然好，但是，你才高一呀，现在抗战已经胜利了，学校很快就返回南京，到那里设备一定会改善的。再说，你常回去看看妈妈，她也可以减少忧烦。"

丽丽坦诚地："其实，我也这样对妈妈说的，可是她一定要你给我一大笔出国费。"

徐："我的经济实在负担不了。希望你好好用功，将来能考上公费留学。到那时候，我如果有力量，也一定送你出去。现在不必过早打算，你说呢？"

丽丽欣然同意："是。我早就这么想，真的。"给爸爸倒茶。

徐微笑点头："我信。我的女儿，我还不知道。"

丽丽高兴地："就是！"然后看看到处的画稿，"爸，你又画了这么多画。"

"唉，是你妈妈再要一百幅画和一百万元。"

丽丽很生气："她要干什么？要把你累死？你住院之前，你不是给了她五十幅画和二十万元吗？她又赖账了？"

徐没有回答。

丽丽气愤地："妈妈也太贪心了！爸，我现在明白了，什么让我留学，她不过是又想出一个跟你要钱的名目！爸，你千万别再累病了！我求你了！啊？"

徐疼爱地摸摸女儿的头："我一定注意。"又接着去画画。

廖拿两幅画进屋，递给徐。

徐："静，别忘了，明天再给杨剑公送点钱去。"

丽丽："杨叔叔怎么了？"

徐："国立艺专校长换了人，学校就把杨剑公也解聘了。"

丽丽："为什么？杨叔叔那么好，他犯了什么错吗？"

徐："唉，一朝天子一朝臣！现在他又生病了，还有两个孩子。"

廖："每次送钱，他都不好意思要，我都是强给他留下。"

徐考虑着："是啊，还是要想个根本的办法才行。"忽然说，"有了！给我拿两张信纸来。"

廖："干什么？"

徐："我给中央大学顾校长和艺术系主任写信，申请辞去我中央大学艺术系教授的职务，推荐杨剑公补缺。"

丽丽吃惊地望着爸爸。

廖也十分意外："那你失去这份固定收入，我们的日子……"

徐注视着她："静，他比我们难。"

廖忽然感到徐人品的高尚，为自己的话而羞愧，马上给他拿来纸笔。

徐对廖态度的转变很满意，立即写信，又停住笔："在南京的时候，杨剑公就是我的学生，博学，很有才华，人品也好。"

丽丽望着父亲，突然冒出一句："难怪妈妈说你自讨苦吃。"

徐："什么？"

丽丽："自讨苦吃！"

"丽丽，要是你的朋友有了困难，我想你也会这样做，对吗？"徐信任地注视着女儿。

丽丽顿悟地点点头。

26-5　重庆蒋碧微住处　夏　蒋碧微、张道藩

张道藩匆匆进门，烦躁地："真是没完没了，悲鸿又有了惊人之举。"

碧微："又怎么啦？"

张："他辞去中央大学艺术系教授，推荐杨剑公接替。"

碧微："咳，几天前，丽丽回来就说了。"

张："你怎么不早告诉我？"

碧微："这算什么？他干的让人匪夷所思的事多啦！"

张："你不管，我可不能不管哪。"

碧微："这事与你毫不相干，管它做什么？弄不好，知底的人还以为你因为和我的关系加罪于他，反倒把你看成小人。"

张："唉，这正是我进退两难之处。可是国立艺专的校长和中央大学艺术系都报告到中央宣传部了，让我裁决呀！"

碧微关切地："哦，他们怎么说？"

张："艺专校长说，悲鸿是给他下不来台，是干预他权限之内的事。他说现在他留不留杨剑公倒成了为难的事。"

碧微："怎么呢？"

张："辞了，会说他排斥异己，留下，又会说他屈服于外界的压力。"

碧微连连点头："那中央大学方面呢？"

张："中央大学校长倒是海纳百川的样子，说可以接受杨剑公，请艺术系定夺。可是艺术系主任拿不定主意，说接受杨剑公怕将来无法见艺专新校长，何必无端与人结怨呢？"

碧微："这完全可以理解。那旁观者呢，怎么说？"

张："有人说悲鸿是沽名钓誉，大多数人称赞他仗义、无私。你认为呢？"

碧微："以我对他的了解，倒不是沽名钓誉，也不是一时冲动，他为朋友可以两肋插刀。年轻时在家乡就自诩为'江南贫侠'，还刻了一方印，他的不少画都盖着呢。你知道他为什么在美术界人望极高，除了他的艺术造诣外，他重义气也很有号召力。"

张忽然笑着："你不是又舍不得他了吧？"

碧微："哎呀！人家跟你说正经事呢。"

张："开个玩笑！唉，这位'江南贫侠'的义举让我裁决，倒成了把我放到火上烤。我和他真是冤家呀！"说着起身，"我走了，去处理一下。"

碧微急忙叮嘱："哎，无论如何，你不要亲自过问，免得招来不必要的讥讽。"

张："那怎么办？谁叫我是部长呢。"

碧微："你刚才不是说中大艺术系主任举棋不定吗？"

张："是啊。"

碧微："这就好办了。"

26-6　重庆中国美院筹备处徐悲鸿住室　夏　徐悲鸿、廖静文、杨剑公

徐悲鸿、廖静文在整理清点一幅幅刚完成的水墨画。

廖："好，正好一百幅。"又指着一大书包，"钱，是一百万。"又把剩下的一小沓钱交给徐。

徐："收起来吧，这是我们的生活费。"

廖把钱放在小柜里。

杨剑公敲门而入："先生好！"对廖，"您好！"

徐满心欢喜地："剑公，到中央大学艺术系上班了吧？"

杨："没有。"

徐："你赶快去吧，不要耽误了学生的课。"

杨情绪低落："他们根本没有让我去。"

徐："哎，前天系里已经批准我的辞职报告了呀！"

杨："艺术系主任说很同情我的处境，也很敬佩先生的义举。可是，他却任用了他自己

的朋友顶替了您的职位。”

“什么？！”徐太意外了，“我给中央大学和艺术系的报告写得再清楚不过了，我辞职的条件是要你顶替呀！”

杨：“他说那位朋友的油画不能卖钱，而我还能画国画出售，可以不急于工作。”

徐气极：“你儿女成行，自己又生病，怎么不急于工作？简直欺人太甚！”

杨：“先生，您千万别生气，别再犯了病！您为了帮助我，牺牲了自己的生活来源，尤其在病中，这种恩深如海的情谊，学生会铭感终生的。”

徐愤怒地拍着桌子：“他们出尔反尔，毫无信义，诡计多端！”

廖：“不要激动，不要激动。”又感慨地，“唉，人心叵测，伤天害理呀！”

徐苦苦地思索着：“艺术系主任怎么会这样？不至于呀！”忽然疑惑起来，“我看，这后面恐怕还有隐情。”

杨：“哦？”

徐回过神来：“这事，先不跟他们纠缠。剑公，你工作的事，我们继续想办法。”又对廖用手比画着，“把那些拿来。”

廖明白了，从小柜中拿出那沓钱，给徐。

徐：“剑公，这些你先拿去。”

杨极力推辞：“不用！不用！”

徐：“拿上！不要嫌少。最近我要付给蒋碧微一大笔费用，手头剩得不多，这些先救救急。”

杨：“这，这……”

杨还要再说些什么，徐伸手制止他。

26-7　重庆律师事务所　1945年　冬　徐悲鸿、蒋碧微、丽丽、边律师、证人两人

徐悲鸿、蒋碧微在办离婚手续。丽丽和两位证人在一旁。

边律师：“徐悲鸿先生、蒋碧微女士，二位证人，”指着一大书包钱和一大捆画，“根据蒋碧微女士提出的离婚条件：一，这是蒋碧微女士追加要的一百万元和徐悲鸿先生画的一百幅画。此前，徐悲鸿先生已付给蒋碧微女士二十万元和他画的五十幅画及他收藏的四十幅古画，这两笔，作为蒋碧微女士今后的生活费。二，儿子徐伯阳、女儿徐丽丽的抚养费由徐悲鸿先生负担，付每人每月两万元。儿子徐伯阳因响应抗日号召，早已参加远征军，他的生活费待他回来后，再行付给。三，女儿徐丽丽跟随母亲蒋碧微生活。徐悲鸿先生、蒋碧微女士，关于离婚条件，你们还有什么诉求？”

二人都毫无表情地回答：“没有。”

“那好。”边律师将钱和画交给蒋，“请查收。”然后，又拿过两份协议书，对徐、碧微，“二位，请在这两份离婚协议书上签名。”

丽丽悄悄擦眼泪。

徐、碧微签名。

边律师：“证人请签名。”

两位证人签名。

边律师宣布：“徐悲鸿、蒋碧微的婚姻关系，自今日起正式解除。”

碧微并不望徐，从无名指上摘下定情时刻着“悲鸿”名字的戒指，放在桌上。

徐拿起，看着，然后默默地装入大衣内兜。

丽丽强忍住不哭出声来。

徐又拿出一幅作品给碧微：“碧微，这幅《琴课》，你留着吧，我知道你喜欢这幅油画。”

碧微十分意外，不觉说出了声：“《琴课》！”又喃喃自语，“画的是我在巴黎学小提琴……”当年的回忆突然变为一丝忧伤，她说不下去了，眼中蒙上一层泪。

丽丽哭着。

碧微也一阵心酸，低声地：“谢谢。”

徐痛苦地轻轻摇头，无言。

“爸——”丽丽呜咽着扑到爸爸胸前。

徐感伤地抚摸着女儿，扭过头去。

丽丽抬起泪眼：“妈，你为什么要离开爸爸？”

碧微不语。

律师、证人望着这个破碎的家庭，无法表示什么。

徐爱抚着女儿：“丽丽，好孩子，不哭，不哭。”

丽丽终于止住了哭声。

徐转回头来，伸出手，碧微缓缓地与他握手，相互最后的一瞥，很长的凝视，然后，撒开手。

丽丽又痛哭起来：“爸——妈——”

26-8　重庆蒋碧微住处丽丽屋　冬　丽丽、同弟

昏暗的灯光下，丽丽还在伤心地抽泣。

同弟劝着：“别哭了，哭也没有用……”自己也忍不住落下泪来，“唉，先生是多好的人哪。再也见不到他了。”

丽丽：“我真想跟着爸爸生活。”

同弟："唉，你妈是不会放你去的。"

传来蒋碧微的喊声："同弟——"

同弟抹了抹泪："哼，那个姓张的这下可称心如意了，什么人哪！今天这牌肯定要打到天亮。丽丽，我去去就来。"

26–9　重庆蒋碧微住处　冬　蒋碧微、张道藩、同弟、麻将客两人

堂屋，蒋碧微、张道藩和两个客人在打麻将，兴致很高。

碧微吩咐着："做点夜宵，汤圆，黑芝麻馅、豆沙馅还有吗？"

同弟："有。"

张道藩俨然主人口吻："哎，我要红油抄手，越辣越好。"

碧微笑道："你这个贵州佬呀，就爱吃辣的。"对同弟，"几样都要。早点，再搞些盘丝饼，张部长爱吃。"

26–10　重庆中国美院筹备处徐悲鸿住室　冬　徐悲鸿、廖静文、苗真

廖静文拿着两块衣料："你看，姐姐捎来的。"

徐悲鸿看了看："哦，这是娘家的陪嫁呀。选的花色很好。"

廖："你说婚礼上穿哪件呢？哦，你到时候穿什么？"

徐想了想："我穿那套蓝灰西装，系大黑领结。"

廖："那我用这块深红色的料子做件旗袍吧。"

徐："好。你再烫烫头发。"

廖羞涩地："不烫。烫了发，我都不好意思见人。"

徐笑着："新娘子嘛，总要打扮得漂亮些。"

廖不置可否，又想起："哦，对了，吴作人先生要给我们添几件新家具呢。"

徐："告诉他，千万不用。朋友们的心意我们领了。"

苗真敲门而入："先生，您的信。中苏文化协会同意你们在那里举行婚礼，我们几个学生负责布置。大家都为你们高兴，许多美术界文化界的朋友也要前去祝贺。"

徐："真是太谢谢你们了。"

苗："先生，您客气了！那我先忙去了。"出屋。

徐看信。

廖："谁来的信？"

徐高兴地："郭沫若先生。他说他和沈钧儒先生同意做我们的证婚人，还给我们送来一首贺诗。"

廖："哎呀，真是太好了。"

廖接过信展读：“嘉陵江水碧于茶，松竹青青胜似花。别是一番新气象，磐溪风月画人家。”

26–11　重庆中国美院筹备处徐悲鸿住室　春　徐悲鸿、廖静文

徐悲鸿将“囍”字贴在窗玻璃上。廖静文穿着新婚的旗袍，烫着发，从身后拥抱着丈夫，徐回头望望她，他们心里激荡着异样的温柔和爱。

26–12　竹林　春　徐悲鸿、廖静文

徐悲鸿、廖静文又在竹林散步。竹枝间轻雾缭绕，如梦如幻。

廖柔声地：“这一切都是真的吗？”

徐充满幸福：“是真的，这是在经历了那些不幸之后，生活对我们的补偿。”

他们静静地走着，如在画中游。

徐：“除了你，没有人能对我有这样真诚、纯洁、无私的爱，我用什么来报答你呢？”

廖：“为什么要说报答呢？”

徐温柔而深沉地：“静，我总在想，你为我做了太多的牺牲，我欠着你的情分。我要把我最珍爱的东西都送给你。”

廖：“不，我什么东西也不要。”

徐执意地：“静。作为一个画家，我十分珍爱自己一些比较满意的作品，我要将它们全部送给你，写上你的名字，写上静文爱妻保存。”

廖：“悲鸿，我拥有你本人就足够了。”

徐停了一下：“不，这也是我对你的嘱托。”

廖很敏感地望他一眼。

徐：“有一天，我的生命停止了，这些画，请你好好保存下去。”

廖心中黯然，却又笑着点点头。

26–13　重庆中国美院筹备处徐悲鸿住室　春　徐悲鸿、廖静文

徐悲鸿在自己得意的作品上一一题写“静文爱妻保存”。

廖静文在洗衣服：“我们到底去南京还是去北平，定了吗？”

徐：“虽然南京是国都，是政治文化中心，许多朋友劝我去南京。但是北平的文化古都气息更吸引我，何况，教育部希望我去接办日伪时期的北平艺专，北平艺专也再三欢迎我去主持呢。哎，你说去哪儿呢？”

廖痛快地：“那我们就去北平！”

徐：“对，去北平！休息一下，我们喝点茶。”

二人边喝边聊。

徐谋划着："艺专，一定要请吴作人当教务长。还有黄警顽，听说上海沦陷后，他为掩护抗日地下工作者，被日本宪兵逮捕入狱，受了很多苦，也要给他安排个位置。"

廖忽然笑了："那我们的孩子就要生在北平了。"

徐："对呀！"

廖："如果是儿子，就叫他庆平吧。怀在重庆，生在北平。"

徐高兴地："好，就叫庆平！"又怀念地，"马上就要见到齐白石和蒋兆和了。我真想他们哪。"

26–14　北平齐白石家　1946年　夏　齐白石、徐悲鸿、廖静文、齐孙

齐白石家门口，徐悲鸿和已显身孕的廖静文敲门。

齐孙开门，惊喜地："徐先生！夫人！请，快请进！"急奔向画室禀报。

齐白石颤颤巍巍地迎出屋门。

"白石先生！"徐抢步上前，与齐激动地握手，介绍道，"这是我的夫人廖静文，也是您的湖南老乡。"

廖恭敬地："白石先生，您好！久仰您的大名。"

齐："好，好。我们既是同乡，徐夫人，我这里就是你的娘家啦。"

大家开心地笑，进屋。

齐孙奉上茶水。

齐："接到你的信，我就天天盼望你回来呀。"

徐："您身体还好吧？"打量着齐，"精神尚佳。"

齐："不行喽，已经是风烛残年了。"

徐："十七年了，一别十七年了。这些年，我只是不断接到您寄来的佳作，我不断地把它们介绍到欧洲和南洋。外国朋友对您的画评价极高啊！至于您本人，我只能在梦中见到了。"

齐高兴地摸出系在裤腰带的钥匙，打开木柜三道锁，拿出糕点招待客人。

齐对廖："抗战期间，悲鸿兄在南洋办筹赈画展，还给我写信寄诗呢。"

徐："这次回北平，我看望的第一位朋友就是您啊！"边说边吃着变硬的糕点。

齐："生我者父母，知我者悲鸿兄也。"端过茶，教他，"沾点茶水就软了。"

徐蘸着茶吃糕点："我再次聘请您为北平艺专国画教授，白石先生，这次您不会推辞了吧？"

齐痛快地："好！徐校长。八十四岁我再抖抖老精神！"

廖也就茶吃着糕点："现在不是用马车而是用小汽车接您啦！"

齐："好，好啊。"

徐："现在，我们不再是单枪匹马，不再是孤掌难鸣了。这十七年，我有了许多画家朋友和学生。现在的北平艺专不比当年人家想怎么挤对我们就能怎么挤对我们了，我从各地聘请了许多著名教授和画家，教国画的第一位就是您呀。"

齐："还有谁？"

徐："您知道的就有黄宾虹、李苦禅、李可染，系主任是叶浅予。"

齐："叶浅予，我不知道。"

徐："叶浅予先生漫画、国画的人物都画得很好，他刚刚从美国回来。至于教油画、雕刻、版画的教授就更多了。"

齐："你没有请蒋兆和？"

徐一下子郁闷了："我与他虽然是老朋友，在十九路军淞沪抗战时，他也冒着生命危险到前线指挥部为抗日名将蔡廷锴、蒋光鼐将军画过像。可是听说北平沦陷时期，他又跟日伪关系密切，还去东京给一个日本财阀的母亲画像祝寿。"

齐："这事不假。"

徐："他还为日伪政权的头目，大汉奸殷同画像，拿了殷同的钱画的《流民图》。"

齐着急地辩解："可是他的《流民图》在太庙展览了一天，就被日本宪兵查禁了。后来到上海租界展览，又被日本人没收了。虽然我始终没有看过这幅画，想必是这画戳到了日本鬼子的痛处。"

徐不语。

齐："蒋兆和刚来北平的时候，由于是你的朋友，画得又好，我跟他过从甚密，为他的画和画展题诗题辞，还为他和萧龙友的女儿说媒。他，也许为生计所迫？"

徐愤恨而痛心："生计？沦陷区的北平哪个中国人没有生计问题？唉……"

齐："悲鸿，你是艺专校长，又是画界泰斗，对人要慎重啊！"

徐叹口气："我知道。"

齐："兆和爱画如命，为了画，他是做了些不该做的事，交了些不该交的人，可他和汉奸不一样啊。"

徐不语，转头望着他。

第二十七集

27-1　北平蒋兆和家　夏　蒋兆和、萧琼、巡警、鲁依及

蒋兆和家住北平四合院。客厅左边是卧室，由隔扇门隔开。右边是画室，与客厅打通。

萧琼正在画扇面："后天是我娘的生日，虽然不像爹过生日要宴请亲友，也要全家去吃寿面。我们总不能空着手去呀。"

蒋兆和："那当然。"

萧："可是哪有钱买礼物呢。"

蒋："我给她老人家画幅画，不就行了。"

萧："给爹祝寿都送过两次画了，雅是雅，给娘也送画，那家里不就成了你的画展了。"

蒋："那就送块衣料吧。"

二人到卧室。

萧从衣橱中翻找："这衣料，都是娘给我的陪送，我怎么好再送给她？再说，也太花了呀。"又翻出两块，"这是你给我买的。"

蒋："把它卖了，给娘买块素的。"

萧："你给我买的，我可舍不得卖。"

蒋："等将来有了钱，我再给你买。反正空着手去，我真不好意思进你们家门了。"

此时，院中传来巡警收捐的吆喝声。

萧："收捐的来啦，你别出来，我对付他。"

蒋躲在卧室，关上门。

巡警在屋外："蒋先生在家吗？"

萧出屋："他不在，有什么事跟我说吧。"

巡警："收捐，卫生捐、治安捐。"

萧："卫生捐？治安捐？一天到晚变着法子收捐收税，我们拿不出钱来。"

巡警笑着："您拿不出钱来？蒋太太，您是萧家的姑奶奶，您拿不出钱来？"说着，强行进屋，张望，只见卧室关着门，不见蒋，"你们家老爷子萧龙友可是北平的四大名医呀！您娘家那片也归我管，我知底儿！好嘛，萧老出诊一趟就挣六块六大洋，能买三个金镏子。萧老一天能跑五六家，那是多大的进项！家里是老妈子、厨子、看门的、听差的、汽车司机，一大帮人伺候着。您没钱？"

萧："再有钱，也是我娘家的，我花不上了。再说，我爹年纪大了，又赶上沦陷那几年，他拒绝给日本人看病，家道也不行了。"

巡警："再不行，也比小户人家行！"

萧嚷着："他行，你找他要去！我这里是蒋家，不是萧家！"

巡警："您别生气，我也是奉命行事。蒋太太，说到这儿，我可要劝您先生几句。"对着卧室说，"蒋先生是大画家，画得好，真好，学问深沉。可是，画什么不行，"他溜达着，指着满屋子悬挂的蒋画的市井小民，褒贬着，"整天画要饭的、卖艺的、拉车的、瞎子算命的、卖儿卖女的……多不喜兴！这能赚钱吗？阔人不买，他们压根就瞧不起穷人，能把这些如同供祖宗一样挂在墙上？没门儿！”用手扒拉着挂在晾绳上的画。

萧厉色地制止他。

巡警赔了个笑脸：“穷人呢，买不起，也不想买。你就是白给他，他也不要。穷日子还没过够？整天看着它添堵！”说得兴起，眉飞色舞地支招儿，“蒋先生那么大的本事，趁早画点别的，画点花鸟呀，什么凤凰戏牡丹、喜鹊登梅，都有人买。再不，画月份牌上的大美人，也招人喜欢哪！最不济，画什么七剑十三侠呀，火烧红莲寺呀的小人书，也都来钱！”又对卧室，“您有了进项，日子好过了，我们收捐收税的也不用来回跑了。”

萧：“你说这些没用，我们不画这个。”

巡警：“得，您瞧着办，反正交不上捐，蒋先生那么体面的人，也得到那不体面的地方去！”

萧十分生气。

这时，一位中年外国人鲁依及敲门而入。

鲁：“请问，这是蒋兆和先生家吗？”他的汉语是十足的洋腔洋调。

萧：“是。您是？”

鲁：“我是意大利佛罗伦萨的鲁依及，来中国研究东方艺术。您是？”

萧：“我是蒋兆和的夫人。”

巡警忙着插嘴介绍：“也是画画的。”

鲁：“那太好了！是这样，我在一次画展上，看到蒋先生的画，十分欣赏，好不容易打听到您家的地址，今天很冒昧地登门求画来了。”

巡警在一旁贼着耳朵听：“得！还真有识货的。”对鲁巴结地，“您请，这边请。”让鲁到上座，还打算继续攀谈。

萧狠狠瞪他一眼。

巡警这才知趣地退后，拍拍征税包：“蒋太太，过两天我再来。回见。”走出屋。

萧：“蒋先生在，你亲自和他谈吧。我去叫他。”进卧室。

墙上，画架上，到处是蒋的作品，鲁依及兴奋地看着。

蒋从卧室出来，与客人握手问候。

萧给客人斟茶。

鲁：“蒋先生家就是一个市井博物馆。我走到这里，就像站在北平街头，见到形形色色的人物。能够画出这样众多、生动的形象，在欧洲就是大师了！你虽然用中国的绘画工具和技巧，又不完全相同于其他我所见到的中国画，显然又受到西方绘画的影响。所以，你的作品具有独特的魅力。”

蒋：“谢谢你的夸奖。我追求的就是兼有中西特色的画风。”

鲁：“可见我是你艺术的知音。”

蒋："对，能够结识你，我也十分荣幸。"

鲁指着客厅墙上挂的一幅画："蒋先生，我特别喜爱这幅《小家碧玉》，想购买珍藏。"

蒋："对不起，《小家碧玉》是我和著名画家张大千先生合作的结晶。人物是我画的，柳枝是张大千先生的手笔。它对我有着特殊的纪念意义，这是非卖品。"

鲁转到画室，指着另幅画："那么这幅《街头叫苦》呢？"

萧关注着蒋的态度。

鲁："在街头出卖自己亲生儿子的穷苦妇人，可以说丑极了，可是到了蒋先生的画面上，就有了美的价值存在，就有了深刻的控诉力量！"

蒋："欧洲朋友能被这幅画感染，我很欣慰。可是，实在对不起，这也是非卖品。"

鲁："那么，这些画中，有没有我能够收藏的？"

蒋抱歉地摇摇头。

鲁恳求："对于我这个异国的崇拜者，东方艺术的研究者，蒋先生，就不能任选一幅割爱吗？就一幅！我又不白要，价格一定使你满意。"

萧向蒋暗示可以考虑。

蒋看她一眼，却对鲁说："不行。"

萧十分懊丧。

蒋："不是价格问题，这些画都是我在生活中所见所感的成果，是不能重复的。我不能出售，出售就等于出售了自己的思想。"

萧无奈。

鲁："夫人也是画家，一定可以理解我对收藏艺术品的狂热爱好。能不能帮我劝劝蒋先生。"

萧："我完全理解你，但是，这些是蒋先生的作品，我无权做主。"

鲁仍不死心："在欧洲，许多画家都以卖画为生，以卖画为荣。收藏者越多，表明画家的地位越高啊！"

蒋笑笑："我是中国画家。"

鲁："中国画家也卖画呀，我就买到几幅。"

蒋客气而执拗地："我的创作画从来不卖。"

鲁很好奇："你不卖画，作为画家，你靠什么生活呢？"

蒋："我可以收费为人画像，也曾担任过美术学校的教师。"

鲁："这样，不是太苦了吗？"

蒋："我对物质生活要求不高，可以说是一个专画穷人的穷画家。"

鲁肃然起敬："但是，你拥有巨大的精神财富！是让我羡慕的富翁！如果不是我马上就要离开北平，我一定请你画像，作为我中国之行最珍贵的纪念。"

蒋真诚地："真是太遗憾了。"

鲁又怀着一线希望："那么，能不能卖给我一幅画呢？我最后一次恳求你。"

蒋笑着："不能。"

鲁："你是个怪人！你的画和你本人都给我留下深刻印象。我是你的崇拜者。"

27-2　北平街道　夏　黄警顽、蒋兆和、小女儿

黄警顽兴致勃勃地逛街，与抱着孩子的蒋兆和擦肩而过。黄忽然回头，追上几步，看清。

黄惊喜地："兆和！真是你！"

蒋："警顽！"

二人热烈握手问候。

蒋："你什么时候到北平来的？"

黄："前天刚到。"

蒋："老兄，怎么显得这样憔悴呀？这些年还好吧？"

黄："好什么，上海沦陷后，不愿做亡国奴，参与了抗日活动，被日本宪兵关了几年监狱。你怎么样，还好吧？"

蒋躲闪地："我，我……我一直在北平。"

黄："这是你的女儿？"

蒋："是。叫黄伯伯。"

小女儿："黄伯伯。"

黄："多可爱的孩子。你夫人是做什么的？"

蒋："画画的。"

黄："这十几年，你一直画画？"

蒋："对，画画，教画。除了这，我也不会干别的呀！"

黄："听说北平失业问题很严重。"

蒋："我也失业了，整天急着找工作呢。你到北平来，找到事了吗？"

黄："徐悲鸿先生到北平艺专当校长，让我协助他做点事。"

蒋："徐先生到北平了？那太好了。"

黄："哎，你也到艺专来吧，徐先生正从全国各地聘请教员呢。"

蒋："能去徐先生那儿当然好，可是……"

黄："我陪你去见他！走！"

蒋推脱着："再说吧，再说吧。"

27–3 北平艺专校园 夏 徐悲鸿、黄警顽

黄警顽："悲鸿，我看蒋兆和心情不好，失业在家，你见见他吧，老朋友了。"

徐悲鸿："再说吧。"

黄："奇怪，你们当年关系那么好，现在怎么一提起见面，你俩就都是'再说吧'。"

徐欲言又止。

黄："对了，我还向他提到来艺专教书的事。"

徐："警顽，这事你不要管！你不要太热心了。"

黄："为什么？他画得多好啊，当年就那么出色，如今一定画得更好了。"

徐："警顽，你刚来，有些事你不清楚。凡是在日伪时期失足落水者，艺专一律不聘，不管他画得多好。"

黄惊异地："怎么？他是汉奸？"

徐："他和日伪关系密切。"

黄："怎么会呢？他一个穷苦出身的画家。"

徐叹了口气："我也不愿相信。"

黄："唉，一失足成千古恨哪！"

徐："谁说不是！我一想起来，心就疼啊。"

黄："这事再搞搞清楚，可别冤枉了一个好人。"

徐："那当然！等忙过这阵，我会进一步了解的。"

27–4 南京张道藩办公室外 夏 蒋碧微、老者

蒋碧微在走廊匆匆而来，迎面遇一位拄着手杖的老者。

碧微："哟，王老，您好！"

老者："碧微，你来啦，道藩在呢，我刚和他谈完。"

碧微支吾地："不，不，我不找他，是找别人办事。"

"是吗？"老者反倒奇怪了，"那你去忙吧。"

碧微与他握手告别，路过张道藩办公室门口，未入，径直走了过去。走了几步，又回头望。

老者也正回头望着她。

二人都尴尬地一笑。

老者不好意思地拐下楼梯。

碧微这才返回张道藩办公室门口，看看周围没有人，进去。

27-5　南京张道藩办公室　夏　蒋碧微、张道藩、刘先生、周秘书、老者

张道藩正和刘先生谈话。

周秘书进来："部长，蒋碧微女士有急事求见。"

刘一听，乖巧地："事情，我已经说完了。"

张："好，请她马上进来。"又对刘，"你这事，一有结果，我就通知你。"

刘："那就谢谢啦！"往外走。

蒋碧微进屋，遇见刘，立刻机警地："哟，刘先生，真巧，我们又在这里见面了。您的事也没办完？"

刘："没呢。"

碧微无奈地："办个事情，不三天两头地来，不踢破张先生的门槛是万万办不成的。"

刘附和着："是是。"

张笑道："你们二位是嘲笑我工作效率低吧。"

碧微爽快地："岂敢岂敢哪！我不怕来，只要你不烦就行了。"

刘："就是！就是！好，你们谈吧，我让位，不打扰你们了！"诡秘地一笑。

张表情很不自在。

碧微："再见！刘先生，下次看来我还会在这里和你相遇。"

刘一语双关："那是肯定的。"笑着走了，关上门。

碧微厌烦地："哼，这个人嘴太快，出门又要去散布闲话了。"

此时，老者推门进来了："对不起，我落下本子。"见到碧微，"哦，碧微。"

碧微尴尬地解释："王老，我是，我是后来想起件重要的事要跟张部长商量……"

老者："不，不，全赖我，全赖我，出了大门才想起来。"拿起本子，慌慌张张出门，"你们聊。你们聊。"

张、碧微刚要说话，门又推开，老者又进来："对不起，实在对不起，又落下了。"拿起手杖，"司的克。唉，真是老糊涂了。"出门。

张埋怨她："你怎么又到我办公室来了？有什么紧急的事吗？"

碧微："没有。我们已经三天没有见面了。我住在朋友家，你去又不方便，你家，我自然无法登门，不来办公室，又在哪里见面呢？"

张："可是，你我还是要避嫌哪！"

碧微："你以为我愿意来这里？我也怕遇见熟人，怕给你招来非议。而且每次来，总要对秘书编个冠冕堂皇的理由。咳，都是这个该死的张源，趁我没回南京，把我家的小楼私自出租，房客又撵不走，弄得我有家不能回，我们连个见面的地方都没有。这个家伙又不知躲到哪儿去了。"

张："我看这样吧，我立刻请南京市警察局搜捕张源，然后判他的刑！他简直太目无王法了！"

碧微有些犹豫："惊动警察局，动作是不是太大了？"

27-6 南京徐悲鸿故居 夏 蒋碧微、克里克

客厅，大的家具仍是原来的，陈设的细节已英国化了。

克里克操着怪腔怪调的汉语："您好！夫人，我是英国驻华使馆的武官克里克。您找我有何贵干？"

蒋碧微："我是蒋碧微，是房主，这房子我要收回。"

克："对不起，看房人租给我的时候说房主是一位叫徐悲鸿的先生，是一位画家，而不是蒋女士。"

碧微："徐悲鸿是我的前夫。我带着女儿从重庆回到南京已经快一个月了，寄居在朋友那里，现在我要搬回这所故居了。"

克："可是，我签了一年的租约，预付了半年的房租。租期还没有到啊！"

碧微："你和看房人的租约在我这里是无效的。我有权收回这房子！"

克："可是，您和看房人之间有没有委托协议呢？"

碧微一愣："这个不用你管。我和他的关系也说来话长。"

克："夫人，我有时间听。"

碧微："一九三七年我逃难离开南京的时候，把这房子托给德国朋友李丹田，后来，李丹田也到了大后方重庆，只好把这房子交给他的佣人张源看守。结果，张源起了坏心，抗战胜利后，明明知道我要从重庆回到南京，却抢先把房子租给了你，他现在又潜逃了。这就是事情的真相。"

克："那么，您和那位德国人之间有没有委托协议书呢？"

碧微："也就是君子协定，口头说说罢了。"

克："口头协议是没有法律效用的。您如果拿不出协议书，我也就可以不承认您房主的身份，您也就无权命令我提前退租！再说，这是您前夫的房产，您有没有合法的产权证明呢？您要是没有，那么您更无权对我发号施令！"

碧微气愤地："怎么，我的房子，我倒无权支配，一切反倒要听命于你吗？"

克："请不要激动，夫人。我们不是无端地听命于谁，而是一切都要按照契约办事。"

碧微高声地："简直是滑天下之大稽！强占别人的房子，还说得头头是道！这就是英国外交官的绅士风度吗？"

27-7 南京张道藩办公室 夏 蒋碧微、张道藩、周秘书

张道藩："别生气了，克里克这事也交给我办吧。"

蒋碧微："好，你去找他，他再诡辩也不是你的对手。"

张："不，我不亲自去。"

碧微："你不去，我不去，还有谁去？"

张得意地一笑："我设法通过外交部和英国使馆交涉，一定让这位武官大人搬走。"

碧微信赖地点点头。

此时，周秘书敲门而入。

碧微立即说："好，这个情况我再向吕斯百、谢稚柳先生了解一下。"

张："可以，也可以向宗白华先生咨询咨询。"转向秘书，"什么事？"

周秘书："急件。参加国民代表大会的名单又发下来了，委员长办公室通知，明天下午二时请您务必参加第三轮代表资格的审议。"递上一摞文件。

张："知道了。"

周秘书退出去。

张："动用司法和外交手段，房子的事一定能解决，放心！"

碧微："那可谢天谢地了！"

张："先别谢天谢地，事情这才办了一半。"

碧微："怎么是一半？"

张："这个英国人倒是提醒我们一个重要情况，那就是房子的产权问题。"

碧微一下子愣了。

张："你办离婚手续的时候，有没有关于房产归属的条文？"

碧微："没有。当时对什么时候打败日本鬼子回南京一点把握都没有，所以，根本没有想到房产的事。"

张："这也怪我疏忽，只顾得跟他要画要钱了。唉，人无远虑必有近忧啊。这房子是你和徐悲鸿结婚后的共同财产，他起码拥有一半的产权。"

"这个呀，"碧微放心地笑了，"好说！根据他一贯的为人，他不会和我计较，再说，他现在远在北平，要南京的房产干什么？"

张："你呀！这可是一笔不小的财产哪！他就是再大方，不与你争，那么廖静文会不会放手呢？"

碧微："她？她凭什么要？这小楼从跑地皮、买建材、监工，全是我亲自操办，关她什么事？"

张："你说这些都没用，徐悲鸿既然拥有产权，廖静文就有权力要！"电话响，张走到

桌前接电话。

张："是我，知道了。"挂上电话。

碧微跟过来，急煎煎地："我们千方百计把英国人弄走，房子再落在他们手里，我们还是无处安身，那可太冤了！"

张："谁说不是啊！可是有什么良策呢？"

碧微忽然灵机一动："哎，有了！有办法了！"

张："什么办法？"

碧微："当初，这房子和地皮都是用儿子伯阳的名字在南京市政府登的记。根据离婚协议，伯阳尚未成年，而我是他的监护人，所以我有权处理这房子！"

张也兴奋起来："是吗？那可就太好了！"

碧微狂喜地："真是老天有眼！哎，当初怎么会用伯阳的名字登记呢？我简直不知道为什么？鬼使神差！鬼使神差！我只能认为是上天的安排。"

张："那就把房契拿出来吧。"

碧微："不行，不在我手里。"

张："怎么，在他那里？"

碧微："不，在南京农工银行。"

张："怎么在农工银行？"

碧微："十三年前，悲鸿和我去欧洲办中国巡回画展，把自己的房地契向南京农工银行抵押了三千块钱。"

张："那后来呢，钱还上了吗？"

碧微："我们到了巴黎，见到李石曾先生，他有一封信给我们，说明他负担画展费用一万元，其中便包括这笔借款在内。现在房地契始终在他们那里。"

张："你呀！这么大的事，怎么不办利落？抗战都结束了，抗战前的旧账居然还没了！"

碧微："唉，一天到晚尽顾着和那位徐先生吵架了。如今，这房地契的事总得有个合理的解决呀。"

"陈年旧账，银行又经过战乱迁徙，解决起来难哪！"张想了想，忽然问，"哎，李石曾先生的那封信还在吗？"

碧微："在，我一直留着呢。"

张："这就好，我去求陈果夫先生帮忙。"

碧微："陈果夫先生和农工银行有什么关系？"

张："陈公是中央农民银行的董事长，是金融界的大亨，自然有面子！一九三九年，我在中央政治学校当教育长，陈公是我的上司，也是最关心我的长者。我去求他，一定会把借据和房地契拿回来。”

碧微：“哎呀！真是天助我也！也是上天可怜我们俩吧。那我该怎么谢你呢？”

张笑了：“这还用我教你吗？”

27–8　北平蒋兆和家　夏　蒋兆和、萧琼、巡警

蒋兆和：“琼，门头沟煤窑招矿工，我想去挖煤，那能挣不少钱。”

萧琼：“唉，意大利人高价买画，你不卖，现在又要去挖煤，你是何苦呢？”

蒋：“宁可挖煤，我也绝不卖画！”

萧：“好了，好了。挖煤那种重体力活，你干得了吗？”

蒋：“可是，失业已经半年了，一家人吃什么？”

萧：“我到扇子店再揽点活。”

蒋：“那才能卖几个钱？”

萧：“要不，再变卖点东西。”

蒋：“能卖的都卖了，没什么值钱的了。”

萧：“哎，把那对银花瓶卖了吧。”

蒋：“那可不行！那是你的陪嫁呀！”

萧：“吃饭要紧还是陪嫁要紧？”

蒋停了停：“要不，还是回四川老家吧。”

萧：“你又提回老家！路费，哪儿去找？回到四川泸州，我们怎么生活？”

蒋：“你和孩子可以借住在七叔家，我出去找活做。”

萧：“寄人篱下，我绝不干！再说，你一个画家，在偏远的小县城能有什么前途？”

蒋：“留在北平又有什么前途？北平教育界所有沦陷区的教职员大都遭到解聘。何况，我与殷同又有说不清的关系。”

萧：“有什么说不清的？你拿了他的钱不假，可是你并没有干任何卖国求荣的事，而是用那笔钱画了《流民图》！”

蒋沉默不语。

萧忽然想起：“哎，前些天，你不是碰见那位黄什么……”

蒋：“黄警顽。”

萧：“对，他也是徐悲鸿的老朋友，也在沦陷区生活过，徐悲鸿能把他从上海安排到北平艺专，那你……”

蒋：“人家是抗日志士，我……”

萧：“你不要这样自卑嘛！兆和。既然他提到去找徐悲鸿先生，你为什么一直拖着不去呢？”

蒋叹息："夫人哪，徐先生要是想找我，早就来了。"

此时，巡警在院里嚷着："收捐收捐！"

萧把蒋推进卧室："我对付他。"

巡警进门："蒋太太，这回手头宽裕了吧？"

萧："还是没钱！"

巡警："没钱？外国人上赶着买蒋先生的画，给的钱还能少？那可是我亲眼得见。"

萧："没钱就是没钱！"

巡警："您哪，别跟我开涮！蒋太太，我得进屋瞧瞧，那箱子里不定藏着几根金条呢。"直奔画室的大木箱而去。

萧一肚子火正没处发，就嚷起来："箱子可以打开，房顶可以掀了，你翻啊！"

巡警："哟！哟！哟！这是怎么茬儿？我招你惹你啦？我这也是公事公办！没法子。您有话慢慢说。怎么着，买卖没做成？"

萧气得不吭声。

巡警："得！今儿，我来的又不是时候。我呀，干这差事也真招人烦！我知道。可是，蒋太太，今天是最后期限，您不交，我也没辙。后半晌您到局里交去！"说完走了，到门口又说，"别置气，您千万别把身子气坏了。"

巡警走后，蒋从卧室出来："我找齐白石先生商量商量。"

27-9 北平齐白石家 夏 齐白石、刘金涛、蒋兆和、齐孙

齐白石、孙子等人在收拾画，装箱。

齐白石看完刘金涛送来的画，很满意："好，好。我就等着这几幅画了。"把画交给孙子装箱。

齐："刘金涛，新来的北平艺专校长徐悲鸿先生在我这里看了你裱的画，说你手艺好。我把你介绍给他，这是他家的地址。"给刘一张纸条，"他可是画得很多，以后你的活就不用愁了。"

刘："谢谢！您老总惦记着我。"

齐吩咐孙子："明天徐先生的司机来拉那棵石榴树，你帮着搭把手。"

齐孙："知道啦。"

此时，蒋兆和进来："哟，金涛也在这儿！"

刘："给齐先生送画来了。您二位聊吧，我走了。"

蒋看着到处堆的画："白石先生，您这是？"

齐："南京、上海方面约我去举办画展，说什么中华全国美术会搞的。"

蒋："那太好了！人们终于认识了您作品的价值。"

齐："兆和，见到徐悲鸿先生了吗？他主持北平艺专，正在招聘教师呢。"

蒋："我知道。"

齐："他还没有找你吗？"

蒋摇头。

齐："唉，我要不是马上去南方，就约你们来我家谈谈了。你为什么不去找徐先生？"

蒋："这么多年，他知道我是什么样的人。十几年前，他就邀我到北平艺专来教书。"

齐："战争相隔八年，他怎么会知道你这些年画的什么？与其徐先生听别人说，不如你自己去说。"

蒋似有所动。

齐叮嘱："带上你的画！唉，《流民图》可惜不在了，口说无凭啊！"扼腕叹息，"我又没看过，无法替你介绍。"

蒋很感动："白石先生，《流民图》展览之前，我悄悄拿去照了相，留下十张玻璃底版。"

"什么？太好了！快去印成照片，让徐先生看！"齐忽然回过味来，"哎，照相的事怎么一直瞒着我？我可是你的媒人！萧琼说她是在太庙看了你的《流民图》才答应嫁给你的。"

蒋："光复之前，我怕拿出照片再惹祸，让日本鬼子把底版抄走，我就真的不要活了。"

第二十八集

28-1　北平徐悲鸿家客厅　夏　徐悲鸿、廖静文、老曹、蒋兆和

徐悲鸿正在沙发上读信。

廖静文进来："齐先生家的那棵石榴树移来啦，说是为我们贺新居。哎，丽丽来信说什么？"

徐："她们已经搬回小楼了，蒋碧微很惬意，可又担心我们争房产。"

廖笑笑："那怎么会呢。"

司机兼门房老曹进来："先生，有位蒋兆和先生求见。"

徐一愣："静，你先回避一下。请他进来。"

廖到卧室去了。

蒋兆和提一个布书包进屋，恭敬地："徐先生。"

徐冷淡地："哦，你来了，坐吧。老曹，倒茶。"

徐、蒋沉默着，气氛尴尬僵冷。

老曹送上茶，退下。

蒋咳嗽一下：“一九三五年，我到北平后，一直没见了。”

徐：“是。”不再说什么。

蒋：“四二年，我去沦陷的上海，一心想见到你，可你……”

徐：“一九四二年，我从南洋、印度刚办完筹赈画展回到重庆。”

蒋不解：“筹赈画展？”

“就是卖画筹款捐给抗日将士。”徐不动声色地望着他。

“哦。”蒋又说不下去了。

冷场。

蒋像是自语地：“你为抗日战争做了不少贡献。”

“我只是尽了一个中国人应尽的最起码的责任。”徐说完逼视着他。

蒋躲开徐的目光，端起茶杯，并没喝。

徐忽然问：“蔡廷锴、蒋光鼐将军的画像你还保存着吗？”

蒋低声地：“保存着。”

徐：“淞沪抗战的时候，你画的二位将军像印发全国，和十九路军的抗日宣言一起感动着所有的中国人，那宣言你还记得吗？”

蒋点头，不语。

徐十分动情地背着：“天下兴亡，匹夫有责，只有以我们爱国热血染成我们最后一片光荣的历史。只有把我们殉国精神葬在四万万未死的人们心坎里。我们没有回顾，我们不管成败利钝，一刀一枪，死而后已！”

徐非常激动，蒋也心潮难平，又是一阵沉默。徐分明是在内心谴责蒋以后的失节行为。

半晌，蒋声音喑哑地：“其实淞沪抗战时，看到日军轰炸闸北，难民惊恐万状，流离失所，我就萌生了创作《流民图》人物长卷的想法。”

徐注意地听。

蒋：“后来，在沦陷的北平、上海，我又目睹了大量难民生活的惨状，轰炸、逃亡，就是我要表现的主题。”

徐的表情柔和了些：“我听到一些朋友谈到这幅作品。”

蒋：“我急切地要把它画出来，但是，大量的纸、墨，大量的模特都需要钱，可是我没有钱。我……”十分痛悔地，“我拿了不该拿的汉奸殷同的钱。但是，我没有泯灭沦陷区艺术家的良心，要用画笔揭露侵略罪行，揭露战争灾难。我花了整整一年时间画完了《流民图》，在北平仅仅展览了一天就被日本宪兵禁展了。后来到上海法租界展览后，又被日本储备银行设下圈套，没收了，至今没有下落。幸好，事先我拍了照片，刚刚洗出来一套。”说完把十张照片和一本画册从布书包拿出来给徐。

徐望着他，片刻，才低头看画。时而快速时而仔细地反复看着：

流离失所的逃难的人群；

躲避空袭惊恐万状的男女老少；

卖儿卖女妻离子散的家庭；

走投无路的知识分子；

……

蒋紧紧地盯着他的表情。

徐放下画，没有做任何评价，忽然问："《流民图》是你去日本给那个老太婆画像前画的，还是回来后画的？"

蒋有些懵，老实回答："是从日本回来后画的。"

徐庆幸地："那就好！那就好！"

蒋放心了。

徐这才激情地握着蒋的手："兆和，这是沦陷区反战的巨作，是控诉战争苦难的史诗！这是中国的画，时代的画，大众的画，自己的画。在中国绝无仅有！在世界绝无仅有！难怪日本鬼子这样仇恨它。"

蒋听到恩师挚友的话，眼眶湿润了，回忆着：

"一九四三年十月二十九号那天，《流民图》在太庙大殿展览。大殿里临时搭建了三十米长的木架，木架上绷了藏蓝色的布，巨大的画卷挂在布上。大殿里非常肃静，观众自然地排成队缓缓从画前走过。他们在画中看到了自己的生活。忽然有个观众给我透信，说有几个日本人在画前指手画脚，指着画上那几个围抱在一起的妇女，说画的是日本飞机轰炸。这个观众懂日语，悄悄告诉了我。我想，那最重要的一笔被日本人看懂了。真的要出事了。虽然我有思想准备，但仍不敢相信，事到临头，心里确实很紧张。

"傍晚，日本宪兵队突然包围了太庙，一队荷枪实弹的伪警察闯进正殿。他们轰走了观众，关上了大殿的门，有的要撕画，有的说要把画烧了。经过艰难的交涉，总算答应容一天时间撤画。

"骚乱之后，警察和宪兵队撤走，太庙空荡荡的。昏暗中，当最后一个警察从我身边走过时，他停下来，恭敬地向我行了个礼，什么话也没说，然后默默地离去。

"我久久地望着他的背影，激动极了，刚才的紧张没有了，我不再惆怅，不再彷徨，不再痛苦，不再畏惧。尊严，做中国人的尊严，我给了自己，给了他，也给了北平人！我感到一生无憾了。我抬起头，从容地走了出去，外面已经是黄昏，暗淡的墨色笼罩着天空。"

徐听得入神，不禁也泪光闪闪，拍拍他的肩，对里屋说："静文，你快把我在上海给蒋兆和先生画的素描拿来。"

廖拿来一幅画递给徐。

徐很动情地："兆和，这是我在上海给你画的素描，请把这幅画转送你的夫人，这是淞沪抗战时的兆和。"

蒋激动地接过素描，与恩师紧紧地握手，眼眶中饱含着泪水，嘴唇抖动。

28–2 北平艺专校园 秋 徐悲鸿、吴作人

徐悲鸿和吴作人在研究工作。

徐："原来的教员中，附逆的失节落水者，一律停聘。"

吴："好。可蒋兆和呢？那几个汉奸教员放出风来说徐校长是蒋兆和的老朋友，看他留不留蒋兆和。"

徐："留不留蒋兆和，不取决于他是不是我的老朋友。我不会因故交而不讲原则，不该留而留。也不会为撇清自己去伤害朋友，该留而不留。"

吴连连点头。

徐："蒋兆和的情况确实复杂。事情你都知道。他由于政治上的幼稚妥协，社会生活的压力以及对艺术的纯真种种因素，而与日伪头面人物关系密切。可是他还是把内心对敌寇的仇恨义无反顾地画出来了！在侵略者面前，大胆直言！《流民图》是对日寇'文化同化''大东亚共荣'面对面的交锋！不容易！这需要骨气！勇气！这幅作品的思想价值和艺术价值在中国美术史、世界美术史上将占有永久的地位！"

吴："我也是这样看。再说，蒋兆和是教水墨人物画最好的教师。可是，有人拿蒋兆和说事呢，怎么办？"

徐沉吟着："哎，让蒋兆和当不占名额的兼职教授！先教起来再说。"

吴："太好了！这个主意太好了！先生，您不光是大艺术家呀。"

徐一笑："那几个汉奸教员要是闹，就把《流民图》的照片给他们看！看他们哪个能比？"

28–3 北平艺专美术教室 秋 徐悲鸿、吴作人、李添、贺明、方亮

徐悲鸿、吴作人正与学生代表座谈。

吴："对于教学还有什么意见和要求，尽管提。"

李添："徐校长，吴主任，如果老师的作画水平还不如我们一年级学生，他配在艺专当教授吗？"

徐："你指谁？可以说出姓名。"

李："申都。"

徐、吴交流了一下目光。

贺明："一点不错！有一次画素描，他替我改了几笔，改得毫无道理。后来我就另画了一张，把两张画拿给大家看，谁都说他改过的那张不好。"

方亮："新的北平艺专就要开学了，难道还让这样的冒牌教授在这里混，如果学校不把他撤职，那我就只好宣布退学！"

李："对，我也是。"

徐："过去，你们没有向学校反映过吗？"

贺："反映过不止一次呢。我们简直不懂，学校为什么一定要留这个草包教授？后来才听说，他的来头不小。"

28–4　北平艺专校园　秋　徐悲鸿、吴作人

徐悲鸿、吴作人在商谈教学安排。

徐："这位申都教授，我在巴黎时就认识他，确实术业无成。"

吴："不知他到底有什么背景，来头这么大。"

徐："管他什么背景，必须把他辞退，不能误人子弟呀！"

吴："我同意，不过，他不会善罢甘休的。"

徐："我等着他！哎，还有，新入学的学生吃开口奶，要配备强有力的师资教基础课。国画、西画、雕塑、图案，一、二年级共同学素描，三年级再分班。"

28–5　北平徐悲鸿家画室　秋　徐悲鸿、廖静文、刘金涛

徐悲鸿对刘金涛交代："金涛，这六幅画，你先拿去裱。用铁机绫、万字团凤绫、葵花绫，颜色就照着我上次说的用，记住了吗？"

刘："您放心。"

徐又拿出一轴画："这画，带出国展览多次，磨损了，你重新揭裱一下，地杆的轴头用牛角轴。"

刘："好。"

廖拿信进客厅："悲鸿，信。"

刘："夫人，徐校长，那我就回去了。"

廖："你慢走。"

徐拆阅，拿出两幅临摹徐悲鸿的奔马及短信。

徐："静，这个刘勃舒才十岁，就临得这样好。你看。"

廖："简直是神童啊！"

徐兴奋不已："在千里之外，又得一个聪颖过人的小学生！"提起笔要写回信。

廖："小孩子，你也亲笔回信？你工作忙，又有病，这类业余爱好者的来信，可以请秘

书回复。”

徐：“我亲笔回信，即使写得短些，也会给他们很大鼓舞。特别是那些不能进美术学校而有才华的年轻人，我更有义务关心他们。”

“你呀！”廖笑笑。

徐：“静，你快躺下休息吧。”

廖点头，走进里屋。

徐写回信。

28–6 北平徐悲鸿家画室 秋 徐悲鸿、廖静文、方处长、老曹

老曹进来：“先生，有位什么处长来访。”

没等徐悲鸿回答，来人就气冲冲地直奔他面前：“您是徐悲鸿校长？”

“我是。”

来者递上名片。

徐看，然后向老曹挥挥手，让他出去。

徐：“方处长，有何见教？”

方处长从皮包中取出一份材料，扬了扬：“这是申都教授的控告信！这事，您说说吧。”

“说什么？”徐又故作认真地看看名片，客气地，“从名片上看，方处长并不在教育部任职啊！”

方：“是啊，那又怎样？”

徐语调平静地：“您有什么权力过问我们艺专的事？”

方：“这，这……”

徐依然平静地：“我凭什么对一个素不相识的又没有隶属关系的方处长谈我们学校的人事问题呢？”

方勃然变色：“徐先生，你不要装糊涂！我是干什么的，你该明白！”

“我不明白。”徐并不动怒。

方：“好，我老实告诉你，申都教授是我们的秘密人员！”

徐：“谁的秘密人员？干什么的秘密人员？我从来不知道啊！”

方傲慢地：“你当然不知道。可是你知不知道陈立夫、陈果夫先生？”

徐又看了看名片，扔到桌上，藐视地：“知道一点。”

方：“知道就好。他二位是我们‘中统’的首脑……”

徐：“‘中统’首脑，和申都有什么关系？”

方：“这还用我说吗？”

徐：“用说。”

方："申都是我们'中统'的重要成员，在二陈的领导下从事秘密工作。"

"是吗？"徐佯装惊讶。

"是啊。"方漫声应道。

徐笑着："可我这里并不是你们的什么秘密机构，只是一所普普通通的美术学校。"

"你！"方又压下火，笑着，"即使徐先生不是我们的特工，但毕竟是著名的爱国画家。申都教授呢也是一位特殊的爱国人士，说到底咱们都是一家人。"

徐："一家人？"

方："是啊。抗日战争时期，申都教授家里设有我们的秘密电台。他对抗战是有功的，因此必须给予照顾。"

徐："对抗战有功，当然可敬。你们尽可以论功行赏予以安排嘛！"

方："可他是美术教授呀，当然该安插在你们那里啦。人家早年还到法国留过学呢。这样的人物，我看你们艺专还找不出来呢。"

徐笑了："鄙人就留学法国，而且和他是同学。"

方很意外："哦！那更有同窗之谊啦，你更了解他的实力了。"

徐："正因为了解，才请他另谋高就。"

方狡诈地一笑："我猜徐校长和申都教授之间一定有什么过节吧。"

徐严正地："我和他同学的时候，没有个人恩怨，回国以后也从来没有接触。我想都想不到他竟然会成了北平艺专的美术教授。"

方："你没来之前，他已经是艺专教授了，凭什么又要把他解聘呢？"

徐："前任的事，我不予评论。现任，我是校长，我要对我的学生们负责。"

方："对学生负责？请问，那你置党国的利益于何地？"

徐郑重地："我只是一个普通的公民，一个无党无派的美术学校的校长，我只知道选聘优秀的教师，培养合格的学生是我的天职，我绝不能让任何一个不学无术的人混在教师中滥竽充数！绝不能拿学生的前途去照顾什么秘密机构的秘密人员！"

方："那么，你是非要解聘他不可了？"

徐："是这样。"

方大怒："你说他画得不好，滥竽充数，不能教学生，可我们认为他画得很好！"

徐愤怒地："他画得怎么样，当然不是我一个人说了算，这自有公论！你们可以向艺专的老师、学生调查嘛，甚至可以向法国巴黎高等美术学院了解他的学业状况。"

方："不必这样啰唆！他的留学经历和教授资格就足够证明他的水准了。"

徐："你们认为他水平高，画得好，你们尽管聘请他，但是在我主持的学校里，绝对不聘请这样低能的人担任教授！"

半晌。

方："我最后问一次，有没有商量的余地？"

徐斩钉截铁地："没有！"

方处长拿起皮包就走，到门口回身叫嚷："徐悲鸿！我要告到中央组织部和中央教育部去！"

"好啊。"徐笑着说。

方摔门而去。

廖静文从里屋冲出来："他们太不讲理了！简直是以势压人嘛！悲鸿，我原来以为到北平可以脱离是非旋涡，谁想到……"

徐："哪里都不是世外桃源。"坐下继续给刘勃舒写信。

廖："我现在还气得缓不过来，你居然还能没事一样写信！"

徐笑笑："哪能让他们乱了自己的分寸？着急的该是他们！静，你的道行还差呀。"

廖不好意思地笑了。忽然她捂着肚子。

徐："怎么啦？"

廖痛得说不出话。

徐着急了："你到底怎么啦？"

廖："肚子痛得厉害。"

徐："是不是肠胃不好？你吃了什么不洁的东西？"

廖连连摇头。

徐忽然想到："是不是要生了？"

廖："预产期还不到啊。"

28-7 妇产医院护士站 秋 徐悲鸿、护士

护士："先生，您夫人是早产，大夫马上准备接生。"

徐悲鸿着急地："我能进产房看看吗？"

护士："不能，那里男士止步。"

徐："我夫人是头胎，我真怕她有什么情况。"

护士："我们沈院长是妇产科名医，她亲自接生，绝不会有问题。先生，您还是回家去拿孩子用的东西吧。"

徐指指提包："东西，都装来了。你看，几套孩子的小衣服。"拿出来给她看，"这是她姐姐寄来的。"

护士："挺漂亮的。哎，没有褯子啊？也没有小被子啊！"

徐："戒指？我不懂，孩子戴什么戒指？"

"不是戒指，是褯子！哦，这是北平话，就是孩子用的尿布。"

徐一下慌了："我没看见她准备尿布啊！好，我马上去布店买。"

护士："不能用新布。"

徐："那用什么布？"

护士："新布太硬，太硌，孩子皮肤那么嫩，怎么受得了？要用干净的旧布。最好是旧被里什么的，撕撕就行，大人的旧衣服也行。"

"知道了！"徐拔腿就走，又回身问，"对了，你还说小棉被，请问，北平什么地方卖小被子？或者小被子的棉花套？"

护士："只有卖棉花的，再说，现絮也来不及呀。对了，您家有不用的大棉被吗？"

"有！"

护士："您拆一床，被里撕成褯子，棉套剪成小的，马上就能缝成小被子。"

徐："好，好，我这就去！"

28-8　南京蒋碧微家画室　秋　蒋碧微、张道藩

室内缺少了当年的艺术氛围，家具却豪华了许多。

蒋碧微领张道藩推开画室的门："怎么样？"

张打量着，夸奖："焕然一新嘛！真有品位！"

碧微得意地："你每天来，可以在这里写作、画画。"

张："太好了！为了不辜负你的心意，我也会天天来。"

碧微很高兴："道藩，齐白石画展，我买了两幅画，你看怎么样？"

张看都不看："好，买了就好。"

碧微奇怪地望他一眼："悲鸿一直推崇齐白石，他倒是眼光不俗。"

张："他眼光太高了，死瞧不上申都，申都被逼无奈，只好告到中央组织部和教育部了。"

碧微："申都？不就是当年鼓吹'以足报国'的那位吗。他画的那两下子，你我都见过，的确说不过去，连美术学院都没有毕业。"

张："可他忠于党国呀！今天陈立夫、朱家骅二位部长找我，让文化运动委员会出面调停，请徐校长高抬贵手，聘请申都为教授。我说，徐悲鸿会把文化运动委员会放在眼里？还是请二位部长出面吧。"

碧微："结果呢？"

张："他们只好答应写信给他。"

碧微："哼！别说陈公、家骅兄，就是蒋委员长手谕他也不会买账，我算是知道他。"

张："他不是一贯标榜抗日救国吗，申都又为抗日做过事，他怎么死活不答应呢？"

碧微："他不是反对抗日的人，而是反对没有真才实学的人，耽误了他的学生可不行，学生简直是他的命！"

张：“碧微，我问你，你认为在北平艺专徐悲鸿最倚重谁？”

碧微：“国画的头牌当然是齐白石，西画嘛，首推吴作人。”

张：“好，我正要从这儿开刀，把他的爱将收编的收编，击垮的击垮！”

碧微笑了：“又在做白日梦！别说齐白石、吴作人了，其他那些人不是他的朋友，就是他的门生，你能撼得动？”

张：“这就要看有没有谋略了。比如齐白石这次来南京、上海，你以为是他自己心血来潮？是我精心安排的！”

碧微：“哦？”

张：“首先，给齐白石买了飞机票，老头子快九十岁了，头一次坐飞机，真是心花怒放。他在南京、上海的画展，我们是开足马力宣传，结果他带来的二百多幅画一售而空，收入的法币成捆成捆的数不过来。我还亲自请他主持杭州西湖美术院，邀请他举家南迁。”

碧微：“对齐白石这么个老朽，下这么大功夫，值吗？”

张：“值！太值了！我要让他明白，也让众人明白，齐白石跟徐悲鸿走，顶多也就是当个教授，要是跟我张道藩走，那就要红遍全国了！”

碧微钦佩地点头：“他答应了？”

张：“还没有。但是我坚信，重赏之下，必有勇夫！至于吴作人那些人嘛，哼，我自有办法！北平艺专毕竟还不是徐校长一统天下，那里留任的教员，是我可以借用的力量。训导主任毕尔三更是我精心挑选的。”

28–9　北平艺专校园　秋　徐悲鸿、吴作人

徐悲鸿给吴作人两封信：“喏，陈立夫、朱家骅来的。”

吴看完：“还是要我们任用申都，哼，还说是从大局着眼。”

徐：“学生的前途才是大局！坚决辞退申都！”

吴：“要是陈立夫、朱家骅不答应呢？”

徐：“那让教育部撤我的职好了！作人，我们倒是要防着他们从别处攻上来，告诉一起来的那些同事，一定要用出色的教学吸引团结学生，占领阵地！”

吴：“好！”

徐：“再有，学生助学金的发放，决不能由训导处毕尔三那个国民党党棍把持，一定要发给经济确有困难、品学兼优的学生。”

吴：“放心！”

28–10　北平艺专校长室　秋　徐悲鸿、曾庆江

一个衣衫褴褛的青年进门：“您好，请问您是徐悲鸿先生吗？”

徐悲鸿："我是。找我有什么事？"

青年急切地："徐校长，我叫曾庆江，我要考北平艺专。"

徐和蔼地："你来晚了，今年招考的时间已经过了，只能等明年了。"

曾庆江乞求着："徐校长，能不能再给我一次考试的机会？我从西安来，从报上知道您来北平艺专当校长，我走了四十天才赶到。"

徐："怎么走了这样久？"

曾："我没钱，主要靠走路，偶尔能扒火车，趴在火车顶上。这样就耽误了。"

徐点头："到北平，住在什么地方呢？"

曾："昨天在火车站附近的一家小店住了一夜。花了一块钱。"

徐："以后打算住在哪儿呢？"

曾："不知道。"

徐同情地："哦，家里有什么人吗？"

曾："我七岁父母双亡，投靠在亲戚家。十岁开始做工，勉强小学、中学毕业。我从小喜欢画画，还跟赵望云先生学过。"

徐："哦！你有作品吗？"

曾忙打开画箱，拿出速写本递上："在来北平的路上，我画了些难民的写生。"

徐仔细翻看："蛮好，蛮好。这样吧，收你做旁听生，以后再考正式生。"

曾激动得不知说什么好。

徐关切地："你在北平上学，靠什么生活呢？"

曾："还不知道。带的那点钱，尽管一路上忍饥挨饿，还是都花完了。"

徐："北平有亲戚吗？"

曾摇头。

徐沉吟片刻："你会刻蜡版吗？"

曾："上中学的时候刻过。"

徐："那好，你给学校刻蜡版，每月付你生活费。住处嘛，就住在艺专学生宿舍里。我马上通知吴作人主任。"

曾激动地："谢谢！谢谢！"

徐又关心地："今天吃早饭了吗？"

曾："没吃，昨天晚上就没吃，最后一块钱住了店。"

徐掏出钱给他："去买点吃的，这些，够你几天的伙食费。"

曾："不用，不用。校长，我半工半读不是就能挣些钱了吗。"

徐："那也不能预付你工资啊，总不能饿着肚子刻蜡版吧。拿着！"

曾没再说什么，郑重地接过。

徐望望他带的画具、旧棉大衣和一块防雨油布："这是你全部的行李吗？"

曾点头。

徐："中午，你跟我回家，拿两件干净的换洗衣裳。"

曾："不用，这衣裳洗洗就行了。"

徐笑了："洗了，你穿什么呢？光着身子穿棉大衣吗？"

曾感激地解释："扒在火车顶上，火车钻隧道的时候，煤烟呛得透不过气，衣服兜里能落下半兜煤灰。"

徐："你先去吃点东西，然后我带你去找吴作人主任。"

28-11　北平艺专三年级教室　秋　徐悲鸿、丁季、黎山、侯翔、学生

徐悲鸿在授课，黑板上钉着三张俄国画家的作品画页。

徐指着一幅："这是俄国风景画家列维坦的《墓地的上空》，它表现了威严的自然力与渺小的人类悲剧性的矛盾，洋溢着巨大的忧郁。在创作时，他要求自己的学生弹奏贝多芬的《葬礼进行曲》，那悲哀肃穆的旋律流入笔端，化为列维坦最具悲剧意义的作品。他说，'整个我，我的全部精神，我的全部内涵，都在这幅画中了。'同学们，什么是创作画？它是经过画家的气质过滤之后的自然的一角。如果没有这种过滤，那就是毫无意义的东西。"

侯翔等学生入神地听着，特务学生丁季、黎山一副冷冷的表情，在咬耳朵。

徐："我刚才分析了三位俄国画家的作品，列宾的《伊万雷帝杀子》，苏里柯夫的《近卫军临刑的早晨》和列维坦的风景画。你们在选题创作时要仔细揣摩。下次，我再讲几幅法国浪漫派、印象派的作品。"

28-12　北平艺专校园　秋　吴作人、毕尔三、苗真、黄警顽、教师

研究发放助学金的教师们走出教务处。

吴作人对黄警顽说："你根据名单，马上通知学生去领助学金。"

黄："好的。"

毕尔三："吴主任，不必这么匆忙吧。"

吴："现在物价飞涨，还是要尽早发给学生。"

毕："对于名单，我还有异议。"

人们关注地停步。

吴："你作为训导主任已经充分陈述了自己的意见，大家也反复讨论了，最后形成了决议呀。"

毕："决议？还不是你说了算。"

吴："我虽然主持会议，可我只是一票而已。"

毕："你是教务主任，一呼百应啊。"

苗真："哎，毕主任，你是不是把我们看成听命于吴主任的表决机器了？"

毕："苗教授，我跟你说话了吗？"

苗："我有权亮明自己的观点。怎么，你的话是圣旨啊？哼，可惜，这事不由你一个人说了算！"

毕："你，你不要仗势欺人！"

苗："我仗谁的势啦？啊？"

毕："你自己知道！"小声嘟哝，"太霸道了。"

苗："我霸道？刚散会你就要推翻决议！到底谁霸道？"

众人："毕主任，这决议是公正的！"

吴："对！享受助学金的学生名单，是大家经过严肃认真讨论，投票通过的。在没有发现新的重大问题前，不能更改！"

众人："对！"

毕："好，好，你们厉害，你们厉害。"

苗："哎！诸位，鉴于目前的态势，吴主任宣布的，讨论中发表的不同意见一律不得外传，这条纪律，参加会议的都必须遵守！"

众人："对！"

第二十九集

29-1　北平艺专三年级教室　秋　黎山、丁李、侯翔、学生、黄警顽

课后，学生有的画画，有的讨论心得。

侯翔："过去只知道欧洲绘画，没想到俄国也有那样伟大的画家。"

学生甲："俄国画派丝毫不逊于欧洲的。"

学生乙："徐先生说列宾可以比得上法国的德拉克罗瓦，这个评价很中肯。"

黎山："哼，俄国在世界美术史上根本不值一提！"

丁李："咳，有人在课堂上借作品欣赏之名，在宣传共产党国家苏联！"

大家对黎、丁侧目而视。

侯翔："把旧俄画家与共产党苏联联系在一起，起码是常识性错误！"

黎、丁刚要回击，黄警顽进来："侯翔，去领助学金。"

侯翔匆匆离去。

黎对丁："助学金给他了？"

29-2　北平艺专校园　秋　吴作人、丁孪、黎山、方亮、李添、师生

特务学生黎山、丁孪往校园墙上贴着"抗议"。

师生围观，愤恨不满，议论纷纷。

方亮："什么？抗议吴作人？"

李添："吴先生怎么啦？"

此时吴作人走来。

黎山、丁孪见了他很不自然。

吴不睬他俩，大声读着"抗议"："西画系三年级学生侯翔思想'左'倾，行动诡秘，训导处不同意发给他助学金，可是教务长吴作人竟是非不分，包庇侯翔，强行批准给他助学金！此事影响恶劣，后果严重！为此，我们提出强烈抗议！西画系三年级学生——黎山、丁孪。"读完，"黎山、丁孪，跟我来！"

黎、丁不知所措，只好跟上。众人同去。

29-3　北平艺专训导处　秋　吴作人、丁孪、黎山、毕尔三、李添、方亮、师生

吴作人带丁、黎走进训导处，众人跟进。

吴劈头质问毕尔三："毕尔三主任，这'抗议'是谁指使的？到底想干什么？"

毕："他俩写的，他俩贴的，我也是刚刚看到。"

吴："我们研究助学金发放的情况，他们怎么会知道？到底是谁泄露的？"

毕喝茶，不作声。

吴问黎、丁："谁告诉你们的？"

丁："没有谁告诉我们，是前几天你们开会，我在隔壁无意中听到的。"

毕眼中一丝得意。

吴瞥了毕一眼，继续追问丁："什么时间？什么地点？"

丁："大概是这星期一，在训导处。"

吴随声应道："嗯，本周一，在训导处。"

丁："对，我听到你们争论很激烈，你还拍了桌子！对了，会议自始至终由你主持。"

吴："哦，你是隔墙有耳？"

丁："是。"

吴："难怪你这样清楚。"

丁："是。"

吴勃然变色："撒谎！"

丁、黎一惊！

毕无奈的表情。

群众一阵关注地议论。

方亮："到底怎么回事？"

李添制止她："听，听。"

吴："丁李，你很机灵啊，顺着我的话头在编谎！告诉你，我们根本没有在训导处开会，而是在教务处开会。时间也不是本周一，而是上周四！你谎话连篇，究竟想包庇谁？"

李："一定要挖出根子！"

丁、黎不作声。

吴："你们既然言之凿凿地贴到墙上，公之于众，就一定要说出来源！"

二人仍不作声。

毕："吴主任，你不要逼他们了，是我告诉他们的。"

吴："既然我们会议有纪律，发言不得泄露。你这不是制造风潮吗？"

毕："因为我至今不同意！"

吴："为什么？侯翔的家庭经济不困难吗？他的学业、品德不够格吗？"

毕："侯翔思想'左'倾，对党国不忠！"

吴："有什么言行？他是共军还是共党？"

毕："要是共军共党，就不是你我在这里争论的问题了。不错，他只是一个应声虫而已！"

吴："你什么意思？"

毕："有人到北平艺专，解聘对抗日有功的教授还不算，在课堂还一味吹捧共产党国家苏联！"

丁："对！"

吴："吹捧苏联？有这事吗？"

毕："当然有！徐校长讲，"转问丁、黎，"哎，讲什么来着？"

黎："列宾、列维坦、苏里柯夫。"

毕："对！就是大讲特讲他们！"

吴："毕主任，你听清了，是列宾，不是列宁！那三位是俄国著名画家，是世界各国美术学校都要讲到的人物！他们是上个世纪的俄国人，如同说康熙、乾隆是清朝人而不是民国人一样！"

毕被说得脸红，气哼哼地把丁、黎搡开。

众人哄笑："哼，现眼了吧。"

吴继续追问丁、黎："徐校长讲的，跟侯翔有什么关系？"

黎："我们争论的时候，侯翔说我们把旧俄画家和共产党国家苏联联系起来是常识性的错误。"

吴："是啊，这话不错。这就叫思想'左'倾？这就不能领助学金？"

丁、黎无话可说。

吴："你们是无知，还是有意，你们心里清楚！你们制造事端，只是反对侯翔，反对我，还是反对徐校长，群众心里更清楚！"

群众激愤起来。

李："对！这是有预谋的！"

方："真是司马昭之心，路人皆知！"

吴："丁李、黎山，既然你们的指控是毫无根据的，别有用心的，现在就必须由你们亲手把这份扰乱视听的'抗议'撕掉！"

方："对！对！"

众人响应。

丁、黎求助地望着毕。

吴："还愣着干吗！马上去！"

29-4　北平艺专校园　秋　吴作人、丁李、黎山、李添、方亮、师生

校园，丁李、黎山极不情愿地撕下"抗议"。

吴作人和群众看着，人心大快！

方："小丑跳梁！"

李："哼，搬起石头砸自己的脚！"

29-5　北平艺专训导处　秋　毕尔三

训导处，只有毕尔三，门也紧闭。

毕正小声通电话："不能全怪那两个学生，吴作人太厉害！对，对，我马上进行。好，我立刻找那三位教员。"

29-6　北平齐白石家　秋　齐白石、齐孙

齐白石刚刚起床，孙子正照顾他洗漱。

齐对孙子说："给我雇车，去学校。"

齐孙："您还没吃早饭呢！今天您又没课，有课他们每回都来接您的。"

齐："快去！我有急事！"

29-7　北平齐白石家门外　秋　齐白石、齐孙、三轮车夫

清晨，行人很少。

齐家门外，齐孙叫来一辆三轮车，正要进门，齐白石已经出来。

齐孙："看您急的！别摔着！"搀着爷爷上车。

齐："去北平艺专！"

29-8　北平艺专校长室　秋　徐悲鸿、吴作人、齐白石

齐白石焦急地："那三位留校的国画教员要罢教！"

徐悲鸿意外："刚刚发生的事，你怎么知道的？"

齐："昨天晚上，他们来我家策动我。"

徐："今天一上班，他们三人就宣布罢教了。"

齐："哦？"

吴作人："自从辞退了申都，一连串的事，都是当局对徐校长的报复！"

齐："还是十七年前那一套，只是闹得更凶！悲鸿，你是怎么答复他们的？"

徐："我说，你们尽管另谋高就，北平艺专绝不会就此关门！"

齐："说得太好了！他们仨，向来功夫在画外，一贯与达官贵人周旋，完全是靠那些人捧起来的。这样的人走一个，你这里就清净一分！"

徐："他们走，我毫不可惜！"

齐："你怎么样？千万别一怒之下，辞职不干哪！"

徐："不会！白石先生，你是北平艺专国画系的一面旗帜，你的去留倒是我最关心的。听说，上海、南京方面请你举家南下。"

齐："悲鸿，我要走，还能不告诉你吗？我老，可是还没有糊涂，谁真心，谁假意，我心里清楚！"

徐："此话怎讲？"

齐："我这次南下，当局嘛，给我的礼遇很高，高得有些反常，对我似乎有什么企图。"

吴："他们开出的薪酬一定很高吧？"

齐："是很高。可我不会见钱眼开！在这里卖画所得足够我过活，人生贵知足，糊上嘴，就得了。"

徐笑着："先生这句话，大可学佛了。"

齐："我临回来前，那位文化运动委员会的主任张道藩又劝我去杭州主持西湖美术院。"

徐："张道藩？他亲自和你谈的？"

齐："对，说我大旗一竖，就会有八方人士投奔而来，肯定会在南中国打出一片天下。

还说，‘中华全国美术会’是我的后盾。”

徐、吴交流了一下目光。

吴：“您是怎么回答的？”

齐：“我只是说回来想想再定。哎，有件事很蹊跷。”

徐：“什么事？”

齐：“昨晚，我问那三人，为什么偏偏找我来反对徐校长？他们说，‘张道藩主任待你不薄，紧要关头，你不会忘了知遇之恩吧？’我说，‘我与张先生只一面之交，哪里就成了知遇之恩了。’他们说，‘你这次南下搞画展，都是张主任对你的提携。’哼，我八十四岁的老翁还需要什么提携吗？再说，我南下的情况他们怎么知道的？这南京和北平的事怎么搅到一起了？他们说他们的‘北平美术会’和张道藩直接挂钩，听命于张道藩。”

吴对徐：“先生，一切都很清楚了。”

徐：“当然。”转对齐，“白石先生，你说的蹊跷之事的原委我以后告诉你。我最急于知道的是你的去留……”

齐：“悲鸿，我想定了，就在北平艺专给你站脚助威了！”

“太感谢了！”徐对吴，“作人，白石先生上课，让青年教师也去旁听。时间不合适的可以调整课时表。这是青年教师进修的好机会。”

“好！”吴转对齐，“十几年前，我在徐先生家看到他帮您出版的画册，对您就钦佩之极！先生，也收下我这个学生吧。”

齐高兴地：“那怎么敢当！”

徐：“白石先生，那三个人的课就由你我兼起来吧。”

齐：“对！对！”

吴：“那学生们更是喜出望外了！”

徐：“作人，既然‘北平美术会’有组织地跟我们对着干，我们也必须组织起来。”

吴：“对！把进步画家团结在一起，建立一个……”

徐：“‘北平美术作家协会’！”

吴：“好！这样战斗才更有力量，更有声势！”

徐：“我们要出刊物，办画展！阐述我们的主张，不仅在教学中贯彻执行，也要向社会上宣扬。”

齐兴奋地：“悲鸿，真是今非昔比了！”

29-9　北平徐悲鸿家画室　秋　徐悲鸿、廖静文、老曹

徐悲鸿在伏案疾书。廖静文拿着药瓶进来，倒开水。

徐：“庆平睡了吗？”

廖："我刚把他哄着。该吃药了。怎么又写上了？"

徐："既然他们连篇累牍地在报上发表文章对我攻击，连社会上的画家许野村、朱培琛都被他们发动起来讨伐我，来而不往非礼也！"

廖："我看哪，你和他们都很难改变对方。"

徐："那倒是。但是，双方都在争夺青年。向民众公开阐明我们的艺术观，对提高国民的审美水平也是有益的。"

老曹进来："徐院长，您的信。"

廖接过拆看，气愤地："又是一封匿名信！落款是北平老画家同盟，有这个组织吗？"

徐："无非是罢教那几个人捏出的名义。"

廖："你看看吧，内容卑鄙，措辞猥亵。"

徐看信后冷笑："恐吓和谩骂只能说明他们的虚弱！"

廖："我看我们还是走吧，离开这个是非之地。"

徐："走，就意味着妥协，而且不管我到什么地方，都会有斗争的。"

廖："不走也行，那你就辞去艺专校长，只管画你的画，不要卷入是非旋涡。保住身体，多出作品，比什么都强！"

徐望着她："静，说实话，有时候，我也感到很累很烦，我也担心自己身体支撑不住。可是我又想，现在就撒手不管，怎么能对得起康有为先生、蔡元培先生的嘱托？我常想，在欧洲留学八年，得到国家五千多元的资助，可以说是受恩匪浅。对于祖国和人民我要知恩，感恩，报恩，不仅要多画好画，还要多培养青年，为中国美术的发展，竭尽全力。这条路再艰难，我也要走下去。"

廖叹了口气，没有说什么。

徐温存地："静，我知道你很不容易，你年轻，没有经历过这些复杂的生活，不像我已经斗争了二十多年了。"

廖望他一眼，有些内疚地笑笑。

徐鼓励地握着她的手，她感到了些宽慰。

廖摸摸水杯："吃药吧。"

徐服药。

这时，电话铃响，廖接听，递给徐："作人来的，说有急事。"

徐马上接过电话："他们什么时候举行？地点呢？好，你马上过来商量一下。"

廖："出什么事了？"

徐："'北平美术会'要为那几个罢教的教员召开记者招待会，在中山公园的来今雨轩。"

廖："他们真是不肯罢休呀。"

徐："这场论战表面上是新旧国画之争，实际上是有人在后面提线。"

廖有些焦急："那你准备怎么办？"

徐："我考虑给他们唱一台对台戏！"

廖："你们也开记者招待会？"

徐点头。

廖："你不能主持记者招待会。"

徐："为什么？难道对他们的鼓噪不回击？"

廖："你血压高，一激动就会出危险！你忘了医生怎么叮嘱你的？"

徐不语。

廖："回击当然是必需的，可以请别人主持，比如吴作人。"

徐："作人当然能够胜任了。可我是对方的众矢之的，紧要关头我闪在一边，这合适吗？"

廖："你要是病倒了，那才真正不合适！"

徐："不！我必须亲自上阵，以牙还牙，以眼还眼。"

29-10　北平艺专美术教室　秋　黄警顽、方亮

清晨。黄警顽提着暖瓶去打开水，路过教室外，见屋门开着，每个画架上都摆着张纸，他奇怪地进去拿起一看，是传单！其他教室也如此。他不知该怎么办。此时，方亮走来。

方："黄先生早！"

黄："方亮，你来得真早。"

方："我每天都提前来教室练字，画漫画，阿O壁报明天又要出啦。"

黄："今天你先别练字，也别画了。"

方："怎么啦？"

黄机密地："把住这几个教室的门，不要让任何同学进去！各屋都是反对徐校长的传单。"

方大惊："是吗？"拿过来看传单，"这肯定是那几个罢教的人写的。"

黄："你千万把住门，我去报告。"说完匆匆跑去。

29-11　北平艺专校长室　秋　徐悲鸿、黄警顽

徐悲鸿看完传单。

黄警顽："我让学生把住门，不许任何人进教室。现在离上课还有些时间，趁学生们没来，我去把传单都收起来吧。"

徐："不要！"

黄着急地："那怎么办？"

徐："人家写了，印了，发了，怎么能白白糟蹋人家这份心血呢。"

黄："可是，学生们看了会不会引起混乱？助长反对你的势力？"

徐很镇静："我们如果这样不堪一击，也就该卷铺盖走人了！人手一份，这是免费送上门的教材呀！"

29–12　北平艺专礼堂　秋　徐悲鸿、李添、贺明、方亮、魏双、学生

礼堂坐满了学生，每人都在看手里的传单。

徐悲鸿坐在主席台上注视着大家。

看完的学生们低声交谈着观感，反应不同，绝大多数是气愤。

徐手中拿着传单："都看完了吧？传单的作者们在记者招待会后，又打上门来。我看，他们是后悔罢教了，原先可以在讲台上公然宣扬他们那一套，现在只能趁着黑夜偷偷摸摸把传单塞到教室里了。他们说我是摧残国画、毁灭中国艺术的罪人。我的罪状是把西洋画法的素描强行列为北平艺专的基础课，贬低临摹古画的作用。我认为美术家应与科学家同样有求真的精神。研究科学，以数学为基础；研究美术，以素描为基础。科学无国界；而美术尤其是天下公共的语言。学习素描是为了锻炼学生精到的眼力，使手服从眼的指挥，把自己的观察感受准确地表现出来，是为了丰富国画的表现力而不是取代它。"

学生们热烈鼓掌。

特务学生魏双不以为然。

徐："至于临摹古画，那当然是一种学习途径，但绝不是根本途径。美术家既有求真的精神，就应当以阐发造化之美为天职。请注意，我说的是天职！而不仅是义务。我国历代的杰出画家都是对真景真物下功夫，才能'立万象于胸怀'。王维、吴道子、荆浩、沈周、陈老莲等等光辉的名字，都以他们伟大的作品印证了这个创作规律。我绝不是危言耸听，如今若再不振奋，起而师法造化，寻求真理，则中国虽不亡，而美术必亡！美术若亡，则文化顿将暗无光彩，致使日本人成为东方艺术的代表。大家想想，倘若不幸如此，我们将有何颜面以对祖宗！"讲到此，他激动得难以自抑。

学生们纷纷赞同。

徐："对于国画，我是向来反对僵死地模仿古人，而提倡从社会需要出发，摹写人民生活的新中国画。它既非改良，亦非中西合璧，仅直接师法造化而已。如何能师法造化呢？这就既要有素描的根底，又要继承中国古代艺术的精华和创造精神。新中国画至少人物必具神情，山水须辨地域。这样的画离你们并不远，仅从本校教师吴作人、蒋兆和、叶浅予、宗其香和我的作品中，你们就能领略到它的深厚内涵和千姿百态了。如果你们遵循传单作者的宗旨，那就不必费时费力，拿着父母辛苦赚来的钱到北平艺专学习了，而去一心一意临摹画谱、古画，求得每画一笔必有出处好了！去做毫不更改地承袭古人衣钵的孝子贤孙好了！”

魏双一脸反感。

李添站起来，慷慨激昂地：“徐校长，我不愿以模仿古人为满足！我们学习先人的优秀传统，但绝不乞灵于先人的尸骨！”说完，将传单撕碎，一扬。

同学们鼓掌，纷纷将手中的传单撕碎！

魏双不动声色，手中的传单没撕，而是悄悄收起来。

贺明：“徐校长，希望把各系老师的作品一起展出，供全校同学观摩！”

徐兴奋地：“好！好！”

方亮：“我建议，把这个展览办到社会上去。一改北平艺专的面貌！一扫北平画坛陈腐的画风！”

李添：“我们在北平当了八年亡国奴，过够了屈辱的生活，这个画展一定会使北平人感到振奋和骄傲！”

徐也激动地：“同学们，要志大才豪！自强不息！我们是20世纪的美术家，我们的雕塑，应当继续汉代雄奇活泼的风格；我们的绘画，应当振起唐代博大的精神；我们的图案艺术，应当绍述宋代的高雅趣味。我们的眼睛要望着世界，望着历史，望着祖国！我们要继承先人的遗绪而建立现代的艺术！我们要用手中的画笔穷造化之奇，探人生究竟。艺术家就是革命家，救国不论用什么方式，苟能提高文化，改造社会，就充实国力了。欧洲哪一个复兴的国家，不是先从文艺复兴着手呢？别看我们的责任小，要刻苦地从本分上做起！”

学生们听得情绪振奋，热血沸腾！礼堂内掌声雷动。

魏双很不情愿地跟着鼓了两下。

29–13　南京蒋碧微家客厅　秋　蒋碧微、张道藩、同弟、周秘书

张道藩：“罢教，这招儿看来是失算了，就连我们动员的那些北平老画家一起上阵，口诛笔伐，都无济于事。徐校长厉害呀！”

碧微：“是不是派去的人不得力？怎么连连败北？”

张：“谁去也不行！一个徐悲鸿就够对付的了，又加上吴作人一些教授摇旗呐喊，真让人伤透脑筋。”

碧微：“唉，你也想开点，他们远在北平，收拾不了，你就随他去吧。”

张：“不行啊！如果这块阵地丢失了，蒋委员长怪罪下来，又要骂文化运动委员会白吃

饭了。唉！”

碧微走过去抚慰他：“别急，办法总会有的。抽支烟，消消气。”

此时，门响。他二人急速分开。

同弟进来：“张部长，周秘书来了。”

张：“请他进来。”

周秘书进客厅：“张部长，您要的名单刚刚收到。”递上一份文件，“您还有什么事吗？”

张：“没有了。”

周秘书退出屋。

碧微：“什么事，这么急？”

张没有回答，急速翻看，突然眼睛一亮：“有了！”

碧微：“什么有了？”

张：“哎，不光有烦心的事，也有喜讯！即将召开的制宪国民代表大会，你被遴选为社会贤达的妇女代表了。”

碧微十分意外：“真的？”

张：“你看！”

碧微夺过来看，兴奋地：“你怎么事先不透一点消息？”

张：“在没有揭晓之前，我怕弄不好，空欢喜一场。”这才有声有色地回忆着，“你知道，候选人很多，竞争非常激烈，每个人的背景都很可观，斗争可以说到了白热化的程度！好了，这下铁板钉钉了，很快报纸就要公布。”

碧微受宠若惊：“我做梦都没有想到我竟然成了制宪国民代表大会的代表！唉，我父母活着的话，一定高兴极了！这是我们蒋家的光荣！”忽然狡黠地一笑，“我首先要感谢那位徐悲鸿大师。”

张看出她卖关子：“你不感谢我，反倒感谢他，没良心！”

碧微：“要不是他同意离婚，我怎么会到你主管的教育部门当复旦大学和四川教育学院的法文教授、图书馆主任、教科书编委会的编审？又怎么能成为社会贤达呢？一个徐悲鸿夫人的头衔是万万换不来社会贤达，成不了国大代表的呀！徐大师成全我在先，你提携我在后，我是不是应当首先感谢他？”

张喜爱地：“你真是个鬼灵精！真拿你没办法。”

碧微由衷地：“道藩，你一定为这事出了不少力。”

张反倒谦逊起来：“没有！我怎么好公开为你说话？全凭你这几年的作为，赢得了人们的尊敬！”

碧微深情地：“你从来不表白自己，可是我想得出你千方百计为我做的一切！”紧紧握着他的手，“我在和他分手前说，我将独自奋斗。今天，我蒋碧微，而不是徐悲鸿夫人，终于被社会承认了，我没有白活！没有对不起祖宗父母！没有辜负你对我的真情和期待！应该说，如今的蒋碧微是你一手塑造成功的！”亲吻他。

张意外地惊喜。

碧微仍沉浸在兴奋中：“他若看到报上的名单，不知做何感想？”

张：“肯定是先意外、吃惊，然后是不以为意，不以为荣。”

碧微：“意外！那倒是真的。他从来不把我放在眼里，绝对想不到我会成了气候！”

张：“对于你的价值，只有我才真正认识到。”

碧微：“当然！你才是我的伯乐！至于他不以为荣嘛，那是他吃不到葡萄说葡萄酸！”

张：“这倒也不尽然。立场不同，对同一件事的评价会截然相反。这次国民代表大会要制定宪法。它的伟大意义怎样称颂都不为过。可就是这个大会，中国共产党和民盟却拒绝参加。所以说，徐悲鸿先生也未必对你的当选拍手称快！”

碧微：“那是肯定的。”

张：“不过，他们赞成也好，反对也罢，悉听尊便！刀把子在我们手里，对于中共，自不必说，我们已经开始戡乱！民盟嘛，也将被宣布为‘非法组织’，予以取缔！”

碧微：“取缔民盟？”

张：“对！你不仁，我当然不义！既然你民盟拒绝与我党合作，那好，那只有宣布你为‘非法组织’予以取缔了，没什么客气！”

碧微忽然问：“哎，你不是说过吴作人是民盟分子吗。”

张：“是啊，北平艺专的毕尔三几次密报吴作人的情况，谈到这点。”

碧微灵机一动：“有了！”

张：“什么？”

碧微超兴奋：“有了你对付徐悲鸿校长的杀手锏了！”

29-14　北平小饭馆　秋　毕尔三、魏双、黎山、丁李

小饭馆空空荡荡，只有魏双、黎山、丁李指着菜谱争着点菜。

毕尔三进门呵斥道：“就知道吃！哎，事情弄成这样，你们就不脸红吗？徐悲鸿他们在中山堂举办的画展，规模大，参观的人比肩接踵。我们这边在水榭的画展小，还门庭冷落。同时在中山公园，多让人丧气！”

魏：“有什么办法！大部分学生都跟着他跑了。老师中间倾向我们这边能画几笔的又闹着罢教，这怎么能办出像样的画展呢？”

丁：“就是。”

毕：“凡事要动动脑筋！咱们这边的画展，也能热闹起来。”

魏："要不，就花钱雇人来看？"

黎："这靠谱！"

毕："我说你们都缺心眼呀？就指着上头拨活动经费哪！叫你们的亲戚朋友来啊，白看！谁还没有个三姑六舅的，把你们的父母也动员来。"

丁："他们根本不爱看，再说，也看不懂啊。"

毕："用不着懂！只要进来转一圈，那就顶一个人次。"

黎："就是把亲戚熟人都找来，也比徐悲鸿那边的观众差远啦！"

毕："唉，你们找来的人，每人出来进去多几回，参观的人次不就上去啦，门口也就显得热闹啦。这样，我也好向上峰交代呀！"

丁勉强地："行，听您的。"

毕："你们俩呢？"

魏："就这么办吧。"

黎："试试看吧。"叹了口气。

毕："哎，别跟霜打了似的。艺术上打不过他们，咱们就从政治上下手。"

魏："以前也不是没下手，申都怎么样？还不是乖乖离开艺专！"

毕："这回，得瞅准了他们的短处！"

丁："我看阿O漫画壁报就有短处，一天到晚含沙射影，就抓它个攻击政府！"

毕："哎，目前那些画，问不下什么罪名。还是擒贼先擒王。"

黎："可怎么个擒法？"

毕："我们再联络几个人写信上告徐悲鸿重用民盟危险分子。"

魏："谁呀？"

毕："吴作人哪！要求政府撤职查办。"

魏："吴作人是民盟分子？"

毕："学校里有人举报，我早报告南京方面了。现在上面说可以下手了。"

黎："对！要是趁这股风把徐悲鸿、吴作人扳倒，咱们在艺专就翻过把来啦！"

毕得意地："吃饭！"

丁："掌柜的！"

毕："能在这儿吃吗？到了饭口，连个人毛都没有。"

丁："这儿说话清静不是。"

黎："到哪儿吃去？"

毕："东来顺啊。"

众喽啰呼叫着跟去。

第三十集

30-1 北平齐白石家 秋 徐悲鸿、齐白石、刘金涛

徐悲鸿给刘金涛两幅画："这幅《马》是我的，这幅人物是蒋兆和先生给的。"

齐白石："金涛，我也送你一幅。"展开，画的是白菜，"李苦禅先生那儿，我也说好了。"

刘："谢谢！谢谢！"

徐："刘金涛，有了这几幅画作本钱，你的裱画店就可以开起来了。"

刘："谢谢各位对我的大恩大德！"走到二人面前，跪下，要磕头。

徐、齐连忙制止。徐把刘拉起来。

刘："我一个农村后生，能有今天，全靠张子华师傅手把手教我活儿，全靠各位先生对我的提携。我至死不忘。"

齐："你的手艺好，人又本分，大家才愿意帮你。"又对徐，"蒋兆和先生的《流民图》就是金涛和他师傅一起裱的。"

徐："哦？"

刘："我还求二位一件事，不知能不能答应。"

齐："说，只要我们能做到的。"

刘："求您二位给我的小店题个匾。不光是为了借您二位的大名创牌子，还要让顾客都知道你们对一个穷手艺人的恩惠！"

徐："可以。白石先生德高望重，跟你交往多年，白石先生题吧。"

齐："不，还是徐先生题吧，你是艺专校长，影响大，对金涛以后的营业有利，再说捐画义卖帮他开店也是你发起的。"

徐："不，不。"

齐："悲鸿，你就不要推辞了。"

徐："那好吧，我题个'金涛斋'。"

齐："好。"

刘兴奋地赶快研墨铺纸。

徐写了一幅。

齐："悲鸿的字精于提顿又善于转折。有乃师康有为先生的笔法。"

徐笑笑。

刘又千恩万谢。

齐："金涛，你去李苦禅先生家取画吧，他答应送你一幅花鸟。"

刘收拾字画要走。

徐："等等，我也回去了，车子正好可以捎你。"

齐："悲鸿，我还有件事。金涛，你先去吧。"

30–2　北平齐白石家　秋　徐悲鸿、齐白石

二人坐到窗下小几前，低声谈着。

徐悲鸿："什么事？"

齐白石："有个跟我学画的人，是国民党的什么主任。昨天来我这里，闲聊中，我夸吴作人先生，每次我去艺专上课，他都不忘派车接送，每月的薪水也一定按时派人送到家。这位主任一听，马上说，你千万不要再跟吴作人来往了。吴作人是异党危险分子，政府正要对他动手呢。"

徐大惊："哦？"

齐："我问他什么叫异党？吴作人到底干了什么？他就不说了。他好像后悔自己说漏了嘴，再三嘱咐我这事千万不能告诉你和吴作人。"

徐："这事他怎么知道的呢？"

齐："是啊，我也这么问他。他说，反正要对吴作人撤职查办，这事他正管。"

徐："他在什么部门做事？"

齐："他倒是说过，我也搞不清楚那些衙门。哎，他每次都坐小汽车来，官职不低。"

徐："他叫什么名字？"

齐："韩风。"

徐一惊："哦！是他！"

30–3　北平徐悲鸿家客厅　秋　徐悲鸿、吴作人、廖静文

吴作人："胡扯！我什么时候成民盟分子了？"

徐悲鸿十分意外："怎么，你不是民盟成员？"

吴："的确不是！哼，现在全国取缔民盟，就给我扣个民盟的帽子，想把我掐监入狱罢了。"

徐："真是荒唐！就是判刑也要验明正身嘛！"

吴："欲加之罪何患无辞啊！"

徐忧虑地："他们这样干，也许是因为情报不实，也许是故意造谣。我看，不管怎么样，你还是要躲一躲，外地有合适的去处吗？"

吴："即使我离开北平艺专，也不会臣服于他们！当他们的应声虫，我毋宁死！所以我

不想躲。”

徐：“可是我们也不能束手就擒哪！”紧张地思索着，“哎，前一阵英国文化委员会约你赴英国考察访问，你答复他们了吗？”

吴：“还没有答复。教学太忙，斗争又激烈，哪里走得开？”

徐：“不，你马上走！我看他们能不能到英国抓人！”得意地笑了。

吴：“我不走！他们步步紧逼，走到哪儿算头？”

徐：“你立即出国，可以姑避其锋，这样，既保存了实力，又破了他们的阴谋，在艺术上还可以进行交流，有利于你自己和艺专今后的发展。”

吴：“可是，我走了，您呢？他们不会罢休的。”

徐：“我在这里比你安全些，李宗仁是我的老友，傅作义也和我熟识，那些人是不敢随意动我的。你此去，除了考察访问，还可以到欧洲各地办画展。等事态平静下去再说，你等我的信。”

吴：“您身体不好，我在这里多少能分担一些。”

徐：“放心，还有大家。”

吴点头。

徐：“正好，有三件事托你办一下。一，在国外，给艺专图书馆买一些美术图书和画册。二，邀请久居巴黎的滑田友回国任教，他在巴黎高等美术学院毕业后，在雕塑上成绩斐然。三，到巴黎卢浮宫临摹德拉克罗瓦的名画《但丁之舟》。”

吴：“好，我一定办到。”

徐笑了：“你就当出差嘛！再有，你和萧淑芳的婚事，还是等回来再办吧。否则，他们抓不到你，会纠缠她的。”

吴：“对，您想得真周到。”

徐：“将来，我一定给你们当证婚人！好，快走吧，抓紧准备。”

吴激动地：“先生，二十年了，每当我遇到关坎，您总是这样帮助我，爱护我……”

徐也深情地拍拍他的肩膀：“明天就不要在学校露面了，走吧，越快越好！”

廖静文进屋，与吴打招呼，给徐送来几幅画。

徐对吴解释：“是任伯年的画，明天我给一年级学生讲课用。任伯年画人像、人物、山水、花鸟，工笔、写意，莫不高妙。”

吴：“您的评价很中肯。”

徐：“我的法国老师达仰看了任伯年的画，也称赞他是一位艺术大师。”

30-4　北平艺专美术教室　秋　徐悲鸿、学生

徐悲鸿给一年级学生讲国画课，边讲，边示范。学生们围在四周。

徐："中国画的大写意，是水、墨、纸、笔的特性在画家技法的施展下，得到最大限度的发挥。

"水，是不可缺少的。有了水，墨才能在画面上流动，产生洇散渗透的作用。

"墨，是一幅画的灵魂，没有墨，就没有形象和分量。水，能将墨化为五色，即焦、浓、深、浅、淡，墨借水势，水借墨洇，水墨一体使形象内容呈现纸上。

"纸是一幅画的基础，而纸一见水就洇，一见墨就渗，一幅成功的写意画和纸上的水墨洇渗有密切的关系。

"笔，是画家将水墨以高超技法在纸上挥洒出效果的工具。

"现在，我传授给你们两件法宝。"

学生们听得津津有味。

徐又拿出一盏清水，一沓废纸："清水能使画面上的水分扩大，废纸能吸去画面上多余的水分，画面上的笔墨就能控制在画家需要的范围之内了。"

徐边说边画，说完，一幅颇具笔墨情趣又形神兼备的《牧童》完成了。

学生们惊叹不已，学习兴趣大增。

学生甲："校长，您信手画一幅《牧童》，也能这样惟妙惟肖！"

徐笑了："看似信手拈来，其实是下了苦功的。我对牛有细致的观察。我生在太湖边一个小镇，家里穷，没有牛，要借邻人的牛犁田，就要替邻人放牛作为补偿。在山岗、湖边，牛寻嫩草，我觅野花，是我童年真切的回忆。后来我在江南生活，又画了许多水牛的素描，能默写出牛的各种形态。所以说，大写意，除了对水墨纸笔熟练的运用外，更要有素描的基础。做一个好的画家，要师造化，又要有创造性。"

学生们很受启迪。

徐又拿出几幅画："现在，我们欣赏国画大师任伯年的作品。"

30–5　南京蒋碧微家客厅　冬　蒋碧微、张道藩

张道藩在接电话："去英国了？知道了。"放下话筒，对蒋碧微，"吴作人去英国了。"

碧微："没想到来了个金蝉脱壳！"

张："徐校长足智多谋啊！不过，我刚刚知道吴作人并没有参加民盟，情报不确。"

碧微："是吗？你不是说吴作人是民盟的骨干分子吗？"

张："那都是北平艺专毕尔三上报的。"

碧微："他谎报军情？幸而还没来得及以民盟成员名义逮捕吴作人，否则就太被动了。"

张："这些人，成事不足败事有余！"

碧微："是啊，要不然怎么会连连失手？你的人马必须好好整肃一下了。否则，危机会越来越大。"

张："当然，我正准备这么做。"

碧微："不过，此举也起到敲山震虎的作用，把吴作人挤走，就是胜利。这事也要这么看。"

张："碧微，我真佩服你头脑的机敏，怎么从取缔民盟，一下子就想到吴作人了呢？又怎么从情报失实中看到驱吴的胜利和整肃的迫切！你简直是个政治家！"

碧微："政治家？你是在恭维我，还是取笑我？"

张："这是真心话。就说在这次国大会上吧，也足见你的政治头脑。"

碧微："我又没有什么惊人之举。"

张："哎，你提议取消会间休息时无限制供应精美的茶点小吃，把这项经费送给前方劳军。在目前戡乱建国的时候，这提议博得多少好评啊！"

碧微抿嘴一笑："我作为国民的一分子，出席这次盛会，对党国无以为报，也就是有这小小不言的倡议。"

张："小虽然小，可是见精神！哎，蒋委员长对每天的会议简报都看，他肯定知道你的倡议了。"

碧微兴奋地："是吗？但愿我没有辱没了蒋氏门风。最近，蒋委员长回故乡祭祖，得知奉化蒋氏一脉是宜兴蒋氏的迁支。我原来与蒋委员长同宗啊！我们都是汉朝了亭侯的子孙！身为蒋氏家族的一员，做不出更大的奉献，真是惭愧！"

张："你还惭愧？你在会上风头十足啊。"

碧微："怎么？"

张："起初，只是你的服饰光彩照人，那些妇女代表谁能比得上你？后来，你的倡议又博得众人的称颂，我越来越觉得你是我生命中的至宝！碧微，在巴黎，我悄悄爱上你的时候，还没有真正认识到你的价值呢。"

"巴黎！"碧微陷入回忆，"我们相处的那段日子，真像是一个梦，一个不愿醒来的梦！"

张："在湖边，我们吟诵的拉马丁的诗，你还记得吗？"

碧微深情地看他一眼，背诵起来："光阴！你慢飞驰！宜人的美景良辰，且莫匆匆流逝！让我们细细品尝这稍纵即逝的温存……

张加入合诵："此生的赏心乐事。"

二人沉浸在柔情中，默默地体味着。

碧微轻声地："道藩，在多年痛苦的挣扎之后，我们的确迎来了幸福。"

张："可是……"

碧微："可是什么？"

张愧疚地："我还没有摆脱我的家庭。"

碧微叹口气："你根本无法摆脱！素珊可有死主意呢。"

张："可是，这对你公平吗？"

碧微幽幽地："我也不想认命。可是目前，我们只能是知己、情人。"

张默然不语。

墙上的挂钟响了。

张："在你这里，时间总是过得这样快。好，我该回去了。"

碧微起身送他。

张："还有四天就要过年了。今年，希望有一个如愿的新年。"

碧微："如愿的新年？"

张："今年，我们一起守岁好不好？"

碧微喜出望外："当然好！假如对你没有什么不方便，你就到我们这儿来吃年夜饭好了。"

张兴奋地："真的？"

碧微："我们一言为定！"

张："一言为定。"

碧微帮他穿上大衣，戴上围巾。

二人情意绵绵地告别后，碧微独自冥想着，脸上漾出幸福的神采。

30–6　北平徐悲鸿家客厅　冬　徐悲鸿、廖静文、幼儿庆平、刘金涛、黄警顽、老曹

徐悲鸿和廖静文在屋门贴上郭沫若赠诗的春联"嘉陵江水碧于茶　磐溪风月画人家"。

一盆盆杜鹃花摆上花架。

徐、廖把徐画的父亲油画像挂在供桌墙上。

廖在供桌摆上香炉，蜡台、水果、糕点。

徐、廖给小儿子穿上新棉袄。

徐："静，你絮得太厚了，孩子的手都扎扎着。"笑起来"来，再戴上爸爸给你买的老虎帽！好，我们的小棉花篓，过年了！"

刘金涛来了，穿着新棉袄新棉裤，拿着三尺多长的冰糖葫芦和多头的风车，恭恭敬敬地："徐先生，徐夫人，给你们拜年！"

徐："金涛，我们正等你呢？"

廖："刘师傅，我从来没有见过这么长的冰糖葫芦。"

刘："这，在北平也是过年的时候才卖的。"

廖："全家人都吃不完哪！"

徐："也可以插到窗外观赏，这也是北平过年的一景。"

刘："这风车是给庆平玩的。"用胳臂来回抡动，风车转，响。

廖接过："真好玩。"

徐对她："过两天，我陪你去厂甸逛逛，北平各式各样的玩意儿，看得你眼花缭乱！在北平过年，厂甸不可不去！"

刘："我那裱画店就离厂甸不远，也去我那里看看，落落脚，喝点水。"

廖："好，好。"

徐："金涛，最近生意还好吧？"

刘："好！您题的那幅匾一挂，一下子就创出牌子了。活儿多！年前，好忙了一阵子。"

徐："活儿多，更要认真做！对了，我有两幅古画，任伯年和金冬心的，你揭裱一下。用万字团梅绫。"

刘："行。"

黄警顽捧着一盆水仙走进客厅："过年好！哦，金涛也在这儿，你好！"

刘："黄先生好！"

徐："就等你了。"

黄："我来晚一步。是买这份年礼。"将水仙递给廖。忽然打了个喷嚏。

廖："黄先生，是不是感冒了？"

黄："没事没事！"

徐发现黄只穿了件夹袍："哎，静文前些天送你的那件新棉袍呢？过年还舍不得穿？你看人家刘金涛，年轻，火力壮，还穿着棉衣棉裤。你也别留着新衣裳压箱子底了。"

黄："不不，不是。唉，那天我见一年级的周清战没有棉衣，冻病了，发烧，他家生活很困难，助学金也只能够吃饭的，我就送给他了。"

徐："你呀，这事你该找我解决呀。静文，把我那件驼绒袍子先给警顽吧。"对黄，"现成的我也没有别的了，套上这件，也暖和点。"

廖："黄先生，这件悲鸿穿过，你不要嫌弃。"

徐："哎，我俩当年挤在一张小床上睡，谁也不嫌弃谁。"

黄笑着点头。

廖去取衣裳。

刘看着他们亲如一家，很感动。

廖拿着驼绒袍："黄先生，穿上吧。"

黄："还挺新的呢！悲鸿，你留着穿吧，有什么场合还穿得出去。"

徐："我有这件皮袍呢。"

黄笑："你这皮袍，东单旧货摊上买的。学生们都偷着笑这老式的铜纽扣呢。"

徐："笑什么，古色古香！哎，你快穿上吧，留神感冒。"

黄套上驼绒袍："真暖和。"

老曹来："先生、夫人，饭菜都好了。"

徐："好，客人也都到齐了，可以开饭了。"

廖随老曹出屋。

刘奇怪地："客人？哪有客人？"

徐："你二位就是呀。"

刘："我算什么客人！"

徐："贵客！警顽是我三十年的患难之交，你是我新交的年轻朋友。"

刘唏嘘着："您太抬举我了。谢谢！谢谢！"

徐："年三十是不兴请客的，都是自家人团聚。你二位在北平没有家，都是单身，就在我这里过年吧。"

30-7 南京蒋碧微家卧室 冬 蒋碧微、同弟

蒋碧微找出在巴黎过年时穿的那件白底红花旗袍。

蒋对同弟："把这件旗袍好好熨熨，我马上要穿！"

30-8 北平徐悲鸿家客厅 冬 徐悲鸿、廖静文、幼儿庆平、婴儿芳芳

廖静文："悲鸿，我们先祭祖吧。"

徐悲鸿："好。"

徐、廖抱着襁褓中的芳芳携幼儿庆平恭恭敬敬向父亲画像三鞠躬。

30-9 南京蒋碧微家客厅 冬 蒋碧微、丽丽、张道藩、同弟

父母和祖先的神位贴在客厅正壁。供桌上燃蜡、焚香，摆着供品。

蒋碧微喃喃祝祷，然后磕了三个头。

丽丽也三叩首。

张道藩穿皮袍满面春风地捧着一大盘鞭炮走进客厅。他见了碧微特意穿上白底红花旗袍，甚感惊喜，二人会心一笑。

丽丽对张此刻到来有些意外："张伯伯，您怎么来了？"

张："怎么，不欢迎？"

丽丽不置可否地笑笑。

张："哦，你们已经行过礼了？"把鞭炮交给同弟，快步走向供桌，"该我磕头了吧？"

"不敢当！"碧微笑着拦住，"你只要鞠躬就好了。"

"那怎么行！"张执意地，"这是一定要磕头的。"虔敬地三叩首。

碧微甚感欣慰。

丽丽不动声色地望着他。

30–10　南京蒋碧微家廊下　冬　蒋碧微、丽丽、张道藩、同弟

一个铜盆，放满了金银锞子。张道藩站在蒋碧微、丽丽身旁。

碧微点燃冥镪。

他们望着熊熊的火光，碧微无声地祝祷着。

纸锭烧完，化为一盆灰烬。

张叫："同弟！找一根长竹竿来！"

同弟送来，张用竹竿挑着鞭炮，亲自燃放。

碧微、张欢笑着。

丽丽躲在一边，冷冷地望着他们。

30–11　南京蒋碧微家客厅　冬　蒋碧微、张道藩、丽丽

放完鞭炮，蒋碧微、张道藩、丽丽进屋。

丽丽："张伯伯，您今天怎么跑到我们家过年来啦？素珊阿姨不会埋怨您吗？妈，你该请素珊阿姨一起来呀，那多热闹。"望着他俩。

碧微有些尴尬。

张支吾着："哦，哦，你素珊阿姨喜欢安静，再说她身体不舒服。"转移话题，"丽丽，吃完年夜饭，我们三人和同弟一道掷骰子吧。"

丽丽："哼，我才不玩呢！天气这么冷，还要熬夜。"

张："除夕本来就该熬夜的嘛！"

碧微："玩不玩牌再说，先吃年夜饭！"

丽丽："我没工夫陪你们玩，寒假作业还没有做完呢，大年初三就要回学校了。"

张："初三早上八点，我派车子送你去学校。"

碧微："派车子送她上学，那是明年的事了。二位，还是先吃了今年最后的晚餐吧。"

丽丽很不情愿，碧微向张赔笑，趁张转身，狠狠地推搡丽丽向餐厅走去。

30–12　北平徐悲鸿家画室　冬　徐悲鸿、黄警顽、刘金涛、廖静文

黄警顽："悲鸿，你可答应给我一幅画，不要拖到明年呀。"

徐悲鸿："好，马上兑现。"

刘金涛研墨，黄铺纸。

徐："画什么呢？"

黄脱口而出："鱼鹰。"
徐笑了："想家了吧？"
黄点点头。
徐很理解地望他一眼，提笔画起来。
黄："画好了，金涛给我裱裱。挂到宿舍，抬头就像看见家乡的小河。"
刘："行！我给你用最好的铁机绫裱，装在玻璃框里，也不怕土。"
黄："好。"
徐画完，黄、刘赞赏着。
徐："金涛，过年了，也送你一幅画。"
刘喜出望外："那太谢谢了！"
徐："点题吧，画什么？"
刘想了想："您给我画两只大公鸡！"
徐："为什么要画公鸡？"
刘："多精神哪！"
徐："好，画两只好斗的公鸡。"
徐画了两只公鸡，一上一下似在争食打斗。刚画完，突然停电了。
徐喊："静文，找蜡烛来！"
只听到卧室传来婴儿的哭声。
徐："她哄芳芳呢。我摸黑题个落款吧。"
黄："你写的什么？"
徐边写边念出声："问汝何事苦相侵，打到羽飞血满身，算是鸡虫争得失，眼开收拾待他人。悲鸿漫笔。"
刘："太好了。"
徐又盖上章："还没画完，石头兰草改日再画吧。"
刘灵机一动："徐先生，我请齐白石先生补画石头和兰草吧。"
徐："好啊，你真聪明！"
黄："这样，这幅画更成为有纪念意义的杰作了，又是一段佳话。"
廖静文拿进烛台来，屋内一片温暖的光，大家其乐融融。

30-13　南京蒋碧微家丽丽屋　冬　丽丽

丽丽欣赏完父亲送给自己的画，珍爱地卷起，放到樟木箱里。
她坐到桌边，把玩父亲送给她的外国邮票，情绪始终闷闷不乐。
最后她开始写信："亲爱的爸爸：你好！现在是除夕之夜，我心里一点都不快乐。我真想到北平和你一起过年……”

30–14　南京蒋碧微家客厅　冬　蒋碧微、张道藩

蒋碧微坐在沙发的一端，张道藩躺在沙发上，头枕着她的腿，碧微摸着他的头发。二人似乎很幸福，一言不发。

时钟打了十二下。

碧微缓缓地：“辞旧迎新！我们在一起又年长了一岁。你记得吗，在巴黎，我们一起度过的那个除夕……二十年了。”

张沉醉地：“那天，你就穿着这件旗袍，光彩照人！我永远记得你的样子。”

碧微温柔地望着他：“你当时的眼神和说的话，我也清楚地记得！所以，这件旗袍，我珍藏到今天，不管逃难、搬家，无论到哪里，我都带着它。”

张深情地：“我年年都巴望重温那一刻，今天终于如愿了。”

碧微：“真想让这一天永远过不完。”

张：“我甚至愿意和你一起这样长眠不醒……”

碧微感动地拉着他的手亲吻，他们就这样厮守着。

30–15　北平徐悲鸿家客厅　冬　徐悲鸿、廖静文、老曹

清晨。

老曹送来一个大提盒：“夫人，取回来了，还热呢！”

廖静文：“悲鸿，快走吧！全聚德的烤鸭取回来了，趁热送去！”

徐悲鸿：“傅增湘先生，当年作为教育总长，不管如何，到底批准我官费去法国留学，有恩于我！记住，每年都要给傅老拜年！哎，送白石先生的年货呢？”

“在这儿！”廖提过一个大包，“这是我从稻香村买的湖南腊肉！”

徐：“再带上点钱，我还要去看两个穷朋友。”

廖拍拍手提包：“带得足够。快走吧，拜完年赶快回来，今天肯定有许多人要来给你拜年呢。”

30–16　南京蒋碧微家客厅　冬　蒋碧微、丽丽、同弟

同弟帮丽丽把行李、脸盆等洗漱用具、小衣箱、书包从楼上拿到客厅。

蒋碧微给丽丽一大摞钱：“这是这学期的学费、杂费、伙食费。”又给她一小摞钱，“这是这个月的零花钱。收好！”

挂钟指到七点半。

丽丽喃喃地：“车，怎么还不来呢？”

碧微："八点准到！他一向很守时的。"

丽丽："同弟，你去看看，车来了没有？"

同弟回来报告："没有来。"

碧微："好了，同弟，你去忙吧。"

同弟退出屋。

丽丽焦急地："妈，我还是雇车走吧。"

"为什么呢？"碧微诧异地，"不是说好让汽车送你吗？"

丽丽："我等不及了，我想早些到学校！"

碧微："你别急，好好坐下来等。"

"不！"丽丽忽然坚决地，"我想我还是现在就走！"

"丽丽！"碧微制止她。

丽丽："妈，我不要坐什么汽车！"

碧微又平静地："但是汽车马上就要来了呀。"

"妈，我不要坐汽车。"丽丽突然反抗地，"妈，真的！我不想坐他的汽车！我要自己雇车到学校去！"

碧微惊愕地望着她，又婉转地，"有汽车坐不好吗？丽丽，你看外面的风很大，很冷，你就让王司机稳稳当当地把你送到学校去吧。"

"不不不！"丽丽十分坚决地回答，要去提行李，"妈，我现在就走！"

碧微厉声地："丽丽！我不许你这样就走！"

"妈！"丽丽吁求地望着碧微。

"不管怎么样，"碧微高声地，"我一定要你等汽车来了再走！"

丽丽倔强地望着母亲。

碧微也逼视着她。

丽丽不再说什么，毅然提起行李、脸盆、衣箱、书包，一阵风似的跌跌撞撞地奔出门去。

碧微追到屋门口，绝望地叫着："丽丽！"

丽丽背身快步走去。

碧微继续叫着："丽丽！"

隐隐传来丽丽的哭声和急速的脚步声，然后是砰的一声关大门的声音。

碧微颓然地坐在沙发上，陷入痛苦的沉思。

30-17　南京蒋碧微家客厅　冬　蒋碧微、张道藩

时钟指到八点二十分。

张道藩进门，蒋碧微坐在沙发上并未发觉。

张站到她身后，她一惊："哎呀！你吓死我啦！"

张："你怎么啦？一个人坐在这儿。"

碧微怅然一笑："现在几点钟了？你是什么时候来的？"

张："我刚到，现在是八点二十分。"

张走过去拧开无线电，正播出昆曲。

碧微："幸亏丽丽走了，要不然她一定会迟到。"

张："真是抱歉得很，今天实在是有一点重要事情，我虽然尽可能地赶，可是仍晚了二十分钟。"

"这倒是没有什么关系。"碧微苦笑笑。

张："她怎么走的？"

碧微："唉，自己雇车走的。她说等不及了，也不愿坐你的车。"

"啊！不愿坐我的车？"张立刻关上无线电，"我最担心的情况还是出现了。"情绪一下郁闷起来。

碧微劝慰着："也许，她只是为了赶时间，怕迟到。"

"希望是这样才好，不过，"张摇摇头，"似乎不这么简单，她根本就不愿坐我的车。"

"不不不，要不然，"碧微尽量往好的方面想，"就是她怕同学们笑她。"

张："笑她？笑她什么呢？"

碧微赔着笑脸："没有一个学生，愿意在团体里被看成特殊分子，连上学都要坐汽车。"

张："当然，我们都希望她只是为了这一点点理由。"

碧微急忙安抚他："你也不要过于敏感，你和她的关系一直很亲。丽丽刚懂事，悲鸿就离开了家，十几年来，你对她的关爱比她父亲不知超过多少倍！她从小一直把你当父亲看待。"

张："可是她已经长大了，开始痛恨我。唉！"

碧微忧愁地："伯阳不在我身边，你和丽丽是我最亲最爱的人了，她要是痛恨你，我心里真是太难过了。"不禁落泪，伏在张肩头哭着。

第三十一集

31-1　北平刘金涛裱画店　春　刘金涛、警官、伙计

徐悲鸿题的匾挂在门边墙上，刘金涛正擦匾。

一个警官进来："掌柜的，忙呢。"

刘客气地："长官，您有什么事？"

警官："你贵姓？"

刘："免贵姓刘，刘金涛。"

警官："刘掌柜，我是北平警备司令部冯司令的副官杨震。"

刘："杨副官，找我有什么事吗？"

警官："不是我自己的事，是我们冯司令的事。"

刘："冯司令，我并不认识啊。"

警官："你不认识冯司令，冯司令可知道你呀。"

刘有些紧张："我没犯什么事啊！我从来都是奉公守法，依劳奔食的啊。"

警官笑了："你别害怕，我们司令母亲下个月过八十大寿，想请徐悲鸿画一张画，画马。"

刘："那好啊，徐先生画马是一绝！"

警官："所以啊，司令点名要徐悲鸿画的马。"

刘："对！对！"

警官："可是，我们不认识徐悲鸿，想叫刘掌柜给搭个桥。"

刘："嗨！司令直接找徐先生不就得了。"

警官："不，我们听说徐悲鸿十分清高，不愿和达官贵人来往，司令越出面，这事越办不成！所以才找你。"

刘："我？我恐怕没这个面子。"

警官："这，你就不懂了。越是刘掌柜这号人，他越肯赏脸，事儿越容易办成！我们司令说了。"

刘一愣。

警官笑了："别紧张，我们给钱，司令说了，钱多点没关系。"

刘："那是！那是！"

警官看看匾："这是徐悲鸿题的？不是你集徐悲鸿的字吧？"

刘："我哪敢随便集徐先生的字呢，是徐先生的手书，又找人刻下来的。"

警官："那你一定和徐悲鸿很熟了。"

刘："很熟倒说不上，就是常去他家取画送活儿。"

警官："听说这店也是徐悲鸿帮你开的？"

刘："是徐先生和几位画家画画义卖帮我凑的本钱。"

警官："哦，可见徐悲鸿和你够交情！司令这事，帮帮忙！这对你今后也有好处，你要遇上个什么事，司令一发话，准能逢凶化吉。"

刘："那是！那是！"

警官拿出一张纸给他："这是司令家的地址、电话和画上的题款。下月初八就是老夫人的正日子，千万不能耽误了！得！我走了。哎，见了你们这片的王巡长，就说杨震问他好！你一提我，他以后就不敢找你什么麻烦了！"

刘："谢谢！谢谢！"

警官刚出门，又转身说："你跟徐悲鸿说，这是件好事，他的画卖给谁不是卖？我们司令这样有地位有名望的人买他的画，也能抬高他的身价呀！"

刘："那是！那是！"

31–2　北平徐悲鸿家客厅　春　徐悲鸿、廖静文、刘金涛

徐悲鸿断然拒绝："不画！"

刘金涛被噎得愣在那儿。

徐停了停，语气缓和下来："金涛，你以后少给我拉这种事。"

刘："是他的副官找上门来硬让我求您的。"

廖静文："为什么让你来求呢？"

刘："他还不是听说徐先生体恤我！徐先生，他们知道您不喜欢和大官阔人们来往，说让我求您，没准您还给个面子。"

徐笑了："他们倒还懂心理战！金涛，这位冯司令，我不认识他，也不了解他的为人，我怎么能随便答应呢？我的画从来都是送给我敬重的人，不管他是大官阔人还是普通百姓，如同我交的朋友，不论他的地位高低，而看重他的人品好坏。"

刘："这，我倒看出来了。"

徐："你怎么能勉强我做我不喜欢的事呢？"

刘点点头。

廖："刘师傅，当初，蒋委员长请他画像，托人说了几次，他都不画。他真不是和你过不去。"

31–3　北平刘金涛裱画店　春　刘金涛、警官、伙计

刘金涛正在裱画。

警官兴冲冲来了："刘掌柜，画拿来了吧？我看看。"

刘："看什么？徐先生一口回绝了。"

"回绝了？"警官大惑不解，"我说，这个徐悲鸿真不识抬举，北平警备司令他都敢撅！"

刘："别说警备司令了，蒋委员长官大不大，想请徐先生画像，徐先生就是不答应！"

警官："好嘛！还真有这号人！"一肚子邪火，遇干活走过的小伙计，大吼，"一边去！"又叹口气，"唉，这可怎么了呢？都怪我当初多嘴。"

刘："怎么？"

警官："前天，司令和太太商量送老太太什么贺礼，太太说，'老夫人什么都不缺，就请人画幅松鹤延年吧，讨个吉祥。'我在旁边插嘴说，'老夫人属马的，眼下北平最名贵的画就是徐悲鸿的马了，让徐悲鸿给老夫人画幅马，那多切题，多提气，多时兴呀！'司令一听说'好，小杨子，你脑筋就是快！就送徐悲鸿画的马了。'立刻交我去办。我又说，'听人讲，徐悲鸿不好说话，这未必能办成。'司令说，'就提我冯某人，不好说话？他得上赶着说！'我说，'那当然！您多大面子。'司令说，'小杨子，这，小菜一碟，你立马能拿下。'我说，'没问题！'没承想，徐悲鸿还真让我下不来台。"仰头叹气，一筹莫展。

刘："你就跟司令报告实情。请别人画幅画贺寿吧。"

警官："不行啊，司令已然禀告了，老寿星高兴得什么似的。全家就等着寿筵上挂上徐悲鸿画的马了！你说，我夹在当间可怎么办？怎么都叫我赶上了！刘师傅，你看还有什么辙没有？"

刘摇摇头。

警官走来走去，忽然问："哎，徐悲鸿就从来不卖画？"

刘："对了，徐先生的画，在李心田的画店卖。"

警官大喜："你怎么不早说！太好了，你马上带我去看看，甭管他横幅立幅，只要是徐悲鸿画的马就行！"又拍拍鼓鼓的提包，"你看，钱都带来了。今儿要是牵不回匹马，可怎么交差呀！"

刘："我手里有急活，干完了再去。"

警官："哎哟，还有什么比这更急的？走走，马上就走！"

警官生拉硬扯地拽走刘金涛。

31–4　北平徐悲鸿家画室　春　徐悲鸿、刘金涛

刘金涛展开一幅裱好的立马。

徐悲鸿："这不是我放在李心田店里托他卖的画吗？"

刘："就是！卖了四千万法币呢！"

徐很高兴："有个朋友生病住院，可以帮他解决一部分费用了。"

刘："买主让我裱好了，就求您给题个字。"

徐："什么字？"

刘拿出字条看看："贺冯老伯母八十华诞。"

徐："冯老伯母是谁呀？"

刘："哎，就是北平警备司令的老娘。"

徐生气了："怎么还是她？金涛，我不是说过不画吗？"

刘赔着笑："是啊，人家从画店买的，谁还能拦着他！司令说全北平画家的画都不要，就要您画的马。"

徐："他这么赏识我，我很感谢，可以救救急了。可是让我题字，我和他仅仅是买卖关系，我决不干！"

31-5　北平刘金涛裱画店　春　刘金涛、警官

警官："不写？那怎么办？"

刘金涛："这可没辙了。就这么拿回去吧，反正是徐先生画的马。"

警官："没有题字哪行？好家伙，打着司令的旗号，愣没磕下来，让徐悲鸿给撅到这儿了。这往后司令还能用我办事吗？再说，买画这事传出去，司令脸上也无光啊！"

警官急得团团转。

刘："徐先生不写，你总不能让人替他写吧。"

警官一琢磨："哎，好主意，就找人替他写！"

刘："您可真逗，就是替，也写得不像啊。"

警官："找会仿他字的人写啊！"

刘："不行！不行！徐先生知道一定不答应。"

警官："他不答应怎么着？他还能找司令打官司？打官司我们可不怕，正等着他呢！再说，徐悲鸿绝对不会去司令家串门，他也见不着那画呀！"

刘犹豫地："这合适吗？"

警官："有什么不合适的？能糊弄过去就行！哎，这会书法的你熟，你看谁能仿？写上题款，签上徐悲鸿的大名，题上日子就结了。"

刘点头。

警官拍拍刘的肩，长舒一口气，自语："这事就算过去了，过去喽！"忽然又想起，"哎，找的这主可得嘴严！钱可以多给他点，就是不能说出去！说出去，我们警备司令部的大牢可等着他呢！"眼露凶光地瞪着刘。

31-6　北平徐悲鸿家院　春　徐悲鸿、张大千、廖静文

张大千已经走到院中，拱手叫："悲鸿兄！"

徐悲鸿迎上，惊喜地："大千兄！你真是从天而降啊！"又叫道，"静文，你看谁来啦？"

廖静文从屋里迎出："是张大千先生吧。您好！"

“您好！”张有些诧异，“夫人与我从未谋面哪。”

廖：“我从悲鸿口中不知听到多少次您这位美髯公了。在重庆，我看过您的画展。边看悲鸿边讲，夸您是熔铸古今的大画家，是当代画坛中的李白！”

张笑着：“过奖！过奖！夫人在悲鸿兄病重之时对他忘我地照料，在朋友中传为美谈。悲鸿兄，你是找到真正的幸福了。”

徐、廖笑。

徐：“快进屋坐。”

31-7　北平徐悲鸿家客厅　春　徐悲鸿、张大千、廖静文

张大千、徐悲鸿落座，廖静文倒茶。

徐：“到了北平，住在哪里呀？”

张：“下榻在北京饭店，过几天搬到颐和园的听鹂馆去。”

徐：“你看看，多么奢华！在苏州租住网狮园，到北京租住颐和园。有帝王气魄！”

张笑道：“艺术家就是无冕之王嘛！颐和园慈禧太后住得，我就住不得？享受生活嘛！”

徐笑答：“我算服了你！快说说，你最近到哪儿去了？”

张：“我去西康一游。”

徐：“你怎么会想到去西康？”

张：“我既以天地为师，北方到过朝鲜，往西应该涉足西域了。”

徐：“大千兄足迹半天下呀！”

张：“我行踪再广，也不及你遍游欧亚各国呀！以后有机会，我也要步你的后尘，出国走走。哦，对了，我现在要给你一个小小的惊喜。”

徐好奇地：“怎么回事？”

张从提包中拿出一卷包得很严实的画：“你不是喜欢我收藏的金冬心的《风雨归舟图》吗，今天我带来送你，以答谢你几年前赠我的董源的《溪岸图》。”

“哦！”徐接过画，展开看，欣喜地，“你这礼物实在太重了。”

张：“我只是补还你万千人情之一二。我知道，金冬心的作品从价值、年代、在中国美术史上的影响都远远比不上董源的《溪岸图》。”

徐：“我们以画为重，并不计较名字与金钱。金冬心这画乃是古画中奇迹之一。谢谢！太感谢了！哦，我收藏的《八十七神仙卷》失而复得，最近我把它重新装裱了。我想请你在上面题跋。”

张：“好好！”

徐：“静文，把画拿来。”

廖从卧室拿出绸布套中的《神仙卷》。

廖轻轻展开画轴："这幅画，白天他上班由我在家里看着，晚上睡觉他放在枕边亲自看着。"

张认真地："应该！应该！所以才称为'悲鸿生命'啊。"

徐笑，又与张欣赏起来。

张："十几年前，我在你家观赏《神仙卷》就认为非唐人不能为。后来，我到敦煌临摹壁画两年，对六朝、隋唐的画风进一步研究，更确认我原来的鉴定不错，此画肯定是晚唐时的作品。啊，真是世界级的宝物！夫人，请先收好，在这上面题跋，我要措好词才行。"

廖小心地把画收好。

徐与张边饮茶边聊。

张："《神仙卷》与我后来收藏的顾闳中的《韩熙载夜宴图》，是当今所见的唐代人物画仅有的真迹。你我各持一幅国宝，天地间还有什么比这更欣慰更自傲的？"

"是啊。"徐又高兴地提议，"大千兄，我请你到北平艺专当教授，你看如何？"

张一愣，笑道："你不记得在南京的时候，我当了一年教授挂冠而去吗？"

徐："那时，我已经到了广西，没有机会和你面谈，你到底为什么呢？"

张："我受不了那份束缚。"

徐："我在任时，谨守你我的约法三章，并没有对你过于约束呀。"

张："按时上课就是约束。这就打破了我一贯的生活规律。"

徐："你的生活规律是什么呢？"

张："没有规律就是我的规律。我是想吃就吃，想睡就睡，想画就画，想游山玩水就游山玩水，兴之所至，自由自在。你让我当教授，岂不是挂名而已！"

徐："哎，你说得好，就封你个名誉教授。"

张："名誉教授，怎么讲？"

徐："你不是怕按时教课吗，那就不用到学校教课。"

张："不面授机宜，还算什么教授呢？"

徐："你只要每学期寄来两幅画，供师生们赏析就行了。"

张："乖乖，哪有这么便宜的事？再说，学生们只是欣赏，未必能体味我艺术的真谛。不客气地说，我的作品深着呢。"

徐："还有我呀，我总能参透大千兄的艺术吧。我给学生开张大千教授的佳作欣赏课。"

张指着他笑："你总是有种种办法让我上套。"

徐："怎么样？你答应了？"

张："悲鸿兄热心美术教育，我深感钦佩。既然你瞧得起我，我哪敢推辞。"

徐点头致谢："张教授，今天，本校长有一事相求。"

张笑道："怎么，聘书还没有发下来，就给我安排任务了。"
徐："请留下一幅墨宝，刚才你不是答应每学期交两幅作品吗？"
张："好，好。画什么？"
徐："当然是你最拿手的荷花了。"
张："现在就画？"
徐："现在就画。"

31–8 北平徐悲鸿家画室 春 徐悲鸿、张大千、廖静文

廖静文研好两缸墨。
张大千："画六尺大幅还是扇面小品？"
徐悲鸿："画丈二的巨幅荷花吧。"
廖兴奋地："那太有气魄了。"
徐："这才与五百年来一大千相匹配嘛。"
张："好吧。"
廖帮助在地上铺丈二宣纸，足足有二人多高。
徐："画立幅的吧。"
张笑了："你这是考我的功夫啊！好，就画立幅的。我画一幅水墨《风荷》。"他挽起袖子，抓起大画笔，蹲下，打量了一下，脱鞋，轻轻踏在纸上，在右上角用大写意画出被吹翻的荷叶，然后退下来，用笔饱蘸浓墨，龙飞凤舞画出一塘荷花。

徐边看边向廖讲解着："画荷如写字，字写得好，荷才画得好。你看，荷花的杆子要用篆书，荷叶讲究隶书回锋的技巧，花瓣，就是楷书了，你看他画水草，就非用草书不可了。画荷需要正、草、篆、隶四种书法技巧。"

张在画左留出大片空白。

徐："妙，左方的留白，使人感到清风徐来，一叶突起，迎风蹁跹，满池荷花引颈相望。"

廖："构图多新颖！不同凡响！不同凡响！"

徐笑道："欧洲人对大千兄的荷花十分欣赏，若看到你如何作画，更会佩服得五体投地。"

张："哎，中国制造的机密不能告诉他们。"
徐、廖笑。
张："悲鸿兄，我早就想收藏你的奔马了，今天一并了此心愿如何？"
徐："好！待我一展身手！"
张："老实说，自从见了你画的马，我就暂不画马了。"

徐："哦？"

张："你的马既有深厚的西画解剖为支柱，又有对国画水墨的高超运用，我在你的马里看出一种精神，我是望尘莫及了。"

31-9　北平艺专美术教室　秋　徐悲鸿、曾庆江、方亮、魏双、学生

徐悲鸿从提包中拿出几张外国美术画片，往教室里的玻璃柜中陈列。

特务学生魏双赞不绝口："校长，你看这老人肖像，毛发一根一根都能数出来，还有，面部的皱纹、衣服画得多细！就像活人坐在跟前一样！真是杰作！"

徐看他一眼："这是最坏的画！毫无绘画情趣。"

魏："最坏的画？！"

同学们都围上来。

徐："这是我拿来使你们引以为戒的。你们一定要记住，形式主义是泥坑，自然主义同样是泥坑，陷进去是很难拔出来的。"

徐又从包里取出几张画页："提香、德拉克罗瓦、伦勃朗这些大师的作品才是最好的画。"然后放进玻璃柜，"你们课后要认真观摩、比较，提高对美丑、真伪的鉴别力。"

众人纷纷赞同，魏有些不自然。

徐又谆谆教导："你们在这里不仅要获得笔下功夫，还要提高艺术欣赏水平。因为'眼'高，'手'才能随之高。固然，眼高手低不足以成为画家，但毕竟还有提高'手'的可能，而手低眼也低，最可怕！对一个画家来说，眼低，手也必定低。

大家颇觉受益匪浅。

徐看看学生们画架上的素描，走到方亮的画前。

这幅人体，头部已画得很完整，全身也画好了，只有膝盖还没画，但用线勾了几个方框。

徐："这幅素描，你自己认为什么地方画得好？"

方不好意思说。

同学们都围过来看，有人小声说："头画得好，多完整啊。"

徐："我看这张画最好的部分是膝盖。"

众哗然。

方："膝盖？还没画呢。"

同学们也不明白："是啊！""没画的怎么能说好呢？"

徐："虽然它还没有画出来，但是，可以画得很好。而你那些已经画好了的部分，却无法画得更好一些了。"

方恍然。

徐对学生们："大家都应该以最高的标准来严格要求自己，精益求精！"

同学们频频点头。

徐忽然问："曾庆江呢？他怎么没来上课？"

方："他出去写生，午饭也没回来吃。"

正说着，曾庆江跌跌撞撞走进来，衣服撕破了，脸上手上也青一块紫一块。

徐一惊："怎么弄成这样？"

同学们也关心地问着。

曾气愤地："我今天上午出去写生，在东单，见一个擦皮鞋的人形象很有特点，我就悄悄把他画下来。忽然，他发现我画他，一把夺过画。我向他解释自己是北平艺专的学生，画人像是作业。他根本不听，把画撕烂，对我拳打脚踢，最后把我拉到东单的侦缉队。那里的头头逼我交代什么人指使我画他？到底有什么目的？对我又打又骂，后来从我书包里搜出速写本，看到上面的许多写生画，才骂骂咧咧把我搡出大门。最后还冲我嚷，以后放明白点！老子是随便让你画的吗？北平艺专是什么东西！"

学生们大哗："他们是什么东西！"

"那个擦皮鞋的肯定是侦缉队的便衣探子！"

"走！我们一起找他们算账！"

徐压下自己的气愤，大声说："同学们的义愤是完全正当的！曾庆江受的侮辱一定要洗清！我一定认真追究这件事！现在，我们还是继续上课。"

魏对身旁的方嘀咕："哼，侦缉队，那是好惹的？"

方："去！"厌恶地躲开他。

31–10　北平警备司令办公室外间　秋　徐悲鸿、警官、曾庆江

外间是警备司令副官杨震的办公处。

警官正盛气凌人地打电话："太不像话了！这是警备司令部交代的事，你也敢不干？胡说八道！"

徐悲鸿带曾庆江进来。

警官不耐烦地对徐："待会儿，待会儿！"又继续打电话，"这是冯司令交办的事，必须马上办！"

徐自报姓名："我是徐悲鸿，北平艺专的校长。"

警官一愣，对电话说："好，好，就这么着。"忙挂上电话。

"徐悲鸿！画马的徐悲鸿？"警官一惊。

徐："是啊。"

警官立刻站起，毕恭毕敬地："我是冯司令的副官杨震，您找我有什么贵干？"

徐："我找你们司令。"

"司令？"警官一转念，"司令正忙，有什么事，您可以跟在下讲，回头我禀报冯司令。"

徐愤愤地："我要告他的下属，要亲自跟他谈！"

警官紧张了："徐先生，您千万别跟司令说！求您高抬贵手！"

徐不解："我找司令，你拦着干什么？"

警官："唉，这不是明摆着吗，您要是说破了，轻者会除名，重者，关个十天半月的，那也说不定。"

徐恨恨地："那是罪有应得！你们司令这样处置倒好了。"

"您一出面，他准重判，他敬重您哪！"警官恳求地，"您大人不记小人过，那事是做得不地道，可也是不得已而为之呀。您请上座。"

徐和曾坐在接待的沙发上，警官拉过椅子坐在对面。

徐："哼！不得已就能任意胡为吗？"

警官："是，是，您说得对！可是看在司令和老夫人对您的敬佩之情上，您就饶了在下吧。"

徐被搞糊涂了："你说什么呢？"

警官："您今天不是为那幅画来的吗？"

徐："我真不明白了，什么画？"

警官："您那幅给司令高堂老母贺寿的马呀。"

徐恍然："哦！你就是那几次三番要买画的？"

警官："在下正是。"

徐："刘金涛说你最后从画店买的，他告诉我了。"

警官试探着问："他，他没说别的？"

徐："你们从画店买，我无权干涉。"

"哦，那就好，那就好。"警官心中仍有疑惑，"那，您今天找司令干什么？"

徐："你们侦缉队打了我这个学生。"指曾。

警官一下放心了，不觉地："哎呀，好啊！"

徐怒指他。

警官急忙解释："哦，我不是说打人打得好。"站起来，看了看曾的面伤，义愤填膺地，"侦稽队怎么能把人打成这样！而且是打您徐先生的学生。徐先生，打您的学生就是打我杨震的脸！不，是打我们冯司令的脸！是打我们警备司令部的脸！徐先生，这事包在我身上，我这就带您去见我们冯司令。请！"走到里屋门口，又返身，小声叮嘱，"关于那画，司令无论说什么，您都别戗茬儿。"

“为什么？”徐大声问。

“嘘——”压低声音，“司令一见您，肯定夸您的画怎么给老夫人的寿筵添彩，您就由他说去，他这一高兴，您今天的事不就办得更顺溜吗！那打人的凶手就能立马拿下。”

徐不置可否地应了一声。

曾始终摸不着头脑地望着警官。

31-11　北平徐悲鸿家院　秋　徐悲鸿、廖静文、曾庆江

徐悲鸿提着一串螃蟹，带着曾庆江进院。

廖静文迎上：“回来啦！”

曾：“师母。”

廖：“怎么，还买了螃蟹。”

徐心情痛快地：“从警备司令部出来，我去买的。今天专门请曾庆江吃这些横行霸道的东西。”

三人围坐在秋阳下的石桌前。

廖笑着：“好啊！”

曾：“我还从来没有吃过呢。”

徐：“所以要好好体会一下吃螃蟹的感觉！”

廖：“看样子，事情的结果还好吧？”

曾兴奋地抢着说：“校长亲自登门，大兴问罪，警备司令只好认错，说一定严加处理。”

廖：“怎么处理呢？”

徐：“明天，那个打人的便衣特务和侦缉队长到学校当着我的面向曾庆江赔礼道歉。”

廖：“总算出了这口窝囊气。”

曾：“师母，你没看见，那个警备司令对校长又递烟又倒茶的。校长拍着桌子骂他们，他还说见到校长是三生有幸呢。”

徐：“咳，这位草包司令，其实鬼得很。道歉，也就是做做姿态。他怕事态扩大，不好收拾。”

31-12　南京蒋碧微家客厅　秋　张道藩、同弟、蒋碧微

蒋碧微款款下楼：“怎么只听汽车响，不见人上来？”

张道藩坐在客厅沙发上，看她一眼，不语。

碧微感到异样：“有什么事吗？”

张吸烟，仍不语。

碧微：“说话呀！”

张仍不回答，忿忿地吸烟、喝茶。

碧微：“你真要把我急死啦！到底发生了什么事？”

张：“我倒要问你，下午发生了什么事？”

碧微：“没什么呀！”

张：“那同弟布置客房做什么？”

碧微：“哦，为这事呀！我正要和你说，谢稚柳家在上海，他每周来南京中央大学艺术系教两天课，没处住。今天下午吕斯百和谢稚柳来看我，我说家里楼下的房间都空着，可以到这里住。他看了一下客房也很满意，说先租半年。”

张很受刺激：“碧微，也怪我对你的体贴不够。他付的房租，我可以加倍送你。”

碧微：“你为我做的已经太多了。”

张：“我是说，你这里不要让生人来住！”

碧微：“生人？他是老朋友了。”

张：“可是，他了解你我的近况吗？”

碧微瞠目。

张有些忿然：“当初千方百计弄回这房子，不是让你当房东，开旅馆的，是为了有一个安静的住处，我们随时可以相聚，不受任何干扰。”

碧微：“你的意思是，我托故让他另找住处？”

张：“请神容易，送神难！你怎么好改口？”

碧微不语。

第三十二集

32–1　南京蒋碧微家客厅　秋　张道藩、蒋碧微

张道藩：“你知道，我们能有现在这样的环境已经是太不容易了，我们曾苦苦期待了多少年？我们曾付出了多么大的代价？碧微，难道你从来不想这些事？”

“我怎么会不想呢？”蒋碧微无限感喟地，“道藩，对于我们每天相聚的时间，我比你更要重视得多，可以说它是我生活中最重要的内容。我一定会很妥善地处理。”

张：“怎么处理呀？”

碧微：“你想想，这些年来，无论在南京抑或在重庆，我还是徐悲鸿夫人的时候，在众目睽睽之下，我和你的交往，哪次让你受到他人的干扰？哪次让你遇到难堪？为了我们的秘密关系得以维持，我可以说是无所不用其极！在重庆，孩子很小就让他们住校，难道你

不明白为什么？丽丽在学校得了感冒，我也顾不上好好给她治，结果落下哮喘。我知道孩子们都恨我，丽丽就当面骂我是天下最狠心的妈妈。伯阳刚上高中就参加了远征军，你以为他只是为了去抗日？他想离开这个家，我也巴望他走。至于我对徐教授，就不必说了。这十几年，为了和你相聚，我是挖空心思，牺牲一切，不顾别人说我对丈夫不忠，对儿女不慈。你难道还不相信我？”委屈得满眼含泪。

张：“我相信你，我相信你！”又柔声地，“碧微——碧微——”突然停住，自己也流下泪来。

“你怎么啦？”碧微惊诧地又俯身抚慰他。

张呜咽着：“痛苦！痛苦！不自由的生活，真是痛苦啊！”

碧微也满腔哀愁：“这种日子，怎么了啊？”

他们无言地相对而泣，都感到前途的无望。半晌。

碧微企盼地：“我们什么时候能手拉着手，堂堂正正地面对众人呢？”

张明白她的诉求，却说：“那，在我没有正式身份前，是不是就不来你这里了？”

“我什么时候这样说过？”碧微惊慌地打断他。

张：“免得给你造成尴尬，免得继续给舆论提供理由。”

碧微：“舆论？这些年来，关于你我的舆论，我早就充耳不闻了。我不是为别人的评价活着，我是为自己活着，为你活着！管他们在背后怎样指指戳戳。”

张却忧虑地：“唉，舆论是能杀人的。何况我还是政府人员，你也是女界名流，我们都不能不顾忌。”

碧微冷笑：“你这样看重舆论，你尽管可以不登门，不理我。”

张近于央求地：“别这么说，你知道我做不到。在柏林第一次见你，我就知道我完了。这些年来，我们甘冒不韪，总算有了今天的相处。每天我办完公，就不由自主地到你这里来。世界上没有谁和我更知心、更体贴的了。”

碧微不动声色：“那素珊呢？”

张：“素珊？我们的关系早就已经有名无实了。我只是尽到丈夫的责任对她供养罢了。”

32-2　北平徐悲鸿家客厅　秋　徐悲鸿、廖静文、刘金涛

刘金涛：“徐先生，按照您的要求揭裱的。您看看。”打开包袱皮取出画。

徐悲鸿小心翼翼地展开看，激动得两眼放光：“好！好！静文，快来看！”

廖忙过来看，惊喜地：“神啦！刘师傅，悲鸿刚从晓市上淘到这幅《罗汉图》，已经霉烂不堪，我说，这是什么呀，他说是宝贝，一裱就现出原形啦。真的，你一重新托裱，真又闪出惊人的光彩。”

徐兴奋地：“金涛，你我共同救出这幅古画，太好啦！静文，你看，怎么样，灿然生

辉！不减李公麟的巨作！”

廖：“是！是！”

徐兴奋已极：“我肯定它是北宋年间高手所画。得到这件珍宝，是我平生最快意的事。”

廖：“啊？”

徐忙说：“之一！之一！”

廖笑了：“这还差不多。”

刘也十分高兴。

徐忽然想到，暗示廖。廖拿出一大摞钱给刘。

刘：“太多了！太多了！”

徐：“不多！挽救这件珍宝，你功不可没！”

刘：“我不过是个手艺人，这画是您发现的。”

徐：“我是头功，你是二功。拿着！拿着！”

廖：“刘师傅就收下吧。”

刘：“您二位向来对我这样照顾，那我就谢谢啦。”

徐对廖：“过两天请朋友们来赏画，大家一定很开心。哎，马上做个绫子套，像《神仙卷》那样的。”

廖：“行，我马上做。”

刘：“徐先生，有人在中山公园水榭开个人画展，托我给您送份请帖。”

徐：“好啊，谁的画展？”

刘：“朱培琛。”

徐一愣：“他？”

廖沉下脸：“他怎么不自己送来？”

刘：“大概是不好意思吧。他说前一阵子，他在报上写文章反对徐先生，不知徐先生还肯不肯赏光去看他的画展。让我来试试。”说着掏出一封信。

廖：“不去！我们不去给他捧场！”

刘不知所措。

徐接过信，看请帖：“好，我去。”

廖：“你呀！又去！许野村那次也是，人家在报上公开骂你，你一接到请帖就去，还订购人家的画。犯得着吗？对这种人。”

徐：“哎，不能这样看问题，观点是观点，同行是同行嘛。金涛，你手里有急活儿吗？”

刘金涛：“没有。”

徐：“那你陪我去。”

刘望望廖，她不再说什么，刘才应下。

廖："那也吃了午饭再去吧，都十一点了。"

徐："不，我们到外面吃，走吧。"到门口，摸摸口袋，又返回。

廖拿出一沓钱："请金涛吃什么都可以，买朱培琛的画，就免了。"

徐笑笑。

32–3　南京蒋碧微家客厅　秋　蒋碧微、张道藩、丽丽

蒋碧微和张道藩在客厅聊天。

丽丽放学路过客厅门口："我回来了。"

碧微："丽丽，张伯伯来了。"

丽丽不情愿地："张伯伯。"

碧微："丽丽，我最近给你做了件大衣，料子是张伯伯专门从英国买的。"从沙发上拿起一件大衣，"多漂亮！你试试。"

丽丽穿上，到门厅穿衣镜前照照。

碧微："好看吧？"

丽丽满意地点头。

张："丽丽，你最近和你父亲通信了吗？"

丽丽："嗯。"

张："那就好。儿女对父母的爱和孝顺是没有附加条件的，也是不该有所图的。你父亲尽管对你不关心，尽管有别人安慰他，但你仍要关心他，敬爱他，即使遭到他的拒绝，那你也可以问心无愧了。"

丽丽："他没有拒绝我。"

张："那更好。在你仍能关心他，敬爱他的情形下，我来爱护你，那我也问心无愧，没有把你对他的爱偷窃了。关于这一点，你必须答应我诚心地做。"

丽丽："我答应。"

张："那么我就能心安理得地爱护你了。"

碧微望着张和女儿，十分欣慰。

丽丽走上楼梯。

张追上问："你高中就要毕业了，将来准备考哪个大学？"

丽丽："我想考北平医学院或者湘雅医学院。"

碧微："不行！我不是告诉过你，只许考南京、上海的大学，不许你考北平的大学吗？"

丽丽："难道我连考大学的自由都没有吗？"

碧微："你是我养大的，我有权过问你上大学的事。你如果考北平的大学，即使考取，我也不会让你去的。"

丽丽："就是因为爸爸在北平，我连北平的大学都不能考了吗？"

碧微："当然！"

张拉丽丽回客厅："丽丽！你要理解你妈妈，她孤身一人，伯阳又不在，只有你们母女相依为命了。你在南京、上海上大学，我们可以很好地照顾你，你大学毕业，我一定送你去留学。即使你考不上公费，我也会倾其所有地供你留洋深造。"

碧微："听见了吗？关于留学的事，你那么恳求你爸爸，他答应了吗？哼！还往他那儿凑。"

丽丽不语，问张："你为什么肯送我留学？"

张："你从小就是个有出息的孩子，我愿尽力使你成就一番事业。这是你的愿望，也是你妈妈和我的愿望。"说着拿出一支金笔，"这支派克笔是我给你高中毕业的礼物，今天提前送给你吧。"

碧微拿过来："小孩子，哪里用这样好的笔，留着，以后用。"

张将笔递给丽丽："你现在就用。如果，你用这支笔答出很好的试卷，考上理想的大学，不比留着更使我高兴？我希望我以后不至于太穷，那么，除了这颗爱护你的心以外，我会给你很多我愿意给你的东西。"

碧微："张伯伯从来都是这样偏向你。"

丽丽也感谢地望张一眼，笑笑："那，我上楼温书去了。"拿着笔愉快地走了。

张、碧微舒心地叹口气，又聊起来。

碧微："北平方面怎么样？"

张："齐白石一副誓与徐校长共生死的样子！唉，可惜了我那番心血。"

碧微："随他去吧，一个老朽，到你这里来，又能有多少用？"

张："哎，北平艺专有个冯法祀教授，你认识吗？"

碧微："我熟！是悲鸿的得意门生，油画画得好，他怎么啦？"

张："他最近和几个教师参加了北平反饥饿、反内战的游行。哼，什么反饥饿、反内战？就是反政府！他是共产党不是？"

碧微："这我不清楚。就是共产党，也不会公开呀！他倒是一贯'左'倾，和田汉的关系很近。抗战时期在演剧队，很活跃。"

张："政府这次对参加游行的人，绝不手软。我看徐校长又要损兵折将了。"

此时，丽丽正好下楼走到客厅外，听到张与碧微的谈话，停步。

张："北平艺专简直像共产党办的学校，处处与我们作对。哎，你说悲鸿是不是共产党啊？"

碧微：“据我所知，他不是。只听他说过周恩来那些人‘先天下之忧而忧，后天下之乐而乐’的精神，他很钦佩。”

张：“你让丽丽常给他写写信，你要大度些，这样丽丽才会更敬重你。再说，从他的回信中可以摸到些情况，你要把每封信设法拿给我看。他即使不是共产党，也是持不同政见的文化名人哪。”

碧微：“好，看在你的面子上。”

张笑道：“这也是对我工作的支持嘛。”

丽丽一惊，大声地：“妈，我的书包落在客厅了吗？”进屋。

张：“哦，在这儿。”从沙发旁拿过书包，亲热地递给她。

丽丽一声不吭，抓过书包扭头就走。

张、碧微疑惑地望着她的背影。

32-4　北平徐悲鸿家客厅　秋　徐悲鸿、廖静文、冯法祀、沈时、苗真、老曹

夜。

冯法祀、苗真、沈时神色紧张地进屋，见到廖静文。

冯：“师母，这么晚来打扰你们，实在是没有办法。”

廖：“什么事？”

冯：“据可靠消息，今晚国民党将要对各大院校参加反饥饿、反内战游行的师生进行大逮捕。”

廖一惊：“噢？”

沈：“我们刚刚通知了家在北平的几个参加游行的老师和学生，他们已经换了住址。”

冯：“我们几个住在艺专宿舍，北平没有亲戚，实在无处可躲，只能求助于徐校长了。”

廖：“好，没有问题！你们到这里来就对了。”

三人连连感谢。

廖：“悲鸿最近血压高，吃了药，已经睡下了。”想了想，“这样吧，你们先在这里待一夜，躲过锋头，明天一早再跟悲鸿商量下一步怎么办。你们看行吗？”

冯等人：“行！行！”

廖：“那么，我先安排你们休息。”

苗很不过意地：“你不用忙了，我们坐在客厅就行了。”

此时，突然电话铃响，众人都关注起来。

廖接电话：“是，我是廖静文。徐校长生病，休息了。有事，明天再谈吧。请问，您是哪位？”

对方没有回答，挂断了电话。

廖也慢慢挂上了话筒。

冯关心地："什么人来的？"

廖："他没有说。声音也是陌生的。说到半截就挂了。"

众人也有些紧张地交流着目光。

廖想了想："今晚这事，关系重大，我还是叫醒他，现在就研究出个对策。"说完走进旁边的卧室。

苗："我们贸然留下，校长会埋怨师母的。"

冯："不会的。"

进来倒茶的老曹说："不会。她要是不留下你们，万一你们出了事，那校长才会埋怨她呢。喝茶，喝茶。"

片刻后，徐悲鸿穿着旧的睡衣睡裤和廖急步走进客厅。

冯等人拥上前："校长。""徐先生。"

徐："坐下，快坐下。静文都跟我说了。他们真是伤天害理，自取灭亡！你们先在我这里休息。"忽然又问，"你们来这里，别人知道吗？"

冯："谁都不知道。"

徐放心地点点头："这里有沙发，有躺椅，静文，一会拿毯子、毛巾被来。哦，伯阳不在家，他屋里有床，苗真，你去那儿休息。冯法祀、沈时，你们二位就在客厅凑合一夜吧。"

沈时："这已经太打扰了。"

廖："你们吃晚饭了吗？"

苗抢先客气地说："吃过了。谢谢。"

徐问冯："你们怎么知道的消息？"

冯："我的一个朋友从宪兵司令部听到的风声，很确切。我们几个都在黑名单上，艺专参加游行的人一个都不少。"

徐关心地："那几个人呢？"

苗："我们已经分头通知他们转移住处了，今晚没有问题了。"

"好。"徐放心了，又思索片刻，问冯，"你刚才说是宪兵司令部？"

冯："对，是宪兵司令部。"

徐："宪兵司令部，那是蒋介石的嫡系。"徐看看挂钟，"才十点，我还是给李宗仁先生打个电话，他是北平行辕主任，可以干预。否则躲过了今晚，明天怎么办？"

廖："对呀。"

几位来人感激地交流了一下。

徐拨通电话："喂，唐秘书吗？我是徐悲鸿。你好。李主任休息了吗？还没有？我有件急事向他禀报，好，我等着。”捂着话筒，“找去了。哎，喝茶！外，德邻公，我是徐悲鸿啊，有件急事禀报您，我们北平艺专有几位教师和学生参加了游行。听说宪兵司令部要抓人，对，就在今晚，弄得学校人心惶惶。德邻公，北平艺专没有共产党，叫宪兵司令部不要到这里下手。对，这样才能保证学校的教学正常运转。对，对，那就太感谢了。对，对，有您这句话，艺专的安全就有了保证了。”

众人听到此，放心了。

冯才顾得上喝茶。

徐：“什么，您要送给艺专一匹战马，哦，用这匹真马还我送您的《奔马》，让学生们写生用，太好了！太好了！是，这样漂亮的骏马北平确实很难找到。对，您真是艺术家的朋友，几十年来，您一贯这样。好，问候德洁夫人！谢谢，谢谢，再见。”挂上话筒，“李宗仁先生让秘书立刻通知宪兵司令部，不许进北平艺专抓人。”

大家松了一口气。

苗：“太好了，那我们回去吧。”

徐：“不，你们先在这里歇会儿，他通知下去也要时间，万一碰上宪兵司令部的人又惹出不必要的麻烦。”

冯：“先生，我这才感到饿了。”

徐：“怎么，你们还没有吃晚饭？”

冯：“刚做好饭，得到消息，哪顾得上吃，我们分头通知，净商量怎么办了。”

廖：“你们等等，我让陈妈搞点夜宵。”

徐：“多搞点！”

廖忙着出屋安排。

徐：“你们吃完饭，他的命令也下达了，让老曹开车送你们回宿舍睡觉，明天照常上课。”

沈：“要不是借助您的威望和与李宗仁的关系，今夜我们就要进监狱了。”

徐：“也就是暂时躲过一劫吧。我看，李宗仁越干预，南京蒋介石方面就越较劲。这点，我们要有充分的思想准备。这件事还没有完。”

冯等人又面露忧色。

徐：“不过，没什么，兵来将挡，水来土掩！总不会让他们把我们吃掉！”

冯：“先生，忙了半夜，您的血压又要高了，药也白吃了。”

徐：“你们平安，才是我最好的降压药，你们要是被捕，我的血压可就完了。”

廖进门：“夜宵好了，请到饭厅吧。”

徐：“静文，拿出那瓶花雕，沈时是浙江人。”

沈笑了：“您记性真好。”

徐："冯法祀是我家十几年的常客了，你们初次来，不要拘束，吃饱！我就不陪了，静文，你招呼一下。"

众人纷纷感谢。

大家出屋后，徐感到头晕，靠在沙发上，从抽屉里拿药，服下。

32-5　北平艺专训导处　秋　毕尔三、魏双、丁李

毕尔三："奇怪！昨天夜里的大逮捕，居然漏下了艺专，真邪了！"

丁李："名单报得准吗？毕主任。"

毕："一个不差！我亲自去宪兵司令部报的呀。要想抓他们，简直是瓮中捉鳖。"

魏双："那怎么会放过他们？"

毕："所以呀！找你们凑凑情况。"

魏："毕主任，要不，您再去问问。"

毕："我？问谁？问宪兵司令部？我吃了豹子胆了！"

丁："那问题究竟出在哪儿呢？"

毕："我看，是不是徐悲鸿又搞了什么动作？他可是手眼通天的人物。"

丁："他再神通广大，可大逮捕是秘密行动，他怎么会知道呢？"

魏："肯定是幕后有戏。"

毕："你这话说得对！咱们哪，再联名写信给教育部，要求勒令徐悲鸿开除参加游行的学生！解聘参加游行的教师！我就不信了，徐悲鸿再能，也还做不了教育部的主！"

32-6　北平艺专校长室　秋　徐悲鸿、沈时、苗真

校园传来学生合唱团的歌声《跌倒算什么》，徐悲鸿望着窗外。

沈时、苗真敲门而入。

沈："校长，我们是来告别的。"

徐："告别？"

苗："教育部几次三番下令辞退参加游行的教师，我俩准备离开北平艺专。"

徐着急了："我还在顶着，在和教育部争，你们为什么要撤呢？"

苗："我们不愿意给您带来更多的麻烦。"

徐："你们参加反饥饿、反内战的游行，我为你们自豪！根本说不上给我带来什么麻烦。况且，北平许多高校都有这个问题，我也在极力争取好的结局。"

苗："这，我们知道。可是，我们不愿在国民党的暴政下讨生活了。"

徐点头："这是黎明前最黑暗的时刻。"

沈："校长，说实话吧，我们是要去解放区。"

徐立刻兴奋了："哦？那当然是另一回事了！你们到那边会有更广阔的为群众服务的天地。也好，你们先走一步，我们很快会见面的。"

苗惊喜地："校长，您也去？"

徐笑笑："不，我是指，天快亮了。"

沈："天亮以后，我们会回到您身边工作、学习的。"

徐笑着："我相信，我们相聚的日子不远了。"

32–7 北平徐悲鸿家院 秋 徐悲鸿、冯法祀

徐悲鸿："沈时、苗真今天走了，你怎么样？也打算走吗？"

冯法祀："与其这样半死不活地吊着，不如回老家去。"

徐："回南方？"

冯："不。"停了停，"是去解放区。"

徐："你不是说回老家吗？"

冯不得不说："先生，一九三七年我在中央大学毕业后，拒绝了家里为我安排的出国留学，投奔了延安，后来才又去了抗日演剧队。"

徐恍然："哦！"

冯笑笑，坦然地望着恩师。

徐赞许地点点头。

冯："老家方面对我的去留原则是保存自己，有利斗争。也让我征询您的意见。"

徐很感动："谢谢！谢谢对我的信任。我还是希望你留下来，艺专在教学上也要保存实力呀。"

冯："我明白。可是教育部方面如何应对呢？"

徐："是啊，为这事我真是吃不下，睡不着。目前还没有解脱的办法。"

32–8 北平西餐馆 秋 毕尔三、魏双、丁李、黎山、男侍者

夜，毕尔三带魏双、丁李、黎山落座："坐，坐，随便坐。"

魏："毕主任，今天请我们来吃西餐，一定有什么好事吧？"

毕兴奋地："知道吗，沈时、苗真离开艺专了。"

丁惊喜不已："真的？到哪去了？"

毕："不知道，反正卷铺盖走人了！走了，就得！这回，总算让徐悲鸿吃了瘪！真痛快！"

突然，电灯灭了。

丁李："北平怎么总停电？"

魏："你别说，这回咱们的信还真管用了！"

毕得意地："这是谁的主意？"

丁："毕主任，您圣明！"

男侍者拿来油灯。

黎："毕主任，可是冯法祀那几个人还在，姓冯的可是徐悲鸿的干将。"

毕："干将也无事可干了，没资格上讲台喽！他呀，就等着正式被解聘吧！姓徐的就是有三头六臂，碰上教育部也得服了软儿！"

丁："就是！这儿是国立北平艺专！国立，就得听国家的！听教育部的！"

毕："往后呀看我怎么一个个收拾他们！第一就是冯法祀，乖乖地给我走人！"

丁："对，走人！"

毕："点菜。"

丁大声招呼着："点菜！"

电灯又亮了。

魏、黎、丁举起面前的饮料杯兴奋地："毕主任，敬您一杯！"

男侍者拿来菜谱。

电灯又灭了。

丁只得说："哎，瞎吃瞎吃。"

32-9 北平徐悲鸿家客厅 秋 徐悲鸿、廖静文

徐悲鸿进门，气呼呼地："简直毫无道理！"

廖静文："怎么啦？"

徐："清华、北大参加游行的师生，教育部已经给平反了，而艺专的问题仍然得不到解决。"

廖："怎么回事？"

徐："我一直顶着教育部的压力，保护艺专参加游行的师生。而清华、北大的校方对参加游行的人却进行了惩处。那里的广大师生群情激愤，马上要进行更大规模的抗议。"

廖："是啊，越镇压越使民怨沸腾。"

徐："消息传到南京，前天，朱家骅这位教育部长急急忙忙赶到北平来平息。"

廖："哦，他怎么说？"

徐："他做出一副支持民主运动的姿态，一改此前的口吻，表示参加游行者无罪，教育部向受牵连的师生慰问。"

廖："噢？那艺专的问题也应该一风吹了？"

徐："是啊，我也以为艺专的问题自然跟着解决了。可是，教育部对我们学校仍然坚持解聘开除参加游行的师生。我气极了，打电话要和朱家骅当面理论。"

廖："结果呢？"

徐："他说今天没有时间，马上要和清华、北大的教授座谈。我只好等到明天了，明天还不知道他又怎么来搪塞我。"

廖忽然问："他说今天的会开到什么时候？"

徐："一下午吧。"

廖："那还来得及，你现在马上就去找他。"

徐："你说什么？"

廖："你现在马上去找他，找朱家骅。"

徐："他正在开会呀。"

廖："正因为开会，他和清华、北大的教授一起开会，才是难得的好机会！"

徐一想："对呀！我马上就去！"

32-10　北平艺专校园　秋　徐悲鸿

徐悲鸿穿过院子，兴冲冲大步走向校长室。

32-11　北平艺专校长室　秋　徐悲鸿

空白的北平艺专的任命书，徐悲鸿填上"聘冯法祀先生为西画系教授"，然后签名、盖章。

他又打电话："教务处吗？我是徐悲鸿，请通知参加游行的那些学生，明天一早到我办公室来。还请通知冯法祀先生马上来我家。"

32-12　北平徐悲鸿家院　秋　徐悲鸿、冯法祀、廖静文

冯法祀进门。徐悲鸿在树荫下石桌前等他。

徐高兴地："你来了，看看！"郑重地拿给他填好的聘书。

冯一看："艺专的问题不是还没有解决吗？"

徐兴奋地："听我说。"

廖静文走来："你来啦。"

冯："师母。"

廖坐下边倒茶边听。

徐："下午我趁着朱家骅和清华、北大教授座谈的机会，突然袭击，直闯会场！我当着许多清华、北大教授的面戳穿他：同在教育部属下，同在北平，同样参加游行，既然清华、北大的问题可以重新评价，为什么对艺专仍'维持原判'？"

冯："结果呢？"

徐："在场的教授们也都纷纷表示不平，朱家骅十分狼狈。"

冯："后来呢？"

徐得意地："在我的质问和大家的声援下，朱家骅面红耳赤，不得不当众承认，艺专与清华、北大一视同仁，决不让解聘开除的事在艺专发生。"

冯："太好了！您这招儿真高！"

徐一笑，望廖一眼："要说高，还是静文高！"

冯："哦？"

徐："直闯会场，当众揭露他，是静文出的主意。"

冯："师母，您真行！从那晚收留我们，到今天，真不知道怎样感谢您。"

廖："看你说的！你们在前面敢冲敢打，我这点算什么。"

冯："师母，可以说是有勇有谋啊！"

徐爽朗地笑了，廖和冯也一同笑起来。

冯："先生，您也真敢顶！"

徐："我和朱家骅从法国留学的时候就很熟，几十年一直来往，也一直不断矛盾斗争。不过像今天这样当众质问他还是第一次。这也是'官逼民反'吧。哈哈！法祀，今天留下吃晚饭，庆祝庆祝！"

冯："沈时、苗真要在就好了。"

徐："哎，他们在解放区更好！"

冯："我也是高兴糊涂了！"

第三十三集

33–1 南京蒋碧微家画室 秋 蒋碧微、张道藩、丽丽

张道藩给蒋碧微画肖像，碧微特意穿上在巴黎那件紫红色绣白玫瑰的旗袍。

张："这是我回国二十年第一次试验自己的画笔，重温往日所学。请你好好配合啊！"边画边聊。

碧微："没问题！被人画像，我是有相当经验的。"摆着姿势。

张："我在英国、法国学画七年，可荒疏了二十年，真的手生了。"

碧微："练练就好了。"

张："你说家骅兄为什么对徐校长步步退让？"

碧微："家骅兄可能念及和悲鸿多年的友情，不好意思对他采取断然措施吧。"

丽丽放学路过画室门口，听到他俩的话，停步。

张：“好好先生怎么行？身为教育部长，就要令行禁止啊，这样一味姑息迁就，只能养虎成患喽！”

丽丽走进画室：“妈，我回来了。”看张一眼，“张伯伯也画起画来了。”

张：“哎，重温旧梦吧。”

丽丽走过去看张画的像，嘴角露出一丝嘲讽。

张：“论起画画，我当然比不上你父亲。”

丽丽：“人贵有自知之明，所以你才去做官哪。”

张听了有些不自在。

碧微申斥着：“丽丽，怎么说话呢？”

丽丽：“我说的是实话呀，怎么，不对吗？”

张笑着打圆场：“童言无忌！童言无忌！丽丽，不简单哪！考上了金陵女大医科。”

碧微：“学医有什么好？一学就是八年！我看还是转到外语系吧。”

丽丽：“八年就八年，我喜欢学医。”坐到摇椅上，见小几上有为张准备的咖啡，故意说，“哟，还有咖啡！”端起来就喝。

碧微：“你懂什么？学英语能走遍天下！再说，当医生整天是性命交关的事，身心负担太重。你别看医生穿着白大褂，其实，医院最脏了，什么病菌都有。”

丽丽：“妈，反正我这事，你不要管！”见另个小茶几上摆着一碟小点心，拿了一个尝尝，夸张地，“好吃！”端起整碟就走，“我去看书了，你们继续‘重温旧梦’吧。”

张对丽丽的“无礼示威”，很感不安：“她……”

碧微无奈地：“她这么大了，什么事不懂？我们还能挡住她说？”

二人边聊边画。

张：“知道吗，吴作人从欧洲回来啦。”

碧微：“哦，这下子徐校长麾下又多了一员干将！”

张：“那倒也未必！”

碧微：“怎么？”

张：“吴作人刚到北平，联合国教科文组织就来函，请吴作人以画家身份参加联合国美术组，长驻设在巴黎的教科文组织总部。”

碧微：“为什么偏偏点名要他？”

张：“他现在是名人啦！这次在英国、瑞士、法国举行了三次画展，大获成功，他还到处演讲，还到英国BBC做了一次电视广播呢。”

碧微：“电视？电视是什么？”

张：“电视是欧美刚有的新玩意儿，不仅有声音，还有画面，就是能在家里看的带图像的广播。”

碧微：“哦！”

张：“你说吴作人会不会去？”

碧微：“那还用问，这么高的国际荣誉谁会拒绝呢？再说，长驻巴黎，对一个画家来讲是难得的美差啊！”

张：“正是美差，我才不想让他占了便宜，如果他还是死心塌地跟徐校长走的话。”

碧微笑了：“你呀！我要是你，就一定做这个顺水人情！”

张：“怎么呢？”

碧微：“让他知道不光是联合国邀请，你作为政府文化方面的主管也保举他去！一来，可以削弱徐校长的势力。二来，没准吴作人就此改换门庭呢？”

张：“有这个可能吗？改换门庭。”

碧微：“什么可能都是有的，就看你怎么操作了。”得意地望着张，“徐悲鸿有什么？无非是培养了他，重用了他，有恩于他！你也可以施恩哪！”

张宾服地点点头：“接着画。”

碧微又摆出优雅的姿态。

33–2　南京蒋碧微家丽丽屋　秋　丽丽

丽丽在看一本油印的毛泽东的讲话《目前形势和我们的任务》。

敲门声。

丽丽：“谁呀？”

同弟在门外：“我。下去吃晚饭吧。”

丽丽：“知道啦。”她把小册子藏到衣箱里，锁好，装起钥匙。然后，把大学医科教材放到桌上摊开。出屋。

33–3　北平艺专校园　秋　吴作人、徐悲鸿、李添、方亮、学生

李添、方亮正在更换阿O漫画壁报的画，学生们围着看。

吴作人路过，停步看，很感兴趣。

方：“吴先生，给我们提提意见吧。”

吴：“立意和技巧都有进步，不错。”

徐悲鸿走来：“作人，你也看呢。”

吴：“阿O漫画办得越来越犀利了，虎虎有生气呀！”

徐：“你出国那阵，有几幅漫画，叶浅予先生还推荐到香港发表呢。”

吴：“李添、方亮，不简单哪！”

徐对李、方："你们不仅要把壁报办好，学习上也要带头。"

李、方点头。

徐、吴边谈边走，不时与相遇的学生点头还礼。

徐："联合国教科文组织的邀请函我看了。这是好事呀，你去不去呢？"

吴："昨天我想了一个晚上，我准备婉言谢绝，或者不予答复。"

"哦？"徐有些意外，又有些喜悦。

吴："首先，我在欧洲待了一年，刚回来。其次，目前我们美术界革新与保守、民主与反动的斗争十分激烈。我觉得不能在这个时候离开祖国，置身事外。再者，联合国教科文组织的美术组是要我以中国政府派遣的代表身份前往任职，那样，我不就成了国民党政府的代表了吗？我可不干。"

徐："那，萧淑芳的意见呢？巴黎对你们二位画家来说，可是福地！"

吴："萧淑芳完全同意我的看法，她说宁肯不去巴黎。"

徐兴奋而感动："太好了！作人，你决定不去联合国，这太难得了！我们的事业需要你啊！你们什么时候结婚呀？"

吴："下月五号。先生，萧淑芳和我请您做我们的证婚人。"

徐："好！你和萧淑芳经历都很坎坷，走到一起不容易呀！到时候一定好好热闹一下。"

吴："婚礼，我们希望简单朴素，就在萧家举行，不要什么仪式。然后在'墨蝶林'西餐馆举行家宴，除了您和夫人，也不准备邀请别人。"

徐笑了："在外地这样办是时兴，可朋友们会饶过你们吗？"

吴也笑了："到时候再说吧。"

徐："好！我还要送你们一幅画。你们都是我的得意学生，前途无量，我就画一幅《双骥图》吧。祝你们百年好合，鹏程万里！"

33-4　南京蒋碧微家客厅　秋　蒋碧微、张道藩

夜，华丽的落地灯前，张道藩与蒋碧微边喝咖啡边聊。

张："我一贯佩服你的直觉，但是这次你没有言中，吴作人拒绝去联合国。"

碧微："哦？为了一个莫名其妙的什么原则，个人的事业、荣誉、命运全然不顾！他不去更好，派自己人去！"

张："热衷此事的人很多，我正在权衡利弊慎重选择呢。"

碧微："哼！放着美差不去，吴作人、徐悲鸿他们一天到晚不知想干什么！"

33-5　北平徐悲鸿家客厅　冬　徐悲鸿、吴作人、冯法祀、滑田友、老曹

吴作人、冯法祀匆匆进来。

徐悲鸿急迎上去："来啦，坐坐。找你们来是有件紧急的事情商量。鉴于国内形势的急剧变化，教育部要求北平高校迁到南京，通知刚刚收到。"从桌上拿起一份文件，"我们该如何应对呢？"

吴："先生，南迁的消息已然不胫而走，毕尔三今天已经开始煽动迁校。"

徐："哦？看来他们是先动手啦。"

吴："师生中间去留两种意见对峙激烈，学校里是人心浮动啊。"

冯："在这改朝换代的时候，我们可要认清历史的方向啊。"

徐："是啊，我们就是要研究出拒绝南迁的理由。"

吴："就对教育部说，全校师生南迁，兴师动众，无力完成。"

徐："不行！不行！你看，教育部通知上说，只要主要教师南迁，并不要学生同去。况且还拨发来一大笔搬迁费。你说的这个理由挡不住。"

吴："可我们总不能公开打出反对政府的旗号啊。"

三人紧张地思考着。

徐："学校以教书育人为本，教师一走，各年级的学生就中途失学了。就强调这一点，不谈政治，不谈其他！"

冯："对！我看这个理由合适，既符合实际，又不授人以柄。"

吴："好，就咬住这一条！先生，是不是您出面召开校务会形成决议，然后上报教育部。"

徐："可以。"又考虑了一下，"为了充分反映民意，还是开个扩大校务会。"

冯："学生自治会主席也应该参加，在会上可以表达大部分学生反对南迁的意愿。"

徐："好。"

吴："毕尔三那几个人是不是也参加？"

徐："自然要参加。"

冯："那在会上一定会形成对立的局面呐！"

徐："形成对立那是肯定的，但是并不可怕，因为我们代表绝大多数师生的意愿。"

冯："要是他们在会上纠缠不休怎么办？"

徐："我看不要展开辩论。因为谁都不能说服对方。在会上，我先发言，赞同与否可以各自表态，然后举手表决，形成校务扩大会议的决议。"

吴："对，这个办法好。可是，如果那些人执意要离开北平去南京呢？"

徐："关于这个问题吗……愿意去南京的，可以自行其便，我们发给南迁费。北平艺专所有的师生员工都有去留自由，选择生活道路的权力在每个人自己手中，我们绝不强迫任何人。"

冯："对！绝不勉强谁。"

吴："高明，高明。"

这时，老曹进来报告："先生，有位滑田友先生来访。"

徐："哦，快请他进来。"

三人都很兴奋。

滑田友一身西装进屋。徐抢上去与他握手拥抱。

徐："田友，你可回来了！"

滑："回来了，回来了。您好！先生。"激动得眼中闪着泪光。

滑与吴、冯握手："作人，法祀，你们好！"

徐让大家坐到沙发上。

徐："一别十五年了。不容易啊！作人跟我说了，你的作品多次入选法国沙龙美展，并获得金质奖章，有的还被巴黎市政府收藏。好！好啊！"

滑只是憨憨地笑笑："在我最困难的时候，我就想到您的苦学精神。我是踏着您的脚印走过来的。"

徐："好，好，我们又在一起了。"

吴："田友，你怎么这样快就赶到北平了？"对徐、冯解释，"我们同船回国到上海，滑先生去淮阴老家看看。"

滑："我急于见到先生。先生，您身体好吗？"

徐："大不如从前喽！你倒还那样壮实。"

滑："从小干活，身体底子好。作人兄带来您的口信，我就决定立即回国。一时，旅费凑不够，作人兄还卖了自己的画，资助我成行。"

徐："别看田友成了著名雕塑家，还是那样憨厚，说实话，说别人的好话。"

滑倒有些不好意思了，问："你们是在商量事情吧？"

徐："对。此事也关乎你。"

滑："什么事？"

徐："你刚回国，情况不很清楚。国民党在东北全线崩溃，北平、天津的国民党军队也处于解放军的包围中。教育部要求北平的高校迁到南京。走还是留，我们正在研究。你准备怎么样？"

滑："南京，那里离我的家乡近。可是，先生，您走还是不走？"

徐："我们不走。"

滑："那，我也不走。我就是投奔先生来的。先生的决定就是我的决定。"

徐笑了，又很认真地："你对国民党、共产党了解吗？"

滑老实地："不怎么了解。可我了解您啊！"

徐很感动地握着他的手。

吴、冯交流着兴奋、感动的目光。

33-6 南京蒋碧微家画室 冬 蒋碧微、张道藩

张道藩愤然地：“徐校长竟公然违抗政府命令，拒绝南迁。还组织了什么‘应变委员会’，说要保护学校一切教学设施和图书。哎，还擅自做主，把教育部拨发的迁校专款买了粮食储存起来，以备师生急时之需。哼，我看完全可以问徐校长通共罪和挪用公款罪！”

蒋碧微：“看来，他是铁了心追随共产党了。”

张：“他这种意向，在给丽丽的信中不也透露出来了吗。”又发着牢骚，“像他这种死硬派，上面还说即便北平艺专拒绝南迁，也要千方百计把徐悲鸿弄到南京来。”

碧微：“我真不懂，为什么死乞白赖拉他？”

张：“人家是‘国宝’呀！北大校长胡适先生已经来南京了，还要派专机去北平接几位大学校长和社会名流，当然包括徐先生啦。”

碧微：“即使他肯到南京来，我也不让丽丽和他接近。我都后悔让他们父女频繁通信，丽丽已经受他影响了。”

此时，传来丽丽的喊声：“不要！我不要张道藩给我买的床！你们把床抬下去！”

张、碧微一惊。

碧微：“你看，怎么样？”跑出去。

33-7 南京蒋碧微家门厅 冬 蒋碧微、丽丽、同弟

丽丽正站在楼梯口，让同弟把床往下抬。

碧微呵斥：“丽丽！你这是干什么？”走近她，小声威胁，“张伯伯就在画室，他好心好意给你买的西式床，你不仅不领情，还闹！走，回你屋去！”

丽丽：“我就是不要他的床，抬出去！”

33-8 南京蒋碧微家丽丽屋 冬 蒋碧微、丽丽

蒋碧微推丽丽进屋，插上门。

碧微小声却气急败坏地：“你这样做会让张伯伯很难过。他非常爱你，把你当他的亲生女儿看待。你从小，你父亲就总离开家，张伯伯对你怎么样？给你讲故事，教你读英语，为你买书，常用汽车送你上学，还一口答应将来送你出国留学！做人要有良心，要知恩图报！”

丽丽：“知恩图报？哼，没有他，我们家也不会成今天这样！”

碧微语塞，难以启齿：“丽丽，你也大了，我可以跟你说说心里话了。我一生中，只爱过一个人，就是张道藩，可你不谅解我。我现在只有你一个孩子了，你哥哥已经到你父亲那里去了。我是多么希望你能和我好好地生活在一起。可是你变了，你很少和我说心里

话，一回来就把自己锁到楼上，你一点不体谅我。”

丽丽：“用得着我体谅你吗？你有张道藩啊！”

碧微像被人抽了一样，垂下眼。

丽丽把郁积多年的话一口气吐出来：“妈，求你了，别这样生活下去了！做人要有尊严，要有道德！你们这种关系不觉得丑恶吗？你敢面对他的妻子女儿吗？我们家已经毁了，你不要再破坏他的家庭吧！妈，你知道别人拿什么眼光看你们吗？你知道别人拿什么难听的话说你们吗？你要是真对我好，你就改了吧。”

碧微无言，只是流泪。

“妈！”丽丽期待地注视着母亲。

碧微不敢正视她的目光：“丽丽，你还小，感情的事情你还不懂。等你长大了就明白了。这是我自己的选择。我已经没有回头路了。我并不要求你把张伯伯当作父亲，我只请求你不要每一次都像现在这样让他难堪，可以吗？”

丽丽激烈地：“难堪？妈，你不要一错再错！爸爸是多好的人哪，可是你闹着离开爸爸。爸爸哪点不比他强万倍？品德、才华、威望，真是一个天上一个地下！我和哥哥怎么求你都不行，你折磨爸爸，抛弃了爸爸，和他搅在一起，不清不白的，算什么嘛！妈，你难道这一辈子就打算这么过下去？”

碧微仍不回答。

丽丽不再说什么，愤恨地走出屋。

碧微痛苦失神地流着泪。

33-9　南京蒋碧微家门厅　冬　丽丽、张道藩

丽丽跑下楼梯，快步路过画室门口，跑出去。张道藩走到画室门口望着。

33-10　南京蒋碧微家客厅　冬　蒋碧微、张道藩

“道藩！”蒋碧微扑进他的怀中，失声痛哭。

张道藩：“安静一下，安静一下。”轻轻抚着她的肩头。

碧微：“我最怕的事情终于发生了！”

张叹口气：“是啊，可怎么办呢？看来，我们是不是从此断绝来往？”

碧微：“那怎么行！那我真的不要活啦！”

张：“可我怎么能忍受你女儿的鄙视？我每天到你这里面对丽丽，就如同你天天到我家面对素珊一样。”

碧微：“我自恨我没有勇气脱离你。你知道，失去你，比听人骂我还不能忍受。”

张：“其实，我也一样！在我的生活中，无论从哪方面讲，都找不到第二个能替代你的

女人。”

碧微：“要是有办法教你忘掉我，或者不爱我，我真是什么都愿意做！”

张：“不要说傻话了。天下要是有这种办法就好了，我们就能解脱了。”

碧微：“可是到底我们该怎么办？”望着他，等待回答。

张：“看来，到了我下决断的时候了。你决定，下命令吧，让我们重新安排共同的生活。”

“什么？”碧微不敢相信，“我下命令？你听我的，素珊肯听吗？我说我们立刻就结婚，素珊能答应吗？”

张苦笑着：“是啊，前不久，我又试探她，她说若再提离婚的事，她就向陈果夫、陈立夫二位哭诉求救。”

碧微急了：“哎，可不能由着她胡来！”口气转缓，“道藩，我爱你，我不愿丝毫影响你的前途，我不愿为了我对你的爱而伤害你。真的！”

张感激地望她一眼。

二人又陷于沉默，苦苦思索着。

张：“你摆脱徐教授的婚姻，花了十年工夫，你给我一段时间，让我使素珊的感情冷淡下去。我相信，等我六十岁的时候，一定会与你真正结合！”

碧微又燃起希望：“真的？！”

33–11　北平徐悲鸿家客厅　冬　徐悲鸿、廖静文、幼儿庆平、婴儿芳芳

远方传来炮声。

两岁多的庆平拉着木头鸭子在屋里跑，一岁的芳芳在站圈中玩。徐悲鸿正靠在沙发上闭目养神。

廖静文进门：“悲鸿，这是刚送来的飞机票，后天在东单临时机场起飞。”

徐：“国民党政府又派专机来接人去南京了。”

廖：“说是这批还有清华大学校长梅贻琦先生，北平师范大学校长袁敦礼先生和他们的家眷。”

徐：“国共两党在决战，我们怎么会到南京追随蒋介石？”

电话铃响，徐接电话：“我是徐悲鸿，噢，家骅兄，嗯，前年尼赫鲁先生是有过邀请。噢，政府出面，两国友谊。当然，当然。我知道了。你容我考虑考虑。好，再见。”挂上电话，“教育部说我们要是去南京的话，马上可以得到一笔外汇，作为赴印度举办画展的费用。”

廖：“哼，又是利诱！”

徐："当然！"

廖："就是网罗人才，手法也太不高明了。"

徐："他们要是高明，就不会这样一败涂地了。"停了停，"我头还晕得很。"

廖："你赶快躺下休息。我去买点降压药。"

33-12　北平徐悲鸿家院　冬　老曹、军官、士兵

国民党一军官、一士兵急冲冲进院，老曹拦不住。

军官："这里是东受禄街十六号吧，是徐悲鸿家吧？"

老曹："是，是。"

军官、士兵不再说什么，径直朝院内走去，老曹追去。

33-13　药店门口　冬　廖静文

廖静文买了药走出门。

33-14　北平徐悲鸿家院　冬　廖静文、老曹

廖静文刚进家门，老曹便迎上来。

老曹慌慌张张地："夫人，徐先生刚刚被人带走了。"

廖一惊："啊？我不在家，怎么让生人进来？"

老曹："来了个军官，开着吉普车，说是有急事一定要见徐先生。我拦也拦不住。他进去，很快就把先生带走了。"

廖："徐先生说没说上哪去？"

老曹："没说。我不放心，进去装作沏茶的时候，只听徐先生说要给您留个字条，那个军官不让写，急急忙忙就把徐先生带走了。"

廖一下紧张起来，快步走向客厅。

33-15　北平徐悲鸿家客厅　冬　廖静文

廖静文打电话："作人吗？是我。刚才我出去买药，来了个军官把悲鸿带走了。"

33-16　门禁森严的会客厅　冬　徐悲鸿

会客厅有一圈沙发，厅内静悄悄的，只听屋角高大的立钟钟摆的声音。

屋中仅徐悲鸿一人，他坐立不安地等待着，走到屋门，见两道门口四个荷枪实弹的卫兵把守。

33–17　北平徐悲鸿家客厅　冬　廖静文、吴作人、老曹

廖静文、吴作人、老曹在紧张地商谈。

廖："悲鸿会不会被绑架？"

吴："他们公开找上门来，倒不像绑架。"

廖："那他们到底想干什么？"

吴："政府对徐先生不满是由来已久的了，最近艺专拒绝南迁，教育部十分震怒。"

廖："我们还拒绝飞往南京，朱家骅亲自打电话，悲鸿也不为所动。"

吴："是啊，这更引起政府的敌视。"

廖："可刚才来的是军官哪，我们跟军队毫无瓜葛呀。"

吴："会不会南京方面指使军人公开出面对徐先生下手？"

廖更紧张了："啊？！我真是不敢想下去了。"

吴："别急别急。这只是我的一种猜测。"又问老曹，"先生临走的时候神情怎样？"

老曹："样子倒还正常。"

廖："他遇事从来镇定。神情不说明什么。"

老曹："哦，先生上车前正要跟我交代几句，还没说，就被那个军官拦住了。"

吴自语："军官，军官。哎，老曹，他穿的是什么制服？是宪兵吗？"

老曹："不是宪兵，是陆军少校制服。"

吴："师母，既然是陆军出面，是不是找当局的最高军事长官打听一下。"

廖："军队方面，李宗仁先生当了副总统到南京去了，北平，现在悲鸿只认识傅作义将军，但平时很少来往。"

吴："试试看，先打个电话。"

33–18　门禁森严的会客厅　冬　徐悲鸿、傅作义、学者名流

屋外岗哨森严，傅作义急步走来，一身戎装。

两道门岗的卫兵敬礼！

傅一一还礼，进屋。

几位来宾在会客厅的沙发上坐着，大家摸不着头脑，面面相觑。

傅坐下，神情严肃，态度诚恳："诸位，今天采取这种不礼貌的方式，突然袭击一样秘密地接来各位，完全是出于对大家的安全考虑，实在是不得已而为之。目前，形势严峻，一点点疏忽都会酿成杀身之祸，我想大家可以理解。诸位朋友，我今天邀请大家，主要是乞望在座的学者名流指点迷津。"

众人望着他，气氛有些紧张。

傅："国内的时局和北平的形势诸位都很了然，是战是和，急待抉择。我傅作义不仅作为华北剿总司令，还作为一个正直的中国人，为北平计，为百姓计，为国家的长远利益计，求教于诸公，望大家直言不讳。"

冷场，钟摆滴答地响，大家用疑虑的目光互相探询着。

门外卫兵把守。

傅等待着。

人们有的喝茶，有的用手指下意识敲着沙发扶手，无人说话。

徐悲鸿有些冲动，但欲言又止。

傅等待着。

门外卫兵把守。

气氛令人窒息，没有人说话，也没有了目光交流。

徐打破沉默："时至今日，傅将军还有什么值得对蒋介石先生抱幻想的？"

傅转头望徐。

徐："北平是一座世界闻名的文化古城，比许多国家建国的历史还要悠久。它建城于三千年前的燕国，是辽、金、元、明、清代的都城。它的历代建筑像历史的年轮，负载着丰厚的中华文化。我希望傅作义将军立足高，着眼远，顾大局，顺民意，为保护古代文化免遭破坏，为保护生活在六千多条街巷的百姓生命财产免受损失，和平解决北平问题。"最后又直视着他，"傅将军，历史和未来都在注视着你啊！"

傅为之动容。

会场立刻活跃了，争相发言。

33–19　北平古迹空镜头

辽代的白塔寺；金代卢沟桥的石狮和卢沟晓月碑；明代的德胜门箭楼；故宫角楼；紫禁城门扇一排排巨大的鎏金门丁。

画外音："我完全支持徐悲鸿先生的意见，如果傅将军能使北平免于炮火，我作为历史学家，一定要为傅将军大书一笔。"

"我作为故宫博物院院长，热切盼望傅将军以生灵免遭涂炭，以古迹完好保存为重。"

"徐悲鸿先生说得好，万民企盼北平早日和平解决！"

33–20　北平徐悲鸿家客厅　冬　徐悲鸿、廖静文

夜，电话铃突然响起，廖静文披衣接电话。

电话中陌生男人声："找徐悲鸿接电话！"

廖："他已经睡了，有什么事可以告诉我。"

"你是谁？你告诉徐悲鸿，叫他小心脑袋！"

廖神色担忧地放下电话。

徐悲鸿穿睡衣走来："谁来的？"

廖："又是恐吓电话。"

徐不语。

廖："悲鸿，你现在的处境很危险。朋友和学生们都为你担心。作人他们买的铁蒺藜，我看还是在院墙上安上吧。"

徐："铁蒺藜能挡得住吗？来者不善呀！"

廖："总是多些障碍吧，你说呢？"

徐望望她，点头默许。

廖："那明天就动手安。"

徐思谋着："他们真是破门而入的话，人还能抵挡一阵，那些画可怎么办？"

廖也犯愁："是啊，都知道你藏画多，值钱。"

徐忽然想起："哎，艺专教学楼拐角，有间房子不大，但很结实，门也是钢板的。我看可以把一些珍品藏到那儿。"

第三十四集

34–1　南京蒋碧微家客厅　冬　蒋碧微、张道藩、丽丽

丽丽提着书包回家，一进客厅，见蒋碧微、张道藩在。

丽丽："妈。"对张冷冷地，"哦，你来了。"

碧微："怎么不问张伯伯好。"

丽丽："你好。"

张皮笑肉不笑地点点头。

碧微阴阳怪气地："最近功课忙吧。"

丽丽："忙。"

碧微："忙？那你还有闲工夫办什么壁报。"

丽丽："我是金陵女大学生自治会的学习部长，负责壁报啊。怎么啦？"

碧微："你们的壁报是谣言公司吧。"

丽丽："你说什么？"

碧微："谣言公司才会信口雌黄啊！"突然拿出一篇稿子，杵到她面前，"这是不是你写的？"

丽丽拿过一看，冷冷地望着张："是谁抄了我的壁报稿？"

碧微："先不要管谁抄的，内容是不是你写的？"

丽丽："是。怎么啦？"

"好，你没有抵赖，这点我很欣赏。"碧微突然很痛心地，"丽丽，张伯伯一向待你不薄，你竟这样血口喷人，恩将仇报！"夺过稿子，拍着，"什么叫伪善者张道藩的凶恶嘴脸？"愤怒已极，"请你解释一下！"

丽丽镇定地："我写的哪一件不是事实？你请他自己说！"

碧微气得脸色苍白。

张也气得两手发抖，竭力压着火："丽丽，你肯定在学校结识了共党分子。你是受了他们的指使才这样做的。我念你年轻、幼稚，只要你说出来是谁指使你干的并写保证书，以后再不这样干了，我可以不再追究。"

沉默。

碧微、张逼视着她。

丽丽不回答。

碧微歇斯底里地叫："说呀！说出你们金陵女大的共党分子！你说呀！"

丽丽看她一眼，控制着自己："稿子是我写的，谁也没有指使我写，全都是这些年我的所见所闻。"一字一顿地，"我做的事，我负责到底！"

碧微气极："好，既然你这样恨张道藩，那你就没有必要留在这个家里了！"

丽丽冷笑："我早就料到会有今天的，那我走了。"说完快步走出客厅。

碧微一下慌了，追出来，哭着："你要到哪里去？丽丽，你上当了！"

丽丽平静地："你不要管我到哪里去，就是死，我也死到外面去，不死在这个家里！"说完，跑上楼。

碧微惊慌失措。

34–2　南京蒋碧微家丽丽屋　冬　丽丽

丽丽进屋，反锁上门。

她心里乱极了，一头扑倒在床上，痛哭起来。然后，翻身坐起，一边抽泣着一边快速收拾衣物，准备走。

34–3　南京蒋碧微家客厅　冬　蒋碧微、张道藩

张道藩："她会不会去北平找她父亲？"

蒋碧微："她倒是想去，可是她没有钱。"

张忽然想到："哎，她手里不是有十几幅悲鸿给她的画吗，那可是精品中的精品，那就是钱！用不完的钱！"

碧微："她可舍不得卖！那画，她看得比什么都重。"

张："那也要防患于未然，你还是把画拿过来，收到保险柜里。"

碧微："那她还不得和我拼命！"

张："就说为了画的安全嘛！你作为她的母亲还能侵吞她的财产？完全是为她考虑！"

碧微点头，望张一眼，愧疚地："我怎么生出这么个孽种！唉！"分明有一种讨好的意思。

"这不怪你。"张竟然十分大度，"我挨共产党的骂不是一天了，可是万万想不到在你身边也听到了骂声。"苦笑。

碧微忐忑地望着他。

张："也怪我多年来一味惯着她，想多给她一点父爱，对她的思想注意不够。"

碧微搂着张的胳膊，张并不拒绝，碧微心中才感到踏实："你真好。"

34-4　南京蒋碧微家丽丽屋　冬　丽丽、同弟

有敲门声，丽丽不理，收拾着爸爸给的画，用一个包袱皮包好。

屋外同弟小声在叫："丽丽！丽丽！"

丽丽开门。

同弟进来，一把抱住她，掉下泪来："丽丽，我都听到了。"

丽丽也哭起来。

同弟抚慰着她："不哭，不哭。那个姓张的走了。哎，傻孩子，在这个家里，你怎么斗得过他呢？"

丽丽："我写的都是实话，我没有错！"

同弟："我信！你从小到大就没有说过一句谎话。他真恶呀！徐先生那么硬气的人都被他逼走了，家也被他毁了，房子也被他们占了。如今又这样折磨你！就因为你说了几句实话。"看到丽丽在收拾的东西，"你真要走？"

丽丽不语，点头。

同弟："你一个女孩子一个人出去，怎么活？徐先生在北平，那么远，你怎么去？再说姓张的那么大的官，你就是离开家，还能逃出他的手心？"

"同弟，你不要说了！"丽丽绝望地愣在那儿。

同弟："孩子，你还是忍忍吧。你有一个好父亲，可你的命苦啊！认命吧。"

丽丽痛苦已极："难道我只能看着他们为所欲为，做他们的应声虫？我不！"

同弟："唉，你又能怎么样呢？"

这时，楼下传来碧微的吼声："同弟！同弟！你死到哪儿去啦？"

同弟："太太发火了，我走啦。"赶快出屋，跑下楼。

丽丽绝望地放下手中包画的包袱和衣物，坐在那儿，感到无路可走。

34–5　南京蒋碧微家卧室　冬　丽丽

丽丽悄悄走进来，看到母亲经常吃的通大便的药，还有大半瓶，她把几十粒药都吃下去。

34–6　南京蒋碧微家卧室　冬　蒋碧微、同弟

次日上午，蒋碧微醒来，伸腰，做了几下面部按摩，然后，按床头铃。

同弟进门问候，用托盘送来西式早餐放到床上。

碧微边吃边问："丽丽怎么样了？"

同弟："还没有见到她。"

碧微："都什么时候了，还不起床。"

同弟："我去叫她。"退出屋。

此时，床头电话铃响，碧微接听："哦，道藩，我已经在吃早餐了，当然没有打扰我。她？女革命家还在安然高卧，哼，口头空喊革命有什么难，到头来还不是吃我的喝我的……"

门猛地被推开，同弟一头撞进来，惊呼："太太！丽丽出事了！"

碧微一惊："什么？"

同弟："她躺在床上，人事不省！口里吐了许多白沫！"

"啊！"碧微立即跳下床与同弟奔出屋。

电话听筒垂在床边，还响着张的声音："怎么啦？出什么事了？"

34–7　南京蒋碧微家客厅　冬　蒋碧微、张道藩

蒋碧微："这次幸好发现得早，总算捡回了命。"

张道藩："你要真想留住她的人，就要留住她的心。"

碧微："你的意思是？"

张："她周围肯定有共党分子，可我们不知道是谁，只能把她和同学隔开。"

碧微："她们整天在一起上课，怎么隔得开呢？"

张："让丽丽退学呀。"

碧微："那她会闹的！"

张："怎么闹？就说送她出国留学，她还求之不得呢。"

碧微："你真要送她出国？"

张："先稳住她再说吧。我这都是为你好，也是为她的将来着想。哎，她手里那批画，你收起来了吧？"

碧微点头。

张感叹道："没想到共产党还真成了气候啦，武的、文的，东北占啦，华北眼看也要占啦，就连他们搞的学生运动都渗透到家里来了！"摇头叹气，"唉，真是无所不能啊，连小小的壁报都被他们把持过去！"

34-8 北平艺专校园 冬 黄警顽、丁李

清晨，校园无人。

新出的阿O漫画壁报上有幅画很醒目：蒋经国把身上标着贪官、奸商的'老虎'从铁笼子的小口捉进去，笼子另端的大口，蒋介石、宋美龄将'老虎'放出来，并百般抚慰。题为《欲纵故擒》。

黄警顽路过，看了看，赞许地笑笑，然后到校园一角练起"谭腿"来了。

特务学生丁李走到壁报前，见四周无人，撕下那幅漫画，匆匆向训导处走去。

黄发现，警惕起来，悄悄走到训导处窗根下。

34-9 北平艺专训导处 冬 黄警顽、毕尔三、丁李

训导处屋内，丁李将漫画交给毕尔三。

毕尔三："你没有被什么人发现吧？"

丁："这么早，谁到学校里来呀。"

毕："好！这下打他们个措手不及！"看看漫画，"他们简直活够了！竟敢讽刺到蒋总统头上啦！"看看属名，"柳昌，艺专没这个学生啊，是他们转载外面人的画？"

丁："不会！这阿O漫画壁报从来不用外稿。李添、方亮那帮人一直标榜自己的创作才能，以此为荣呢。"

毕："这画的用意太明显了，所以不敢用真名。"

丁："您说得对。可这作者到底是谁呢？"

毕："你赶快想办法弄清楚！然后我把它送到'剿匪总部'去！"

丁："您立马就送吧，先别管是谁画的啦。"

毕："那怎么行！人赃俱获才能扭送'特别刑事法庭'呢。"又看看画，得意起来，"别看徐悲鸿我扳不倒，对这个艺专的才子，我不信干不掉他！"

丁："就是！治不了死罪，也得扒层皮！顶不济也能把阿O漫画壁报给它端掉！妖言惑

众不说，什么破名啊，阿O，当什么讲啊！”

毕：“我看也未必不判重刑，非常时期，公然与政府为敌，有他们的好果子吃！哼，徐悲鸿也脱不了干系！都是他纵容的结果！都是他的得意门生！那得株连九族！”

窗外，黄警顽听到此，惊出一身冷汗，他急忙悄悄向教学楼跑去。

34-10　北平艺专美术教室　冬　黄警顽、方亮

照例，方亮在教室练字。黄警顽急煎煎跑来。

黄：“太好了！我还怕一时找不到你呢。”

方：“出什么事啦？”

黄：“阿O漫画昨天下午换上的那幅画蒋介石、宋美龄的，是你画的吗？”

方：“不是啊。”

黄：“那是谁画的？”

方：“怎么啦？”

黄：“你赶快通知作者躲起来！丁李刚才偷着撕下这画给了毕尔三，他们准备交到‘剿匪总部’去，查明作者是谁，然后逮捕他。”

方大惊：“啊？”

黄：“你赶快通知作者！我现在去给徐校长打电话。”

方：“好，我让李添去找他。”

34-11　北平艺专校长室　冬　徐悲鸿、黄警顽、李添、方亮

徐悲鸿、黄警顽、李添、方亮在紧张地小声商议着。

李：“我到宿舍找到刘啸，通知他，他已经离开学校了。”

徐放心地点头：“好。”忽然又问，“他到哪儿去啦？”

李：“说是回家。”

徐：“回家可不行！万一毕尔三他们探听到虚实，而刘啸又突然不见了，他们必然顺藤摸瓜，追到他家里。现在白色恐怖这么严重，国民党‘特别刑事法庭’成立后，在许多学校公开抓人。”

黄：“宪兵队在大街上都可以就地杀人，实在是太疯狂了。”

徐：“有没有安全的地方？”

方与李交换了一下眼色：“我们可以通过关系立刻把他转移到解放区。”

徐：“这太好了。方亮，你马上去办。首先，让他到别处躲躲。有地方吗？不然先到我家去。”

方：“不用，校长，我们有地方。”

徐："那你快去办吧。我和李添来对付毕尔三。"

方匆匆走了。

徐："警顽，你不要公开露面，只是要多方留意毕尔三他们的行动，有情况马上告诉我，不论白天还是夜里。"

黄："行。"

徐："李添，你去找毕尔三，以学生自治会主席的名义问他那幅画的下落。不管谈的结果如何，把他叫到我这里来。"

34–12　北平艺专训导处　冬　毕尔三、李添

毕尔三正在看那幅漫画，听到敲门声，急忙将画收到抽屉里。

李添进门："毕主任。"

毕："李添，这么早，找我有什么事吗？"

李："我是来要那幅漫画的。"

毕："漫画？什么漫画？我这里没有漫画呀。"

李："阿O壁报昨天下午刚换上的那幅漫画。"

毕："阿O漫画壁报不是由你们学生自治会控制吗？问我这个训导主任干什么？"

李平静地："有人把那幅漫画撕下来交给你啦。"

毕："开什么玩笑！谁撕的？什么时候交给我的？我要那做什么？"

李直视着他，语调不高："丁李撕的。今天一早交给你的。你要把它送到'剿匪总部'去。"

毕心中一惊，没有回答。

李："这些是不是事实？"不动声色地望着他。

毕忽然翻脸："李添，你身为学生自治会主席，你们主办的壁报成了反政府的讲坛，我还没问你罪，你到问起我来啦！不错，你说的都是，又怎么样？我派人撕的。我收起来了。我要交到'剿匪总部'去。这都是真的！你想怎么着吧？"

李严正地："怎么着？拿着你们偷偷撕下的那幅画，先去见徐校长。"

毕："见就见！我还怕他啦！"从抽屉里拿出那画，跟李一起出门。

34–13　北平艺专校长室　冬　徐悲鸿、毕尔三、李添

徐悲鸿把漫画往桌上一拍，对毕尔三："为什么撕掉壁报上的漫画？你说说吧。"

毕："它问题严重！在党国危难之际，这画与共产党的腔调有什么区别？我要制止它在社会上造成的恶劣影响。"

徐笑了："小题大做了吧。它在报上刊登了？还是公开发行了？不就是在艺专壁报上张

贴了吗？你反应不过度吗？”

毕：“过度？阿O漫画壁报的问题不是一天两天啦，我作为训导处主任，有责任查处他们的不轨行为！这壁报从头一期开始，名字就莫名其妙，还阿O，内容更是一塌糊涂！一会儿反剿民啦，一会儿反贪污腐败啦，一会儿叫嚷学生生活苦啦，这当今没有什么他们看得惯的！想骂谁就骂谁！我多次向学生自治会提出警告，人家仗着有人撑腰啊，根本不听。如今可好，讽刺到蒋总统头上来啦，这还了得！”

徐鄙视地笑笑：“只要画得好，讽刺谁都可以，讽刺我也行，漫画嘛！”

毕嚷着：“漫画，也不能成为公然反政府的借口！”

徐：“毕主任，你是国民党员，应该知道孙中山先生提出的三民主义。这些学生们的呼声，符合民权、民生的要求，谁也没有资格压制他们！再说政府不是说言论自由吗！至于名字为什么叫阿O，李添，你向毕主任解释一下。”

李添：“好的，校长。鲁迅先生写的阿Q，虽然深受剥削和压迫，却满足于‘精神胜利法’，自轻自贱，始终不能正视严酷的现实，最后落得个被枪毙的下场。现在早已是民国了，我们不光剪去了头上的小辫，从阿Q变为阿O，思想上也应该觉悟，不能那样愚昧了！”

毕撇撇嘴，不以为然。

徐：“毕主任，今天我郑重地告诉你，阿O漫画，我支持。”

毕一愣。

徐：“它对开启学生的心智，培养他们的创造力很有益处，可以说是课堂教学的补充。所以阿O漫画壁报一定要办下去！艺术至上，是我们这个学校不可动摇的教学原则。”

毕冷笑：“校长大人，能不能办下去，我说了不算，你说了也不算，非常时期，不论艺术不艺术，都得听‘剿总’的裁决！这画交上去，你就等着瞧吧。”

徐笑着：“好啊，‘剿总’司令傅作义将军公务繁忙，未必有时间接待你，他是我的朋友，最近还共进晚餐。要不要我亲笔写信介绍你带着这画去见他？”

毕恼羞成怒：“徐悲鸿，你不要以势压人！”一边吼叫，一边却向门外撤了。

李看着这一幕，无比痛快：“校长，您真行！”

徐累得舒出口气，缓了缓：“来，我给壁报题个刊头。”

“哎！”李喜出望外，赶快研墨。

徐提笔写了‘阿O漫画　徐悲鸿题’。

徐：“好，贴出去吧。”

李如获至宝：“有了这尚方宝剑，什么小鬼，我们都不怕啦！”

34-14　北平艺专训导处　冬　毕尔三、丁李

毕尔三气得仰着脖子咕嘟咕嘟喝水，也灭不了心头之火。

丁李推门进来，把门插上，机密地："毕主任，我探清了。"

毕："什么？"

丁："那画是刘啸画的。"

毕："准吗？"

丁："我干的活儿，百分之百！"得意地笑着，等待毕的夸奖。

毕："他人呢？"

丁："已经逃啦。"

毕："逃啦？逃啦，你还笑什么？"勃然大怒，"事儿都坏在你手里！早上的事儿，你就说没人看见，怎么他们一五一十全知道？啊？"忽然指着他，"你小子，是不是两面讨好？说！"

丁："毕主任，冤枉啊！"

34-15　南京蒋碧微家丽丽屋　冬　丽丽、同弟

丽丽从床上起来，身体还很虚弱，她打开樟木箱，惊呆了！父亲的画不见了！她急得又拉开衣橱翻找，没有！

丽丽跌跌撞撞地跑出屋，站在楼梯口大喊："同弟，不得了啦！家里闹贼了！"

同弟跑上楼梯："你说什么？"

丽丽："爸爸给我的那些画，一幅都不见了！"

同弟："不是一直都在樟木箱里吗？"

34-16　南京蒋碧微家客厅　冬　丽丽、同弟、蒋碧微

丽丽跑下楼，见蒋碧微不作声，坐在沙发上看报。

丽丽明白了，大叫："家里被盗了！趁我住院，有贼进来了！"

同弟慌慌张张地："没听说丢别的东西啊！"

丽丽："那就是家贼，专拣宝贝偷！不行，我要去报案！"跑出去。

碧微："站住！报不报案，这家里由我做主！我还没死呢，轮不到你！"

丽丽："是不是你拿了？"盯着她质问。

碧微瞥她一眼："是又怎么样，不是又怎么样？"喝着茶。

丽丽："卑鄙！无耻！"

碧微怒视她："你骂谁？"

丽丽狠狠地："我骂贼呢！"

碧微无话可说，冷笑一声："就是真丢了，你也可以让你父亲重画，对他的宝贝女儿，他是有求必应啊！"

34-17　北平艺专美术教室　冬　徐悲鸿、曾庆江、贺明、方亮、魏双、学生

徐悲鸿在看学生们画素描，走到曾庆江身旁，他画的是石膏像背部。

徐："曾庆江，你找的这个角度很难画，但是从这个角度看这个石膏像很美，很别致。这个背影的角度你是怎么选择的？"

曾："正面、侧面位置已经被人占满了。我只能在背面找个角度画。"

徐："你不是有意识找到这个角度？"

曾："不是。"

魏双奚落着："噢，蒙上的呀！"

徐严厉地望他一眼，魏不敢出声了。

徐："哦，曾庆江，你很诚实，很好。同学们，从这幅素描，我们能悟出，艺术上一定要寻找不一般的角度，这样，作品才能有自己独特的表达。这次他是无意识做到这一点的，今后，大家要有意识这样做！再有，要给自己出难题，都知道背影是很难画的，但是背影有时是很有魅力的，只要下功夫去画，就会画出它的美，就会画出新意。"

学生们深受启发。

徐："好，下面你们到院里去画马的写生。这马是李宗仁先生送给艺专的，你们要认真画。我也去画。"

贺明："先生是画马圣手，超越前人，您还画马的写生？"

徐："人们喜欢我画的马，其实并不是每张都好，所以我还要多多写生。走，我们一起去。"

魏对身边的同学说："都什么时候了，还画这些劳什子。甭去！"

方亮听到了："你说什么？"

魏支吾着："共军都快打进来啦，谁还有这份闲心？"

徐："魏双，你如果没兴趣，尽管退学。你如果想去南京，学校可以发给路费。你既然留在学校，就不能搅乱学习秩序！"转对大家，"艺专所以拒绝南迁，是为了你们完成学业，将来立足社会，有一技之长。何况，我还希望你们中间能出大画家呢。目前时局动荡，大家生活困难，心情也不安，可老师们还是尽心尽力地教你们，你们不要辜负了老师啊。"

大家听得动情，纷纷谴责魏："你不画，拉倒！别拽着别人！"

"一天到晚，想什么呢？"

"想玩政治，别在艺专混！"

徐："大家听好，愿意继续学习的，跟我来，否则，以自动放弃学籍论处！"
学生们都很赞同，跟徐走了。
魏一人愣在那儿，最后也跟了去。

34–18　北平艺专校长室　冬　徐悲鸿、黄警顽、冯法祀

徐悲鸿正在交给黄警顽一幅画。
冯法祀兴冲冲进来："先生！"
徐："什么事？"
冯望望黄，没有作声。
徐对黄："这幅马，你送给协和医院院长，就说艺专全体师生感谢他们的援助，我们会饮水思源的。"
黄："行。"
冯："怎么，协和医院答应给学校供水啦？"
徐："是啊。时局再混乱，就是断了自来水，我们也不怕啦。"对黄，"你去吧。"
黄出屋，冯关上门。
徐："什么事，看你高兴的。"
冯小声地："田汉先生从解放区秘密到北平了，他想见你，还有吴作人。"
徐："太好了！"
冯："你看什么时候见？"
徐："当然越快越好，时间由他安排。到时候，我派车去接他。"

34–19　北平徐悲鸿家院　冬　田汉、徐悲鸿、吴作人、冯法祀、廖静文

廖静文举着蜡烛引田汉走向屋门："慢点，今晚停电。"
徐悲鸿、吴作人、冯法祀快步迎上。
"寿昌！""悲鸿！"徐与田紧紧握手拥抱。
吴、冯："田汉先生！"
"作人！法祀！你们好！"田热情地拍着他们的肩膀拉着他们的手。
徐："快进屋，暖和暖和！"
吴、冯亲热地拥着田走向客厅。

34–20　北平徐悲鸿家客厅　冬　徐悲鸿、廖静文、田汉、吴作人、冯法祀、老曹

客厅各处燃着蜡烛。

徐悲鸿感慨地："我们终于见面了！老伙计！"

吴作人兴奋地："二十年后，我们师生又围坐一堂！"

田汉笑着打量他们："当年的毛头小伙子都成了大艺术家喽！了不起呀！"

吴、冯法祀："哪里。"

徐介绍："寿昌，这是廖静文。"

田："嫂夫人好！二次见面，我很高兴。"

徐奇怪地："你们见过？"

田："刚才是嫂夫人给我开的门呀！"

众人笑。

廖静文："田汉先生，我倒是真见过您。"

田："什么时候？也是刚才？"

廖笑："不，一九四二年，我在桂林听过您的演讲。"

田："噢？"

廖："我过去就爱读您的剧本，喜欢您作词的《义勇军进行曲》，一听您的口音，才知道原来我们是老乡啊。"

田高兴地："哈！悲鸿成了我们湖南的女婿，这是我们湖南的光荣。"

大家都很开心，落座。

田："过去那位蒋碧微女士硬把悲鸿拉出南国艺术学院，可我们照旧是好朋友！倒是她和悲鸿终于决裂了。"

徐："是啊，思想上的分歧是无法弥合的。"

廖："悲鸿因此也受了那么多年的磨难。"

田："所以巴尔扎克说'恋爱是人生最难的学校'，但是现在悲鸿已经从这个学校以优异的成绩毕业了！"说完爽朗地笑起来。

大家也笑了。

田："悲鸿，北平艺专办得虎虎有生气呀！你这里的名教授比当年南国艺术学院的学生都多。记得你说过搞艺术革新一定要有一支队伍。现在你的艺术知音和学生遍及国内外呀！你看，作人、法祀都是名画家、名教授了。"

徐充满爱意地望着他们："他们不光是艺术家，还站在了斗争的最前线。"

田："从国民党报刊对你们的不断攻击，我读出了你们斗争的艰苦和他们的失败。我时刻都在关注着你啊，悲鸿。你一定记得三零年我写的那篇《我们的自己批判》。我在清算自己的小资产阶级的浪漫、感伤倾向的同时，对你的一些评价也有失偏颇。"

徐笑着摆摆手。

田："而你却毫无芥蒂地营救我出狱，帮助我……"

徐："的确有人利用它离间我和你的关系。可是我坚信，只有真诚的朋友，才会直言规劝，你那番话虽然听起来不舒服，却使我对人生和艺术思考了很多。"

吴："是，徐先生不止一次对我讲，田汉先生是他的诤友。"

田兴奋地："不只是诤友，还是战友啊！我们师生四人都是战友！"

大家高兴地相互望着。

田："悲鸿，这次夜闯徐府，不只是看望你和嫂夫人，我是受命而来。"

"哦？"大家都关注他的下文。

田："我要传达两个口信。这次我来北平前，在解放区见到周恩来副主席，他对我说，'徐悲鸿有骨气，真正有点硬功夫！'他还让你好好注意健康。"

徐、廖喜悦地听着。

田异常激动地："悲鸿，我要特别转告毛主席、周副主席对你的嘱咐。"

徐、廖、吴、冯专注地听。

田："他们说你在美术界的影响很大，希望你在任何情况下都不要离开北平，并尽可能在文化界多做些工作。"

徐很感慨："毛主席、周副主席指挥着全国解放战争，还挂念着北平文化界，挂念着我们。"

吴、冯也倍感振奋。

廖："我们全家已经拒绝飞往南京。"

田："好，好。"

徐："北平艺专也抵制了教育部的南迁命令。"

田："那真是太不简单了！"

徐："形势这样严峻，我们的教学还正常进行，不能耽误了孩子们的学业呀！"

田很兴奋："你们一切都做得太好了！比我想象得还要好！"

大家正说得开心，老曹跑进屋报告："夫人，夫人，外面有两个当兵的要查户口！"

众惊。

第三十五集

35-1　北平徐悲鸿家客厅　冬　徐悲鸿、廖静文、田汉、吴作人、冯法祀、老曹

老曹焦急地："我没敢开门。怎么办？"

徐悲鸿镇静而迅速地对廖静文："你出去看看。"又对众人，"快躲到里屋画室去！"

大家快速把座椅放回原处，吹灭了蜡烛，赶紧到隔扇内的画室。
外面传来猛烈的敲门声和喊声。
廖端起一支蜡烛和老曹走出黑暗的屋子。

35–2 北平徐悲鸿家院 冬 廖静文、老曹、国民党士兵

大门外，两个国民党士兵喊："开门！开门！我们要查户口！"
廖静文让老曹去开大门。
士兵甲、乙骂骂咧咧地冲进来，端着上了刺刀的枪对着廖。
甲："磨蹭什么？半天不开门，聋啦！没听见我们要查户口吗？"
廖："老总，我在院里边，"指指老曹，"他耳背，听不清。查户口，那就请进吧。"
廖领头走，一边故意高声地："户口本在这屋，老总，路不平，小心，今晚停电。"

35–3 北平徐悲鸿家画室 冬 徐悲鸿、田汉、吴作人、冯法祀

徐悲鸿、田汉、吴作人、冯法祀在暗中屏息静听。

35–4 北平徐悲鸿家客厅 冬 廖静文、老曹、国民党士兵

廖静文领国民党士兵甲、乙进客厅，大声叫："老曹，点蜡！"
士兵甲、乙刚要到隔扇内的画室，廖忙说："老总，这边，这边坐沙发。"
乙在烛光下打量着墙上的画："家里是画画的？乖乖，这么多！"
廖："对！我先生教美术。"拿出户口本递到他们面前，"我们家四口，我先生画画。"
甲："他人呢？"
廖："他生病，已经睡了。还有我儿子和一个小女儿，老妈子带着他们睡了。"
廖指老曹："他是我家的佣人，看门的。"
甲："让个聋子看门，这不误事嘛！"
廖："咳，是我先生的同乡。"又大声对老曹，"别愣着，快给老总倒茶拿烟！"
老曹木讷的样子，答应着，出屋。
乙："就这几个人？"
廖："就这几个人。"
甲逼问："有外地来的人没有？"
廖："没有。"
甲威吓："真的没有？"
廖忽然想起："有，有一个，男的。"

35-5　北平徐悲鸿画室　冬　徐悲鸿、田汉、吴作人、冯法祀

黑暗中，他们紧张地听着。

35-6　北平徐悲鸿家客厅　冬　廖静文、老曹、国民党士兵

甲追问："什么人？在哪？"

老曹拿着烟和暖壶进来，沏茶，上烟。

廖静文指着老曹："就是他。他是前年从我先生老家江苏来的。"

乙："前年？我们是查共军围城以来，有没有外地来的人。"

廖："噢，那没有。"

甲："没有你打什么岔？这不是添乱嘛！"

甲、乙端起茶就喝。

乙："哎，这茶还真香。"

廖赶紧给续上："那就多喝点。"

甲抓起香烟看了看："三炮台！"对着蜡火点着吸起来，又把这包烟塞进口袋，"好了，就这样吧。"

二人提枪走了。

廖招呼着："老总，慢点走！"又大声吩咐，"老曹，你端着蜡给老总照个亮！"

35-7　北平徐悲鸿家画室　冬　徐悲鸿、田汉、吴作人、冯法祀

暗中，众人放下心来。

徐悲鸿走到窗前看外面的动静。

35-8　北平徐悲鸿家院　冬　廖静文、老曹、国民党士兵

乙："哎，我们在搜共军的探子，要是发现外地来的可疑的人，马上报告！"

廖静文："是，一定报告。"

甲凶狠地："谁家要是窝藏共党共军，枪毙！"

廖很害怕地点点头。

二人这才走出大门，老曹栓上门。

廖嘘出口气，听到士兵又去敲隔壁家的门。

老曹小声地："夫人，您真行，我的心都提到嗓子眼了。"

廖一笑："你装得也挺像。"指大门，"把住！"说完，快步走向客厅。

35-9 北平齐白石家 冬 齐白石、徐悲鸿、廖静文、齐孙

警车声不时从街上传来，笼罩着动乱气氛。

齐白石全家正收拾书画、行装，十分忙乱。

徐悲鸿、廖静文走来。

徐："白石先生，您这是干什么？"

齐："共军围城，我们准备离开北平，到南方去。唉，老了，老了，又赶上逃难！你什么时候动身？听说派飞机接你们去南京。"

徐："我不走。"

"不走？"齐疑虑地，"悲鸿，你真的不离开北平？"

徐："当然不走，我们全家都不走！北平艺专也拒绝了教育部的南迁命令。"

"学校走不走我管不了，我是一定要走。"齐满面愁容，"我听说共产党有个黑名单，进北平后，要把这批有钱人都杀掉，名单上就有我呀。"

徐笑了："谁告诉您的？这是谣言！"

廖："有人在恐吓您！"

齐："那么共产党来了不会杀我？"

徐："决不会。共产党尊敬所有对文化有贡献的人，怎么会杀您呢？"

齐："你怎么知道？"

徐一笑："共产党、国民党的首领我都认识几个，我心里有数，不会骗您。"

齐仍将信将疑地望着徐。

徐："我用我的名誉担保。"

齐："那我还能卖画吗？共产党来了之后。"

徐："当然能卖画。我保证您能继续卖画！说起卖画，您去南京、上海倒卖了二百多幅画，收入的法币数目也大为可观，可是等到买东西呢，十袋面粉都买不到！"

齐："那倒是！法币几乎成了废纸，一个烧饼卖十万，吃一顿饭馆总得千万元以上。"

廖："是啊，二十四斤法币才能买一个鸡蛋。后来改换了金圆券，更是要老百姓的命，一张画卖不到几个烧饼钱！"

徐："就是嘛！您到南边去，能有什么好日子过？"

齐不语，然后对收拾东西的家人："你们到外面歇会儿。"

众人出屋。

徐低声地："白石先生，北平和平解决的可能性极大。"

齐又忧虑地："能和平解决当然好，就怕还没有和平，城里就乱了呢？国民党的兵痞、流氓可受不了！"

徐："到南边去，就没有国民党的兵痞、流氓了？万一北平城里出现混乱，我接你们全家去北平艺专住。"

廖："我们也去。"

徐："学生们都组织起来了，可以保护学校。"

齐："可我家老老少少十多口人呢 。"

徐："都去！真的！"

齐孙跑来："爷爷，航空公司问订几张飞机票？"

齐乞望着徐。

徐真诚地注视着他。

齐沉吟片刻，毅然地："一张都不订了！"

徐握着他的双手："好！我们一起留下！"

齐："悲鸿，我的身家性命可就托付给你了。"

徐："放心！白石先生！哎，您重要的画，可以交给我，我放到一个安全地方保存。"

"好！"齐也露出笑容，"静文，悲鸿，今天在我家吃饭，吃湖南菜。"

35–10　南京蒋碧微家丽丽屋　冬　丽丽

丽丽穿上两件厚毛衣，再穿上大衣。照照镜子，看不出臃肿。然后戴上爸爸送的手表。把爸爸寄给她的信和外国邮票放入信封，装进大衣口袋。

35–11　南京蒋碧微家客厅　冬　丽丽、同弟

同弟在打扫卫生。

丽丽走来："同弟，我妈在家吗？"

同弟："太太出去了，说晚饭时才回来。"

丽丽："给我点钱，我要出去买东西。"

同弟为难地："需要什么，我去买吧。"

丽丽："外文书你会买吗？"

同弟："那我不会买，可是太太吩咐说不让你出去。"

丽丽："门都不让出，这家里是监狱吗？"

同弟："我也是没有办法呀。"

丽丽："不许我上学，还不许我读书吗？简直要把我逼疯了！我要出去买书！"

同弟："真是买书？"

丽丽点头。

同弟掏出钱："太太让我去买粮食和菜的，还要让煤铺送煤。"

丽丽："都给我吧。等她回来，你再跟她要。"
同弟："你不能跟太太要钱吗？"
丽丽："我不跟她说话。"

35–12　南京蒋碧微家卧室　冬　蒋碧微、张道藩

烟灰缸里堆满了烟蒂，蒋碧微在半开着的窗前不停地吸着烟。
张道藩匆匆进来，碧微急步迎上。
碧微："怎么样？丽丽有消息吗？"
张："我让手下人四处打听了，可是，毫无音信。"
碧微焦急万分："已经五天了！我所知道的线索都了解了。"
张："她会不会去北平找她父亲？"
碧微："今天我已经给悲鸿发了电报，他回电说丽丽没去。"
二人沉默了，空气郁闷。
张："我看，明天在报上登寻人启事吧。"
碧微："唉，也只有这样了。"
张："写上家里对她的行为绝不追究，无论她到哪里，都希望给家里一个音信。"
碧微点头，心情黯然："现在我真正是孤家寡人了，一无所有！"
张深情地："你还有我。"
碧微："你要对我好。"
张轻轻点头。
碧微哭了，扑到张怀里
张轻声地："会的，会的。"抚慰着她。

35–13　北京徐悲鸿家客厅　冬　徐悲鸿、廖静文、老曹、幼儿庆平

茶几上的收音机正播出歌曲《翻身道情》。
徐悲鸿穿着那件缀有铜纽扣的旧皮袍，正检点衣箱。廖静文在帮忙。
徐："静，我穿这件皮袍去开会，如何？"
廖："这怎么行！你们是新中国的代表团去欧洲参加保卫世界和平大会，还长袍马褂的。"
徐笑着："有民族特色嘛！"
廖："还是穿西服和中山装吧。"
徐："它暖和呀，路过西伯利亚可冷啊。"
廖："在火车上能冷到哪儿去？再说周恩来同志不是给代表团每人都做了貉皮大衣嘛！

又轻柔又暖和。”

徐：“我这辈子，还是第一次有这样好的皮大衣。哎，这次代表团各行名家云集，老朋友有郭沫若、田汉，十几位。可我最急着见面而又没见到的是……”

廖：“古元！延安的木刻家。对不对？”

徐：“对！他在沈阳工作。各地代表到哈尔滨会合才能见到他呢。”

老曹拿着信进来：“徐院长，信。”

廖接过，看看信封，高兴地：“丽丽来信了。”

徐：“哦，她说什么？”

廖读：“爸，我现在是一名解放军女战士了。组织上要派我去芜湖参加接管安徽大学的工作。”

徐：“丽丽参加革命后进步很大呀，性格也开朗多了。”

廖：“是啊。她多亏通过地下党组织离开了张道藩他们。”然后接着读，“爸，对于南京那个家，我毫不留恋，我离开的时候，只带了你给我的手表、信和邮票，可惜你给我的那些画，被妈妈偷去了。我想，我有爸爸，他会再给我画的，是不是？爸，为了表示和过去告别，我自己改名叫徐静斐，你认为好吗？”

徐：“好！”拿过信溜了一眼，笑着说，“等我到布拉格，再给徐静斐同志回信。”

玩积木的庆平：“爸爸，布拉格是什么？”

徐：“布拉格是捷克的首都，很远很远。爸爸要去那里开会。你在家里要乖，听妈妈的话。”说着又拿过一摞速写本和画笔。

廖：“带这么多！连来带去不就两个月吗？”

徐：“保卫世界和平大会，一定有许多动人的场面和人物，我要积累素材，回来创作一幅大作品。”

35–14　南京蒋碧微家卧室　春　蒋碧微、张道藩

张道藩、蒋碧微在密谈。

张：“各地战事又起，烽火狼烟。南京、上海岌岌可危。国府迁到台湾是迟早的事了。我看你最好及早搬到台北。台湾与大陆大海相隔，绝不会像长江那么容易渡过。”

碧微：“到台湾，举目无亲，寂寞也会寂寞死的。”

张：“但是，可以避免生命的危险和种种苦难。”

碧微：“唉，我一个人在台湾如何生活？”苦笑，“只有变卖悲鸿的画为生了。”

张很受刺激：“到台湾后，你放心，只要我在一天，总不会让你挨饿。”

碧微：“到了台湾，你得和素珊母女在一起。”

张：“哦，我还没有告诉你，我已经把素珊母女送到台湾高雄了。”

碧微："为什么到高雄？"

张："素珊的姐夫在高雄港工作，她姐姐和母亲都在高雄住家。而我由于公务将要留在台北，这样就可以和你在一起了。"

碧微心中感到些安慰。

张："我为了爱你，使你受了莫大的损失和痛苦。我是一个罪大恶极的人，只希望以后不再增加罪恶，也就是千方百计使你安全。"

碧微："不要这样说，我和你在一起，无怨无悔！真的，这是我真诚的选择！"

二人沉浸在一种复杂的情绪里，半晌无言。

张："我的余生，于公于私只有两件事，那就是对党国对你尽最后的责任。"

"最后的责任？"碧微幽幽地，"记得在巴黎我们刚刚相识的时候，双十节，你在自己的住室，一个人对着悬挂的党旗高歌！满眶热泪！那时候，我就坚信你会成为一个出色的政治家。那时你对未来有无限美好的憧憬。"

张眼中闪过一丝亮光，继而又变为痛苦和迷茫的神情。

碧微："唉，偌大的事业！偌大的江山！怎么会一下子糟到不可收拾的地步？"

二人沉默。

张低声地："我还要鼓起勇气做最后的努力。"

又一阵沉默。

张："你先去台湾，把一九二六年我们在巴黎第一次通信以来的信件全部带走，一定要妥善保存。"

碧微："我会的。我做了编号，一共是三百五十四封。"

张："这是我们相思和痛苦的记录，二十三年了！有朝一日把它公之于社会，我们的至情也会借此永留天地间。"

碧微听了，百感丛生，落下泪来。

张："还有，把我写的剧本、画的画也一并带走。"

碧微点头。

张叹口气："业绩平平啊！"

碧微："你是政治家，写作、画画对你只是余兴。"

张："余兴？我何尝不愿以此为主业！我做梦都想成为一个绝代的艺术家。否则为什么在欧洲学画七年？可老天对我是吝啬的，毫不眷顾啊！"

碧微吃惊而怜惜地望着他。

张冷静下来："如果我万一……这些也替我出版。拜托了。"

碧微："万一？你也不要过于悲观。"

张："时局紧急，什么情况都可能发生。"

碧微又落下泪来。

张劝慰着："你看，不是还没有出现万一嘛！笑笑！"

碧微不好意思地抹去泪。

张轻声叮嘱："记住这三件事。你要知道，唯有文字可以使我们遗留点痕迹在人间。"又叹息着，"这一生啊……"

35-15　北京徐悲鸿家画室　夏　廖静文、徐悲鸿、幼儿庆平

徐悲鸿给庆平在小石板上用石笔画飞机。

廖静文进屋，托着西红柿："刚摘下来的。"

徐笑道："儿子，妈妈又要炒鸡蛋西红柿了！"

庆平欢叫着："我吃！我吃！"

廖："好，午饭就做给你和芳芳吃。看来，爱吃西红柿也是徐家的传授了。哎，你们画什么呢？"

庆平："爸爸给我画飞机。"转对徐，"爸，再给我画只猫。"

徐："好，等我开完会回来给你画。"

庆平："你怎么老开会呀？"

徐："那是爸爸的工作呀。"

庆平："我怎么不开会呀？"

徐："你还小啊。庆平，你一天到晚干什么呢？"

庆平："玩，吃东西，还有睡觉。"

徐："好，那你就玩吧。"

廖："你今天去讨论什么？"

徐："国歌方案。新的国旗、国徽方案已经通过了，国歌至今还没有定下来。虽然收到数以千计的投稿，却没有一个尽如人意。"

廖："哎呀，中国人民政治协商会议就要召开了，在会上国旗、国徽、国歌都要定下来呀！"

徐："是啊！今天毛主席、周副主席召集二十多人开会讨论。我和几位朋友商量，静，我们提议用《义勇军进行曲》为国歌。"

廖："那怎么可以呢？歌词中有'中华民族到了最危险的时候'，现在唱不合适吧。"

徐："这有什么不合适？一个人，一个民族、一个国家永远要居安思危。法国的《马赛曲》便是一支很悲壮的歌曲，它的原名叫《莱茵军进行曲》，一七九二年，法国马赛工人革命队伍高唱着这支歌开进了巴黎。歌词中也有'专制暴政在压迫着我们，那凶狠的士兵，到处在残杀人民，投入战斗，把敌人消灭净'，你看，这歌词不也是很悲壮吗？后来，《马

赛曲》被确定为法国国歌。”

廖点头。

徐：“人民在胜利中不忘过去的斗争，它能鼓舞人们永远以昂扬奋起的精神，继续前进。《义勇军进行曲》正是这样。它歌颂了人民的意志、民族的自信和英雄气概，有着永恒的意义。”

35-16　北京天安门　1949年10月1日

在《义勇军进行曲》嘹亮、昂扬的前奏声中，呈现天安门上的国徽、城楼漫卷的红旗、金水桥前的华表、巍峨雄伟的天安门。

35-17　北京徐悲鸿家客厅　秋　徐悲鸿、廖静文、幼儿庆平、老曹

廖静文：“今天穿哪件？”

徐悲鸿：“开国大典，上天安门城楼与毛主席、周总理他们一起，我还是穿中山装吧。”

廖：“我看就穿这身西装吧，精神！”

徐：“好，听你的。”

正在屋里玩的庆平问：“爸爸去哪儿？”

廖：“爸爸上天安门城楼。”

庆平：“我也去！”

徐笑着：“那可不行。庆平，今天是个特殊的日子，一九四九年十月一日，是我们中华人民共和国的生日。记住了，十月一日。”

庆平：“记住了。”

徐：“玩去吧。”

庆平喊着：“哦——十月一日！十月一日！”一路疯跑出去玩了。

老曹进屋：“徐院长，该走了。长安街上正过群众队伍，今天有几十万人去天安门广场。咱们车得绕路才能到午门停车场。”

徐：“好！我该走了。”

廖：“我送你到门口。”

35-18　北京徐悲鸿家院　秋　徐悲鸿、廖静文

院中月季盛开，花团锦簇。

廖静文送徐悲鸿，给他整整衣领：“真精神！”

徐神采奕奕：“我去了。”

廖：“我在家里听实况广播。”

35–19　北京徐悲鸿家院　秋　徐悲鸿、齐白石、廖静文、齐孙

徐悲鸿高兴地陪齐白石在看石榴树，齐孙搀着爷爷。廖静文跟在一旁。

徐："白石先生，我从您家移栽过来的这棵石榴树头一次挂果，您看，结得很大呢。静文，拿个小篮子来。"伸手要摘。

齐："不要摘，留在树上。"

廖提着小竹篮走来："悲鸿早讲过，第一次结的石榴一定送给您。"

徐笑道："这也是自食其果嘛！"折下带枝的石榴，姿态很美。

齐笑呵呵地："我可舍不得吃，这么好看，就摆在案头吧。"

徐："好啊。"

齐："今天吃了夫人做的家乡菜，又得到悲鸿手摘的石榴，真是高兴极了。"

徐指指石榴树："等以后石榴结多了，我们再一起摘石榴，吃石榴。"

齐："还要一起画石榴！"

徐："好！好！"

齐孙："爷爷，你该回家休息啦。"

齐："悲鸿，静文，那我回去了。"

徐叫："老曹，送白石先生回家吧。"

徐和齐孙搀着齐向大门走去，廖提着小篮跟着。

齐："让石榴在前面。"

廖笑着提着小篮子赶上："让石榴走在前面。"

35–20　北京中央美术学院礼堂　夏　徐悲鸿、吴作人、黄警顽、刘勃舒、学生

讲台上悬挂着毛主席像。

吴作人站在讲台上宣布："今天，中央美术学院全体学生默画人体结构。"

徐悲鸿在一排排学生中巡视，学生们认真地画着。

黄警顽进来："徐院长，外面有人找。"

礼堂外，一个戴红领巾的瘦瘦的十四岁男孩向徐敬礼："徐老师，我是南昌来的刘勃舒。"

徐惊喜地："画马的神童！"

35–21　北京徐悲鸿家画室　夏　徐悲鸿、刘勃舒

徐悲鸿充满爱意地："孩子，你太瘦了，以后每星期天你来我家吃饭，增加营养！"

刘勃舒不好意思地点点头。

徐："你有绘画的天赋，只要诚恳、自信、顽强，将来一定能有所成就。这也是我的法国老师当年对我的教导。你必须立志，努力成为世界第一流画家，不要沾沾自喜于微小的成功。"

刘认真地："我要好好学您画的马。"

徐笑了："聪明人说得好，跟人家的脚步走，你就是落在人后。"

刘不解。

徐："画马不必学我，真马比我更可师法。"

刘点头。

徐："就拿画马来说，我画的速写不下千幅。"

刘惊奇："千幅？"

徐："千幅。并且学过马的解剖，熟悉马的骨架、肌肉，还仔细观察过它的动态和神情。然后和用笔、用墨以及利用纸的性质，包括水的妙用，结合起来，才能产生独特的画法。"

刘点头铭记。

徐："要下苦功。要想画好马，非画掉一车画纸不可，不，甚至两三车纸才行。"

刘钦佩地望着。

徐对纸端详一会，用笔杆把马的膝、肩、胸、臀等处做上记号，然后将这些重要部位用墨勾勒出轮廓。

刘专注地看。

大笔纵写飞扬的马鬃、马尾，徐又泼墨画马头、马身、马腿，最后细画马蹄。豪放雄肆的奔马跃然纸上。（这一组镜头语言追求诗化的意境！）继之，徐所画的姿态万千的各种马迭出。

画外马嘶鸣，单马，众马，奔腾之声汹涌澎湃，犹如徐悲鸿殚精竭虑培养缔造的一代代美术新军驰骋万里。

35-22　台北孙多慈画展前厅　1953年秋　孙多慈、蒋碧微

孙多慈手捧着鲜花，被簇拥在热情的来宾和观众中。

蒋碧微进门，穿过人群："孙多慈教授——"

孙客气地："噢，蒋先生。"

碧微走近孙："听到没有，悲鸿去世了。"

孙惊愕："什么！"

35-23　台北孙多慈家　秋　孙多慈

孙多慈冲进卫生间，反手锁上门，痛哭失声，忙拧开浴盆水龙头。

她倚在墙上哭着，哭着，身子瘫软下去。

和着哭声，水龙头哗哗地流……

35–24　台北蒋碧微家　秋　蒋碧微

夜，未开灯，客厅幽暗。

蒋碧微独自坐在沙发上，吸着烟。烟头明灭的红光隐约映出她的脸，没有泪，没有悲色，只是不停地拼命吸着烟。

35–25　北京徐悲鸿家客厅　秋　廖静文

在死寂中，廖静文抬起目光，忽然看到一篮石榴，那是悲鸿的嘱托！她清醒过来，摘下臂上的黑纱，拎起篮子出门。

35–26　北京齐白石家　秋　齐白石、廖静文

一篮石榴捧到齐白石面前，廖静文：“白石先生，这是悲鸿临走前给您摘的……”

齐：“谢谢！谢谢！好看的水果，我从来舍不得吃，那是大自然赐予的艺术品！悲鸿呢？我还要和他一起画石榴呢。”

廖：“他出国了，很长时间不能来看您了。”背身偷偷擦泪，“我会常来的。”

35–27　台北孙多慈家　秋　孙多慈

桌上摊开徐悲鸿当年寄来的诗稿，圈过的字帖，墙上挂着徐所赠的《双猫图》。

孙多慈流着泪在左臂衣袖戴上黑纱，耳边响着恩师的话：“多慈，任何时候都不要放下画笔。”“生命是短暂的，我们创造的艺术却可以接近永恒！”

35–28　台北蒋碧微家　秋　蒋碧微、张道藩

蒋碧微、张道藩相依在沙发上。

碧微感叹：“他活得很累，追求、奋斗……还是两手空空地走了，而我们却留下来。”

张低声地：“不，他留下来了，而我们……”长叹一声，“一切荣华富贵都是过眼烟云。”

35–29　北京徐悲鸿纪念馆院　1954年　秋　齐白石、廖静文

齐白石颤颤巍巍地进院，一下惊呆了。

屋檐下悬挂着周恩来题写的“悲鸿故居”匾额。院中立着徐悲鸿拿着画笔、颜料盘的全身塑像。台阶上排列着白菊、黄菊。一片肃穆。

廖静文闻声迎上，她发际戴一朵白花，身着素服："白石先生。"

齐声音颤抖地追问："他什么时候走的？什么时候？"

廖哭起来："一年以前。"

"老天！"齐仰天悲叹，无声地哭着，银须抖动。

齐哽咽地："悲鸿先生，白石来看你了！"深深地三鞠躬。

齐："悲鸿啊——"

这声音更增添了无限哀伤和思念。

徐悲鸿紧握画笔颜料盘的塑像屹立着。

在黑衬底上拉出如下字幕：

徐悲鸿　1949年当选中国美术家协会主席、中央美术学院院长。他的美术创作融会中西，独树一帜。他所建立的美术教育体系，在中国延续了半个多世纪，至今仍有强大力量。

齐白石　著名国画家、篆刻家。继徐悲鸿任中国美术家协会主席。93岁当选德国艺术科学院通讯院士。94岁获国际和平奖金。95岁逝世，7年后，1963年被选为世界十大文化名人。

吴作人　著名画家、美术教育家。继任中央美术学院院长、中国美术家协会主席。曾获法国"文学艺术最高勋章"、比利时"王冠级荣誉勋章"。

张大千　著名国画家。

傅抱石　著名国画家、美术史论家。历任中国美术家协会副主席、江苏省中国画院院长。

蒋兆和　著名国画家、美术教育家。

滑田友　著名雕塑家、美术教育家。

冯法祀　著名油画家、美术教育家。

孙多慈　著名画家，台湾师范大学及中国文化大学艺术系教授。惊闻徐悲鸿逝世，为他戴孝三年。

蒋碧微　与张道藩在台湾同居十年后分手。

廖静文　"徐悲鸿纪念馆"馆长。著述了《徐悲鸿一生》，出版了多种徐悲鸿画册和纪念文集，在十多个国家和中国各地举办徐悲鸿画展。

——剧终———

附　　录

拍自己真正喜欢的

——与王好为谈《村路带我回家》

罗雪莹

也许是偏爱，在王好为执导的作品中，《村路带我回家》最令我动心。它是那么恬淡、清丽，犹如一首田园抒情诗。然而，透过小草般柔弱的女主人公乔叶叶的命运，我却体味出生活的辛酸苦涩和创作者对普通人的深厚爱心。一个明媚的春日，王好为就这部影片的创作接受了笔者的采访。

话说乔叶叶

笔者：对于影片《村路带我回家》，评论界众说不一。争论的焦点，是对女主人公乔叶叶的形象如何评价。赞赏者认为，影片通过一个善良弱者在社会潮流中的命运展示生活内涵，视角很新。乔叶叶这种时代大潮中的小草形象，是以往文学作品和银幕上少见的。另一些人则认为，当年的知青生活充满血泪，大有可挖掘之处。写这么一个懵懵懂懂的人物，有何意义？很想知道，你为什么对乔叶叶这个形象产生了兴趣？

王好为：描写知青生活的小说我读过一些，觉得铁凝的《村路带我回家》有与众不同之处。我最崇拜的作家是罗曼·罗兰。乔叶叶的形象使我想起他的《约翰·克利斯朵夫》第一卷中的萨皮娜。克利斯朵夫一生与许多女性接触，其中给我印象最深的，是他与开针线铺的寡妇萨皮娜的一段爱情经历。这个女人非常善良、平和、慵懒、坦诚。她的货架总是很凌乱，谁想从她那儿买点针头线脑，永远找不到。她找一会儿也就懒得找，随便把人打发到别的铺子去。每天早晨起来，光是梳头，就得半天。往头上每插完一根针，就要歇一会儿。德国人一般都喜欢音乐，不喜欢的也要附庸风雅。可她却直率地对克利斯朵夫说她“不喜欢”。克利斯朵夫性格暴烈、强悍，但一到这个女人面前，就马上沉静下来，感到舒畅自如。虽然两人未成眷属，却心心相印，他们如一团烈火和一潭秋水那样相反相成。我对萨皮娜这个人物的喜爱，也许在乔叶叶身上得到了感应。

乔叶叶貌不惊人，才不出众。在一大批叱咤风云的知青中，她的引人注目之处恰恰在于她的毫无作为。她生活态度淡然，有些慵懒，目光不专注，思维和动作也不敏捷。她善良，既无害人之心，也无防人之意，甚至“敌”我不分，拉住“地主分子”叫大叔。她单纯得近于幼稚，像孩子一样让人一眼望穿。尤端阳叫她铁心务农，扎根农村，她表示“愿意下来，也愿意回去”。尤端阳问她：“那你还想不想进步？”她说：“我是想啊，可是人人都很进步，那就谁也显不出来了。”在那动乱的年代里，她悄悄地活着，既不幻想挟带什么风雷，也不曾为了给生活留下痕迹而制造任何创痛。小草般地柔弱，柳絮般地渺无声息。然而，她毕竟没有被政治的狂潮所污染。比起那些在叱咤风云中丧失自我的“弄潮儿”来，她更快地把握住了自己。

乔叶叶的形象在我们的文学和电影画廊中虽不多见，但生活里却不乏这种性格。我的同学和朋友中，就有类似的人物。他们算不上社会精英，平凡得无任何事迹可言，却善良、淳朴，闪动着人性的光辉。为什么乔叶叶这类不起眼的小人物就不能在银幕上占有一席之地呢？她的人生态度也许消极了些，我们也不一定提倡这种人生态度，但她不过多地受传统和政治的束缚，活得自然、超脱、真诚、坦白，我对这一点是很赞赏的。我觉得，人身上需要具备一点这样的因素，不要总带那么重的功利主义。

有人认为乔叶叶最后回到农村不可信——下乡知青对返城都是求之不得，何况宋侃还在城里信誓旦旦地等着她。我觉得，这个看似难以理解的行为，是由乔叶叶的特殊性格所决定的。从什么活儿都不会干到学会种棉花，并不是她回到乡下去的主要原因，因为她毕竟不是植棉能手。倒是农村自然淳朴的环境，更加符合她的天性。更何况，那里有金召坚实的臂膀可供她依靠，她觉得在那儿比回城当幼儿园临时工要踏实，要舒展自如。所以，她沿着村路，回到了劳动和大地当中，回到了淳朴而又生机勃勃的人们当中。

影片放完后，各种理解都有。有人说，乔叶叶从一个又懒又笨的姑娘到学会种棉花，是一种进步；有人说，她最后回到农村，很有意义，咱们中国以农为本嘛；也有人说，乔叶叶自然真诚的人生态度值得赞赏……影片拍摄时，摄制组也对作品究竟要说什么争论不休。为使大家在创作中有一个共同理解和遵循的思想，我在“导演阐述”中便把影片主题暂且归结为“通过乔叶叶的经历，表现两个时代思想观念和价值观念的变化，表现人们由不能掌握自己的命运到能够掌握自己的命运”。但这是对影片主题浅层次的理解，究竟想表现什么，我一时也难说清。我觉得，中国电影的毛病就在于把什么都表达得太清楚，这是把生活简单化了的结果。我不敢说讲不清主题的《村路带我回家》有多么深刻，但对主题思想众口一词的作品，我却能断言它是不深刻的。

笔者：请你谈谈，像乔叶叶这样一个各方面都不出众的女性，何以赢得三个男人的爱恋?

王好为：这个问题，我也和铁凝讨论过。乔叶叶是个娇小的女孩子，善良，真诚，柔弱，无能，这对于某些男性具有一定的吸引力，容易对她产生一种无可奈何的同情和怜爱。尤其是乔叶叶身上很少有当年知青共有的虚荣心和“上进心”。尽管她也不能完全摆脱政治风云的裹挟，但较少受到政治污染。和她相处，不用去表现什么，自我塑造什么，提防什么，有一种不可多得的安全感和松弛感。简言之，就是和她相处不累得慌。这大概是她独特魅力之所在。

就拿男主人公金召来说，他是农村的复员兵，被诬陷为坏分子。他聪明、博学、身处逆境却不甘屈辱，常以居高临下的蔑视态度，加倍还击生活对自己的不公正。但在他的尖刻和放荡不羁中，也有几分表演成分。这种假面具的盔甲是他以攻为守的手段。只有在乔叶叶善良、单纯的目光下，他才本色地、舒畅地生活着，因为有了乔叶叶，他更为自己被剥夺的尊严而愤懑，也为自己的“表演”而痛苦。我们在把握人物桀骜不驯的性格基调的同时，也特别点染了他内心的痛楚。比如，乔叶叶在队长带领下到金召家“认四类”，临走时善意地替他把院门关好，这使他很感动。我们给了一个全景：刚才还趾高气扬的金召，此刻却闷闷地坐在梯子上叹了口气：自己究竟算个什么人呢？再如，金召帮乔叶叶割韭菜，盼雨熊了他一顿，从他肩上夺下筐子，招呼乔叶叶回去。我们也给了一个大全景。乔叶叶对盼雨的做法不以为然，过小水洼时，没让盼雨扶，自己踩着水里的石头走了。在这个镜头中，金召一直呆呆地站在那儿，没有一句话，也看不清脸上的表情，但人们能感到他内心的屈辱、愤懑和孤独。

影片的另一个男主人公是知青组长宋侃。他循规蹈矩，不敢表示甚或是没有自己的独立见解。对潮流总是努力理解和顺从，往往用理性抑制感情，陷入不能自拔的痛苦状态，生活得并不舒畅。他内心喜欢乔叶叶的恬淡、与世无争，她可以成为自己精神的避风港。在插队时他暗暗关心和帮助她。但在乔叶叶和盼雨登记结婚这一人生重大抉择关头，他却怯于潮流的压力，没有勇气公开自己对乔叶叶的感情。从骨子里说，他爱乔叶叶还不如爱他自己，爱他的前程和自我塑造的形象。他自我意识很强，但从根本意义上说却丧失了自我。

围绕着乔叶叶的第三个男人是农村青年盼雨。他憨厚、勤快，也具有农民的保守和虚荣。他爱乔叶叶的娇小、美丽，随和，有文化，是城里的学生。至于她的慵懒、不会干活，也都被认为是与她身份共生的引人爱怜之处。能娶这样的女人，盼雨感到心满意足。

笔者：但对乔叶叶来说，她与盼雨的结合却是充满悲剧意味的。可影片中几乎看不到她内心的矛盾和痛苦。

王好为：按常理，一个城市女学生嫁给个没有文化、其貌不扬的农民，一定会后悔不迭，无法忍受。但对乔叶叶这个特定人物来讲，要做具体分析。盼雨帮她干活，给她做好吃的，对她体贴入微。而且他俩之间很平等，尤端阳经常给她记小本，宋侃在公众场合也要不时批评她几句，只有在盼雨面前，她不必担心自己的弱点会受到指责，因而觉得自然、松弛、毫不拘束。虽然对盼雨谈不上爱，却有相当的好感。为了生活得舒适而嫁给一个不太讨厌的人，这种情况在城市中都不是个别的，何况是农村，更何况是对艰苦劳累的知青生活很不适应的乔叶叶！因此，乔叶叶对自己婚姻的悲剧性，并无清醒的意识。她抱着从县城采购的结婚用品坐在盼雨的自行车上笑呵呵地归来，新婚之夜，心满意足地在温暖的炕上吃花生、让盼雨用崭新的热毛巾给她擦嘴上的黑灰等等，都表现了她对自己的命运并不自觉的心境。

然而，当局者迷，旁观者清。一个并无政治野心的善良的姑娘被哄抬为“扎根典型”，成了政治运动的牺牲品，这荒谬而可悲的历史不能不令人感到愤懑和辛酸。乔叶叶的悲剧不在于一个知青下嫁给了一个农民，而在于她和盼雨的结合缺乏爱情的基础。因此，在拍新婚之夜这场戏时，如何既拍出欢乐、温暖的气氛，又点染出主人公尚未意识到的悲剧性，我们对此颇费思索，主要在音乐和音响处理上想了些办法。作曲家张丕基写的主旋律，优美柔弱，用手风琴独奏，非常凄楚动人，与乔叶叶的性格、命运十分贴切。但他加上交响乐的配器之后，反而没有了那种神韵。我们和他再三商量，最后他同意在几个情绪段落，只用一个单手拉的手风琴作为乔叶叶的主题音乐。这样反而别致，有特色。我们开始录了不少人物对话和环境杂音，总觉得内在的悲剧性出不来。后来我们删去这场戏的全部台词，隐去前景铲花生、剥花生、倒水声等，保留远景寒夜的风声及狗叫，作为手风琴低音部的和弦伴奏。凄楚颤抖的音乐与邈远寒夜的声息造成一种悲凉的氛围。这场戏又和下一场知青点的戏形成对比：大通铺，炉旁烤着鞋垫、套袖，炉上的铁丝架上烤着窝头、白薯，知青们有的钻在被窝里用水缸焐手，有的补衣服……风声、狗叫把新婚之夜和这场戏连在一起，与画面相互映衬，把我们追求的情绪和意境营造了出来。

笔者：如果说，乔叶叶的第一次婚姻具有时代的悲剧性；那么，她与金召的结合，则是对自己命运的独立抉择。但也有同志认为，她是在看到金召送来了包袱之后，突然决定嫁给他的。已经有过一次教训现在处理重大感情问题仍旧那么迷糊，简直不可思议。请谈谈你的看法。

王好为：乍一看，乔叶叶决定嫁给金召似乎有点轻率，但细细品味，影片中许多戏都是在铺垫她对金召的感情。从“认四类”和金召相见的最初一瞬，乔叶叶就对他产生了一种说不清的敬畏和好奇。在农村的那些年中金召教她割韭菜，帮她换棉种、修机器……帮助她克服了劳动的艰难。她仰慕金召的智慧、洒脱和咄咄逼人的气势，即使他远远站在那里，也使乔叶叶感到一种灼热，一种躁动不安。麦秸垛下躲雨和棉田中共享收获的喜悦，更是两人感情的升华。然而，对于这种已经在心中产生的非常深厚的感情，乔叶叶一直是下意识的，并没有认真清醒地思考过。而她对宋侃，始终不像对一个爱人，只是从小把他视为兄长，有一种尊敬、依赖之情。当宋侃在麦秸垛旁以他这个人所能有的表达方式说“原先我想咱们以后还得互相帮助呢”，乔叶叶才忽然明白了宋侃对自己不寻常的感情。宋侃临上大学前要乔叶叶等他四年，毕业后回来接她，使乔叶叶觉得自己是要和宋侃在一起的。所以，当金召在村头把宋侃气走，回来跟乔叶叶说他俩登记“是早晚的事”时，乔叶叶气得泪花直转，马上收拾东西进城找宋侃，解释她和金召“什么事也没有”。可宋侃一旦认真提出两人的关系问题，她又含糊了：“你让我再好好想想行吗？”回家后看到金召送来的包袱，再加上妈妈的询问，使她心中对金召感情的积淀一下子翻腾了出来。但善良的乔叶叶始终没有悟到宋侃对自己的厌倦，反而为自己选择了金召而感到有负于宋侃。影片用了一个近景，表现她真诚的内疚：她转头望着宋侃，眼里满含泪水：“我忘不了，你是诚实的。”

宋侃对乔叶叶的感情中，有爱，有歉疚，有同情，有义务感。他曾经爱过乔叶叶，但上大学后，日益感到与她的差距。暑假回乡探望乔叶叶，愈发看不惯其村妇般的举止和盼雨的孩子，以致连水都不喝一口便匆匆告别，准备送给她的凉帽也重新折好放回挎包里。乔叶叶最后的决定使他心安理得地卸掉了这个包袱，但我们也不想简单化地处理这个人物，表现他内心如何的轻松。而是给了他一个特写：望着远去的叶叶，他心潮起伏，也许他会按照尤端阳的话，不再做“多情的男子汉”，而去“现实”地生活。但他内心又隐隐意识到再一次失掉了值得珍视的东西。

乔叶叶最后选择金召，说明她有了自主意识，找到了自己在生活中的位置。但今后的生活是否美满幸福，却很难下断语。因为金召是个很不安分的人，倒霉时不安分，得意时更张狂。他富于开拓进取精神，但也有不是东西的侵略性的一面。比如，他想改变乔叶叶的生活，就采取了到她家拔铁锅、拆顶棚等强硬的手段。因此，我们不想把结尾拍得很辉煌，似乎乔叶叶找到了幸福的乐园，前程似锦。结尾的一组镜头是这样处理的：金召骑摩托车从积雪的林中驶来，乔叶叶和女儿在长途汽车后座上欣喜地和他打招呼。混录时，删去了这些画面的所有台词和音响效果，只留下乔叶叶的主题音乐——单调、凄楚、柔弱的手风琴声。最后，一切归于沉寂，画面上只有积雪的小路和悬着冰柱的柿树林。我希望它们勾起观众对乔叶叶整个生活经历的回忆，对她的命运既有欣慰和祝福，也含有几丝惆怅与酸楚。

追求恬淡、忧郁的诗情

笔者：我非常喜欢这部影片典雅抒情的格调。那一幅幅优美的画面，都渗透着对山河大地的由衷的诗情。

王好为：我虽然在城市长大，却喜欢乡村和荒野，觉得在那些地方人与自然更加贴近了。比如拍《北国红豆》时到东北原始森林，那些千年的古松，厚实柔软的苔藓，倒在溪流里的枯树，我都沉醉得不愿离去。而一到上海、深圳，待两天就够够的了。在那些舞会、酒吧我简直别扭得无所措手足。我之所以一直想拍铁凝的《哦，香雪》，就是因为那是一首异常优美的田园诗，那些淳朴善良的农村姑娘，那种宁静和谐的诗意，都令我心向往之。这种感受可能与我喜欢古典诗词和中国山水画有关。

拍《村路带我回家》时，铁凝和她的父亲（一位画家）陪着我们到保定附近的农村采景。原著写的是一望无际的冀中平原，我们就先去清苑县。看了一些村子，全是一排排新建的砖房和高大的防护林带，已失去当年知青插队时的特点。于是，我们就往西走到接近太行山浅山区的满城县，那里砖比石贵，房、路、墙、堰，全是石头垒的，显得非常厚重好看，有一种生活形态的粗粝和封闭感。这里比平原贫瘠，但民风更加淳朴。且有影片所需的棉田和各式各样的草垛。虽不像江南水乡那般秀丽，也没有黄土高原的千沟万壑，但整个环境仍然有一种田园牧歌式的优美。在小小的杨树林里走一走，在小水塘边坐一坐，感到怡然自得。正是在那石基泥墙的村舍和静静的杨树林中，我体味到未来影片的优美、宁静和忧郁的诗情。我们决定把这里作为外景地，力求把环境拍得非常美，不仅要让我流连忘返，也要让乔叶叶愿意把这儿当成她的家。同时，乔叶叶的气质和命运，也决定了我们在影片格调上追求惆怅忧郁的诗情。

农村的环境比较杂乱，加工得太干净又会破坏生活实感。为了既令人信服地表现它的贫瘠和寂寥，又不脱离影片富于诗情的主调，我们将某些场景多次使用。比如，那条杨树林间的村路，盼雨帮乔叶叶挑水，尤端阳找乔叶叶谈话劝她扎根等几场戏，都选在这里拍摄。同时，除了尽量选用在色彩上与影片基调和谐的景物、服装和道具外，多采用晨曦、黄昏、雨、雾、雪等气氛镜头，让被摄体像包上一层透明的轻纱，把景物中琐碎的东西隐去，从而使环境显得更单纯、更有情调。

在镜头运用上，多采用固定镜头和长镜头，人物调度也不是很多。这样造成的徐缓沉郁的节奏更加贴近乔叶叶娴静的气质。固定的长镜头要求演员的戏充实准确。镜头分切少，不可能把表演的败笔隐到画外，演员对形象的整体把握要细致。同时，也要求摄影师的画面耐看，有意境、有韵味，内涵丰富。

为了追求诗意，更好地抒发人物的内心情感，我们还在一些戏中运用了诗歌创作中比兴的手法。

比如，在北京筹备这部影片时，正值四月，洁白轻盈的柳絮漫天飞舞，如梦似幻，不知哪儿是它的落脚地，和乔叶叶的形象很贴切。摄影师李晨声兴奋得很，说无论如何得把它拍下来。但当时厂里尚未把机器和胶片给我们拨过来，李晨声为没能拍到柳絮而追悔不已。谁知到了外景地之后，却发现那里是一片杨花似雪的美景。我们抢拍了乔叶叶送尤端阳上大学这场戏。在仰拍的大远景中，漫天的杨花迷蒙一片。乔叶叶站在石崖上，目送着尤端阳坐马车慢慢远去。接着是一系列特写：杨树飞花，撒向漫空；杨花落在溪流中；杨花附着在溪边的泥土上；杨花在溪水中漂流；杨花在水中的枯枝上颤抖。这一系列镜头不仅渲染了离情别绪，而且还具有某种隐喻象征意义。托物寓情，杨花抒发出我们对乔叶叶命运的同情和叹息。

再如，乔叶叶与盼雨登记结婚前在打麦场与宋侃分手那场戏，我们连续用了三个枯黄的小草在寒风中战栗的特写镜头，来比附她命运的孤独无助。

笔者：影片开头农民洗羊的画面，以及尤端阳上大学前与乔叶叶话别时一只离群小羊的特写镜头，也是一种比兴手法。有人认为用得贴切，也有人认为太直露。请谈谈你构思这些画面时的想法。

王好为：原文学剧本的开头，是用顶光、侧光、逆光拍摄的各式各样的麦秸垛。但实拍时由于农村已经实行了分田到户，不集体扬场了，麦秸垛都堆在自家院内或村巷，找不着大片麦秸垛的环境。正在琢磨影片怎么开头的时候，我们在村边看到了农民洗羊的场面——从桥上把羊一只只硬往水里扔。羊群一边惊叫，一边在水中挣扎，等它们游上岸，又被扔下去。这场面叫人又新奇又揪心。我们突然感到，这正是我们寻找了很久的影片的开端。我们把洗羊的画面和知青进村的镜头穿插在一起，看了这场戏之后有人说，这是隐喻对知青进行强制的思想改造，表现了知青无法把握自己命运的真实处境；有人说，这是一种粗粝的生活形态，表现了山村的封闭和艰苦。我觉得怎么理解都可以。

那个羔羊惊叫的画面，纯属偶然得之。拍尤端阳和乔叶叶谈话那场戏时，前景安排一个牧羊人赶着一群羊走过画面，以增添劳动气氛。但羊群中有只小羊走到演员面前时，突然站在那儿不走了，环顾四周惊叫起来。这时摄影师手中的机器还没关，我便悄悄提醒李羚演下去。这个人物与小羊同在的画面，产生了深长的意蕴。为了强化它，后来又加拍了羊群走过去的远景和小羊停步惊叫的特写。我认为这个比附用得并不牵强。因为羊群和小羊并不是天外拈来之物，而是农村常见的生活景象。

笔者：刚才你曾讲过，影片中许多戏都在铺垫金召和乔叶叶的感情。我觉得，躲雨和收获这两场戏，是集中表现两人情感交流的诗章。请谈谈这两场戏的构思。

王好为：乔叶叶和金召在棉田干活时，突然下起了瓢泼大雨。我们用了近20个镜头，细腻表现他俩不约而同地跑到同一个麦秸垛下躲雨时内心情感的交流。他们望着雨雾，没有一句话，只是偶然转头看一眼或感觉一下对方，但内心却极不平静。混录时，觉得仅凭雨幕中多种角度的麦秸垛、演员的表演和雨声，还达不到情绪的酣畅，且缺乏一种诗情。于是，在金召第一次回眸望乔叶叶时，飘入了乔叶叶的手风琴音乐主题。音乐声音逐渐加大，雨声隐去。画面上虽然雨流如注，却只听到乔叶叶的主题音乐。天宇间万籁俱寂，似乎只有两颗心灵的撞击。缥缈的音乐，迷蒙的气氛，准确表现了两人心灵的感应和交流。待到雨住天晴的空镜头，我们又在音乐中加进几声草垛上的雨滴声，像铝板琴的和弦，把观众拉回到现实的境界中。直到最后的大远景，空空的打麦场，两人已离去，音乐和滴水声似在诉说着刚才发生在这里的朦胧的不可言传的情愫。

乔叶叶在亲手种的棉田里摘棉花那场戏，她躺在棉堆上，望着天空浮云，闻着棉桃的芳香，遐想着，体味着，对穹宇、对人生有了种顿悟。这时金召骑着摩托车赶来，暮霭中向她讲述着什么远景规划，两人陶醉在收获的喜悦中。最后，伴随着乔叶叶的主题音乐，镜头落在银白丰硕的棉朵上。这是金召教会她种的棉花！这是那个不会打棉花杈的女孩亲手种的棉花！生活是苦涩的、艰辛的，也是甘美的、丰厚的！

为使影片拍得精练而有情致，我们把时代背景的描写推到后景很虚的地位，因为知青插队本身已经带有浓厚的时代印记，不必再贴标签了。两个时代的变迁，也用金召卧在草车上惬意地唱“莫斯科郊外的晚上”这一笔轻轻带过。那位从前曾批评他唱坏歌的队长，现在赶着车由他随便哼唱，并且自己也小声地跟着哼哼，说明他已不是专政对象了，观众从中完全能意会到新时代的到来。但总的来看，影片前半部叙述的事件还嫌太多，直到中间部分才增加了抒情段落。剧作上还可以再提炼，应把事件的交代再搞紧凑一些，把情绪部分再展开一些，这样，影片在风格上会更完整。

《村路带我回家》之外的话

笔者：一般来讲，创作者都有自己题材的敏感区。纵观你迄今为止执导的九部影片，从中能否找到一些内在的联系？

王好为：在题材的选择上，我好像并不执着于某个方面。如果一定要加以规范，那就是我对普通人比较感兴趣。回顾这些年来自己的作品，我对它们所反映的生活还是比较熟悉的。从我的家庭和社会环境看，最熟悉的要算是干部阶层，但我一直没找到这方面合适的本子。我在北京生活了40多年，对市民阶层街头巷尾的事也并不隔膜。上大学时每年都要下乡劳动两个月，对农村也不陌生。尽管年龄上比乔叶叶这些人大一茬，但由于下过干校，对他们的经历也有切身感受。倒是对现在的年轻人，才真正感到有点隔膜了。

笔者：你最满意自己的哪几部作品？

王好为：在我拍的几部戏中，我最喜欢《夕照街》《失信的村庄》和《村路带我回家》。《夕照街》是用纪实风格表现的市井小民的生活形态，打动我的是底层劳动群众相濡以沫的美好情谊。这部影片是群戏。字幕上有名有姓的人就有二十五六个。又是散文体结构，没有中心贯穿事件，没有总的悬念，几组人物多条线索相互交织，全靠每场戏的生活情趣和细致准确的人物关系、鲜明的人物性格以及性格之间的对比、映照来吸引人。对我来说有一定的难度，所以拍起来很经心。

李凖父子的《失信的村庄》剧本立意新，人物生动，语言幽默。摄制中，我们提给自己最重要的任务是增强作品的哲理性和诗意。剧本对环境未做规定和提示，外景地我们选在九朝古都洛阳。湮没在庄稼地里的宋陵石像、堪称世界住屋史上一大奇观的天井窑院、黄河滩的泥沙积淀，都使人感到内蕴的博大。我们把这些作为重要的造型语言，以一种古老的中原文化背景充实着影片。这些画面造型不只是人物活动的空间，也是具有历史内涵的时间的凝聚。我们把宋陵石像作为《失信的村庄》的标记。宋陵石像是几千年封建主义的象征，它在今天仍是一种巨大的存在，然而又将是被时代变革风化掉的存在。在影片首尾，我们拍了一系列黄河泥沙积淀的特写，它神奇，别致，像历史的年轮，蕴含着我们民族久远的昨天和今天。它是历史，是现实，是诗。我们愿人们从微观的泥沙积淀特写中，从辛庄发生的小故事中，思索博大的历史，思索民族的现实和未来。

笔者：《迷人的乐队》也是你的一部引人注目的作品。由于影片裹入了当时的政治宣传，使得对这部作品的评价带有一些艺术之外的东西。你对这部作品是怎么看的？

王好为：剧本所描写的地区的生活、农村实行生产责任制之后的富足以及农民掌握音乐的水平，都使我激动不已，感到与“四人帮”时期相比，真是换了一个天地！我的激动和兴奋是真诚的，并希望把这份真诚表达出来感染别人。但这部作品停留在对生活表象的描述，缺乏对人的深入的开掘。至于它在当时产生的政治效应，则不是我所预期和能左右的。

我这个人其实很矛盾。老庄的东西读得不多，我拍的许多作品也并非一种超然的态度，而是很入世；但我内心里，老早就对许多东西看得很透，非常向往返璞归真的恬淡，真是想啸傲山林而不得！《村路带我回家》在某种程度上是我内心的流露，但它还不能完全承载起我这些年的所思所想。

我是受革命传统教育长大的。“文革”中由于家庭和社会关系的牵连受了冲击。“黑苗子”的地位，使我对“文革”比较早就有了觉悟。

粉碎“四人帮”之后，我和大家一样，感到古老民族腾飞的喜悦，感到处处都充满了阳光。因此，我和一位工人作者一道，到下面采访，改稿，拍了《瞧这一家子》这一表现新的生活，富于喜剧色彩的作品。拍《夕照街》《迷人的乐队》时，我仍保持着这种兴奋的情绪。我表面上给人的印象是不苟言笑，其实我很喜欢幽默作品。只有很熟悉的人，才了解我的幽默感。但太闹的东西也搞不成，轻喜剧吧！忧郁、抒情的东西，我也很喜欢。作家中除罗曼·罗兰之外，我还特别喜爱屠格涅夫和艾特玛托夫。我挺喜欢听音乐，钱大多用来买了激光唱片和磁带。在音乐家中，我最喜欢肖邦。他的钢琴曲是诗，热情而忧郁。我总希望自己的作品也具有这种情调。至于说抒情和幽默哪个更适于我，这得看我的心境。像现在这样一脑门子官司，很难拍出喜剧。我现在有一种深深的失望和茫然。也许这是社会上一种普遍的情绪？如果真诚地把这种失望、茫然表现出来，可能成为真正有价值的现实主义作品。

现在，拍电影、搞艺术越来越难。但既然自己选择了导演这个职业，虽不能保证部部都是优秀之作，但总应给观众一点美好的东西。也许我写的是恶，但恶的背后，还是呼唤一种善的东西。总希望观众出了影院后，心灵比原来更美好一点，对生活的认识更丰富一点，对人生的思考更深刻一点。为政治而艺术，不对；为艺术而艺术，也不行；还是为人生而艺术吧。

我拍的影片无论高低粗细其中总有我真正喜欢、真正打动我的东西。我相信一位美国导演的话："你真喜欢的，就一定有人真喜欢。"

载于《当代电影》1989年第4期

在大山的褶皱里，于电影的诗情中
——王好为、李晨声说“香雪”

撰写/张晗　编辑/冷雨

2016年，临近初夏的这个端午有些热，我们按事先约好的时间，敲开了王好为导演的家门。进入王导家的第一感觉就是浓郁的文化气息，墙上挂着几幅友人的字画，客厅有一架钢琴，几个大书橱摆满了各国文学名著和艺术理论书籍，还有采自几十个国家的小玩意儿，琳琅满目。身着扎染衣装的王导讲起话来语速微快，举手投足间是电影女导演行事时的干练与率直。王导的丈夫——电影摄影师李晨声先生则是一个标准的低调“低音炮”，声音低沉又有磁性。他是王导多年的合作伙伴，堪称王导的“御用摄影师”，用王导的话来说就是：“我导演的片子都是他拍的。”于是一场关于影片《哦，香雪》拍摄往事的回忆，就此开始。

“村路”的波折，带来了“香雪”

《哦，香雪》是女作家铁凝的成名作，最早发表在1982年《青年文学》第5期上，后被其他媒体转载。王好为看到这篇小说，印象极好。它篇幅很短，优美清新，犹如一首散文诗。说起来，铁凝的那些作品王好为两口子都喜欢，于交谈中我们得知，原来在《哦，香雪》之前，王好为跟李晨声首先看上的是铁凝的中篇小说《村路带我回家》。这部小说写插队知青的生活与命运，在当时颇有争议，有些人称赞“写出了新意和深度”，有些人认为它“不知道在说什么”，还有的干脆就是反对。1984年冬，王好为和北影厂的文学编辑去保定找铁凝商量，铁凝很高兴地同意执笔将小说改编成剧本。交谈的过程中，铁凝说：“我还有个《哦，香雪》呢！”王好为说：“我知道啊！《人民日报》的转载我看过。”在当时，这部小说也已经由铁凝执笔改编了电影剧本出来，参与者还有北京电影学院的汪流和谢晓晶老师。于是《哦，香雪》便成了王好为此行的意外收获。回京后，即向北影厂文学部也做了正式申报。

20世纪80年代，中国电影市场娱乐片已经风生水起，受到热捧。北影厂领导担心

《哦，香雪》这样的艺术片其票房前景恐不会乐观，于是安排王好为和李晨声先去拍《迷人的乐队》，之后又拍《失信的村庄》。直到1987年，就连先前有些波折的《村路带我回家》都用套拍《金匾背后》的方式拍完了，而《哦，香雪》却依然遥遥无期。这几年，王好为找了很多知名导演和编剧请教这个剧本，谢铁骊看了剧本认为“还不错，但顶多也就拍5本，不够一部长片的长度。”陈怀皑却很支持，他说：“看你怎么拍，有的地方一渲染，它不就够了吗。”《牧马人》《李双双》的编剧李準看完剧本觉得很好。而水华的意见则刚好相反，认为它“太淡了，太短了”。不管这些前辈怎么说，王好为和李晨声始终想把《哦，香雪》拍出来，每年都郑重地向厂里申请，但始终无法如愿。

转机出现在1989年上半年，当时儿影厂有一个摄制组半截儿下马了，王好为夫妇马上去找到时任中国儿童电影制片厂文学厂长的梁晓声：“能不能把《哦，香雪》顶上？”梁晓声熟悉这个作品，同为作家也熟悉铁凝，他认为“可以”。于是《哦，香雪》就被儿影厂列为那一年的拍摄任务之一。

走出常规　求助于现实生活

“香雪”是王好为接拍的第十部故事片。此前为了能够将其投入拍摄，她和李晨声很是做了一番努力，并且也等待了不短的时间。可一旦获得拍摄权时，他俩马上又清醒地意识到自己在创作上将要面临的冒险以及挑战。

《哦，香雪》实在没有有趣的故事，以及跌宕的情节。有的只是铁轨、火车、大山，以及一群内心深处里宁静与冲动交织的姑娘和她们的日常劳作。这会让导演失去惯常熟悉的凭借戏剧冲突来塑造人物和吸引观众的手段，当时面对这部散文电影，王好为与李晨声真是非常茫然。两人为如何把握这种样式的体裁，如何把阅读时对小说意境里的那般意会搬到银幕上，并深化它的内涵，以及增添篇幅来达到故事片在时间上的要求而苦苦地思索。虽然惶恐，却又很兴奋。因为十年来的实践与经验也在提醒他们，每当遇到一个不知如何下手的剧本，当那些以往的经验难以应付，出现困惑、紧张、战战兢兢的创作心态时，与困难并存的必然还会有新的路径与收获。

即便如此，他们翻遍了铁凝的书作以及其他一些诗意化的作品，没有可以直接移植的东西。于是王好为决定还是出去走走，找找感觉，受受启发然后再归拢。

“香雪”的故事发生在大山里。当时美工还尚未进组，时间不等人，王好为与李晨声，还有制片主任乘着吉普车就去了北京山区，边生活边采景。前后一个多月，跑遍了北京周边的几个区县。先是每天沿着铁路走，钻隧道、选小站。当走完了浅山区之后，他们再离开山区公路去探访坐落在大山深处的村庄。就这样一个山村，几个山村，几十个山村的转下来了。最后一行三人是在房山十渡一带的大山里，才找到了以后我们在银幕上看到的，诸如新建不久的小火车站，历经久远的小山村，河湾以及龟背石的村街与农舍，还有巨大的石堰、石碾、河滩上大片的鹅卵石，乃至火红的柿子树林……并结识了一些淳朴、聪慧的山村少女，通过反复观察、感受与交谈，对她们每日的辛苦与奔波也开始有所熟识与了解。至此，那些在当地农民们眼里再普通不过的人、景致与劳作却已经在王好为的视野与内心里开始渐渐地、悄然地化作不乏诗意的艺术臻境，以及创作的冲动。原作里的火车、山村、少女对他们来说如璞玉般，算是被切实感知并触摸到了。往下，就看如何雕琢了。

也就是说，于这部电影的导演再创作而言，需要的是从生活的常态里去感受与捕捉，将一种朴素的诗意表现于一些来自现实的生活与劳动。以自然的、朴素的电影语言来创造独特的，诗、画、声交融的境界，藉此拍出不同以往的作品。《哦，香雪》的魅力就在于它的真与拙而不俗。

演员

说到演员，首先是香雪这个人物于表演上来说其难度是很高的，因为在她身上既没有什么重大的感情起伏，也没有什么跌宕的情节，甚至连强烈些的动作举止都见不着，这让演员很难把握。如果人选再不合适，那么“香雪”在银幕上肯定立不住。又鉴于香雪的气质，既朴实、纯真，同时内心活动还要非常的丰富，如果按照作品里香雪的实际年龄去找一位十五六岁的女孩子来饰演的话，肯定出不来要求的效果，这让王好为如筛细箩般地反复考虑与思忖。最终她把视线锁定在了中国儿童艺术剧院的薛白身上。那时的薛白已演过很多名片，如:《报童》《黄土地》《三家巷》……是非常优秀并且经验丰富的演员。尽管当时她的实际年龄大于香雪，但化装以及表演经验可以做有效的弥补。以后的拍摄事实证明了王好为在用人上的正确选择。有灵气、悟性很高的薛白把握住了香雪的纯洁、质朴与善良，还有特定情境下发乎本性的自尊与坚韧。“尤其当她进入状态时的神色，活脱一个香雪。”由于薛白出色的演技，后还受邀参加了汉堡国际儿童电影节。

片中的凤娇与朵儿，分别由壮丽和唐烨饰演。壮丽演过小品《芙蓉树下》，在电视里播出，非常精彩。唐烨那时刚刚高中毕业。

摄制组的第一场戏是拍姑娘们在河滩洗衣服、游泳。拍摄地点被剧组人员称为“瑶池仙境”，环境很理想。然而王好为和李晨声却格外谨慎，担心稍不慎就会把画面处理得像旅游景点，那会让影片失掉农村的感觉。正琢磨该怎么办时，恰巧下了一场大雨，给画面平添了更明显的泥土气息，再加上河边还有几畦菜地，这下氛围真的是很理想了。另外也是巧了，几个姑娘恰好都不在生理期，能在同一天下水，如果错过这一天，再等凑齐了下一次，就真不知道是猴年马月了。为了安全，摄制组里会游泳的男青年都在岸边待命，万一有情况，立刻跳下水救人，同时，毛巾被等一应物品也准备好了。万事俱备，唐烨却出了状况，开拍前副导演曾挨个儿问过她们会不会游泳，到了唐烨这还告诉说“朵儿”是需要仰着摔进水里的，不会水的唐烨此时咬牙说会。于是王好为一声开拍后，勇敢的唐烨就扑腾进了水里，只是她那连二把刀都够不上的泳姿立刻就露出了破绽。王好为导演形容唐烨“干事敬业、挺有狠劲儿的”，不然她日后也不会成为北京人民艺术剧院的话剧导演。

香雪的父母由北京人民艺术剧院的一级演员马恩然和徐秀林饰演。这“两口子”，马恩然是“自然土”，外形、气质跟角色很像，不用化装都能上镜，演技非常棒。徐秀林则不然，生得斯文清秀、皮肤白皙，从哪个角度看也不像是农村的媳妇大嫂。尤其那一口雪白的牙齿，李晨声建议她画画牙锈，一试，大家全笑了，因为效果的确好，人物的感觉立刻全来了。至于肤色，徐秀林说不用化装。我每天到太阳底下去晒。除了晒太阳，她每天还都跟着老乡学做农活，诸如推碾子、拉风箱、做盖帘、绣花、熬杏仁油，等等。直到后来，戏里农村妇女干的那些活计与屋里的操持，都被她做得有模有样的。这也难怪后来在柏林国际电影节上，一位德国影评家问王好为导演：“香雪的父母是不是非职业演员的农民啊？！”

“希望把火车拍成情人”

影片开拍前，当征求铁凝的建议时，她反复讲：“香雪们”是像等待情人一样的等待火车。她对李晨声说：“我请求您把那两根铁轨拍出人味来，它们得有人的体温。”铁凝的要求饱含着对自己作品的强烈情感，但真要把发乎抽象的情愫思维落实在具体的物质上，且分寸还要得当，难度之大是可想而知的。李晨声几经考虑后决定从两方面来达到铁凝的要求，即用光以及角度。

铁凝原小说里描写的是蒸汽机车，可当时所有进京的客车已经全部以内燃机车来牵引。对此，李晨声选择以适当的仰角正对着火车头拍摄，把摄影机架在铁轨中间，用长焦镜头调景深的变化，强调了在团簇颤动的气旋里，有车头灯光幻化虚实的间或闪烁。为了强化画面前景滚动的热流，还特意选在气温最高的中午拍摄。以使这身形原本就魁伟的机车车头真的似巨人一般隆隆地徐徐健步而来，伴着粗犷有力的气息。从而让大山里的“香雪们”不由得升腾起少女心中被触动的好奇以及萌发的神秘感。在有的戏里，李晨声还选择了不直接表现火车，而拍摄车窗玻璃上面两侧大山不停变动的轮廓。以及使用超焦距画面表现火车在驶过时，有意让观众看不清火车的具体细部，从而产生如路轨边上的姑娘们一样，感受的是震撼、力度与神秘。综合着这些或具象或抽象，或逆光或顺光的表现手法交替使用，以及角度的变换来增强人物的视觉与心理感受，努力去符合原著要表现的诗意。之后铁凝看了这样的处理手法，表示很满意，说是：“拍出了铁轨的呼吸。”

李晨声老师很多镜头都选择卧在铁轨中央拍摄，也因此遭遇过惊魂一刻。出于安全考虑，在拍火车轨道戏份时，摄制组会安排一个人在远处放哨，火车快要驶过来时会有灯光示警，放哨的就会吹哨子、扬旗呐喊，提示摄制组退出轨道。但有一次在拍摄中，不知何故，放哨的人没有发出任何信号，突然，从迎面的山洞里闪出了火车的灯光。随即驶出了隧道的火车冲着这群人就过来了。在铁道上工作的演职人员慌忙撤离，此时李晨声正趴卧在铁轨中间拍摄，降低高度后的三脚架被固定在铁轨与砾石的缝隙中，情急之下数次拔不出来，千钧一发之际，李晨声一铆劲儿，抱着摄影机和三脚架硬生生从铁轨里滚了出来，刹那间，火车隆隆地从身边飞速驶过，把大家吓了一身冷汗出来。

劳动的辛苦与劳动的美

在这部影片里，劳动的辛苦及劳动中体现出的智慧和美，也是王好为和李晨声着意表现和热烈咏叹的。

香雪父女在河滩搬石头开地的那场戏，文学剧本写得很简短，导致分镜头剧本无法做具体的处理，导演与摄影师只能在拍摄现场安排演员用各种方法动手去搬，依据石头的大小、形状和布局，换个角度，再来，换块石头，再来……这场戏拍了两天，把马恩然和薛白这“父女俩”累得满头、满身的大汗。同时，穿插香雪妈推碾子、熬杏仁油。全家劳动的戏，没有一句台词，整整10分钟，占全片长度的九分之一。这在故事片中是罕见的。在另外一场戏中，几个姑娘相约去柿树林摘柿子，橙红色的果实挂在树上，是对山里人辛苦劳作的回报，姑娘们采摘的时候，那些对话或俏皮或憧憬或嗔怨。创作者用胶片多角度记录下了劳动场面，真实的劳动、真实的汗水传递的是坚韧，一种农民的本质与精神，还有女孩子们寓于质朴中的柔美。20世纪80年代，在北京曾举办过一届“法国19世纪风景油画展”，其中有一幅是朱尔·巴斯蒂安-勒帕热的《垛草》，那对身旁放着粗糙食器，辛劳、辛苦、无言的农民夫妇吸引了众多的目光。什么是传统农民的本质以及他们生活中最主要的事情？答案很简单，就是劳动、劳作。这在有意表现与赞美劳动的各国艺术家眼里是一致的，相通的。他们搬石头开地、擀毡、摘柿子，或者垛草，干完活的农人坐在地头，或者炕沿，嘴里咀嚼着食物，虽然一句话都不说，但深沉的意义、意蕴随之而来。

穷出来的诗意与精致

限于当时儿影厂的实力，给《哦，香雪》组的摄影机是一台旧机器，取景器还缺了一个角，四边形变成了五边形。摄制经费也很低，王好为回忆，这部影片的制作经费不到50万元人民币。

整部影片只搭了一个场景，展现静穆群山中寂寥的台儿沟，由于找不到理想的山村远景，只好在远远山坡的几家农户外，用景片在树丛掩映中延伸出几座两维空间的农舍。从八一厂租借的景片，仅花了五千块钱。就这么一笔制景费支出，还被“告”到了儿影厂里，以致厂长亲自来片场视察：“看他们怎么花钱。”一到现场发现原来就那么几个必须要用到的景片。李晨声说：“这个电影真是穷到了极点，这是最穷的一部！”

不仅如此，那时电影局对胶片的使用也有严格控制，每部影片的片比只有1 ∶ 3.5，拍“香雪”时“儿影”还要从中扣除一部分，摄制组实得片比是1 ∶ 2.5，其中还要包括片头片尾。而同时期日本电影的片比为1 ∶ 155，在德国，胶片就像稿纸，随意用。所以在《哦，香雪》的摄制中，绝大部分戏只能拍一条，解决办法只能是认真排练、严格要求，不管多复杂的镜头，力争一次成功。

就是这么一部经费上处处捉襟见肘的影片，却经由王好为与李晨声根据原著精神而辅以电影美学以及导演艺术之后，被注入了缕缕的诗意。王好为、李晨声还特意提到了著名音乐家张千一先生，以及录音师陶经先生。张千一先生“为影片谱写的乐曲，真正为这部电影起到了声情并茂的作用”。尤其是对于埙这样古老乐器的运用，能以其苍远的悠悠曲韵，把意境作诗一般的拓展，并于久远和当代之间，做相互的传递。尽管火车在台儿沟车站每天只停留一分钟，但伴随着改革开放，新的生活以及观念必定要经由小小的车站传达给这古朴宁静而又相对封闭的山村。钢琴那欢快、明澈的短促律动，也是蕴含和象征了山村少女对新生活的期盼、接受及其主动追求的生动描摹。王好为补充说：“若不是把影片所要求、所包含的艺术内涵以及原著吃透了，这样的音乐创意与乐器组合是出不来的。”还是经费的原因，该片不是同期录音，需要后期的制作与合成。是陶经以其过硬的专业知识、技能，以及丰富的实际工作经验将影片音效做到超越了同期录音的艺术效果。“不愧是电影界的耳朵！”

谁人识匠心

在20世纪80年代末至90年代初中国电影市场低迷的大环境下，《哦，香雪》在国内只卖出了10部35毫米拷贝。然而却在日本、德国的电影节上大受欢迎。当时这两个国家为办国际电影节来中国选片的时候，不约而同地都选择了《哦，香雪》。

日本环太平洋电影节的选片人日比野幸子女士看了《哦，香雪》后对王好为说：“虽然我们的城市三分钟开出一列火车，但我还是爱香雪那里，哪怕它火车一天只停一分钟。那里有一种雄伟的自然美，还有人与人之间的温暖。”主持电影节研讨会的早稻田大学教授岩本宪儿说：“我研究过200多部中国电影，《哦，香雪》很美、很动人、很有诗意。在日本，许久没有这样有诗意的作品了。”

中国观众喜欢在电影中看到曲折的故事、离奇的情节，但德国观众更想看遥远东方普通中国人的生活状态。《哦，香雪》在柏林国际电影节获青少年影片最高奖。评委的评语是："以很高的专业水平，成功地表现了人物的感情，以细腻的手法反映了中国一个偏远乡村同现代生活的联系。"德国的青少年观众在观影结束后做了调查问卷，内容包括"你喜欢这部影片什么地方""不喜欢什么地方"，等等。孩子们的回答既认真又饱含童趣，很多语言文字还不太流畅的孩子选择用画图来表达自己的想法。很多孩子表示"喜欢这部影片""搬石头太累了""其实不用翻译也看得懂""喜欢她们，都喜欢"……王好为导演一直保存着152份问卷以及孩子们图画的复印件。不仅孩子们的反馈让王好为意外，一位老年德国观众也说："非常爱这部片子，这样宁静，这样美丽。……这些孩子是富有的。"1994年，德国方面用《哦，香雪》的35毫米标准拷贝，复制出16毫米拷贝，发到各城市，作为全德国中小学校的影视教材。而在中国，小说《哦，香雪》至今都是高中课文，这也算是某种程度上的呼应。艺术无国界，只要挖掘出人类心灵能够共同体味到的感情，是可以跨越语言甚至文化的藩篱的。虽然就市场来看《哦，香雪》似是"墙里开花墙外香"，但是在国内的大学和艺术圈子里，《哦，香雪》以其颇有些超前而又匠心独具的艺术手法获得了极大的反响与认同。它获得金鸡奖最佳摄影奖、童牛奖艺术成就特别奖。最早看剧本时持反对意见的水华在看到影片后说："我真没想到，非常好。"梅朵在上海看了《哦，香雪》说："这个片子太深了。"王蒙看过影片也说："拍得这样真实、这样纯朴、这样动人！""建议向教育部门推荐《哦，香雪》，让中小学生看看这部片子吧，它会播下美好的种子的。"就在前不久，日本著名电影导演山田洋次还托人给王好为捎来信函，写着："王好为导演的《哦，香雪》充溢着她对生活在边远农村地区民众深挚的爱，是一部杰出的作品。"

其实《哦，香雪》被归入儿童片，在王好为导演看来纯粹是误打误撞，她在内心中寄予《哦，香雪》的，是传统农耕文明和现代工业文明之间的对比与融合。在对现代文明热诚呼唤的同时，也对古老文化做深情的发掘，表现我们民族性格中蕴蓄的真、善、美，当然是用散文诗电影的笔调。

而对于电影来讲，好的作品总是能够让人从不同的角度去关注、去阐释，并能够经得住岁月与时光的洗涤。

载于《大众电影》2016年第9期

王好为口述：用热情和固守点亮银幕

口述/王好为　采写/方舟

作为女性导演我在片场比较雷厉风行。现场的指挥调度是件挺不容易的事，我也有着急的时候，虽然不骂脏字吧，也是急赤白脸的，要求做不到的时候，也搓火得厉害。我最好的合作伙伴自然是我的先生，我所有电影的摄影师李晨声了。

拍了一辈子电影，我觉得电影还是要走进人们的生活，走进人们的心灵，而不是远离。

——王好为

2007年一个春意盎然的上午，王好为导演出现在北京电影学院的咖啡厅里。岁月似乎不肯在她脸上留下印记，她的热情、爽快、干练、优雅如同她执导的一部部影片吸引着人们的目光。原来她和所执导的电影一样充满了魅力。

第一步走来真是战战兢兢！

轻喜剧电影《瞧这一家子》是我独立执导的第一部电影。真没想到第一次独立执导就获得了那么多荣誉——得到了文化部优秀影片奖；百花奖最佳女配角奖；文化部青年优秀创作奖。影片还先后到美国、日本、法国以及中国香港等地的中国影展上放映。

成功首先得感谢机遇。我是1962年从北京电影学院毕业的，我们可不像后来的师弟师妹们，他们创作的机会很快就到了眼前。我们要做多年场记、副导演才有可能当导演。后来又赶上了“文革”，所以到了1979年，我都39岁了才第一次独立执导。之前的十几年中，我在大师云集的北影厂有幸给凌子风导演做过场记，也曾师从谢铁骊、陈怀皑导演。我从前辈大师的指教中汲取了丰富的艺术营养，使我得以厚积薄发吧！

然后还得再感谢机遇。粉碎“四人帮”后，《瞧这一家子》作者林力是北影厂的工人，他投稿到厂文学部后，我和他一块儿下去采访了几十个单位，北京呀，上海呀，常州呀，折腾了半年多，剧本改了六稿。这时文化部有个批示，当时黄镇是部长，说北影厂是不是建立两个青年摄制组。正好我这手里有个本子，厂文学部已经通过了。于是，我这个就算被列进去了一个组，还有一个组是段吉顺导演的《婚礼》。

开始时厂里领导还不放心。在党委的讨论中，有人就怀疑了："好几十万块钱交给他们手里头了，她要是赔了怎么办呢？"虽说那个时候不讲市场化，但也有个赔钱赚钱的概念，要砸了的话那就颗粒无收了，对厂里来说也是很要命的。就是在这种一百个不信任的气氛下，我们建组了。

我们组始终没有一台固定的摄影机，摄影车间哪个机器空下来就使哪个，这肯定影响摄影质量呵，是不是？

这是一个"硬件"不固定。再一个不固定的"硬件"就是演员。影片里演老病号的陈裕德是我们费了挺大周折才从河南省话剧团借来的。可是厂里说啦，有个老导演拍戏也想用他，你们组只能插人家的空拍陈裕德的戏。你看这事闹的！只能服从了。

不过，越是困难重重吧，我们反倒干劲倍增！为什么？怕砸了呀。这是我的第一部电影，本来就比较困难，又赶上是个喜剧，我们在电影学院上学的时候，没有专门学过喜剧，就是自己小时候比较喜欢看一些幽默作品，像卓别林的电影啊，侯宝林的相声啊，京剧里头文丑武丑啊，还有马克·吐温等大师的一些作品。我知道喜剧的两个条件：一目了然和出乎意外。我就凭着自己的直觉一尺一尺地拍下去。

由于样片没有声音，许多笑料看不出来，汪洋厂长每看一次样片就嘀咕一句：这玩意儿有喜剧效果吗？直到后来全片拍完了，完成了配音，剪接好再放，汪洋一看，笑了，我也才算放了心。这第一步走来也真是战战兢兢啊。

《瞧这一家子》公映不久，我突然接到一个通知，要我参加全国故事片创作会议，还指定我就《瞧这一家子》的创作发言。这一下弄得我有点抓瞎了！我赶紧去翻书，能找到的书全翻一遍，虽然拍这部电影之前没细读过那么多的喜剧理论，这一读还惊喜地发现原来自己的创作真的基本上符合喜剧的一些规律，于是就把自己的作品往理论上套。想想真有意思，其实当时的很多创作实践都是拍完了之后才找到理论依据的。

演员很敬业

刘晓庆当年同时在北影厂拍《小花》和《婚礼》，都比我开机早。我并没看那两部片子的样片，只是调来她在珠影厂拍的《同志，感谢你》，看了两三本，她演的清洁工我印象还不错。另外，她被借到我们厂拍片，在厂里走来走去的时候我见过她本人，觉得蛮漂亮的，别的就没有更多的了解，我就把本子给了她。她很快就看完了，跑来问我："你是让我演嘉英吗？"就是演佩斯的姐姐，挺正面的形象。我说"不是"，她一听就说："那就太好了，我就不愿意演那个大正面呢！”本来我就是想让她演张岚，我先让她看剧本，是想看看她的愿望。但是她到底能不能演喜剧？我一点底儿也没有。拍第一场戏，就是退裤子那场张岚满头做着发卷接待客人那场。拍摄时我一看，这晓庆真不错，当时心里暗自庆幸没用错人！我觉得晓庆挺善于演喜剧的，她的节奏感、分寸感、形体的控制能力都很强，她虽然镜头不多，但是每一处都能出彩。

嘉英的人选请到了张金玲。张金玲当时比较有名，重拍《渡江侦察记》之后她算是红星了。还有一个是小童星方舒，小红这个人物她当然是足以胜任了。

我跟陈强老师很熟，也在《海霞》《海上明珠》合作过，关系挺好。我自然想到请他演父亲，可是我没有想到用陈佩斯演儿子。陈强老师推荐说佩斯看了剧本对儿子那个角色很有兴趣，想试试。之前我只看过佩斯在话剧《万水千山》里演匪兵，在《猎字99号》中演特务，我不知道他有没有这方面的能力，我说那就试试吧，就把他和方舒叫来，在我们那个办公室，让他俩试了一段小品。唉哟！我觉得挺好，他感觉特别到位，真是那个意思，马上就定他了，等于是选父亲带出了儿子。

也幸亏我遇上了一群好演员，为我省了不少胶片呢。按那时的胶片比例，一比三点五，那个“点五”还得厂里控制，等于一比三，头尾还得去掉，所以平均下来大部分就得拍一条就过。都是好演员，我才能条条拍得顺利。《瞧这一家子》的直接成本是十九万元，当时觉得也不少。别看晓庆跟方舒那几身连衣裙不怎么样，当时就觉得很时髦。服装是从上海买来的。而且那点闪跳的霓虹灯也是摄影师专程跑到上海，不知在哪个犄角旮旯找那么几个霓虹灯拍的镜头，北京就没有，就觉得那简直是特现代。到地铁站拍戏也觉得很豪华。当时刚从“文革”阴影中走出来，一切都是蓄势待发，干什么都特别有劲，心中充满了阳光，突出一些当时所谓的时尚元素也是那个年代心灵刚刚松绑的一种表达诉求吧。

《潜网》：才华的浪费或者张扬？

1981年我拍了《潜网》。当时我们厂有了不少新秀，我想这又跳舞又体操什么的，还是刘晓庆演吧。

《潜网》从剧本到影片都有争议，《中国青年报》《北京青年报》《北京晚报》《大众电影》《文汇报》对影片都有专题讨论，当初我送本子给钟惦棐老师看时，他干脆说：“你拍这个干什么？这不是浪费你的生命，浪费你的才华嘛！”我说我就是想说爱情是婚姻的基础啊，他回答：“这对中国人不是太奢侈了吗？”

《潜网》是顶着压力干的。开拍那天有个很特别的花絮，印象深刻。在北大医院急救室，我们拍女主人公的丈夫在台风时受伤，临终之前告别的一场戏。我们正在拍摄抢救呢，突然抬进来一男一女，因为婚姻不自由，家里干涉，双双服毒了。参与拍摄的医生护士立刻开始真正的抢救，最后男孩子救过来了，女孩子去了，女孩子的母亲也在场，她就是悲剧的制造者。我看了后问医生这种事多吗，他们说不能算多但是也经常出现。晓庆他们都瞪眼儿看着这真实的一幕，它倒是坚定了我们拍这部电影的信念。影片公映后很多人给我写信，那个片子的观众来信特别多，甚至有些中年人也向我求救，告诉我他们就有着类似的经历，非常痛苦，问我怎么办。

《潜网》在葡萄牙菲格拉达·福兹国际电影节上获评委会奖。

“抢”过来的《夕照街》

1982年的一天，北影厂汪洋厂长办公室的门被人猛烈敲响。汪厂长开门，一脸急切的王好为一下闯进了屋里。刚要开口，汪厂长说办公室里正有客人，一会再谈吧。王好为着急地说：“厂长，我一定得立刻跟您说个事！”见她急成这样，汪厂长把她请进了里屋。

到了里屋我告诉厂长说我看到苏叔阳在《电影创作》上的《夕照街》，我特别特别想拍。

虽然我不算北京人，但是我在北京长大呀，我很熟悉这些事这些人。汪厂长说：“唉哟，巧了，外面那个人也正在要求拍《夕照街》呢。不过，他是南方人，可能对京味的把握不如你。”多巧啊！等于我是偶然把拍《夕照街》的机会抢到手的。不过接受了请战之后，汪洋厂长说：“它很难拍，是群戏，人物多，对话多，散。但拍好了，你会在艺术上长进一大截。”我记住了汪厂长这句话，用武林行的话，我该长功啦。

这个群戏是一次挑战。人物二十多个，对话尤其多，线索格外多，结构相当松散，也没有悬念，更没有故事可讲，特别平淡。就像我们每个人日复一日的生活，你要不仔细看都不知道有什么变化，没有很多的戏剧性可言，而它吸引我的正是这一份平淡、真切，容量比较大，涵盖生活的面广。

我们分成三路采景，骑着自行车分片包干，就像是篦头发一个一个胡同地串，去了先奔居委会，把要求说给人家听。三个组骑车找了四十天，边走边采访，选中了三个院子，一个在新街口，现在那个院子已经拆了；一个呢是辅仁大学一个老四合院，现在是校友会，已经装饰一新了；还有一个在沙滩那边，也没有了。胡同在小经厂，一共四个地儿凑成了夕照街的概念。

《夕照街》能否塑造众多有个性的人物是影片成败的关键。一共一百分钟，二十五个人物，还都希望留下一定的印象，起码几个主要的人物要留有印象，这一点把握起来我觉得比讲一个戏剧性的故事要难，所以就像速写一样，几笔就得勾出这个人物来。在选择演员的时候，我不选那些标准的美男美女，街道上哪来那么些个美人啊？就是很普通的人，但是气质、性格、外貌各有特色，一下能让人记住。我们对造型的要求也是，穿上服装，化好装之后放到人群里挑不出来，事实上我们有一些是偷拍镜头。我特别研究了《Z》《冰海沉船》《罗马11时》，我觉得群戏不重情节，而是用细节来塑造人物，不是工笔细描，而是用精练的笔触勾勒他的特点，必须找出这种叙述和表现的方法。

这次又是先找了陈强老师，又是他推荐了佩斯。那时佩斯已经有名气了，我就告诉他"二子可没什么戏呀。"他说那他也愿意，我说那就来吧。二子这个角色我注入了许多我认识的孩子的特点，一个善良的傻瓜。这个人物有一点喜剧性格，佩斯完成得极好，演得很传神。

人物基本不化装，就是发型和胡型上做一些加工，干脆洗了脸就上来了。只有宋晓英做了造型。宋晓英那时候特别瘦，她在演《萨里玛珂》时从马上摔下来了，后遗症就是睡不着觉，瘦得腮帮子嘬起来。我们给她做了牙托，把腮帮子撑起来，才成现在电影里这样。

这部电影我之所以决定尽量采用实景拍摄，因为日本著名导演山田洋次看过《瞧这一家子》以后对我说，你们反映平民生活的房间比真实的住房大多了，他建议我们在实景拍摄，从窗外，从门口外拍，即使搭景，也不要拆掉第四面墙，这样就可以拍出小的真实感觉。《夕照街》二子家就特别小，是辅仁大学四合院里的一小间，十几平方米，连人带器材真折腾不开，又得堆那么些个炊具，二子爸爸不是厨子嘛，得有炊具啊，还有二子的鸽子笼啊，但拍出来很真实。

这部至今还令人称道的《夕照街》当时之所以引起了强烈的社会反响，因为它是一部现实主义的作品。当时知青返城后出现的待业青年问题很突出，还有"文革"之后的平反问题，旧城改造的拆迁问题等等。《夕照街》以平实的手法，很准确地反映出了当时普通人对事业的忠诚，对邻里的关切，对生活真谛的探究，对纯洁爱情的追求。影片也收获了国内外影评界的如潮好评。影片后来几次选到日本放映，日本的评论家认为它反映了不少中国的现实问题。日本纪录片女导演羽田澄子看完影片后激动地说："《夕照街》真好，是杰出导演的伟大作品！"但令王好为导演自己也有点奇怪的是，它没有获奖记录。

畅游在农村题材之中

《夕照街》之后，王好为尝试了不同题材的电影。有山林气息和北国风情浓郁的《北国红豆》(1984),获得金鸡奖特别奖、广电部优秀影片奖的以崭新独特角度反映新时期中国农民文化生活、公映后大受欢迎的《迷人的乐队》(1985),富有写实性和哲理性的《失信的村庄》(1986),反映中国农村发生激变下各种矛盾冲突的《金匾背后》(1987),描写纯美人性的《村路带我回家》(1987),以及70毫米彩色宽银幕立体声影片《寻找魔鬼》(1988)。

拍电影很有趣,也很辛苦。单说气候吧,那年夏天在大兴安岭拍《北国红豆》,原始森林中小咬成阵,我们手上、脸上都涂上防蚊油,还给演员戴纱布面罩。实拍前,在人物周围喷上防蚊剂,摘下面罩快速开拍,拍完立刻戴上,就这样刘晓庆脸上还被叮了红包,几天拍不了戏。冬天,零下50度,呼气都结冰,扎鼻子,要穿羽绒衣裤、皮大衣、高筒皮靴。摄影机也要戴防寒罩,里面加小炭炉,不然,冻得机器不转。相反的是,在丝绸之路拍《寻找魔鬼》,每天一早进沙漠,拍到11点就热得无法工作了。下午5时再进去拍,仍有50度,烫脚,要穿高帮皮鞋。人不停地喝水,都没有汗,没有尿,水都从体表蒸发了。由于拍摄时间短,张国民、刘佩琦、冯恩鹤把戏都准备得很充分,到地方就拍。苦是苦,都是难得的体验,乐在其中。

在见到大连金县得胜乡的农民乐队之前,我虽然参与了《迷人的乐队》剧本几稿的讨论,但仍没有进入创作状态。1985年4月,我和摄影师、美工师、录音师到了那里,看到那些农民乐手捧起圆号、大号、小号、萨克斯、长笛等乐器有模有样地演奏出《中国,中国,鲜红的太阳永不落》时,我震惊了,甚至落泪了。

演奏算不上精彩,但充满了威武、雄壮的阳刚之气,那些农民乐手的智慧、豪迈和幸福感特别打动我。一支与众不同的乐队,给了我一个表现当代农民深刻变化的与众不同的视点。正因为这两个"与众不同",《迷人的乐队》成功了。赵子岳、何伟等都有精彩演出,我特别要提到的是如今很知名的梁冠华在这部影片中第一次"触电"。选演员时他被我一眼看中。梁冠华的戏幽默、微妙,他设计的小零碎特别多,都和人物很贴切。你别看他胖,可特别灵活。

《失信的村庄》改编自李準的小说。同《迷人的乐队》一样,20世纪80年代,一个充满了欲望的年代,中国农村开始改革。这部电影真实反映了村民们萌动的欲望和欲望之下漠视科学、法制和道德,信义的缺失,是对现实的一种深刻的思考。

《村路带我回家》是我珍爱的作品。当年我找到铁凝请她改编自己的这部小说时,她诧异地说:"许多人说它不知所云呢!"我说我就欢喜它的多义和朦胧。因为怕赔钱,这个本子被搁置了三年,北影厂才同意我与《金匾背后》一起套拍。

主人公乔叶叶,是个很独特的形象,她所以引人注目,就在于她毫无作为,慵懒,散淡,与世无争,但是她特别善良、坦诚、恬静。她的优点,尤其是她的弱点构成一种独特的魅力,让人同情、怜爱,又无可奈何。李羚把乔叶叶活脱脱地展现在银幕上。

我在影片中大量运用了固定镜头、长镜头，人物调度不多。这样造成悠缓沉郁的节奏和情调，契合乔叶叶温柔安谧的气质。长镜头，演员必须状态准确，交流细腻，同时也要求摄影师的画面耐看，有意境，有韵味，内涵丰富。我还多处用了诗歌的比兴手法，比喻乔叶叶的命运。全片始终弥漫着淡淡的忧伤、浓浓的诗意。

《村路带我回家》的忧伤诗意打动了观众也感染了专家学者。这部影片获得了金鸡奖最佳导演提名、最佳摄影提名、最佳美术奖。

《哦，香雪》：我的最爱

王好为是位对选景要求很高的导演，每一部影片里除了故事的叙述和主题的挖掘之外，她都努力地希望呈现给观众更美妙的视觉享受。所以，我们在王好为的每一部电影里都能看见一幅幅独特精美的地域风光。

《哦，香雪》突破了我自己的常规，它淡到像散文诗一样的境地。我力图把它拍成一首清新、自然、又富有情趣的散文诗。这种散文诗电影在中国至今还是少有的。

新修的铁路在闭塞的台儿沟设立小站，停车一分钟。山村女孩香雪和伙伴们天天像看恋人一样去看火车，一点点走近车站，接触车上的人。新的生活、新的文化从小站传向古朴宁静的山村。1989年从夏天到冬季，我们在京郊十渡拍摄的日日夜夜是那样令人沉醉。全片没有巨大的社会矛盾，没有一般意义上的戏剧冲突，没有因果式的情节链条，只是姑娘们生活的片段的铺陈，她们的好奇、她们的嬉闹、她们朦胧的爱情、她们对城市文明的向往……

我是一个对自然风光特别钟爱的人，电影里那静穆的群山、河滩上无边的鹅卵石，大山皱褶中的小村，石墙、石屋、石碾、石路，火红的柿子林，幽深的隧洞，巨大的铁路桥，明净的小站，长长的铁轨……江山如画。我用诗一般的意境表现了两种文明的冲撞与交融。

《哦，香雪》获得金鸡奖最佳摄影奖、童牛奖艺术成就特别奖及优秀摄影奖。获柏林国际电影节青少年影片大奖，被选为全德国中小学电影教材。1990年该片参加环太平洋国际电影节，受到热烈欢迎。最由衷的赞美来自电影节选片人日比野幸子女士，她说："虽然我们的城市三分钟开出一列火车，但我还是爱香雪那里，哪怕它火车一天只停一分钟。那里有一种雄伟的自然美，还有人与人之间的温暖。"

我为之苦等了六年的电影终于没有让我白等。因为我最初选定铁凝的这部作品时正赶上电影大滑坡时期，各电影厂对电影的经济效益都非常神经紧张，《哦，香雪》一直被认为不赚钱而未能投产。一般人可能就放弃了，可是我太喜欢这部作品了，越是困难的事情我越是来劲。六年之后，最终在儿影厂得以把它搬上银幕。影片本身是很诗意的，但这六年的苦苦相盼却毫无诗歌的美妙韵味。可是，我真的觉得很值得！

载于《大众电影》2007年第12期

我和喜剧

我从小比较喜欢幽默文学，如马克·吐温的《哈克贝利·费恩历险记》和《汤姆·索亚历险记》，希腊喜剧，中国戏剧中丑角的表演，包括侯宝林的相声，都非常精彩，我从小就喜欢。

我第一次拍喜剧是巧合。《瞧这一家子》是我独立导演的第一部影片。当时，北影厂一个工人写了《瞧这一家子》剧本初稿，我觉得还有些幽默的东西，就和他一起跑了半年，采访了几十个单位、好多人，前后共修改了六稿。这部片子可以算作喜剧。片中给人印象比较深刻的是陈佩斯扮演的角色，还有刘晓庆扮演的售货员。这两个人物在当时一部分青年中是比较有典型意义的。我们把生活中的观察和体会，转化为艺术形象。

我感到，拍喜剧首先编剧得有真正的幽默感，导演当然也要有这样的素质，而演员极其重要。编、导、演都需要这种特质，就是能够从生活中观察、捕捉到可笑的东西，然后通过艺术形式体现出来。除了幽默感，喜剧的节奏也很重要。演员表演需要特别把握好分寸尺度，节奏快点慢点，感觉太不一样了。包袱抖得不脆，往往就差那么一点。当时我拍《瞧这一家子》时，有的演员感觉节奏上我勒得他们太紧，而片子完成后却恰到好处。所以，喜剧导演对影片节奏的把握很要紧。

影片《瞧这一家子》不算是部闹剧，佩斯演的那个人物，尽管有些比较夸张的形体动作和喜剧行为，但基本上还是建立在生活真实的基础之上的。从剧作上看，那部片子很多情节是建筑在误会上的，误会法是喜剧通常运用的一种手法。

接下去的影片《夕照街》有一些进步，比如处理佩斯演的二子就是从人物性格出发。原作中的二子写得比较简单，在那群青年中不是很重要的形象，但佩斯对那个人物感兴趣，我对那个人物也有兴趣，因为我在生活中认识那样的年轻人：智商不高，心地善良，干事时经常丢失自己的主要目标，被旁枝末节、一些莫名其妙的事吸引而分散了注意力，迷失了方向，于是很多行为显得非常可笑。在拍摄过程中我们给二子这个人物注入了许多我在生活中的这类观察。以后佩斯就将这个人物演化为“二子系列”。影片《夕照街》在注重塑造人物的喜剧性格方面的确下了一些功夫，当然这部片子应该说不是一部纯粹的喜剧片，而是有喜剧色彩的正剧，它的人物有二十多个，佩斯在其中是十分出彩的。可以说《瞧这一家子》和《夕照街》是陈佩斯喜剧艺术生涯的开始，后来他就成了很有名的笑星了。

1992年我与陈佩斯第三次合作，拍摄影片《赚它一千万》，我觉得这部片子的人物和节奏把握得比较准确，除了带给观众笑声，更引发观众对人生的思考。

我还拍过《迷人的乐队》，这是部轻喜剧。作者是辽宁人艺的两位老作家，对农民非常熟悉，对农民的幽默和智慧有独到的观察。像何伟在影片中扮演的乐队创始人，他的乐天，他的深沉，他对新生活的向往，使这个人物比较厚实。还有北京人艺的梁冠华等表演都很到位。搞喜剧不容易，逗引观众由衷的笑比引人落泪困难得多。

尽管搞喜剧很难，我还是对它很有兴趣，如果有合适的剧本，我愿意拍。可现在好的本子很难找。我认为现在还没有出现像《钦差大臣》《悭吝人》那样内容非常深刻的喜剧。创作出优秀的喜剧难度很大。首先是创作氛围，允许你写到什么程度，更重要的是创作者的才华。

我们国家对喜剧理论的研究和创作实践的交流都不够，很少有真正的关于喜剧的研讨会，那么多的电影回顾展，没有一个是喜剧片回顾展。其实国外也很关注中国喜剧，我曾经带《夕照街》和《瞧这一家子》出国访问，苏联、日本、法国都去过，观众的反映还是不错的，翻译成字幕后对影片的内容都能理解。当然对体会语言本身的幽默有折扣，但对人物的行为、表情还是感应准确的。喜剧如果光建筑在语言基础上是缺乏世界性的。我希望能真正从国外经典的喜剧作品和我们的创作中总结出一点东西来，这才会对创作者有真正的启示，光是一般的空谈没有用。应该对一些比较典型的成功的或不太成功的总之是值得研究的作品，组织搞喜剧的人在一起研讨磋商。现在还没有这种氛围，而是各干各的，像我就是这样，碰上了就去干，碰不上就算了。

我觉得高档次的喜剧应该是塑造喜剧人物性格，比如《好兵帅克》，比如卓别林的流浪汉，而不仅仅是靠噱头、误会。喜剧应该让观众会心由衷地笑。此外，喜剧的分寸感十分重要。喜剧要有夸张，要夸张得恰到好处。总之，从剧作到导演的把握，尤其是表演，幽默感、节奏感、分寸感是喜剧创作的三个极为重要的方面，有时稍微多一点或稍微弱一点，稍微快一点或稍微慢一点，都达不到效果。艺术往往是从“稍微”的地方开始的。

喜剧表演借助形体、表情要比正剧、悲剧的表演分寸强烈。喜剧演员的形体控制能力极为重要。真正好的喜剧演员应有与生俱来的幽默感，节奏、分寸把握得准确。而不是穷凶极恶地去逗人笑，这样反而让人倒胃口。

喜剧切忌油腔滑调、庸俗无聊、丑态百出。电影艺术主要在于刻画人物性格，只有人物是不朽的，能塑造好人物才是高品位的作品。

（马智采访并整理）

载于《电影艺术》2000年第1期

王好为、李晨声谈中国电影发展之路：雅俗共赏是每一代电影人的追求

《南方日报》记者　刘长欣

站在电影行业充斥着大量商业片的当下，王好为和李晨声的电影，显得遥远而又陌生。

同在1940年出生的王好为和李晨声，是一对有名的电影伉俪。《瞧这一家子》《潜网》《夕照街》《迷人的乐队》《哦，香雪》《离婚》《生死擂》……作为中国电影第四代导演的代表之一，王好为的作品着力表现个人在时代浪潮下的命运和思想变化。而以摄影师身份为人熟知的李晨声，用细腻、生活化的镜头，将片中人物刻画得有血有肉。他们是新中国成立以来电影行业发展的见证者。

从生活中捕捉美，绝不能“编戏”

不少人谈及王好为、李晨声，总爱提及《瞧这一家子》《夕照街》，在外界看来这是他们的代表作。但被问及最满意的作品，他们不约而同地谈到了电影《哦，香雪》。

影片改编自铁凝同名小说。除了刻画香雪面对现代文明冲击时的心路历程，每天像等待情人一样等待火车仅有1分钟的停车，还着重表现了自给自足农耕文明的生活形态和大量生活细节：晒花椒、擀毡、开荒、推碾子熬油、做盖帘、摘柿子等。

单是开荒那场戏，就拍了长达10分钟。

李晨声说，这些细节体现了劳动者的创造和智慧。在雄浑、清丽的大自然中，人们坦然面对这些日常劳动，在不富裕的境况中充满自尊、自强。

影片散文诗的风格淡雅、深邃。它举重若轻，表现了民众对改革开放、现代文明的热情呼唤，也对古老文明做了深情的发掘，表现我们民族性格中蕴蓄的真善美。

开拍前，有前辈说剧本“太淡了”，几乎没有情节、没有冲突，“剧情撑不过50分钟”，王好为也感到这部作品很难驾驭，《哦，香雪》确是他们创作的二十余部影片中最难拍摄的一部。但王好为坚信：“不是轻车熟路，才可能拍出新意。”

于是，他们满怀希望地到生活中探究、采撷。开拍前，剧组在北京郊县跑了40天，一

个山村，几个山村，几十个山村。他们意识到，农民的劳动、农民的淳朴是全人类都能感应、领略的。“我们要从大量的生活形态、劳动语态中捕捉那些非常有张力的细节，来描述人物的生活常态，绝不能‘编戏’。”

经过艰苦的创作，该片赢得了一致好评。在国内，《哦，香雪》捧回童牛奖艺术成就特别奖和优秀摄影奖、中国电影金鸡奖最佳摄影奖等奖项，被影评人称作“散文诗电影”。影片在国外参加了四个国际电影节，收获掌声一片，获得柏林国际电影节青少年影片最高奖——国际儿童和青年电影中心奖。

评委会的评语是：“以很高的专业水平，成功地表现了人物的思想感情，以细腻的手法反映了中国一个偏远山村同现代生活的联系。”1994年，《哦，香雪》更是被德国列入全国中小学影视教材。

日本影评人士认为：“虽然我们的城市三分钟开出一列火车，但我还是爱香雪那里，哪怕火车一天只停一分钟。那里有一种雄伟的自然美，还有人与人之间的温暖。”

李晨声认为，这部电影能够在德国、日本引起共鸣，这是对人与人、人与自然之间质朴和谐关系的感应。为了让更多人感悟这种“美”，需要艺术工作者立足于现实生活不断创新。

“拍电影像做菜，不能放错佐料”

第四代电影人以其现实主义的电影风格和对生活题材、历史题材的专精为人所熟知。

王好为、李晨声拍了不少生活气息浓郁的影片。根据老舍同名小说改编的电影《离婚》，展现了一幅20世纪30年代北平的风俗画。老北京人看了，都觉得影片还原了当时的情状，真实、地道。

李晨声回忆说，在拍摄《离婚》时，着力点在于塑造一些倦于行动、怯于行动的人，终日在进退取舍中左右为难的窘态，以及对北平景观和习俗的真实再现。“我们没有财力在宏观上还原旧时北平的风貌，只能‘管中窥豹’。但影片中呈现出的这一‘斑’，是经过我们精心考证、认真推敲的。”

“想拍一部好电影，有一个好剧组很重要。拍电影就像做菜，哪个佐料放错了，菜的味道都会不对。”李晨声说，无论是历史题材还是现实题材，都不能脱离生活，不能脱离时代背景，必须保证人物乃至布景、服装、道具的真实。

《离婚》1992年获得金鸡奖最佳摄影奖、最佳道具奖及百花奖最佳女配角奖。王好为认为，电影是综合艺术，一部影片的艺术质量取决于摄制组各职能部门的密切配合，要行行出状元。《离婚》能获最佳道具奖，与本片民俗顾问的悉心指导分不开，与道具师的努力工作分不开。“各个创作部门的艺术水准之于影片，就像文字语言的驾驭能力之于文学作品一样。”对于这两位电影界资深前辈而言，早已练就了看几个电影片段就能判断出这是不是好电影的能力，判断依据之一，即为影片的每一个艺术细节是否独特、精当。

近年来电影市场现实主义创作理念的回归，王好为和李晨声认为是一种好现象，但想要叫好又叫座儿，创作者在专业性上必须要加把劲儿。“现在有些历史题材的影片，很不讲究，经常是张冠李戴，难免贻笑大方。”王好为说，“电影是集体创作的活儿，导演、摄影、美术、道具、化装……出现任何一个瑕疵，电影的质量就会降低。过去拍戏时，要找到最符合剧本的典型环境，体验片中人物的心理，让人物活起来。这是电影工作者必须完成的课程。不熟悉生活，创作者就没有话语权。”

出于情怀，“出山”拍戏曲电影

21世纪以来，他们的作品渐少，比较近的是2013年播出的电视连续剧《徐悲鸿》及2015年两人联合执导的“京剧电影工程”影片《状元媒》。

如今，能打动二老重新“出山”的作品，基本都与当年的情结有关。少年时，李晨声就酷爱戏曲。而王好为也与戏曲电影颇有渊源，1962年她以助理导演身份参与戏曲电影《杨乃武与小白菜》。李晨声也参加过样板戏电影的拍摄。

2000年两人合作执导的黄梅戏电影《生死擂》，用电影手法表现戏曲的诗、情、美，为戏曲的电影化作了新的尝试，斩获了金鸡奖、华表奖、“五个一”工程奖等多个奖项。

“过去戏曲片一般都以中景为主，因为戏曲的唱、念、做、打主要是通过载歌载舞的身段动作来完成，而演员面部浓妆艳抹、表情夸张，不宜近观。”他们说，《生死擂》全部在皖南实景拍摄，徽派建筑有极高的审美价值。

《生死擂》采用两极镜头：特写、近景与全景、远景，既表现人物的内心，又通过环境诉说着剧情之外的历史情怀。

而2015年的《状元媒》是我国“京剧电影工程”首批十部影片之一，获得中美国际电影节最佳戏曲片奖。

从中国第一部电影《定军山》开始，戏曲就和电影结下了不解之缘，许多戏曲名家的表演曲目都曾被拍摄成电影。但在时代发展的浪潮中，戏曲电影被搁置了一段时间。“京剧电影工程”的启动，推动戏曲电影破除门户之见、行当之限，在新形势下更好地发掘戏曲所蕴含的精神、文化价值。

像一个有声有色的资料留存库一般，如今，戏曲电影更多在留存国粹经典、传播德艺风采。对王好为和李晨声而言，拍摄《生死擂》《状元媒》，更多是出于情怀，既为戏曲艺术留存一份史料，也为当下中国电影观众提供一份诗意的选择。

“搞喜剧不是胡闹，要有思想内涵”

王好为、李晨声1979年的轻喜剧电影《瞧这一家子》为不少人熟知，影片由陈强、陈佩斯、刘晓庆、张金玲等出演，通过剧中两代人的冲突，深刻反映了时代要求人们观念更新。

40年过去了，国产喜剧电影频频赢得票房，但也有一些作品饱受争议。

王好为认为：“搞喜剧不是胡闹，不是出洋相，千万不能低级趣味，要有思想内涵。”在创作中她体会到，喜剧以笑为手段，笑是由不协调产生的。这种喜剧性还要具备两个条件：一目了然和出乎意料。

采访过程中，从眼神中能感受到二人平日里的亲密无间。相伴几十年，拍电影的趣味越发相似，但他们并没有被对方的光芒所掩盖，反倒在各自的领域都建树非凡。

“我们从大学拍毕业作品时就开始合作了。没有导演、摄影之间的纠纷，也少了很多人事关系的顾虑。”1962年从北京电影学院毕业之后，王好为和李晨声都被分配到北京电影制片厂，从此一同走上了电影创作之路。

王好为说，二人长期以来都保持着“想起来什么就商量什么”的沟通状态，白天在摄影棚里拍摄，晚上回了家也继续讨论。坦诚地交流，使得两人在电影的创作上能够保持高度统一，也孕育出许多经典作品。

岁月荏苒，近60年过去了，他们最关注的是中国电影的眼下与未来。

“我们刚工作的时候，从在解放区走出来的老艺术家那里获得指教。现在我们这代人也都退休了，希望以后还有人能接棒，不要让中国电影一脉相承的东西断了根儿。”李晨声说，电影创作绝对不能失去本心。

王好为也说：“中国电影的优秀传统，北影厂的优良传统，要传承下去，这是很要紧的。”

古稀之年，与电影圈日渐疏离，但二老依旧关心着当下中国电影的创作，为电影行业“唯票房论”“唯流量论”的现象而忧心。

“电影能达到雅俗共赏，是我们最高的追求。无论娱乐片还是严肃题材影片，都要具备思想内涵，尤其是不能低俗。”在接受《南方日报》记者专访时，王好为多次强调。

载于《南方日报》2019年9月27日

王好为创作年表

电影作品

《海霞》(1975年) 任联合导演。

《海上明珠》(1976年) 任联合导演。

《瞧这一家子》(1979年) 任导演。获文化部“优秀影片奖”，导演获文化部“青年优秀创作奖”，获百花奖“最佳女配角奖”。本人携此片参加1981年法国举办的中国电影周。

《潜网》(1981年) 任导演。获葡萄牙菲格拉达·福兹国际电影节“评委会奖”。

《夕照街》(1982年) 任导演。本人携此片参加1983年莫斯科国际电影节、1985年东京国际电影节女性电影周、1993年北方圈国际电影节。

《北国红豆》(1984年) 任导演。

《迷人的乐队》(1985年) 任导演。获广电部“优秀影片奖”、金鸡奖“特别奖”。

《失信的村庄》(1986年) 任导演。

《金匾背后》(1987年) 任导演。

《村路带我回家》(1987年) 任导演。获金鸡奖“最佳美术奖”、金鸡奖“最佳导演”提名、金鸡奖“最佳摄影”提名。

《寻找魔鬼》(70毫米彩色宽银幕立体声故事片 1988年) 任导演。

《哦，香雪》(1989年) 任导演。获柏林国际电影节青少年影片最高奖——国际儿童和青年电影中心奖、童牛奖“艺术成就特别奖”、金鸡奖“最佳摄影奖”、童牛奖“优秀摄影奖”等7项奖。本人携此片参加1990年环太平洋国际电影节、1991年柏林国际电影节、1992年汉堡国际电影节、1993年北方圈国际电影节。

《离婚》(1992年) 任导演，与李晨声联合编剧。获金鸡奖“最佳摄影奖”、金鸡奖“最佳道具奖”、百花奖“最佳女配角奖”。

《赚它一千万》(1992年) 与李晨声联合导演。

《能人于四》(1999年) 任导演。

《生死擂》(2000年) 与李晨声联合导演。获中宣部“五个一工程奖”、金鸡奖“最佳戏曲片奖”、华表奖“优秀戏曲片奖”、上海影评人奖“最佳戏曲片奖”。

《状元媒》(2014年) 与李晨声联合导演。获中美国际电影节“最佳戏曲片奖”。

电视作品

《武生泰斗》(10集电视连续剧　1991年)与李晨声联合导演。获全国电影制片厂“优秀电视剧奖”。

《寻梅》(2集电视连续剧　1994年)与李晨声联合导演。

《老舍》(大型专题片　1994—1996年)应日本老舍研究会之邀而作，与李晨声联合编导。

《第三军团》(12集电视连续剧　1995—1996年)与李晨声联合导演。获飞天奖“儿童剧奖”“北京春燕杯奖”。

《红旗漫卷西风》(12集电视连续剧　1998—1999年)与李晨声联合导演。

《徐悲鸿》(35集电视连续剧　2009—2012年)编剧，与李晨声联合导演。